La … glaise

du milieu du XIXe siècle
à nos jours

Du même auteur

La Grande-Bretagne
en collaboration avec Renée Bédarida
PUF, 1975

Christianisme et Monde ouvrier
sous la direction de François Bédarida et Jean Maitron
Éditions Ouvrières, 1975

L'Angleterre triomphante : 1832-1914
Hatier, 1974

L'Ère victorienne
PUF, 1974, 3e éd. coll. « Que sais-je ? », 1990

La Stratégie secrète de la drôle de guerre :
le Conseil suprême interallié, septembre 1939-avril 1940
Éd. du CNRS et Presses de la FNSP, 1979

De Guillaume le Conquérant au Marché commun :
dix siècles d'histoire franco-britannique
en collaboration avec François Crouzet et Douglas Johnson
Albin Michel, 1979

Syndicats et Patrons en Grande-Bretagne
en collaboration avec Eric Giuily et Gérard Rameix
Éditions Ouvrières, 1980

Dictionnaire biographique du mouvement ouvrier international.
La Grande-Bretagne
en collaboration avec Joyce Bellamy, David Martin et John Saville
Éditions Ouvrières, 1980

La Bataille d'Angleterre : 1940
Complexe, 1985

Pierre Mendès France et le Mendésisme :
l'expérience gouvernementale 1954-1955 et sa postérité
en collaboration avec Jean-Pierre Rioux
Fayard, 1985

Will Thorne : la voie anglaise du socialisme
Fayard, 1987

Normandie 1944 : du débarquement à la Libération
sous la direction de François Bédarida
Publication de l'Institut d'histoire du temps présent
Albin Michel, 1987

La Politique nazie d'extermination
Actes des journées organisées par l'Institut d'histoire du temps présent
en collaboration avec Hélène Ahrweiler
Albin Michel, 1989

François Bédarida

La société anglaise

du milieu du XIXe siècle à nos jours

Éditions du Seuil

La première publication de cet ouvrage, par la Librairie Arthaud, date de 1976. La présente édition reprend l'intégralité du texte original, auquel fait suite une étude complémentaire des années 1975-1990.

EN COUVERTURE : C. Rossiter, *Le Wagon de chemin de fer, retour de Brighton.* City Art Gallery - Birmingham.
© Bridgeman-Giraudon.

ISBN 2-02-012404-1
(ISBN 1re publication : 2-7003-0124-2)

Cette île au sceptre royal...
Cette forteresse bâtie par la Nature
Pour se défendre contre la souillure et la main de la guerre,
Cette race heureuse d'hommes, ce petit univers,
Cette pierre précieuse enchâssée dans la mer d'argent,
Qui la protège comme un rempart...
Contre l'envie des contrées moins heureuses,
Ce coin béni, cette terre, ce royaume, cette Angleterre...

SHAKESPEARE, *Richard II.*

Ceci est une lettre de haine. Pour vous mes compatriotes. Pour ceux d'entre vous qui avez couvert mon pays de souillures... Vous l'avez assassiné... Je porte un couteau dans mon cœur pour chacun de vous, vous Macmillan, et vous Gaitskell plus encore... Angleterre, sois maudite! Tu pourris maintenant, et bientôt tu disparaîtras. Ma haine te survivra cependant... Je voudrais qu'elle fût éternelle...

John OSBORNE, lettre dans *Tribune*, 1961.

Je cherche à déchiffrer le plus indéchiffrable des peuples, le plus moral, le moins familial, le plus mobile, le plus adapté, le plus franc et le plus hypocrite. Où est le principe?

Élie HALÉVY, lettre à C. Bouglé, 28 avril 1898.

Préface

Prévenons d'emblée le lecteur. Le présent livre est le fruit d'une longue familiarité d'un quart de siècle avec le monde d'outre-Manche. Une familiarité intellectuelle tout d'abord — avec les travaux et les sources racontant l'histoire d'un peuple chez lequel le passé irradie constamment (et plus qu'ailleurs) le présent. Mais aussi une familiarité avec les êtres et les choses, avec ce qui fait l'existence concrète de chaque jour : paysages, monuments, maisons, modes de vie, tout ce laboratoire où se forge l'expérience historique d'une communauté nationale. Dès lors, le spectacle de l'Angleterre d'aujourd'hui et de ses particularismes aide à mieux imaginer l'Angleterre d'hier — un hier qui au demeurant n'est pas si lointain, puisque bien des traces en étaient encore visibles au lendemain de la Seconde Guerre mondiale. S'interrogeant en 1940 sur ce qui constitue la spécificité de la civilisation anglaise, ce par quoi elle diffère des autres, George Orwell répondait sans hésiter dans England, Your England *: « Oui, il y a quelque chose de distinctif, de reconnaissable » en elle, une forme propre de culture « liée aux* breakfasts *confortables et aux tristes dimanches, aux villes enfumées et aux routes sinueuses, au vert des champs et au rouge des boîtes aux lettres*[1] *». C'est finalement grâce à cette dialectique de l'homme et de son environnement que l'on peut réconcilier l'éparpillement des destinées individuelles et l'unité de l'ensemble. De fait, l'éventail social évoqué par Orwell pour l'Angleterre des années trente — sabots des ouvrières claquant sur le pavé des villes textiles du Lancashire, camions sillonnant lourdement la Great North Road, queues de chômeurs devant les bureaux d'emploi, vieilles filles pédalant dans la brume matinale pour se rendre à l'église voisine —, on le* *retrouve de la même manière, avec des images simplement différentes, dans la société fortement intégrée de l'ère victorienne tout comme dans l'Angleterre atomisée d'aujourd'hui.*

Mais la diversité indéfinie, sinon indéfinissable, du kaléidoscope britannique ne représente qu'une première difficulté à surmonter. Il en est d'autres plus redoutables. En effet, qui dit familiarité avec l'Angleterre ne dit point pour autant connaissance, encore moins entendement. S'il est un pays dont les traits se laissent mal appréhender, c'est bien celui-là. Reconnaissons-le, il y a quelque présomption à vouloir retracer l'évolution de l'Angleterre contemporaine, et plus encore à en proposer une interprétation. Mieux que quiconque, l'auteur en a pleine conscience. Les structures, les comportements, les mentalités britanniques au cours de cette période de cent quarante années forment un tel enchevêtrement complexe de données, à la fois fuyantes et rebelles, que l'entreprise peut paraître sans espoir. Sitôt qu'on tente d'analyser la réalité insulaire, elle se dérobe. A son contact, on éprouve sans cesse le sentiment de l'insaisissable. Sentiment partagé du reste par tous ceux qui ont cherché à en percer les secrets. Déjà, le baron de Bülow, au temps où il était ambassadeur de Prusse à Londres, disait à des compatriotes qui lui demandaient son opinion sur le pays : « Après y avoir passé trois semaines, j'étais tout prêt à écrire un livre sur l'Angleterre; après trois mois, j'ai pensé que la tâche serait difficile; et maintenant que j'y ai vécu trois ans, je la trouve impossible[2] ». Quelque quarante ans plus tard, Jules Vallès lui faisait écho en confessant, lors de sa première visite dans la capitale anglaise : « Après trois semaines de séjour à Londres, je m'aperçus que, pour pouvoir parler de l'Angleterre, il fallait y passer dix ans[3] ».

A vrai dire, si les audacieux comme les scrupuleux ont ainsi hésité (Halévy lui-même a fait part de ses appréhensions dans l'avant-propos de L'Angleterre en 1815*), c'est aussi que les problèmes posés par l'évolution de la société anglaise revêtent une ampleur redoutable[4]. En particulier pour un étranger qui, même en se voulant observateur attentif et sympathique, a l'impression d'être condamné à regarder du dehors.*

Essayons néanmoins, quels que soient les risques encourus, de dresser brièvement la liste des problèmes clefs. Ce sera déjà une première étape pour clarifier le champ de l'investigation. Et une façon de situer à grands traits le cadre de notre étude.

1. L'histoire de l'Angleterre s'inscrit dans la continuité nationale. Continuité territoriale d'abord, grâce au rempart de la mer, mais surtout continuité politique : la comparaison avec tous les grands pays de l'Europe continentale est édifiante à cet égard. Pourquoi donc l'Angleterre a-t-elle échappé non seulement aux révolutions, aux violences sanglantes, aux tentations du totalitarisme, mais encore aux secousses internes, aux discordes civiles, aux changements de régime et d'institutions ?

2. Dans une société de classe aussi tranchée, et à la mobilité plus faible qu'on a bien voulu le dire, comment l'oligarchie dirigeante, aristocratique, puis bourgeoise, a-t-elle réussi à maintenir pareillement son influence, son prestige, et ce avec le plein acquiescement des masses ?

3. Comment expliquer que la classe ouvrière, si puissante tant par les effectifs que par l'organisation, ait mené un combat si vigoureux et persévérant et en même temps accepté autant de compromis et de partages, puisque par ailleurs, s'étant ralliée très tôt à la démocratie représentative, le nombre lui conférait un avantage de première grandeur ?

4. Jusqu'où est allée la démocratisation du pouvoir ? Qui gouvernait il y a un siècle ? Qui gouverne aujourd'hui ? Qu'a représenté l'État tout au long de cette période ? S'agit-il d'un État aussi faible (du moins jusqu'à 1914) qu'on l'a prétendu ? Comment s'est maintenu au XXe *siècle le lien entre État, capitalisme et* Establishment *?*

5. Un équilibre original s'est instauré entre l'individu et la collectivité, entre les libertés et la contrainte, entre l'individualisme et la pression du consensus. Quelles sont les composantes de cet équilibre ? Comment se sont conciliés les aspirations à l'indépendance individuelle (le free-born Englishman*) et, d'autre part, le sens communautaire, relayé par la pression des conformismes ? Quel rôle ont joué les croyances religieuses, de ce point de vue ?*

6. Comment la vocation à l'empire et le dynamisme d'une société expansionniste se sont-ils intégrés dans la conscience nationale ? Et, le jour où l'Angleterre a dû renoncer à ce rôle mondial, comment a-t-elle passé de l'orgueil à l'humilité ? En quels termes s'est effectuée la reconversion vers un modèle de société limité à une île moyenne et soucieux par priorité de « qualité de la vie » ?

7. Qu'est-ce qui, entre 1851 et 1990, soit dans les structures, soit dans la mentalité collective, a réellement changé ? Comment l'Angleterre s'est-elle adaptée, par son évolution interne et externe, aux nouvelles données, économiques, politiques, intellectuelles, spirituelles, du monde contemporain ? Quel rôle ont joué dans ce processus la religion et la laïcisation, les idéologies et les systèmes de valeurs ? Et qu'est-il advenu du consensus d'antan ?

Naturellement, à des questions d'une telle ampleur, ce livre ne peut apporter que des réponses partielles et de bien modestes éléments d'interprétation. Nous nous estimerions déjà fort satisfait si les pages qui suivent servaient à ouvrir quelques pistes, à projeter quelques lueurs en un domaine qui reste enveloppé d'obscurité.

Avouons-le, cependant. Nous souhaiterions, par cet ouvrage, contribuer à débarrasser les études anglaises d'un certain nombre des sempiternels clichés qui les encombrent et auxquels beaucoup se réfèrent comme à des certitudes d'évangile. Qu'on en termine enfin avec les fausses explications par le « tempérament national » des Britanniques ! Que de fois, en effet, n'invoque-t-on pas leur « goût du compromis », leur « esprit sportif en politique », leur « flegme », leur « juste milieu », leur « pragmatisme », leur « traditionalisme » invétéré, etc. Comme si ces images, à force de revenir sans cesse sous la plume, avaient acquis un quelconque pouvoir explicatif... Alors que, précisément, leur première caractéristique est de ne rien expliquer du tout. Et d'éviter de s'interroger réellement, en se demandant par exemple pourquoi ici la tradition a prévalu et non point là, pourquoi tel compromis, telle réforme, tel groupe de pression l'a emporté et non pas tel autre. Foin donc du psittacisme tautologique... Car, en fin de compte, quelle différence y a-t-il entre une « vertu modératrice » et une « vertu dormitive » ? Il convient dès lors de laisser de côté toutes les facilités trompeuses du verbalisme. Et de procéder hardiment aux véritables *analyses en décou-*

vrant les véritables forces : structures, classes, hiérarchies, codes éthiques, idéologies, croyances sacrées ou profanes. Là nous trouverons un terrain solide d'explication, loin des vues conventionnelles et des stéréotypes superficiels. Après tout, n'était-ce point la méthode suivie par les « grands ancêtres », tous ces pionniers à la découverte de l'Angleterre qui nous ont offert des modèles d'analyse exigeante, profonde, perspicace, et qui s'appellent Tocqueville, Léon Faucher, Taine, Boutmy, Ostrogorski, Mantoux, Siegfried, André Philip, et naturellement, au premier rang de tous, Elie Halévy ?

Deux précisions, pour finir, afin d'expliquer et de justifier le découpage adopté dans l'espace et dans le temps. Tout d'abord, c'est délibérément que nous avons choisi de parler de société anglaise. Non que nous méconnaissions le rôle des Écossais et des Gallois dans le développement du royaume. Mais, jusqu'à une date récente, parmi les Britanniques comme parmi les étrangers, le mot Angleterre avait sans conteste valeur générique[5]. La meilleure preuve, c'est qu'au XIXe siècle ni les Écossais ni même les Irlandais n'hésitaient à l'employer pour désigner le Royaume-Uni. En plein XXe siècle, Bonar Law, bien qu'il fût d'origine à moitié écossaise, à moitié canadienne, s'intitulait sans se troubler : « Premier Ministre d'Angleterre ». Et, dans les grandes occasions historiques, c'est également le mot Angleterre qui a toujours prévalu, depuis Nelson à Trafalgar (« L'Angleterre attend que chacun fasse son devoir ») jusqu'à Leo Amery lançant l'adjuration célèbre au porte-parole de l'opposition dans le débat dramatique des Communes le 2 septembre 1939 : « Speak for England ! » A vrai dire, aucun vocable n'est satisfaisant, puisque par ailleurs Grande-Bretagne oublie les Irlandais du Nord.

Quoi qu'il en soit, nous avons centré ce livre sur l'Angleterre. C'est-à-dire que là où le destin des Écossais, des Gallois, voire des Irlandais suit le destin des Anglais, leur histoire est prise en compte. Ailleurs, nous l'avons laissée en dehors de nos analyses, préférant ainsi nous attacher au partenaire majeur, plutôt que de nous laisser éparpiller au fil des particularismes. De même, l'Empire est resté hors de notre champ d'étude, sauf dans la mesure où son existence retentit sur la conscience nationale.

Quant à la périodisation retenue, le choix de la date de 1851 s'explique par le tournant que constitue pour l'Angleterre le milieu du siècle. Celui-ci inaugure en effet une phase nouvelle grâce au renversement de la conjoncture économique et à la stabilité sociale retrouvée. Dès lors, le triomphe du victorianisme peut s'affirmer librement. Après les incessants orages de la période 1815-1850, qui sur le vaisseau battu par la tempête ont failli faire perdre le gouvernail aux classes dirigeantes, celles-ci, soudain soulagées qu'aucune lame de fond n'ait emporté le navire et étonnées encore d'avoir échappé au naufrage, entrent dans des eaux plus calmes. Maintenant, le vaisseau Angleterre peut voguer avec fierté et assurance, le vent en poupe. En revanche, la date de 1990 ne semble point marquer de coupure perceptible dans le devenir historique de la société anglaise. Dans ces conditions, on voudra bien considérer que notre description des années 1975-1990 demeure en suspens, en attendant d'être complétée, voire révisée, à la lumière des événements à venir. Pour notre part, nous nous retrancherons derrière l'autorité de Daniel Defoe qui, voici deux siècles et demi, dans la préface de son itinéraire En parcourant toute l'île de Grande-Bretagne, *écrivait excellemment : « Après tout ce qui a été exposé par d'autres ou par nous-même, aucune description de la Grande-Bretagne ne peut constituer une relation définitive, de la même manière qu'aucun vêtement ne peut habiller un enfant qui grandit ni aucun tableau ressembler à une figure en vie. La taille du premier, l'expression de la seconde ne cesseront de changer avec le temps. Ainsi nulle relation d'un royaume dont le visage change de jour en jour ne peut être achevée[6]... »*

PREMIÈRE PARTIE

La puissance et la gloire 1851-1880

1. L'industrialisme conquérant

Le festival de l'industrie et du travail

1er mai 1851... Une extraordinaire animation règne dans Londres. Aux alentours de Hyde Park, l'atmosphère est à la fête. Sous le soleil printanier se presse une foule dense, bigarrée, de bourgeois respectables en hauts-de-forme, d'artisans en casquette, de commerçants endimanchés, d'étrangers accourus de toute l'Europe. Sans cesse défilent les équipages élégants. Bientôt, toute la haute société, toutes les notabilités du royaume sont là. Soudain un cortège fend la multitude immense au milieu des vivats : c'est la reine. En grande pompe, Victoria, accompagnée du prince Albert, arrive pour inaugurer la prestigieuse manifestation dont l'Angleterre a pris l'initiative : l'Exposition universelle de Londres. Sous les voûtes du palais de Cristal les trompettes d'argent sonnent. Une prière solennelle invoque « les liens de paix et d'amitié entre les nations ». Et la souveraine parcourt lentement les stands de l'Exposition, au milieu d'un déploiement de drapeaux de tous les pays, de palmes, d'oriflammes, de fleurs, aux acclamations répétées de l'assistance.

Au lendemain de cette cérémonie mémorable, dans une lettre à son oncle Léopold de Belgique, Victoria pouvait qualifier fièrement le 1er mai 1851 de « jour le plus *grand* de notre histoire », ajoutant : « le spectacle a été le plus *beau*, le plus *imposant*, le plus *touchant* qu'on ait jamais vu[1] ». Et Palmerston lui fait écho : « un jour glorieux pour l'Angleterre ». Paroles qui traduisent bien le sentiment largement partagé de la réussite nationale. C'est en effet tout un peuple qui, grâce à l'avance technique et à l'énergie créatrice dont témoigne l'Exposition, se sent élevé au premier rang parmi les nations, en même temps qu'il est profondément imbu de sa mission de guide de l'humanité, telle qu'elle lui a été impartie par la Providence. Apogée victorien donc? Sans doute, mais plus encore l'un des grands moments de l'histoire de l'Angleterre. Car, pour saisir la pleine signification de l'Exposition de Londres, la première des expositions universelles (elle dure de mai à octobre 1851 et accueille six millions de visiteurs), il ne suffit pas de la considérer comme une manifestation, si éclatante soit-elle, du progrès matériel de l'Angleterre. Certes, l'Exposition démontre la supériorité de l'entreprise anglaise, de la manufacture anglaise, du commerce anglais, du capital anglais, de l'habileté professionnelle des ingénieurs, des dessinateurs, des ouvriers anglais. Mais son importance va bien au-delà. Pour le pays qui a donné naissance à la révolution industrielle, 1851 marque à la fois une consécration et un tournant.

D'une part, l'Exposition consacre officiellement l'entrée de la Grande-Bretagne dans l'ère de la société industrielle. Machinisme et vie urbaine l'emportent désormais de manière décisive sur la vieille civilisation agraire. Nouveau Prométhée, John Bull a dérobé à la nature les secrets de la puissance — la vapeur prenant la place du feu —, mais cette fois, au lieu de défier le Créateur, le pouvoir de l'homme lui reste religieusement soumis. Sa justification, proclamée bien haut, c'est de travailler au progrès de l'espèce. Ainsi, à peine la société industrielle a-t-elle fait son entrée dans la vie du pays que la voilà sacralisée, moralisée, devenue édifiante.

D'autre part, l'Exposition des Œuvres de l'Industrie de toutes les Nations — pour lui donner son titre exact — coïncide avec le début d'une grande phase de prospérité économique et de tranquillité sociale. A comparer les années 1840 et les années 1850, quel contraste! A une décennie chaotique, conflictuelle, dominée par la peur et par la faim *(« the hungry forties »)*, succède une décennie prospère, confiante, émaillée de mille merveilles *(« the fabulous fifties »)*. La première raison du succès de l'Exposition, c'est qu'elle s'est déroulée dans un climat de paix : à l'extérieur, compétition pacifique entre les nations; à l'intérieur, concorde retrouvée.

Dorénavant, la bonne société respire. Car le souvenir des

émotions populaires d'antan hante toujours les mémoires : Peterloo, «le capitaine Swing», le sac de Bristol, et tout récemment encore tant de défilés chartistes... A cette pensée, les pessimistes, à la veille de l'Exposition, prédisaient les pires excès : pillages, rixes, voire émeutes. Tant de richesses étalées n'allaient-elles pas exciter les bas instincts de la populace, *the mob*? Et n'allait-on pas voir surgir de l'*underworld* trublions et malfaiteurs, trop heureux de l'occasion? Le jour de l'inauguration, il est vrai, le gouvernement a pris ses précautions. Des régiments entiers, hussards, dragons, fusiliers, ont été amenés de province et cantonnent dans les faubourgs de la capitale; des batteries d'artillerie sont tenues en réserve à la Tour; à l'intérieur de Hyde Park on a massé plusieurs bataillons de la Garde, ainsi que de la cavalerie; enfin six mille *policemen* ont été mobilisés. Mais nul incident ne vient troubler l'ordre, ni ce jour-là ni pendant toute la durée de l'Exposition. Lorsque les lampions de la fête seront éteints, on se plaira à souligner qu'en six mois pas une fleur n'a été arrachée!

Devant l'attitude des masses on a commencé par s'étonner, puis bien vite on se sent rassuré, réconforté. Décidément, la scène sociale a bien changé. Là où l'on attendait un théâtre de la cruauté, c'est un théâtre de la quiétude qui occupe l'estrade. L'Angleterre aurait-elle accédé pour de bon à la paix sociale? Après tant de représentations depuis vingt ou trente ans où dans un décor de misère prolétarienne le chœur faisait entendre sur un ton menaçant l'interminable plainte du paupérisme, c'est un spectacle tout différent qui se déroule à dater de 1851. A l'unisson, toutes les voix exaltent les succès de l'industrie, chantent les vertus du labeur, complimentent les travailleurs pour leurs mérites. Des classes dangereuses, reléguées dans l'ombre, on ne parle plus guère. A leur place, ce sont les classes laborieuses qui occupent le devant de la scène. N'est-ce pas un tableau touchant que de contempler «les vestes de futaine et les mentons mal rasés d'Angleterre» en train de pique-niquer paisiblement sur les pelouses de Hyde Park, au lieu de songer à renverser la société, bien qu'à deux pas de là s'étalent tous les signes du capitalisme triomphant?

Il faut reconnaître que l'Exposition a bénéficié d'un

concours de circonstances favorables. Tandis que la vigoureuse reprise économique inaugurée en 1851 rend confiance, la plupart des grandes batailles qui naguère divisaient le pays en camps antagonistes ont cessé de faire rage. Avec le libre-échange instauré depuis 1846, le chartisme en plein reflux, l'agitation irlandaise cassée par l'échec de la Jeune Irlande ainsi que par la Grande Famine, classes et partis n'ont plus les mêmes motifs de s'affronter. Non sans étonnement, mais avec une satisfaction orgueilleuse, les Anglais ont constaté qu'ils ont échappé quasi seuls en Europe aux secousses des révolutions de 1848. Aussi le *Zeitgeist* se modifie-t-il profondément. L'heure est maintenant à la science, aux arts, à la paix. Et l'on est tout disposé à écouter avec docilité les voix officielles, celles par exemple des responsables de l'Exposition, lorsqu'elles affirment que l'avenir n'est ni dans des revendications utopiques ni dans les luttes fratricides, mais que le bien-être et le progrès dépendent avant tout du labeur personnel et de la concorde nationale et internationale.

L'Exposition elle-même se présente comme un prodigieux festival technologique. Les organisateurs ont voulu y offrir un panorama complet de l'activité humaine. De là la division en quatre sections : matières premières, machines, produits manufacturés et beaux-arts. Mais ce sont bien entendu les réalisations de l'*homo britannicus*, créateur de la première des sociétés industrielles, qui ont droit à la place privilégiée. (Sur les 14 000 exposants, 7 500 représentent le Royaume-Uni et ses colonies, 6 500 le reste du monde.) Triomphe de l'âge mécanique : de tous côtés s'affirme le primat du métal et du charbon. Des nostalgiques du Moyen Age comme Ruskin ont beau se lamenter de voir la vieille Angleterre se muer en « terre du Masque de Fer[2] », l'île est bel et bien devenue, selon l'expression de Michelet, un « bloc de houille et de fer ». La machine est reine. Aussi les foules contemplent-elles, admiratives, à côté des locomotives, des modèles de ponts métalliques, des presses hydrauliques, des lentilles géantes de phares, des piles de bois des forêts canadiennes, les derniers perfectionnements apportés aux machines-outils par les pionniers de la mécanique de précision, Whitworth, Fairbairn, Armstrong, le grand marteau pilon de Nasmyth capable tantôt de s'abattre de tout le poids de ses 500 tonnes, tantôt de briser délicatement une coquille d'œuf, et la multitude infinie des machines de toute sorte : à battre le grain, à écraser la canne à sucre, à fabriquer de l'eau de Seltz, à plier les enveloppes, à rouler les cigarettes...

A l'ambition technique se mêlent l'ambition esthétique et l'ambition morale. Ce qu'on veut, c'est réaliser la trilogie de l'Utile, du Beau et du Bien. Dès l'entrée, le visiteur est accueilli par deux figures symboliques : d'un côté une statue géante de Richard Cœur de Lion, héros national et preux chevalier, personnification du Courage ; de l'autre un énorme bloc de charbon de 24 tonnes représentant la Puissance ! Parmi les réalisations, certaines prétendent unir l'industrie et l'art, d'autres veulent avant tout parler à l'imagination, depuis l'éblouissante « Fontaine de Cristal », masse translucide de 10 mètres de haut placée au centre de l'Exposition, jusqu'au fabuleux diamant de la Couronne, le Koh-i-Noor.

Mais, au milieu de ces exploits de l'âge technicien, la réussite la plus spectaculaire, c'est encore le bâtiment qui contient toute l'Exposition : le fameux palais de Cristal. Il s'agit d'un édifice véritablement prométhéen, aux dimensions énormes : 520 mètres de long (trois fois plus que la cathédrale Saint-Paul), 125 mètres de large, une surface utile de 9 000 mètres carrés où sont logés à l'aise les cent neuf mille pièces exposées — et pourtant sans lourdeur grâce à une architecture toute en métal et en verre[3]. Géniale construction due à un amateur, un *self-made man*, l'ancien jardinier Paxton, le palais de Cristal combine de façon remarquable les canons classiques — la symétrie et la simplicité du dessin — avec le modernisme de la structure et du matériau et les capacités fonctionnelles. Conçu comme une cathédrale de l'industrie, édifié d'ailleurs selon un plan en croix latine avec un large transept, le gigantesque temple de verre est aussitôt acclamé pour sa majesté et sa beauté. Un concert de louanges s'élève : images religieuses et comparaisons dithyrambiques fleurissent. On y voit « le plus grand temple jamais élevé aux arts de la paix ». Pour un visiteur allemand, c'est le sanctuaire par excellence de la *Weltkultur*. Un Français écrit que l'antique rêve de Babel s'est réalisé, mais qu'au lieu de la confusion des langues on est parvenu à « la fusion des intérêts et des esprits[4] ». Un admirateur américain y discerne en une vision apocalyptique la « nouvelle Jérusalem » translucide entrevue par l'apôtre Jean à Patmos[5]. D'autres, plus païens, parlent d'un palais de magicien.

A l'aube du nouveau demi-siècle, on nage donc dans l'optimisme. Tous communient dans le culte du savoir, de l'« industrie », du progrès. On croit fermement que 1851 préfigure un âge de bien-être, de paix et de bonheur universels. On s'exalte à la vision grandiose du pouvoir de l'homme, capable désormais de maîtriser la matière, mais sans tomber dans le matérialisme, puisque son action se réfère sans cesse au Tout-Puissant. De même que les entrepreneurs et producteurs exposants s'enorgueillissent d'avoir réalisé la synthèse du beau et du fonctionnel, de même on prétend pouvoir concilier sans problème la domination sur la nature et la soumission à Dieu, la Bible et le progrès, la science et la foi. Et l'avenir paraît appartenir à ceux qui, comme les Britanniques, savent associer la main de Dieu et le bras de l'homme. Au fond, toutes ces liturgies mi-religieuses mi-scientistes doivent être interprétées comme autant de célébrations sacrales du génie industriel. C'est bien ce qu'exprime le Béranger du moment, le poète et chansonnier Mackay, dans ces paroles mises en musique par Henry Russell :

Rassemblez-vous, ô Nations, rassemblez-vous !
Et de la forge, de l'usine, de la mine,
Accourez, Science, Invention, Talent, Industrie !
Du métier à tisser apportez les merveilles,
De la Nature égalant les fleurs les plus belles;
Apportez fer, bronze, argent, or, et tous les arts
Qui à présent changent la face de la terre.
Rassemblez-vous, Nations, de tout horizon,
De tout terroir, Confédération Nouvelle,
Pour le Jubilé du Labeur[6] *!*

Il est également un autre enseignement à tirer de l'Exposition de Londres, prise comme symbole de l'émergence du monde de l'industrialisme. Le triomphe de la machine inaugure l'ère des masses. Quelques cerveaux perspicaces le pressentent, et déjà l'Exposition en donne un avant-goût, sur le plan matériel comme sur le plan humain. Dans la fabrication, dans la vente des marchandises, tout est multiplié. On a passé de l'unité, voire de la centaine, au millier, au million. Qui aurait pu imaginer naguère une standardisation analogue à celle des trois cent mille panneaux de verre du palais de Cristal, tous identiques et de même format, ou bien la vente au stand des rafraîchissements d'un million de bouteilles de soda, de limonade et de *ginger-beer* par l'unique commanditaire, la maison Schweppes ? Dans la *Revue des Deux Mondes* un visiteur français relevait avec finesse à quel point l'Angleterre avait dû s'adapter aux exigences de la consommation de masse, à l'opposé de la France, spécialisée dans la production de luxe : « Chose étrange, l'Angleterre, ce pays de l'aristocratie, ne travaille bien que pour le peuple, et la France, cette nation démocratique, ne produit avec avantage que pour l'aristocratie[7] ! »

Sur le plan humain, c'est aussi l'avènement du nombre. Avec le chemin de fer et le progrès général des techniques, ont été rendues possibles des concentrations de foules comme on n'en avait jamais vu. A cet égard, l'Exposition a représenté une immense fête — une fête réellement offerte à tous. Contrairement aux splendeurs des spectacles traditionnels de Versailles ou de Windsor réservés à un petit monde de privilégiés, cette fois-ci on peut parler d'un festival démocratique proposé à la curiosité de multitudes en liesse. Non seulement il y a eu là une tentative délibérée, et réussie, de la part du prince Albert, l'initiateur principal de l'entreprise, pour opérer la jonction entre la monarchie et le machinisme, la cour et la manufacture, le trône et le travail, mais l'un des principaux résultats a été du même coup de rassembler toutes les classes, travailleurs en tête, dans le culte des merveilles de l'industrie, ce qui a contribué à les intégrer massivement dans les cadres de la société libérale. Telle est la signification politique de l'Exposition. Celle-ci confère à un capitalisme confiant et dominateur un visage radieux, paré uniquement de vertus créatrices. L'économie marchande, lancée désormais sur une voie triomphale, peut dédaigner les quelques menaces de subversion qui subsistent ici ou là pour s'attacher à tirer le profit maximal des conquêtes de l'industrialisme.

C'est donc à bon escient que l'un des chantres les plus influents des progrès et de la vocation libérale de l'Angleterre, le grand historien *whig* Macaulay, qualifiait la « mémorable » année 1851 d'« année singulièrement heureuse de paix, d'abondance, de bons sentiments, de plaisirs innocents et de gloire nationale[8] ». Qui, en effet, se préoccupe alors du revers de la médaille ? Qui prête attention aux victimes — la masse des opprimés et des écrasés ? Qui remarque qu'en cette année, au fond de l'Afrique, les soldats de Sa Majesté sont engagés dans de sanglants combats pour annexer à l'Empire le pays de la Cafrerie et chasser de leurs terres de pauvres paysans noirs ou que le jour de Noël 1851, à Leicester Square, en plein cœur de Londres, il est besoin d'organiser une fête de charité pour procurer à dix mille familles indigentes du quartier un peu de *roast beef* et de *plum pudding* arrosés d'une tasse de thé ?

Une croissance tous azimuts

« Avec la Vapeur et la Bible, les Anglais traversent l'univers », constatait orgueilleusement l'un des cicérones de l'Exposition de 1851[9]. De fait, la croissance de l'économie semble tenir du prodige : un revenu national multiplié par huit entre le début et la fin du siècle, alors que la population n'est multipliée que par quatre ; un revenu par tête qui fait plus que doubler dans la seconde moitié du siècle. Sous l'influence de la hausse mondiale des prix, commence en 1851 la grande « prospérité victorienne » qui s'étend jusqu'en 1873. Mais même les temps plus difficiles, au-delà de cette date, n'arrêtent point la dynamique en marche. Au cours des trente années écoulées entre 1851 et 1881 le produit national passe de 523 millions de livres sterling (25 livres par habitant) à 1 051 millions de livres (35 livres par habitant)[10].

Chacun des secteurs clefs traduit la poussée en avant. Les exportations ? Elles étaient en 1840-1849 de 55 millions de livres ; elles passent à 100 millions de livres en 1850-1859, à 160 millions de livres en 1860-1869, à 218 millions de livres en 1870-1879. Les chemins de fer ? On avait déjà construit, en 1850, 6 000 *miles* ; en 1870, le total atteint 14 000. Le coton ? Les importations de coton brut — le meilleur instrument pour jauger l'activité des filatures — progressent en poids de 300 millions de livres en 1830-1839 à 800 millions en 1850-1859, à 1 250 millions en 1870-1879. La flotte marchande ? Le tonnage des navires anglais sillonnant le monde était en 1850 de 3,6 millions, il est en 1880 de 6,6 millions, dont 40 % à vapeur contre moins de 5 % trente ans plus tôt. La métallurgie ? La production de fonte s'élève de 2 millions de tonnes en 1850 à 6 millions en 1875[11]. Dans toutes les directions c'est une course haletante, presque enivrante, au progrès et au profit. Houillères, forges, hauts fourneaux, chantiers navals, filatures et tissages, manufactures de laine, de lin ou de jute, arsenaux, cimenteries, ateliers de coutellerie, de chaussures, d'instruments de précision, de meubles rivalisent à l'envi pour produire toujours plus et toujours moins cher, pour exporter aux quatre coins de la planète. De là un orgueilleux sentiment de réussite, qu'exprime complaisamment l'inventeur du terme *victorien* : « L'Anglais vit [...] pour le mouvement et pour la lutte; il est là pour conquérir et pour bâtir [...], pour parcourir les mers, pour répandre le génie de sa nature parmi les nations. L'Industrie, le Protestantisme, la Liberté, voilà les produits de la race saxonne [...], cette race à qui Dieu a confié la garde et la diffusion de la vérité et de qui par priorité dépendent la civilisation et le progrès du monde[12]. »

Tels sont les signes extérieurs de la croissance. Il importe à présent d'en analyser les effets, avant de tenter ensuite de dégager une explication : pourquoi la suprématie anglaise? Car le résultat essentiel de la croissance, du point de vue macro-économique, c'est-à-dire au niveau des économies nationales et de la division internationale du travail, c'est la position dominante de l'Angleterre, position que les progrès des années 1850-1875 ne font qu'accentuer. Dès le milieu du siècle, le pays est entré dans ce que W. Rostow a appelé le stade de la maturité, c'est-à-dire la capacité de produire bien au-delà des secteurs pilotes du *take-off*, en appliquant les techniques, l'esprit d'entreprise, les investissements déjà acquis à un ensemble très diversifié d'activités économiques. Nation motrice, la Grande-Bretagne étend donc continuellement ses ressources et confirme sa prépondérance. C'est pour-

I. Géographie économique de la Grande-Bretagne en 1851

La ligne de démarcation (d'après Caird) sépare les prairies des terres arables en Angleterre : à l'ouest, régions d'élevage à hauts fermages, à l'est zones de culture à bas fermages.

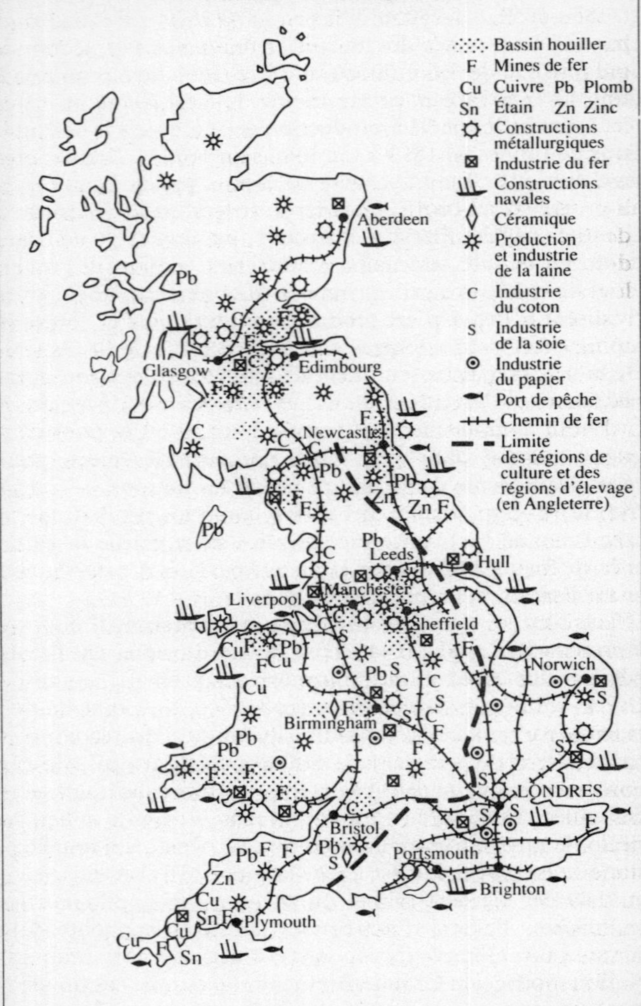

quoi on la surnomme tantôt l'« atelier du monde » *(workshop of the world)*, tantôt l'« État-usine » *(Industry State)*, tantôt même l'« État-combustible » *(Fuel State)*.

Grâce à l'alliance de l'industrie et du commerce, de l'*entrepreneurship* et de la ténacité, de l'initiative individuelle et des garanties collectives de la *Pax Britannica*, elle bénéficie de toute la panoplie des stimulants économiques. Sûre d'elle-même et de la bénédiction divine, non seulement elle distance toutes les autres nations, y compris les plus industrialisées, mais souvent même c'est elle qui induit leur développement. En 1860, l'Angleterre produit près de 60 % du charbon et de l'acier du monde, plus de 50 % de la fonte, près de 50 % des cotonnades. Au total, en 1870, le Royaume-Uni fournit le tiers de la production mondiale de produits manufacturés, et le revenu national par habitant est plus élevé que dans n'importe quel autre pays : les Français, pourtant relativement riches, n'arrivent qu'à 60 % du revenu moyen par tête des Anglais. Pour preuve de cette prépondérance, on pourrait tout aussi bien citer des cas individuels. Par exemple, le magnat de la construction des chemins de fer, Thomas Brassey, édifie en un quart de siècle 7 000 kilomètres de lignes à travers quatre continents. Les grands banquiers de la Cité rivalisent en pouvoir avec les têtes couronnées : Disraeli décrit, émerveillé, ces « puissants prêteurs qui de leur *fiat* tiennent parfois en balance le destin des rois et des empires[13] ». Parmi les pôles de développement européens, c'est l'axe Londres-Birmingham-Manchester qui vient sans conteste en tête. F. Perroux a puissamment évoqué, dans *L'Europe sans rivages*, l'extraordinaire élan de l'économie marchande britannique qui, appuyée sur la Cité de Londres, irradie le réseau d'échanges et de forces de l'espace économique mondial, étend sans cesse son périmètre d'influence, centralise l'information et les liquidités, fixe les prix, exprimés eux-mêmes en une devise dominante, la livre sterling, partout préférée à toute autre. Tant étaient grands le pouvoir hégémonique et la capacité d'entraînement d'une nation qui, « vivant assez noblement, ayant travaillé beaucoup et disposant d'une force immense [...] parlait au monde[14] ».

Il reste dès lors à comprendre les raisons tout ensemble de cette croissance et de cette avance. En d'autres termes, quels sont les facteurs qui expliquent la suprématie anglaise ? Pour répondre à cette interrogation, il est nécessaire de remonter dans le passé. Car il est hors de doute que les Anglais continuent, au milieu du XIXe siècle, de bénéficier à plein du faisceau d'avantages qui ont fait de leur pays le berceau de la révolution industrielle. Seulement ils ne se sont pas contentés de conserver les atouts qu'ils possédaient au départ. Il y a eu à la fois effet multiplicateur et effet accélérateur dans le mouvement ascensionnel, ce qui a abouti à projeter encore davantage en avant l'économie britannique, à lui imprimer un rythme plus rapide que tout autre et à la placer dans une position maîtresse par rapport à la concurrence internationale.

C'est pourquoi, si l'on veut énumérer les privilèges de la prospère Albion, la liste est longue : une abondance remarquable en ressources naturelles grâce à un sous-sol riche en charbon et en fer, à la présence de multiples rivières, à un climat favorable au travail des fibres textiles, à l'environnement de tous côtés par un espace maritime au carrefour des grandes routes mondiales ; un courant puissant d'innovation, favorisant techniques de pointe et haute productivité, renforcé par une qualification élevée chez les ingénieurs, les constructeurs, les techniciens, les artisans, les ouvriers professionnels ; un réseau commercial éprouvé, de vastes marchés extérieurs répartis sur les cinq continents, un domaine colonial riche et étendu, le tout relayé par une flotte marchande hors de pair en nombre et en diversité ; une énorme accumulation du capital, des investissements déjà rentabilisés pour une bonne part, de larges disponibilités pour l'exportation de capitaux, les coups de fouet provoqués par les *booms* successifs des chemins de fer et de la sidérurgie ; une qualité d'équipement, la certitude d'un marché, l'existence d'un système financier ramifié et hautement sophistiqué qui ensemble aboutissent à une disparité de prix avec l'étranger et permettent de produire le charbon, le fer, les cotonnades, les machines à meilleur compte qu'ailleurs ; l'alliance entre une agriculture à fort rendement et une industrie en expansion ; une démographie dynamique, entraînant une demande intérieure en progression constante ; une structure sociale souple et à mobilité assez forte ; sur le plan politique, l'union entre l'entreprise individuelle et la puissance de l'État, qui, tout en laissant jouer la concurrence, dose subtilement intervention et laissez-faire, apporte indirectement son soutien à tout ce qui fait avancer les intérêts britanniques à travers le monde, favorise de son poids législatif les pouvoirs économiques en place et associe politiquement et diplomatiquement richesse des particuliers et puissance mondiale ; un capital humain caractérisé par un savoir technologique poussé, le goût d'entreprendre et de risquer, un bon développement scientifique ; un système d'enseignement qui privilégie l'empirisme, la novation, la capacité d'adaptation ; une confiance absolue dans les mérites de la concurrence ; la pression d'une morale collective qui, non contente de renverser toutes les barrières psychologiques s'opposant à la croissance, exalte l'initiative individuelle, inculque comme idéal l'enrichissement et érige en vertus cardinales l'épargne, le travail, la mobilité, l'énergie créatrice ; la connivence spontanée entre un certain protestantisme et le développement capitaliste qui — des quakers aux anglicans — établit un lien entre esprit religieux et volonté de croissance et associe ambition spirituelle et goût du gain ; enfin le succès qui appelle le succès, la confiance qui insuffle la confiance. Telles sont les multiples composantes de la prééminence économique de la Grande-Bretagne. Mais il serait illusoire de vouloir découvrir à tout prix parmi elles une variable privilégiée ou même de chercher à hiérarchiser l'ordre des divers facteurs. Le secret de l'avance anglaise, il est dans le réseau de ces forces entrelacées : leur force globale est incommensurable avec l'addition de chacune des forces particulières. Et c'est cela qui étonne le monde.

Malthus oublié

L'afflux des hommes ne le cède en rien à l'afflux des richesses. Croissance démographique et croissance économique alignent des cadences semblables. Elles entrecroisent leurs effets tout en s'épaulant mutuellement. La population de la Grande-Bretagne, après avoir doublé dans la première moitié du siècle, connaît presque un nouveau doublement dans la seconde moitié. Les recensements enregistrent en effet 20,8 millions d'habitants en 1851 (au lieu de 10,5 millions en 1801) et 37 millions en 1901. Si l'on décompose entre les trois « nations » de l'île, on constate que l'Angleterre proprement dite détient la part du lion avec 16,9 millions d'âmes en 1851 (contre 8,3 millions en 1801) et 30,8 millions en 1901. Les Gallois, qui étaient un demi-million à la fin du XVIIIe siècle, sont un million en 1851, 1 700 000 en 1901. Ici, la poussée démographique s'accompagne d'une concentration géographique remarquable, puisqu'à cette dernière date la moitié de la population est rassemblée dans le comté de Glamorgan, à lui seul aussi peuplé que les onze autres comtés réunis (alors qu'en 1851 il n'entrait que pour 10 % du total). Quant à l'Écosse, davantage touchée par l'émigration et où le peuplement tend aussi à s'agglomérer en faveur d'une région, les *Lowlands*, elle progresse un peu moins vite. On compte 2,9 millions d'Écossais en 1851 (le chiffre était de 1,6 million en 1801), 4,5 millions en 1901 : soit un accroissement de 55 % — l'augmentation était pour le pays de Galles de 69 % et pour l'Angleterre de 82 %.

Par son rythme de développement, la Grande-Bretagne continue de se classer en tête du peloton des pays européens. Dans la course au nombre, elle garde le plein avantage de l'avance acquise au temps de la révolution démographique. Ainsi, de 1851 à 1881, son taux de croissance annuel, qui se situe autour de 1,3 %, la place au premier rang en Europe, à égalité avec la Hollande ou le Danemark, nettement devant la Prusse, la Belgique, l'Italie, la Russie et laissant bien entendu loin derrière elle la France. Cependant, après avoir souligné ce trait majeur de la société britannique que constitue le dynamisme démographique, on doit essayer d'en préciser davantage les composantes. Ce qui fait l'originalité de la population de l'Angleterre vers le milieu du XIXe siècle, c'est la juxtaposition de trois éléments : d'une part des permanences semi-archaïques héritées de l'ancien régime démographique; d'autre part une stabilisation des forces à l'œuvre dans le grand flux de la croissance; enfin des courants migratoires nouveaux tournés vers l'outre-mer.

Au nombre des caractéristiques anciennes, il faut men-

1. Répartition de la population par âge de 1821 à 1971 (Angleterre-pays de Galles)

	1821	1851	1881	1911	1931	1951	1971
0-9 ans	27,9	24,8	25,7	20,9	15,8	15,7	16,8
10-19 ans	21,1	20,5	20,6	19,0	16,6	12,6	14,2
20-29 ans	15,7	17,5	16,8	17,3	17,1	14,2	14,1
30-39 ans	11,8	13,2	12,7	15,3	14,7	14,6	11,6
40-49 ans	9,4	9,8	9,8	11,5	13,1	14,9	12,5
50-59 ans	6,6	6,9	7,0	8,0	11,1	12,1	12,0
Plus de 60 ans	7,5	7,3	7,4	8,0	11,6	15,9	18,8
	100,0	100,0	100,0	100,0	100,0	100,0	100,0

tionner la grande jeunesse d'âge, la structure traditionnelle des ménages, la fécondité de type biologique. Pays jeune (en 1871, quatre Anglais sur cinq ont moins de quarante-cinq ans et un sur deux a moins de vingt et un ans), l'Angleterre garde jusqu'au-delà de 1880 une pyramide des âges très voisine de celle qu'elle avait, selon les estimations de Gregory King, à la fin du XVIIe siècle : même proportion de jeunes et probablement même taux de personnes âgées*. La restriction des naissances est fort peu pratiquée. Quant à la taille moyenne des ménages, bien loin qu'on assiste à la généralisation d'un type nouveau de famille — la famille restreinte qui se substituerait à la famille large —, les travaux de P. Laslett ont montré une continuité complète du milieu du XVIIe à la fin du XIXe siècle : 4,7 personnes en moyenne par ménage en 1851, c'est le même chiffre qu'entre 1650 et 1750[15]. Contrairement à ce que l'on croit souvent, non seulement l'industrialisation et l'urbanisation n'ont pas contribué à une réduction de la taille des ménages (ce serait plutôt le contraire qui s'est produit, la famille urbaine au XIXe siècle ayant tendance à être un peu plus large que la famille rurale classique), mais, en outre, la composition des ménages amène à conclure au maintien du modèle traditionnel : il n'y a qu'une minorité de ménages à s'étendre sur trois générations et à inclure des collatéraux — tantes, neveux, cousins. La plupart du temps, les

* Voir figure 20, p. 325.

ménages sont des ménages « nucléaires », centrés seulement sur deux générations. Ainsi une étude récente a montré, dans le cas de Preston, ville industrielle du Lancashire, dont pourtant la moyenne est sensiblement plus élevée que la moyenne nationale (5,4 personnes par ménage), que, pour les trois quarts, les ménages sont composés seulement des parents et des enfants[16].

Dans la grande poussée du nombre que l'on a baptisée la « révolution démographique », chacun sait que le mécanisme central a résidé dans la variation en sens différents de trois facteurs : la natalité, la mortalité et la nuptialité. Or, vers le milieu du XIXe siècle, on assiste en Angleterre à une stabilisation relative de ces facteurs. Entre 1840 et 1880, les courbes changent à peine. De là une expansion numérique à la fois forte et régulière*.

La mortalité, après la baisse lente du premier tiers du siècle, semble avoir atteint un palier autour du taux de 22 à 23 ‰. Sans doute le plateau de la courbe est-il en légère déclivité vers le bas, mais jusque vers 1875 aucun progrès décisif n'intervient. Ni la santé publique ni la médecine n'enregistrent de bouleversement spectaculaire. La mortalité infantile ne bouge pas. Autre preuve de stabilité : l'espérance de vie. Alors qu'en 1841 elle était en moyenne de quarante ans pour les hommes et de quarante-deux ans pour les femmes, elle ne progresse que d'un à deux points au cours des trente années suivantes et atteint tout juste quarante-quatre et quarante-huit ans à la fin du siècle. Du côté des mariages — taux de nuptialité ou âge moyen au mariage —, les fluctuations sont insignifiantes. Enfin, la natalité garde avec une belle régularité son niveau élevé, puisque les moyennes quinquennales se situent obstinément entre 35 et 36 ‰ jusqu'à 1875.

Le résultat, c'est que les forces à l'œuvre, plus ou moins fixées et stabilisées dès avant le milieu du siècle et qui le resteront jusqu'aux années 1880, assurent une remarquable progression des nombres. Autour de 1880, 300 000 habitants nouveaux viennent s'ajouter chaque année à la population de la Grande-Bretagne. La raison en tient avant tout à l'écart élevé entre la natalité et la mortalité : trois naissances pour

* Voir figure 5, p. 161.

deux décès. Car les naissances foisonnent, se succédant à intervalles rapprochés. Dans la mentalité collective, l'image traditionnelle de la famille règne pratiquement sans partage. La règle, c'est la famille nombreuse. N'est-ce point la loi de nature ? Presque personne ne songe à la mettre en question. Par exemple, dans la cohorte des mariages célébrés de 1861 à 1869 — statistique portant sur un million et demi de couples —, on compte une moyenne de 6,2 enfants par famille[17]. A cette époque, plus d'une famille sur six comporte dix enfants ou davantage ; inversement, la proportion des familles d'un ou de deux enfants n'est que d'une sur huit.

Fécondité, vitalité, activité : le social rejoint le biologique. A cette exubérance du nombre, il faut des horizons nouveaux. Bref, un champ d'expansion plus étendu qu'une île étroite à la densité croissante. Le territoire national ne suffit plus. Ambitions et énergies cherchent au-delà des mers des territoires neufs où s'employer. Sans doute commerce lointain et colonisation pionnière correspondaient-ils à des traditions anciennes, mais il se produit au milieu du XIXe siècle un changement d'échelle. L'émigration, opérant par vagues successives (1851-1854, 1863-1866, 1869-1874, 1880-1884), commence à constituer un phénomène massif.

Jusque vers 1840, le flux des départs était resté à un niveau modeste. Et encore recrutait-il surtout dans les pays celtiques. Désormais, il change de nature. Il absorbe au moins le tiers de l'excédent des naissances sur les décès. Et l'Angleterre, à son tour, devient, après l'Écosse et l'Irlande, un grand pays migrateur. Sans doute est-il difficile de chiffrer exactement le nombre de ceux qui ont abandonné définitivement la mère patrie, car il y a eu beaucoup de retours et les statistiques ne distinguent pas entre les divers sujets du Royaume-Uni. Néanmoins, on peut estimer à plus de 3 millions le total des Anglais et des Écossais partis entre 1850 et 1880 peupler les nouveaux mondes anglo-saxons. Si les courants migratoires (au sein desquels il faut noter une nette prépondérance masculine : trois émigrants sur cinq) connaissent au gré de la conjoncture des pointes et des creux, ils sont d'une régularité frappante dans leurs destinations : deux tiers s'installent aux États-Unis, un cinquième en Australie et en Nouvelle-Zélande, un dixième au Canada. Autour de 1875-1880, on note un nouveau courant, encore très restreint, vers l'Afrique du Sud. La préférence pour l'Amérique se maintiendra avec une stabilité absolue jusque vers 1895. C'est seulement dans les dernières années du siècle que s'amorce le changement : assez rapidement, la part des États-Unis tombe à la moitié du total, puis au-dessous, au profit du Canada et de l'Afrique du Sud. Ainsi se développent à travers le monde d'actifs foyers anglo-saxons où l'on entretient mille liens avec la mère patrie sur le plan des échanges et des capitaux, des sentiments et des institutions, de la religion et de la culture, de la langue et de la civilisation.

En même temps, l'émigration s'offre en remède au paupérisme et aux crises. Face aux dangers d'explosion sociale, elle fait office de soupape de sûreté. Elle procure un exutoire qui canalise aussi bien le désespoir des chômeurs que les appétits de gain des chercheurs d'aventure, tout en constituant par-dessus le marché un moyen privilégié de répandre l'influence anglaise à travers le monde et en faisant fructifier le capital humain de la nation : « La meilleure affaire, disait Stuart Mill, dans laquelle un pays ancien et riche puisse s'engager[18]. » Dans ses *Notes sur l'Angleterre*, Taine relate, admiratif, une rencontre avec deux jeunes gens — issus d'une famille de douze enfants — qui s'apprêtent à partir pour la Nouvelle-Zélande comme éleveurs de moutons : « Impossible de rendre l'élan, l'ardeur, la décision de leurs gestes [...] on sent la surabondance d'énergie et d'activité, la *plenty of animal spirits* qui déborde. » Et il conclut : « Voilà une belle manière d'entrer dans la vie ; on ose beaucoup, ici ; le monde est ouvert, et l'on écrème[19]. »

Car, à côté de l'émigration de la faim qui chasse outre-mer les bouches en surnombre, il existe une émigration aisée, beaucoup moins nombreuse, mais très agissante, émigration d'encadrement qui se dirige tout aussi bien vers l'Égypte, l'Inde, le Rio de la Plata ou la Chine. Aux quatre coins du globe, on rencontre ces pionniers, sur les rives du Colorado comme sur celles du Yang-tsé, à Lagos et à Beyrouth comme à Winnipeg ou à Singapour. Pour les uns, d'ailleurs, l'expatriation est temporaire : ceux-là comptent bien revenir au pays au bout de quelques années, une fois fortune faite, ou du moins après avoir accumulé un petit magot. Pour d'autres, c'est un départ définitif, tantôt confiant, tantôt résigné, qui s'accompagne parfois d'un sentiment de poignante tristesse comme dans la célèbre toile de Ford Madox Brown, *Adieu l'Angleterre*.

Ainsi, de partout, l'énergie créatrice déborde : au-dehors autant qu'au-dedans. La croissance multiplie projets et calculs, et avec eux la confiance pour entreprendre. Le voyage — qui pour certains signifie un périple jusqu'aux antipodes — devient le symbole d'une société du mouvement, de l'entreprise, de l'expansion.

Sur le front de l'urbanisation

Premier pays à accéder à la civilisation industrielle, l'Angleterre est aussi le premier à faire l'expérience historique d'un mode de vie à dominante urbaine — celui même qui va devenir le lot de toutes les nations avancées. L'originalité anglaise, c'est de parvenir à ce stade à la fois très tôt et sur une échelle massive. En effet, c'est aux alentours de 1845 que le rapport traditionnel villes-campagnes s'est inversé. La longue prépondérance des campagnes prend alors fin. La prééminence des villes commence. Une fois opéré le retournement, le déséquilibre en faveur des villes s'accentue très vite. La population urbaine, tout juste majoritaire en 1851, se trouve quarante ans plus tard l'emporter de très loin, puisque trois Anglais sur quatre sont des citadins. En moins d'un demi-siècle, l'Angleterre a basculé du côté urbain. Mais, dans cet essor des villes, il ne s'agit pas seulement de progrès numériques. La mutation se traduit sur le plan qualitatif encore plus que sur le plan quantitatif. A travers le processus d'urbanisation, se dégagent un nouveau décor de la vie, un nouveau système de relations sociales, un nouveau mode d'être, bref une civilisation nouvelle.

Trois traits spécifiques caractérisent alors le front urbain : le rythme de la croissance, le type d'habitat, l'organisation de l'espace et l'aménagement. Commençons par la croissance, dont le taux est si remarquable et le train si rapide qu'on pour-

2. Population urbaine et croissance des villes en Angleterre et au pays de Galles au XIXe siècle[20]

Population urbaine et population rurale par rapport à la population totale *(en pourcentage)*									
Population vivant dans des agglomérations	1801	1841	1851	1861	1871	1881	1891	1901	1911
de plus de 100 000 hab.	11,0	20,7	24,8	28,8	32,6	36,2	39,4	43,6	43,8
de 50 000 à 100 000 hab.	3,5	5,5	5,9	6,1	5,6	7,3	8,6	7,5	8,0
de 20 000 à 50 000 hab.	4,8	6,8	7,0	7,4	9,6	9,4	9,2	9,9	10,4
de 10 000 à 20 000 hab.	4,7	5,3	6,4	6,6	6,6	6,6	7,1	8,1	7,9
de 2 500 à 10 000 hab.	9,8	10,0	9,9	9,8	10,8	10,5	10,2	8,9	8,8
Population urbaine totale	33,8	48,3	54,0	58,7	65,2	70,0	74,5	78,0	78,9
Population rurale totale	66,2	51,7	46,0	41,3	34,8	30,0	25,5	22,0	21,1
Nombre de villes de plus de 100 000 habitants	1	7	10	13	17	20	24	33	36
Nombre de villes de 20 000 à 100 000 habitants	16	48	55	66	88	108	118	141	165

rait parler d'urbanisation galopante, et laissons parler les chiffres dans leur éloquence. Le tableau ci-dessus fait apparaître d'un côté la progression spectaculaire de la population urbaine (en chiffres absolus, elle triple entre 1850 et 1900), de l'autre la place prépondérante que tiennent les grandes villes dans l'expansion.

A côté des grandes villes dont la fortune remontait aux premiers temps de la révolution industrielle et dont l'essor se poursuit (entre 1851 et 1901 Manchester passe de 340 000 à 650 000 habitants et son énorme faubourg, Salford, de 65 000 à 220 000; l'agglomération de Liverpool s'élève de 400 000 à 700 000, celle de Birmingham, de 230 000 à 760 000; en Écosse, Glasgow bondit de 360 000 à 920 000), on assiste à la montée rapide de villes de second rang, qui acquièrent un statut de métropoles régionales : dans la seconde moitié du siècle, Leeds passe de 170 000 à 430 000 personnes, Sheffield de 135 000 à plus de 400 000, Newcastle de 90 000 à 250 000, Hull de 85 000 à 240 000. D'autres cités conservent leur ancien rang : ainsi Bristol, qui compte 330 000 habitants en

1901 contre 140 000 un demi-siècle plus tôt. Parmi les villes dont l'augmentation est la plus rapide, il faut mentionner, dans les Midlands, Leicester (60 000 âmes en 1850, 210 000 en 1901) où des industries nouvelles de constructions mécaniques viennent s'ajouter à la bonneterie traditionnelle; Stoke-on-Trent (qui progresse de 65 000 à 215 000), au cœur du district des *Potteries*; les centres textiles de Nottingham et Derby... Certaines villes s'élèvent à partir de zéro : le charbon fait Cardiff, la métallurgie Middlesbrough et Barrow-in-Furness, le chemin de fer Crewe et Swindon.

Dans tout le pays, à l'exception de l'extrême nord de l'Angleterre et de l'Écosse, prévaut un modèle principal d'habitation : la maison individuelle. Le recensement de 1851 remarque à ce sujet que « chaque Anglais désire ardemment habiter sa propre maison; c'est le domaine du *home* et du foyer[21] ». De fait, il y a là une aspiration profonde à l'indépendance domestique. Elle s'exprime, même chez les humbles, dans l'adage bien connu : « Ma maison, c'est mon château. » Naturellement, un tel type d'habitat tend à façonner une mentalité individualiste, sans d'ailleurs pour autant amoindrir dans les quartiers populaires le sens très vif de la solidarité et de l'entraide entre familles.

Selon la classe sociale et selon le revenu, la maison varie considérablement en dimensions, en confort, en standing. Dans les quartiers bourgeois, on trouve tantôt des immeubles juxtaposés les uns aux autres le long de la rue (ce qu'on appelle *terrace houses*), tantôt des villas indépendantes entourées de grands jardins *(detached houses)*. Auprès des ménages les plus cossus c'est cette dernière formule — transposition à échelle réduite du modèle aristocratique de la *country-house* — qui rencontre davantage de faveur. Dans les couches inférieures de la classe moyenne, est adoptée souvent une solution plus économique : des maisons réunies deux par deux et formant une paire séparée des voisines *(semi-detached)*. Ces spacieux immeubles victoriens, construits généralement en style classique à l'italienne avec colonnes, balcons et stucs à profusion, mais qui adoptent aussi parfois une allure hanséatique, flamande ou Tudor, sont presque toujours bâtis selon un plan intérieur identique. La distribution des pièces reflète fidèlement l'ordre de la société.

C'est ainsi que les «classes inférieures», c'est-à-dire les domestiques, occupent d'une part le sous-sol *(below stairs)* où ils se tiennent dans la journée car là sont groupés les cuisines, l'office, la salle commune, d'autre part les derniers étages, au troisième ou au quatrième, où ils montent le soir pour dormir. Du rez-de-chaussée au deuxième étage — étages nobles —, c'est le domaine des maîtres : le rez-de-chaussée comprend normalement la salle à manger et une salle à usages variés *(occasional room)*, servant parfois de bureau *(study)* ; au premier se trouve le salon où règne la *lady of the house*; au deuxième étage, les chambres des parents et des enfants.

Dans les quartiers pauvres, c'est-à-dire dans la plus grande partie des villes, l'habitat ouvrier est fixé de manière à peu près aussi uniforme. Il consiste presque toujours en petites maisons de brique à un étage, alignées en rues *(terraces)* et séparées à l'arrière de la rangée suivante par une petite cour ou un bout de jardin (ces maisons comptent parfois deux pièces par étage, mais plus souvent une seule : *one up, one down*). Il est aussi arrivé fréquemment depuis la fin du XVIIIe siècle que les constructeurs, afin d'économiser sur le terrain, adoptent le parti d'adosser les maisons les unes aux autres : cette technique «dos à dos» *(back-to-back houses)* est une calamité que dénoncent tous les hygiénistes. C'est pourquoi la plupart des municipalités commencent à l'interdire à partir du milieu du siècle, mais les *back-to-backs* mettront longtemps à disparaître : ainsi, à Nottingham, on en compte vers 1860 huit mille, soit les deux tiers des maisons de la ville. La plaie des taudis ne se limite pas à ce type de construction. Les *slums* sont liés aussi bien à la pauvreté, source de surpeuplement à cause de la cherté des loyers, qu'au système du *jerry-building*, forme de construction au rabais, sans fondations solides, sur des sols mal drainés, avec des matériaux de dernière qualité. Le résultat c'est que des quartiers entiers sont faits de bouges sans air et sans eau, sans même d'autre installation sanitaire qu'une fosse d'aisances collective; dans ces cloaques livrés à l'humidité récurrente, les immondices et les ordures s'accumulent en véritables foyers de vermine et d'épidémies. Là, la misère urbaine atteint les derniers degrés de la dégradation.

C'est que la spéculation immobilière joue un rôle considérable dans l'aménagement urbain. D'abord parce qu'en raison de l'expansion il y a là un secteur fructueux pour des investissements : le bâtiment rapporte régulièrement du 6 %. D'autre part, la rapidité de la croissance des villes donne au prix des terrains une allure ascensionnelle qui ne se dément pas et qui ne fera même que s'accélérer jusqu'à nos jours. Mais quelle que soit la hausse des valeurs foncières, l'organisation de l'espace et le paysage urbain victorien s'expliquent surtout par la structure de la propriété et par les méthodes du développement immobilier. Il n'est pas rare que les propriétaires du sol possèdent de vastes domaines *(estates)*. Lorsqu'un propriétaire décide de lotir tout ou partie de ses terrains, il s'adresse habituellement à un promoteur, appelé entrepreneur-spéculateur *(speculative builder)*, qui se charge de la construction.

De là découlent deux conséquences. D'abord l'uniformité des maisons : produites en série, elles se ressemblent toutes dans la même rue ou le même quartier par le dessin, la forme, la taille. Il en résulte une impression de monotonie qui frappe tous les étrangers. (Bernstein raconte dans ses souvenirs que Marx, qui était fort myope, se trompait régulièrement de maison lorsqu'il rentrait du British Museum dans son quartier de Kentish Town[22].) En second lieu, comme le propriétaire — que ce soit une personne privée ou une institution — impose généralement un schéma directeur pour la construction des maisons et le tracé des rues, en incluant même parfois un véritable cahier des charges, l'anarchie du développement urbain se trouve paradoxalement tempérée par l'initiative individuelle. C'est donc une erreur de croire que les villes victoriennes sont le fruit du seul hasard. Au niveau de l'*estate*, elles ne sont dépourvues ni de plan ni d'idée directrice. Le laissez-faire et la loi du profit s'y marient avec une certaine directivité. Mieux vaudrait parler dans ces conditions d'une mosaïque de microréalisations juxtaposées les unes aux autres : curieux mélange d'ordre dans le détail et de désordre global. Ainsi, avant que ne prenne naissance dans les dernières années du siècle l'urbanisme public, l'urbanisation victorienne a été canalisée par un certain urbanisme privé, qui reprend à plusieurs égards les traditions de l'urbanisme aristocratique de l'époque classique.

Du point de vue de la structure urbaine, un tel processus de développement aboutit évidemment à la spécialisation par quartier ou même par rue, donc à la ségrégation sociale. Avant même d'être construit, un secteur se voit fixer sa destination, et, dans un système social aussi strictement défini et hiérarchisé que celui de l'Angleterre victorienne, l'affectation prend un caractère impératif. C'est un fait bien connu que toute ville reflète à la fois sur le plan spatial et sur le plan architectural la société qui lui donne naissance : dans le cas de la Grande-Bretagne, les méthodes de l'urbanisation, ainsi que la prédominance de la construction horizontale, conduisent à une géographie urbaine qui souligne plus qu'ailleurs les divisions sociales. Bien loin que la ville favorise une mise en relation des divers groupes sociaux, elle contribue à l'isolement, sinon à l'*apartheid*. Il y a d'ailleurs là une contradiction avec le projet global de la société qui vise, comme on le verra, à l'intégration autour d'un consensus politique et moral. Au contraire, la vie urbaine a pour effet d'identifier l'esprit local — celui de la communauté de la rue, du pâté de maisons ou du district — et la conscience de classe, donc de renforcer cette dernière. Encore que l'extrême diversité des villes — grandes agglomérations comme Manchester, Birmingham ou Edimbourg, moyennes villes industrielles telles que Halifax, Huddersfield ou Barrow-in-Furness, petites cités paisibles à l'instar d'York ou d'Oxford, villes du secteur tertiaire comme Brighton ou Scarborough, etc. — conduise à une multitude de nuances régionales et locales.

Londres

A part, hors de pair, la capitale : *the Metropolis*. Agglomération énorme, qui, par son étendue, le chiffre de sa population, le nombre de ses maisons, vient en tête dans le monde, sans rivale possible : Londres apparaît comme l'incarnation prométhéenne de l'âge industriel. Le siècle avait tout juste deux ans lorsque la ville a franchi le cap du million d'habitants — la première à l'atteindre en Occident depuis la chute de Rome. En 1851, les Londoniens sont 2,4 millions ; en 1881, 3,8 millions, et pour l'agglomération — le Grand Londres —, le total est même de 4 750 000. C'est au tournant du siècle que la ville proprement dite — ou comté de Londres — parviendra à son maximum avec 4,5 millions au recensement de 1901, tandis que le Grand Londres, dont la progression continue de plus belle, comptera alors 6,6 millions d'habitants. De cet océan de maisons qui se succèdent à l'infini se dégage un sentiment d'immensité presque accablant, source à la fois de peur et d'admiration. L'image qui revient sans cesse dans la bouche des Victoriens, c'est celle des métropoles de l'Antiquité : Tyr, Ninive, Palmyre et surtout Babylone. Le terme byronien de « Babylone moderne » devient même l'expression consacrée pour évoquer, selon les circonstances, la grandeur, la puissance, la richesse, le vice, la corruption de la ville monstre. Lorsque Ozanam visite Londres à l'occasion de l'Exposition de 1851, il y voit, à côté de Rome et de Paris, « la troisième capitale de la civilisation moderne[23] ». Moins éclectiques ou plus chauvins, la plupart des Anglais, suivant des formulations vite érigées en stéréotypes, qualifient la capitale de « point central du monde civilisé », de « centre merveilleux du commerce du globe » ou, par allusion à l'énorme richesse qui y est concentrée, de « ville d'or », de *Golden City*. Londres est représenté comme le microcosme de l'univers : *the World City*.

Mais l'agglomération est si vaste et si diverse, si fractionnée et si contrastée qu'il est difficile de s'en faire une idée concrète dans sa totalité. Aussi le plus célèbre enquêteur du milieu du siècle, Mayhew, imagine-t-il de faire l'expérience d'une ascension en ballon au-dessus de la ville géante. De ce poste d'observation privilégié, il contemple à la verticale, avec fascination, le « Léviathan métropolitain surmonté d'un épais dais de fumée ». Mais, même de là, il était impossible, rapporte-t-il, « de dire où commençait et où finissait la monstrueuse cité, car non seulement les constructions s'étendaient dans chaque direction jusqu'à l'horizon, mais au loin [...] la ville semblait se confondre avec le ciel ». Et de s'extasier au spectacle de « cette vaste masse en brique, faite d'églises et d'hospices, de banques et de prisons, de palais et d'asiles, de docks et de refuges de nuit, de parcs et de squares, d'impasses et de ruelles, qui forme Londres ». Toutefois, plus encore que la multitude de maisons, ce qui frappe l'observateur, c'est la masse innombrable des êtres humains, de toute condition, rassemblés sur ce petit espace où s'entrecroisent les fils de millions de destinées individuelles. Parvenue à ce stade, l'analyse sociale, comme il arrive si souvent en cette ère moralisatrice, se colore de considérations éthiques sur les bienfaits ou les méfaits d'une pareille concentration d'humanité, « étrange conglomérat mêlant le vice, la cupidité et les bas calculs aux nobles aspirations et à l'humble héroïsme ». Et de son ballon le journaliste, trouvant dans sa position quelque analogie avec celle d'un « ange du ciel », se prend à méditer sur cette « ville immense où l'on trouve sans doute, réunies en un même foyer, plus de vertu et plus d'iniquité, plus de richesse et plus de misère qu'en aucun autre point de la Terre[24] ».

Dans sa croissance spatiale la ville continue de faire tache d'huile, progressant par capillarité, avec quelques digitations le long des axes routiers ou ferroviaires. Au fur et à mesure de son avance, elle engloutit anciens villages, jardins maraîchers et prairies, repoussant fermes et champs toujours plus loin vers la périphérie. C'est par pans entiers que le front de l'urbanisation conquiert de nouveaux espaces. Des domaines fonciers, parfois de plusieurs hectares d'un seul tenant *(estates)*, sont d'un coup livrés à la construction. Ainsi sont édifiés les élégants quartiers neufs de Kensington et de Paddington qui prolongent le *West End* en direction de l'ouest, tandis que vers le nord les maisons aisées se multiplient à Saint John's Wood, Hampstead, Islington. Du côté de l'est, de même que sur les terres plates au sud de la Tamise, prévalent les monotones quartiers ouvriers avec leurs alignements de petites maisons grises : l'*East End* s'agrandit du côté de Mile End, de Poplar, de Hackney, et sur la rive droite de la Tamise l'espace se garnit entre les anciens faubourgs de Southwark et de Greenwich de même qu'à Camberwell et à Battersea. Plus loin, vers le sud, à l'approche des premières collines du Surrey, des banlieues bourgeoises surgissent dans la verdure avec leurs villas cossues isolées au milieu de grands jardins ombragés.

Mais ce qui est tout à fait nouveau, c'est à partir du milieu du siècle le mouvement de dépopulation qui s'amorce dans les quartiers du centre. La zone la plus touchée est la Cité et ses abords. Alors que de 1801 à 1851 la Cité avait connu une grande stabilité dans sa population avec un chiffre quasi constant de 130 000 habitants (ce qui représentait des densités considérables — en moyenne 500 personnes à l'hectare, et dans certains secteurs jusqu'à 700 ou 800), le quartier subit une déperdition rapide dans la seconde moitié du siècle, par suite de la construction des gares et plus encore de l'extension des entrepôts et des immeubles commerciaux. En 1881, on ne compte plus que 51 000 habitants, en 1901, 27 000. La Cité commence à vivre à un double rythme, avec une population nocturne de plus en plus réduite et une population diurne aux effectifs croissants et à l'activité trépidante et fiévreuse (un « recensement de jour » relève la présence de 170 000 personnes en 1866 et de 300 000 en 1891)[25]. Il en va de même dans d'autres quartiers du cœur historique de Londres : le Strand, Holborn, Soho. Au total, entre 1851 et 1881, les districts centraux perdent 135 000 habitants. Vers la fin du siècle, le processus s'accélère. Ainsi s'introduit peu à peu une spécialisation de l'espace urbain qui conduira au XXe siècle à l'opposition entre centre d'affaires et quartiers d'habitation, ainsi qu'à des migrations journalières de plus en plus nombreuses et de plus en plus longues. Néanmoins, dans la seconde moitié du XIXe siècle, les déplacements quotidiens demeurent encore limités (en 1855 leur chiffre était inférieur à 50 000)[26]. Seuls les privilégiés de la fortune, c'est-à-dire ceux qui ont les moyens d'utiliser l'omnibus, le train ou mieux encore leur voiture personnelle, peuvent se permettre d'habiter à une certaine distance de leur travail. Au contraire, tous les autres, et au premier chef les ouvriers, qui ne se déplacent qu'à pied, sont contraints de se loger à proximité de leur lieu d'emploi — avec toutes les conséquences que cela entraîne pour l'habitat populaire : surpeuplement, cherté des loyers, multiplication des taudis.

L'organisation de la vie collective de Londres est dominée par deux phénomènes : l'absence de toute administration municipale à l'échelle de la ville et la violence des contrastes urbains. Grand corps épars et sans unité, émietté en une multitude de petits districts autonomes — « paroisses civiles » gouvernées par un « conseil paroissial » ou *vestry* sans représentativité ni pouvoirs effectifs —, la capitale souffre de sa division entre, d'une part, la Cité administrée par sa « Corporation » au prestige séculaire, oligarchie fermée de *businessmen*, et, d'autre part, le chaos, sinon l'anarchie, d'une foule de micropouvoirs locaux, enchevêtrés, inefficaces et parfois corrompus (c'est le *Bumbledom* dénoncé par Dickens). Aucun remède n'est apporté avant 1888 au scandale de la sous-administration et du sous-équipement de la plus grande ville du monde, car la seule réforme votée — une loi de 1855 créant un Bureau métropolitain des Travaux — se contente de limiter les abus les plus criants en matière de voirie et de circulation.

Tout comme sur le plan de l'administration urbaine et de l'urbanisme, le laissez-faire triomphe dans le domaine social. D'où les étonnants contrastes de Londres, qui surprennent tous les visiteurs. Contrastes d'abord entre quartiers. La ville, en réalité, est faite de plusieurs villes. C'est ainsi qu'elle comprend la Cité, centre de la finance et du commerce mondiaux, Westminster, capitale du gouvernement et cœur de l'Empire, les zones industrielles du Centre et de l'*East End* (où l'on travaille les étoffes, la chaussure, les bijoux, le meuble, la soie, le bois et où l'on construit des navires, des voitures, des instruments de précision...), les quartiers du Sud spécialisés dans les machines-outils, la tannerie, les armes, etc. Au-delà du pont de Londres commence le domaine portuaire : un port immense, à l'activité colossale — le premier du monde. Vers ses docks et ses entrepôts affluent les cargaisons venues des quatre coins du globe : thé, ivoire, épices, vins, bois, peaux, grains, charbon. Sur la Tamise, c'est un mouvement incessant de navires, scène toujours changeante que le burin de Whistler a immortalisée vers 1860 en une série d'eaux-fortes : « Merveilleux fouillis, commentait Baudelaire, d'agrès, de vergues, de cordages ; chaos de brumes, de fourneaux et de fumées tire-bouchonnées ; poésie profonde et compliquée d'une vaste capitale[27]. »

Autre contraste, plus violent encore : celui qui oppose le luxe et la misère, et qui va bien au-delà de l'antithèse symbolique entre *West End* et *East End*. Les hiérarchies sociales sont délimitées avec une netteté extrême. En 1851, un Londonien seulement sur vingt-cinq appartient à la classe « supérieure », alors que les classes populaires, composées pour l'immense majorité de travailleurs manuels, englobent plus des quatre cinquièmes de la population. Dans les belles demeures aristocratiques et les hôtels particuliers de Belgravia et de Mayfair, se déploient avec rutilance fêtes, réceptions, vie mondaine, en particulier pendant la « saison », tandis que chaque jour, dans Hyde Park, Rotten Row sert d'élégant rendez-vous aux cavaliers et aux amazones de la haute société. Pourtant, à deux pas de ces lieux brillants où l'argent coule à flots, des myriades d'êtres humains croupissent dans la misère, la crasse, le manque d'hygiène. Outre les « poches de misère » qui parsèment les quartiers riches, des districts entiers sont livrés aux pauvres : presque tout l'*East End* et au sud de la Tamise l'ensemble des secteurs en bordure du fleuve. Cependant, à l'encontre des visions romantiques sur les « mystères de Londres », il importe ici de distinguer soigneusement entre deux catégories de population : d'une part la majorité, formée des ouvriers et du petit peuple urbain, à l'existence difficile, souvent terne, mais vivant, même si c'est pauvrement et tant bien que mal, de son travail, et n'ayant guère de contact avec le monde de la criminalité ; d'autre part les bas-fonds, l'*underworld*, dont on a souvent grossi indûment le nombre et l'influence. Certes il est indéniable que la capitale favorise par sa masse et par son anonymat la présence d'une foule d'épaves, de vagabonds, de déclassés. On y trouve pêle-mêle repris de justice, mauvais garçons, jeunes voyous échappés aux maisons de correction, marins en rupture de ban, pickpockets, filles publiques des innombrables lupanars, et plus encore tous les laissés-pour-compte d'une société impitoyable aux malchanceux : estropiés, chômeurs invétérés, mendiants loqueteux, habitués des soupes populaires et des asiles de nuit, bref un monde d'exclus et de marginaux, menace latente pour l'ordre, univers d'affamés où voisinent les pires déchéances, mais que les organisations de charité, soucieuses avant tout de respectabilité, contribuent à perpétuer bien plutôt qu'à soulager. Et c'est un économiste libéral aussi optimiste que McCulloch qui calcule qu'un Londonien sur six meurt au *workhouse*, à l'hospice, à l'asile ou à la maison de fous.

On comprend alors pourquoi le *maelström* londonien a suscité des jugements aussi passionnés que contradictoires : depuis les invectives des détracteurs de la capitale, tel Ruskin qui parle de « cette grande cité infecte, cliquetante, grondante, fumante, puante — affreux amoncellement de briques en fermentation, déversant son poison par tous les pores[28] », jusqu'à l'engouement des admirateurs d'une ville multiforme et fascinante, véritable épitomé de l'Angleterre à l'apogée du libéralisme : ainsi Henry James discernant dans le mouvement de la capitale « le grondement de l'énorme fabrique humaine ».

Permanences rurales : l'Angleterre verte

L'avance spectaculaire des villes ne doit cependant pas conduire à fausser les perspectives en minimisant la force des campagnes. De mille manières, directement ou indirectement, la vieille Angleterre verte continue de tenir une place privilégiée dans la vie de la nation. Et d'abord au sens physique. C'est elle qui domine le paysage. En superficie, les zones urbanisées ne couvrent au maximum que le vingtième du pays. Ailleurs prévalent les horizons agrestes, domaine de la vie rurale traditionnelle et des pesanteurs ancestrales. Que l'on parcoure en tous sens l'Angleterre et l'on trouve partout des champs et des pâturages, des troupeaux paisibles et de grands arbres, des haies innombrables et des chemins de terre, des petits villages et des fermes au toit de chaume. Tel est l'univers qui caractérise, parfois jusqu'à l'uniformité, la campagne anglaise. Là, selon l'expression de Taine, tout « n'est que verdure ». (En revanche, les forêts, jadis très entamées par la construction navale, occupent un espace restreint sans que nul effort soit entrepris en faveur du reboisement.)

Dans les relations sociales, dans les habitudes mentales, les traditions multiséculaires de la civilisation rurale sont toujours aussi solidement enracinées. Ainsi la propriété foncière reste la source première de l'autorité, du prestige et de l'influence. Le capitalisme commercial et manufacturier a eu beau pénétrer en force depuis le XVIIIe siècle, il n'a point réussi à renverser la vieille conception remontant aux origines des sociétés agraires, selon laquelle c'est la terre qui constitue le bien fondamental. D'où il découle que le pouvoir doit appartenir aux possesseurs du sol. De plus, paré de mille vertus, le travail de la terre continue de symboliser le travail par excellence.

Tout est imprégné de ruralisme : les mentalités, les modes de pensée, le langage. Il n'est pas jusqu'aux deux éléments de base de la culture ambiante — l'Antiquité classique pour l'élite cultivée, la Bible pour tous — qui ne contribuent à renforcer dans les esprits le primat de la campagne. Réminiscences bibliques et accents virgiliens exaltent la paix des champs tout en propageant la conviction que c'est là que se situe le vrai cadre de l'existence humaine. Sans doute n'est-il pas facile, apparemment, d'assimiler les rubiconds bouviers des troupeaux de *shorthorns* aux bergers d'Arcadie ! Mais les inspirations géorgiques, modernisées par le calcul capitaliste et vivifiées par la science agronomique, trouvent de nouveaux échos en s'associant aux notions de progrès et de bien-être. D'ailleurs, face à la prodigieuse élévation des rendements sous l'effet de la révolution agricole, comment ne pas s'émerveiller de résultats dont n'auraient même pas rêvé les occupants de la Terre promise ? Socialement parlant, « le goût de la portion la plus opulente et la plus influente de la nation pour la vie rurale » qu'observe l'agronome français Léonce de Lavergne, grand admirateur de l'agriculture anglaise, rehausse encore le prestige des campagnes.

A certains égards, le ruralisme, au lieu de reculer, gagne même du terrain. En effet, à mesure que s'accentue l'emprise de la civilisation industrielle, on voit se développer, par une sorte de réaction de défense, une quête passionnée de la nature. On constate un besoin grandissant de campagne, en guise d'antidote à l'environnement urbain. De là l'amour de la verdure, des jardins, des pelouses. « Le citadin fait tout ce qu'il peut pour cesser d'être citadin », observe déjà Taine vers 1860. Et depuis lors le processus n'a fait que prendre de l'ampleur, marquant profondément l'habitat et l'urbanisme. Dans cette supériorité paradoxalement reconnue à la campagne sur la ville, il faut voir, bien davantage qu'une nostalgie passéiste, le signe de la résistance de l'Angleterre verte à la poussée de l'Angleterre noire : la première, vaincue matériellement sur le plan du nombre, a pris sa revanche spirituelle sur la seconde en triomphant dans les cœurs.

C'est que les effectifs des campagnes commencent à baisser de manière sensible. Non point que l'abolition des *corn-laws* en 1846 ait porté un coup fatal à l'agriculture. C'est là une légende dont il faut faire justice. Soutenue par des conditions favorables, la culture de la terre a fort bien survécu au libre-échange, et la « prospérité victorienne » de 1851 à 1873 bénéficie autant aux exploitations rurales qu'aux entreprises industrielles et commerciales. Néanmoins, l'appel des villes est le plus fort. Vers le milieu du XIXe siècle l'exode rural prend une tournure nouvelle. Ici et là des balances déficitaires apparaissent, car les migrations l'emportent sur le croît naturel. Dans son étude sur la dépopulation des campagnes, J. Saville a montré que c'est au recensement de 1851 que pour la première fois des comtés purement agricoles — Wiltshire en Angleterre, Montgomeryshire au pays de Galles — enregistrent une baisse de population[29]. Dans les décennies suivantes, le mouvement gagne l'Est-Anglie, la Cornouailles, la plupart des comtés gallois. Encore qu'il convienne d'en marquer aussitôt les limites, puisque, selon les estimations de Bowley, dans la seconde moitié du XIXe siècle la population rurale n'a diminué au total que de moins de 10 % (dans la première moitié, elle s'était accrue de 50 %)[30]. Les lamentations rituelles sur la désertion des villages sont donc à accueillir avec bien des réserves. Mais si, en chiffres absolus, la baisse garde une allure modérée, en termes relatifs elle prend une dimension tout autre. En 1871, la proportion de la population rurale par rapport à la population urbaine est exactement l'inverse de celle du début du siècle : un tiers de ruraux et deux tiers de citadins au lieu de deux tiers et un tiers. Le chiffre des travailleurs de l'agriculture, qui dépassait légèrement 2 millions en 1851, est descendu à 1,6 million en 1881, et la part de la population agricole dans la population active totale tombe entre ces deux dates de un cinquième à un huitième (à la fin du XVIIIe siècle, elle était de deux cinquièmes)*. Encore plus marqué est le recul de l'agriculture dans l'activité économique du pays : de 1851 à 1881, avec un produit d'un même montant (un peu plus de 100 millions de livres), l'agriculture voit sa contribution descendre de un cinquième à un dixième du revenu national.

Pourtant la société rurale tient bon. Elle maintient même de façon étonnante sa cohésion. Ce qui la caractérise, c'est d'une part son homogénéité, due au partage du même genre de vie en contact avec la nature, au lien commun avec la terre, à la persistance de traditions semi-féodales ; d'autre part une hétérogénéité radicale, étant donné que la communauté rurale, formée de trois classes superposées, est divisée en trois blocs séparés par d'infranchissables fossés. En apparence, il n'y a rien de commun entre un *country gentleman*, riche, raffiné, entouré de la considération qui s'attache aux vieilles familles, et le misérable journalier illettré qui peine toute la journée sur ses terres, et cependant une invisible solidarité les unit, qui va bien au-delà des sentiments de patronage chez l'un et de déférence chez l'autre.

Car l'originalité de l'Angleterre, c'est qu'une agriculture hautement capitaliste s'y est développée en s'inscrivant sans rupture dans le cadre du régime antérieur, c'est-à-dire du système seigneurial et aristocratique. Celui-ci, fort de son quasi-monopole de la propriété et de son alliance avec l'Église, a réussi à survivre en maintes institutions et plus encore dans les mœurs, tout en s'adaptant aux exigences du nouveau mode de production. Ainsi s'explique la structure ternaire de la société rurale rassemblant en un ordre social extrêmement strict — chacun est figé à son rang — trois étages définis avec la plus grande netteté. Chaque étage correspond à une classe sociale. C'est donc une société caractérisée par sa hiérarchie à la fois stable et rigide et sa très faible mobilité.

Au sommet de la pyramide, on trouve les détenteurs du capital terrien, c'est-à-dire les propriétaires du sol. Aristocrates appartenant à la pairie ou à la *gentry*, tirant de la rente foncière le plus clair de leurs ressources, ils vivent dans leur manoir, leur *hall* ou leur *country-house*, en laissant à leur

* Voir figure 12, p. 289.

agent ou régisseur le soin de gérer leurs domaines. Au centre de la hiérarchie, sont placés les fermiers, qui louent la terre en échange d'un fermage. Chefs d'exploitation, ce sont à la fois des employeurs de main-d'œuvre et des producteurs ; ils se rattachent de la sorte à la classe moyenne. Enfin, au bas de l'échelle sociale, le monde des travailleurs salariés. Journaliers, domestiques, valets, bergers forment un prolétariat agricole abondant et soumis, généralement très pauvre et exploité. Ces *agricultural labourers*, comme on les appelle, sur le travail desquels repose toute la culture des terres, sont bien souvent négligés, sinon maltraités.

S'agit-il de chiffrer l'importance respective des trois éléments composant le monde rural ? On peut compter qu'en 1851 le nombre des propriétaires fonciers ne dépasse pas quelques milliers, les fermiers à qui ils louent leurs domaines sont un quart de million, tandis que les salariés peuvent s'évaluer à quelque 1 250 000 ouvriers agricoles. Deux conclusions sont à dégager de cette analyse. D'abord l'extrême simplicité dans le dessin de la pyramide sociale, depuis les larges assises de la base jusqu'à la pointe très effilée du sommet. En second lieu, on constate que les trois étages de la hiérarchie sociale des campagnes reproduisent fidèlement la division fondamentale de la société anglaise en trois classes : aristocratie, *middle class*, travailleurs manuels.

On retrouvera plus loin, dans l'étude détaillée de la stratification sociale, chacune de ces catégories replacée à son niveau*. Mais, pour comprendre le monde rural et sa force de cohésion, il fallait en dégager en un même regard les divisions horizontales — la trilogie propriétaires-fermiers-journaliers — et l'unité verticale, fruit des vertus intégratrices de la vieille société terrienne. Car l'existence d'une communauté rurale ne tient pas seulement à une certaine communauté d'intérêts entre ceux qui vivent tous de la même terre — le *landed interest*. Le genre de vie et la tradition comptent tout autant. De fait, malgré les immenses écarts de revenu et de niveau de vie, de pouvoir et de culture, le monde rural se sent unifié par une même solidarité avec la nature et avec la terre, par le rythme immémorial des saisons et des jours

* Voir chapitre 2 et début du chapitre 3.

et peut-être plus encore par le poids des coutumes séculaires, celles du château comme celles de la chaumière *(the rich man in his castle, the poor man at his gate)* : d'où l'acceptation commune d'un ordre réputé immuable, voulu par le Créateur, que symbolise chaque dimanche à l'église la hiérarchie impérative du banc seigneurial réservé au *squire* et à sa famille, des places confortables et honorables où s'installent les fermiers, tandis que les journaliers, entassés debout, sont relégués au fond de la nef.

La netteté des structures sociales traduit bien la simplicité relative, malgré les diversités régionales, des structures agraires. Un pays de grande propriété et d'exploitations moyennes, voilà comment on peut résumer la situation de l'Angleterre dans la seconde moitié du XIXe siècle. C'en est à peu près fini des enclosures : pour la raison bien simple qu'il n'y a plus grand-chose à enclore. Au contraire même, après 1870, on assiste au renversement de ce courant séculaire. Un intérêt nouveau commence à se manifester pour la préservation des communaux : les *commons*, envisagés désormais comme espaces verts à sauvegarder, acquièrent un prestige inattendu, annonciateur des *green belts*, voire des réserves foncières. Malgré cette amorce encore timide, la concentration de la propriété, qui n'a cessé de faire des progrès depuis le XVIIIe siècle, atteint vers 1875-1880 son point culminant. Sans doute la petite paysannerie indépendante n'a-t-elle pas tout à fait disparu mais, pressée de toute part, il n'en subsiste que des lambeaux, généralement dans les zones accidentées comme le Lake District, le Devon ou le pays de Galles ou dans la région marécageuse des Fens. Ces *yeomen*, héritiers des francs-tenanciers d'autrefois et qui sont des propriétaires exploitants — les seuls à mériter le nom de paysans *(peasants)* — ne détiennent plus qu'une portion minime du sol de la Grande-Bretagne : de 12 à 15 %.

Sur la répartition de la propriété, nous sommes assez bien renseignés pour cette période grâce à une vaste enquête effectuée, sur l'ordre du Parlement, en 1873. Le document, baptisé *New Domesday Book* en souvenir du fameux cadastre établi par Guillaume le Conquérant, constitue la première enquête officielle exhaustive sur la distribution des terres depuis 1086. En l'occurrence, il s'agissait de réfuter les attaques régulièrement lancées par les radicaux qui, reprenant des arguments déjà développés en abondance dans les années 1840 tant par les libre-échangistes que par les chartistes, dénonçaient le monopole aristocratique de la propriété foncière. En réalité, loin d'offrir un démenti à ces attaques, le résultat le plus clair de l'enquête, en révélant un degré de concentration de la propriété encore beaucoup plus poussé qu'on ne le pensait, a été d'apporter de l'eau au moulin des adversaires de l'aristocratie et des privilèges, et c'est peu de temps après que Joseph Chamberlain lancera sa célèbre philippique contre les propriétaires oisifs qui « ni ne peinent ni ne filent » (*« they toil not neither do they spin »*). En effet, de quelque manière qu'on présente les chiffres, l'extraordinaire puissance des *landlords* apparaît de manière éclatante. Les quatre cinquièmes du sol du Royaume-Uni appartiennent à moins de 7 000 personnes, et à eux seuls les propriétaires de plus de 400 hectares détiennent les deux tiers des terres exploitées de la Grande-Bretagne[31]. En Angleterre et au pays de Galles, la moitié du sol est aux mains de 4 200 propriétaires, tandis que le quart appartient à 360 magnats dont les domaines s'étendent sur plus de 4 000 hectares chacun. En Écosse, la concentration est encore plus poussée, puisque 24 propriétaires possèdent entre eux le quart du pays (les *latifundia* de l'un d'eux dépassent même le chiffre fabuleux de 500 000 hectares) et 350 individus se partagent les deux tiers du sol[32]. Et ce n'est pas la toute petite propriété parcellaire, souvent de la taille d'un mouchoir de poche, dont l'enquête révèle aussi l'existence (elle dénombre au total un million de propriétaires) qui peut contrebalancer la puissance concentrée entre les mains de la minorité des *landlords*. Partout, donc, la grande propriété domine sans rivale.

Il en va tout à fait différemment pour la taille des exploitations. Le plus souvent, les grands domaines sont fractionnés en fermes de moyenne dimension, d'autant que les plus riches *landlords* sont loin de posséder habituellement des terres d'un seul tenant (celles-ci, au contraire, se répartissent fréquemment entre plusieurs comtés). A la date de 1851, sur un total de 215 000 exploitations, bien que les petites unités soient les plus nombreuses — 90 000 exploitations ont entre 5 et 50 acres (de 2 à 20 hectares) —, on doit noter qu'elles ne couvrent que 8,6 % des surfaces cultivées. Il est vrai, d'autre part, que leur nombre tend à croître : au cours des vingt-cinq années suivantes, elles doublent presque, mais sans arriver à conquérir en superficie une part supérieure à 14 ou 15 %. La place principale revient aux moyennes exploitations : 45 000 fermes de 50 à 100 acres (20-40 hectares), soit 13 % des superficies et 54 000 de 100 à 300 acres (40-120 hectares) avec 45 % des superficies. Et cette catégorie demeure assez stable : elle occupe toujours près des trois cinquièmes du sol cultivé à la fin du siècle. Enfin, la grande exploitation, domaine de prédilection pour le *high farming*, représente une proportion fort importante : un tiers du total des superficies en 1851, soit 12 000 exploitations de 300 à 500 acres (120-200 hectares) couvrant 17,5 % des superficies, 4 000 exploitations de 500 à 1 000 acres (200-500 hectares) avec 11,5 %, et près de 800 exploitations de plus de 1 000 acres (400 hectares) occupant 5 % du total. En 1885, les grandes exploitations continuent de compter pour près de 30 % des surfaces cultivées[33].

A la faveur de la vague de prospérité qui dure de 1851 à 1873, la modernisation de l'outillage et des méthodes de culture se poursuit. On s'efforce de mettre en pratique la maxime proclamée en 1848 par le grand agronome Caird, qui est l'autorité suprême : « Le *high farming*, voilà le meilleur substitut aux *corn-laws*[34]. » Signe de l'enrichissement : la hausse de la rente foncière et de la valeur des terres. Les fermages, déjà en progrès depuis 1835, poursuivent leur ascension jusqu'à 1879 : l'élévation est, selon les régions, de 25 à 45 %. Pour les producteurs, fermiers ou propriétaires, cela se traduit par de beaux bénéfices ; en revanche, le sort des salariés ne change guère.

La croissance de la demande intérieure stimule et diversifie la production. Une ligne de démarcation continue de séparer avec netteté l'Angleterre des emblavures à l'est et au sud (là prédominent les terres à blé) de l'Angleterre des pâturages à l'ouest et au sud-ouest*, mais les prairies et l'élevage ne cessent de progresser. Vers 1870, 43 % des terres exploitées sont constituées de prairies naturelles et, sur les terres

* Voir carte I, p. 26.

labourées qui composent le reste, un tiers est occupé par les prairies artificielles et les racines fourragères. En revanche, les artisans ruraux subissent durement le contrecoup de la concurrence de la grande industrie. Un menuisier de village, victime de cette décadence, soupire : « Sans la fabrication des cercueils, il n'y aurait plus qu'à mourir de faim[35] ! » Cependant, l'univers villageois, abrité et paisible, maintient avec ses structures traditionnelles son rythme de vie sans être par trop affecté par les transformations contemporaines de l'existence matérielle.

La civilisation matérielle ou les dividendes du progrès

Les Anglais, s'ils reconnaissent aisément la supériorité de leurs rivaux français en matière de raffinement artistique, d'usages mondains, de mode et de gastronomie, se targuent à bon droit de jouer le rôle de pionniers pour tout ce qui concerne la vie pratique et le plein air. Effectivement, on leur doit deux inventions qui vont faire le tour de l'Europe : le confort domestique et le sport. Comme l'écrit Rimbaud,

> *Ce sont les conquérants du monde...*
> *Le sport et le confort voyagent avec eux*[36].

En ce domaine, l'innovation part généralement de la haute société. Imitée ensuite par la classe moyenne, elle gagne, au bout d'un certain temps et lorsque le niveau de vie le permet, les milieux populaires. Dans la société, a remarqué un victorien, les idées cheminent du bas vers le haut, les manières du haut vers le bas. Certaines des innovations, toutefois, sont dotées en elles-mêmes d'une telle puissance qu'elles bouleversent immédiatement les habitudes de tous. Ainsi en va-t-il des chemins de fer qui, en révolutionnant les voyages, transforment l'existence collective. Qui, même en dépit de l'inconfort des troisièmes classes, renoncerait aux avantages de la rapidité ? Le nombre des passagers s'élève de 5 millions en 1838 à 54 millions dix ans plus tard ; en 1854, il dépasse

100 millions; en 1869, il atteint 300 millions, et, en 1876, 517 millions[37]. Le changement s'est opéré sans transition : d'un coup, les vieux modes de transport sont abandonnés. En 1841, un voyage en diligence de Londres à Exeter prenait dix-huit heures, depuis 1845, par le train express, il n'en prend plus que six et demie; concurremment, le prix du trajet s'est abaissé de 4 livres à 2 livres 10 shillings en première classe.

Vers 1860-1870, l'existence du chemin de fer commence à modifier profondément l'habitat. Jusque-là, une résidence de banlieue restait l'apanage de rares privilégiés, possesseurs d'une voiture et d'un équipage. Maintenant, le nombre et la fréquence des trains suburbains permettent à quantité de bourgeois aisés d'habiter loin de leur lieu de travail, dans des villas cossues, à l'abri des fumées, du bruit et de l'agitation du centre. Par son origine, la banlieue anglaise est donc un privilège de riches. Et par là même elle confère à ses habitants le prestige social.

Mais le rail ne sert pas seulement aux migrations journalières des *commuters*. Les loisirs eux aussi s'en trouvent transformés. A partir du milieu du siècle, les excursions à la mer se multiplient. Des trains de plaisir déversent sur les plages de Margate, de Gravesend ou de Brighton des foules de «vacanciers» d'un jour. D'autres voyages, plus lointains, emportent sur le continent des Anglais en nombre croissant. Thomas Cook développe ses activités à partir de 1845, et vers 1870 son nom est devenu une institution établie. En 1857, est fondé le Club alpin : le nombre des amateurs de montagne grossit rapidement, combinant ainsi le voyage avec le sport. La villégiature d'hiver dans le Midi de la France devient à la mode, et les séjours de la reine Victoria contribuent à lancer la Côte d'Azur. D'autres voyageurs traversent les océans, et c'est un hommage mérité que Jules Verne rend aux Britanniques en faisant de Philéas Fogg, dans *Le Tour du monde en quatre-vingts jours*, le modèle du globe-trotter obstiné et intrépide.

Dans la vie domestique, la classe moyenne s'efforce d'unir la commodité et le confort. En cet âge bourgeois, on se préoccupe plus d'utilité que d'élégance. On apprécie ce qui est cossu et pratique, on recherche tout ce qui est propre à favoriser le bien-être. C'est le triomphe des grands fauteuils tapissés, amples et douillets, des canapés, des ottomanes. La fabrication mécanisée de série multiplie meubles, instruments de toilette, ustensiles ménagers. Dans le *home* — autre signe de la volonté de confort et parfois du besoin de paraître des « nouveaux riches » —, on trouve à profusion rideaux, voilages, tentures, tapis, divans, poufs, lampes, vases, tapisseries, dessus de cheminée... L'habitude de prendre des bains se répand. Par là il faut entendre généralement un *tub* dans lequel on verse l'eau chaude ou froide (les bains froids, très fréquents, sont recommandés pour endurcir les enfants, à commencer par les plus délicats). Vers 1865, le bain quotidien est devenu courant dans la haute société, la classe moyenne se contentant du bain hebdomadaire. Quant à la salle de bains, elle n'apparaît qu'à la fin du siècle. Par contre, le *water-closet* avec chasse d'eau s'est généralisé depuis 1850.

Une multitude d'innovations mineures contribuent à transformer l'existence. De nouveaux usages s'établissent qui facilitent ou simplifient le quotidien. En 1840, a été créée la poste moderne avec l'introduction du timbre payé par l'expéditeur : c'est la *penny post* (on paie un penny pour une lettre). En l'espace de dix ans, le nombre de lettres envoyées quadruple. A peu près au même moment, la plume d'acier se substitue à la plume d'oie, le papier buvard au sable; on commence à utiliser « de petits sacs en papier appelés enveloppes » au lieu de sceller les plis avec de la cire. Les allumettes, au soufre ou au phosphore (on les appelle *lucifers* ou *prometheans*), prennent la place du briquet, et en 1845 le poème de Browning *Rencontre de nuit* célèbre la nouvelle invention, déjà largement répandue :

Le craquement sec et bref fait jaillir
La flamme toute bleue de l'allumette.

Autres innovations qui transforment la vie matérielle vers 1840-1850 : le savon à bon marché, la machine à coudre, la lampe à pétrole (au lieu de l'huile de colza). La cigarette est introduite par les soldats anglais retour de Crimée qui ont pris l'habitude d'en fumer au contact de leurs camarades de combat français. Cependant, dans les maisons, la salle consacrée aux plaisirs du tabac, la *smoking-room*, ne fait son apparition que dans le dernier tiers du siècle ; elle devient alors la règle.

L'alimentation enregistre des progrès sensibles dans la classe moyenne et, dans une certaine mesure, dans les milieux populaires. Les traités d'économie domestique se répandent, depuis les conseils culinaires donnés par un célèbre « chef » français, Soyer, qui, grâce à son prestige, s'est vu confier la restauration à l'Exposition de 1851, jusqu'au classique *Manuel pour tenir une maison* de Mrs. Beeton, paru en 1861 et indéfiniment réédité. L'habitude se maintient des confortables *breakfasts*, repas copieux comprenant thé, rôties, œufs, poisson, jambon, etc. Même chez les ouvriers, le *breakfast* n'est point négligeable. En revanche, la mode du thé l'après-midi est une nouveauté de l'ère victorienne. Lancée par la duchesse de Bedford, elle gagne l'aristocratie, et de là se répand vers le milieu du siècle dans la bourgeoisie. En ce qui concerne l'alimentation courante, la consommation stagne parmi les masses dans toute la première moitié du XIXe siècle. A l'opposé, la prospérité après 1850 lui fait faire des progrès rapides. C'est ainsi que la consommation annuelle de sucre par habitant passe — en poids — de 18 livres, à l'avènement de Victoria, à 54 livres en 1870-1879 ; celle de thé s'élève de 1 livre et demie à 4 livres. Pour la bière, chaque Anglais en buvait en moyenne 90 litres par an vers 1830 ; il en boit 165 litres un demi-siècle plus tard. L'usage du tabac fait également des progrès : entre ces mêmes dates, il passe annuellement de 375 à 630 grammes par personne[38].

Dans un pays de plus en plus couvert de maisons, de rues et de fumées, l'existence urbaine impose comme une nécessité l'exercice physique. On ressent absolument le besoin de retrouver les plaisirs du plein air. Jusque-là, les sports, relativement pratiqués, reflétaient l'esprit de la civilisation rurale où ils avaient pris naissance. Orientés vers la domestication ou la mise à mort des animaux, ils étaient généralement violents. Ceux auxquels on s'adonnait traditionnellement dans l'aristocratie, c'était le tir, la chasse (chasse au renard, chasse à courre), la pêche et plus encore les courses, qui avaient l'avantage de permettre de jouer gros jeu : courses classiques comme le Derby, le St. Leger, Ascot, et, depuis 1839, le Grand National. Dans les classes populaires, on se régalait de passe-temps également violents : lutte, boxe, et surtout combats d'animaux, où se libèrent les instincts de brutalité (combats de coqs, de chiens, de rats, harcèlement de taureaux).

Vers le milieu du XIXe siècle, en partie sous l'influence des *public schools*, en partie pour répondre au besoin de nouvelles distractions exaltantes pour le corps comme pour l'esprit, apparaît le sport d'équipe. Il s'agit désormais de formes de sport civilisées, épurées, soumises à des règles. L'idée qui prévaut, c'est celle de l'exercice qui élève en faisant appel à l'endurance, au sens collectif, aux qualités viriles *(manliness)*. Le sport devient une école de caractère. On se met à regarder de travers son association avec l'argent : on joue non pour parier, mais pour le plaisir. Dans les matchs, c'est l'esprit de compétition — le *fair play* — qui doit l'emporter. La soumission à des règles prend valeur de moralisation et de discipline, cependant que de surcroît le jeu collectif permet la participation d'un plus grand nombre à l'effort et à la détente en commun.

Pour les nouveaux sports comme pour les anciens, les divisions sociales sont nettement tracées. Parmi les jeux de *gentlemen*, sont en honneur le cricket, déjà ancien, mais qui acquiert un grand prestige (jusqu'à donner naissance à l'expression *it's not cricket*), le rugby, pratiqué d'abord dans la grande *public school* de Rugby (la Rugby Union est fondée en 1871), le golf, importé d'Écosse à partir de 1869 (d'où son nom de *Scotch golf*), l'aviron (la course Oxford-Cambridge constitue un événement annuel vers 1856), le polo popularisé aux alentours de 1870. L'athlétisme débute à Oxford vers 1850. A la même date, le croquet devient à la mode. Quant au *lawn tennis*, il est inventé en 1874 et codifié peu après par le Wimbledon All England Croquet and Lawn Tennis Club. A la fin du siècle, le tennis sera avec la bicyclette le grand passe-temps de la classe moyenne.

Chez les ouvriers, le sport favori, c'est le football *(soccer)*, qui trouve vite ses lettres de noblesse face au rugby *(rugger)*. La Football Association est constituée en 1863. Les règles s'unifient à travers le pays, comme pour le rugby : ceux qui veulent garder leurs coutumes locales doivent baisser pavillon. Bientôt, grâce à la « semaine anglaise », des matchs sont disputés chaque samedi après-midi devant un public passionné : d'abord entre clubs, puis apparaissent les matchs internationaux. Ainsi, au lieu de la spontanéité anarchique et brutale des jeux d'antan où triomphait la force individuelle, le sport a pris rang parmi les activités disciplinées, soumises à un code de conduite collective. Rationalisation et dressage social font échec aux jaillissements de l'instinct sous l'effet d'une éthique d'intégration volontaire de l'individu au groupe. Bref, le sport socialisé a remplacé les sports sauvages.

2. Les vertus de la hiérarchie

Classes et structure : Marx ou Palmerston ?

Dans un texte de 1854, Marx observait que, de tous les pays, la Grande-Bretagne était celui où « le despotisme du capital et l'esclavage du travail » avaient atteint leur plus grand développement, le processus de disparition des catégories intermédiaires ne laissant plus face à face que « le millionnaire à la tête d'armées industrielles entières et le salarié-esclave obligé de vivre au jour le jour ». En effet, expliquait-il, « en Grande-Bretagne, s'est instauré un complet divorce de la propriété et du travail. En nul autre pays la guerre entre les deux classes qui constituent la société moderne n'a pris des proportions aussi colossales ni des caractères aussi nets et tangibles[1] ».

A l'opposé de ce schéma dualiste, né de la dialectique implacable de la propriété et du salariat, la *Weltanschauung* victorienne reposait quant à elle sur une conception trialiste de la société considérée comme un assemblage d'éléments mobiles et libres. Écoutons par exemple Palmerston, expression du « mid-victorianisme » dans sa quintessence, développer en 1865, comme il l'avait fait si souvent, ses vues sur le système social de son pays à l'occasion d'une remise de prix à une exposition industrielle. L'heureux équilibre, affirme-t-il, qui caractérise l'Angleterre, tient à la combinaison tout à fait unique d'une hiérarchie reconnue et acceptée et d'une mobilité sociale tantôt effective, tantôt potentielle. En effet, poursuit-il, dans une monarchie constitutionnelle il faut une aristocratie du rang — la noblesse — et une aristocratie de la richesse — la bourgeoisie. Au-dessous, se situe la masse du peuple. Là, n'importe qui peut aspirer à s'élever jusqu'au plus haut niveau, pourvu qu'il y consacre « les talents, l'énergie, la persévérance et la bonne conduite » nécessaires, car « la richesse est dans une certaine mesure à la portée de tous ». Par conséquent, toutes les ambitions sont permises. Chaque membre de la société, où qu'il soit placé, porte dans sa giberne un bâton de ministre, de général ou de lord chancelier (ce sont les propres exemples cités par Palmerston). D'ailleurs, que ceux qui ne parviendront pas à ces sommets se consolent : leur effort ne restera pas vain ; en cultivant les facultés dont la Providence les a dotés, ils obtiendront le respect d'eux-mêmes et le bonheur domestique, accompagnés du sentiment d'être utiles à leur pays. Vision singulièrement optimiste donc, fondée sur la dynamique d'un ordre social triangulaire (patriciat aristocratique, élite bourgeoise, classes « inférieures ») et ouvert (chaque être est libre et ne dépend que de sa propre volonté). C'est le principe de la « carrière ouverte aux talents ». Pourquoi alors ne pas conclure, comme le fait effectivement Palmerston, par cette exhortation à la Guizot : « Allez de l'avant, messieurs, et prospérez[2] ! »

Ainsi là où, face au capitalisme libéral à son apogée, Marx décrit une société antithétique, rigide, soumise à l'action de mécanismes inéluctables et répartie en deux classes antagonistes, Palmerston au contraire dépeint complaisamment une société souple, accueillante, ductile, mouvante, à plusieurs niveaux étagés, où opèrent continuellement des échanges de la base vers le sommet. Grand débat en vérité, qui depuis un siècle n'a cessé de partager historiens, sociologues et politologues... De fait, le débat est double, car il inclut deux problèmes différents, quoique liés entre eux. La première question concerne la structure sociale. Dans l'Angleterre au XIXe siècle combien y avait-il de classes ? De qui et de quoi les classes étaient-elles composées ? A cet égard, on a soutenu les points de vue les plus divers : pour les uns, il n'existait que deux classes, pour les autres c'était un système à trois classes, certains sont allés jusqu'à cinq, voire davantage ; parfois aussi on a nié que l'on pût même délimiter des classes, faute d'homogénéité interne. Dans ces conditions, faut-il parler d'une société bipolaire ? tripolaire ? multipolaire ? Ou, si l'on préfère une autre image, doit-on envisager les rapports sociaux sous forme de duo, de trio, de polyphonie? D'autre part, et c'est la seconde question, qui nous fait passer d'un plan statique (celui de la stratification) à un plan dynamique (la mobilité), s'agit-il réellement d'une société ouverte, offrant des possibilités concrètes de passage d'un étage à l'autre? Est-ce si aisé? si fréquent? Il est bien vrai que la littérature du temps abonde en discours sur la multitude des « passerelles » et des « échelons ». Mais, en fin de compte, pour qui veut grimper à l'échelle sociale, les barrières ne sont-elles pas plus nombreuses que les barreaux? On peut à bon droit se demander si la mobilité sociale fleurissait autant qu'ont bien voulu le prétendre les thuriféraires victoriens.

Pour y voir clair, il convient d'abord de cerner de plus près la notion de classe dans son développement historique. Quand et comment le mot a-t-il pénétré dans le langage, puis est devenu d'usage courant? Dans quelle mesure le mouvement de la société a-t-il façonné le concept? Et surtout les termes utilisés par les contemporains rendent-ils compte de manière adéquate de la réalité sociale? Au milieu du XIXe siècle, on est en pleine phase de transition, par suite de l'utilisation concurrente de deux langages distincts. En effet, parallèlement au mot moderne de classe, on continue à se servir de la terminologie ancienne en honneur au XVIIIe siècle. A cette époque, on parlait tantôt d'ordres (*orders*), tantôt de rangs (*ranks* ou *degrees*). Lorsqu'on voulait désigner des groupes sociaux fondés sur une base économique commune, tels que des coalitions d'intérêts ou des groupes de pression, on employait le mot *interest* : il y avait ainsi le *landed interest* (les propriétaires fonciers et ceux qui tiraient leurs revenus de la terre), le *City* (ou *banking*) *interest*, le *cotton interest* (les manufacturiers du Lancashire), etc. Vers 1850, tous ces vocables sont toujours en pleine vigueur et c'est seulement dans le dernier tiers du siècle qu'ils se mettent à décliner (par exemple, l'appellation de *lower orders*, les « ordres inférieurs », est constante pour caractériser les masses populaires).

Mais le terme de *classes* s'est imposé de plus en plus. Et c'est lui qui tend désormais à prévaloir[3]. Il avait fait son apparition — généralement au pluriel — dès la fin du XVIIIe siècle. D'abord pour caractériser la bourgeoisie : on disait alors *the middling and industrious classes*. Puis le tour du monde du travail était venu. Depuis 1830, l'expression *working classes* est entrée dans les habitudes. A vrai dire, si le nouveau vocabulaire a eu autant de succès, ce n'est pas seulement parce qu'il fournit une description commode des groupes sociaux issus de l'industrialisation, c'est peut-être plus encore parce qu'il correspond à une prise de conscience. Au cours des années 1830 et 1840, chez les ouvriers de même que dans la classe moyenne, existe un sentiment très vif d'appartenir à une catégorie sociale distincte, relativement facile à délimiter, dont les intérêts sont opposés à ceux de la vieille aristocratie dirigeante. La lutte des classes, bien loin d'être un schéma marxiste plaqué après coup sur la réalité sociale, correspond d'abord à une expérience vécue. Sur le plan des idées, les premiers à l'avoir développée, ce sont, comme l'a montré E.P. Thompson, les porte-parole du radicalisme. Mais on trouve chez un bourgeois réformateur comme Cobden dans son combat contre l'aristocratie un langage de classe aussi tranché que chez Engels dans sa critique de la bourgeoisie manufacturière ou que dans les protestations enflammées des chartistes contre la double oppression des nobles et des capitalistes. Le résultat, c'est qu'au milieu du XIXe siècle l'usage s'est fermement établi de définir le système social britannique comme un édifice à trois niveaux (exactement à l'image des trois classes de chemin de fer...) : à la base, les classes populaires, c'est-à-dire les travailleurs manuels des villes et des campagnes (*lower* ou *working classes*) ; au centre, la bourgeoisie (*middle classes*) ; en haut, l'aristocratie et la haute bourgeoisie (*upper classes*). Faut-il en déduire que l'évolution du langage reflète un bouleversement au sein de la société ? En d'autres termes, sous l'effet de la révolution industrielle, une société de classes se serait-elle substituée à une société d'ordres ? A notre avis, ce n'est nullement le cas. La société anglaise du XVIIIe siècle, autant que la société victorienne, était une société de classes, même si les classes étaient désignées sous d'autres noms. La différence, c'est que maintenant le langage moderne se met à supplanter le langage ancien, encore que pendant plusieurs décennies celui-ci réussisse à survivre.

Nous en revenons donc à notre interrogation initiale : comment se délimitent et se répartissent les classes sociales dans l'Angleterre victorienne? Si nous définissons les classes en fonction de trois critères majeurs : 1) la position dans le système de production (c'est-à-dire le revenu, la profession et le niveau de vie); 2) une conscience collective spécifique; 3) la participation à des valeurs communes par le genre de vie, l'éducation et le statut — deux points, nous semble-t-il, peuvent être dégagés avec netteté. D'abord, la validité du schéma triangulaire comme modèle de base de la société anglaise du XIXe siècle. Plutôt que la structure dichotomique, il nous apparaît que c'est la stratification à trois étages qui rend le mieux compte de la réalité sociale. A condition, bien entendu, de ne pas la figer abusivement : on n'est que trop souvent tombé dans le stéréotype à cet égard. D'autant que d'autres lignes de partage — religieuses (anglicans et dissidents), politiques (*tories, whigs* et radicaux), sociales (villes et campagnes), nationales (Écossais, Gallois, Irlandais) — viennent compliquer l'édifice social en y multipliant les fronts, les antagonismes — partiels ou globaux —, les alliances — temporaires ou durables. C'est pourquoi, à l'intérieur de chaque classe, règne une large hétérogénéité, et il peut même arriver que la cohérence soit plus externe — à l'égard des autres — qu'interne.

La thèse dualiste, il est vrai, s'inscrit dans une longue tradition où l'on compte, à côté de précurseurs du socialisme, tel le docteur Hall au début du siècle (« la population se divise seulement en deux classes : les riches et les pauvres[4] »), des représentants du torysme social (Disraeli s'exprime exactement dans les mêmes termes lorsqu'il énonce sa fameuse thèse des « deux nations ») et la plupart des chartistes, eux-mêmes héritiers du langage jacobin de Cobbett qui dénonçait véhémentement la « réduction de la communauté à deux classes : les maîtres et les esclaves[5] ».

En ce qui concerne l'analyse par Marx de la société anglaise, il y a lieu d'observer que, tout en élaborant le concept de structure dialectique opposant deux classes antagonistes, Marx ne méconnaît pas pour autant le rôle de l'aristocratie : pour lui, tout le système politique anglais est précisément le fruit d'un compromis entre les deux fractions de la classe dirigeante, l'aile aristocratique et l'aile bourgeoise. On peut même aller plus loin. Jusque dans le dernier chapitre du *Capital*, resté inachevé, Marx reprend toute sa théorie du procès de production social avec la trilogie : rente foncière, profit, travail, en affirmant que, des trois grandes classes de la société moderne — propriétaires fonciers, capitalistes et ouvriers salariés —, c'est le développement historique de l'Angleterre qui offre l'exemple le plus élaboré.

D'ailleurs, Marx ne fait ici que reprendre la tradition de la pensée économique britannique. C'est en effet parmi les économistes classiques écossais du XVIIIe siècle, Sir James Steuart, John Millar et surtout Adam Smith, que la conception des trois classes de la société a vu le jour[6]. Les premiers à définir une classe sociale par la structure économique — mode de production et de revenu —, ils ont lancé la triade *landlords*, manufacturiers, ouvriers *(labourers)*. Cette théorie tripartite gagne si rapidement du terrain que Stuart Mill en vient en 1834 à railler ceux qui, dit-il, « tournent dans leur cercle éternel de propriétaires, de capitalistes et de travailleurs [...] comme si ces trois classes résultaient d'une ordonnance divine plutôt qu'humaine[7] ». Et, quelles que soient les différences du vocabulaire, c'est la même division ternaire qu'on retrouve chez Carlyle lorsqu'il distingue « travailleurs *(Workers)*, maîtres travailleurs *(Master Workers)* et maîtres oisifs *(Master Unworkers)* », chez F.D. Maurice (« l'aristocratie, les classes commerciales, les classes ouvrières ») ou encore chez Matthew Arnold avec sa célèbre trilogie des barbares (l'aristocratie), des philistins (la bourgeoisie) et de la populace (les ouvriers).

Second point caractéristique qui ressort avec certitude : la structure à trois étages de la société anglaise du milieu du XIXe siècle tire en grande partie sa force d'un sens de la hiérarchie extraordinairement enraciné dans les esprits et les mœurs. Société verticale, foncièrement inégalitaire, où chacun se voit inculquer à son échelon, depuis le grand seigneur féodal jusqu'à l'humble manœuvre, la conscience de son statut, ou comme on dit alors de sa position *(station)*. Déjà, dans les années 1830, Tocqueville remarquait : « L'esprit français est de ne pas vouloir de *supérieur*. L'esprit anglais de vouloir des *inférieurs*. Le Français lève les yeux autour de lui avec inquiétude. L'Anglais les baisse autour de lui avec complaisance[8]. » C'est que la hiérarchie n'apparaît pas seulement comme une nécessité : elle est une bénédiction parée de mille vertus. Plus elle est stricte, mieux elle est acceptée; elle n'en apparaît même que plus souhaitable. Écrivant en 1878 un essai sur l'égalité, Matthew Arnold note à quel point le terme a mauvaise presse dans l'opinion[9]. Et à la même époque Henry James, pourtant sur la voie de devenir un Anglais d'adoption, ne peut s'empêcher d'être frappé par le caractère rigoureux de la stratification sociale, hérissée de barrières et de niveaux : « Le plan essentiellement hiérarchique de la société anglaise, écrit-il, voilà le grand fait omniprésent... Il n'y a pas un détail de l'existence qui ne le trahisse d'une certaine manière[10]. »

Le moment est donc venu de passer à l'analyse des trois classes de cette hiérarchie, en nous demandant en même temps si les affirmations optimistes des libéraux sur la mobilité du corps social correspondent bien à la réalité ou si, au contraire, démenties par cette dernière, elles ne sont pas plutôt une des formes de l'« opium du peuple ».

Un pays aristocratique

Burke, le philosophe politique du *landed interest*, a écrit un jour que les nobles, « incarnation de la tradition », ressemblent aux « grands chênes qui ombragent un pays et perpétuent leurs bienfaits de génération en génération », alors que les roturiers « rampent sur le sol, bedonnant comme des melons, sans doute exquis au goût, mais à la manière des plantes annuelles qui disparaissent une fois la saison terminée »[11]. Avec l'avènement d'une société industrielle et le progrès des idées démocratiques, on aurait pu croire une telle vue du monde à jamais révolue. Or il n'en est rien. L'aristocratie continue de former — pour prendre une autre image de Burke — le « chapiteau corinthien » au sommet de la colonne sociale. En dépit des furieuses attaques menées contre elle depuis la fin du XVIIIe siècle par les forces jacobines et radicales, d'origine bourgeoise ou populaire, elle a réussi à maintenir sa position dominante sans avoir à consentir trop de diminutions. A elle vont toujours les honneurs, la considération, et, dans une très large mesure, la richesse et la direction des affaires publiques. En outre, il existe toujours, de droit et de fait, un lien étroit entre l'aristocratie et l'Église anglicane : toujours solide, la vieille alliance du *squire* et du *parson* illustre le double attachement de la noblesse à la Couronne et à l'Église.

Une fois pour toutes, il faut ici faire justice des clichés de l'historiographie libérale, en particulier de la légende savamment entretenue d'une Angleterre bourgeoise prenant à partir de 1832 la place de la vieille Angleterre aristocratique. Bien loin que le *Reform Bill*, cette année-là, et même que l'abolition des *corn-laws*, en 1846, aient porté le coup de grâce à l'ancienne oligarchie dirigeante, celle-ci a gardé pour l'essentiel sa situation privilégiée. L'Angleterre du milieu du XIXe siècle demeure, socialement, économiquement, politiquement, mentalement, un pays aristocratique. « Nous sommes, confessait un adversaire des privilèges nobiliaires aussi résolu que Cobden, un peuple servile, amoureux de l'aristocratie, féru des lords, qui éprouve pour la terre autant de révérence que pour les pairs et les baronets[12]. » Sans doute est-il bien vrai que lentement la balance des forces tend à se modifier au profit de la classe moyenne et au détriment de l'aristocratie foncière. Mais, pour cette dernière, les années 1850-1880 représentent un splendide été de la Saint-Martin. Presque personne alors ne songe à mettre en question sa position de supériorité. A certains égards, on pourrait même presque parler de consolidation : à la fois en richesse et en prestige. Et dans le souvenir des gentilshommes campagnards, les *country gentlemen*, la période a pris figure d'âge béni, à peine touché, comme le rappelle l'héritier d'une vieille famille, le dix-neuvième baron de Willoughby de Broke, par « les symptômes de l'industrialisme » et « les manifestations de la démocratie[13] ».

Assurément, il serait tout à fait erroné de se représenter l'aristocratie comme d'un seul bloc. A l'intérieur de ses rangs, il existe plusieurs étages. Revenu, train de vie, statut diffèrent fortement, selon que l'on regarde au sommet la haute noblesse *(the aristocracy, the nobility)*, petite minorité composée des très grands propriétaires et des titulaires de titres héréditaires, ou au contraire les strates inférieures de la *gentry*, puis de la *squirearchy*. Néanmoins, tous partagent les avantages de la naissance, de la propriété du sol, des revenus qui en découlent, du rang qui s'y attache. Tous mènent une vie de loisir (par définition, un *gentleman* est quelqu'un qui ne travaille pas). Tous se règlent sur un code de conduite non écrit, hérité en même temps que la terre. Ensemble ils forment la communauté des «*gentlemen of England*» : communauté privilégiée d'êtres «bien nés», reconnus par leurs «inférieurs» comme la meilleure et la noble part du pays *(their betters)*. Quelle que soit la distance qui sépare un duc et pair (on compte en 1873 vingt-sept ducs dont quatre tirent de leurs terres un revenu supérieur à 100 000 livres et treize un revenu situé entre 50 000 et 100 000 livres) d'un modeste *squire* de village, dont les ressources atteignent tout juste 1 000 livres par an, ils n'en sont pas moins unis par mille fils ténus : «Ils ont en commun, écrit Cracroft en 1867, la franc-maçonnerie du sang, l'éducation, les occupations, les idées, le langage, et — ce qui lie les êtres peut-être plus que tout — le prestige, un prestige contre lequel il arrive que l'on grogne, mais que dans l'ensemble on reconnaît et auquel même, il faut l'avouer, le pays est secrètement attaché[14].» C'est précisément cet esprit de révérence semi-féodale qui explique en bonne partie la si longue résistance du pouvoir aristocratique en Angleterre — sans d'ailleurs que les traces en soient effacées aujourd'hui. Trait de la mentalité collective qui provoquait l'exclamation railleuse de Thackeray dans son *Livre des snobs* : «Quel culte de la pairie d'un bout à l'autre de ce pays de liberté!»

Qu'est-ce donc qui définit l'aristocratie? Une terre? Un nom? Ou bien la reconnaissance par les autres, égaux ou inférieurs? Autrement dit, les critères en sont-ils objectifs ou bien subjectifs? Si l'on met à part les nobles *stricto sensu*, c'est-à-dire les familles de la pairie, pour qui le critère ne pose évidemment pas de question (et en laissant de côté également les règles strictes qui régissent la transmission du sol : primogéniture, *entail* et *settlement*), la réponse est loin d'être simple. Deux conditions s'avèrent essentielles. D'abord la propriété terrienne, c'est-à-dire la possession d'un domaine de dimensions convenables. C'est là une condition nécessaire, car la terre seule est en mesure de conférer un statut élevé : comme le dit joliment un héros de Trollope, elle « procure beaucoup plus que la rente, elle procure position, influence, pouvoir politique, sans parler du gibier ». Mais cela ne suffit pas. Un nouveau riche, acquéreur de vastes domaines, ne pénètre point pour autant dans le cercle de la noblesse. Il faut remplir une seconde condition : l'ancienneté, qui seule permet d'être reconnu et considéré. C'est ainsi qu'une famille de banquiers ou de manufacturiers n'accédera à la *gentry* qu'au terme de deux ou trois générations d'existence sur ses terres. A l'inverse, un antique lignage, appuyé sur une tradition patriarcale ininterrompue à l'ombre du manoir, est certain, même s'il n'est accompagné que d'une fortune modeste, de faire se courber les têtes des villageois à plusieurs lieues à la ronde. Dans cette psychologie, on doit voir bien plus que vanité atavique ou exclusivisme capricieux. Au-delà de la défense sourcilleuse du privilège du blason, il y a la volonté d'assimiler, par une sorte de processus de reproduction, ceux qui prétendent au statut aristocratique. Car, pour s'intégrer à la *gentry*, il convient d'en adopter le style et le comportement, bref de s'identifier au personnage du *squire*.

C'est bien ce qui, sans altérer le moins du monde la puissance de la tradition, mais au contraire en se réclamant d'elle, fait la force d'intégration de la noblesse — classe à la fois ouverte et captatrice. En effet, dans le régime social anglais, l'entrée dans l'aristocratie foncière n'est pas limitée par le bas, du côté de la *gentry* (en théorie, elle n'est pas limitée non plus par le haut du côté de la pairie, mais dans la pratique la procédure d'anoblissement royal n'est employée que de manière rarissime en faveur de personnages extérieurs à la *gentry*), et les Anglais se complaisent à souligner que leur aristocratie ne constitue point une caste ni même un ordre fermé à la manière de la noblesse française d'Ancien Régime. Néanmoins, l'accès reste chichement mesuré, non seulement parce que la règle d'or d'une élite est de se perpétuer sans se diluer, mais aussi parce qu'on n'y pénètre qu'en se conformant au modèle existant. Les effectifs de la noblesse sont là pour en témoigner. On compte au total trois cent cinquante à quatre cents familles dans la haute aristocratie (c'est-à-dire les grands propriétaires terriens, dont les domaines dépassent 10 000 acres, soit 4 000 hectares, et qui pour la plupart appartiennent à la pairie), trois mille familles environ dans la *gentry* et la *squirearchy* (dont les terres couvrent de 1 000 à 10 000 acres, c'est-à-dire 400 à 4 000 hectares)[15].

Quoi d'étonnant, dira-t-on, à ce qu'une société à tradition rurale donne le primat à la notion d'héritage et que par voie de conséquence le concept d'hérédité serve de critère — avec la richesse de la terre — à la définition de l'élite dirigeante? En réalité, le principe aristocratique va beaucoup plus loin. Il aboutit à ce que la société tout entière privilégie les situations *transmises* par rapport aux situations *acquises*. D'une part, la naissance érige la barrière du rang, en soulignant l'irrémédiable distance avec le commun, *the common people*. D'autre part, l'appartenance à une vieille famille « établie », donc enracinée dans le passé, est censée conférer à ses membres, par la vertu de l'atavisme et du milieu, des aptitudes personnelles innées, le don du commandement, le sens de l'honneur, l'esprit chevaleresque, bref la capacité de direction du pays. On ferme volontiers les yeux sur l'autre face du tableau : la morgue, la corruption, la dissipation, le gaspillage, le luxe insolent. L'habitude est prise depuis si longtemps de voir dans la classe seigneuriale la dépositaire d'une supériorité naturelle ! De son côté, l'aristocratie, tout imbue de sa préséance, répond par des certitudes analogues. Classe dirigeante, elle est très consciente de son rôle, privilèges et devoirs mêlés. Pourquoi la vocation de l'élite changerait-elle? D'ailleurs, en dépit de toutes ses fautes, ne peut-elle s'enorgueillir de sa réussite historique? N'est-ce point elle la classe qui a porté si haut la puissance anglaise, abattu Louis XIV et Napoléon, soumis l'Inde, fourni au pays ses héros guerriers — les Marlborough, les Wellington — et ses hommes d'État — Pitt, Castlereagh, Palmerston, Salisbury?

On voit ainsi que la prédominance aristocratique repose essentiellement sur deux forces : la richesse foncière, le prestige nobiliaire. C'est ce qu'il importe de considérer maintenant plus en détail. Premier facteur décisif : la fortune terrienne fait de la noblesse la catégorie la plus riche de la nation. Patriciat et ploutocratie se confondent encore largement. Tel est le fait primordial, qui reste vrai jusqu'aux années 1880, comme il l'avait été pendant des siècles. Bien sûr, on pourrait nommer quelques magnats de la banque ou de l'industrie capables de rivaliser même avec la haute noblesse, mais il ne s'agit là que de cas de figure. En tant que classe, l'aristocratie occupe quasi exclusivement l'étage des hauts revenus au sein de la hiérarchie de l'argent. C'est que l'existence de la grande propriété foncière, dont on a vu l'étendue*, fait d'elle, principale détentrice du sol, la représentante non seulement de la richesse terrienne, mais de la richesse tout court. Bien gérés pour la plupart, les domaines des *landlords* rapportent des sommes considérables à leurs possesseurs. On calcule que l'acre de terre cultivée procure en moyenne 1 livre par an. La multiplication est donc facile à effectuer. Les grands propriétaires disposent de revenus énormes : plus de 10 000 livres par an, soit 250 000 francs-or, si l'on fixe le seuil à 10 000 acres. Dans la fraction supérieure de la *gentry (greater gentry)*, les *estates* vont de 3 000 à 10 000 acres; parmi les *squires*, de 1 000 à 3 000 acres : tous ces propriétaires se retrouvent donc dans une tranche de revenu située entre 1 000 et 10 000 livres, ce qui les range dans la mince frange des gens les plus riches du pays (0,25 % de la population).

De plus, la fortune noble a cessé depuis longtemps d'être une fortune purement terrienne, même si la rente foncière continue d'en constituer l'élément principal. D'abord parce que les *landlords* ne se sont pas contentés de faire fructifier leurs biens agricoles : ils ont également investi dans le commerce outre-mer, la banque et plus récemment les compagnies de chemin de fer. Surtout, leurs domaines fonciers se sont trouvés valorisés par l'essor des villes, des mines, des voies ferrées, des docks. Par exemple, l'exploitation de la houille a apporté une prospérité inouïe au duc de Northumberland, au comte de Durham. En 1856, Robert Stephenson calculait qu'en un quart de siècle, sur 286 millions de livres investies par les compagnies de chemin de fer pour la construction de lignes, le quart avait été dépensé en achats de terrain : les bénéficiaires en ont été naturellement les possesseurs de sol. Sur une échelle encore plus vaste, l'aristocratie a trouvé dans la croissance des agglomérations une source d'enrichissement de premier ordre : loin de réduire l'impor-

* Cf. chapitre 1, p. 51.

tance relative des vieilles fortunes foncières, le développement urbain a eu pour effet de les multiplier. A Londres, trois géants du landlordisme détiennent à eux seuls une bonne partie du *West End* : le duc de Portland autour de Regent's Park (il possède aussi en Écosse les mines de Kilmarnock et le port de Troon), le duc de Bedford dans le quartier de Bloomsbury et de Covent Garden, et plus encore le marquis de Westminster dont les propriétés s'étendent de Mayfair à Pimlico. De la même manière, la rente urbaine vient remplir les caisses du marquis de Bute, qui possède une partie de Cardiff et du Glamorganshire, de lord Derby, propriétaire de secteurs entiers à Liverpool et dans plusieurs villes du Lancashire. A Liverpool également et à Londres, sont représentés les intérêts de lord Salisbury. Quant au duc de Norfolk, il détient plusieurs quartiers de Sheffield, un périmètre important du centre de Londres, des gisements de charbon. Dans le cas de lord Calthorpe, les neuf dixièmes de ses 120 000 livres de revenu proviennent de la possession d'Edgbaston, une banlieue résidentielle de Birmingham.

Néanmoins, en règle générale, les revenus agricoles fournissent les quatre cinquièmes des ressources nobiliaires. Et tout au long de notre période, du fait de la hausse de la rente foncière jusqu'à 1879, ils accusent une belle progression. Parmi les plus riches des grands seigneurs, on trouve le marquis de Bute (revenu brut : 230 000 livres), Sir John Ramsden (175 000 livres), Lord Derby (163 000 livres). Le marquis de Bredalbane, disait-on, pouvait faire 33 lieues à cheval en ligne droite sans sortir de ses terres. Le quatrième duc de Northumberland, qui possède 166 000 acres dans le Middlesex, le Devon, le Yorkshire et surtout le Northumberland (un huitième du comté lui appartient), tire un chiffre net de 90 000 livres de ses terres cultivées, de 20 000 livres en *royalties* sur ses mines de charbon et dépense au cours de sa vie plus de 300 000 livres pour son château d'Alnwick. Autre grande figure patricienne : le septième duc de Devonshire, à la tête de 200 000 acres répartis sur onze comtés anglais et trois comtés irlandais et procurant un revenu brut de 180 000 livres, est en même temps président de la Compagnie de l'hématite et de l'Institut du fer et de l'acier (c'est lui qui prend l'initiative de développer le centre métallurgique de Barrow-in-Furness) ; il possède de surcroît une bonne partie de la ville balnéaire d'Eastbourne ; gérant ses biens avec discernement et modernisme, il laissera à sa mort une fortune évaluée à 1 800 000 livres. Lui-même est une personnalité importante du parti libéral, et dans le décor palladien du château de Chatsworth il préside de sa figure imposante au cérémonial de l'une des plus somptueuses *country-houses* d'Angleterre[16].

Sur un pied beaucoup plus modeste, mais dans un cadre confortable, les *squires* vivent eux aussi au milieu de leur domaine, entourés de leurs domestiques, dans leur gentilhommière, *hall* ou *manor house*, et leur rayonnement s'étend sur tout le voisinage. La différence n'est pas seulement dans le niveau du revenu ; elle est plus encore dans le style de vie. Car la *gentry* réside toute l'année à la campagne ; on ne la voit point à Londres pour la saison. Vivant loin de la capitale et de l'univers cosmopolite de la haute société, elle mène une existence plutôt casanière. Aussi est-elle beaucoup plus conservatrice, tant dans ses mœurs que dans ses opinions. Mais elle bénéficie pareillement de l'aura qui entoure les titulaires d'un nom ancien et qui fait du seigneur, *the lord of the manor*, un être à part.

Le prestige féodal, voilà bien, en effet, le second pilier du pouvoir aristocratique. Grande ou petite, la noblesse incarne, aux yeux de l'immense majorité, l'élite naturelle. Tout encourage les sentiments de révérence à son égard : la pression sociale, l'éducation, les institutions, et ces mille canaux qui propagent la conscience d'une dépendance chez les plus humbles comme dans les classes instruites. Cela va de l'attitude spontanée de respect des domestiques (survivant bien après qu'ils ont quitté le service de leur maître) jusqu'à la vanité des bourgeois parvenus, tout fiers de côtoyer des gens titrés. Il arrive que le préjugé nobiliaire tourne à l'admiration béate et franchement ridicule, comme avec ce Mr. Meagles dont Dickens raille la sottise dans *La Petite Dorrit* : c'est le personnage qui, malgré toutes les avanies endurées de la part d'une coterie huppée, répète, ébloui : « Oui, mais quelle haute compagnie ! » Même quand les instincts révérenciels revêtent des formes moins naïves et plus sophistiquées, ils enveloppent de manière incoercible les représentants de l'aristocratie. Au fond des consciences, persiste une conception patriarcale des rapports sociaux, dans laquelle, au paternalisme du seigneur, répond, jusque dans la bourgeoisie riche et cultivée, un sentiment de subordination plus ou moins respectueuse.

Déférence ou servilité ? Voilà le grand dilemme, crucial pour la destinée de la société anglaise — dilemme sur lequel se sont affrontés depuis le XVIIIe siècle partisans de l'*Establishment* et tenants de la démocratie égalitaire. Bagehot, qui a pris position sans hésiter en faveur de la déférence, dont il s'est fait le champion, constatait le paradoxe sans pouvoir l'expliquer : « Je ne crois pas, écrit-il, qu'il y ait aucun pays où toutes les familles anciennes et toutes les familles titrées aient reçu plus volontiers l'hommage de ceux qui sont leurs égaux — peut-être leurs supérieurs — en richesse, leurs égaux en culture, et leurs inférieurs seulement par le lignage et par le rang[17]. » En sens opposé, les stratèges du radicalisme continuent de lancer des attaques en règle contre le préjugé aristocratique en vue de le réduire, sinon de l'extirper, mais sans grand succès. Le prestige patricien a survécu à tous les coups sévères qui lui ont été portés entre 1815 et 1848. Depuis 1850, on noterait même plutôt un regain des sentiments de déférence. Le temps paraît loin où Feargus O'Connor invectivait la clique des parasites et des profiteurs de la noblesse dont, clamait-il, la venaison est teinte du sang des orphelins et le vin de Bordeaux parfumé des larmes des veuves... Il subsiste certes une tenace tradition d'hostilité à ceux que John Bright, l'idole de la classe moyenne, appelait « les landlords et grands possesseurs du sol » : on la retrouve soit à l'état latent dans la conscience populaire, soit de manière déclarée chez les intellectuels comme Thackeray, T.H. Green, Matthew Arnold. Mais Cobden, le leader des grandes campagnes anti-aristocratiques, doit en reconnaître lucidement le caractère infructueux : « La citadelle des privilèges, confie-t-il, est trop forte par suite de l'extrême concentration de la propriété », et la *upper class* « n'a jamais occupé un rang si élevé qu'à présent sur le plan social et politique »[18]. Ainsi, alors que la conception bourgeoise de la propriété — à la romaine — a triomphé dans le commerce et l'industrie, c'est le régime de la propriété féodale qui régit toujours la terre avec le droit d'aînesse, le système emphytéotique, les baux déniant toute sécurité aux fermiers. Et quel meilleur exemple des survivances de la tyrannie seigneuriale que celui des lois sur la chasse *(game laws)*, qui réservent au *squire* le privilège exclusif du gibier ? (Il est vrai que ce privilège est l'un des moins bien acceptés.)

Ce qui ajoute encore au prestige de l'aristocratie, c'est le raffinement de son mode de vie : cérémonial quotidien, à la fois subtil et compliqué, du château ; luxe des voitures, des écuries, des meutes ; abondance de la domesticité (jusqu'à une cinquantaine dans les plus grandes familles, mais un minimum de quatre ou cinq serviteurs dans une demeure simple) ; parties de chasse, promenades à cheval, visites rituellement échangées avec le voisinage, présence à l'église le dimanche, voilà de quoi est fait le rythme des saisons et des jours. Il s'y ajoute, pour les dames et damoiselles, les bonnes œuvres dans la paroisse, la tournée des familles des fermiers, de l'école du village, de l'ouvroir, et pour tous l'éclat des réceptions, les grands bals du comté, les *house-parties*, les *garden-parties*, l'excitation des chasses à courre. Chez les plus huppés, la saison à Londres donne l'occasion de fêtes splendides et apporte un parfum de cosmopolitisme : la tradition du « Grand Tour » s'est perpétuée par les voyages de plus en plus fréquents à l'étranger. Cette haute société — on l'appelle *the society* tout court — affectionne les résidences fastueuses, rivalise de raffinement artistique et de luxe dans le décor, accumule les tableaux, les statues, les porcelaines, les tapisseries, l'argenterie, entretient magnifiquement la tradition des parcs et des jardins « à l'anglaise ». Dans ce milieu, une touche d'originalité, voire d'excentricité, ne messied pas. On tient en effet qu'elle complète heureusement une figure aristocratique, témoin ce lord Hertford, grand collectionneur et grand viveur, dont Taine rapporte cette invitation humoristique à un Français de ses amis : « J'ai un château dans le pays de Galles, je ne l'ai jamais vu, mais on le dit très beau. Tous les jours on y sert un dîner de douze couverts et la voiture est attelée devant la porte au cas où j'arriverais. C'est le *butler* qui mange le dîner ; allez-y, installez-vous, cela ne me coûtera pas un centime[19]. » Cas limite, sans doute, mais, dans la vie du corps social, il appartient à la noblesse d'exercer, au même titre que le patronage, la fonction ostentatoire. A tous les niveaux, du *Duke of Omnium* au plus petit *squire*, les projecteurs de la notoriété sont braqués sur les grandes familles : à elles de tenir leur rôle de vedettes de la société. Non sans étonnement, un observateur français, Léonce de Lavergne, en tire la leçon : « En France, quand un propriétaire a l'ambition de jouer un rôle, il faut qu'il quitte sa propriété et son manoir ; en Angleterre, il faut qu'il y reste[20]. »

L'irrésistible ascension de l'Angleterre bourgeoise

Cependant, au centre de l'édifice social, les classes moyennes poussent sans discontinuer leurs avantages. Un inlassable dynamisme les habite. Déjà, quand, en 1851, elles contemplent le chemin parcouru depuis un demi-siècle, elles ne laissent pas de s'enorgueillir d'une avance proprement spectaculaire. Si vif que demeure le ressentiment ou l'envie à l'égard de l'aristocratie, les membres de la classe moyenne, porte-drapeau de l'industrialisme et du progrès, ne peuvent qu'éprouver pleine confiance en l'avenir : n'est-ce point l'âge de la bourgeoisie qui pointe, aussi inéluctable dans sa marche que le machinisme? Leur nombre, leur rôle dans l'économie, leurs succès politiques les remplissent de fierté. Alors que les effectifs de l'aristocratie totalisent un chiffre infime — quarante à cinquante mille personnes —, la *middle class* se taille une part respectable dans la population du pays : plus d'un sixième, soit 4 millions de personnes au milieu du siècle, 6 millions en 1880. Les bourgeois, unis entre eux par la conscience aiguë d'une communauté de destin, ont de plus en plus le sentiment de concourir en priorité à la prospérité nationale, puisque les activités qui dépendent d'eux, l'industrie, le commerce, les services supérieurs, l'emportent chaque jour davantage sur l'agriculture. En bons disciples de Ricardo, ils considèrent l'entrepreneur comme l'initiateur par excellence du cycle économique, le créateur de la richesse, l'agent de qui dépendent l'initiative, la gestion, la prévision, le risque. Voici donc le capitaliste proclamé bienfaiteur de la société... Dans la vie politique et intellectuelle, dans le mouvement des idées, dans le code qui régit la morale collective, les classes moyennes, dignes, austères, efficientes, peuvent aisément constater le poids croissant de leur influence et mesurer l'avance de leurs deux enfants chéris, le libéralisme et l'individualisme. Aussi, aux alentours de 1850, l'optimisme coule-t-il à pleins bords. Jadis, au temps de la bataille pour la réforme électorale, Brougham avait, en une invocation quelque peu lyrique, proclamé les *middle classes* « la richesse et l'intelligence du pays, la gloire du nom britannique[21] ». Maintenant, de telles idées sont devenues vérités d'évidence, simple expression de « l'orgueil d'un ordre », selon le mot de Disraeli dans *Coningsby*. Écoutons, par exemple, Thackeray revendiquer hautement, en 1857, d'appartenir à « la classe des hommes de loi, de négoce et d'étude » : toutes ses sympathies, déclare-t-il, vont à ces êtres qui se forgent par le travail et par la lutte, « les classes moyennes et instruites de notre pays »[22].

Dans une société dynamique et créatrice, comme la société mid-victorienne, ce qui contribue à donner à la bourgeoisie une telle confiance, c'est la certitude d'avoir de son côté à la fois l'histoire et la morale. L'histoire de l'Angleterre au cours des deux derniers siècles n'est-elle pas, en effet, comme l'expose du reste complaisamment le livre, au succès énorme, de Macaulay, *History of England*, l'histoire du progrès et de la liberté, dont les classes moyennes sont précisément les championnes? A ces dernières, revient par conséquent le futur. D'autre part, dans la mesure où industriels et commerçants, du fait de leurs fonctions économiques, réunissent les intérêts des consommateurs aussi bien que des producteurs, ils incarnent le bien commun, à la différence de l'aristocratie, qui représente des intérêts particuliers et égoïstes. Pour parler comme Cobden, la bourgeoisie « n'a point d'intérêt opposé au bien général, tandis qu'au contraire la classe gouvernante féodale n'existe que par violation des sains principes de l'économie politique[23] ». Pour qui est à ce point persuadé de constituer une force utile à tous, l'existence sociale tout entière se trouve transfigurée, moralisée, sanctifiée. C'est une noblesse nouvelle qui prend son essor : la chevalerie d'industrie. A chacun donc de s'efforcer de gagner dans le bon combat ! Place aux capacités dans la course à l'avoir et au pouvoir ! D'où la fin du vieil ordre traditionnel et stable, dans lequel chacun était rivé dès sa naissance à sa condition. En échange, c'est une ruée, batailleuse et confiante, vers l'univers de l'argent et du mérite (pour un vrai libéral, n'est-ce point tout un ?). Autrefois, écrivait l'historien J.A. Froude, chaque individu avait « à accomplir son devoir dans l'état de vie auquel il avait plu à Dieu de l'appeler » ; désormais, prévaut un nouveau système de société : « pousser en avant, grimper avec vigueur aux barreaux glissants de l'échelle sociale, s'élever d'un ou de plusieurs échelons au-dessus de son rang de naissance, voilà ce qui à présent a été converti en devoir[24] ».

Que recouvre au juste la notion de *middle class* ? Certains ont prétendu qu'il s'agissait d'un concept flou, en arguant notamment de l'imprécision des franges, soit vers le haut — la *upper class* —, soit vers le bas — les travailleurs manuels —, imprécision qui rendrait impraticable toute délimitation rigoureuse. Mais n'est-ce point reprendre l'éternel sophisme qui s'oppose à toute classification ? Du reste, la bourgeoisie elle-même, on doit le remarquer, a concouru à entretenir une certaine confusion dans la mesure où, à l'opposé de l'aristocratie, elle a énergiquement refusé d'enfermer la trilogie sociale dans un ordre statique et où elle a voulu au contraire rendre la hiérarchie aussi mobile que possible. Essayons donc d'y voir un peu plus clair. Première constatation — qui est presque un truisme : la classe « moyenne », par définition, se situe par contraste avec les deux autres classes, « supérieure » et « inférieure ». Toutefois, de cette différenciation, purement négative, on ne saurait déduire que la catégorie sociale ainsi circonscrite soit obligatoirement disparate. Seconde considération — d'ordre positif celle-là : on peut, pour cerner les contours de la bourgeoisie, utiliser trois critères relativement précis. D'abord, la conscience d'une commune identité. C'est là un sentiment éprouvé de manière très vive par les membres de la *middle class*. Comme, de plus, ils se sentent souvent en opposition avec les deux autres classes, cela aboutit à renforcer la cohésion, ou, en termes plus nets, la conscience de classe. L'appartenance à la classe moyenne est liée en second lieu à un certain type d'activité professionnelle. Enfin, elle se traduit par un niveau de vie aisé. Le revenu bourgeois va en moyenne de 150 livres par an (100 à 120 livres constituent vraiment un seuil minimal) à 1 000 livres (encore que dans la très riche bourgeoisie les ressources puissent atteindre un chiffre bien supérieur). Ce revenu, qui n'est en aucun cas le fruit du travail manuel (ici la barrière est absolue), résulte d'un métier exercé dans les activités économiques de distribution, de transport ou de services — publics et privés — et rémunéré tantôt sous la forme de bénéfices, de profits, d'honoraires, tantôt sous celle de traitement, de solde ou de tous autres appointements, mais à l'exclusion d'un salaire. Signes complémentaires de bourgeoisie : une certaine instruction et l'emploi de domestiques — conditions indispensables pour marquer la séparation d'avec le commun.

Pour être complet, il convient encore d'ajouter deux traits. Sur le plan religieux, si la *middle class* compte bon nombre d'anglicans, les non-conformistes y détiennent sans conteste la majorité. Les sectes dissidentes — congrégationalistes, baptistes et méthodistes notamment — ont trouvé là un milieu d'élection, au point que la classe moyenne fournit aux « chapelles » leurs gros bataillons et leurs ministres. C'est un motif de plus d'antagonisme avec l'aristocratie, ferme soutien de l'Église établie, et il faut y voir aussi la source du moralisme strict qui règne dans toute l'existence bourgeoise. Sur le plan des mœurs, en effet, la *middle class* pratique un style sévère. L'accent est mis avant tout sur l'effort, la discipline et le labeur. Dans cette Angleterre en redingote et en haut-de-forme, on porte des vêtements de couleur sombre, à la coupe discrète ; on est tôt levé (dès 7 heures du matin le patron est à l'usine) et les journées de travail sont longues ; l'usage du week-end est encore inconnu et la principale occupation du dimanche consiste à respecter le « sabbat ». On boit plus de bière que de vin ou de madère. Quant aux loisirs, ils sont centrés essentiellement sur la vie de famille et sur le home.

Cependant la bourgeoisie est loin de former un bloc monolithique. Elle se subdivise au contraire en de multiples étages et sous-étages, car en son sein se sont développées des hiérarchies complexes qui cheminent parallèlement. C'est ainsi qu'on peut y introduire deux sortes de divisions : les unes, économiques, se réfèrent à l'activité professionnelle; les autres, socioculturelles, ont trait au niveau de revenu, au genre de vie et au statut. Dans la première perspective, le XIXe siècle a vu s'ajouter aux deux grandes catégories anciennes, représentées depuis des siècles dans la société — le commerce *(trade)* et les professions libérales *(professions)* —, une nouvelle catégorie issue de la révolution industrielle : les patrons d'industrie (manufacturiers, maîtres de forges, etc.). Cette catégorie, en croissance rapide, s'étire considérablement dans l'échelle sociale, puisqu'elle comprend aussi bien le petit industriel à la tête d'une modeste fabrique que le grand patron commandant à des centaines d'ouvriers, voire à plusieurs usines. Du côté des catégories anciennes, l'essor est également frappant. C'est ainsi que les professions commerciales se sont démultipliées : on y trouve pêle-mêle l'aristocratie marchande des négociants *(merchants)*, en grains, en bois, en laine, en drap, eux-mêmes liés par le rang et par les affaires aux armateurs, la banque — depuis le banquier jusqu'au commis aux écritures — et le monde si divers du commerce de détail, moyens commerçants ou petits boutiquiers.

Quant aux professions libérales, leur éventail, très étroit au départ, va s'élargissant. Aussi augmentent-elles à un rythme rapide. Force est ici d'ailleurs de recourir à un anglicisme, car, sous l'appellation de *professions*, les Anglais englobent aussi bien les officiers, les pasteurs, les fonctionnaires, etc., que les membres des professions libérales proprement dites (docteurs, notaires...). A l'origine, il existait seulement trois groupes; c'étaient les trois vieilles « professions savantes », c'est-à-dire le clergé — anglican —, les médecins et les hommes de loi *(Divinity, Physic and Law)*, mais on avait pris l'habitude d'y adjoindre les officiers de l'armée et de la marine. Par la suite, sont apparus d'autres métiers qui réussissent à se faire reconnaître une qualification et un statut (la défense de la profession conduit toujours à délimiter des chasses gardées) : ce sont les architectes, les ingénieurs du génie civil et maritime, les pharmaciens, les vétérinaires, les actuaires, les comptables... D'autre part, comme les besoins de la société industrielle vont se diversifiant sans cesse, on note dans la seconde moitié du siècle la multiplication du nombre des professeurs, des journalistes, des auxiliaires des professions savantes. Écrivains, publicistes, artistes prolifèrent. Les ministres non conformistes accèdent au statut de bourgeoisie. Par contre, le service public ne progresse guère : en 1858, on compte 42 000 fonctionnaires, dont les deux tiers de rang subalterne, tels les copistes, les huissiers, les facteurs. Enfin, il faut inclure dans la classe moyenne une catégorie sociale toute différente : les fermiers (qui s'y rattachent par le revenu, l'instruction, le train de vie, le prestige social), ainsi que tout un petit monde rural, celui des régisseurs, des aubergistes, voire des cabaretiers de village.

Mais en même temps d'autres lignes de clivage, sociales, culturelles, psychologiques, dessinent à travers la bourgeoisie un paysage complexe, contrasté, avec de multiples gradations, tantôt à peine sensibles, tantôt considérables. D'abord l'écart des revenus est très marqué : l'échelle va couramment de 1 à 5, et le train de vie varie en conséquence. D'autre part, de subtiles démarcations interviennent dans le statut des métiers : à rémunération égale, telle profession est jugée honorable alors que sa voisine est regardée avec dédain. C'est ainsi qu'un préjugé tenace joue contre les commerçants *(tradesmen)* : l'univers de la boutique garde quelque chose de « bas » dans son image. De manière générale, le *business* reste indigne d'un *gentleman* jusque fort avant dans le siècle. Toutefois, des distinctions sont à opérer. Le haut négoce ou la finance ont toujours le pas sur l'industrie, et l'on considérera un banquier ou un *merchant* automatiquement au-dessus d'un manufacturier, si puissant soit-il. On éprouve davantage de respect pour un brasseur ou un planteur des Antilles que pour un maître de forges. Du côté des professions libérales, la vieille trilogie des trois *gentlemanly professions* — avocats, clergymen, officiers — garde tout son prestige. Ce sont là des métiers compatibles avec le statut de *gentleman*. C'est pourquoi ces activités constituent à l'intérieur de la classe moyenne une sorte d'enclave à l'usage de la *gentry* (notamment pour les cadets de famille) en même temps qu'un tremplin pour les bourgeois en marche vers la *upper class*.

D'où une hiérarchie délicate, où alternent passerelles et barrières. Avec un art savant, les équivalences balancent les différences. La mobilité a pour contrepoids un flot de préjugés et d'interdits. Pour simplifier, on peut malgré tout distinguer trois degrés. En tête, la haute bourgeoisie ou *upper middle class*, composée des grands milieux d'affaires : banquiers, négociants de la Cité de Londres, de Liverpool, de Bristol, manufacturiers des puissantes usines du Lancashire et du Yorkshire, directeurs des compagnies de chemin de fer, magnats des mines et des travaux publics, grands maîtres de forges, armateurs de Liverpool et de Glasgow ; on y trouve aussi des représentants des professions libérales : avocats et médecins en renom, auteurs à succès. Cette couche supérieure de la bourgeoisie, dont les revenus sont toujours supérieurs à 800 livres et atteignent parfois 4 000 ou 5 000 livres ou même davantage, mène une vie brillante, fréquente l'aristocratie, est reconnue par elle, y marie ses filles, participe à la vie de la « société » et commence à se perpétuer en véritables dynasties bourgeoises.

A un niveau au-dessous, se place la classe proprement moyenne, *middle middle class* — ce qu'on pourrait appeler la bonne bourgeoisie. Bien fournie en effectifs, elle comprend la plupart des patrons de l'industrie — généralement propriétaires de leur fabrique —, le monde des *professions* — ingénieurs, notaires, attorneys, médecins, professeurs d'université et de *public school*, hommes de lettres —, les commerçants en gros, les chefs de bureau, les grands commis... Les revenus, ici, s'étagent de 300 à 800 livres (les *professions* tenant généralement la tête du groupe). C'est dire que l'on respire une large aisance. La confiance en l'avenir repose tout à la fois sur la compétence professionnelle, le travail assidu et les bons placements chez le *solicitor* de famille. Le home est cossu, l'éducation des enfants soignée, et la vie se déroule à l'intérieur de grandes maisons confortables, avec autant de domestiques que nécessaire, dans le respect des principes inculqués dès le plus jeune âge : sens de l'économie, moralité rigide et crainte de Dieu.

Enfin, au bas de la hiérarchie, la petite bourgeoisie ou *lower middle class* rassemble petits patrons, boutiquiers, employés de banque, de commerce, de bureau, de magasin, petits fonctionnaires, maîtres d'école, représentants de commerce, commis, personnel des compagnies de chemin de fer... Ici, on a la hantise du statut. A tout prix, il faut démontrer sa respectabilité et se distinguer du peuple, quitte à singer sans discernement les gestes et usages des classes supérieures. Taine, parcourant les banlieues du Lancashire, décrit « les gazons corrects, les petites grilles, les façades vernissées [...] luxe équivoque et de pacotille comme celui d'un enrichi qui s'attife en croyant se parer[25] ». Les valeurs qui prévalent, ce sont le sérieux, la vertu quelque peu étriquée, l'esprit de *self-respect*. L'existence, bien réglée, ne laisse guère de place à la fantaisie. Sur cette strate de la société flotte, indélébile, la commisération des classes supérieures et de la bonne bourgeoisie : pour elles, la *lower middle class* est faite de *businessmen* de troisième ou quatrième ordre (entachés de surcroît de l'opprobre du contact direct avec la marchandise et du paiement en argent de la main à la main !), de gratte-papier falots, de médiocres en mal d'ambition. Pourtant les parvenus se retrouvent à tous les niveaux de la classe moyenne (en un sens, la société bourgeoise pourrait être rangée presque entièrement dans cette catégorie) : ce sont là des cibles de choix pour les caricatures de *Punch* autant que pour la satire corrosive de Dickens (qui ne se rappelle les Veneering, le couple de nouveaux riches si cruellement dépeint dans *Notre ami commun* ?).

S'il y a tant de parvenus, c'est que la classe moyenne grossit rapidement, à la fois en nombre et en richesse. A partir des recensements professionnels et des statistiques de l'*income-tax*, il est possible de se faire une idée de l'évolution des effectifs et des ressources. Malgré les zones d'incertitude, les calculs auxquels se sont livrés J. Stamp, J.A. Banks et G. Best dessinent assez bien le mouvement d'ensemble, à savoir une progression à vive allure. Ainsi, de 1848-1853 à 1868-1873, le total des revenus annuels de plus de 150 livres augmente de 80 %, alors que la population globale ne s'élève que de 25 %. Selon G. Best, l'accroissement est plus marqué pour la petite et moyenne bourgeoisie, dont les revenus globaux doublent en gros entre 1851 et 1871, que pour la haute bourgeoisie où l'avance est seulement de moitié. En revanche, H. Perkin discerne la tendance inverse : un enrichissement plus rapide des catégories supérieures[26]. Autre preuve de la prospérité bourgeoise : la croissance du nombre des domestiques. En vingt ans (1851-1871), le chiffre augmente de 60 %, soit deux fois et demie plus vite que la population.

Bourgeois conquérants, bourgeois méritants : l'ascension bourgeoise se poursuit irrésistiblement. Les forces qu'elle a mises en mouvement la poussent à leur tour : au plan économique, celles de la technique et de l'entreprise; au plan psychologique et moral, celles du travail, de la concurrence et de la discipline. Voici que l'industrialisme triomphant offre à la capacité de conquête de la classe moyenne une série de chances qu'elle saisit avidement. Maîtres des leviers de commande, les bourgeois exercent les fonctions d'entraîneurs de l'économie, misent à fond sur le système de compétition illimitée et sacralisent la course à l'argent, au pouvoir, à la promotion. C'est à ce dynamisme de la *middle class* anglaise que pensaient sans nul doute Marx et Engels (ce dernier, du reste, en avait eu à Manchester une expérience de première main) lorsqu'ils exaltaient dans le *Manifeste communiste*, en même temps que la force créatrice de la bourgeoisie qui « a montré ce dont est capable l'activité humaine », son rôle grandiose d'accoucheuse d'un monde nouveau, sa puissance d'action révolutionnaire, « brisant tous les anciens cadres », comme traduit magnifiquement Jaurès, « dissolvant tous les vieux pouvoirs et toutes les vieilles croyances, bouleversant les habitudes du monde et renouvelant sans cesse sa propre technique, déchaînant la beauté tragique des forces productives illimitées [...] et jetant toute la grande forêt endormie des traditions à sa monstrueuse fournaise incessamment remuée[27] ».

L'autre force de la bourgeoisie, c'est d'avoir imposé à la société son ordre de valeurs. Les entraîneurs de l'économie sont aussi les professeurs de morale : une morale marquée en profondeur par l'évangélisme et le puritanisme et fondée sur le travail et le sacrifice, l'épargne et la discipline. Depuis le début du règne de Victoria, l'heure de la vertu a sonné. Bon gré mal gré, l'aristocratie a dû s'y conformer. Quel triomphe d'avoir ainsi, de toute la force de la pression sociale, jeté l'opprobre sur l'oisiveté et le libertinage des gens de la *upper class* ! Dans le credo des classes moyennes, deux articles sont inscrits en lettres d'or : l'effort individuel, l'esprit d'entreprise et de compétition. La concurrence n'est point alors envisagée dans l'abstrait, à la manière des traités d'économie politique; ce n'est pas non plus une bataille entre firmes anonymes. C'est une lutte concrète, personnelle, entre des individus de chair et d'os : la mêlée dans l'arène. Quant à l'esprit d'entreprise, il trouve sans peine dans la philosophie dominante sa justification théorique : de même que sur le plan de la morale on croit fermement à la responsabilité directe de chaque être sur sa destinée, de même on est convaincu de la responsabilité économique de l'individu. Chacun a ici-bas le sort qu'il mérite.

Tel est bien l'évangile que prêche Samuel Smiles dans son *best-seller, Self-Help* (1859), et qu'il répète dans ses autres livres aux titres symboliques : *Le Caractère* (1871), *L'Épargne* (1875), *Le Devoir* (1880), ainsi que dans ses trois volumes de *Vies des ingénieurs* (1862), qui répandent le culte des héros de la révolution industrielle. Avec son style moralisateur et volontariste, *Self-Help* exprime l'éthique par excellence de la classe moyenne (Smiles est un médecin venu de l'horizon intellectuel radical). L'ouvrage développe inlassablement la même idée — le facteur décisif, dans la vie, c'est l'effort personnel : « Le bien-être et le bonheur de l'individu dépendent inéluctablement et essentiellement de lui-même, de son application à se cultiver, à se discipliner, à se maîtriser, et par-dessus tout de l'exécution droite et rigoureuse de son devoir personnel, honneur d'un caractère viril[28]. » Ainsi l'individualisme, appuyé sur une existence droite et austère, est érigé en garantie de succès en ce monde, de salut dans l'autre — remarquable conciliation entre l'ordre et la discipline d'une part, la mobilité de l'autre. C'est cette même morale que Beatrice Webb, originaire de la grande bourgeoisie manufacturière du Lancashire, avait entendu professer autour d'elle dans sa jeunesse avec, dit-elle, autant de sincérité que de ferveur : « Le devoir impérieux de chaque citoyen était d'améliorer son statut social en ignorant ceux qui étaient placés au-dessous de lui et en visant résolument le barreau du haut dans l'échelle sociale. Seule cette recherche persévérante par chacun de son intérêt et de celui de sa famille pouvait conduire au niveau le plus élevé de civilisation pour tous[29]. » A partir de ces principes, s'est développé un monde de *businessmen* laborieux, durs, égoïstes, âpres au gain, exigeants pour eux-mêmes comme pour les autres, et en même temps efficaces, confiants, sûrs d'avancer dans le droit chemin. Ces hommes enveloppent dans une même réprobation les privilèges et les monopoles, l'oisiveté et la corruption (l'aristocratie est ainsi flétrie moralement autant qu'économiquement). Dans toute la vie économique ils prônent le laissez-faire, cherchant à étendre le mot d'ordre libre-échangiste du *free trade* aux relations industrielles *(free trade in labour)* et même à la terre *(free trade in land)* et s'efforçant, dans les rapports entre capital et travail, de limiter au minimum l'intervention de l'État afin de faire régner le principe du libre contrat à la place du vieux régime paternaliste *Maître et Serviteur* (la loi portant ce nom est d'abord modifiée en 1867, puis remplacée en 1875 par la loi *Patrons et Ouvriers*). Bref, leur rêve est d'introduire partout la notion de mobilité : mobilité du capital, mobilité des talents, mobilité des situations.

C'est donc l'âge d'or du capitaine d'industrie. C'est lui qui sert de figure de proue à la société mid-victorienne. C'est lui le modèle qu'une opinion en quête de héros à admirer aime à citer en exemple à l'instar de l'explorateur ou du missionnaire. S'il est d'humble origine, on voit dans la réussite du *self-made man* la récompense de la volonté et de la persévérance. Quand, au contraire, il est né dans l'aisance, on explique qu'il a su faire fructifier ses talents. En réalité, si l'esprit d'entreprise fait autant florès entre 1820 et 1880, c'est qu'au cours de cette période, comme l'a souligné S. Checkland, des conditions éminemment favorables ont offert des chances inédites aux tempéraments créateurs. Auparavant, le capitaine d'industrie n'avait qu'un réseau limité de moyens techniques à sa disposition ; aussi lui était-il difficile, sauf réussite exceptionnelle, de développer son affaire à sa mesure. Après 1880, sa latitude d'action personnelle se trouvera restreinte par les formes nouvelles de la concentration et la complexité des facteurs extérieurs. Au contraire, vers le milieu du siècle, l'initiative est reine. Aux ambitieux, tous les espoirs semblent permis, à la façon du jeune homme entreprenant d'*Alton Locke*, « enflammé par le grand souffle du XIXe siècle [...] faire vite pour être riche[30] ».

Dans la réalité, les exemples foisonnent de ces capitaines audacieux auxquels a souri la fortune et qui, sur la grande houle capitaliste, ont su conduire leur navire à bon port.

Citons par exemple le métallurgiste Fairbairn, l'une des autorités suprêmes en matière d'ingénierie, qui dirige à Leeds une usine de six cents ouvriers; Samuel Morley, magnat non conformiste de la bonneterie (il emploie quant à lui, à Nottingham et dans les Midlands, huit mille ouvriers — chiffre exceptionnel) : propriétaire du journal radical *Daily News*, il possède l'une des plus grosses fortunes d'Angleterre, fortune dont il fait profiter en mécène les fondations philanthropiques et religieuses, les caisses du parti libéral et même les campagnes d'action de certains syndicalistes; à Liverpool, l'armateur Samuel Cunard a réussi à imposer pour les passages transatlantiques à la fois son port d'attache et ses lignes de navigation. Plus instructif peut-être est le cas de Thomas Cook : à l'origine simple prédicateur itinérant d'une secte baptiste, il a l'idée, à l'occasion d'un train spécial qu'il commande en 1841 pour un rallye de tempérance, de mettre sur pied des voyages organisés; trente ans plus tard, son nom est connu dans toute l'Europe. John Player, sur les paquets de tabac qu'il vend, imagine d'inscrire sa marque de fabrique en associant son nom avec une tête de marin, publicité qui fait le tour du monde. C'est le même itinéraire de la réussite que parcourent les fabricants quakers de chocolat Cadbury, Fry, Rowntree dans les Midlands et à York; Keiller à Dundee avec sa marmelade d'orange, ou encore Colman et sa moutarde.

A côté de ces entrepreneurs bien vite connus des masses grâce à leurs produits de grande consommation, il y a aussi les figures qui frappent l'imagination par leurs prouesses techniques : Isambard K. Brunel, constructeur de ponts, de docks, de tunnels, de navires (le *Great Eastern*, le plus grand bateau du monde, est lancé à Londres en 1858); les frères Siemens, pionniers en matière de mécanique, de sidérurgie et surtout d'électricité (ils construisent dynamos, câbles, etc.). Si George Hudson, le «roi des chemins de fer», fait une chute retentissante en 1854 et après être parti de rien retourne au néant (son palais londonien d'Albert Gate est devenu l'ambassade de France), un autre *railway king* lui succède bientôt en la personne d'Edward Watkin, grand brasseur d'affaires en même temps que député libéral : emporté par le rêve d'un tunnel sous la Manche, il aurait même relié par rail l'Angleterre au continent si le gouvernement britannique, fort alarmé, ne s'était interposé en 1881 et n'avait stoppé l'opération. Et pour une carrière de manufacturier, quel meilleur modèle que celui de Joseph Chamberlain ? Au travail dès l'âge de dix-huit ans, il fait prospérer à Birmingham la succursale de la fabrique familiale d'écrous et de vis. Servi par son flair commercial, sa perspicacité technique, son esprit de décision, il se retrouve vingt ans plus tard à la tête d'une somme de 120 000 livres, lorsqu'il décide de se retirer des affaires en vendant sa part d'associé dans l'entreprise ! Cependant, comme le démontre l'exemple de Hudson, il n'y a pas que des réussites, et l'échec constitue l'une des lois fondamentales d'un régime de concurrence sans limites. Quelques cas — les plus retentissants, tel le *crash* en 1866 de Peto, grand ingénieur et constructeur — retiennent l'attention : plus on s'est élevé haut, plus dure est la chute. Mais la majorité de ces drames reste enfouie dans l'obscurité. Le silence entoure la faillite, sanction impitoyable de la morale libérale. Cependant certaines voix se font entendre aussi pour mettre en garde contre la griserie du succès et le danger du matérialisme. A la critique iconoclaste de Sydney Smith déplorant naguère une conception purement boutiquière du destin national (« l'objet majeur pour lequel la race anglo-saxonne semble avoir été créée, c'est la fabrication du calicot »), fait écho le sombre avertissement de Matthew Arnold dans *Culture et Anarchie* : « La foi dans le machinisme, voilà le grand danger qui nous menace. »

Les classes populaires

En continuant de descendre les degrés de la hiérarchie, on parvient aux « ordres inférieurs ». C'est là que l'on trouve rassemblée la masse de la population, puisque les « basses classes » *(lower classes)* englobent approximativement les cinq sixièmes du pays, total qui correspond pratiquement à l'ensemble du monde du travail. Ici, peut-être plus qu'ailleurs, le vocabulaire utilisé par les contemporains, avec ses variantes et ses variations, traduit involontairement la conception de l'ordre social. Ainsi, alors que sont en déclin certaines expressions assez courantes avant 1850, *the labouring classes* et surtout *the labouring poor*, d'autres comme *working people* ont la vie plus dure ; parmi les ouvriers, *working men* acquiert une grande faveur, mais c'est le nom de *working classes* qui de plus en plus est adopté par tous. Néanmoins, le terme qu'affectionnent par excellence les « classes supérieures » à partir du milieu du siècle et pour une quarantaine d'années, c'est celui d'*artisans*, sans aucun doute à cause de son faux-semblant d'indépendance et de respectabilité (quoique — fait assez remarquable — le mot soit appliqué davantage aux ouvriers salariés qu'aux artisans proprement dits). Dans les districts manufacturiers, on continue de se servir d'un nom plus expressif pour désigner les prolétaires qui subsistent par la seule force de leurs bras : on les appelle *the hands*.

Au cours de cette période, la question ouvrière, le mouvement ouvrier et de façon plus générale toute l'orientation du monde du travail sont dominés par quatre grands problèmes qui, séparément ou ensemble, ont suscité de vifs débats :

1. Les structures économiques de l'Angleterre et la composition du monde du travail autorisent-elles à englober ce dernier sous le terme générique de « prolétariat », de préférence à la notion traditionnelle, mais plus composite, de « peuple » ?
2. La classe ouvrière proprement dite a-t-elle une unité fondamentale du fait de ses caractères communs, ou bien son hétérogénéité interne la fait-elle éclater en éléments divers, sinon opposés ?
3. Est-ce que l'évolution de la condition ouvrière se traduit par une paupérisation ou par un progrès ?
4. Y a-t-il eu dans le troisième quart du siècle embourgeoisement ouvrier et tentative pour rallier la société capitaliste ?

On voit que par là est posé dans toute son ampleur le problème de l'aristocratie ouvrière, de sa place dans la hiérarchie du travail et de son rôle dans l'action ouvrière.

Il est tout d'abord une confusion à ne pas commettre à propos de l'Angleterre du milieu du XIXe siècle. En dépit de son avance économique, on doit se la représenter non point comme le domaine quasi exclusif de la grande industrie concentrée, mais comme un mélange hybride d'archaïsme et de modernisme. A côté d'activités hautement mécanisées, subsistent en grand nombre des formes de travail préindustriel. Ce qui, sur le plan social, se traduit par la présence active d'une masse de petits producteurs indépendants, d'artisans, de compagnons, de travailleurs en chambre, tandis que sous-traitants et intermédiaires, loin d'avoir été éliminés par l'industrialisation, trouvent en elle de nouvelles ressources pour leur énergie et leurs occupations. D'autre part, le travail à la main l'emporte encore assez largement sur le travail à la machine. Détail symbolique : au recensement de 1851, la Grande-Bretagne compte plus de cordonniers que de mineurs. Au total, sur environ 5 millions de travailleurs de l'industrie et des transports, le nombre des ouvriers des fabriques et ateliers mécanisés est inférieur à 2 millions. De surcroît, dans la plupart des métiers artisanaux, la commercialisation n'est pas séparée de la fabrication : l'univers de l'échoppe est un univers où l'on vend en même temps qu'on produit. Il faut également tenir compte d'un autre fait majeur : deux très importants groupes sociaux (leur effectif global en 1851 équivaut à la moitié de celui des travailleurs de l'industrie) sont à inclure dans les classes populaires, bien que tout les sépare à l'évidence du prolétariat industriel. Ce sont, dans le secteur tertiaire, les domestiques (qui sont aussi nombreux que tous les travailleurs du textile réunis : 1 300 000); dans le secteur primaire, les ouvriers agricoles, qui constituent le prolétariat rural, catégorie copieuse, mais dispersée.

Certes la grande industrie progresse chaque jour. En 1871, une enquête officielle enregistre un développement déjà notable de la concentration : 570 salariés en moyenne dans les chantiers navals, 209 dans les entreprises de la métallurgie lourde et semi-lourde, 180 dans les manufactures de coton, 71 dans la bonneterie. Effectivement, dans tout le textile, le *domestic system* moribond cède la place au *factory system*, et la plupart des tisserands et tricoteurs à main ont disparu en même temps que le chartisme. Au contraire, les mineurs, chantés naguère par Auguste Barbier,

Nous sommes les mineurs de la riche Angleterre;
Nous vivons comme taupe à six cents pieds sous terre[31]*...*

augmentent rapidement en nombre : ils étaient 216 000 en 1851, ils sont 495 000 en 1881. Néanmoins, même là où l'essor des techniques modernes se révèle de plus en plus rapide, c'est-à-dire dans la métallurgie et la construction mécanique, les petits ateliers continuent à prospérer, notamment dans les régions de Sheffield et de Birmingham. Compartimentés, spécialisés, ils sont parfaitement adaptés aux besoins de la production différenciée, travaillant même parfois à façon, si bien qu'ils poursuivront leur existence jusqu'au-delà de la Première Guerre mondiale. Le résultat, c'est qu'en 1871 les 600 000 travailleurs des métaux se trouvent répartis en 18 000 établissements. Autre exemple : l'industrie du bâtiment (450 000 travailleurs en 1851), qui est l'une des plus rebelles à la concentration et à la mécanisation. Là sont toujours en honneur les techniques et les relations de travail traditionnelles. Le nombre des tout petits patrons travaillant à la commande *(jobbers)* l'emporte de beaucoup sur celui des véritables entrepreneurs *(builders)*. Il est vrai que, dans le bâtiment, de même que dans bien d'autres branches d'activité, comme le meuble, le bois, la chaussure, etc., il suffit d'un minuscule capital — quelques livres sterling d'économies — pour tenter sa chance et se mettre à son compte; de plus, la sous-traitance y règne, ce qui favorise les petits au tempérament indépendant. Parallèlement, les ouvriers en chambre — salariés de clientèle — parviennent tant bien que mal à préserver leur autonomie, tandis que prolifèrent les ateliers du *sweating system*. Ceux-ci exercent leurs ravages surtout dans l'habillement, le travail des étoffes, les industries de la mode, où du même coup la main-d'œuvre se féminise de plus en plus (deux tiers des effectifs en 1881, au lieu de moins de la moitié en 1851). Enfin il existe, dans les villes en expansion aussi bien que dans les somnolentes cités traditionnelles, tout un petit peuple urbain vivant d'une multitude d'occupations : les uns travaillent à leur compte dans les transports et le commerce (laitiers, livreurs, marchands des quatre-saisons...), d'autres exercent des petits métiers de rue, tantôt fixes, tantôt nomades (balayeurs, ramoneurs, colporteurs, musiciens ambulants, etc.), d'autres encore préfèrent chercher aventure comme soldats ou marins...

L'image qui en ressort sur le plan de l'emploi et de l'entreprise, c'est celle d'une immense mosaïque professionnelle, où un réseau très complexe de hiérarchies de travail s'est échafaudé tout en se renouvelant sans cesse en fonction de l'évolution des techniques et des méthodes de production. Les secteurs modernes et concentrés y alternent avec d'autres dans lesquels les traditions, alliées au désir d'indépendance, résistent, tantôt malaisément, tantôt victorieusement, à la subordination au capital et à la grande entreprise. Nous en conclurons quant à nous que ranger pêle-mêle sous le vocable de « prolétariat » des groupes sociaux aussi différents que salariés de la grande industrie, artisans et compagnons, petits patrons et petits entrepreneurs, fabricants, distributeurs, journaliers agricoles, domestiques, conduit à une simplification outrancière et en fin de compte assez peu éclairante. Sans doute, toutes ces catégories ont-elles en commun une même situation de dépendance par rapport aux détenteurs du capital, une même insécurité de vie, une même modicité de revenu, mais elles diffèrent par tant d'autres aspects — genre de vie, relations avec l'employeur, loisirs et culture, existence familiale, vie locale et de voisinage, croyances religieuses —, que l'on doit, même s'il est vrai que l'évolution économique tend à un recul inexorable du travail indépendant devant le salariat, les rattacher de préférence à un ensemble plus vaste, auquel correspond d'ailleurs une réelle conscience commune : les « classes populaires ». En effet, tandis qu'une conscience proprement ouvrière se constitue peu à peu (elle est surtout vigoureuse dans les vieux métiers et dans la grande industrie mécanisée), la conscience populaire, plus ancienne, davantage représentée, demeure la plus solidement enracinée. Renforcée par les solidarités de la vie de quartier — expérience concrète quotidienne du peuple des villes et des bourgs —, elle se nourrit de toute la tradition politique du monde du travail, puisque chez les ouvriers l'idéologie dominante, c'est-à-dire le radicalisme, a toujours voulu associer dans la lutte démocratique contre les exploiteurs et les parasites l'ensemble des forces du *common people* — salariés, artisans, commerçants, petits entrepreneurs et éléments progressistes de la *middle class*. Ainsi même la conscience salariale reste avant tout une conscience démocratique, plus politique qu'économique, imprégnée de mille traits de l'âme populaire.

Si l'on considère maintenant la structure interne de la classe ouvrière, une donnée fondamentale saute aux yeux : la séparation des travailleurs en deux niveaux bien distincts par la qualification, le revenu et le statut. En haut de la hiérarchie, on trouve les professionnels *(skilled)*. Ils ont passé par un long apprentissage. Grâce à leur savoir-faire technique, ils occupent une position clef dans la production. Ils sont imbus de la dignité que confère la possession d'un métier et d'outils. Appliqués à contrôler de près l'accès à la profession, ils sont en mesure d'exercer une pression continue et efficace sur l'employeur à la fois par le jeu des coutumes de travail et par la pratique de l'association (ce sont eux qui constituent le pivot des *trade unions*). Au niveau inférieur, la foule des manœuvres ou *unskilled* forme une vaste armée de réserve du travail, employée au gré des circonstances, soit en auxiliaire des ouvriers qualifiés, soit dans des activités requérant force physique (terrassiers, dockers...), gestes répétitifs ou tout simplement exigeant la présence de l'homme sous forme de main-d'œuvre à bon marché. Cependant, à côté des branches d'activité économique — les plus nombreuses — où règne sans partage cette dichotomie, il y en a quelques autres, telles que le textile, l'habillement, les mines, les industries alimentaires, où s'est développée une catégorie intermédiaire, les *semi-skilled*, ouvriers en général chargés de surveiller ou de guider le travail d'une machine (les femmes sont représentées en grand nombre dans ce groupe). Une telle composition professionnelle ne s'explique pas seulement par la coexistence entre des structures artisanales anciennes et les effets de la première révolution industrielle. Elle résulte essentiellement des techniques de production en vigueur jusqu'à la Première Guerre mondiale. De là une organisation du travail qui varie assez peu et où règne une définition stricte et relativement stable des tâches et des rémunérations.

Mais le fossé technique entre ouvriers professionnels et manœuvres est vite devenu un fossé social et psychologique. D'un univers à l'autre, affirme Mayhew, « le changement intellectuel et moral est si grand qu'on se croirait sur une autre terre et au milieu d'une autre race[32] ». Et Thomas Wright, un ouvrier métallurgiste auteur de plusieurs livres sur le monde du travail, parle du « gouffre » entre l'ouvrier qualifié *(craftsman, artisan)* et le manœuvre *(labourer)*, avec pour conséquence un réflexe de supériorité peu propice à la solidarité prolétarienne : « Tandis que le premier se sent offensé par la manière dont le regardent de haut les professions ‘‘comme il faut’’, à son tour il regarde de haut les manœuvres. L’opinion que les *artisans* se font des *labourers*, c’est que ceux-ci constituent une classe inférieure et qu’ils doivent le comprendre et se tenir à leur place[33]. » L’échelle des rémunérations traduit parfaitement ces distances. Non seulement l’écart est considérable entre les niveaux (un manœuvre gagne à peine la moitié de ce que gagne un ouvrier qualifié, un *semi-skilled* en gagne les deux tiers), mais il tend même à s’accentuer entre 1850 et 1890. Dudley Baxter a calculé qu’en 1867 le septième des ouvriers s’appropriait le quart de la masse globale des salaires. La coupure n’est pas moins grande dans le domaine de la culture et de l’organisation. Un travailleur *skilled* qui gagne de 75 à 90 livres par an (alors que le revenu d’un manœuvre se situe entre 30 et 50 livres) est en mesure d’avoir une certaine instruction, de lire régulièrement un journal, de cotiser à une mutuelle, d’appartenir à un syndicat, toutes choses qui paraissent à un *labourer* absolument hors de portée, au point que, pour certains observateurs, la définition d’un manœuvre c’est un ouvrier qui n’a pas de *trade union*. Comme il est facile alors au travailleur privilégié par la considération, la respectabilité, la manière dont le traite le patron, de faire sentir les distances ! Et que dire de la frange supérieure des contremaîtres, chefs de chantier et chefs d’équipe (3 à 4 % de la main-d’œuvre industrielle) qui frôlent la *lower middle class*...

Si maintenant on veut chiffrer les diverses catégories de la hiérarchie ouvrière, on peut estimer que les proportions s’établissent approximativement à 15 % pour les travailleurs hautement qualifiés, 45 % pour les manœuvres, 40 % pour les zones intermédiaires (en partant d’une qualification médiane et en descendant graduellement jusqu’à la médiocre spécialisation des *semi-skilled*). C’est la première des trois strates qui, pour l’essentiel, forme l’aristocratie ouvrière, soit environ un huitième des travailleurs de l’industrie. Catégorie sans aucun doute privilégiée et dont le rôle a fait couler beaucoup d’encre : on la trouve surtout représentée dans les métiers de la métallurgie, du bâtiment, de l'artisanat traditionnel, et assez peu dans le textile, les mines, la chimie, les transports. L'une des contradictions majeures de la *labour aristocracy*, c'est que professionnellement et socialement elle tient à se distinguer de la plèbe ouvrière, tandis que politiquement elle a tendance à se présenter en porte-parole du monde du travail dans son ensemble.

Dans ces conditions, y a-t-il *une* classe ouvrière ou bien juxtaposition de couches populaires plus ou moins voisines mais autonomes ? Toute la question est évidemment de savoir à quelle profondeur atteignent les divisions par strates. Pour les uns, l'unité ouvrière survit aux clivages en tranches horizontales : ainsi, selon Hobsbawm, il y a déjà en Angleterre, vers 1840-1850, un véritable prolétariat. Au contraire, Pelling considère qu'une classe ouvrière homogène n'a pas fait son apparition avant la fin du XIXe siècle. D'autres auteurs ont suggéré de rattacher l'aristocratie ouvrière *(upper working class)* à la petite bourgeoisie *(lower middle class)* en la séparant du reste des ouvriers. Un observateur contemporain aussi averti que Frederic Harrison, le philosophe positiviste, a varié dans son jugement. C'est ainsi qu'il a insisté, à juste titre, sur le caractère central de la « barre » qui sépare les ouvriers qualifiés des manœuvres. Mais nous pensons qu'il a analysé plus profondément les rapports de forces dans la société britannique le jour où il a écrit que la vraie coupure dans la hiérarchie des classes se situe entre « la couche la plus basse des propriétaires *(propertied classes)* et la couche la plus élevée des non-propriétaires *(non propertied classes)*[34] ». Par là, le monde des travailleurs manuels retrouve une unité fondamentale, qu'une étude à la loupe de sa complexe hiérarchie interne risquait de faire perdre de vue.

Le tableau de la condition ouvrière a été si souvent brossé qu'il peut paraître superflu d'y revenir. Contentons-nous donc de rappeler quelques traits essentiels. D'abord, les longues heures de travail : si la législation de 1847-1850 a limité la semaine à soixante heures, c'est seulement pour le textile, et la moyenne, dans la plupart des métiers, s'établit autour de soixante-quatre heures. En règle générale, à l'usine, l'horaire est de 6 heures du matin à 6 heures du soir, dans les magasins de 8 heures à 8 heures, avec une heure et demie pour les repas; du moins jusqu'à 1874, date à laquelle est adopté le principe de la semaine de cinquante-six heures et demie, soit dix heures par jour. Toutefois, depuis 1850, la « semaine anglaise » est entrée dans les mœurs, avec arrêt le samedi à 14 heures; et le mouvement qui commence vers 1871-1872 pour obtenir la journée de neuf heures réussit à l'arracher dans la métallurgie et le bâtiment. D'autre part, les logements ouvriers sont étroits, malsains, surpeuplés; il faut y endurer manque de confort, promiscuité, brutalités. Surtout, l'existence ouvrière est tout entière dominée par un sentiment d'insécurité fondamentale, tant elle est soumise aux fluctuations de l'économie. Chaque travailleur œuvre selon les vicissitudes de l'embauche. Une crise, un rétrécissement du marché, une faillite suffisent à plonger des quartiers entiers dans le chômage et par conséquent dans le dénuement : par exemple, en pleine ère de « prospérité victorienne », la « famine de coton », en Lancashire lors de la guerre de Sécession, ou bien la crise de 1867-1868 déchaînent de terribles vagues de détresse. Et que dire de la sombre année 1879, la pire du demi-siècle ! Dépourvues de toute sécurité sociale, les familles ouvrières vivent dans la hantise du coup dur — accident, maladie ou innovation technologique. C'est qu'avec un équilibre aussi précaire que celui de l'existence quotidienne (en temps normal, on arrive tout juste à « boucler »), la moindre malchance entraîne vite et sans rémission une famille sur la pente glissante. De chute en chute, on en arrive aux pires déchéances.

En matière de salaires, les employeurs ont retenu les leçons des économistes classiques, c'est-à-dire que la rémunération est calculée au niveau minimal pour assurer la subsistance du travailleur et des siens. En moyenne, un ménage ouvrier consacre 60 % de son budget à la nourriture, 20 % au logement (loyer, chauffage, éclairage), 10 % à l'habillement. Il reste donc tout juste 10 % pour les autres besoins — soit 2 shillings par semaine pour un ouvrier gagnant 1 livre, cas très fréquent. (Un budget familial moyen correspond à 30 shillings par semaine, soit environ 75 livres par an. En fait, si l'on tient compte de la stratification, le revenu réel moyen d'une famille ouvrière s'établit à 85-90 livres parmi les *skilled*, à 70 livres parmi les *semi-skilled*, à 45-50 livres parmi les *un-*

skilled.) Aussi, dans les quartiers ouvriers, trouve-t-on une boutique toujours florissante : le magasin du prêteur sur gages. Chaque lundi, la mère de famille vient y déposer vêtements, colifichets ou ustensiles du ménage pour les rechercher le samedi suivant une fois touchée la paie. A Liverpool, 60 % des dépôts ainsi mis en gage sont d'une valeur inférieur à 5 shillings. Les populations laborieuses, dans leur aspect physique, dans leur état sanitaire, accusent les effets de la malnutrition et du manque d'hygiène : parmi les garçons de onze et douze ans, la taille moyenne, dans les écoles pour enfants pauvres et abandonnés *(industrial schools)*, est inférieure de 12 centimètres à celle des collégiens riches des *public schools*.

Mais ce qui, peut-être plus que tout, fait la déréliction de la condition ouvrière, c'est la monotonie, l'abrutissement, le sentiment qu'il est impossible d'en sortir. De cela, s'accommodent fort bien les favorisés, pour qui l'inégalité reflète simplement l'ordre des choses : chacun n'a qu'à se résigner. « Manger, boire, travailler, mourir, voilà en quoi se résumera éternellement l'existence pour la majorité de la famille humaine », énonce à la Chambre des communes un ministre de Peel[35] : ce sont là des vues si répandues qu'elles en sont banales, jusque dans les classes populaires, où beaucoup ont pris le parti de s'accommoder de leur sort.

Telle est bien l'existence prolétarienne que Dickens a immortalisée dans *Les Temps difficiles* (1854) avec sa description de Coketown, archétype de la ville ouvrière, prisonnière de la grisaille, de la laideur, de la monotonie quotidienne, où domine un accablement morne ne laissant place à aucun espoir : « C'était une ville de machines et de hautes cheminées d'où sortaient d'interminables serpents de fumée aux anneaux perpétuellement enroulés. Il y avait aussi un canal aux eaux noires et une rivière toute rougie par les teintures nauséabondes. De grands bâtiments garnis de fenêtres dressaient leur masse, vibrant et tremblant toute la journée, tandis que les pistons des machines à vapeur s'élevaient et s'abaissaient de façon monotone... La ville comprenait plusieurs grandes rues toutes pareilles, et beaucoup de petites rues encore davantage pareilles, et ses habitants étaient également pareils. Tous sortaient et rentraient aux mêmes heures, faisaient le même bruit sur les mêmes pavés, accomplissaient le même travail. Pour eux, chaque jour était le même que la veille et le lendemain, chaque année ressemblait à la précédente et à la suivante. »

Autre catégorie populaire, à l'opposé de cette uniformité : les domestiques — un huitième de la population active en 1881, dont 90 % de femmes. Leur sort varie considérablement. Certains sont bien traités et s'attachent à la famille dans laquelle ils servent. Mais pour beaucoup d'autres la place est peu enviable. Ce sont la plupart du temps des jeunes filles, parfois très jeunes, souvent mal payées, surchargées de travail : il faut se lever tôt, allumer les feux, nettoyer, récurer, accepter les réprimandes sans broncher ; peu de temps de liberté, une surveillance stricte, interdiction d'avoir un *follower*...

Quant aux ouvriers agricoles, eux aussi vivent dispersés et ont du mal à avoir une conscience commune. Leur condition dépend assez largement de la manière dont ils sont traités par les fermiers et les *landlords*. Beaucoup habitent de misérables cottages équipés de manière primitive. Peinant pour un maigre salaire, ce prolétariat agricole, sans voix et sans droits, ne disposant pas du vote, à peine instruit faute d'écoles, mène une existence pauvre et rude, dans la soumissions et la dépendance, mais non sans accumuler les doléances. A force de ressentir les injustices, un journalier, Joseph Arch, prédicateur méthodiste au tempérament audacieux et obstiné, lance en 1872 le Syndicat national des ouvriers agricoles : d'où en quelques mois une flambée subite de syndicalisme.

Mais, en matière de condition ouvrière, ce qui compte avant tout, c'est l'évolution : dans quelle direction le mouvement social opère-t-il ? Est-ce dans le sens d'un mieux-être ? A l'encontre des conceptions pessimistes sur la paupérisation ouvrière, la thèse la mieux établie a accrédité l'idée d'un progrès d'ensemble de la société, progrès dont la classe ouvrière aurait bénéficié largement. A l'appui de cette thèse, on invoque la montée des salaires, l'accroissement de la consommation alimentaire courante, les livrets populaires de caisse d'épargne qui se garnissent, l'essor des organisations de prévoyance et de tempérance, le développement de l'instruction et de la lecture, tous signes indéniables de progression du bien-être matériel. De là l'image si fréquente de l'ouvrier bien mis, estimable d'allure, portant cravate, une montre en or au gousset, amateur de rosbif, habitué à la pinte de bière quotidienne, et capable à l'occasion de prendre une journée de vacances à la mer.

Si une telle image ne manque pas de vérité, il faut néanmoins convenir que tout cet optimisme est quelque peu suspect et l'on peut se demander s'il ne résulte pas d'une volonté délibérée, en une ère de confiance et d'euphorie, de voir les choses à travers des lunettes roses. N'est-ce point d'ailleurs réconfortant de se persuader qu'on ne s'enrichit pas tout seul ? Or trois séries de considérations conduisent à tempérer fortement les assertions traditionnelles. D'abord, à propos du niveau de vie les études sur le mouvement du salaire réel montrent, à travers les discussions souvent divergentes des statisticiens, qu'au cours des années 1850 le salaire n'a pratiquement pas bougé. Il ne commence à s'élever que vers 1863 et pendant une dizaine d'années il y a effectivement une phase de croissance rapide, si bien que, pour l'ouvrier à l'emploi stable, mais pour celui-là seulement, le pouvoir d'achat s'est élevé entre 1850 et 1875 d'environ 20 à 30 % ; après 1875, la stagnation reprend. En second lieu, des distinctions s'imposent entre catégories ouvrières : ces calculs s'appliquent surtout à la fraction supérieure du monde du travail. En effet, les ouvriers qualifiés, tirant parti de leur rareté relative sur le marché, et capables d'utiliser l'arme syndicale qu'ils sont les principaux à posséder, réussissent à vendre à meilleur prix leur force de travail, encore qu'ils restent vulnérables à tous les aléas de leur condition : il suffit d'une période noire pour renverser la tendance. En revanche, chez les manœuvres les progrès semblent beaucoup moins perceptibles, si même ils existent. Par exemple, des travaux menés sur le Lancashire tendent à prouver que le sort des *unskilled* et *semi-skilled* n'a guère changé. Ainsi, là où elle a eu lieu, l'avance apparaît à la fois limitée, différenciée, fragile, et bien des secteurs de la société y ont pratiquement échappé. Enfin, à l'échelle nationale, les calculs sur la distribution des revenus font apparaître que les ouvriers ont moins profité de l'accroissement général de la richesse que les classes aisées. Selon Bowley, la part des revenus du travail salarié dans le revenu national tombe entre 1860 et 1880 de 47 à 42 % (d'ailleurs, c'est déjà ce que soutenait l'*Economist* à l'époque)[36]. En d'autres termes, les revenus du capital — la rente et le profit — se taillent une part plus large qu'auparavant (après 1880, le mouvement s'inverse jusqu'à la fin du siècle).

Ainsi nuancé, le tableau est donc beaucoup moins favorable aux ouvriers qu'un optimisme de commande a bien voulu le prétendre. Il est certes erroné de parler de paupérisation, mais on ne saurait non plus conclure à un progrès généralisé et continu des salariés à la mesure du *boom* de l'économie. En sens inverse, ce qui est vrai, c'est que les classes populaires bénéficient d'améliorations indirectes. G. Best a justement noté la proportion croissante sur le marché du travail d'emplois de niveau plus élevé et mieux rémunérés, la réduction sur le long terme de la durée hebdomadaire du travail, les progrès de l'instruction[37]. On pourrait ajouter l'institution, par le *Bank Holiday Act* de 1871, de fêtes civiles chômées, le recul de l'adultération des produits alimentaires dans les magasins, et plus encore le développement des équipements urbains, de l'hygiène, des bibliothèques, des *Sunday schools*. Enfin, les contraintes mêmes du puritanisme et de la respectabilité jouent un rôle positif en combattant l'ivrognerie, en obligeant à davantage de propreté, ne serait-ce que pour avoir l'air « comme il faut », en imposant une culture sans doute moralisatrice et uniforme par rapport au vieux folklore diversifié et truculent, mais mieux adaptée à une civilisation industrielle.

Cependant, le sous-prolétariat échappe dans sa masse au progrès et reste enchaîné à sa misère. Car, pour profiter de ces améliorations, il faudrait un niveau de culture auquel il n'a pas accès et un niveau de vie qui lui est dénié. Pour ceux-là, les ressources principales, ce sont d'une part les dons, à bien des égards dégradants, de la charité privée (des centaines de milliers de livres sterling sont distribuées chaque mois par des organisations charitables sous forme d'aumônes, de soupes populaires, etc., à ceux qu'on nomme de façon méprisante tantôt le *residuum*, tantôt les indignes — les *undeserving poor* —, par opposition aux « pauvres méritants » ou *deserving poor*) et d'autre part l'assistance publique (dans les sinistres *workhouses*, les indigents expient le prix de la pauvreté, même si le degré d'inhumanité varie d'un établissement à l'autre). A Londres, on estime à 2,5 millions de livres les versements au cours de l'année 1862 des *Charities of London*, c'est-à-dire de l'ensemble des fondations charitables de la capitale, tandis que les dépenses de l'assistance publique pour cette même année ont atteint seulement 1,5 million de livres[38]. Ainsi, à travers la masse nombreuse des exclus et des marginaux — vagabonds, chômeurs chroniques, faillis, déchus, clochards, immigrés irlandais moqués et rejetés, anciens détenus de prison battant le pavé —, on arrive jusqu'aux franges de l'*underworld*.

Syndicalisme et intégration ouvrière

Depuis que les Webb ont employé l'expression « syndicalisme nouveau modèle » pour caractériser le mouvement ouvrier des années 1851-1875, on a communément interprété celui-ci comme une réaction corporative contre les tumultueuses revendications semi-révolutionnaires de la période précédente. A la place des espoirs illimités, se serait imposé un esprit de modération et de prudence, appuyé sur une tactique réaliste, au demeurant payante. D'où un syndicalisme « respectueux et respectable », acceptant, en vue d'améliorer le sort des travailleurs, la subordination aux valeurs morales propagées par la bourgeoisie : travail, prévoyance, individualisme. Bref, des syndicalistes « raisonnables » préférant une collaboration de classes fructueuse à une stérile et funeste lutte de classes. De ce changement de climat, le mérite reviendrait en premier à l'aristocratie ouvrière, qui aurait su tout à la fois accroître son niveau de vie, perfectionner son éducation et acquérir le goût du *self-help*. « Au cours du dernier quart du siècle, écrit en 1885 l'économiste très orthodoxe Leone Levi, la couche supérieure des classes laborieuses a exercé une action élévatrice sur tous les secteurs du monde du travail britannique[39]. » Et en 1869, le comte de Paris consacrait un livre aux *Associations ouvrières en Angleterre*, où il vantait le sérieux et la mesure des travailleurs d'outre-Manche, si différents de leurs camarades français toujours prompts aux idées révolutionnaires. Si l'on se sent à ce point rassuré dans les « classes supérieures », n'est-ce pas justement la preuve qu'est en cours un processus d'intégration matérielle et psychologique du monde du travail, ou si l'on préfère un embourgeoisement dont les répercussions atteignent toute l'action et l'idéologie ouvrières ?

On peut sérieusement se demander si la coupure après 1850 est si profonde et si le mouvement ouvrier a passé par un tel tournant. En particulier, le syndicalisme est-il tellement différent après la formation du Syndicat unifié des métallurgistes en 1851 — considérée habituellement comme le point de départ du « nouveau modèle » ? Sans doute, certaines des ambitions majeures d'émancipation ouvrière se sont-elles modifiées. Mais ne faut-il pas distinguer entre les apparences et le contenu ? Cependant, les partisans de l'interprétation traditionnelle, installés sur des positions solides, disposent, à l'appui de leur thèse, d'un arsenal de faits impressionnant.

Tout d'abord, il est indéniable que des deux grandes forces qui avaient animé le mouvement ouvrier dans le deuxième quart du siècle — d'un côté le socialisme owenien et coopérateur, de l'autre le chartisme — peu de chose subsiste. L'agitation chartiste n'est certes pas morte avec l'année 1848, ainsi qu'on l'a trop dit, mais même là où pendant une dizaine d'années encore elle a gardé quelque vitalité, elle se limite à des cercles restreints et épars, débris qui surnagent à travers le reflux d'une grande espérance. Quant aux idées socialistes, elles subissent une éclipse à peu près complète, sinon sous la forme édulcorée du socialisme chrétien, et encore seulement dans quelques secteurs de la classe moyenne. Se détournant des rêves exaltants, des aspirations communautaires, des grandes utopies millénaristes, le mouvement ouvrier s'oriente dorénavant avec détermination et pragmatisme dans trois directions : priorité est donnée à la trilogie coopératisme-mutuellisme-syndicalisme.

Dans le sillage des Equitables Pionniers de Rochdale (1844), les coopératives se multiplient rapidement. En 1872, elles comptent 927 branches et 300 000 adhérents, et leur chiffre d'affaires approche de 10 millions de livres. Mais l'esprit des coopérateurs n'a plus rien du messianisme de jadis. Il est devenu boutiquier, comptable, individualiste. Il ne s'agit nullement, comme l'explique le journal *The Co-operator*, de mettre fin aux inégalités de la société, mais simplement d'atténuer l'exploitation de l'ouvrier. Et le président du mouvement soutient que le coopératisme vise à réunir « les moyens, les énergies et le talent de tous pour le bénéfice de chacun » en faisant appel à « un lien commun : l'intérêt personnel ». Cependant, l'idéalisme n'a pas disparu. Simplement, les valeurs se sont déplacées. Au lieu de songer à bouleverser les structures de la société, les coopérateurs les acceptent telles qu'elles sont, quitte à les améliorer patiemment peu à peu : « Nous avons vu les pantomimes ridicules des utopies communistes [...]. Nous n'en voulons pas [...]. N'inculquons point d'autre esprit que la reconnaissance envers Dieu, la loyauté envers notre Reine, l'amour de notre pays et la bonne volonté à l'égard de tous les hommes [...] au service d'une coopération constitutionnelle et concurrentielle[40]. »

De leur côté, les mutuelles *(Friendly Societies)* connaissent un grand essor. A vrai dire, elles ne sont point chose nouvelle. Elles sont même l'une des plus anciennes institutions ouvrières : dès 1815, elles avaient près d'un million d'adhérents, vers 1850 elles en ont vraisemblablement 1,5 million ; en 1872, l'effectif atteint 4 millions, soit quatre fois plus que les *trade unions* et douze fois plus que les coopératives[41]. Nées de l'esprit d'assistance et d'entraide, baptisées de noms qui sonnent fièrement *(Ancient Order of Foresters, Oddfellows, Druids...)*, les mutuelles répondent d'abord au besoin de se prémunir contre les deux grandes catastrophes de la vie ouvrière, l'accident et la maladie. Elles procèdent ensuite de la volonté d'assurer au travailleur et à sa famille un enterrement décent en évitant l'opprobre des funérailles d'indigents, et du désir d'atténuer les effets du chômage grâce au versement d'indemnités en cas d'arrêt du travail. C'est donc un mini-réseau de sécurité sociale, entièrement privé et volontaire, fondé sur le sens de la solidarité et le souci d'échapper à l'infamante « loi des pauvres », en préservant l'indépendance personnelle. Dans le mutuellisme, on se sent entre soi et l'on compte sur soi.

Quant au syndicalisme, qui s'est développé au grand jour

depuis l'abolition des *Combination Laws* en 1824-1825, sa progression s'est faite en dents de scie. Depuis 1843-1845, le mouvement en avant des *trade unions* a repris, franchissant, semble-t-il, le cap des 100 000 adhérents, mais les effectifs, qui se recrutent presque exclusivement parmi les ouvriers qualifiés, ne se développent que très lentement. En 1868, lors de la formation de la Confédération des syndicats britanniques (*Trades Union Congress* ou TUC), le chiffre est seulement de 118 000. Survient alors une brusque envolée : en l'espace de cinq ans, les effectifs s'élèvent à 735 000 pour retomber, sous l'effet des dépressions cycliques, en 1875-1880, entre 500 000 et 600 000*. Ce syndicalisme présente plusieurs caractéristiques originales. D'abord, c'est surtout un syndicalisme de métier *(craft unionism)* qui mène, dans le cadre de l'entreprise, une défense ouvrière active et tenace, orientée principalement vers la protection de la qualification professionnelle et du salaire, en recourant, selon les circonstances, à la négociation collective, à l'arbitrage ou à la grève. C'est, d'autre part, un syndicalisme à visée éducative : le *trade union* doit aider ses membres à s'instruire, à développer leur culture et par là à s'élever individuellement. En troisième lieu, le mouvement syndical est fortement politisé : parallèlement à la lutte économique menée face au patron, l'action ouvrière se déroule sur le plan de l'État. On peut y distinguer trois phases successives : de 1861 à 1867 les campagnes pour le suffrage universel (jusqu'à la réforme électorale de 1867) ; de 1867 à 1875, l'agitation pour la législation du travail (les *Labour Laws*, qui garantissent les droits syndicaux, la liberté des piquets de grève, etc.) ; après 1875, est officialisée l'entente entre les syndicats et le parti libéral (c'est l'alliance « *Lib-Lab* »). Par ailleurs, tout au long de la période, l'internationalisme se montre florissant, soit à l'occasion des campagnes de sympathie pour les mouvements démocratiques et d'émancipation nationale en Europe, soit dans le cadre de la Ire Internationale où les *trade unions* jouent un rôle important de 1864 à 1871.

L'action ouvrière débouche ainsi sur la démocratisation

* Voir figure 11, p. 259.

sociale et politique, conformément à la tradition radicale héritée des luttes populaires du XVIIe et du XVIIIe siècle et influencée par le jacobinisme. Mais elle souffre d'une contradiction — même si celle-ci n'est pas clairement perçue — entre une idéologie individualiste des droits de l'homme et du *common people* (ce qui conduit à un combat principalement politique contre les privilèges des détenteurs du pouvoir) et une stratégie de lutte sociale, menée au nom de l'opposition des intérêts du salariat et du capital (ce qui aboutit à un combat économique contre les privilèges des nantis). Entre les deux termes de cette dialectique — lutte populaire ou lutte prolétarienne —, la balance penche sans hésitation vers le premier. Pour les radicaux, d'ailleurs, une société de classes est inévitable. Le but n'est pas d'abolir les classes, mais de garantir à chacun l'exercice de ses droits et de développer une société où chacun occuperait la place qu'il mérite. Ambition que George Howell, l'un des leaders les plus représentatifs du mouvement syndical, exprimait en ces termes : « Je n'ai jamais été et ne serai jamais l'avocat d'un simple changement de nos maîtres. Je ne veux pas plus d'un pouvoir ouvrier que d'un pouvoir aristocratique ou d'un pouvoir bourgeois. Je veux un gouvernement par le peuple tout entier — la richesse et l'intelligence y auront leur juste part — et rien de plus[42]. »

Enfin, à l'image du temps, le syndicalisme est imprégné d'esprit moralisateur. A côté des qualités bien ancrées de solidarité et de dévouement — qui représentent l'essence même de l'action collective — on y cultive les vertus de tempérance, d'épargne, de discipline. On y a horreur de tout ce qui sent la taverne. Et le puritanisme sert d'ingrédient de base à la respectabilité. Selon le mot de R. Harrison, « la politique ouvrière devient moins une affaire de fourchette et d'assiette et davantage une question de col et de cravate[43]. » Finalement, l'optimisme rejoint de manière assez curieuse l'idéalisme : « Les trois grandes forces de progrès pour l'humanité, affirme John Mitchell, ardent militant de la cause ouvrière, sont la religion, la tempérance et la coopération, et, en tant que force commerciale appuyée par les deux autres, la coopération est la plus grande, la plus noble, la plus capable d'aboutir à la rédemption des classes ouvrières[44]. »

Devant tous ces arguments, faut-il accepter comme démontrée la thèse de l'intégration du monde ouvrier à l'univers psychologique de la bourgeoisie triomphante ? L'abandon de toute perspective révolutionnaire, le modérantisme des revendications, l'acceptation des idéaux de la classe moyenne dans leur version radical-démocratique, tous ces traits incontestables sont-ils décisifs et surtout suffisent-ils à réduire le mouvement ouvrier aux dimensions d'une attitude pragmatique et étriquée, plus ou moins abâtardie, après les audaces libertaires du chartisme et en attendant la naissance du *Labour Party* ?

Quelque jugement que l'on porte en fin de compte sur les orientations du monde du travail et sur son « ralliement » (certains parleront de « contamination ») plus ou moins prononcé aux principes du capitalisme, un point ressort avec certitude, point sur lequel tout le monde est d'accord : le rôle central de l'aristocratie ouvrière. C'est pourquoi l'historiographie conservatrice a crédité celle-ci du mérite d'avoir échappé à la phraséologie révolutionnaire et utopique pour se consacrer à une tâche historique de première importance : celle qui a consisté à poser les bases de l'action légale, pacifique et constructive du trade-unionisme. Grâce à cette action, les travailleurs auraient affirmé leur capacité d'organisation et forgé avec souplesse une pratique (aux ressources et aux ressorts multiples) de la négociation avec le patronat et de la pression sur l'État. Au lieu de poussées anarchiques et de déclarations enflammées aux accents insurrectionnels, ce serait le solide bon sens de gens ayant les pieds sur terre qui l'aurait emporté. Inversement, l'historiographie de gauche a rejeté la responsabilité de l'abandon (au moins momentané) de la lutte anticapitaliste sur l'aristocratie ouvrière, l'accusant de s'être laissé pervertir par les miettes des superprofits que sa position privilégiée lui avait permis de recueillir : d'où une participation au processus d'exploitation des travailleurs et une aliénation par les doctrines de la bourgeoisie. En fait, il nous semble possible de modifier assez sensiblement l'optique traditionnelle en faisant intervenir les considérations suivantes.

Primo, l'aristocratie ouvrière ne mérite ni cet excès d'honneur ni cette indignité. Son rôle central découle de l'organisation même du système économique. Dans une société reposant sur le travail directement productif, c'est l'ouvrier qualifié, détenteur d'une position clef dans le circuit de production, de surcroît relativement privilégié par le revenu et l'éducation, qui est forcément le mieux à même de s'opposer au capitaliste. Qu'il détienne le *leadership* dans l'action syndicale est donc tout naturel et dans la logique de l'organisation du travail. C'était déjà vrai dans le passé au temps des premiers *trade unions* et du chartisme. Ce n'est pas moins vrai dans le reste de l'Europe, à commencer par la France. Et c'est dans cette catégorie de travailleurs que se sont recrutés certains des plus intrépides parmi les militants ouvriers.

En second lieu, il convient de tenir compte de la conjoncture dans laquelle se déroule la lutte ouvrière. Après la phase fertile en secousses des années 1815-1848, pendant laquelle les espoirs millénaristes pouvaient escompter l'effondrement d'un système économique apparemment mal assuré ainsi que de l'ordre privilégié ancien, il n'est plus question de se bercer de pareilles illusions dans le troisième quart du XIXe siècle, à l'heure où le capitalisme libéral triomphe. Puisqu'il est impossible d'envisager un renversement du système social, force est bien de s'en accommoder et d'adapter la stratégie ouvrière avec réalisme et efficacité. Sans doute, le calcul n'a-t-il pas été très conscient, mais les énergies ouvrières ont été canalisées par ces données d'évidence. Au lieu de vouloir se battre d'une manière chevaleresque, mais vouée à l'échec, contre des moulins à vent, mieux vaut adopter la tactique patiente du progrès partiel. Évidemment, le danger est alors de tomber du romantisme de Don Quichotte dans le prosaïsme bourgeois de Sancho Pança...

Cependant, la thèse de l'embourgeoisement du mouvement ouvrier se heurte à plusieurs objections majeures. D'abord, bien loin d'accepter religieusement, comme on l'a prétendu, les lois de l'économie classique, la revendication ouvrière n'a cessé de se dresser contre plusieurs d'entre elles : le travail-marchandise, la théorie du salaire, l'identité des intérêts entre employeurs et salariés. Il est bien vrai qu'on peut citer un certain nombre de déclarations de trade-unionistes critiquant la lutte des classes et les grèves et prônant à la place l'arbitrage et la conciliation. Mais le mouvement ouvrier a toujours continué de proclamer comme des exigences fondamentales le droit au travail, le droit à un niveau de vie décent, le droit à un salaire juste (*a fair day's wage for a fair day's work* : une rémunération équitable, une journée de travail équitable), exigences qui toutes sont en contradiction avec l'orthodoxie libérale. D'autre part, les syndicalistes ont maintenu fermement deux principes essentiels pour l'action ouvrière : le suffrage universel — instrument décisif pour se faire entendre au niveau de l'État — et la nécessité de la grève — seul moyen dans certains cas de donner à la pression des travailleurs un caractère irrésistible. Même Howell, le pacificateur et le champion de l'alliance *Lib-Lab*, reconnaît que les conflits industriels sont inévitables et que les grèves « sont un élément essentiel de l'économie du capital et du travail et le résultat inévitable de la relation existant actuellement entre patrons et salariés[45] ». Et, dans la pratique, le nombre des grèves ne marque nullement un recul dans la période 1850-1880.

En troisième lieu (et c'est sans doute le plus important), la plupart des ouvriers militants ont préservé une conscience de classe et une autonomie de culture qui les ont empêchés de s'aligner sur l'idéologie bourgeoise dominante. Toute la pression culturelle des classes dirigeantes n'a pas réussi à investir certaines zones de la culture populaire. A cet égard, même les institutions ouvrières les plus paisibles, telles que les *Friendly Societies* et les coopératives, ont stimulé le sens de la solidarité de classe en favorisant un esprit d'échange et d'amitié entre égaux. Une forme de convivialité y réunit des hommes se reconnaissant de même milieu et de même horizon. En outre, la dureté de certains conflits sociaux (souvent provoqués par des *lock-out* délibérément décidés par les employeurs), la volonté ouvertement affichée de bien des patrons de « casser » les *trade unions* auraient suffi à cimenter un front de classe qui n'a jamais disparu, mais s'est continuellement revivifié à l'occasion de luttes poursuivies avec opiniâtreté.

Enfin, au début des années 1870, la flambée trade-unioniste déborde complètement le cadre du syndicalisme de métier et traduit l'éveil des *unskilled*. Soudain ceux-ci bougent et s'organisent. On l'a déjà mentionné à propos des journaliers agricoles. La poussée gagne de la même manière les travailleurs des docks, du gaz, des chemins de fer, les marins, etc. Sans doute, la dépression cyclique qui s'abat à partir de 1874 brise-t-elle tout net l'essor. Mais il convient tout de même de voir dans ce signe de la vitalité et de la combativité ouvrières la preuve que les travailleurs — et dans ce cas il s'agit des plus défavorisés, restés jusque-là les plus passifs — ne se sont pas autant alignés qu'on a bien voulu l'affirmer sur les principes de déférence et de paix sociale. On aurait donc grand tort d'être prisonnier des apparences. Ni l'univers prédicant du monde ouvrier, ni le tuyau de poêle adopté comme symbole de respectabilité, ni la raideur docte de personnages qui auraient avalé un parapluie petit-bourgeois ne doivent faire illusion en cachant ce que derrière les masques la réalité recèle d'autonomie ouvrière et d'esprit de lutte. Seulement tout cela est exprimé dans le langage optimiste du jour qui relègue à l'arrière-plan les grandes ambitions collectives et considère que les progrès individuels additionnés conduiront au progrès collectif, c'est-à-dire au salut de la classe ouvrière.

3. Pouvoir et consensus

La dynamique sociale

Jusqu'ici, la perspective adoptée a principalement consisté à analyser les structures sociales, c'est-à-dire l'organisation hiérarchique de la société avec sa stratification complexe. Il convient maintenant d'introduire une autre dimension, en étudiant la dynamique sociale, expression du mouvement de la société et du jeu des forces sociales globales. Par là, il s'agit d'éclairer les rapports de classes, ainsi que les luttes et affrontements entre groupes sociaux et de déterminer dans quelle mesure il y a réellement mobilité à l'intérieur du corps social. Ce qui conduit aussi à s'interroger sur la distribution de la richesse et du pouvoir, l'action des idéologies et des croyances, l'attachement à l'ordre existant et la volonté de le changer.

Après une longue période d'agitation et de secousses, l'Angleterre mid-victorienne offre un spectacle rare : celui de l'équilibre. Non point un équilibre issu de la stagnation et de l'archaïsme comme dans l'univers pré-industriel, mais un équilibre obtenu à travers le mouvement rapide d'un pays en pleine croissance. Un fait est évident : la stabilité de la société et du pouvoir, stabilité que renforce la légitimité reconnue aussi bien à la hiérarchie des classes qu'au système de gouvernement. La réussite ne saurait donc être niée, et même si l'équilibre est jugé précaire, il dure tout de même pendant tout le troisième quart du siècle. Au cours de ces années, le paradoxe de l'Angleterre, c'est qu'elle constitue une société tout à la fois inégalitaire et homogène. A la base de l'inégalité, il y a bien sûr l'immensité des écarts sociaux, mais peut-être plus encore le fait que tout le monde accepte la hiérarchie comme naturelle et même nécessaire. A la base de l'homogénéité, on trouve l'existence d'un consensus : on communie dans les mêmes croyances, on adhère aux mêmes valeurs fondamentales.

Il est possible de se représenter quantitativement le rapport des forces. En effet, grâce aux calculs du statisticien Dudley Baxter, nous disposons pour l'année 1867 de chiffres précis et assez sûrs concernant la répartition de la richesse. De ce tableau se dégage avec une remarquable netteté le profil d'une pyramide sociale exemplaire. La petite poignée des privilégiés y contraste si bien avec la masse des revenus que Baxter s'est plu à comparer l'édifice au pic de Ténériffe, « avec sa large base formée par la population laborieuse, sur les pentes les classes moyennes et tout en haut vers les pics et les cimes les revenus princiers*[1]. »

On peut noter qu'une statistique de 1862 portant sur le logement confirme exactement ce tableau d'une société extraordinairement inégalitaire : 0,2 % de la population paie un loyer annuel supérieur à 200 livres, 0,8 % un loyer entre 100 et 200 livres, 11,5 % un loyer entre 20 et 100 livres, 87,5 % un loyer inférieur à 20 livres[2].

Quant aux revenus de la terre, selon les calculs de Léonce de Lavergne vers 1850, confirmés un peu plus tard par ceux d'économistes anglais, les propriétaires (qui représentent moins de 1 % de la population rurale) en reçoivent les deux cinquièmes sous forme de rente foncière, les fermiers (soit un sixième de la population) en recueillent près d'un quart, et le prolétariat agricole des journaliers (près de 85 % des ruraux) en perçoit seulement 35 %[3].

Or le mouvement de la société aggrave une telle répartition de la richesse. Car l'important n'est pas seulement que la distance entre les classes tende à grandir au lieu de se réduire. Certes, il est hors de doute que le niveau de vie général s'élève. Seulement, en dépit de toutes les déclarations rassurantes des professionnels de l'optimisme, les riches s'enrichissent plus vite que les pauvres n'améliorent leur sort. En outre, à l'intérieur de chacune des trois classes sociales, ce

* Voir les figures 14 et 15, p. 302 à 305.

sont les éléments les plus favorisés qui consolident leur revenu et leur pouvoir. De la sorte, l'échelle sociale tout entière se distend puisque les écarts à l'intérieur des classes croissent en même temps que les écarts entre les classes. Le processus, déjà en cours depuis le début du siècle, atteint son point culminant entre 1850 et 1880 (après quoi commence un reflux). C'est là un beau succès pour le laissez-faire — le couronnement du « chacun pour soi » et de la libre concurrence... Qu'y a-t-il d'étonnant à voir triompher les plus forts, puisque le principe d'une société libérale, c'est que l'enrichissement enrichit les plus riches ? En effet, ce sont ceux qui détiennent les avantages de l'argent, du prestige, de la culture, ou même qui simplement disposent d'une fraction de pouvoir grâce à leur place dans le circuit de production, qui sont à même de profiter des possibilités et des chances offertes, à quelque niveau qu'eux-mêmes se situent — grands propriétaires nobiliaires, aristocrates de la manufacture ou simples membres de l'aristocratie ouvrière — au détriment des moins favorisés, également à tous les échelons — depuis les plus petits *squires* jusqu'aux *unskilled* en passant par les couches inférieures de la petite bourgeoisie.

L'Angleterre réfractaire aux révolutions ?

Confrontés à des contrastes sociaux d'une telle ampleur et d'une telle brutalité, beaucoup de Britanniques ont imaginé que, des tensions ainsi engendrées, allait surgir inévitablement une explosion. De là, entre 1815 et 1848, tant d'alarmes à l'idée de la subversion menaçante, tant de peurs paniques devant les dangers de la « populace »... Effectivement, à plusieurs reprises les grondements révolutionnaires ont secoué tout l'édifice social. En 1844, Engels, dans *La Situation de la classe laborieuse en Angleterre*, prophétisait avec assurance : « La révolution doit nécessairement venir[4]. » Et pourtant la révolution n'a pas éclaté. L'Angleterre, après lui avoir échappé en 1830-1832, lui échappe à nouveau en 1848 ; en 1867, une fois de plus, l'agitation populaire pour conquérir le droit de vote reste fidèle à la légalité ; et en 1886-1887 les grands mouvements de rue des sans-travail auront davantage l'allure de cortèges déguenillés que de manifestations révolutionnaires organisées. Ainsi, tout au long du XIXe siècle, le pays n'a connu ni Commune, ni barricades, ni ruisseaux de sang, ni fossés inexpiables de haine. Mais si la paix civile et l'ordre l'ont emporté, il n'y a point à entretenir d'idylle : la dureté de la classe dirigeante, la sévérité des luttes sociales, la brutalité répressive du système coercitif et pénal, voilà autant de réalités solidement établies. Le calme social ne saurait conduire à sous-estimer les antagonismes de classes ni l'intensité des batailles religieuses et politiques — sans même parler de la question irlandaise dont les affrontements se prolongent jusque sur le sol de la Grande-Bretagne.

Néanmoins, l'*Establishment* est demeuré solidement en place. Le prolétariat anglais ne s'est point soulevé. La société a poursuivi pacifiquement ses mutations, sans bouleversement ni violence. D'où la question : l'Angleterre serait-elle réfractaire aux révolutions ? Sur quelles bases repose l'équilibre social du pays ? Quel est le secret de la stabilité constitutionnelle britannique ? Toutes ces interrogations avaient déjà passionné les contemporains. A leur tour, les historiens ont cherché à percer le mystère. Les réponses sont donc légion. A travers ce flot d'hypothèses, toutes plus ou moins ingénieuses — ce qui ne veut pas dire convaincantes —, essayons de distinguer les principaux courants.

Une première explication se fonde sur l'histoire. C'est celle dont Macaulay s'est fait le porte-parole : si l'Angleterre n'a pas connu de révolution au XIXe siècle, c'est qu'elle avait effectué sa propre révolution au XVIIe siècle. En effet, une fois renversé l'absolutisme et reconnu le principe de la société ouverte aux talents, le régime représentatif a pu prendre son essor et les institutions favoriser de longue date l'épanouissement des libertés anglaises, ce qui a rendu vain tout recours à l'insurrection et aux coups de force. Derrière cette interprétation éminemment *whig* d'esprit, on n'a aucune peine à lire en filigrane l'apologie du parlementarisme libéral. La stabilité anglaise vient tout simplement de ce que l'Angleterre a inventé une *via media* empreinte de modération entre les abominations opposées qui se donnent libre cours sur le continent : à savoir d'un côté la tyrannie militaire et policière, de l'autre la république rouge *(red republicanism)*. Comme l'écrit Macaulay, le pays vit « à l'abri des atteintes et du despotisme et de la licence démocratique ».

Une deuxième explication, psychologique celle-là, fait appel au tempérament national. Dans cette perspective, ce seraient le réalisme, le bon sens, l'esprit pratique et calculateur des insulaires qui leur auraient fait éviter les pièges du romantisme révolutionnaire et des incantations messianiques. Par là a triomphé la voix de la raison, qui est celle du juste milieu. « Nous appartenons, jubile l'*Economist* après 1848, à une race qui, si elle ne peut se vanter d'avoir l'imagination débordante de l'un de ses voisins [les Irlandais] ni l'esprit brillant d'un autre [les Français], trouve d'amples compensations dans un tempérament solide, calme, réfléchi, flegmatique, qui nous a protégés de bien des erreurs [...] et nous a procuré tant de réels bienfaits. » Évidemment, l'argument paraîtra mince... Il a cependant été repris, mais à un tout autre niveau de profondeur dans l'analyse, par Bagehot lorsque celui-ci a émis, dans *La Constitution anglaise*, sa théorie fameuse de la « déférence ». Selon Bagehot, l'Angleterre représente l'archétype de la nation déférente : le peuple a la sagesse d'y faire confiance à l'élite, et c'est d'un commun consentement que les uns commandent et que les autres obéissent. De la sorte, la stabilité est parfaitement préservée. Une telle analyse du comportement politique anglais se trouve indirectement confirmée par Taine (qui, dans ses *Notes sur l'Angleterre*, insiste à maintes reprises sur l'esprit d'acceptation et de soumission) et par Stuart Mill. Ce dernier, à l'opposé de Bagehot, qui voyait dans l'attitude de respect une vertu politique fondamentale, déplorait ce penchant funeste à la déférence à laquelle il opposait le sentiment de la dignité : « Les Anglais, écrit-il à Mazzini, quel que soit leur rang ou leur classe, sont au fond du cœur des aristocrates. Ils ont le sens de la liberté, ils lui accordent de la valeur, mais l'idée même d'égalité leur est étrangère et les choque : ils ne détestent point avoir beaucoup de monde placé au-dessus d'eux du moment qu'il y en a aussi au-dessous ; par conséquent, ils n'ont jamais sympathisé, et dans leur mentalité actuelle jamais ils ne sympathiseront, avec un parti réellement démocratique ou républicain dans un autre pays[5]. »

Une troisième série d'interprétations se situe dans l'ordre politique. Ici, tantôt on a cherché la clef de la continuité nationale dans l'art tout britannique du compromis, tantôt on y a vu le fruit du génie politique des classes dirigeantes. En particulier, on a accordé aux défenseurs du pouvoir une remarquable sagacité ainsi qu'une habileté suprême : à chaque crise majeure ils auraient réussi à éviter le pire en faisant à temps les concessions nécessaires. Par exemple, soutient-on, après qu'en 1832 les conservateurs ont consenti à une réforme politique pour sauver leurs privilèges économiques, en 1846 ils ont accepté des concessions économiques pour protéger leurs privilèges politiques, puis en 1867 ils ont su sacrifier une partie de leur influence politique afin de sauvegarder leur position sociale. Moyennant quoi ils sont chaque fois parvenus non seulement à éviter l'explosion et à canaliser le courant dans un sens réformiste, mais encore à maintenir l'essentiel de leur emprise sur l'État et la société. L'absence de révolution résulterait donc du conservatisme éclairé d'une classe dirigeante fertile en ressources et toujours capable de se trouver de nouvelles protections. Ce serait le triomphe d'une classe qui, maîtresse dans l'art de la défense élastique, a toujours su combiner adroitement concessions partielles, tactiques dilatoires, exploitation des faiblesses de l'adversaire, de manière à sauvegarder l'essentiel de son pouvoir.

Elie Halévy, tout en soutenant le bien-fondé de cette argumentation, a proposé de son côté une interprétation socio-économique beaucoup plus approfondie et surtout dont le grand mérite est de lier vie politique et vie sociale, mouvement des idées et croyances religieuses. Lui-même, après avoir vu dans le méthodisme le facteur décisif qui avait évité à l'Angleterre une révolution de type jacobin à la fin du XVIIIe siècle, a cru trouver dans le développement des classes moyennes et d'un libéralisme politique tout naturellement accordé avec l'esprit du protestantisme la cause majeure de l'absence de révolution au cours du XIXe siècle. En particulier, ce serait la « révolution de 1846 » — c'est-à-dire le libre-échange imposé par la bourgeoisie — qui aurait enlevé toute raison d'être à un 1848 anglais. Selon Halévy, le renforcement constant des classes moyennes est le fait capital expliquant aussi bien la stabilité sociale que la stabilité politique, d'abord parce que, par leurs idées et leurs croyances, ces classes ont développé un esprit de liberté, ensuite et surtout parce qu'à ces facteurs moraux et religieux se sont ajoutés des facteurs économiques. La présence d'une *middle class* consciente de sa puissance a tempéré l'écart des fortunes et des conditions et fait opposition aux extrémismes en même temps qu'aux extrêmes par sa position centriste : entre la richesse énorme de l'aristocratie et la misère des masses populaires, s'étend l'« intervalle immense qui est rempli par l'immensité des classes moyennes[6] ». Toutefois, la thèse d'Halévy se heurte à de sérieuses objections. D'abord, la France elle aussi compte alors une classe moyenne développée, nombreuse, attachée aux idées libérales, ce qui ne l'a point empêchée de détenir le record des révolutions, alors que le prolétariat industriel y était beaucoup moins important qu'outre-Manche. D'autre part, en Angleterre, l'aristocratie avait conservé des positions plus solidement enracinées qu'Halévy ne semble le penser. Enfin les influences religieuses, en particulier le méthodisme, n'ont ni joué le rôle de tranquillisant qui leur a été attribué ni constitué plus qu'ailleurs un barrage antirévolutionnaire.

Aucune donc de ces explications, avouons-le, ne nous semble vraiment satisfaisante. Si la plupart d'entre elles contribuent — à des degrés divers d'ailleurs — à projeter quelque lumière sur le problème posé, aucune n'emporte la conviction en mettant en évidence des points cruciaux. A notre avis, ce qui explique de manière décisive l'équilibre de la société anglaise, c'est la conjonction de trois facteurs : d'abord et de façon primordiale le système de classe triangulaire, ensuite la faiblesse de l'idéologie révolutionnaire, enfin à partir de 1850 l'existence d'un consensus conduisant à une société intégrée.

S'il est bien vrai que la société britannique, avec sa division en trois classes, présente une structure verticale commandée par une hiérarchie stricte, en même temps son organisation ternaire donne naissance à un jeu triangulaire de forces dans lequel les partenaires tantôt s'opposent par couple antagonique, tantôt se liguent par groupe de deux contre le troisième. Si bien qu'un équilibre tend à s'instaurer entre les poussées contraires qui se font contrepoids, d'autant que le système multiplie les combinaisons possibles (tête-à-tête ou combats inégaux) et contribue à la fluidité d'alliances aisées à renverser soit partiellement, soit en totalité. De surcroît, il est aussi difficile à une classe de dominer à elle seule les deux autres que de culbuter leur pouvoir. Réaction et révolution — ou si l'on préfère tyrannie et subversion — sont donc rendues également malaisées. Peut-être que l'équilibre ainsi engendré par ces multiples tensions compensées apparaît fragile (et c'est effectivement le cas dans la première moitié du siècle), il ne s'en est pas moins révélé viable.

Il est vrai qu'on ne saurait considérer les trois forces du triangle comme équivalentes. L'inégalité sociale se retrouve dans la trilogie : dans ce triangle dissymétrique il existe des dominants et des dominés. S'il est une démonstration opérée par le chartisme, c'est bien d'avoir révélé, autant que le pouvoir des classes dirigeantes, les faiblesses du monde ouvrier. Néanmoins, l'une des caractéristiques de la vie sociale de l'Angleterre, c'est que très tôt la force numérique du prolétariat a contraint les classes dirigeantes à tenir compte de son existence, et cela d'autant mieux que le mouvement ouvrier a pris naissance également très tôt et que l'organisation ouvrière a conféré une indéniable puissance aux travailleurs, au triple titre de force politique, de partenaires sociaux et de consommateurs.

Au cours des années 1830 et 1840 la recherche tumultueuse de ce point d'équilibre au milieu des crises a passé par l'exploitation de toute la panoplie des ententes possibles entre les forces du triangle social (elles-mêmes relayées par leurs soutiens politiques et religieux), les regroupements s'opérant de manière successive ou simultanée et variant selon l'objectif tactique : bourgeoisie et classe populaire contre aristocratie à propos du *Reform Bill*, front commun des aristocrates et des ouvriers contre la bourgeoisie manufacturière dans le *Factory Movement*; face au chartisme, la classe moyenne et les propriétaires fonciers se retrouvent du même côté pour défendre l'ordre menacé par la révolte ouvrière; inversement, ils se combattent durement au cours de la bataille des *corn laws*. A partir du milieu du siècle, la situation se modifie sensiblement, sous l'action de nouveaux rapports de forces qui consolident à long terme l'équilibre. D'une part, comme Peel l'avait escompté lorsqu'il s'était prononcé pour le libre-échange, un rapprochement s'opère entre l'aristocratie et la bourgeoisie, en vue du partage du pouvoir. Le processus en cours depuis des décennies — la marche vers une société bicéphale — aboutit à sa conclusion, c'est-à-dire qu'on en arrive franchement à l'alliance entre l'aristocratie de la terre et de la naissance et l'aristocratie de l'argent et des capacités : arrangement qui garantit plus d'un quart de siècle de stabilité. En ce sens, on peut remarquer que la « révolution de 1846 » a moins servi, comme le pensait Halévy, à éviter la révolution en 1848 qu'à sceller une entente entre les deux fractions de la classe dirigeante. Et il faut voir dans ce compromis semi-économique semi-politique l'une des clefs du mid-victorianisme. Sous un certain angle, la situation se prolongera même jusqu'en 1914. C'est donc durablement que le lion britannique est devenu un lion à deux têtes — du moins jusqu'au jour où une troisième tête, prolétarienne celle-là, commencera à se profiler dans les dernières années du siècle.

D'autre part, après 1848 le radicalisme reprend avec succès sa stratégie traditionnelle d'alliance entre la bourgeoisie avancée et les forces populaires, comme en 1816-1819 et en 1830-1832. C'est cette ligne de combat que le chartisme avait interrompue et mise en échec en préférant mener une lutte purement ouvrière. A l'inverse, après 1850, tandis qu'est rejetée pour trente ans la tactique classe contre classe, on voit dans toutes les campagnes d'agitation politique et sociale (que ce soit à propos de la réforme électorale, de l'instruction primaire, de la législation du travail, etc.) ouvriers et classes moyennes marcher la main dans la main sous la bannière radicale, l'entente atteignant son point culminant dans l'alliance « *Lib-Lab* » au cours des années 1870. Par l'effet cumulé de ces diverses formes de collaboration de classes, les antagonismes sociaux qui avaient prédominé dans la première moitié du siècle sont donc en plein recul. A leur place, s'installe un climat social plus paisible reflétant la stabilité d'une société évolutive, réformiste et consensuelle.

Autre facteur d'équilibre : l'absence d'esprit révolutionnaire. Là encore, le contraste est frappant avant et après 1850. Dans la première moitié du siècle, des idéologies révolutionnaires s'étaient cherchées, hésitant entre le jacobinisme à la française, le communisme utopique et la revendication prolétarienne chartiste. Au contraire, dans le troisième quart du siècle, alors que le chartisme agonise et que le socialisme s'estompe, il n'y a plus de contestation globale de l'ordre social. Sur le plan doctrinal, rien ne vient prendre la relève. Les idéologies anticapitalistes et antibourgeoises qui fleurissent dans les milieux révolutionnaires réfugiés à Londres ne tentent guère les Anglais. Dans les cercles avancés, tout au plus sympathise-t-on avec les proscrits dans la mesure où ils sont des persécutés, mais cela ne va pas plus loin. Marx vit à Londres pendant trente-cinq ans quasiment inconnu (à sa mort, en 1883, ce sera le correspondant du *Times* à Paris qui câblera la nouvelle au journal à Londres !). Dans les milieux ouvriers, le modèle auquel on aspire, c'est une démocratie sociale et individualiste. Tout l'effort de la revendication populaire est tourné vers la conquête pacifique du droit de suffrage et de l'instruction pour tous, vers les réformes sociales et humanitaires. Priorité absolue est donnée à la démocratie politique et parlementaire. Et quand, en 1867, une partie des ouvriers obtiennent le droit de vote, cela aboutit à conférer *ipso facto* une légitimité accrue au pouvoir en place puisqu'il est désormais issu d'un suffrage semi-démocratique. Tout recours à la violence est désavoué, comme on le voit en 1867 lors des attentats de Sheffield par quelques ouvriers en colère *(Sheffield outrages)*. Et c'est fort mal porté de prôner la subversion : d'où l'embarras des radicaux avancés lorsqu'ils doivent prendre parti face aux événements de la Commune. Pas plus que l'esprit, le cœur n'est du côté de la révolution. Nulle exaltation révolutionnaire, nulle nostalgie romantique ne vient parer d'un étrange et sombre attrait l'idée d'insurrection. Tout le monde s'accorde au contraire pour célébrer les vertus de la paix civile. La rue ne sent point la poudre ni la barricade. et le pavé semble fait seulement pour qu'on marche dessus. La subversion est absolument étrangère à la mentalité générale — bonne tout au plus pour ceux qui ne jouissent pas des libertés à l'anglaise. Sur le sol de l'Angleterre, l'ordre règne paisiblement.

Depuis le milieu du siècle, enfin, existe un consensus assez général sur les finalités de la société. Consensus qui renforce la cohésion et facilite l'intégration sociale. Parmi les valeurs communes, de nature à lier ensemble les membres du corps social, il y a le culte de l'indépendance individuelle *(self-help)*, l'attachement à la monarchie (Bagehot a souligné la fonction mystique de la personne du souverain), le sens patriotique (on communie dans le nationalisme), la reconnaissance des grands principes du christianisme (au moins sous leur forme morale) et, *last but not least*, l'acceptation du principe hiérarchique et des inégalités sociales. Par conséquent, ce n'est pas tant d'en haut, de l'autorité royale ou aristocratique, que découle la légitimité du pouvoir politique et de l'ordre social, c'est d'en bas, grâce au consensus social. La perpétuation de la société libérale et inégalitaire est devenue un objectif reconnu par tous. Devant le silence des pauvres et la passivité des ouvriers, ce n'est pas Marx, c'est Cobden qui, étonné et indigné, prêche le refus : « Je me demande comment les travailleurs restent si tranquilles sous le poids des indignités et des affronts qui leur sont prodigués. N'y a-t-il point parmi eux quelque Spartacus capable de conduire une révolte des esclaves contre les bourreaux de leur classe[7] ? » Sans doute est-ce le spectacle de cette résignation qui à la même époque amenait Engels à traiter l'Angleterre de « nation bourgeoise entre toutes » et à accuser le prolétariat anglais de devenir de plus en plus bourgeois[8]... En tout cas, l'intégration des classes populaires dans la société libérale, sans être totale, est suffisamment poussée après 1850 pour qu'il n'y ait plus d'alternative révolutionnaire, pour qu'il n'y ait même plus d'autre alternative que l'alternance politique des *tories* et des *whigs*.

L'individu et l'État :
le libéralisme triomphant

L'Angleterre pays de la liberté ! Le lieu commun a beau être répété à toute occasion et sur tous les tons, sa vérité s'impose d'évidence. Chacun en fait journellement l'expérience à travers les mille et un aspects de la vie collective. Car pour toutes les classes de la société la liberté n'a rien d'un concept abstrait, elle est d'abord une réalité concrète, vécue personnellement. Loin d'être le fruit d'un habile endoctrinement, elle correspond à un sentiment éprouvé de manière fort vive, qui résulte à la fois de l'histoire et de la pratique — quelles que soient par ailleurs les lourdes tyrannies économiques pesant sur les individus. Le *free-born Englishman* n'a donc besoin de personne pour se convaincre qu'il est « né libre ».

Il lui suffit du reste de porter le regard au-delà du *Channel* : la comparaison est édifiante avec les nations européennes où sévissent des régimes autoritaires. Là-bas règnent la police et l'arbitraire. Au contraire, dans son pays, l'Anglais constate que le principe des libertés fondamentales est depuis longtemps acquis; en outre, des progrès importants viennent d'être accomplis par l'élimination de vieilles barrières restrictives. C'est ainsi que les discriminations religieuses ont reculé, le droit d'association et la liberté de la presse sont entrés dans les faits. Or ces acquisitions concernent tout le monde, les humbles aussi bien que les puissants. Sans doute, aux yeux des démocrates, le combat pour l'émancipation est-il loin d'être terminé. La grande lutte historique, comme l'appelle Stuart Mill, entre la Liberté et l'Autorité se poursuit. Mais beaucoup se reconnaissent dans le cri de triomphe que pousse le *Spectator* en 1851 : « Le demi-siècle écoulé a changé le visage de la société. Là où tout n'était qu'interdits conservateurs, tout n'est aujourd'hui qu'ouverture. Nous avons gagné notre liberté, politique, religieuse, commerciale[9]. » Il arrive, il est vrai, que le sentiment légitime de fierté tourne à la complaisance, sinon à la suffisance. Ainsi lorsque Roebuck lance son apostrophe (brutalement prise à partie par Matthew Arnold dans *Culture et Anarchie*) : « Regardant autour de moi, je pose la question... Est-ce que chacun n'est pas en mesure de s'exprimer comme il veut? Je vous le demande : y a-t-il rien de comparable à travers le monde présent ou bien dans toute l'histoire passée[10]? » Pour un radical, c'est assurément faire bon marché de l'oppression des multitudes — que ce soit sur le sol de la Grande-Bretagne ou à travers l'empire. Mais le fait est que l'Angleterre incarne éminemment le libéralisme — en le liant de surcroît au protestantisme. Par rapport aux autres pays (à l'exception peut-être des États-Unis) elle l'a acclimaté de façon si originale que les insulaires finissent par se considérer comme les dépositaires historiques de la liberté, un peu comme les Français s'estiment les dépositaires des droits de l'homme.

Ce libéralisme triomphant est fait de trois composantes : une pratique — celle des libertés et de la tolérance; une philosophie — l'individualisme; une théorie de l'État — sorte d'hybride de laissez-faire et d'interventionnisme rationalisateur.

Pour les Anglais, *la* liberté, cela signifie avant tout l'usage *des* libertés. Au premier chef les libertés personnelles. La libre disposition de son corps (c'est l'*Habeas Corpus*) et de ses mouvements, la sécurité de sa personne, le libre usage de ses biens. Point d'arrestation arbitraire ni de détention sans jugement; l'accusé présumé innocent et jugé par un jury : ce sont là les garanties fondamentales qu'admiraient déjà Montesquieu et Voltaire et dont l'usage est entré dans le droit commun — la *common law* — en même temps que dans les mœurs. Évidemment on pourrait démontrer sans difficulté que ces droits profitent davantage aux gens aisés et respectables; parmi les déshérités, au sein des « classes dangereuses », il ne fait pas bon tomber sous le coup du régime pénal. Néanmoins, la loi est la loi, et les plus pauvres ont comme les autres le bénéfice de ses garanties. Dans un pays où toute la tradition a consisté à lutter contre les débordements de l'arbitraire et à défendre l'individu contre la tyrannie du pouvoir, la protection s'étend assez loin pour que tous en aient leur part. Parallèlement, l'esprit public, tel que l'a formé un héritage séculaire, a développé une mentalité de résistance à tout ce qui porte atteinte aux libertés fondamentales. De plus, l'une des caractéristiques de la conscience libérale n'est-elle pas de protester par principe contre l'illégalité et l'injustice où qu'elles se produisent? Dans ces conditions, parler dédaigneusement de la liberté purement « formelle » dans l'Angleterre du XIXe siècle relève de la polémique de mauvais aloi, et l'argument ne vaut guère qu'on s'y arrête. Les proscrits réfugiés en si grand nombre sur le sol britannique en savent, quant à eux, quelque chose. De Guernesey, Victor Hugo s'écrie à propos de l'Angleterre : « Comme terre illustre et libre, je l'admire et comme asile je l'aime[11]. » Au congrès de la Ire Internationale, à Bâle, en 1869, l'un des leaders les plus en vue du trade-unionisme, Applegarth, explique fièrement à ses camarades ouvriers du continent : « Heureusement, en Angleterre nous n'avons pas à nous cacher dans des coins obscurs de peur qu'un policeman ne nous voie ; nous pouvons nous réunir ouvertement et au plein jour pour nous organiser, et discuter sans crainte de toutes les questions qui nous intéressent[12]. » C'est qu'en effet aux libertés civiles s'ajoutent les libertés politiques (droit de réunion et d'association, liberté de parole et de manifestation, droit de pétition, liberté de la presse ; le point noir, c'est le suffrage, mais à partir de 1867 le droit à la représentation politique est accordé aux ouvriers des villes importantes), ainsi que les libertés économiques (liberté du commerce, du travail...). Et surtout la mentalité dominante fait que ces libertés sont des libertés vivantes, et pas seulement des libertés juridiques. Elles sont soutenues par le goût de l'indépendance, l'horreur de la servitude et de l'arbitraire, la conscience aiguë des droits de chaque citoyen.

C'est également à la suite d'un long cheminement historique que s'est instaurée petit à petit la tolérance. Elle résulte d'un double processus : sociologique et religieux. Sur le plan de l'organisation des rapports sociaux, de même que l'institution du sport a représenté une sublimation des énergies spontanées et brutales qui ont été transformées en jeux bien ordonnés, de même l'avènement d'un régime de tolérance s'est imposé comme une nécessité dans une société batailleuse et violente : ce fut un moyen de mettre fin à des querelles et des rivalités sauvages, coûteuses, fréquemment sanglantes. D'où l'idée qui a prévalu depuis le XVIIIe siècle : une société policée se mesure au respect d'autrui, de sa personne, de ses idées, de ses coutumes.

D'autre part et surtout, la rupture de l'unité religieuse a fait de l'Angleterre à partir de la Réforme un champ clos où non seulement se sont combattues sans merci trois grandes versions du christianisme — l'anglicane, la calviniste, la romaine —, mais où de plus ont fleuri les schismes et les divisions. Les sectes s'y sont multipliées. Chacun des *revivals* successifs a ajouté de nouvelles lignes de démarcation. Les batailles théologiques n'ont cessé de faire rage, en particulier au sein de l'Église établie. Devant cette situation de pluralisme, la sagesse a commandé de s'accepter mutuellement, chacun avec son orthodoxie, son credo, ses particularismes. Ainsi les nécessités de la coexistence, greffées sur les exigences de l'unité nationale, ont contraint à trouver un *modus vivendi* auquel le pays est parvenu tant bien que mal après de multiples à-coups. Mais ce qui, à l'origine, a dû être consenti sous la pression des réalités a bien vite été idéalisé : on a érigé l'état de tolérance en vertu de tolérance. Celle-ci, laïcisée, élargie en idéologie, a été appliquée à tous les domaines de l'existence privée ou publique. Sur le plan religieux ou sur le plan civil, chacun s'est vu de la sorte reconnaître la liberté de sa croyance, de ses choix personnels, de sa manière de vivre. Certes, au milieu du XIXe siècle, bien des zones d'ombre subsistent. Entre dénominations religieuses le climat n'est guère à l'irénisme. Antipapisme virulent, querelles acides entre non-conformistes et anglicans, conflits sur les privilèges de l'Église d'Angleterre, furieuses batailles autour des applications de la science aux origines de l'homme ou aux textes bibliques, toutes ces frictions révèlent, en même temps qu'une recherche passionnée de la vérité et du salut, la profondeur des préjugés et des forces d'intolérance, auxquelles il convient d'ajouter le poids si considérable des conformismes. Néanmoins, la tolérance, une fois tout bien pesé et quelles qu'en soient les limitations, a représenté l'un des apports majeurs de l'Angleterre à la civilisation européenne.

Du point de vue doctrinal, à la base de l'individualisme qui intellectuellement règne en maître, on retrouve le principe de la liberté de choix *(free choice)*, valeur essentielle aux yeux des victoriens. La philosophie « horizontaliste » des libéraux, à l'opposé de la conception *tory* héritée du christianisme médiéval, pour qui la collectivité, communauté organique, est un édifice hiérarchisé à la verticale, est elle-même fondée sur deux principes : 1) la société n'est que l'agrégat des individus dont elle est constituée; 2) tout ce qui favorise les intérêts de l'individu est bénéfique à la collectivité, puisqu'il y a accord et non point contradiction entre l'intérêt particulier et l'intérêt général. Dans sa *Statique sociale* (1851), Herbert Spencer, dégageant ce qu'il appelle la « loi de la liberté égale», affirme qu'à partir du moment où opère cette loi l'équilibre social est en vue. Tout repose donc sur l'individu. Tout dépend de sa volonté et de ses capacités. Comme l'écrit Stuart Mill en conclusion de son livre *La Liberté* (1859), «la valeur à long terme d'un État, c'est la valeur des individus qui le composent». C'est pourquoi on exalte l'esprit d'indépendance, *self-independence*, en l'opposant au paternalisme qui, sous prétexte de protéger, traite l'homme en enfant. Avec de l'énergie et de l'intrépidité, un individu actif, doué, persévérant, doit arriver au sommet. Et de sa réussite tous profiteront. Témoin Stanley, l'explorateur, que l'on se plaît à citer en exemple : enfant naturel, élevé dans un sinistre *workhouse* gallois, il a d'abord fait son chemin dans le journalisme aux États-Unis, avant de découvrir d'immenses territoires en Afrique. Liberté d'initiative et mobilité sociale se rejoignent donc. C'est ce qui fait écrire à Stuart Mill, champion, s'il en est, de l'optimisme individualiste : à présent «les êtres humains ne sont plus fixés à leur place par la naissance [...] ils sont libres d'employer leurs capacités [...] pour atteindre le lot qui leur paraît le plus désirable[13]» (le piquant, c'est que ces affirmations prennent place au début d'un ouvrage dénonçant la subordination des femmes dans la société).

Il s'ensuit une conception d'abord restrictive de l'État. Appuyés sur «la marche de l'esprit», l'utilitarisme benthamien et l'économie classique ont si bien pénétré dans les esprits que les mentalités en sont tout imprégnées. Au lieu de compter sur les pouvoirs publics, qui toujours ont tendance à tyranniser, puisque leur action consiste à légiférer, à réglementer, à décider pour autrui, l'individu ne doit compter que sur lui-même, dans la fierté de sa liberté et de son indépendance. Le grand juriste Dicey, avocat d'un individualisme sans bornes, a assisté avec consternation après 1870 au développement de l'interventionnisme étatique. Aussi évoque-t-il avec nostalgie l'ère mid-victorienne où prévalaient «la foi des meilleurs parmi les Anglais dans l'énergie individuelle» et «la sagesse qui consistait à laisser chacun libre d'agir comme il l'entendait, dans la mesure où il n'empiétait pas sur la liberté ou les droits de ses concitoyens[14]». Tous les tenants de la philosophie individualiste sont persuadés en effet qu'une ligne de démarcation claire et évidente sépare le domaine de l'individu — espace de liberté et d'initiative — du domaine de l'État — terre de contrainte et d'oppression. Contre ces multiples dangers venus de Léviathan, le recours est dans la décentralisation, le *self-government*, l'action des corps intermédiaires — *gentry*, clergé, professions libérales, associations professionnelles — et par-dessus tout dans la libre expression de l'individualité.

Cependant, la théorie individualiste du laissez-faire, soutenue tout naturellement par l'esprit de libre examen du protestantisme, est loin de déboucher autant qu'on l'a prétendu sur l'abdication de l'État. Même au temps de sa plus grande rétraction sous l'influence du libéralisme ambiant, l'État anglais n'a rien de squelettique et sa puissance reste considérable. Pourquoi d'ailleurs les classes dirigeantes auraient-elles laissé échapper un instrument aussi privilégié de pouvoir ? En vérité, jamais l'État n'a été cantonné dans un simple rôle d'État-gendarme. D'abord parce que le rationalisme utilitariste, dans la mesure même où il voulait faire régner la liberté et la raison à la place des privilèges et du favoritisme, portait en lui une volonté centralisatrice de manière que la puissance publique mît fin aux incohérences et aux gaspillages en instaurant l'ordre rationnel et raisonnable de la loi, garantie du bonheur du plus grand nombre (c'est là une donnée qu'Halévy, par exemple, avait soulignée). Mais, en outre, le pouvoir de l'État s'est constamment fait sentir par une action insistante : c'est sa présence qui a réglementé tour à tour le travail en usine *(Factory Acts)*, la santé publique, l'enseignement (*Education Act* de 1870), la police, le régime pénitentiaire, l'administration (l'organisation d'un *Civil Service* moderne date de la réforme de 1855, qui substitue le mérite au patronage), etc. C'est pourquoi, s'il nous semble manifestement abusif de rechercher, comme on l'a fait, dans l'ère victorienne les origines du *Welfare State*, on se doit de souligner qu'à aucun moment, même en plein apogée libéral, l'État n'a renoncé ni à ses droits ni à son pouvoir.

Une terre de chrétienté

Que la religion ait exercé une influence capitale sur la vie de l'Angleterre du XIXe siècle, personne ne s'avise de le mettre en doute. Mais le vrai problème, c'est de savoir de quelle religion il s'agit, c'est-à-dire jusqu'à quelle profondeur est implanté le christianisme sous ses différentes expressions, par-delà les conformismes de façade et les signes surabondants de religiosité. Afin de clarifier le débat, il est bon de distinguer trois aspects dans la vie religieuse. A un premier niveau — celui de l'intériorité — la religion se situe comme quête de vérité et d'absolu, à la recherche du salut. C'est là le domaine de la relation personnelle de l'être avec Dieu (le *« my Creator and myself »* de Newman) et, de ce point de vue, l'Angleterre victorienne a connu une aspiration profonde à la vie intérieure, une piété ardente, des élans de foi incarnés par de grands esprits religieux. A un second niveau — celui des Églises organisées —, le christianisme devient institution et la religion se socialise, constituant un cadre de vie au sein duquel s'exerce une forte pression sociale. Au point qu'en dépit de ce qu'on commence à appeler « déchristianisation », rares sont ceux qui refusent toute appartenance religieuse et ne se rattachent pas, au moins nominalement, à une Église ou à une secte. Enfin, à un niveau qui dépasse les divisions confessionnelles — mieux vaut dire *undenominational* qu'interconfessionnel —, le legs de la chrétienté domine l'existence collective. Même quand il n'y a pas (ou plus) de credo défini, un substrat religieux se maintient, gouvernant les conceptions morales, les rapports sociaux et jusqu'aux plus humbles usages. Pour prendre un seul exemple, l'Angleterre du XIXe siècle est totalement incompréhensible à qui ne tient pas compte du pouvoir de la Bible, de son omniprésence dans les esprits. C'est par le « Livre saint », manuel par excellence de toute éducation, religieuse et profane, que dès leur enfance les Anglais sont initiés à la culture en même temps qu'à la foi chrétienne. Les images bibliques, la langue biblique (dans sa belle version « jacobéenne » du XVIIe siècle), les citations bibliques composent un paysage mental au milieu duquel les personnages bibliques se promènent, aussi familiers que les habitants du quartier ou du village voisin.

Le caractère officiel de la religion, dans la vie publique comme dans la vie privée, ne se marque pas seulement par le fait qu'il existe une Église établie et qu'en la personne de la reine se confondent les fonctions de souverain temporel et celles de « gouverneur suprême de l'Église d'Angleterre » et de « défenseur de la foi ». Mille autres traits rappellent sans cesse que l'Angleterre est un pays chrétien. En 1867 encore, à propos d'une affaire de propagande laïciste, un arrêt de tribunal *(Cowan v. Milbourn)* réitère le principe selon lequel le christianisme fait partie intégrante de « la loi du pays[15] ». Les dernières discriminations contre les juifs ne sont abolies qu'en 1858 (auparavant, ils ne pouvaient siéger au Parlement : c'est ainsi que le baron Lionel de Rothschild, lorsqu'il avait été élu à la Chambre des Communes en 1847, n'avait pu occuper son siège). Jusqu'en 1871 il est impossible d'enseigner à Oxford ou Cambridge si l'on ne signe pas une déclaration d'adhésion aux Trente-Neuf Articles. En 1880, le radical Bradlaugh, animateur tonitruant des campagnes pour l'athéisme, est élu au Parlement, mais comme il refuse de prêter le serment sur la Bible exigé de tout député, il n'est pas admis à siéger et c'est seulement en 1886 qu'un assouplissement du règlement l'y autorise. On peut bien sûr voir dans tout cela le signe d'une bigoterie étroite (et elle est évidente), mais il y a beaucoup plus : d'abord l'idée que le devoir de l'État est de soutenir l'Église du Christ (Gladstone, par exemple, a été toute sa vie un paladin de l'alliance du temporel et du spirituel et par ailleurs l'érastianisme garde une grande force), ensuite la conviction que le christianisme constitue le ciment moral du pays. Du reste, la notion de volonté de Dieu, les principes de base de la morale chrétienne sont si communément admis qu'ils figurent au nombre des vérités ambiantes, côte à côte avec la nécessité de l'épargne, la liberté d'entreprise ou les vertus de *self-dependence* et de *manliness*.

Pourtant, si le christianisme sert de dénominateur commun, il est lui-même scindé en multiples tendances et institutions rivales. A la fracture de la Réforme en trois grandes confessions — anglicanisme, *Dissent* et « papisme » —, les schismes

3. Églises et sectes en Angleterre

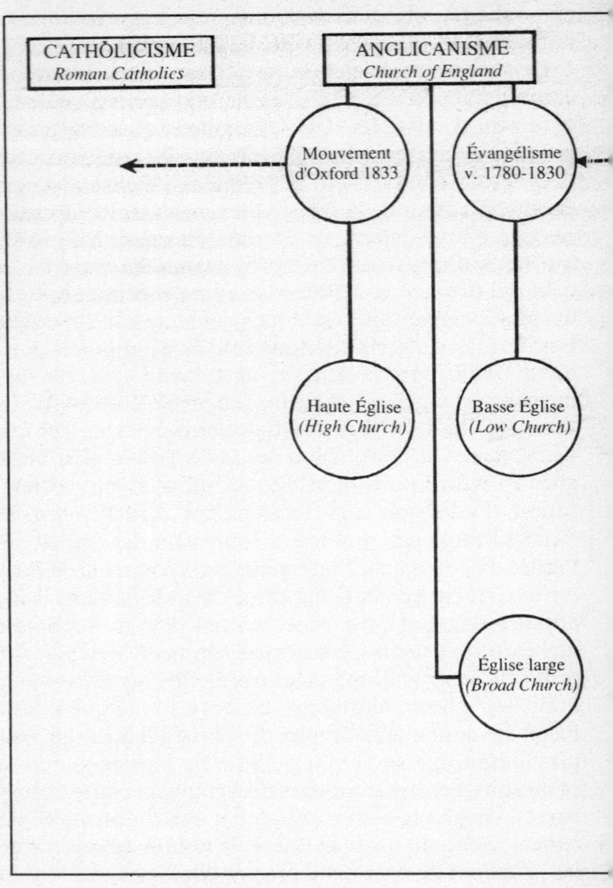

et les *revivals* des XVIIIe et XIXe siècles ont ajouté de nouvelles divisions. Sectes, chapelles, communautés groupusculaires s'éparpillent à l'infini. L'ère mid-victorienne correspond à la période d'éclatement maximal des confessions protestantes. L'Église anglicane, tout en conservant sa position privilégiée et les avantages qui s'attachent à une institution

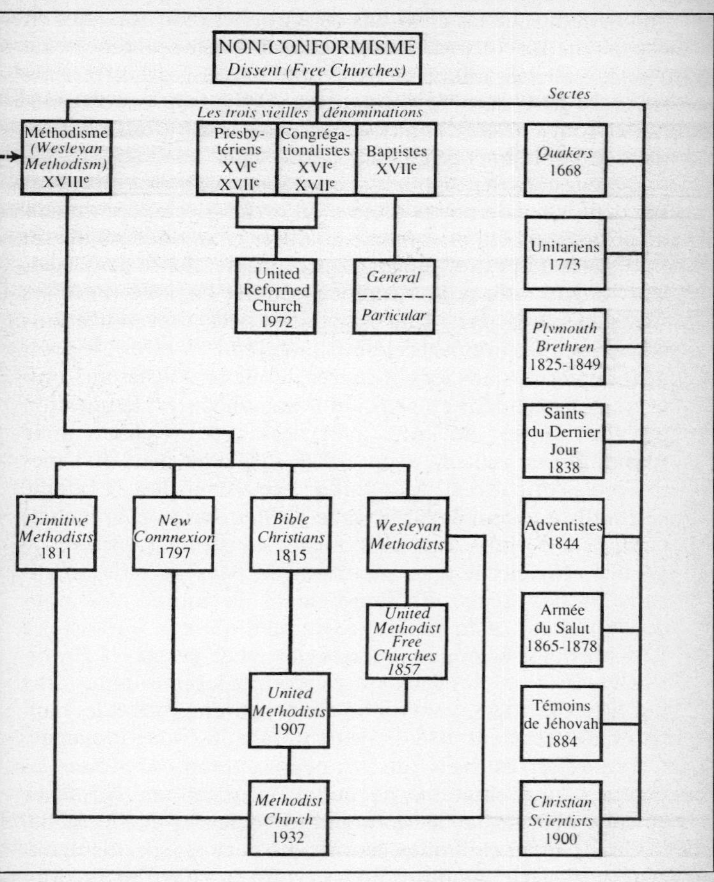

nationale, ne regroupe sur le plan des effectifs qu'une moitié du pays, comme le montre le recensement religieux de 1851. En dépit de ses pesanteurs sociologiques, et dans un mouvement désespéré pour ne pas perdre contact avec les masses, elle poursuit sous la double impulsion de son aile « évangélique » *(Low Church)* et de son aile « ritualiste » *(High*

Church) un considérable effort d'évangélisation. C'est ainsi qu'elle multiplie les créations de paroisses dans les villes en expansion, les constructions d'églises (dans le seul diocèse de Manchester 1,5 million de livres sont dépensées à cette seule fin entre 1840 et 1876)[16], tandis que des ressources considérables sont consacrées aux écoles, aux institutions charitables, aux missions et à la vie paroissiale.

De leur côté, les dissidents, dont l'avance a été considérable depuis les dernières années du XVIIIe siècle, continuent de progresser. On peut même qualifier la seconde moitié du XIXe siècle d'âge d'or du non-conformisme. Sur le plan légal, leur longue lutte pour l'émancipation et l'égalité porte ses fruits. Une à une, sont satisfaites leurs revendications concernant les impôts ecclésiastiques *(church rates)*, le droit à être enterrés dans les cimetières publics et l'accès aux universités ; cependant un gros point noir subsiste : la question scolaire, terrain de luttes acharnées avec l'Église établie (d'autant que celle-ci, avant 1870, dirige les neuf dixièmes des écoles primaires). Au point de vue numérique, la famille méthodiste (elle-même partagée en une série de branches) l'emporte de loin. Les méthodistes constituent en effet le groupe religieux le plus important du pays après les anglicans (à eux seuls, ils représentent la moitié des non-conformistes). A la différence du méthodisme, qui dispose de larges assises populaires (spécialement parmi les *Primitive Methodists*), les deux autres groupes les plus importants des *Free Churches*, à savoir les congrégationalistes et les baptistes, se recrutent essentiellement dans la classe moyenne. Certaines sectes, bien que très peu nombreuses, comme les quakers (une vingtaine de mille), exercent une influence considérable sur la vie économique, sociale et intellectuelle.

Quant aux catholiques, leur renaissance est spectaculaire. Au XVIIIe siècle on aurait pu les croire en voie d'extinction, puisqu'il n'y avait plus en 1767, selon les calculs de J.A. Lesourd, que 72 000 catholiques dans toute l'Angleterre et le pays de Galles. Le chiffre en 1800 s'est déjà élevé à 120 000, et en 1851, grâce surtout à l'immigration irlandaise, il atteint près de 700 000. A cette date, les catholiques (qui ont retrouvé la totalité de leurs droits civils depuis la loi d'émancipation de 1829) disposent à nouveau d'une organisation ecclésiastique régulière avec évêques et diocèses du fait du rétablissement de la hiérarchie en 1850, tandis que les convertis du mouvement d'Oxford leur apportent le prestige de l'intelligence et de la culture (les deux conversions les plus éclatantes ont été celles de Newman en 1845 et de Manning en 1851). On comptait 826 prêtres en 1851, vingt ans plus tard il y en a le double. Lentement, le catholicisme opère sa réinsertion dans la vie du pays malgré la violence des préjugés antipapistes et anti-irlandais.

Dans ses assises sociales, la religion présente deux traits caractéristiques. D'abord l'image du « sandwich ». On comparait communément alors la disposition des confessions à celle d'un sandwich : l'anglicanisme correspondait à la tranche du dessus et à la tranche du dessous de la société, en d'autres termes la noblesse et les « basses classes », tandis que l'intérieur du « sandwich » était formé des non-conformistes de la classe moyenne (il est à noter que le catholicisme, fort surtout aux deux extrémités de l'échelle sociale avec sa petite frange aristocratique et sa masse prolétarienne, rejoignait la position de l'anglicanisme dans le « sandwich »). Toutefois, la pénétration du méthodisme dans les milieux populaires des villes et des campagnes, et inversement l'extension de l'évangélisme anglican à la classe moyenne font que l'image est moins vraie que par le passé. D'autant que seul le prolétariat rural reste en partie fidèle à l'Église établie, le prolétariat ouvrier étant gagné à l'indifférence. C'est là en effet la seconde caractéristique de la sociologie religieuse de l'Angleterre : la déchristianisation populaire. Là où les niveaux de pratique sont les plus bas, c'est immanquablement dans les régions industrielles, parmi les ouvriers des villes : sur les cartes construites à partir du recensement de 1851, apparaît avec netteté le faible taux des pratiquants à Londres, ainsi qu'autour de Birmingham, de Manchester, de Newcastle.

Si maintenant l'on tente de définir l'orientation dominante de la religion, telle qu'elle est enseignée et vécue par la société, on est amené à mettre d'abord en évidence sa puissance de contrainte morale. Quelles que soient, entre les diverses confessions chrétiennes, les différences dans la doctrine, la liturgie ou la spiritualité, une commune influence prévaut, qui tend à protéger l'atmosphère de chrétienté. Un portrait *unde-*

nominational d'un chrétien des années 1850-1880 révélerait avant tout un christianisme moralisateur. Cette morale chrétienne, pénétrée au reste d'une forte dose d'esprit stoïcien, met l'accent sur la volonté, les qualités viriles, la domination des instincts : d'où l'exaltation de la tempérance et surtout de la chasteté. Le péché de la chair, voilà le vice par excellence. Le puritanisme atteint un degré inégalé de rigidité, jusqu'à en devenir obsessionnel, laissant le champ libre à l'hypocrisie des innombrables Mrs. Grundy. En second lieu, il s'agit d'un christianisme à la fois introspectif — on s'interroge sans fin sur son péché — et tourné vers l'action — Dieu bénit les audacieux, et le succès dans l'entreprise est un signe de la bienveillance divine : pour un peu, on établirait une corrélation entre compte en banque et place au ciel... Parallèlement, l'esprit bourgeois s'est solidement implanté dans toutes les confessions religieuses. Il semble qu'Évangile et respectabilité aillent nécessairement de pair (Chesterton parlera plaisamment d'un « Dieu en chapeau haut de forme »). Enfin, ce christianisme est un christianisme fondamentalement inégalitaire, pour qui la hiérarchie sociale, loin d'être signe d'égoïsme, est simplement le reflet naturel des desseins de Dieu sur la société humaine. On use et on abuse de la phrase du Christ sur les pauvres que « vous aurez toujours parmi vous ». Trollope, s'interrogeant avec sincérité, dans son *Autobiographie*, sur les « terribles inégalités » entre la vie « inepte, sans lumière, glacée » des uns et la chance des autres, conclut que ce serait une erreur de vouloir jouer les redresseurs de torts : « L'inégalité est l'œuvre de Dieu. Rendez les hommes tous égaux ; Dieu les a ainsi faits que demain ils seront inégaux[17]. »

Mais cette religion, apparemment si assurée, est menacée. Et elle le sent. Outre un anticléricalisme populaire vivace, mais fort ancien, elle est mise en danger par deux forces qui vont prendre de plus en plus d'ampleur au cours de la seconde moitié du siècle. D'une part, le rationalisme, la science et la philosophie positiviste, qui sont en plein essor. D'autre part, la désaffection des masses : le recensement religieux de 1851 vient de révéler un taux alarmant de non-pratiquants. Aussi les plus lucides commencent-ils à se demander ce qui, derrière la façade de chrétienté, subsiste de foi populaire et de religion profonde.

«England über alles»

Un soir de 1853, un cotonnier de Manchester confiait à son journal son euphorie en ces termes : «Notre pays se trouve à l'évidence en pleine prospérité et bien-être. Libre-échange, paix, liberté. O bienheureuse Angleterre, puisses-tu connaître et mériter ton bonheur[18] !» Simple expression, dira-t-on, de contentement, de fierté et de confiance presque ingénue chez un citoyen d'un pays riche et respecté... En réalité, il faut voir là bien davantage. Très vite, il apparaît que le contentement tourne à l'autosatisfaction, la fierté se mue en orgueil national, la confiance en chauvinisme teinté d'esprit xénophobe. Car l'optimisme généralisé qui règne alors et dont on a noté tant de manifestations s'investit à fond en un domaine chargé d'une puissance particulière d'affectivité : le patriotisme — antidote aux multiples affrontements et cassures de la société, bloc où se mêlent besoins de solidarité et forces d'agressivité, ciment qui unit toutes les classes en un édifice sans fissures. Le nationalisme ambiant sert tout ensemble à se retrouver et à se réconcilier : on s'y conforte et l'on s'y rengorge, ne serait-ce qu'en rabaissant autrui — l'étranger, celui qui n'est pas membre de la communauté élue. «L'Anglais a une telle idée de sa supériorité en toutes choses, note Hector Malot en 1862, que son orgueil ne comprend pas qu'on puisse la mettre en discussion : pour lui cette supériorité est comme la lumière du soleil, ceux qui ne sont point habitués à sa clarté doivent être éblouis, ni plus ni moins. La preuve que cette supériorité existe, disent-ils naïvement, c'est que nous portons nos usages partout, et que nous les imposons à ceux chez lesquels nous allons, sans jamais nous laisser entamer par eux[19].»

A force de répéter *first in the world* ou *best in the world*, comment en effet les Anglais ne seraient-ils pas convaincus au plus intime d'eux-mêmes de leur supériorité par rapport aux autres ? Comment n'en concluraient-ils pas à leur appartenance à un peuple choisi ? Nourris de l'Ancien Testament, ils assimilent tout naturellement le destin de leur nation à celui du peuple de la Bible, marchant avec assurance sur la voie tracée par Dieu, à moins que, forts de leur culture classique, ils ne préfèrent s'inspirer du majestueux exemple de Rome et de son empire. « La sécurité du peuple anglais est un souci spécial de la Providence », écrit le paisible Shaftesbury. Et Carlyle discerne deux missions grandioses assignées à ce peuple par l'histoire : d'abord « la grande tâche industrielle de conquérir pour l'usage de l'homme la moitié, ou davantage, de notre planète terraquée, et en second lieu la grande tâche constitutionnelle de partager de manière pacifique et acceptable le fruit de cette conquête[20] ». Quelle certitude intrépide de sentir sur soi la bénédiction du ciel ! Quel réconfort de savoir qu'on œuvre sous le regard bienveillant du Très Haut ! C'est à se demander si Dieu ne serait pas devenu anglais... De ce point de vue, l'égoïsme sacré n'apparaît plus seulement justifié, il devient un véritable devoir. Certains, retournant l'orgueilleuse formule des citoyens de la Sérénissime, « *Primo Veneziani, poi Cristiani* », proclament hardiment : « *Let us be first Englishmen, and then...* »

Mille facteurs, éminents ou ténus, encouragent les Britanniques dans ce sentiment de supériorité, et d'abord l'assurance tranquille d'être le centre du monde. Industrialisme, protestantisme, libéralisme : les trois grandes forces du présent — et sans doute les clefs de l'avenir — c'est l'Angleterre qui les incarne. La *Pax Britannica* : une démonstration éclatante de primauté diplomatique et navale. En géographie, c'est par rapport au méridien de Greenwich que chaque contrée de la Terre définit sa longitude. La philatélie offre un autre symbole : l'Angleterre est le seul pays du monde à ne point inscrire son nom sur les timbres qu'elle émet, la tête de Victoria suffit... « Nous sommes un peuple riche, puissant, intelligent, religieux... Notre esprit gouverne l'univers », écrit l'*Illustrated London News*, et le magazine, à une autre occasion, développe l'idée que les Anglais, « messagers de la civilisation », sont nécessaires au monde : partout « nous avons laissé notre trace bienfaisante. Toutes les régions du globe ressentent notre présence physique, morale, intellectuelle... Elles ne pourraient vivre sans nous[21] ».

Ce qui, bien évidemment, est à la base de cet anglocentrisme, c'est l'esprit insulaire. « Chaque Anglais est une île », a dit Novalis. Mais le point culminant de l'insularisme est atteint au cours du XIXᵉ siècle (il persistera intact jusqu'à 1914). Aux Britanniques, en effet, la mer donne un double sentiment : de sécurité et de supériorité. Les insulaires s'estiment protégés par les étendues liquides qui, tout en les reliant à chaque point de la planète, les isolent et qu'en même temps ils régissent à la manière d'un domaine propre, conformément à l'adage bien connu : «l'Océan n'a qu'un maître». L'immunité leur est ainsi assurée : qui pourrait menacer le territoire national ? De surcroît, la suprématie navale, parce qu'elle n'est point localisée comme une force terrestre, parce que la *Royal Navy* est en mesure de se manifester à tout moment en tout point du globe, donne à la nation l'impression de détenir une sorte de souveraineté universelle.

Cette image d'un pays assuré, redoutable, prêt à la *self-defence*, se traduit jusque dans l'apparence physique. C'est à cette époque que se généralise le modèle masculin de l'Anglais, grand, un peu sanguin, solidement bâti, à la face rougeaude et à la force musculaire bien entretenue par la pratique des sports. Côté caractère, les Anglais ont acquis la réputation d'une race froide, flegmatique, peu démonstrative, mais énergique, tenace, calculatrice... Et les caricatures de John Bull (c'est-à-dire les Anglais peints par eux-mêmes) représentent à l'envi d'épaisses carrures, des poings solides, des mâchoires volontaires. Avec son allure de dogue, John Bull est dépeint chaussé de fortes bottes, un gourdin à la main : un air de bon sens, mais intraitable, et toute la capacité voulue pour se mesurer avec le plus rude adversaire. Dans les relations avec les pays étrangers, la volonté de puissance n'hésite pas devant la brutalité ni l'insolence. Il suffit d'écouter Palmerston énoncer sans ambages les principes de la politique du bâton : «Tous ces gouvernements à demi civilisés, tels que ceux de la Chine, du Portugal, de l'Amérique latine, ont besoin d'une bonne correction tous les huit ou dix ans afin de se tenir convenablement... Pour eux, les paroles ne comptent guère et ce n'est pas assez de voir le bâton : il faut qu'ils le sentent effectivement sur leurs épaules avant qu'ils obéissent[22].»

Chez un peuple convaincu de sa supériorité, la primauté intellectuelle va nécessairement de pair avec la primauté économique et politique. Par exemple, l'historien Buckle, dont l'*Histoire de la civilisation en Angleterre* (1857-1861) est très lue, soutient que toutes les civilisations humaines sont autant de déviations par rapport à la norme qui est la civilisation britannique. Sur les manifestations sans nombre de nationalisme, les témoignages des étrangers, piqués au vif, s'accordent avec une belle unanimité. Ainsi Jules Vallès, doublement meurtri — comme patriote et comme proscrit — par cette raideur orgueilleuse (« le dernier clerc, même le dernier laquais semble avoir avalé l'épée de Wellington »), exhale sa colère devant le « patriotisme presque maladif », l'« amour féroce du drapeau » qui se donnent libre cours, mais il n'en reconnaît pas moins que l'« orgueil anglais » constitue un ressort fondamental de la grandeur nationale. « Ils ont pour les étrangers, avoue-t-il, tout à la fois exaspéré et admiratif, une pitié infinie, profonde comme les abîmes, large comme l'Océan ; ils regardent le monde entier de la cime de leurs grands mâts, et, voyant flotter leurs couleurs sous tous les ciels, ils crachent leurs dédains sur qui les discute ou les blâme[23]. »

DEUXIÈME PARTIE

Le vieux monde résiste 1880-1914

4. La crise des valeurs victoriennes

Les faux-semblants de la grande climatérique

Déclin de l'économie britannique? Freinage de la croissance? Coup d'arrêt à la prospérité? Tant de bons auteurs ont proclamé qu'avec la « grande dépression » (1873-1896) l'Angleterre est entrée dans l'ère de l'assoupissement et de la stagnation, voire du recul, que l'affirmation a été quasiment érigée en dogme. Après le zénith du milieu du siècle, l'astre victorien amorcerait une course descendante en direction du « crépuscule édouardien », avant de s'enfoncer dans les flots agités des deux guerres mondiales. Selon cette thèse, devenue classique, les graves difficultés qui assaillent alors le pays le condamnent au ralentissement. Le tonus de la nation *(national efficiency)* régresse. Bref, la grande climatérique *late-Victorian* marque ce tournant fatidique entre la prépondérance éclatante du XIXe siècle et l'embourbement du XXe siècle.

A première vue, même si la notion proprement dite de « grande dépression » a été sérieusement battue en brèche par les études récentes et finalement réduite à des proportions assez modestes, les tenants de la thèse du déclin structurel semblent disposer d'un abondant arsenal d'arguments. Les uns ont mis en avant les mécanismes défectueux de l'économie : croissance industrielle réfrénée par l'insuffisance de la demande intérieure et la stagnation de la productivité; mauvais fonctionnement du marché du capital, aboutissant à la fois à un excès d'investissements à l'étranger et à une déficience de l'investissement intérieur. D'autres ont insisté sur les facteurs psychosociologiques. C'est ainsi qu'ils ont cru discerner une diminution de l'esprit d'entreprise et même un essoufflement des énergies nationales. A la tête des affaires, aux générations de « pionniers » succéderaient désormais des générations d'« héritiers » : caractères moins trempés, moins inventifs, moins agressifs, personnages moins travailleurs et davantage préoccupés de jouir de l'acquis. Ainsi l'esprit « rentier » aurait peu à peu pris la place de l'esprit « producteur ». On a également invoqué des raisons techniques : vieillissement de l'outillage, indifférence pour les techniques de pointe, médiocre pénétration de l'esprit scientifique et des méthodes de rationalisation, carence de l'enseignement professionnel.

D'une manière plus générale, on a mis en cause la précocité du démarrage industriel de l'Angleterre. Le pays aurait atteint un stade où il serait devenu la victime même de son brillant passé. Car son avance si longtemps bénéfique se retourne maintenant contre lui. La routine s'installe. Faute d'innovation, la croissance se ralentit. Et la stagnation qui commence préfigure les difficultés de l'entre-deux-guerres. D'où, dès la fin du XIXe siècle, l'amoindrissement de la position de la Grande-Bretagne dans le monde. D'où également une introspection anxieuse, qui révèle une crise de confiance à l'égard de l'avenir de la nation.

Cependant, ces vues pessimistes, si répandues soient-elles, méritent un examen serré. On ne saurait certes nier qu'elles partent d'une constatation indubitable : au cœur d'une économie mondiale devenue pluripolaire, l'Angleterre n'est plus dans une situation hégémonique. Au cours du dernier quart du XIXe siècle, à mesure que d'autres puissances s'industrialisent, le quasi-monopole industriel et commercial que l'Angleterre détenait jusque-là disparaît peu à peu. De redoutables concurrents apparaissent sur le marché mondial, tout particulièrement l'Allemagne et les États-Unis. Mais un tel processus — au demeurant inéluctable — comportait-il nécessairement une signification pernicieuse pour la Grande-Bretagne ? Pour une économie saine, la perte d'un monopole — forcément temporaire et lié à des circonstances exceptionnelles — doit-elle entraîner *ipso facto* un coup d'arrêt dans la croissance et l'accumulation du capital ?

II. Répartition de la population britannique: 1851-1961

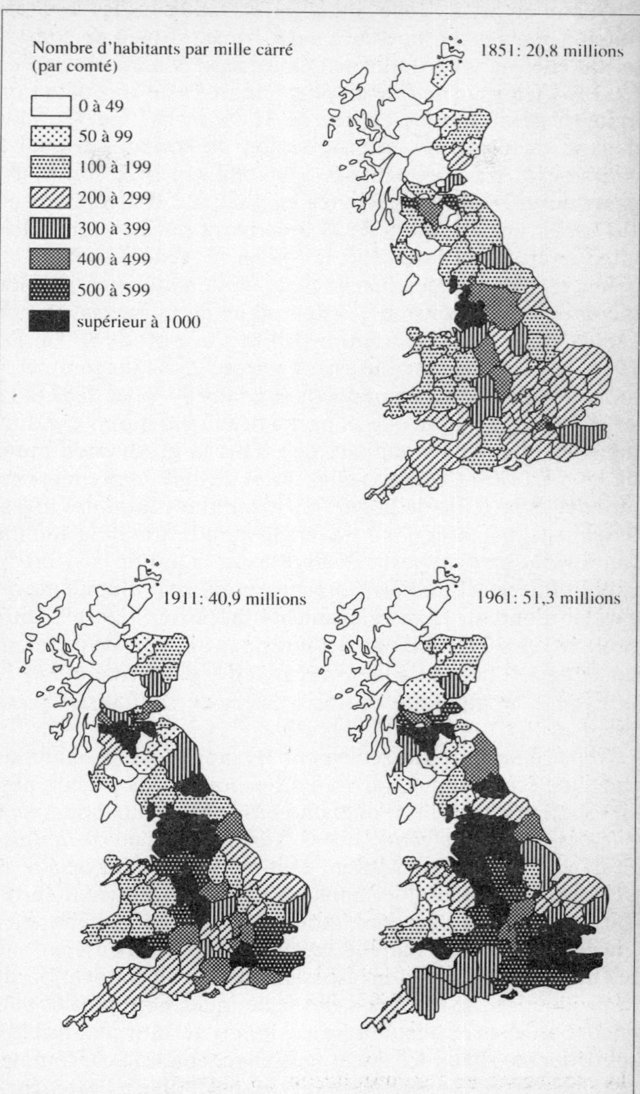

Quand on interroge les statistiques traduisant les résultats obtenus par l'économie nationale, force est bien de constater qu'elles ne vont nullement en ce sens. S'il est vrai qu'en 1913 l'Angleterre ne fournit plus que 14 % de la production industrielle du monde au lieu de 32 % en 1870, à peu près dans le même temps la progression du revenu national a continué d'être spectaculaire : le total (en prix constants) passe de 932 millions de livres en 1880 à 2 021 millions en 1913, soit une élévation de 27 à 44 livres par habitant, et le taux de croissance annuel (2,3 % en moyenne) se situe au même niveau que pendant le demi-siècle antérieur, période incontestée d'expansion[1]. Autre signe de bonne santé : de 1880 à 1910, le produit national brut s'accroît de 80 %. En 1914, la Grande-Bretagne assure encore 25 % du commerce mondial des produits manufacturés contre 37 % en 1883 (à ce sujet, on remarquera que sa part a beaucoup moins diminué dans les échanges mondiaux que dans la production mondiale)[2]. La flotte, quant à elle, reste, de loin, la première du monde. A la veille de la guerre, le montant total des investissements britanniques à travers le monde atteint la somme fantastique de 4 milliards de livres, soit la moitié environ du capital intérieur *(domestic stock capital)* et le cinquième du capital mondial, et ces placements rapportent alors à leurs propriétaires 200 millions de livres par an, soit l'équivalent du budget total de l'État français ! Il y a tout de même là le signe d'un capitalisme florissant et de capitalistes prospères...

Mais ce ne sont pas seulement les indicateurs globaux de l'activité économique qui vont à l'encontre de la vision pessimiste traditionnelle. Toute une série de travaux poursuivis par des historiens économistes, tant en Angleterre qu'aux États-Unis, ont sérieusement ébranlé l'idée d'un déclin de l'économie britannique. Sans qu'il soit nécessaire d'entrer dans le détail de l'argumentation technique, il a été montré que la souplesse du marché des capitaux, le taux d'épargne, le choix judicieux des investissements, la diversification de la production, le recours à des techniques nouvelles et plus encore à des produits nouveaux, loin d'aboutir aux faiblesses dénoncées habituellement (gaspillages dans la consommation intérieure, surinvestissement peu profitable à l'extérieur), permettent des comparaisons favorables avec l'Allemagne et les États-Unis, même en ce qui concerne la productivité[3]. Et les domaines traditionnels de supériorité britannique (textiles, charbon, constructions navales) ne sont pas les seuls où le pays continue de tenir son rang. C'est également vrai dans les secteurs de pointe de la « deuxième révolution industrielle » : machines-outils, chimie, et pour une part électricité. En matière d'armements ou de travaux publics, les firmes anglaises sont réputées à travers le monde entier. Et dans les années qui précèdent 1914 l'industrie automobile comble à toute allure son retard grâce à un très rapide essor.

Si l'on en vient maintenant à l'esprit d'entreprise, il faut concéder que certains dirigeants ont tendance à s'endormir sur leurs lauriers, mais bien d'autres se placent largement à égalité avec leurs concurrents étrangers par l'initiative ou la combativité. Qu'il suffise ici d'évoquer les noms de Lever et de Mond pour les corps gras et les industries chimiques, de Boot pour l'industrie pharmaceutique, de Courtauld pour le textile artificiel, de W.H. Smith pour le commerce des livres et des journaux, de Harrods, de Whiteley, de Lewis (« l'ami du peuple ») pour les grands magasins.

Quant à la théorie qui fait de l'ancienneté du *take-off* industriel la cause des maux dont souffre l'Angleterre, elle repose sur des considérations floues et des généralisations hasardeuses. Pourquoi une économie dynamique serait-elle prisonnière de son passé ? Et, qui plus est, incapable de trouver en elle les ressources nécessaires à son renouvellement ? D'ailleurs, s'il y avait là une loi inéluctable, comment les États-Unis d'aujourd'hui maintiendraient-ils allègrement leur primauté, alors que celle-ci est déjà vieille elle aussi de plus de trois quarts de siècle ?

C'est pourquoi nous concluons pour notre part à une économie britannique beaucoup moins mal en point qu'on a bien voulu l'affirmer. Même si sa santé n'est pas aussi éclatante que par le passé, l'imaginer atteinte d'une anémie profonde, c'est commettre une erreur de diagnostic. En dépit de certains fléchissements, l'économie nationale demeure dans ses grandes lignes jusqu'à la guerre une économie prospère.

Le laissez-faire contesté

Cependant, ce que les analyses sérielles, ce que les moyennes statistiques comportent de rassurant est loin de correspondre aux impressions vécues des contemporains. Ceux-ci, comme toujours, sont influencés en priorité par le court terme. Chez eux, les pessimistes l'emportent donc largement sur les optimistes. C'est pourquoi il existe une telle divergence entre l'évolution objective et la manière dont elle est perçue dans la conscience collective. Une fois de plus, le quantitatif et le psychologique ne se recouvrent pas.

Au cours des vingt dernières années du siècle, une crise de confiance ébranle presque toutes les certitudes acquises — ébranlement qui se prolonge même lorsque la prospérité paraît revenue avec le nouveau siècle et jusqu'à ce qu'éclate la guerre. C'est que d'abord la violence des dépressions cycliques ne s'est point relâchée. Celles qui s'abattent sur le pays en 1879, en 1885, en 1894, en 1904, sont d'une extrême sévérité. Entraînant leur cortège habituel de détresses, elles condamnent leurs victimes à l'ignominieuse *Poor Law*, à l'émigration, à la déchéance.

D'autre part, des inquiétudes chroniques s'emparent de l'opinion. Et il leur est fait une large publicité. Ne serait-ce que parce que dans les années 1880 les classes dirigeantes, détentrices des médias, ressentent assez durement elles aussi les effets des récessions. Dans l'aristocratie, c'est le recul brutal des revenus fonciers; dans la bourgeoisie — celle des entrepreneurs comme celle des rentiers — c'est la baisse des profits et des dividendes. Devant le malaise, on se met à chercher causes et remèdes, comme le prouve le nombre de commissions royales d'enquête qui alors se multiplient : sur le commerce et l'industrie, sur le système monétaire, sur l'agriculture… On peut donc affirmer que si la réalité économique de la « grande dépression » prête largement à discussion, sa réalité psychologique ne fait aucun doute.

Bien plus, dans un tel climat d'incertitude, d'autres sujets d'anxiété viennent secouer le confort des nantis. Lors des pointes les plus aiguës de chômage, des vagues de désespoir ouvrier, causées par la misère et tournant parfois à la poussée émeutière, se conjuguent avec des révélations terrifiantes de la presse sur les conditions d'existence du prolétariat. L'Angleterre, se demande-t-on, est-elle en passe de voir reparaître le spectre de la populace? Le pouvoir de la rue — *King Mob* — va-t-il, comme dans un vulgaire État du continent, faire triompher le désordre et la subversion? Indiscutablement, la question sociale a resurgi avec des accents qu'on n'avait plus entendus depuis le temps du chartisme. Et les cortèges de sans-travail qui défilent dans les rues de la capitale et occupent le *West End* sèment chez les uns l'alarme, chez les autres la mauvaise conscience.

Une fois déclenché, le mécanisme de remise en question de l'orthodoxie libérale ne s'arrête plus, même lorsque, quelques années plus tard, la conjoncture économique redevient favorable (à la veille de la guerre, ce sera en pleine phase de prospérité et d'euphorie des possédants que les grandes grèves du *labour unrest* raviveront les peurs sociales). En effet, la désintégration du credo victorien ne découle pas seulement des modifications intervenues dans l'économie internationale et les rapports de classes, elle tire tout autant sa force des nouvelles théories sur l'organisation de la société ainsi que du mouvement philosophique, littéraire et esthétique. En ce domaine, dès 1875-1880, une première génération — modérés comme Matthew Arnold, T.H. Green, Meredith ou révolutionnaires comme William Morris — commence à saper les bases du consensus libéral. Puis, dans les dernières années du siècle, à cette génération critique, succède une génération contestataire, celle de Bernard Shaw, d'Oscar Wilde, de H.G. Wells et de leurs disciples.

De fait, la critique des valeurs établies procède d'une double crise : une crise morale, liée à la redécouverte de la misère et de l'injustice, qui torture les consciences et secoue la quiétude des tenants de l'économie classique; une crise intellectuelle, aboutissant à remettre en question les bases mêmes du libéralisme, la concurrence, l'individualisme, et jusqu'à la notion de progrès. Naturellement, cette double crise frappe avant tout les classes dirigeantes, jusque-là si sûres d'elles, si fières de l'évangile victorien. Et le trouble ainsi répandu gagne la société tout entière, dans la mesure où le modèle culturel dominant se retrouve contesté et dévalué.

Au plan moral et même affectif, l'ombre de la misère (et plus encore celle des misérables), que l'on avait cru jadis écarter par l'alliance de la prospérité et de la charité, se remet à planer lourdement. Changement capital de mentalité qui s'opère de deux manières : tantôt par l'irruption des déshérités, ou, comme on disait alors, des « pauvres » — classes « laborieuses » et classes « dangereuses » réunies pêle-mêle — dans l'univers des possédants (certains d'ailleurs partent volontairement à leur recherche et il devient de bon ton de visiter les taudis — *to go slumming*) ; tantôt sous l'effet croisé des reportages et des enquêtes, la science et le sensationnalisme se rejoignant étrangement sur cette voie. C'est de cette époque, en effet, que datent les premiers grands *surveys* des pionniers de la sociologie. Ils révèlent les dimensions stupéfiantes chez les pauvres d'un dénuement qu'avaient dissimulé dans le passé tant d'affirmations rassurantes. Or ceux qui mènent ces enquêtes sur le terrain n'ont rien de boutefeux de la subversion. Ce sont au contraire des figures respectées de la société industrielle : un grand armateur, Charles Booth, qui à Londres découvre en 1887-1890 un total de 1 300 000 personnes vivant au-dessous du minimum vital (ce que Rowntree appellera la *poverty line*) sur les 4 200 000 habitants de la capitale ; un patron de l'industrie alimentaire, quaker à l'âme exigeante, Rowntree, qui en 1899 à York, c'est-à-dire dans une ville moyenne typique, trouve une proportion presque équivalente de pauvres (28 %) n'arrivant pas à joindre les deux bouts et incapables de mener une existence décente. Or personne n'est en mesure de réfuter ces statistiques. Un autre Booth plus célèbre — le « général » William Booth, fondateur de l'Armée du Salut — publie à la même date un livre (*Dans les ténèbres de l'Angleterre*, 1890) qui fait sensation avec son titre parodiant un *best-seller* de l'explorateur Stanley. Sa thèse, c'est que l'Angleterre, derrière une étiquette de pays « civilisé » et « chrétien », recèle en profondeur autant de misère et de dégradation que l'Afrique équatoriale païenne et sauvage. Tous ceux, en particulier, qui appartiennent à la catégorie des écrasés (on disait alors *the submerged tenth*) se trouvent dans un état de perdition spirituelle autant que matérielle : « A quoi bon prêcher l'évangile de l'épargne à un homme qui n'a pas mangé depuis la veille et qui n'a pas trois sous en poche pour se payer un abri la nuit prochaine[4] ? »

Évidemment, tous ceux que saisit le « remords social » se posent aussitôt la question : quels remèdes apporter ? Comment réformer un état de choses aussi pitoyable, aussi scandaleux ? A cet égard, les vues divergent, les audaces s'estompent et bien des indignations tournent court. Néanmoins, pour reprendre un cas comme celui du général Booth, même si les solutions proposées sont sans commune mesure avec l'étendue du mal (le sempiternel retour à la terre au moyen de « colonies agricoles », sortes de communautés coopératives autonomes) et si Booth attaque, comme beaucoup de ses congénères pasteurs ou philanthropes, les « dangereuses utopies » socialistes, il n'en contribue pas moins à la prise de conscience d'une partie de l'opinion qu'émeuvent les condamnations portées contre l'indifférence coupable d'une société sans cœur et qui se met à ouvrir les yeux sur la réalité d'inégalités jugées profondément injustes. C'est particulièrement net dans les milieux des professions libérales, dans le monde intellectuel et le clergé. Là de jeunes bourgeois, aiguillonnés par la mauvaise conscience, font un retour sur eux-mêmes. Pour certains, le sentiment de la culpabilité entraîne une véritable conversion, comme l'a raconté dans ses souvenirs Beatrice Webb. D'autres, touchés par la « grâce », se tournent vers les ouvriers. Tel Arnold Toynbee qui, en 1883, s'écrie en termes pathétiques : « Nous, les classes moyennes [...] nous vous avons négligés ; à la place de la justice, nous vous avons offert la charité ; au lieu de sympathie, nous vous avons offert des conseils pleins de dureté et d'illusion ; mais je crois que nous sommes en train de changer... Vous avez à nous pardonner, car nous vous avons fait du mal ; nous avons péché gravement contre vous — sans toujours le savoir — mais nous avons péché, et nous devons le confesser. Pourtant, si vous nous pardonnez [...] nous sommes prêts à vous servir, à consacrer nos vies à votre service[5]. »

Assurément, de tels accents tranchent avec la complaisance mid-victorienne. Néanmoins, il restait aux privilégiés à dépasser le stade des belles paroles et des bons sentiments. Au plus profond d'eux-mêmes, aux élans de générosité, se mêlaient des peurs inavouables. Et ceux qui, emplis d'un saint zèle réformateur, acceptaient de renoncer au confort de la respectabilité et du patronage n'étaient pas légion. Seule une minorité osa « passer aux barbares », c'est-à-dire adhérer au socialisme, et militer aux côtés des travailleurs. Cependant, des courants similaires agitent la jeunesse dans les vieilles universités. A Oxford, à Cambridge, des étudiants entendent l'appel évangélique à la justice et à la charité. Ils décident d'aller vivre au milieu des pauvres dans les quartiers lépreux de l'*East End* de Londres. L'idée de base de ces fondations universitaires, c'est de faire rayonner, au milieu des plus dépourvus, des foyers de culture et de chaleur humaine. « Aller au peuple », l'« élever », lui apporter la lumière, lui rendre sa dignité, l'aider à gagner son pain, afin un jour de le remoraliser et, qui sait ? de le rechristianiser, voilà les ambitieux objectifs de ces *university settlements* où la générosité émancipatrice le dispute au paternalisme prédicant.

Mais c'est peut-être sur le plan théorique que le libéralisme se trouve le plus sévèrement contesté. En effet, ses postulats sont soumis à un double processus critique. D'abord parce que maintenant on s'intéresse de plus en plus à la distribution des richesses — point faible du système libéral —, alors que jusque-là l'accent avait été mis sur la production. Autant à ce point de vue la démonstration depuis un siècle avait été probante en faveur du laissez-faire, puisqu'il y avait eu, en dépit de quelques défaillances passagères, multiplication spectaculaire des biens, autant en matière de répartition les déficiences apparaissaient au grand jour. Comment dans ces conditions accorder valeur d'efficacité à un régime économique qui, non content de perpétuer des inégalités excessives entre riches et pauvres, se révélait incapable de garantir à la masse de la population un niveau de vie décent, puisque tant d'Anglais croupissaient dans le besoin ? A quoi bon d'aussi éclatants progrès, si toute la richesse ainsi créée profitait seulement à une poignée de privilégiés dont elle venait multiplier le superflu, tandis que le plus grand nombre, manquant du nécessaire, ne connaissait qu'une existence de privations ? Lorsqu'on lit en 1884, sous la plume d'un économiste — rapports officiels à l'appui —, que, dans « la nation la plus riche du monde», un citoyen sur vingt est un indigent secouru, que presque tous les ouvriers agricoles et que la plupart des travailleurs des villes souffrent de sous-alimentation, que la majorité des habitants mènent une vie de labeur incessant sans autre perspective pour leur vieillesse que le recours à l'assistance publique, que le tiers au moins des familles habitent des logements surpeuplés «incompatibles avec les exigences élémentaires de la décence, de l'hygiène et de la moralité», on pourrait croire qu'il s'agit là d'une dénonciation des maux du capitalisme par quelque propagandiste collectiviste. Or c'est dans une revue conservatrice que tous ces arguments sont abondamment développés, et par un économiste hostile au socialisme[6] !

Mais les reproches faits au libéralisme économique ne s'arrêtent pas là. Non seulement ce régime n'a su ni parvenir à l'harmonie de la population et des ressources ni équilibrer le rapport production-répartition des richesses, mais en outre, sur le marché du travail, il sécrète le gaspillage d'une manière aussi irrationnelle du point de vue économique que nocive sur le plan humain. Voilà en effet un système qui, au lieu de fournir un travail régulier à ceux qui en ont besoin, condamne par centaines de milliers les travailleurs au sous-emploi. La plaie du chômage : il n'est presque point de jour où l'actualité ne vienne en rappeler l'existence à une opinion mal à l'aise. (On remarquera que c'est en 1882 que le substantif «chômeur» — *unemployed* — et en 1888 que le mot chômage — *unemployment* — font leur entrée dans l'*Oxford English Dictionary*.)

Du même coup, les mérites naguère tant vantés de la concurrence apparaissent suspects. N'est-ce point justement la compétition illimitée qui conduit inexorablement à l'écrasement des faibles? Là où l'on se gorgeait de darwinisme social (à la suite de Spencer on avait appliqué la notion de *struggle for life* à la vie des affaires afin de justifier la sélection des meilleurs et la disparition des moins aptes), on fait brutalement machine arrière, en s'apercevant que de telles justifications de la hiérarchie, sous prétexte de lois naturelles, aboutissent à des résultats iniques. Autant d'arguments qui portent des coups sévères au laissez-faire.

Sur l'autre grand point d'interrogation du jour, les causes

du paupérisme, se développe parallèlement une révision décisive. Jusque-là on allait répétant, à la suite des économistes classiques, que chacun dans la société a le sort qu'il mérite. Or c'est précisément cette subordination des comportements économiques aux conduites morales qui est remise en question. L'explication première de la misère, soutient-on, il faut la chercher non pas dans les défaillances personnelles des agents économiques comme le prétend l'individualisme orthodoxe, mais dans l'anarchie du marché et dans son corollaire, l'injustice des conditions sociales. Affirmation audacieuse, scandaleuse même, mais que viennent corroborer les faits patiemment mis au jour par les *social surveys*. Prise de conscience capitale : pour beaucoup d'esprits, c'est une révélation. La cause de la pauvreté ? Elle n'est point, ainsi qu'on le croyait, dans la paresse, dans l'imprévoyance, dans l'alcoolisme, dans le vice des « basses classes ». Elle réside avant tout dans le mauvais fonctionnement d'un système industriel qui ne parvient à assurer ni emploi régulier ni salaire décent aux travailleurs. Et qui par là condamne trop souvent l'homme à l'oisiveté forcée, la femme à la prostitution, l'enfant au taudis. En conséquence, la clef de l'équilibre humain, il faut la chercher dans l'ordre économique bien plutôt que dans la moralité individuelle. Au discours moral, subjectif, individualiste, se substitue une conception dans laquelle ce sont les structures qui sont rendues responsables. A la société de prendre en charge le bien-être de ses membres en opérant les interventions nécessaires.

Quel chemin parcouru depuis le milieu du siècle ! Et quel renversement de perspectives ! Alors l'optimisme régnait en maître, porté par la belle confiance utilitarienne dans la « marche de l'esprit ». C'était le temps où le *Crystal Palace* symbolisait à la fois le succès économique, le progrès matériel, la domination de l'homme sur la machine ; où Thomas Arnold, saluant avec euphorie l'avènement du chemin de fer, croyait y déchiffrer le signe que « la féodalité avait à jamais disparu ». Maintenant, voilà que son fils, le grand Matthew Arnold, est le premier à dénoncer la dérision de l'existence mécanique et sans joie des habitants des grandes villes, l'inanité d'un progrès qui n'a apporté avec lui que matérialisme et philistinisme. En une observation sarcastique, mais qui, un siècle à l'avance, résonne d'une étonnante modernité, il constate : pour le bourgeois d'aujourd'hui, c'est le summum de la civilisation que les trains circulent tous les quarts d'heure d'Islington à Camberwell* et que les lettres soient transportées douze fois par jour entre ces deux quartiers; mais à quoi bon tout cela, si c'est pour passer d'une vie insipide et bornée à Islington à une vie aussi insipide et bornée à Camberwell, et si les lettres échangées prouvent que l'on n'a rien à se dire[7]?

Pessimisme et anxiété ont donc pris le dessus. Selon des expressions fréquemment utilisées, les hommes des générations *late-victorian* et édouardienne reconnaissent volontiers qu'ils sont «dans le noir», que «l'inconnu» les entoure. Pourtant, dira-t-on, n'est-ce point le moment où l'impérialisme accumule les succès? Où la volonté de puissance britannique triomphe à travers le monde? Comment tant de conquêtes de la race anglo-saxonne ne restaureraient-elles pas l'optimisme de la nation? En fait, les interrogations et les incertitudes subsistent. On les trouve jusque dans le grand *Recessional* écrit par Kipling pour le jubilé de 1897. Mais si certains croient exorciser leurs appréhensions pour l'avenir en multipliant les exercices de dénigrement (comme dans ce chef-d'œuvre de masochisme économique qu'est en 1896 le célèbre pamphlet *Made in Germany*) ou en imaginant quelque apocalypse prochaine («Nous ne savons pas, écrit le radical Masterman en 1908, si notre civilisation va s'épanouir comme une belle fleur ou bien périr en mêlant dans sa ruine l'or fané aux feuilles mortes[8]»), la plupart choisissent une autre voie : celle de la lucidité, sans illusion ni faux-semblant. C'est cette volonté d'y voir clair afin de parvenir à une vue rationnelle du monde, loin des tabous traditionnels, qu'exprime à merveille l'économiste J.A. Hobson, lorsqu'il écrit dans *La Crise du libéralisme* (1909) : de plus en plus de gens «sont possédés du désir de poser les questions mêmes que leurs parents trouvaient choquantes et insistent pour obtenir des réponses nettes et intelligibles[9]».

Ainsi les bases intellectuelles du laissez-faire sont en train de vaciller, alors même que la doctrine continue de compter de très nombreux adeptes (il serait tout à fait erroné en effet

* Islington est un quartier nord de Londres, Camberwell un quartier sud.

de minimiser l'empreinte de l'individualisme économique dont on peut suivre la trace dans la mentalité collective jusqu'à nos jours). Seulement, par toutes les brèches ouvertes dans l'édifice libéral s'infiltrent de nouveaux courants idéologiques. Tous conduisent à une redéfinition des rapports entre l'État et l'individu. Tous acheminent l'Angleterre vers une restauration des fonctions et du pouvoir de l'État : soit dans le cadre limité de l'interventionnisme (et c'est le radicalisme), soit en prônant l'appropriation sociale et la gestion collectivisée (et c'est le socialisme). On comprend alors pourquoi un ultra-individualiste comme Dicey n'a pas hésité à dater de 1870 la fin du libéralisme anglais en situant là le point de départ de la mainmise du Moloch étatique sur la vie publique. Plus subtilement, Elie Halévy a cru discerner à une date plus tardive, dans les dernières années du siècle, le tournant décisif de l'Angleterre moderne, c'est-à-dire le déclin de l'individualisme libéral d'inspiration protestante et l'avènement d'une conception prussienne et bureaucratique de l'État : dangereux prélude, selon lui, à « l'ère des tyrannies ».

En réalité, le radicalisme, rajeuni et rénové, qui gouverne l'Angleterre de 1906 à 1914 s'est donné pour mission de combiner les vertus de l'individualisme et de l'initiative privée avec l'intervention nécessaire de la collectivité pour corriger les abus en protégeant les droits des plus faibles. Pari difficile : si la démocratie politique y a trouvé son compte, le capitalisme n'en a guère été contraint. Quant au socialisme, autre bénéficiaire de la crise du libéralisme classique, c'est lui qui sort comme principal vainqueur des confrontations idéologiques. D'abord parce qu'il apporte une réponse à la double aspiration contemporaine à la rationalité et à la justice. Ensuite parce que, en quelques années, il a réussi à capter l'attention, parfois la faveur, de l'*intelligentsia*. Et même, en un sens, on pourrait qualifier la période d'âge d'or idéologique du socialisme anglais (après la guerre, les progrès du travaillisme seront d'ordre électoral et politique, mais l'apport doctrinal sera alors tari). Au contraire, entre 1880 et 1914, les courants socialistes foisonnent, que ce soit le socialisme marxiste (la Fédération social-démocratique, son support principal, est fondée en 1884), le socialisme dans sa version fabienne (la *Fabian Society* date de la même année), le socialisme d'inspiration religieuse (le socialisme chrétien des années 1848 connaît un vigoureux *revival* à la fin du siècle), ou bien qu'il s'agisse du « labourisme » (l'*Independent Labour Party*, créé en 1893, opère la jonction entre l'aile avancée du trade-unionisme et les éléments de la classe moyenne gagnés à l'idée de la libération des travailleurs) ou encore du syndicalisme révolutionnaire (dont la brusque poussée commence à partir de 1910).

Croyances traditionnelles et comportements nouveaux

Faut-il prendre au pied de la lettre Virginia Woolf lorsqu'elle écrit qu'aux alentours de 1910 « le caractère humain a changé » ? Car, précise-t-elle, cette année-là, « tous les rapports entre les hommes se sont modifiés — entre maîtres et domestiques, entre maris et femmes, entre parents et enfants. Et quand les rapports humains changent, tout change en même temps : religion, comportement, politique, littérature[10] ». Bien sûr, il y a là l'illusion de l'observateur contemporain voulant à tout prix assigner une date aux mutations de civilisation qui se déroulent sous ses yeux. Mais il s'y mêle également une profonde intuition. L'intuition d'un esprit qui s'efforce de pénétrer le sens de sa propre histoire, d'en prendre la mesure et de la jalonner de repères. Et il est bien vrai que l'aube du nouveau siècle apporte tant de transformations dans le cadre matériel de l'existence, dans les mœurs et les mentalités, que mille aspirations nouvelles agitent de frémissements la vieille société. Le journal à bon marché, la bicyclette et l'auto, les premiers loisirs de masse, les mues vestimentaires, l'esthétique « fin de siècle », le décor « édouardien », comment toutes ces innovations ne donneraient-elles pas le sentiment d'entrer dans un monde transfiguré ? Même si par ailleurs demeure immense la capacité d'inertie d'une société où le traditionalisme est crédité par principe de toutes les vertus et où la pénétration des nouveautés se heurte à de formidables barrages. (« En Angleterre, notait plaisamment Sidney Webb, toute idée nouvelle doit passer par trois stades : 1) c'est impossible; 2) c'est contre la Bible; 3) nous le savions déjà[11] ! »)

Cependant, une fois soulignée l'ampleur du phénomène, et plutôt que de survoler à vive allure les multiples manifestations de l'esprit nouveau, nous préférons concentrer l'analyse sur deux secteurs : la religion et la famille, domaines privilégiés qui commandent les conduites sociales profondes mais difficiles à pénétrer, en dépit d'études nombreuses, tant ils sont obturés par les secrets enfouis au sein des consciences individuelles ou de l'inconscient collectif. Deux évidences, néanmoins, sautent aux yeux : le recul de la foi, la baisse de la natalité. C'est ce changement décisif de comportement — en rupture complète avec les pratiques séculaires — qu'il s'agit ici d'expliquer.

On a déjà vu précédemment à quel degré, dans une Angleterre pays de chrétienté, l'histoire et les mentalités avaient été façonnées par les diverses confessions religieuses. Qu'il le voulût ou non, chaque Anglais était pétri de christianisme jusque dans la moindre de ses fibres. Certes, il ne faudrait point idéaliser : l'existence de noyaux actifs de libre-pensée, l'étendue de la déchristianisation populaire, les résistances plus ou moins ouvertes à l'omniprésence de l'Église d'État étaient des données patentes et anciennes dont l'origine remontait bien au-delà du milieu du siècle. Le développement nouveau qui intervient vers la fin de la période victorienne et plus encore dans les premières années du XXe siècle, c'est la désagrégation progressive de l'équilibre traditionnel entre religion et société. Et cela sous la forme d'un triple recul. D'abord le recul des Églises en tant qu'institutions directrices et forces régulatrices de l'existence collective. En effet, le monde de chrétienté commence à disparaître. Dans l'univers qui lui succède, le profane et le sacré coexistent paisiblement, mais sans que le premier soit, comme autrefois, subordonné au second. En deuxième lieu, la foi, en tant que croyance personnelle et source de vie intérieure, tend à devenir un phénomène minoritaire par suite de la disparition lente du christianisme sociologique. Celui-ci, en éclatant en morceaux, fait place à des communautés beaucoup moins nombreuses mais généralement convaincues et ferventes. Enfin, dans la mesure où le christianisme régresse en tant que force de pression collective, la religion exerce de moins en moins son rôle, jadis si considérable, d'instrument de cohésion et d'intégration sociales.

On le voit, il s'agit là d'un processus allant bien au-delà des lamentations rituelles sur l'effet dissolvant du rationalisme, la vogue de la science, l'invasion de l'hédonisme et du matérialisme, le goût du confort et des loisirs profanes. Indiscutablement, tous ces facteurs sont à l'œuvre, mais faut-il leur attribuer un rôle de causes ou seulement d'amplificateurs ?

Au milieu du mouvement de déclin, c'est évidemment l'Église anglicane qui est la plus touchée. Dans ses efforts d'évangélisation et d'œuvres charitables sa position d'Église officielle la dessert probablement davantage qu'elle ne la soutient. Ses églises sont à demi vides, et le recrutement des pasteurs ne se fait pas sans difficulté, d'autant que les *livings* (les bénéfices ecclésiastiques) sont atteints par la crise des campagnes. Là, le presbytère ne résiste pas mieux que le manoir. En ville, où d'énormes efforts ont été accomplis pour implanter de nouvelles paroisses, la situation s'est stabilisée tant bien que mal, et les ressources que constituent distributions d'aumônes et cérémonies festives aident à maintenir autour du *clergyman* de petites congrégations. Néanmoins, à la veille de la guerre, on ne compte en tout dans les églises anglicanes que 2 millions de « pascalisants » *(communicants)*, soit 10 % seulement de la population anglaise de plus de quinze ans. Du côté des non-conformistes, les choses ne vont guère mieux. Après l'apogée des années 1870-1880, un lent mais inexorable déclin a commencé pour les chapelles dissidentes. Perte de vitalité interne, éclatement des vieilles congrégations urbaines dispersées par la suburbanisation des classes moyennes, recul du parti libéral, raréfaction des ministres, autant de facteurs d'affaiblissement que ne compensent pas les tentatives de réunification entreprises par diverses sectes.

Symptôme alarmant pour les confessions protestantes : la fin des *revivals* depuis le milieu du XIXe siècle. Le mouvement d'Oxford a constitué le dernier des grands réveils religieux. On ne saurait considérer le ritualisme, le salutisme (la *Salvation Army* date de 1865-1878) ou, à la fin du siècle chez les méthodistes, le *Forward Movement* (le « mouvement en avant ») que comme de pâles épigones. Autres signes, mineurs mais révélateurs, des transformations de la conscience religieuse : on abandonne de plus en plus, aristocratie en tête, la prière quotidienne en famille en présence des enfants et des domestiques. On note une moindre observance du dimanche : par exemple la *National Sunday League* organise des excursions en chemin de fer à bas prix ; en 1896, une loi autorise l'ouverture des musées ce jour-là, au grand scandale des traditionalistes. Toutefois le fameux *sabbath* anglais garde à bon droit sa réputation de journée austère qui la plupart du temps n'est égayée dans les classes populaires que par le *pub* et le *roastbeef* dominical.

Toutes les statistiques de la pratique religieuse concordent pour démontrer l'indifférence d'une bonne partie des masses (même si l'on peut faire des réserves sur des critères d'appartenance religieuse qui reflètent avant tout l'idée que la bourgeoisie et le clergé se font des devoirs religieux). Ainsi à Sheffield une enquête de 1881 rejoint entièrement les conclusions du recensement religieux de 1851 : un sur trois seulement de ceux qui pourraient et devraient pratiquer est présent à l'église. A Londres, l'enquête menée par le *Daily News* en 1903 aboutit à un résultat similaire : les pratiquants constituent entre le cinquième et le sixième de la population totale. A la veille de la guerre, il n'y a plus que trois mariages sur quatre à être célébrés dans une église en Angleterre-Galles (en Écosse, la proportion des mariages religieux est encore de près de neuf sur dix)[12]. Seuls les catholiques font exception : ils continuent d'accroître leurs effectifs. On en dénombre en 1900 environ 2 millions en Grande-Bretagne, dont plus de 400 000 en Écosse (en 1914, ils atteindront 5 % de la population). Par comparaison, les méthodistes sont 750 000 ; baptistes et congrégationalistes oscillent autour de 400 000 chacun ; le total des presbytériens s'élève à 1,2 million (presque tous concentrés en Écosse)[13]. Quant à la statistique des anglicans, elle varie dans la proportion de 1 à 7, suivant que l'on compte tous les membres nominaux de l'Église d'Angleterre ou seulement les « pascalisants ». Finalement, si l'on met à part d'un côté le catholicisme (en progression), de l'autre l'athéisme positif et déclaré (qui est fort rare), c'est l'indif-

4. La pratique religieuse des adultes par classe sociale à Londres au début du XXe siècle[14]

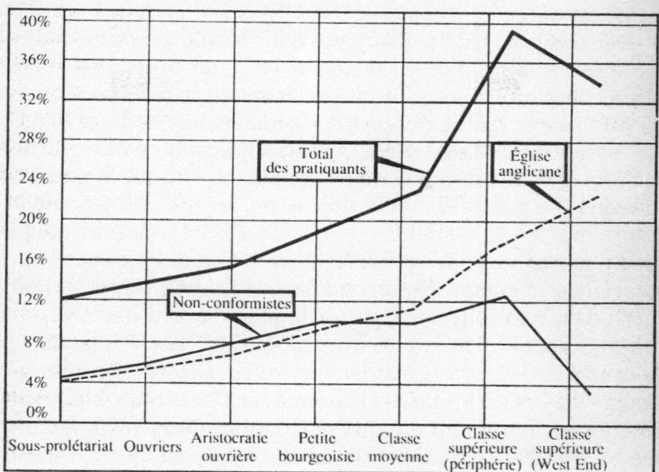

férentisme qui étend de plus en plus son emprise. Derrière la façade des institutions et des coutumes religieuses traditionnelles, l'Angleterre s'achemine doucement vers une laïcisation progressive, dans les relations privées tout comme dans la vie publique, mais non sans que subsistent, profondément enracinés, même chez les indifférents, le sens du sacré, le moralisme puritain et surtout une omniprésente religiosité *undenominational*.

Dans la vie familiale, un tournant capital se produit au même moment : l'avènement de la restriction volontaire des naissances. La chose elle-même n'est pas neuve ; ce qui fait la nouveauté de cette très ancienne pratique, c'est sa généralisation sur une vaste échelle. On peut dater le phénomène avec précision : il intervient autour de 1875-1880 et en quelques années prend des proportions massives, métamorphosant le cours démographique de l'Angleterre. Comme les Français l'avaient fait quelques décennies plus tôt, comme les autres pays européens sont à la veille de le faire, les Anglais rompent avec les habitudes ancestrales et adoptent devant la reproduction humaine un comportement nouveau, qui non seulement traduit un changement d'attitude à l'égard de l'enfant, mais amorce une nouvelle conception de la famille et de la vie.

Deux aspects sont à distinguer dans ce bouleversement des données traditionnelles. D'abord les faits bruts : ici c'est d'une limpidité absolue. Puis l'interprétation à leur donner : là on tâtonne dans l'obscurité. Commençons donc par laisser parler les chiffres. D'eux-mêmes, ils dessinent une courbe démographique d'une extrême simplicité. *Primo*, le taux de natalité : à peu près stable depuis un demi-siècle aux alentours de 35 ‰, il fléchit à partir de 1875-1880, puis chute brutalement pour se retrouver à 24 ‰ dans les années qui précèdent la guerre. En second lieu, le taux de reproduction net : tout naturellement, il suit la même évolution, c'est-à-dire qu'après avoir oscillé entre 1,4 et 1,5 de 1851 à 1871, il tombe en 1911 à 1,1, assurant alors tout juste le remplacement des générations. Troisième critère, plus éloquent encore : le nombre d'enfants par famille. Vers 1870, il était de 6; en 1890-1899, il est descendu à 4,3; en 1915, il n'est plus que de 2,3.

Baisse formidable, donc, de la fécondité. Baisse soudaine, aussi, concentrée sur un temps très court : en une trentaine d'années — une génération — l'essentiel est accompli. Comment expliquer une mutation d'une telle ampleur? Remarquons d'abord que si la chute de la natalité affecte successivement toutes les catégories de la société, elle a commencé par les classes dirigeantes : c'est la bourgeoisie — en particulier les professions libérales — qui donne le signal, alors que la tendance est moins accusée et surtout beaucoup plus tardive chez les travailleurs manuels et dans les campagnes. (Des recherches démographiques récentes menées sur certains groupes ont montré d'ailleurs que le processus était déjà en cours depuis le début du siècle, dans l'aristocratie par exemple.) Les chiffres moyens, en effet, ne doivent pas masquer les énormes disparités existant entre classes sociales. La différenciation éclate dès que l'on calcule la fécondité par groupe socio-professionnel (les écarts vont presque du simple au double). C'est ainsi qu'en 1890-1899 on compte en moyenne 2,80 enfants par famille dans les professions libérales; 3,04 parmi

5. Évolution démographique de la Grande-Bretagne depuis le milieu du XIXe siècle : population, natalité, mortalité

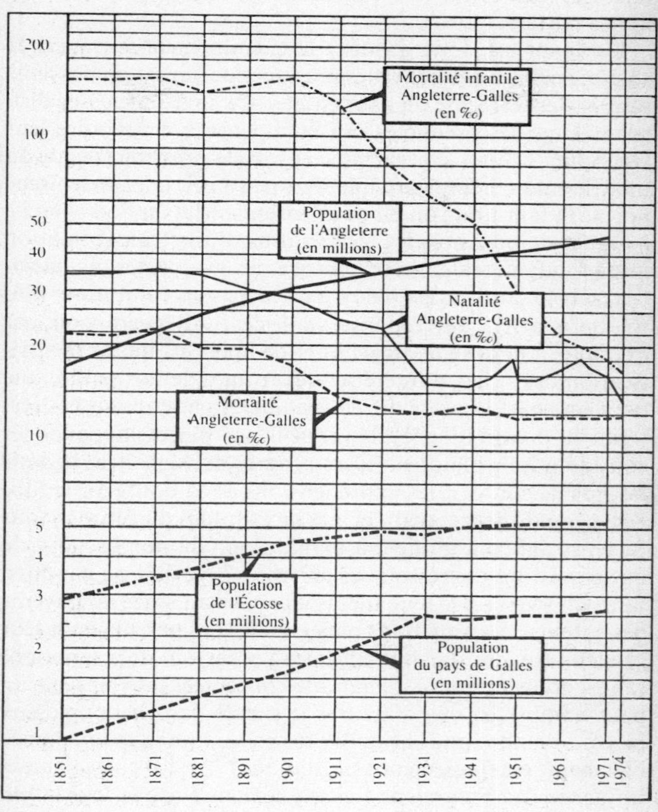

les employés; 4,85 chez les ouvriers; 5,11 parmi les manœuvres. En 1914, les chiffres ont partout diminué, mais ils s'échelonnent à peu près dans le même ordre, à savoir professions libérales : 2,05; employés : 1,95; ouvriers : 3,24; manœuvres : 4,09[15]. C'est au vu de ces statistiques que l'eugénisme fait florès, sous prétexte d'entraver la multiplication des inaptes et d'améliorer la qualité aussi bien biologique que mentale de l'espèce, tant est répandue la crainte de voir l'Angleterre, dépeuplée de ses « élites », devenir un pays dominé numériquement par les « classes inférieures », tarés et alcooliques en tête.

Un point est donc acquis : le cheminement à travers la société anglaise des nouvelles pratiques de limitation des naissances s'est effectué de haut en bas. Ce sont les classes dirigeantes qui les premières ont commencé à restreindre leur fécondité. C'est à leur exemple et sous la pression sociale du modèle culturel dominant que s'est peu à peu imposée comme norme la famille de un ou deux enfants. Mais si l'on cherche à cerner de plus près les motivations d'une transformation aussi fondamentale, on se heurte à des problèmes mal élucidés, si bien que l'on est réduit à formuler des conjectures plutôt qu'à offrir des réponses définies. Alléguera-t-on par exemple, à la suite de Bagehot et de Spencer, que la diversification des sujets d'intérêt et des formes de loisirs diminue pour une part la place de la sexualité et par conséquent restreint la procréation[16] ? Ne faut-il pas plutôt invoquer les considérations matérielles, les progrès du bien-être, le désir de plus de confort, les appréhensions de la bourgeoisie face à la « grande dépression » et aux incertitudes du futur — tous facteurs qui conduiraient à la limitation du nombre afin de mieux profiter des ressources présentes ? Ne doit-on pas aussi faire intervenir des tendances nouvelles au sujet de l'avenir des enfants, des ambitions plus grandes des parents pour leur progéniture, des soucis d'éducation et surtout de promotion, toutes données qui requièrent de concentrer les soins sur un petit nombre en vue d'assurer le succès dans la course aux places, d'autant que la capillarité sociale, quoique proclamée bien haut, est finalement assez limitée ? Y a-t-il eu également influence des progrès de l'enseignement et de la législation du travail, qui retardent l'entrée dans le monde de la production, tandis que le coût de l'entretien et de l'éducation des enfants tend à s'élever ? Comment mesurer le recul du fatalisme ancestral, qui faisait accepter passivement tous les enfants « envoyés de Dieu » ou encore l'impact d'une propagande néo-malthusienne (le retentissant procès Bradlaugh-Besant en 1877 en sonne le réveil) qui prêche le *birth-control* au nom de la lutte contre la misère et le surpeuplement ? Tous ces facteurs ont certes joué leur rôle. Mais sont-ils décisifs ?

En revanche, il convient d'écarter deux explications, pourtant souvent mises en avant, car elles n'interviennent que beaucoup plus tard : indiscutablement, dans une phase ultérieure, elles ont accéléré le processus mais elles n'en ont point commandé le départ. La première, c'est la volonté d'émancipation féminine : bien qu'elle n'ait jamais été absente, l'idée de la libération de la femme à l'égard des servitudes de la maternité n'a tenu qu'une place secondaire, comme l'ont montré les travaux de J. et O. Banks ; de surcroît, les aspirations féministes ont commencé à compter numériquement seulement après 1900. Autre explication : la diffusion des techniques contraceptives. En fait, en dépit des progrès dans la fabrication des préservatifs et des spermicides, les procédés utilisés demeurent extrêmement rudimentaires. La chute de la natalité est due avant tout au coït interrompu, tandis que les formes plus raffinées de contraception sont l'apanage d'une petite minorité même parmi les classes cultivées (il s'ensuit que la limitation des naissances reste assez longtemps une prérogative masculine).

Il reste à souligner un dernier point qui ne semble pas avoir assez retenu l'attention. Parallèlement à la chute de la natalité, l'Angleterre enregistre dans le dernier quart du XIXe siècle une baisse continue et très marquée de la mortalité. Alors que celle-ci, de 1850 à 1875, avait gardé une grande stabilité autour du taux de 22 ‰, elle diminue régulièrement au-delà de cette période, pour arriver à 14 ‰ en 1910-1913. Phénomène dû à deux causes principales : l'amélioration de la nutrition, les progrès de l'hygiène (au contraire, la mortalité infantile ne joue aucun rôle dans le processus de recul, sinon vers la fin, car elle demeure au niveau constant — et élevé — de 150 ‰ jusqu'à 1900). Dans la mesure, donc, où la mortalité baisse, l'écart subsiste entre naissances et décès, même si la fécondité diminue. Puisque le croît naturel est ainsi assuré, et avec lui l'avenir de la collectivité, pourquoi, dès lors, sous la pression d'aspirations nouvelles, les familles n'en viendraient-elles pas à une fécondité contrôlée et restrictive, qui leur paraît garantir le mieux-être de tous, parents et enfants ? Par là s'expliquerait le fait que de nouveaux mécanismes régulateurs — fécondité volontaire — viennent prendre la place des anciens mécanismes pulseurs — fécondité biologique — pour garantir la transmission de la vie.

Les femmes prennent la parole

Dans l'atmosphère « fin de siècle », au moment où se répandent l'« art nouveau », le « nouveau réalisme », le « nouveau théâtre », une figure annonciatrice de bouleversements bien plus considérables fait son entrée sur la scène sociale : la *« new woman »*. Apparue peu après 1880, elle domine les années 1890, puis tout au long de la période édouardienne consolide son avance. A travers sa contestation, tantôt modérée, tantôt radicale, de l'équilibre traditionnel des sexes, elle en appelle à une nouvelle définition des rôles féminins-masculins. C'est le début de la révolte des femmes contre l'ordre ancestral : premiers pas dans une longue lutte pour l'émancipation, qui n'a cessé de se renouveler et de s'élargir jusqu'à nos jours, et prodromes de la « révolution sexuelle » du XXe siècle.

Non point que la lutte contre le « sexisme » ait attendu la fin de l'ère victorienne pour prendre forme. Nombre de précurseurs avaient ouvert la voie : pionnières comme Mary Wollstonecraft, la première de toutes (*Défense des droits de la femme*, 1792), ou Barbara (Leigh Smith) Bodichon (*Résumé des lois concernant les femmes*, 1855) ; champions masculins de l'égalité des sexes tels que William Thompson le socialiste (*Appel de la moitié de la race humaine*, 1825) et Stuart Mill (*De l'assujettissement des femmes*, 1869). Mais c'étaient là des voix qui prêchaient dans le désert, si du moins l'on met à part quelques petits cercles de disciples aussi convaincus qu'isolés. Parallèlement, des individualités remarquables, victimes de l'infériorité de leur sexe, Harriet Martineau, Jane Carlyle, Harriet Taylor, Florence Nightingale, etc., s'étaient élevées contre un carcan social dans lequel elles étouffaient et dont elles dénonçaient le caractère oppressif. Malgré tout, il faut attendre le dernier quart du siècle pour que les idées répandues çà et là se communiquent et que, grâce à une soudaine publicité, elles fassent tache d'huile. Des initiatives, restées isolées jusque-là, commencent à être coordonnées. Un véritable mouvement apparaît : le féminisme est né. Et malgré d'énormes résistances il touche après 1900 des milieux de plus en plus larges dans les classes supérieures et les classes moyennes ainsi qu'une fraction du mouvement ouvrier.

Durant cette première phase du féminisme anglais, deux traits caractérisent la lutte des femmes. D'abord son origine bourgeoise. C'est parmi les privilégiées que s'opèrent les premières prises de conscience. Selon le mot de Viola Klein, « le mouvement féministe n'est pas né à l'usine ni à la mine, mais dans le salon bourgeois victorien ». A la source, il y a l'action de petits groupes intellectuels, de cénacles avancés, littéraires ou politiques — tantôt radicaux, tantôt socialistes. En second lieu, au fur et à mesure que se développe le combat, une division apparaît entre extrémistes et modérées : les unes sont des adeptes de l'émancipation totale, y compris la liberté sexuelle, les autres revendiquent d'abord les droits civils et politiques, sans aucunement remettre en question les fondements de la morale traditionnelle. Or c'est ce second courant qui a prédominé dans le féminisme anglais tout au long de la période envisagée : tendance majoritaire de classes moyennes guidées par un puritanisme strict, des principes de devoir et de discipline, l'attachement à la loi conjugale et familiale, et chez qui le sens des convenances et le souci de la respectabilité restaient imprégnés d'influence religieuse. En ce sens, le révérend Hugh Price Hughes, la « conscience » du wesleyanisme, pouvait, dans les premières années du XXe siècle, se féliciter de ce que le rigorisme protestant ait imprimé au féminisme en Grande-Bretagne un sceau d'austérité morale de nature à le protéger contre les aspects plus risqués des féminismes continentaux[17]...

Toutefois, pour comprendre la révolte de l'avant-garde féministe contre l'ordre masculin régnant, il convient d'abord d'évoquer brièvement la situation des femmes dans l'Angleterre de la seconde moitié du XIXe siècle, ainsi que la prédominance des conceptions inégalitaires dans les mentalités. Nous pourrons alors, dans un second stade, dégager les objectifs et les étapes de la lutte pour l'émancipation.

La condition féminine à l'époque victorienne tire son originalité de l'existence de deux régimes superposés : le régime patriarcal ancien, le régime bourgeois moderne. Traditionnellement, les rapports entre les sexes étaient régis par un principe fondamental : la subordination de la femme à l'homme. C'était là le legs, profondément enraciné, de l'ancestrale division des fonctions de production et de reproduction. Le modèle auquel la pression sociale commandait de se conformer sous peine d'ostracisme reflétait les impératifs et les valeurs des sociétés patriarcales classiques. C'est-à-dire qu'il impliquait comme allant de soi l'autorité du mari sur la femme, du père sur les enfants, du frère sur la sœur. Or la bourgeoisie victorienne a habilement repris ce modèle d'origine rurale en l'adaptant à la société urbaine et industrielle. Elle l'a même refondu, enrichi, sophistiqué et, pourrait-on dire, « sublimé ». A la base, subsistent évidemment la dualité radicale des rôles et la prééminence masculine. Mais pendant que d'un côté la rupture des vieilles attaches communautaires, le triomphe de l'individualisme et de l'économie de la marchandise, le remplacement de la valeur d'usage par la valeur d'échange renforcent la supériorité de l'homme dans la famille et dans la société, d'un autre côté la femme se trouve exaltée en même temps qu'abaissée, et des considérations morales et religieuses sont subtilement dosées avec les besoins économiques du patrimoine. Du même coup, le modèle peut être proposé à la société tout entière : sur cette voie, les classes « inférieures », déjà conditionnées par les comportements ancestraux inégalitaires, suivent sans peine l'exemple venu des classes « supérieures ».

Ainsi, d'une part, la place centrale tenue par la propriété dans le système social capitaliste privilégie l'homme, seul détenteur du capital productif, de l'entreprise, du savoir — ou même de la simple force de travail. D'où le culte des qualités « viriles » : énergie créatrice, endurance, esprit de conquête et d'aventure, capacité d'invention, goût du rationnel, intelligence spéculative. A l'homme, être fait pour l'action et le commandement, revient de protéger la femme, fleur fragile, créature faible, née pour la soumission et le dévouement. La vocation féminine, et la seule, c'est le foyer et la maternité. Servir et obéir, voilà ses tâches. Mais, d'un autre côté, la femme, tout en étant assujettie à une optique de propriétaire, se trouve en contrepartie, par une sorte de mécanisme compensatoire, portée très haut, idéalisée, transformée en personnage éthéré. C'est justement ce qui fait sa dépendance — sa faiblesse physique — qui est exalté. Coventry Patmore la proclame « l'ange dans la maison ». Partout célébrée « la prêtresse du foyer », on la vénère comme l'inspiratrice et la conseillère en même temps qu'elle incarne l'image de l'innocence et de la pureté. A mi-chemin de la femme-poupée et de la femme forte, elle est par excellence, affirme-t-on, la force civilisatrice de l'univers. Car elle n'est pas seulement celle qui met au monde, qui élève, qui embellit. Elle est celle qui crée la chaleur humaine, la tendresse, la paix domestique et même la paix tout court.

L'homme pour le champ, la femme pour le foyer,
L'homme pour l'épée, elle pour l'aiguille,
L'un par le cerveau, l'autre par le cœur,
L'un commande, l'autre obéit,

proclame le personnage du père dans le poème de Tennyson *La Princesse*[18]. Et à la question : comment définir la féminité ? Ruskin répond : « La tâche de l'homme dans sa maison [...] est d'en garantir l'existence, le développement et la défense, la tâche d'une femme est d'en assurer l'ordre, le confort et la beauté[19]. » A cet égard, personne n'a poussé la sacralisation de la féminité plus loin que les préraphaélites, dont les figures éthérées s'apparentent à des messagères de l'absolu. Plus la dépendance de la femme est accentuée par les règles du code social et du droit patrimonial, plus sa spiritualisation va en se développant. L'expression *sacred womanhood* est devenue une sorte de dogme qui n'a d'égal que le dogme de la famille. Ce qui en elle aurait pu être motif à tentation est vivement refoulé vers les profondeurs obscures de l'animalité. Ici encore on se plaît à renverser les perspectives. A ne voir que l'être idéal, source de sainteté. Car, bien entendu, la dichotomie inégalitaire trouve une justification supplémentaire dans une perspective religieuse : depuis longtemps, on l'a intégrée à la doctrine chrétienne, et le réveil évangélique lui a donné une vitalité nouvelle. A l'appui, sont invoqués tous les grands textes bibliques depuis le récit de la Genèse jusqu'aux fameux enseignements pauliniens. Du reste, l'attitude des agnostiques ne diffère en rien de celle des croyants : Chesterton a tout à fait raison lorsqu'il souligne que la génération mid-victorienne a été la première à propager «le culte du foyer sans l'autel[20]». Aucune exception, donc, à la vocation féminine : *Home, sweet home*, voilà le seul refrain.

Pour quelques femmes qui sortent de la grisaille ordinaire et qui réussissent à s'imposer dans la vie publique, soit qu'elles suscitent l'admiration (Florence Nightingale), soit qu'elles provoquent le scandale (George Eliot), combien passent leur existence anonymement, prisonnières d'un univers où domine l'homme ! Sans doute peut-on citer un certain nombre de femmes de lettres, de Mrs. Gaskell à Mrs. Humphry Ward (on a même prétendu que le roman constituait le champ privilégié de l'activité féminine), quelques bienfaitrices célèbres (la baronne Burdett-Coutts, philanthrope à la bourse inépuisable; Octavia Hill, dont la charité pointilleuse se consacre aux logements ouvriers), certaines figures militantes des grandes causes sociales et politiques (ainsi Josephine Butler inlassable dans sa lutte contre la prostitution, Annie Besant apôtre du néo-malthusianisme et du socialisme, Eleanor Marx-Aveling révolutionnaire passionnée et tragique). Au total, la moisson est maigre...

Preuve, dira-t-on aujourd'hui, d'une aliénation radicale. Signe, ajouteront d'autres, d'une oppression mâle sans limites. Sur le terme d'aliénation, on se trouvera aisément d'accord. D'autant que l'adhésion spontanée des intéressées à leur statut d'infériorité — phénomène indiscutable — offre la meilleure démonstration d'aliénation. En revanche, l'historien sera plus réservé sur la notion d'oppression. Celle-ci pose en effet des problèmes délicats, et il convient de distinguer. Objectivement, il y a évidemment oppression dès lors qu'il y a à la fois domination et aliénation. Mais subjectivement il n'en va point de même. Car la condition féminine n'est nullement ressentie comme une sujétion intolérable à l'homme. Par suite des préjugés séculaires ainsi que de la sublimation victorienne de «l'âme féminine», le sort réservé aux femmes, bien loin de scandaliser celles-ci et de les révolter, est accepté comme normal et dicté par la Providence. Dans ces conditions, il serait tout à fait hasardeux de conclure d'une conscience aliénée à une conscience malheureuse. Certes, la rigueur du code social a plongé nombre de femmes dans les frustrations, la déréliction, parfois la neurasthénie. Mais au même moment beaucoup d'autres se sentent parfaitement à l'aise, heureuses et épanouies dans leur cadre de vie, quelque étroites et rigoristes qu'en soient les normes, sans du tout éprouver l'impression d'être victimes du « chauvinisme mâle ». C'est précisément sur ce terrain que le combat mené par les féministes a été le plus dur. Davantage encore que l'instinct de domination et les préjugés masculins, elles ont eu à affronter la passivité et la résignation de leur propre sexe.

D'ailleurs, même parmi celles qui ne se résignent pas, parmi les victimes d'une législation qui dénie aux femmes les droits les plus élémentaires pour les conférer aux seuls hommes, le respect des conventions héritées d'un lointain passé continue d'avoir la vie dure. Écoutons par exemple Caroline Norton, poétesse, femme de lettres, petite-fille de Sheridan, modèle de Meredith pour un personnage de *Diane à la croisée des chemins*, une femme indépendante d'esprit et de mœurs, qui avait dû se battre en justice pour empêcher son mari (dont elle était séparée) de mettre la main sur les revenus qu'elle tirait de sa plume : « Quant à moi (et nous sommes des millions), je crois à la supériorité naturelle de l'homme de même que je crois à l'existence de Dieu. La situation naturelle de la femme est d'être inférieure à l'homme : c'est là une chose qui relève d'un décret divin, non d'un choix humain[21]. »

Si l'on se tourne maintenant vers les classes populaires, la situation ne diffère pas sensiblement. La prééminence masculine y règne sans discussion, mais aussi sans fard : nul recours ici aux raffinements des sublimations bourgeoises. En revanche, tout l'enseignement des Églises chrétiennes sert de toile de fond à la justification spirituelle de l'inégalité. Le mariage, la maternité, voilà la destinée naturelle de la femme. Quant aux femmes qui travaillent (seule une petite fraction d'entre elles est mariée), elles se répartissent en trois groupes qui s'équilibrent à peu près. Le premier tiers est formé des salariées de l'industrie : ouvrières de la grande industrie mécanisée (surtout textile) ou des petits ateliers artisanaux. Le second groupe rassemble les domestiques : profession féminine par excellence (neuf domestiques sur dix sont des femmes) et dont l'effectif maximal est atteint en 1880-1900. Symbole même d'une vocation de dépendance, cette activité de service est traitée en activité servile. Enfin la troisième catégorie se situe dans une position intermédiaire, à mi-chemin de la subordination salariale et de la soumission personnelle; ce sont tous les métiers à domicile (dans l'industrie du vêtement notamment) où la main-d'œuvre féminine subit sans pouvoir s'y soustraire la loi impitoyable du *sweating system*. De tous les côtés donc le tableau est sombre : bas salaires (toujours très au-dessous des salaires masculins : en moyenne la moitié), travail répétitif et sans responsabilité, qualification faible, productivité réduite par le fait que les tâches ménagères s'ajoutent au travail professionnel. A chaque niveau du monde du travail, en ville comme à la campagne, l'exploitation économique vient encore aggraver chez les femmes l'infériorité sociale de leur sexe.

Et pourtant c'est à la révolution industrielle bien plus qu'à la diffusion des idées libérales et individualistes qu'est due la transformation de la condition féminine. C'est elle qui dans le long terme a jeté les bases de l'émancipation en brisant le cadre patriarcal du travail domestique. C'est elle qui a sapé la conception traditionnelle de la femme, être dont l'horizon était cantonné au groupe familial, pour l'intégrer à un univers élargi — celui de la société globale. Le capitalisme industriel, tout en multipliant cette main-d'œuvre sous-payée et docile que constituait la main-d'œuvre féminine, a attaché au travail professionnel de chacune une valeur déterminée, à la fois rémunération négociable sur le marché et gage éventuel d'indépendance. Sans doute, les effets de cette transformation économique ont-ils mis longtemps à se faire sentir, encore que l'Angleterre bénéficie ici aussi de son avance, mais dans le dernier tiers du XIXe siècle c'est virtuellement chose faite. Et cela au moment où parallèlement se produit une mutation des esprits. Sur les capacités et les droits, les rôles et les vocations multiples des femmes, de nouvelles aspirations prennent corps. Pourquoi du reste les notions de liberté et d'égalité, abondamment propagées par les représentants du sexe masculin, ne trouveraient-elles à s'appliquer à l'autre sexe? La lutte pour l'émancipation est née. Et elle s'amplifie d'année en année jusqu'à 1914. Sa force vient de ce qu'elle conjugue désormais facteurs économiques (ceux qui tendent à dissocier dans des milieux de plus en plus larges la femme du foyer) et pressions mentales (par suite du succès grandissant des théories et des sentiments féministes).

La revendication revêt quatre formes différentes. Car l'émancipation s'est voulue — soit tour à tour, soit simultanément — juridique, éducative, politique et sexuelle. Sur le plan des droits civils, le premier changement important intervient dès 1857 avec le *Matrimonial Causes Act*. En autorisant le divorce, malgré de nombreuses causes restrictives, la loi vise en théorie à libérer la femme qui se trouve prisonnière d'une condition imposée. Mais le coût et la complication de la procédure en restreignent le champ d'application aux classes aisées. D'autre part la mesure reflète directement la conception inégalitaire du *double standard* (pour le mari, il suffit d'invoquer, preuves à l'appui, l'adultère de l'épouse pour obtenir le divorce, mais la réciproque n'est pas vraie : pour l'épouse, l'adultère du mari n'est pas suffisant, il faut qu'il soit aggravé par d'autres motifs, tels que désertion, cruauté, etc.). D'ailleurs, un demi-siècle plus tard, on ne comptera encore que mille dissolutions de mariage par an pour toute la Grande-Bretagne (0,2 % des mariages) : preuve que le divorce reste une affaire de privilégiés. (L'égalité entre époux ne sera admise qu'en 1923 et la procédure ne sera accessible à tous qu'en 1949 grâce à l'assistance légale.) En matière de propriété, la loi consacrait encore plus nettement l'inégalité, puisque le droit matrimonial anglais stipulait que par le mariage l'homme devenait propriétaire de tous les biens mobiliers et même immobiliers de sa femme. Comme l'écrivait Stuart Mill, indigné de ce déni de justice, « tout ce qui est à elle est à lui, mais la réciproque n'est point admise que tout ce qui est à lui est à elle ». Et il ajoutait : « Je ne prétends nullement que de manière générale les épouses soient moins bien traitées que les esclaves, mais aucun esclave n'est aussi profondément ni aussi pleinement esclave qu'une femme mariée[22]. » Sur ce point, une réforme décisive est accomplie au moyen de deux lois, les *Married Woman's Property Acts* de 1870 et surtout de 1882. Par ces mesures, l'épouse se voit restaurer la pleine propriété de ses biens, qu'il s'agisse de biens possédés avant ou acquis après le mariage. On passe donc de la tutelle légale à la séparation des biens. (Une anecdote situera l'état d'esprit régnant alors : faisant campagne en Est-Anglie en faveur de la réforme, l'une des premières féministes et « suffragistes », Millicent Garrett Fawcett, s'entend répondre par un fermier : « Voulez-vous dire, madame, que si la loi passe et si ma femme hérite de 100 livres, je devrai demander *sa* permission pour en disposer[23] ? ») Autre progrès dans le statut légal de la femme : à partir de 1884 une épouse n'est plus passible de prison si elle refuse de regagner le domicile conjugal, et peu après, la jurisprudence retire au mari le droit de la séquestrer dans un tel cas. La femme cesse ainsi d'être la propriété de son mari.

Sur le plan de l'éducation, deux novations essentielles prennent place entre 1850 et 1880 : d'une part, le début d'un enseignement secondaire féminin grâce à la création de quelques collèges — externats ou internats —, d'autre part, l'accès des jeunes filles à l'université. Bien que ce type d'études soit réservé aux demoiselles de la bourgeoisie, ce sont là des avances d'une portée considérable. Dès la fin du siècle, les conséquences commencent à apparaître dans toute leur ampleur. Au lieu d'être confinées dans les activités de salon et d'avoir un horizon restreint à l'aiguille et au crochet, les jeunes filles de bonne famille font des études, fréquentent Oxford et Cambridge, voyagent, pratiquent le sport, la bicyclette, le tennis, les exercices callisthéniques. Certaines se lancent dans les professions libérales : médecine (il y avait 25 femmes médecins en 1881, on en compte 477 en 1911), journalisme et surtout enseignement (en 1901, les enseignantes sont au nombre de 172 000, contre 70 000 en 1851)[24]. D'autres deviennent infirmières, dentistes, bibliothécaires. Pourtant, bien des barrières subsistent : jusqu'à la guerre, des métiers entiers, ceux du barreau, de la Bourse, du Parlement, continuent d'être fermés aux femmes. Quant à l'administration, où celles-ci pénètrent en nombre, elles doivent s'y contenter de postes subalternes. Le bilan n'est donc que médiocrement satisfaisant. Lenteur des progrès, nombre des blocages : décidément, l'égalité paraît encore lointaine.

C'est en fin de compte sur le terrain des droits politiques que furent menées les actions les plus spectaculaires. Aussi est-ce la lutte qui accapare l'attention dans la décennie qui précède la guerre. Non qu'il n'y ait eu auparavant de nombreux efforts déployés. Dès 1867, avait été formée la première association pour le suffrage féminin, la *National Society for Women's Suffrage*, et pendant des années de sages féministes avaient patiemment réclamé, à coups de réunions, de conférences et d'articles, l'extension du droit de vote au deuxième sexe. D'ailleurs, il faut reconnaître qu'au niveau des institutions locales certaines Anglaises s'étaient vu reconnaître très tôt la capacité d'être électrices, à condition du moins qu'elles fussent célibataires ou veuves (toute femme mariée était automatiquement frappée d'incapacité, puisque représentée par son mari). C'est ainsi que depuis 1834 des femmes pouvaient élire les administrateurs de la loi des pauvres *(Boards of Guardians)*; en1869, elles avaient reçu le droit de suffrage municipal dans certaines villes (droit élargi en 1888 aux comtés et en 1894 à toutes les communes); enfin, depuis 1870, elles pouvaient être électrices aux conseils d'administration scolaires *(School Boards)*. Mais après tout c'était simplement leur concéder là le droit de s'occuper d'assistance, d'éducation et d'hygiène — domaine que la tradition ménagère leur reconnaissait sans trop de difficultés ! En revanche, dès qu'il était question de haute politique, c'est-à-dire de législation, de diplomatie, de finances, il en allait tout différemment. Ici c'était toujours une affaire d'hommes. Et l'exclusive était jalousement préservée.

Ainsi s'explique la fondation, en 1903, d'une organisation féministe d'un style nouveau, l'Union sociale et politique des femmes (ou WSPU) dirigée par Mrs. Pankhurst et ses deux filles. Cette fois, il ne s'agit plus de se contenter de propagande placide en attendant le jour où l'on consentirait, du côté masculin, à accorder aux femmes des droits politiques. Pour les *suffragettes* — nom donné par dérision aux militantes de la WSPU —, ce qui compte, c'est de conquérir de haute lutte ces droits en organisant un groupe de pression décidé et bruyant, prêt, s'il le fallait, à porter l'agitation dans la rue. L'arme par excellence, c'est donc la publicité. La tactique, c'est celle des minorités agissantes. Interruptions de meetings, délégations et manifestations sur la voie publique, et bientôt grèves de la faim se succèdent sans laisser de répit aux pouvoirs publics. (Du conseil du leader libéral Campbell-Bannermann : « Harcelez-nous et soyez patientes », les suffragettes n'ont retenu que la première phrase !) Bravant les quolibets, les coups, la prison, parce que, pour elle, « la cause » mérite tous les sacrifices, la petite phalange de militantes rangées derrière Mrs. Pankhurst parvient en peu de temps à porter le débat sur l'égalité civique des femmes au centre de la vie publique. Mais comme, en dépit d'une audience grandissante dans l'opinion, aucun des projets de loi n'aboutit et comme d'autre part le mot d'ordre *Votes for women* se heurte de manière trop évidente à la passivité masculine — que symbolisent les attitudes dilatoires ou méprisantes des politiciens — le mouvement se divise. Pour arracher une décision, la minorité la plus résolue se lance sur la voie de la violence et du martyre. En réalité, c'est le résultat contraire qui est atteint : à basculer dans l'illégalité, les suffragettes perdent une partie de leurs appuis. Vers 1912-1914, leur base — restée depuis le début presque exclusivement bourgeoise — se rétrécit. Et finalement, quels qu'aient été le dévouement et l'obstination des pionnières, il faudra attendre la pression de la guerre, qui confie aux femmes de nouveaux rôles, pour que le droit de suffrage leur soit accordé en 1918.

Dernier terrain de bataille : la lutte pour l'émancipation sexuelle. Alors qu'en littérature chez Meredith, Gissing, Shaw, Wells, Ibsen, triomphe le modèle de la *new woman*, celle-ci fait école dans la réalité. Des figures de féministes conscientes comme Sue Bridehead dans *Jude l'Obscur* ou *Ann Veronica* ou encore l'héroïne du roman de Grant Allen au titre symbolique, *The Woman who did*, trouvent des imitatrices, ou à l'inverse s'inspirent de cas réels. Ici, cependant, il convient de distinguer, car le combat revêt deux aspects. Tantôt l'accent est mis sur une revendication de type individualiste et éthique, réclamant pour chacune le droit de vivre selon la morale de son choix au lieu d'être ostracisée sitôt qu'elle transgresse les conventions. Tantôt c'est un mouvement plus large, affirmant l'autonomie du deuxième sexe : sorte de quête à la fois d'identité et d'indépendance. Dans la première direction se rejoignent des courants surgis aux deux extrémités de l'éventail social : salons bourgeois et milieux socialistes et anarchistes. En révolte contre la morale puritaine prédominant chez la plupart des féministes « respectables » (« *votes for women and chastity for men* », proclamait Christabel Pankhurst en 1914), ces féministes « émancipées » refusent une notion de l'égalité des sexes qui conduirait à rendre la vertu obligatoire pour tous. A partir de la critique du conformisme et du légalisme bourgeois (et en particulier du mariage), elles en appellent à la spontanéité du sentiment, à la libre disposition par chacune de son corps, au droit de choisir son partenaire : nouvelle conception de l'amour qui exalte l'union libre *(« free love »)*, seule consécration réelle de l'égalité. D'autres féministes visent plus loin : pour celles-là, une morale « libre » ne suffit pas à abolir l'asservissement. Il s'agit, en délogeant les hommes de leurs monopoles, de renverser le primat du sexe masculin dans l'univers — témoin ce mot d'une suffragette à une autre : « Ayez confiance en Dieu : *Elle* vous protégera » ! D'où parfois des accents de guerre des sexes. Néanmoins, pour la plupart, l'objectif majeur reste d'établir les femmes partout à égalité et dans la plénitude de leurs droits.

5. Démocratie bourgeoise, démocratie sociale

Les lords sur la défensive

Le mouvement social, à partir de 1880, est dominé par deux forces majeures : l'emprise bourgeoise, la poussée ouvrière. Sous l'action de la première, s'opère un rééquilibrage dans les rapports de forces au sein de la classe dirigeante. De la seconde découle une modification dans l'équilibre global de la société, par suite de la nouvelle relation qui tend à s'instaurer entre monde du travail et classe gouvernante : transformation au demeurant modeste et dont on ne doit surtout pas exagérer la portée, mais effective et surtout grosse de virtualités pour l'avenir.

Commençons par le secteur des nantis et des puissants. Ici, le contraste est frappant entre les deux volets du diptyque : d'un côté une aristocratie touchée par l'obsolescence, en position défensive sur presque toute la ligne; de l'autre, une bourgeoisie qui consolide son avance et s'épanouit en occupant de plus en plus de place (au singulier et au pluriel). L'Angleterre, sans cesser d'être un pays attaché à sa noblesse (la lignée et le nom y comptent plus qu'ailleurs), devient chaque jour davantage un pays bourgeois. Même l'ascendant féodal, même le prestige royal ont du mal à résister à cet embourgeoisement multiforme, aussi ductile qu'insidieux. Qu'il suffise par exemple de prendre le cas de la reine Victoria : le plus grand compliment que son fidèle ministre Salisbury trouve à lui décerner après sa mort — lui, l'archétype du vieux patricien —, c'est d'avoir été parfaitement représentative des classes moyennes et de les avoir comprises à merveille[1] !

Certes, lords et *squires* continuent de jouir d'une rente de situation. Mais si par les apparences — rang dans l'État, considération, luxe du train de vie — l'aristocratie conserve son éminence, elle perd dans la réalité sa prééminence, et cela d'une manière définitive. La menace est venue de deux côtés : l'argent et le pouvoir. Premièrement parce que la terre, la source ancestrale de richesse, décline. Ensuite du fait que, dans l'État, les institutions, le gouvernement, les postes de commande, inexorablement l'aristocratie perd de son influence.

La terre d'abord. Après les années fastes de la prospérité mid-victorienne, les campagnes anglaises traversent de dures épreuves dans les vingt dernières années du siècle. Deux conséquences s'ensuivent : un coup sensible porté à la fortune nobiliaire, une crise de la société rurale tout entière. C'est qu'entre 1874 et 1896 l'agriculture subit tout ensemble le poids de catastrophes naturelles quasi ininterrompues (cycles atmosphériques désastreux, épizooties, mauvaises récoltes) et celui, plus lourd encore, de l'adversité économique (concurrence des pays neufs et baisse mondiale des prix). Le cours du blé chute brutalement, tombant de moitié. La rente foncière est durement atteinte : entre 1874-1878 et 1894-1898 les fermages baissent en moyenne de 25 % (il est vrai qu'après 1896 ils se stabilisent et même remontent peu avant la guerre). Parallèlement, la place de l'agriculture dans l'activité du pays ne cesse de baisser. Le chiffre de la population active agricole décline continuellement, tombant de 2 millions en 1851 à 1,4 million en 1901 ; en 1911, sa proportion par rapport à la population active globale est descendue à 8 % contre 22 % en 1851[2]. Autre signe, plus grave celui-là, de l'affaiblissement de la propriété foncière : le prix de la terre est en baisse. Chute de valeur qui traduit une évolution psychologique autant qu'économique : moins rémunératrice, la possession du sol paraît également moins attrayante faute de procurer la même influence qu'auparavant. Comme le dit en 1895 un personnage d'Oscar Wilde dans *The Importance of Being Earnest*, « la terre a cessé à la fois d'apporter les profits et les plaisirs ». Il faut aussi tenir compte de la généralisation du mode de vie urbain. La vie à la campagne ne semble plus la norme, mais l'exception. Le modèle, c'est la ville. Le prestige de l'argent en viendrait-il à éclipser celui de la terre ? On voit le doute s'installer au manoir, l'anxiété à la ferme. Faut-il alors conclure que le capital noble est en pleine débandade ? ou bien que le monde aristocratique est en fin de compte plus atteint psychologiquement que financièrement ?

Deux correctifs importants sont à apporter ici. Le premier concerne la fortune terrienne. On a eu beaucoup trop tendance à surestimer les effets de la dépression agricole à son endroit. Il y a eu, c'est vrai, bien des ruines. Nombre de fermiers ont été réduits à la banqueroute. Mais beaucoup d'autres ont su adapter leurs méthodes d'exploitation aux conditions du marché, se préparant ainsi de beaux lendemains. Des études plus fines d'histoire agraire, menées au niveau régional, révèlent une grande disparité de destin. Ceux qui souffrent le plus, ce sont les producteurs de blé et encore plus quand ils y associent l'élevage du mouton *(sheep-and-corn farmers)*. Certaines régions de pâturages, en revanche, résistent fort bien. Par exemple, s'il est vrai que la chute *moyenne* du fermage est de 25 %, le contraste est grand entre les plaines de culture de l'Est-Anglie et du Sud, où elle atteint 40 %, et tout le Nord et l'Ouest, où elle n'est que de 12 %. Il conviendrait ainsi de distinguer entre trois types d'exploitation. D'abord les fermes qui pratiquent exclusivement la culture — c'est là que frappe impitoyablement la tourmente. Puis les régions d'élevage : elles occupent une position intermédiaire et assez différenciée — partout où les exploitants ont su abaisser les coûts en s'adaptant au sol et aux marchés, ils parviennent à surmonter l'épreuve. Enfin, les secteurs que stimule la demande croissante de la consommation urbaine — élevage laitier, production maraîchère et fruitière — et qui progressent allègrement. Tels qu'ils se sont reconstitués à la veille de la guerre, les agriculteurs anglais font immanquablement penser au mot de César sur les anciens Bretons : « *lacte et carne vivunt* ». Au total, donc, ce serait commettre une erreur grave que de croire à une paupérisation de l'aristocratie. Non seulement la rente foncière se défend mieux qu'on ne l'a dit, mais le train de vie dans les *country-houses* n'a pas baissé comme on aurait pu le croire : soit que les propriétaires aient su adroitement comprimer les dépenses d'exploitation de leurs domaines, soit qu'ils tirent des revenus d'autres sources (de son côté, la catégorie des journaliers agricoles, considérablement réduite en nombre par l'exode rural, enregistre une notable amélioration de son sort).

En second lieu, la fortune nobiliaire résiste en se diversifiant. Il y avait beau temps, on le sait, que le *landed interest* participait à l'essor du commerce et de la banque. Des pairs ou de simples *squires* siégeaient dans les compagnies de chemin de fer. Les voilà maintenant qui font irruption dans la Cité. On fait appel à eux, c'est-à-dire tantôt à leur argent, tantôt au lustre de leur nom, dans les conseils d'administration. Ils investissent dans les titres d'État, les emprunts étrangers. Pour certains, rente urbaine et spéculation foncière offrent d'amples compensations à la baisse des fermages. « La terre n'est plus une possession enviable à moins qu'elle ne soit associée à de bons revenus tirés d'ailleurs[3] », soupire un *landlord* du Kent vers la fin du siècle, mais le mode de vie patricien, généralement très cossu dans la *gentry*, et bien souvent fastueux dans la haute aristocratie, donne à penser que ces revenus secondaires ne sont quand même pas si négligeables...

Seulement, quand on parle de l'aristocratie édouardienne, parle-t-on toujours de la même noblesse ? En d'autres termes, un certain embourgeoisement n'est-il pas en train d'altérer gravement le caractère des vieilles familles terriennes ? Le fait est que deux mouvements, inverses mais complémentaires, sont en cours, qui tendent à rapprocher, et même parfois à confondre, aristocratie de naissance et ploutocratie bourgeoise. D'une part, du côté de la noblesse, à force de s'aventurer sans restriction dans l'univers des affaires, le risque est grand de laisser contaminer l'héritage de l'esprit seigneurial par les mentalités bourgeoises. D'autre part, au fur et à mesure que se développe la richesse bourgeoise, des parvenus toujours plus nombreux pénètrent — par anoblissement, par mariage, etc. — dans le cercle magique, jadis jalousement protégé, de l'aristocratie.

Tant qu'avait subsisté la vieille Angleterre rurale, la prédominance noble, telle qu'elle s'était exprimée par exemple au XVIIIe siècle ou encore dans les trois premiers quarts du XIXe siècle, allait tout naturellement de soi. Mais elle avait trop partie liée avec le monde des campagnes («la terre et les morts») pour pouvoir survivre à la redistribution fondamentale de la richesse et du pouvoir que déclenche l'avènement du capitalisme industriel et de l'urbanisation. Le jour où ces deux phénomènes dominent la vie du pays, comme c'est le cas à partir du moment où la part de l'agriculture dans le produit national brut tombe du niveau de 20 % vers 1850 à 6 % vers 1900, comment l'aristocratie pourrait-elle perpétuer son influence, sinon en se frottant de plus en plus d'activités urbaines, marchandes, manufacturières, quitte à s'imprégner par là même d'esprit commercial, donc bourgeois, et au risque d'altérer son être propre, hérité du passé féodal ? Non point qu'elle déserte ses manoirs (bien au contraire, l'avènement de l'automobile lui permet de vivre plus facilement sur ses terres, avec tout le décorum et à moindres frais, tout en traitant ses affaires en ville). Ni qu'elle renonce aux devoirs du patronage. Mais ses préoccupations ont tendance à changer en même temps que ses revenus. A voir l'esprit aristocratique se truffer ainsi d'esprit mercantile, certains se désolent, à l'instar de Gladstone déplorant le nombre grandissant de ces «hybrides», à moitié *businessmen*, à moitié *country gentlemen*, personnages chevaleresques et titrés qui sans remords «prêtent leur nom comme administrateurs ou *trustees* à des spéculations que ni ils n'examinent ni ils ne comprennent[4]».

Second aspect du processus d'embourgeoisement : la pénétration de la bourgeoisie d'affaires dans l'aristocratie. A cet égard, la fin du XIXe siècle marque un tournant, dont on peut fixer la date avec précision[5]. Jusqu'aux alentours de 1885, en dépit de la relative mobilité de la société anglaise, la pairie était restée bien protégée contre l'intrusion des parvenus. Les barrières continuaient de jouer efficacement, séparant titres nobiliaires et monde du *business*.

C'est ainsi qu'entre 1832 et 1885 on n'avait compté que cent soixante-seize anoblissements — rythme plutôt lent dans la création des titres —, ce qui écartait tout danger de dilution. Surtout, les trois quarts de ceux qui avaient été élevés à la pairie étaient des hommes politiques, en général députés aux Communes, et presque tous appartenaient à la *gentry*. Au contraire, c'est seulement au compte-gouttes que les représentants du *business* avaient accédé à la noblesse héréditaire. La banque est la première à y parvenir avec Baring en 1835. Mais il faut attendre 1856 pour voir le premier anoblissement d'industriel, lorsque le cotonnier Strutt devient lord Belper. Vingt à trente ans encore s'écoulent avant que n'arrive le tour de deux maîtres de forges, puis des grands brasseurs Guinness et Bass, enfin du prince de la finance, Nathan Rothschild, en 1885. Mythe, donc, que l'« aristocratie plébéienne » dont Disraeli avait cru percevoir l'avènement dès le *Reform Act* de 1832 : elle ne fait véritablement son entrée sur la scène qu'après 1885. A cette date, l'évolution s'accélère. Par une sorte de paradoxe, c'est au temps du marquis de Salisbury que commence la pénétration en nombre des bourgeois dans la pairie : sang neuf, affirment les uns ; prostitution des honneurs, prétendent les autres.

Entre 1886 et 1914, ont lieu environ deux cents créations de pairs et l'on peut parler alors d'arrivée de l'Angleterre industrielle à la Chambre des Lords. En effet, si en majorité les nominations continuent de récompenser les services rendus à l'État dans la politique, l'armée, la diplomatie, l'empire, le tiers d'entre elles profite à des hommes d'affaires : manufacturiers (par exemple Armstrong, de la firme d'armements, ou ce lord Ashton ironiquement surnommé « lord Linoleum »), armateurs (Pirrie, des chantiers de Belfast Harland and Wolff), négociants ou banquiers, sans parler des « barons de la presse » devenus barons tout court (Northcliffe, Rothermere). Devant ce flot, on commence à parler des titres à l'encan *(sale of honours)*, histoire de remplir les caisses du parti au pouvoir... Au même moment, d'autres amalgames hâtent la fusion croissante entre féodalisme et ploutocratie. En premier lieu, les mariages : filles de *businessmen*, héritières américaines et même actrices font recette. Voilà qu'après avoir jalousement préservé pendant longtemps son intégrité, l'aristocratie se mâtine d'occupations bourgeoises, de préoccupations mercantiles. Dans les *parties* politico-mondaines, les hommes d'État issus de la classe moyenne, les Chamberlain, les Asquith, les Haldane, côtoient les politiciens héritiers des plus grands noms, les Cecil, les Churchill, les Rosebery, les Balfour, les Curzon. Signe des temps : lorsqu'en 1908 Asquith devient Premier ministre, c'est le premier chef de gouvernement à ne pas appartenir à une *landed family* (si l'on excepte Disraeli, un *apax* à tous égards); et quand, en 1911, Bonar Law accède à la tête du parti conservateur, c'est le premier leader *tory* à être originaire de la *middle class* industrielle.

Nouveau personnel politique, recul de l'influence aristocratique dans les affaires publiques : de toutes parts, un transfert de pouvoir s'effectue en faveur de la bourgeoisie. Ici aussi, les lords sont sur la défensive. Alors que dans la Chambre des Communes de 1865 le *landed interest* représentait les trois quarts des sièges (31 % des députés appartenaient à la haute aristocratie, 45 % à la *gentry* : une proportion qui n'a pas tellement changé depuis le XVIIIe siècle*), en 1910 l'effectif des propriétaires fonciers est tombé au septième de la Chambre. L'évolution n'est pas moins frappante dans la structure sociale des ministères, le tournant se situant ici dans les dernières années du siècle, très précisément au temps de Salisbury (non point tant par choix délibéré du vieux leader que par soumission à la nature des choses). Alors qu'entre 1880 et 1895, le cabinet avait compté 47 aristocrates et 30 bourgeois, de 1895 à 1905, les chiffres ont passé respectivement à 17 et 21; de 1905 à 1914 ils sont de 13 et 23[6].

Mais l'effacement progressif du pouvoir du *landed interest* ne se mesure pas seulement à Westminster. On le constate au niveau local aussi bien qu'au plan national. Indiscutablement, sur toutes les avenues du pouvoir, tandis que reflue l'aristocratie, se pressent les cohortes de la classe moyenne. Car, dans le court terme, sous couvert de démocratisation, les réformes profitent davantage aux « capacités » qu'aux classes populaires. Parmi les mesures qui concourent ainsi à diminuer l'influence de l'aristocratie, on peut citer les lois électorales (le scrutin secret de 1872 met fin aux pressions seigneuriales, de même que la loi de 1883 contre la corruption et en 1884-1885 le troisième *Reform Act* qui octroie le droit de suf-

* La Chambre des Communes de 1761 comportait une bonne moitié de députés soit appartenant à des familles de la pairie, soit baronets; celle de 1865 en compte encore un tiers. On voit que les faits s'étaient chargés de démentir la prédiction cinglante du duc de Wellington sur la réforme de 1832 : « *The Reform Bill would make the House of Commons unfit for gentlemen to sit in.* »

frage aux journaliers agricoles); la réforme de l'administration régionale de 1888, qui remplace dans chaque comté les vieilles institutions nobiliaires par des conseils élus — réforme étendue en 1894 à toutes les communes rurales; le *Ground Game Act* de 1880, qui sonne le glas du monopole de la chasse en permettant à chacun de détruire lièvres et lapins sur ses terres. Dans l'administration et dans l'armée, les réformes réalisées entre 1855 et 1875 (recrutement par concours pour le *Civil Service*, suppression de l'achat des grades pour les officiers) mettent peu à peu un terme aux pratiques du patronage et du népotisme : le mérite l'emporte sur le rang, la compétence sur la naissance. Autre facteur du recul nobiliaire : la transformation après 1875-1880 des partis en grandes machines organisées rend plus difficile leur contrôle par une oligarchie aristocratique comme au bon vieux temps. C'est surtout le cas du parti libéral, qui en se radicalisant échappe aux traditionnelles dynasties *whigs*. Même chez les *tories*, obligés de constituer comme leurs adversaires des sections locales dans chaque circonscription, les vieilles familles terriennes ont du mal à préserver leur influence, en dépit d'actions d'arrière-garde s'efforçant de manipuler les rouages de la société démocratique : ainsi la *Primrose League*, qui cherche à encourager un code chevaleresque jusque dans la petite bourgeoisie. Mais pour réussir il faudrait plus de calcul et moins de préjugés. On le voit bien lors de la bataille acharnée qui se déroule de 1909 à 1911 autour de la Chambre des Lords. S'étant laissé maladroitement emprisonner dans le dilemme «privilèges ou démocratie» *(Peers versus People)*, non seulement les lords subissent un recul décisif de leurs pouvoirs avec le vote en 1911 du *Parliament Act*, qui fait de la Chambre haute une simple chambre d'enregistrement, mais en outre ils perdent auprès d'une partie de l'opinion le droit au respect. «Tant que les ducs, s'écrie cruellement Lloyd George, se contentaient de jouer le rôle d'idoles sur leur piédestal, observant ce silence majestueux qui convient à leur rang et à leur intelligence, tout allait bien et l'Anglais moyen était disposé à les respecter... Mais ils ont eu le tort de descendre de leur perchoir[7]».

Toutefois, on aurait tort de prendre au pied de la lettre des déclarations aussi fracassantes. Lloyd George n'a-t-il pas été le premier, une fois devenu chef du gouvernement, à multiplier les créations de pairs (sans compter le fait que, pour finir, il a accepté un titre de lord pour lui-même) ? C'est que l'aristocratie dispose encore d'atouts considérables. S'il est bien vrai qu'il lui faille renoncer au monopole des honneurs et partager avec d'autres le pouvoir et la considération, le sentiment chez elle de détenir une supériorité innée est loin d'avoir disparu. Cependant que chaque jour mille occasions lui démontrent à quel point son prestige continue d'être reconnu. Par exemple, lors de ses premiers séjours en Angleterre à la fin du siècle, un observateur aussi perspicace qu'Elie Halévy ne manque pas d'être frappé par le caractère profondément aristocratique de la société anglaise, si différente à cet égard de l'*Establishment* républicain qu'il avait l'habitude de côtoyer en France — de la même manière que Taine, trente à quarante ans plus tôt, avait été intrigué par la persistance de l'esprit « féodal » en plein libéralisme bourgeois. Encore en 1911 la morgue nobiliaire s'exprime dans un roman de Mrs. Humphry Ward, *Lady Connie*, où sont dépeints « nos seigneurs et nos supérieurs » : on y explique sans ambages que ceux-ci ont « droit à être servis par ceux qui sont au-dessous d'eux ; et tous sont au-dessous d'eux — particulièrement les femmes, les étrangers, les artistes et les gens qui ne chassent ni au tir ni à courre ».

En fin de compte, davantage encore que la révérence et la déférence envers les *country gentlemen*, la vieille société terrienne se défend par son mode de vie. Plus elle perd de pouvoir sur le plan politique, plus elle s'efforce de paraître sur le plan social. D'ailleurs, sa puissance ostentatoire continue d'être sans rivale. Son faste, appuyé sur l'ancienneté du lignage, l'emporte aisément sur le luxe tapageur des parvenus. Aussi, grâce aux mondanités, aux bals, au turf, la haute noblesse résiste-t-elle encore fort bien. Jusqu'à la guerre, ses splendides demeures londoniennes, les Grosvenor, Dorchester, Londonderry, Devonshire, Apsley, Bridgewater, Holland Houses, brillent de mille feux. Et l'on pourrait multiplier les exemples d'opulence. A sa mort, en 1901, le marquis de Bute laisse une fortune de près de 2 millions de livres[8]. Le marquis de Ripon, selon son ami le duc de Portland, a tenu un compte assez rigoureux de ses chasses pour calculer qu'entre 1867 et 1900 il a tué un total de 142 343 faisans, 97 579 perdrix, 56 460 grouses, 29 858 lapins et 27 686 lièvres, sans parler de 2 rhinocéros, 11 tigres et 12 buffles[9] ! Dans le château de Blenheim, la splendeur patricienne des Marlborough entretient une escouade de valets de pied, tous choisis pour leur haute taille et habillés de la livrée ducale : culotte et veste grenat, gilet à passementerie argentée, bas de soie, souliers à boucle d'argent, chevelure poudrée... Cependant que les chefs de famille titrées paradent à la cour, les cadets continuent de peupler plusieurs des grands corps de l'État, en premier lieu la diplomatie (« *the outdoor relief of the British aristocracy* », selon la formule méprisante de John Bright) et la marine, mais aussi pour une bonne part l'armée et l'Église (comme par le passé, le droit d'aînesse entretient un esprit d'initiative et de dynamisme parmi les puînés des familles nobles). Tout compte fait, l'aristocratie dispose encore de beaux restes, même si elle est désormais réduite à la défensive.

Le réveil de Caliban

On a vu plus haut comment, en pleine tranquillité mid-victorienne, le très libéral et très pacifique Cobden, manifestant sa surprise devant la passivité apparente des ouvriers, en arrivait quasiment à appeler de ses vœux la rébellion d'un Spartacus[10]. Pourquoi en effet un tel esprit d'acceptation, sinon de résignation ? Pourquoi une telle absence de révolte ? C'est bien d'ailleurs la question que se posent au même moment les fondateurs du socialisme scientifique réfugiés à Londres. En 1858, dans une lettre à Marx, Engels assurait : « La classe ouvrière britannique devient réellement de plus en plus bourgeoise » et, vingt ans après, Marx lui fait écho en parlant de la « démoralisation » grandissante du prolétariat[11]. Pourtant, il va suffire de quelques années pour que l'avant-garde ouvrière bascule après 1880 vers une attitude de contestation globale, à la fois théorique et pratique, de la société. Comment peut-on expliquer un tel changement ?

Quelles ont été les causes et les caractéristiques, les formes et les manifestations de ce réveil du monde du travail?

En premier lieu, il faut mettre en évidence un point trop négligé, à savoir que la domestication de la classe ouvrière était moins poussée qu'on ne l'a dit. Sans doute la société victorienne classique avait-elle réussi, à partir de sa division ternaire, à instaurer une dyarchie, aristocratie et bourgeoisie ayant conclu depuis le milieu du siècle une alliance de compromis afin de s'assurer ensemble la direction du pays. De plus, ceux qui avaient mis en place ce système bicéphale avaient eu l'habileté de chercher à y intégrer la troisième composante de l'édifice social, la classe ouvrière, de façon à la détourner de la violence et à la rallier aux valeurs dominantes. (Tactique beaucoup plus habile qu'en France, où la violence s'étalait à découvert et où le centre de gravité de la société — l'alliance bourgeoisie-paysannerie contre ouvriers — reposait autant sur la force, de juin 1848 à la Commune, que sur le suffrage universel.) Cependant, en Angleterre, la tentative d'intégration n'a réussi qu'à moitié, car de larges fractions ouvrières sont restées en dehors, soit de manière involontaire par suite d'une imperméabilité culturelle à la pénétration bourgeoise, soit plus consciemment par une résistance délibérée à la séduction des miettes du festin.

D'autre part, l'intégration n'était possible qu'à deux conditions : un climat optimiste d'expansion et de prospérité, une conscience bourgeoise satisfaite et sûre de soi. Le jour où, comme c'est le cas après 1880, ces deux préalables font défaut, puisqu'ils sont remplacés par le sentiment de l'adversité économique et de la culpabilité de la classe dirigeante, l'autonomie ouvrière retrouve ses chances.

Enfin, il faut tenir compte d'autres facteurs favorables à un regain de la lutte ouvrière : la puissance du nombre (la croissance numérique, notamment dans les métiers peu spécialisés, mais à forte concentration, comme les *unskilled* des transports, donne aux travailleurs le sens de leur efficacité); le retour en force de l'idéologie, outil à la fois d'analyse et d'action (la période après 1848, morte-saison des utopies socialistes et coopératistes, avait laissé le champ libre à un individualisme pragmatiste, dispersé et dépourvu de vues d'ensemble). Par ailleurs, le mouvement ouvrier bénéficie de son alliance avec les éléments avancés de la *middle class* : sans doute était-ce là chose ancienne, mais désormais l'entente s'opère non plus sous l'égide du vieux radicalisme mais sous la bannière du socialisme, et cela dans un cadre conceptuel où l'économique l'emporte sur le politique.

Ainsi, brisant les entraves de naguère, la résistance ouvrière se déploie dans plusieurs directions. Tantôt, choisissant la voie syndicale, elle élabore une nouvelle tactique anticapitaliste — et c'est le « nouvel unionisme ». Tantôt, préférant la voie politique, elle retrouve en même temps le chemin de la contestation idéologique — et c'est la renaissance du socialisme.

Malgré tout, on ne saurait minimiser l'acquis du processus mid-victorien d'intégration, si incomplet et si momentané qu'il ait été. Il est hors de doute en effet qu'il a influencé en profondeur la société anglaise jusqu'à nos jours par des codes de conduite qui sont restés comme autant de normes moralisantes admises par tous. Le consensus ainsi réalisé comporte la notion de respectabilité individuelle (teintée de puritanisme), l'option en faveur de la voie démocratique et parlementaire (en renonçant à l'indiscipline et aux violences anarchiques de type jacobin et chartiste), l'adoption de la plupart des idéaux des classes dirigeantes. Autres facteurs de cohésion : le système d'enseignement, alors en plein développement, le sentiment monarchique, un patriotisme chatouilleux, un esprit expansionniste en pleine vitalité. Inversement, les résistances à l'intégration se manifestent là où la conscience de classe — partout puissante — peut de surcroît prendre appui sur un substrat national, c'est-à-dire avant tout dans les franges celtiques.

Le *revival* ouvrier de la fin du siècle, en remettant radicalement en question la subordination sociale et idéologique des travailleurs, inaugure donc une double série de conflits. Les uns, industriels, se déroulent au sein de l'entreprise. Les autres, politiques, revendiquent pour la classe ouvrière l'accès au pouvoir, d'abord parlementaire, puis un jour gouvernemental. Mais ici une divergence fondamentale, due à l'existence de deux écoles de pensée, sépare la stratégie ouvrière en deux courants distincts. Pour la majorité, l'instrument par excellence de la conquête politique comme de la lutte industrielle, c'est le syndicat : le rôle du *trade union* consiste à la fois à assurer la représentation ouvrière aux Communes et à mener une action sans relâche face au patronat, en particulier par la pratique du marchandage collectif *(collective bargaining)* afin de consolider les avantages acquis et d'en arracher de nouveaux (sans compter le rôle de levain culturel du syndicat en tant que moyen d'éducation populaire). Au contraire, pour une minorité davantage guidée par l'idéologie — marxisme ou fabianisme —, l'avenir passe par l'action politique organisée. Ce qui implique soit la fondation d'un parti ouvrier de type révolutionnaire (c'est la position marxiste de la *Social Democratic Federation* de Hyndman), soit la conquête de positions influentes dans les partis et les institutions déjà existants, tant au niveau municipal qu'au niveau national (c'est la thèse fabienne de la *permeation*, forme d'« agit prop » prônée par Sidney Webb et Bernard Shaw).

Quelles que soient les divergences théoriques sur la stratégie, toutes les tendances ne s'en retrouvent pas moins d'accord à court terme pour soutenir les mots d'ordre qui deviennent les cris de ralliement du « nouvel unionisme » à partir de 1889. S'adjoignant aux revendications traditionnelles du vieil unionisme (généralisation des conventions collectives, défense du salaire et de la qualification, garanties contre le chômage), ces mots d'ordre, qui en appellent à l'État et se veulent un prélude à l'abolition du capitalisme, sont avant tout le minimum légal de salaire et la journée de huit heures. Dans ce dernier cas, on invoquait d'ailleurs des précédents historiques remontant au IXe siècle, puisque, selon la légende, c'était le roi Alfred le Grand qui le premier avait divisé la journée en trois parties égales : travail, sommeil, loisir ! D'où le slogan des « quatre huit » répandu jusqu'à la guerre (il prend la place du principe plus vague : « un bon salaire pour une bonne journée de travail » : *« eight hours work, eight hours play, eight hours sleep and eight bob a day »*[12]).

Ce qui donne une vigueur particulière à ces revendications surgies des profondeurs des aspirations populaires, c'est parallèlement l'évolution de la condition ouvrière. Si, pour les salariés, les données fondamentales du régime libéral — insécurité, dépendance, existence au jour le jour — ne changent point, le niveau de vie évolue. Dans une première phase, il s'élève rapidement, puisque dans le dernier quart du siècle il progresse de 30 à 40 %. C'est là le résultat de l'opiniâtre résistance syndicale aux tentatives de réduction de salaire, malgré la baisse des prix, mais c'est aussi l'effet d'offensives ouvrières, comme celle qui, à la faveur de la reprise économique de 1888-1890, aboutit au grand mouvement de grèves générateur du « nouvel unionisme ». Par contre, à partir de 1900, le salaire réel stagne, fléchit même jusque vers 1910, en dépit de la brillante expansion des affaires : de là, dans le monde ouvrier, un sentiment de frustration qui stimule d'autres formes de combativité et contribue à expliquer le *labour unrest* des années 1910-1914.

C'est donc à bon droit que l'on peut parler dès 1880 de fin de la quiétude victorienne. La « multitude porcine », *the swinish multitude*, dont parlait dédaigneusement Burke, se réveille. Caliban réclame sa place au soleil. Prise de conscience qui porte en germe l'avènement du *Labour*. Et qui suscite une nouvelle mentalité. De même qu'on note un changement d'attitude dans une partie des classes dirigeantes et moyennes mal à l'aise en face du paupérisme, de même une avant-garde ouvrière dont les effectifs vont croissant se dresse pêle-mêle contre un système d'inégalité et d'injustice condamnant le travailleur à une existence morne et misérable, contre l'autoritarisme patronal et les modes de gestion paternalistes, contre la morgue des « maîtres » et le mépris inné pour les « basses classes ». Il ne s'agit pas tant de mettre fin aux préjugés de caste (chez bien des gens « respectables » ne continue-t-on pas d'être convaincu que se soûler et battre sa femme constituent les deux *hobbies* par excellence des ouvriers ?) que de revendiquer un droit à l'égalité de considération et à la dignité.

Cependant, une fois déclenchée, la radicalisation du mouvement ouvrier ne suit pas une trajectoire linéaire. Elle opère au contraire par phases successives, selon la progression propre à toute action prolétarienne : de grands bonds en avant, coupés de périodes de piétinement ou de recul. C'est ainsi qu'entre 1880 et 1914 on peut distinguer trois stades. Le premier va de 1880 à 1892. Il mêle renaissance idéologique, agitation de rue, batailles syndicales et recherche d'une repré-

6. Les composantes du *Labour* : action ouvrière, doctrines socialistes, parti parlementaire

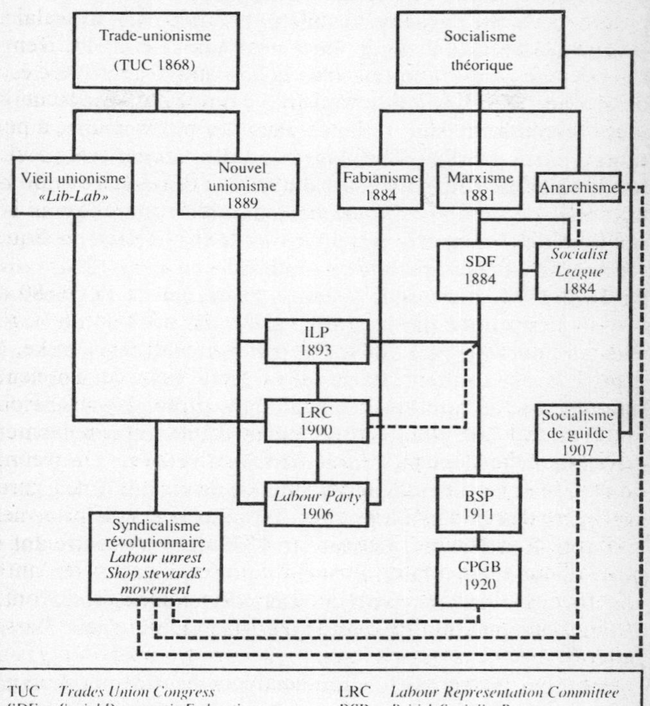

TUC *Trades Union Congress*
SDF *Social Democratic Federation*
ILP *Independent Labour Party*
LRC *Labour Representation Committee*
BSP *British Socialist Party*
CPGB *Communist Party of Great Britain*

sentation parlementaire pour le *Labour*. La renaissance idéologique résulte de la soudaine floraison de doctrines socialistes qui en quelques années transforme l'horizon intellectuel. Cela commence avec l'introduction du marxisme en Angleterre par Hyndman dans son livre *England for All* (1881) et se poursuit avec l'élaboration des théories fabiennes (*Fabian Essays*, 1889). D'autre part, en 1885-1887 la violence de la crise cyclique, en jetant sur le pavé des milliers de sans-travail, fournit l'occasion d'impressionnantes manifestations de rue. Déferlant des bas quartiers de Londres, des foules grondantes en guenilles, comme on n'en avait plus vu depuis 1848, sèment l'alarme tout en apportant de l'eau au moulin de la propagande socialiste. D'autre part, alors que jusque-là le gros du monde ouvrier organisé dans les *trade unions* était resté tranquille sous la houlette discrète des leaders modérés du « vieil unionisme », une avant-garde, aux idées révolutionnaires, se lance dans des mouvements militants à partir de 1889. Elle s'adresse à des catégories nouvelles de salariés, restés à l'écart du syndicalisme mais dont le potentiel de combativité est considérable : manœuvres et ouvriers des transports en particulier (dans le passé, à deux reprises, ils avaient tenté de s'organiser, en 1832-1834, puis en 1871-1874, mais sans succès). Le signal de la poussée ouvrière est donné par la grande grève des dockers de Londres au cours de l'été 1889. Un peu partout, des syndicats d'*unskilled* se forment. Et de 1888 à 1891, grâce au « nouvel unionisme », le nombre des syndiqués double, passant de 800 000 à 1 500 000. Enfin, l'idée d'une représentation ouvrière au Parlement, lancée depuis la réforme électorale de 1867, fait son chemin dans le monde du travail. Elle gagne suffisamment de terrain pour qu'un mineur écossais encore inconnu, Keir Hardie, présente en 1888 sa candidature dans une élection triangulaire. Et surtout pour qu'en janvier 1893 soit formé le premier parti ouvrier, de tendance socialiste, le Parti indépendant du travail (*Independent Labour Party* ou ILP).

Précisément, en 1893, commence une seconde phase dans l'histoire du *Labour* : une phase d'organisation et de consolidation qui conduit à une nouvelle avance, cette fois-ci d'ordre politique. A l'origine, il y a une contre-offensive patronale de grande envergure. Placé devant l'émergence d'un front ouvrier aux vastes ambitions — qui va du nouvel unionisme à l'ILP —, le patronat décide de riposter. Son objectif, c'est de provoquer le reflux général du mouvement ouvrier en brisant net les jeunes *trade unions* révolutionnaires qu'il juge fragiles. Mais c'est commettre là une grave erreur de calcul. Du coup, la tactique va faire boomerang. En effet, en voyant le patronat agiter la menace d'une répression généralisée, par voie légale, contre le syndicalisme, même les *trade unions* les plus modérés prennent peur et rallient la défense du principe de la liberté syndicale. Le résultat, c'est la naissance en 1900 du Comité pour la représentation du travail (*Labour Representation Committee* ou LRC), point de départ officiel du parti travailliste : celui-ci progresse suffisamment vite pour avoir vingt-neuf élus aux élections de 1906. Ainsi, à avoir voulu frapper trop fort, la réaction patronale n'a fait que consolider le mouvement ouvrier. En même temps, celui-ci a délibérément opté en faveur du parti parlementaire comme instrument d'action sur l'État et comme moyen d'accès au pouvoir. Pour renverser le capitalisme et imposer une gestion socialiste et égalitaire du pays, le travaillisme s'en tient désormais à la conquête des suffrages — ce qui revient à accepter les règles du jeu parlementaire inventées par la démocratie bourgeoise. C'est là un choix historique aux immenses conséquences. Cependant, si la voie politique prend le pas sur la voie industrielle, c'est sans se substituer à elle, puisque le parti travailliste est en fait contrôlé par les *trade unions* bien plus que par les groupes socialistes (ILP, Fabiens, etc.). Or, comme l'a souligné Pelling, les *trade unions*, à l'image de la base ouvrière, sont fort peu socialistes...

On arrive par là à la troisième phase, celle de la poussée syndicaliste révolutionnaire qui débute en 1910. Tout concourt au «grand malaise des travailleurs» *(the great labour unrest)* : l'assoupissement de la contestation dans l'atmosphère feutrée de Westminster, l'impuissance d'un parti travailliste qui n'a brisé la vieille compromission «*Lib-Lab*» des années 1870 que pour s'enfermer dans une nouvelle alliance avec le parti libéral — alliance qui conditionne sa réussite électorale —, la médiocrité des leaders officiels et, sur le plan national, le contraste entre l'enrichissement rapide des privilégiés qui étalent leur luxe à gogo et le recul du revenu ouvrier. C'est pourquoi, en se dressant avec intransigeance contre le capitalisme et ses alliés réformistes, une poignée de militants anarcho-syndicalistes rencontre sans peine l'adhésion de nombreux salariés à la base. D'où une agitation révolutionnaire qui porte soudain les tensions sociales à un véritable paroxysme avec des grèves monstres et un nouveau doublement des effectifs syndicaux (qui entre 1910 et 1914 passent de 2,5 à plus de 4 millions). Une conception originale de la lutte ouvrière se répand, privilégiant l'action dans l'entreprise *(industrial unionism)* et préconisant l'organisation d'énormes syndicats *(one big union)*. Pour elle, la libération des travailleurs passe par l'autogestion. Et le *trade union*, instrument présent du combat, se transformera demain en cellule de base de la société socialiste. A travers le thème révolutionnaire du contrôle ouvrier, c'est donc un retour au socialisme libertaire, en accord avec les théories plus intellectuelles du *guild socialism*.

Si maintenant l'on cherche en quoi réside l'originalité du *Labour*, trois caractéristiques majeures s'imposent à l'évidence. D'abord, la volonté de persuasion, le respect des libertés démocratiques, la répudiation de la violence : attitudes que l'on retrouve jusque chez les plus révolutionnaires (William Morris parle de la « perversité de l'idée d'une guerre de violence menée par une minorité[13] »). Jamais la dictature du prolétariat ne prend des allures de « grand soir ». En second lieu, le marxisme n'a effectué qu'une percée limitée. Son influence est sûrement moins négligeable qu'on l'a dit. Néanmoins, il n'a réussi à devenir l'idéologie privilégiée ni du trade-unionisme ni du socialisme, comme il l'a fait dans le reste de l'Europe. Le rôle a été tenu par la pensée fabienne, qui de la sorte a accentué les penchants déjà très marqués au gradualisme. D'autant que le socialisme fabien, influencé par Stuart Mill et Bentham, a su recueillir l'héritage de la tradition démocratique radicale.

Enfin, on ne peut comprendre le *Labour* sans souligner la place qu'y tient l'idéalisme. Qu'aurait été « la cause » sans l'appel constant à la justice, à la liberté, au progrès ? Né dans les consciences, le socialisme y cherche perpétuellement sa justification. C'est avant tout une immense espérance morale qui soulève les militants lorsqu'ils chantent *England Arise*, l'un des deux grands chants, avec le *Red Flag*, du mouvement ouvrier :

Debout, Angleterre ! La longue, longue nuit
Est finie; doucement du côté de l'orient
Regarde poindre l'aurore qui déjà luit;
Fini le mauvais rêve où tu peines et pleures,
Debout, Angleterre ! Vois le jour qui arrive.

Toutefois, lorsqu'on parle d'élan mystique, il convient de définir le terme. Si le *Labour* est à l'origine un mouvement profondément religieux, ce n'est pas, comme on l'a trop souvent dit, parce que Wesley y aurait remplacé Marx. Dans l'âme de beaucoup, le socialisme s'est substitué aux religions organisées, même si dans bien d'autres cas il a pris racine dans les appels évangéliques. Pour les uns, sans nul doute, il est l'accomplissement même du christianisme, alors que pour d'autres c'est une contre-religion (dans le même sens où il est une contre-société). Mais aux yeux de tous il incarne une aspiration à la libération et à l'épanouissement communautaire, réconciliant l'homme avec l'homme. En ce sens, c'est un socialisme de l'harmonie, beaucoup plus qu'un socialisme de l'harmonium. Une quête passionnée du Graal, à la recherche de la vérité. Un salut spirituel autant que temporel.

Dans ces conditions, le *Labour* se trouve chargé d'une dose considérable d'affectivité. Keir Hardie, opposant le socialisme intellectuel des économistes et le socialisme vécu des militants, écrivait : « Pour 99 % des adhérents de l'ILP, le socialisme se présente avec le pouvoir d'émotion d'une grande vérité religieuse[14]. » Incontestablement, c'est au niveau des cadres moyens du mouvement qu'on peut le mieux sentir passer le souffle d'un messianisme porteur de toutes les espérances et de toutes les énergies créatrices. Dans un livre de souvenirs, l'un d'eux a décrit en ces termes l'état d'esprit qu'il partageait alors avec des milliers d'autres pionniers : « La force première qui menait l'assaut contre le capitalisme n'était ni l'ambition politique ni la misère économique, mais l'indignation morale. Ceux qui comme moi ont été associés aux premières phases du mouvement n'étaient point mus par la jalousie à l'égard des capitalistes, ils étaient des serviteurs volontaires d'un idéalisme moral, qui suscitait en eux une dévotion et une passion pour le service comme il n'en avait jusque-là existé que dans des mouvements purement religieux. A cette époque, l'attraction et le pouvoir de l'appel socialiste étaient extraordinaires. Il retenait captifs sous son joug jeunes et vieux également [...] C'est cet enthousiasme créateur qui a donné au mouvement socialiste des débuts et au *Labour Party*, son enfant, une spontanéité et une attirance que le libéralisme ne pouvait posséder et que le torysme était hors d'état d'acheter. Les jeunes propagateurs du socialisme n'étaient point des aventuriers politiques, ils étaient des prédicateurs remplis du Saint Esprit [...] Sans argent, sans prestige social ni expérience politique, face à l'opposition des puissances du monde politique et de la presse à travers tout le royaume, ils ont créé par leur enthousiasme et leur foi une force sociale capable, en moins de deux générations, de briser le pouvoir du libéralisme et de battre le torysme [...] dans le pays le plus capitaliste du monde[15]. »

La marche lente de la démocratie

Compte tenu de cette avance incontestable du *Labour*, peut-on dire qu'en 1914 le vieux monde soit à la veille de basculer, que l'État bourgeois, que la société bourgeoise se trouvent réellement en péril ? En d'autres termes, la vieille Angleterre libérale est-elle, comme a voulu le démontrer Halévy, gravement menacée par l'« insurrection ouvrière » (d'autant plus redoutable qu'elle se conjugue avec l'« insurrection féministe » et la question irlandaise) ? Bref, la vague démocratique allait-elle tout engloutir, à commencer par la démocratie parlementaire elle-même ? En fait, là comme ailleurs, le vieux monde résiste. Coriace sur le plan politique autant que dans le domaine des réformes sociales, il contrôle, filtre, tamise le courant de démocratisation. Et les cris d'effroi au spectacle des audaces — au demeurant bien circonscrites — du gouvernement libéral en 1906-1914 ne doivent pas davantage faire illusion que les lamentations entendues quelque trente ans plus tôt devant la « radicalisation » du parti, au temps où Victoria qualifiait Gladstone de « fou furieux » et où elle semonçait ses ministres en écrivant : Sa Majesté « ni ne peut ni ne veut être la reine d'une monarchie démocratique » ; en une telle hypothèse il faudrait trouver quelqu'un d'autre[16]...

Car dans l'avance de la démocratie il y a bien eu deux poussées successives. L'une se situe entre 1870 et 1885. Elle est marquée par quelques mesures de législation sociale (garanties apportées au droit syndical et au droit de grève; interventions, bien timides du reste, en faveur de la santé publique et des logements ouvriers) et des mesures scolaires (on est en plein essor de l'enseignement primaire). Mais les progrès majeurs s'effectuent dans le domaine politique. Il s'agit, d'une part, de réformes importantes dans le système électoral (introduction du scrutin secret en 1872, extension du droit de suffrage et redistribution des circonscriptions en 1884-1885, élection des assemblées chargées de l'administration des régions, les conseils de comté, à partir de 1888), d'autre part, de la réorganisation et de la transformation des partis politiques. Ceux-ci, en devenant de grandes machines appuyées sur des sections locales, introduisent en leur sein un nouveau rapport de forces : la base — celle des permanents ou des volontaires — y acquiert des possibilités d'action et de pression dont elle était totalement dépourvue jusque-là. Par ailleurs et parallèlement, les progrès de la discipline restreignent l'influence des personnalités, des intrigues, du patronage. Au total, sous la double pression des ouvriers radicaux chez les libéraux et des partisans du « torysme démocratique » chez les conservateurs (quelles que soient les déclamations verbeuses de ceux-ci et les limites de l'influence de ceux-là), les deux grands partis doivent s'ouvrir à des préoccupations nouvelles : la question ouvrière domine de manière croissante les assises du parti libéral, les réformes sociales et le bien-être prennent l'allure de *leitmotiv* chez les *tories*. Enfin, la démocratisation se poursuit au niveau local : le *self-government* fondé sur le principe électif n'existait jusque-là que pour les grandes villes (depuis 1835). Il est étendu aux comtés en 1888 et à tous les districts urbains et aux communes rurales en 1894. Désormais, au lieu de notables désignés, ce sont les élus locaux (même si ce sont parfois les mêmes) qui gèrent le domaine très étendu des affaires locales (santé, police, voirie, etc., et à partir de 1902 enseignement).

La seconde vague de démocratisation correspond à l'arrivée des libéraux au pouvoir et à l'action réformatrice conduite de 1906 à 1914 par l'aile radicale qui domine le gouvernement. C'est ce qui explique qu'à la différence de la première phase l'accent ait porté sur les mesures sociales, tandis que les réformes politiques restaient secondaires. En effet, auprès de nombreux membres de la *middle class*, saisis par le doute à l'égard du libéralisme classique (dont les vertus et l'efficacité sont mises en question) mais inquiets de voir se gonfler les rangs du *Labour*, le radicalisme représente une tentative de *via media* entre le vieux monde sec et dépassé des *squires* et des manufacturiers et les aspirations messianiques de libération ouvrière incarnées par les petits groupes socialistes. Bref, un compromis réformiste et rassurant : le radicalisme prône l'intervention de la puissance publique, mais garantit l'ordre et la libre entreprise. De là des hardiesses réformatrices qui choquent les supporters du laissez-faire. Mais aussi des prudences et des calculs bourgeois, qui visent à déjouer les plans des adeptes de la collectivisation et à leur dérober tout espoir de gagner l'appui des masses. Ainsi prend corps la notion de services sociaux, c'est-à-dire d'institutions d'État qui traduisent dans les faits l'idée de la responsabilité de la collectivité, en vue d'arracher les individus à la misère et à la dégradation et de leur garantir un minimum de bien-être. C'est dans cette perspective, aux ambitions à la fois réelles et limitées, que doit être comprise l'abondante législation sociale alors votée : introduction dans les écoles de repas gratuits pour les enfants nécessiteux (1906) et de la médecine scolaire (1907) — ce qui va à l'encontre du principe, jusque-là sacré, de la responsabilité du père de famille; création en 1908 d'un régime de retraites pour tous les vieux travailleurs, avec financement par voie budgétaire et non par des contributions des intéressés; introduction en 1911 d'un système très large d'assurances sociales contre la maladie et contre le chômage. D'autres réformes aboutissent à affirmer le principe du salaire minimal, à créer des bureaux d'emploi *(labour exchanges)*, à réglementer le logement et la planification urbaine *(Housing and Town Planning Act* de 1909).

Toutefois, il ne faudrait pas se leurrer quant à la portée de ces réformes (qu'on a trop vite assimilées à une étatisation, sinon à une collectivisation) sur le style du *Welfare State*. Il ne s'agit que de correctifs au laissez-faire. Que ce soit dans le domaine politique ou dans le domaine social, la démocratie est loin de couler à pleins bords. La première de ses limitations tient au système représentatif lui-même. Dans le pays qui apparaît comme le modèle de la démocratie parlemen-

7. Progrès du droit de vote et du nombre des électeurs du Royaume-Uni (1830-1930)

Dates des listes électorales	Proportion des électeurs inscrits sur les listes électorales par rapport à la population totale âgée de plus de vingt ans *(en pourcentage)*	Remarques
1831	5,0	1832 : premier *Reform Act*
1832	7,1	
1864	9,0	1867 : deuxième *Reform Act*
1868	16,4	
1883	18,0	1884-1885 : troisième *Reform Act*
1886	28,5	
1914	30,0	1918 : *Representation of the People Act* (suffrage universel masculin et droit de vote pour les femmes de plus de trente ans)
1921	74,0	
1927	74,0	1928 : *Equal Franchise Act* (droit de vote féminin à partir de vingt et un ans)
1931	96,9	

taire, en 1868 (c'est-à-dire au lendemain d'une grande réforme électorale), on compte seulement un habitant sur onze à avoir le droit de suffrage, et en 1913 le chiffre n'est encore que de un sur cinq. Le tableau ci-dessus fait du reste apparaître clairement la lenteur dans la diffusion du vote.

D'autre part, la démocratie sociale des radicaux, si elle repose sur le principe de l'intervention de l'État, ne vise qu'à rectifier les erreurs et les défaillances de la société libérale, non point à en altérer les structures. Il s'agit au fond de remédier à la faiblesse des faibles (soit par la législation, soit par des transferts fiscaux) tout en fixant certaines bornes à la force illimitée des forts. A la rigueur, il arrive que la puissance publique prenne, ici ou là, la place de l'initiative privée, par exemple sur le plan local en matière de services et d'équipements. Ainsi, en 1913, les quatre cinquièmes de l'eau, les deux tiers de l'électricité, les deux cinquièmes du gaz consommés en Angleterre sont gérés par les municipalités, et il en va de même pour 80 %

des lignes de tramways[17]. Mais ce sont là des secteurs restreints — concédés à un pâle « socialisme municipal » à la mode fabienne *(« gas-and-water socialism »)*. Ailleurs, c'est-à-dire dans les cas « normaux », il n'est question de toucher ni à la liberté de l'entrepreneur ni au principe de la responsabilité morale de chaque individu. On le voit bien lorsque le gouvernement libéral refuse de rompre avec la conception traditionnelle de la *Poor Law* telle qu'elle avait été définie par les benthamiens en 1834. Or la loi des pauvres est une pierre de touche : au cours des grands débats qui s'élèvent au sein de la Commission royale d'enquête de 1905-1909, alors que la minorité socialisante soutient l'idée d'un système national d'assistance à la fois humain et adapté à chaque catégorie dans le besoin, le rapport de la majorité (que le cabinet libéral reprend à son compte) persiste à rendre les pauvres responsables de leur pauvreté, c'est-à-dire à considérer le paupérisme comme le fruit de la paresse, du vice, de l'alcoolisme, de la crasse et de l'immoralité. La misère, y est-il expliqué, rassemble « une vaste armée, installée parmi nous, de gens incapables de pourvoir à leur subsistance », et par conséquent vivant des deniers des contribuables. Dans ces conditions, la seule attitude valable demeure la dissuasion : rendre l'assistance si peu attrayante que seuls les vrais pauvres en bénéficient tandis que les paresseux s'élimineront d'eux-mêmes... Assurément, tant que dure la *Poor Law* ainsi conçue, la vieille société tient bon.

Dernière question : à qui a profité en priorité cette marche à petits pas de la démocratie ? A la classe moyenne ou aux classes populaires ? Reconnaissons que la réponse n'est pas d'une seule pièce. Si, en matière de réformes sociales, le monde du travail a été à la fois le destinataire et le bénéficiaire principal, en revanche, en ce qui concerne les réformes politiques, il semble que ce soit avant tout la bourgeoisie qui ait su le mieux en tirer parti dans la pratique. Regardons en effet le rapport des forces au niveau du pouvoir et au sein des institutions. Dans sa structure extérieure, l'État, encore paré de ses oripeaux féodaux, continue sa course d'État bicéphale associant aristocratie et bourgeoisie. Mais en fait il est de moins en moins dualiste dans la mesure où l'aristocratie joue un rôle politique de plus en plus secondaire. Sans doute, sur la banquette du char de l'État continuera-t-on de voir figurer le conducteur aristocratique, mais c'est le cocher bourgeois qui tient les rênes, alors que trotte par-devant l'attelage populaire (avec de temps à autre le son du fouet qui claque dans l'air en guise de rappel à l'ordre). Même si l'alliance de la terre et du capital se poursuit allègrement (on noterait même une tendance de la part des représentants de la propriété foncière et de la propriété mobilière à resserrer les rangs face à la montée des « partageux »), c'est bien le point culminant de la puissance bourgeoise qui est alors atteint — que celle-ci se recrute dans les rangs de la *middle class* traditionnelle ou parmi les « nouvelles couches » en expansion. Personnel politique, partis, presse, institutions, rouages administratifs, presque toutes les avenues du pouvoir sont occupées par la classe moyenne.

Et, en fin de compte, il n'est pas jusqu'aux attaques menées par les radicaux contre les privilèges et les monopoles qui ne servent les intérêts de la bourgeoisie dirigeante, car ces attaques visent par prédilection l'adversaire de toujours : le noble terrien. Lorsque à son tour Lloyd George reprend le vieux cri de guerre — « Les chaumières contre les châteaux ! Le peuple travailleur contre les aristocrates oisifs ! » —, il met en accusation le capital terrien mais se garde bien d'attenter au capital financier. Et, fait paradoxal, ces campagnes radicales, qui tournent les ferments de rébellion contre le propriétaire foncier en déclin au lieu de s'en prendre au capitaliste, rencontrent pendant un demi-siècle une très large adhésion populaire parmi les électeurs. Pour la ploutocratie de l'argent ainsi épargnée, c'est une aubaine que de voir l'aristocratie faire les frais de la démocratisation. Et il faudra attendre que le *Labour* se substitue, après la guerre, aux radicaux défaillants pour que la tactique de la revendication démocratique commence à changer.

6. Splendeurs et misères de la Belle Époque

« Angliae est imperare... »

Avec un empire de 32 millions de kilomètres carrés et de 450 millions d'habitants — le quart de l'espèce humaine — pourquoi l'Angleterre (qui a déjà repris à son compte l'orgueilleuse formule hispanique de « l'empire sur lequel le soleil ne se couche jamais ») ne s'appliquerait-elle pas aussi la devise, plus orgueilleuse encore, de la maison d'Autriche : AEIOU *(Angliae est imperare orbi universo)* ? Son empire n'est-il pas, comme l'affirme Chamberlain, « un empire qu'aucun empire dans le monde ne pourra jamais surpasser en grandeur, en population, en richesse, en diversité de ressources » ? A vrai dire, il est une autre comparaison à laquelle on recourt plus volontiers : la comparaison avec l'Empire romain. Car, effectivement, il faut remonter à la chute de Rome pour retrouver pareille unité de gouvernement, d'institutions, de langue, voire de religion, imposée à des masses aussi nombreuses et aussi disparates. A première vue, en effet, qu'y a-t-il de commun entre un pêcheur de Terre-Neuve et un chef tribal de l'Ouganda, entre un mineur australien et un fermier boer, entre un paysan du Bengale et un éleveur de moutons néo-zélandais ? Et pourtant l'*imperium britannicum*, à l'égal de l'*imperium romanum*, affirme avec majesté l'unité de sa puissance civilisatrice :

> *Un seul souffle, un seul drapeau,*
> *une seule flotte, un seul trône !*

proclame Tennyson. En un sens, on pourrait même dire que

la comparaison tourne à l'avantage de l'Empire britannique, dans la mesure où celui-ci s'est fait le propagateur de la vérité chrétienne et où chaque avance territoriale se traduit par un recul du paganisme. A la vue de ces missionnaires qui servent aux avant-postes, de la Croix qui précède le Drapeau *(« the Flag following the Cross »)*, un édifiant tableau se dégage : *« nova gesta Dei per Anglos »*.

En fait, l'idée impériale, qui atteint son zénith entre 1880 et 1914, rassemble les ingrédients les plus divers — volonté de puissance, appât du gain, fierté nationale, zèle chrétien, esprit humanitaire... C'est donc un extraordinaire mélange de calculs et de passions, de raison et de sentiment, réunis en une poussée incoercible. Tout se conjugue pour la favoriser : dans les faits, l'excitation des compétitions coloniales *(the scramble for Africa)*; dans les esprits, l'influence des intellectuels et des doctrinaires qui se font les hérauts de l'expansion outre-mer : Dilke, auteur de *Greater Britain* (1868); Seeley, dans *L'Expansion de l'Angleterre* (1883); Froude avec *Oceana* (1886); Kidd, qui publie en 1894 sa théorie de la race, *Social Evolution*; Kipling, que rendent fameux *Les Sept Mers* (1896), suivies du *Recessional* (1897) et du *Fardeau de l'homme blanc* (1899).

A côté d'affirmations sans fard sur les marchés à conquérir — tel Stanley déclarant aux cotonniers du Lancashire qu'au-delà des portes du Congo vivent 40 millions d'indigènes qui ne demandent qu'à être vêtus ! — la doctrine impériale procède la plupart du temps par propositions idéalistes. On parle moins de marchandise que de morale et de religion. D'ailleurs, l'idée de base est très simple : les Anglais, race élue, ont une mission à la fois divine et humaine. Leur devoir, c'est de la remplir jusqu'au bout. En 1894, Curzon dédie un livre « A ceux qui croient que l'Empire britannique est, après la Providence, la plus grande force de bien dans l'univers[1] ». Au même moment, Rosebery profère : « C'est notre responsabilité et notre rôle de veiller à ce que le monde, dans la mesure où il peut être façonné par nous, reçoive une empreinte anglo-saxonne et pas une autre[2]. » A chaque fois, en effet, que progresse le drapeau britannique, c'est une nouvelle avance de la civilisation. En 1897, un article de la *Nineteenth Century* précise la vocation de la Grande-Bretagne en ces termes : « A nous — à nous et non aux autres —, un certain devoir précis a été assigné. Porter la lumière et la civilisation dans les endroits les plus sombres du monde ; éveiller l'âme de l'Asie et de l'Afrique aux idées morales de l'Europe ; donner à des millions d'hommes, qui autrement ne connaîtraient ni la paix ni la sécurité, les conditions premières du progrès humain[3]. » Et l'année suivante un éminent représentant des « colonies », le Canadien Sir Wilfrid Laurier, rend hommage à la mère patrie en un langage qui traduit une admiration sans mélange : « A part le royaume des lettres et des arts — dans lequel, à mon humble avis, la France lui est égale, sinon supérieure — l'Angleterre, en tout ce qui fait la grandeur d'un peuple — puissance colonisatrice, industrie, commerce, formes élevées de civilisation —, surpasse non seulement toutes les autres nations du monde moderne, mais également tous les pays de l'Antiquité[4]. »

A partir de ces données, deux questions se posent. D'abord, le phénomène impérialiste correspond-il à un mouvement des profondeurs qui atteint toute la population ? Secondement, dans quelle mesure la société anglaise est-elle tournée vers l'outre-mer et conditionnée par lui ? Pour clarifier, il faut, nous semble-t-il, distinguer entre trois notions que l'on confond souvent : l'impérialisme, l'expansionnisme, le patriotisme. Car de l'une à l'autre l'impact varie beaucoup. A notre avis, l'impérialisme doit être considéré comme un phénomène partiel ; en revanche l'expansionnisme est très général, et le patriotisme universel.

En effet, la doctrine impérialiste, en tant que construction intellectuelle, est un concept à l'usage des classes cultivées. C'est pourquoi elle a trouvé un écho avant tout dans la *upper class* et la *middle class* — catégories qui ont tendance à faire l'opinion. En revanche, il paraît hors de doute qu'on a surestimé le jingoïsme des masses. Même au moment de la guerre des Boers, lorsque la vague impérialiste atteint son point culminant, une bonne partie des ouvriers, et la majorité des campagnards, restent à l'écart des passions coloniales. L'objectif de « la plus grande Bretagne » se heurte tantôt à un pacifisme solidement enraciné, ennemi des aventures, renforcé par la vieille tradition libérale des *Little Englanders*, tantôt à une mise en question délibérée des intérêts économiques camouflés derrière les conquêtes coloniales (on voit se profiler l'ombre de capitalistes assoiffés d'or, de terres, de main-d'œuvre à vil prix), tantôt enfin à l'indifférence d'une bonne partie de la population pour qui le problème numéro un se situe sur place, car il consiste à ne pas mourir de faim et à échapper au *workhouse*. Toutefois, on note ici ou là un sentiment impérialiste plus vif : par exemple à Birmingham sous l'influence de Chamberlain ou bien dans des villes comme Liverpool et Glasgow, par réaction contre les nombreux éléments irlandais, ou encore à Londres, capitale de l'Empire. Il est bien vrai qu'au music-hall les chants patriotiques font fureur (*Soldiers of the Queen* ou *Sons of the Sea*) et qu'aux deux jubilés de Victoria, en 1887 et en 1897, les foules en liesse se pressent pour acclamer troupes coloniales et symboles impériaux. Mais, tout compte fait, il convient de ne pas surévaluer de telles manifestations. Lorsque Engels écrivait en 1882 que les ouvriers anglais profitent avec entrain du monopole colonial de leur pays ou que, vingt-cinq ans plus tard, Lénine parle du «chauvinisme colonial» du prolétariat, ce sont là des affirmations avant tout polémiques dirigées contre les chefs du mouvement ouvrier plutôt que des analyses de la réalité sociologique[5].

En revanche, l'orgueil patriotique (dont on a déjà vu les signes multiformes en pleine ère pacifique mid-victorienne) demeure extrêmement puissant, tandis que le lien spécial unissant les îles Britanniques à l'outre-mer est ressenti avec une grande acuité dans les mentalités collectives. Il importe en effet de ne pas confondre le nationalisme chatouilleux, que l'on trouve répandu dans toutes les couches de la société, avec l'esprit impérialiste — même s'il y a souvent glissement de l'un vers l'autre. Déjà Jules Vallès s'étonnait de ce ciment moral que constitue le chauvinisme populaire capable de tenir lieu des satisfactions matérielles et les plus élémentaires. «Ils sont fiers d'être anglais, c'est assez — et ils se consolent de n'avoir pas de chemise en regardant flotter un lambeau de drapeau, l'*Union Jack*; et ils se consolent de n'avoir pas de souliers en regardant la patte du lion britannique posée sur la boule du monde[6]...» Précisément, la fierté de la race, la fierté des réalisations britanniques, intérieures autant qu'extérieures, suffit, sans qu'on juge utile de donner dans des théories abstraites. L'audience de celles-ci, quoique profonde, a été finalement moins étendue qu'on ne l'a proclamé. « Que peuvent-ils connaître de l'Angleterre, ceux qui ne connaissent que l'Angleterre ? » demandait un jour Kipling avec une pointe d'arrogance. Précisément, beaucoup de ses concitoyens, dont l'horizon se limitait alors à la seule Angleterre, auraient pu répondre qu'ils étaient néanmoins tout à fait conscients du dynamisme expansionniste de la nation et pleinement solidaires de leurs frères de race établis de par le monde.

C'est que, depuis trois siècles, une bonne partie des énergies de la société anglaise se trouvent mobilisées par l'outremer. Pour combien de familles anglaises l'émigration, les voyages lointains, ne sont-ils pas choses coutumières, quasiment intégrées dans l'univers quotidien ? La marine et le commerce, les comptoirs et les missions, tout a joué pour créer une familiarité avec les territoires lointains — même chez ceux (et c'est la majorité) qui ne sont jamais sortis de chez eux. Sydney Smith n'a-t-il pas dit un jour que les Anglais ont un génie particulier qui les porte à établir des garnisons « sur tout roc de l'océan où un cormoran peut se poser » ? Justement, ce qui fait la force de l'expansion anglaise dans le monde, ce qui a rendu irrésistibles la poussée conquérante et la marche à l'*imperium*, c'est moins les initiatives entourées de publicité et de panache des grands coloniaux, et encore moins les calculs prudents des gouvernements et des fonctionnaires de Londres, que l'action patiente, obstinée, et par là efficace, de multitudes d'individus placés à tous les niveaux en tout point du globe — commerçants, prospecteurs, colons, missionnaires, ingénieurs, médecins, aventuriers de tout poil et de toute origine, bref, toute cette masse d'expatriés obscurs et entreprenants que Kipling a appelés les réalisateurs, *the doers*. C'est grâce à leur énergie, à leur force de caractère, à leur volonté de réussir coûte que coûte, que le domaine colonial s'est construit, agrandi, cimenté, en dépit de tous les obstacles — fièvres, climat, dangers de toute sorte. Et c'est la solidarité avec ces pionniers, souvent humbles, une solidarité intensément ressentie dans la mère patrie par les humbles eux-mêmes, qui fait vibrer les cœurs, bien plutôt que les grandes tirades abstraites sur l'empire, même si l'école contribue pour une part à codifier et diffuser ce discours impérial. C'est pourquoi la société tout entière vit spontanément attirée vers l'outre-mer, c'est-à-dire vers l'acquisition et l'exploitation des richesses mondiales. De là un dynamisme sûr de soi et dominateur. De là la place éminente tenue par l'esprit colonial, soutenu de surcroît, en cette fin du XIXe siècle, par toutes les pulsions du nationalisme.

L'inégalité : du grand monde au monde des petits

En un passage célèbre, Keynes, analysant les conséquences économiques de la guerre, a évoqué avec une nostalgie non dissimulée l'existence heureuse des Anglais aisés avant 1914 :

« La plus grande partie de la population, c'est vrai, travaillait dur et ne disposait que d'un niveau de vie assez bas. Elle semblait cependant, selon toute apparence, se contenter raisonnablement de son sort. Par contre, tout homme dont le talent ou le caractère dépassait la normale pouvait s'échapper vers les classes moyennes ou supérieures, auxquelles la vie offrait à peu de frais et sans difficulté des commodités, des aises et des douceurs qui avaient été hors d'atteinte des plus riches et des plus puissants monarques des temps passés. Un habitant de Londres pouvait, en dégustant au lit son thé du matin, commander par téléphone les produits variés de la terre entière en telle quantité qu'il lui convenait et s'attendre à les voir bientôt déposés à sa porte; il pouvait, au même instant, et par les mêmes moyens, risquer sa fortune dans les ressources naturelles et les nouvelles entreprises de n'importe quelle partie du monde et prendre part, sans effort ni souci, à leur succès et à leurs avantages espérés [...] Il pouvait sur-le-champ, s'il le voulait, s'assurer des moyens confortables et bon marché d'aller dans un pays ou une région quelconque, sans passeport ni aucune autre formalité; il pouvait envoyer son domestique à la banque voisine s'approvisionner d'autant de métal précieux qu'il lui conviendrait. Il pouvait alors partir dans les contrées étrangères, sans rien connaître de leur religion, de leur langue ou de leurs mœurs [...] Il aurait été grandement choqué et fort surpris du moindre obstacle. Mais par-dessus tout il considérait cet état de choses comme normal, sûr et permanent, susceptible seulement de nouvelles améliorations; et toute infraction lui apparaissait aberrante, scandaleuse et évitable[7]. »

Libre circulation des personnes, de l'or, des marchandises; confort domestique et vie facile; supériorité des insulaires et zénith impérial, Keynes dessine un par un les traits de la Belle Époque. Une Belle Époque rendue possible, et en même temps symbolisée, par la prospérité de la Cité de Londres, citadelle du capital financier. Une Belle Époque qui sécrète un art de vivre à l'opulence lourde et raffinée.

Époque faste, en effet, pour les détenteurs du capital. Pour cette portion favorisée de la population — *gentlemen*, patrons de l'industrie et du commerce, rentiers, professions libérales — aux avoirs judicieusement placés, il fait vraiment bon vivre. D'autant que, dans les années qui précèdent la guerre, les gains de l'épargne se multiplient à toute allure. En 1913, si l'on réunit tous les revenus de la propriété (ce qu'on appelle *unearned income* : rente foncière, dividendes, intérêts), on atteint plus de 35 % du revenu des particuliers — chiffre considérable — contre à peine 65 % aux revenus du travail. Une véritable oligarchie d'argent, solidement installée à la tête du pays, étend ses ramifications aux quatre coins des îles Britanniques — jusqu'au niveau des épargnants modestes. Au centre de la ploutocratie : la Cité de Londres, place centrale du capitalisme financier. Déjà en 1873 Bagehot discernait en *Lombard Street* — artère qui symbolise le *London money market* — « de beaucoup la plus grande alliance que le monde ait jamais réalisée entre le pouvoir économique et le raffinement économique ». Ce sont les *City men* qui en effet bénéficient au premier chef du rôle de régulateur des mouvements de l'économie mondiale. La Cité s'est alors acquis une position unique. Selon l'expression de Chamberlain, elle est devenue le *clearing house* de l'univers. Ses pulsations sont ressenties jusque dans les coins les plus reculés de la planète. Au centre d'immenses flux, Londres règne sur le marché de l'or et des devises, celui des grands produits du commerce international, celui des valeurs et des traites. En un monde gouverné par le marché, la Cité de Londres oriente, grâce à ses institutions spécialisées et à son réseau d'information, les activités des cinq continents. Place dominante, appuyée sur une devise dominante, elle commande le mécanisme fondamental de l'économie libérale : la liquidité des biens. En détenant les instruments de la liquidité — or, services, titres, billets, bourse des marchandises — la Cité garantit à la fois la position privilégiée de l'Angleterre dans le monde et l'enrichissement des privilégiés qui assurent le fonctionnement du système — un système qui ne survivra que malaisément au choc de la guerre.

De là le souvenir brillant laissé par l'« ère édouardienne » dans la haute société. Années d'abondance et de prospérité, années chatoyantes, ponctuées de fêtes et de réceptions, de bals et de *parties (the long garden-party*, a-t-on dit, pour caractériser — fort arbitrairement — la période !). Dans le cadre opulent du style « édouardien », où se déploient à profusion formes baroques et riches matériaux — les terres cuites, les vitraux, les mosaïques aussi bien que la pierre et la brique —, au milieu des salons cossus aux lourdes tentures, devant les tables garnies de victuailles (il est peu d'époques où l'on ait autant mangé), il est bien vrai que la Belle Époque multiplie ses prestiges et ses séductions. C'est pourquoi elle a tant marqué une génération : celle qui a pu profiter tout à la fois de l'argent, des plaisirs, des voyages, dans une atmosphère d'insouciance et de progrès indéfini. Sans doute, une fois venu le cataclysme guerrier, y a-t-il eu tendance, de la part de tous ceux que ce perpétuel feu d'artifice conduisait de la « saison » londonienne aux spectacles parisiens et de leurs plaisantes *country-houses* vers Monte-Carlo ou Marienbad, à embellir outre mesure les charmes de l'avant-guerre. Malgré tout, le sentiment communément partagé a été fort bien exprimé par cette phrase d'un journaliste libéral : « Dans la vie du monde, il n'y a certainement jamais eu une époque où, du point de vue du confort matériel, il faisait si bon vivre et être fortuné[8]. »

La nostalgie ne s'explique donc pas seulement par les années sombres qui suivirent. Elle tient, même dans le cas de la simple classe moyenne, à la facilité et aux agréments multiples d'une existence cossue, assurée des conquêtes du progrès technique et d'une ère pacifique. Cependant que la solidité des traditions ajoute le confort moral au confort physique. Sabots des équipages claquant sur les routes, ribambelles de domestiques attentifs, soldats en tunique rouge, cortèges dominicaux des familles « respectables » se rendant rituellement au service en gants blancs avec leur livre de prières à la main, telles sont les images paisibles qu'évoque l'Angleterre d'avant 1914 parmi les privilégiés.

Mais la fascination de l'argent entraîne bien souvent la volonté de paraître à tout prix. D'où l'étalage du luxe, par souci d'être reconnu (c'est la *« conspicuous consumption »* dont parle Veblen dans sa *Théorie de la classe de loisir* publiée en 1899). Beaucoup versent tout simplement dans un matérialisme sans fard. Bref, dans la civilisation de la Belle Époque, la vulgarité des parvenus se mêle sans cesse au raffinement des héritiers. Beatrice Webb, décrivant une soirée chez un millionnaire au début du siècle, ne peut s'empêcher d'évoquer le veau d'or : à la vue d'une telle orgie de fleurs, de décoration, de vins, de nourriture, écrit-elle dans ses *Carnets*, « on aurait pu imaginer une divinité en or offerte au culte — on pense irrésistiblement à un culte en pensée, en sentiment et en acte[9] ». De son côté, une représentante chevronnée de la vieille aristocratie, Lady Dorothy Nevill, se plaint que maintenant l'argent tienne la place occupée autrefois par l'esprit et le savoir (elle aurait pu ajouter : et la naissance)[10]. L'auto est devenue le signe même de ces nouvelles formes de consommation ostentatoire. Objet de luxe et de plaisir avant tout (elle n'est que fort rarement utilitaire), elle sert, dans le vacarme et au milieu des nuages de poussière, à impressionner le vulgaire à travers villes ou villages (en 1913 on en compte 106 000 sur les routes). Au total, une société plutôt frivole, accoutumée aux dépenses somptuaires, où l'inconscience est grande. Témoin cet échange de correspondance entre Winston Churchill et sa mère, la dépensière et superficielle Lady Randolph : le jeune Winston, après avoir admis avec indulgence que sa mère consacre sans hésiter 200 livres à une robe de bal d'un soir (c'est l'équivalent de trois années de salaire d'un ouvrier), reconnaît qu'il y a là de quoi déséquilibrer un budget, mais il n'en conclut pas moins : « Le hic de toute l'affaire, c'est que nous sommes terriblement pauvres[11] ! »

Pourtant, il n'y a pas à aller loin — et Churchill le sait fort bien — pour rencontrer les vrais « pauvres ». A eux qui forment la majorité de la population, le faste de la Belle Époque, apanage d'une petite minorité, ne fait point illusion. Pour la masse des Anglais, l'existence n'a guère changé depuis l'ère mid-victorienne. Elle reste une lutte de tous les jours, dure et hasardeuse, pour la survie. Sans même parler des abîmes de misère que l'on rencontre chez les plus défavorisés — c'est l'éternel « *residuum* » où se retrouvent pêle-mêle chômeurs chroniques et « *casual* », déclassés et vagabonds, pensionnaires invétérés des *workhouses*, mendiants ou estropiés —, les classes laborieuses côtoient sans cesse la déchéance, quand elles n'y tombent point. Pourquoi dès lors ne pas tourner en dérision la formule sur l'empire où le soleil ne se couche jamais, puisqu'en métropole tant de foyers ne le voient jamais se lever sur eux ?

Car la brutalité des inégalités sociales est aussi accentuée que par le passé. Non seulement un immense fossé sépare matériellement les riches des pauvres, mais il se trouve décuplé par la rigidité des mentalités. Celles-ci renforcent partout les distances. A tel point qu'entre le monde « respectable » des favorisés et celui des travailleurs manuels, le gouffre est au moins aussi profond sur le plan subjectif que sur le plan objectif. Partout, une hiérarchie très stricte dresse des barrières. Dans la vie quotidienne, mille différenciations suscitent continuellement la ségrégation. Ainsi à Londres, à la porte des bains publics, on peut lire sur les pancartes : « Bains pour ouvriers, froids (1 *penny*) et chauds (3 *pence*). Bains pour catégories supérieures, froids (3 *pence*) et chauds (6 *pence*) »... Et il n'est que d'ouvrir les livres de Galsworthy ou d'E.M. Forster pour saisir la multitude des contrastes entre classes et strates différentes. On les observe partout, dans le mode de vie, le costume, la culture. Même sur le plan physique l'écart est saisissant. A la veille de la guerre, les étudiants de Cambridge et d'Oxford mesurent en moyenne 8 centimètres de plus et pèsent une douzaine de kilos de plus que les jeunes ouvriers qui seront recrutés trois ans plus tard pour la conscription dans les districts industriels des Midlands et du Lancashire. Sans doute y a-t-il quand même quelques progrès par rapport au passé, puisque dans les écoles primaires vers 1900-1910 les enfants pèsent à treize ans 3 kilos de plus en moyenne que les enfants travaillant dans les fabriques quatre-vingts ans plus tôt. Mais à âge égal les élèves des *public schools* ont 5 à 8 centimètres de plus que les enfants de journaliers agricoles et d'ouvriers d'usine (lorsque éclatera la Seconde Guerre mondiale, la différence aura été réduite de moitié)[12]. De même, l'inégalité devant la mort est éclatante : en 1911, la mortalité infantile n'est que de 76 ‰ dans les classes supérieures et moyennes; en revanche, le chiffre moyen pour les salariés est de 133 ‰ (chez les manœuvres, il atteint 153 ‰ et chez les mineurs 160 ‰)[13].

Sur la répartition de la richesse et l'écart entre les fortunes, l'économiste libéral Chiozza Money apporte en 1905, avec son livre *Riches and Poverty*, des révélations que viennent confirmer les calculs d'autres statisticiens comme Bowley. En matière de revenus, il trace une ligne qu'il appelle l'« équateur » du produit national britannique. Celui-ci est ainsi divisé en deux moitiés au montant égal. Mais l'une doit être répartie entre 39 millions de personnes, tandis que 5 millions et demi de Britanniques (12 % de la population) se partagent l'autre moitié du gâteau. Du côté du capital, la concentration est encore plus poussée puisque Chiozza Money démontre qu'à elles seules 120 000 personnes (c'est-à-dire avec les familles 1/70 de la population) possèdent les deux tiers de la fortune nationale. C'est donc un véritable monopole de la richesse que détiennent une poignée de privilégiés. Poursuivant son enquête en étudiant les successions (bien qu'environ un tiers des héritages arrive à échapper en totalité ou en partie au fisc soit par l'astucieuse utilisation des dispositions réglementaires, soit par la fraude), Chiozza Money calcule que chaque année 650 000 pauvres meurent en laissant au total 30 millions de livres, tandis que la fortune laissée par les 30 000 riches décédés s'élève à 260 millions de livres (26 personnes à elles seules laissent une succession égale à celle des 650 000 pauvres)[14].

Globalement, les classes sociales se répartissent de la manière suivante : près de 5 % pour la classe supérieure, 15 % pour la *middle class*, 80 % pour les classes populaires.

En 1911, la population active, sur un total d'environ 19 millions, comprend 15 millions de manuels (ouvriers, domestiques, journaliers agricoles, travailleurs des transports); la petite bourgeoisie compte 1,2 million d'employés, autant de commerçants et boutiquiers et la plus grande partie des 600 000 patrons. Dans la *middle class*, on trouve le reste des patrons et des négociants, quelques dizaines de milliers de fermiers et 400 000 membres des professions libérales, fonctionnaires et cadres.

A l'intérieur du monde du travail, il continue d'exister deux niveaux. Car une distance considérable sépare toujours l'ouvrier qualifié du manœuvre. Le premier («*comfortable*» et «*self-respecting*») gagne deux fois plus que le second (or la proportion des *unskilled* parmi les salariés est alors beaucoup plus importante qu'elle ne le sera vingt ou trente ans plus tard : c'est là une masse pauvre soumise à toutes les irrégularités de l'emploi). Mais pour tous les salariés l'époque de la prospérité édouardienne se traduit par une stagnation et même, dans les premières années du siècle, par un recul du niveau de vie. Entre 1900 et 1913, les classes populaires n'enregistrent donc point d'amélioration dans la quantité des biens et services consommés (on note du reste une forte poussée d'émigration, 2,5 millions de personnes quittant la Grande-Bretagne au cours de cette période), alors que parmi les privilégiés s'étale avec évidence la croissance des revenus et du bien-être. La conséquence, c'est que les écarts sociaux vont grandissant. Les riches s'enrichissent rapidement; les pauvres végètent.

Si l'on veut avoir une idée de la consommation populaire avant 1914, il suffit d'analyser la composition d'un budget ouvrier moyen. Le budget d'une famille représentative (5-6 personnes) s'établit alors aux alentours de 45 shillings par semaine (compte tenu des salaires d'appoint, le cas échéant, de la femme ou des enfants). Sur ce total, presque la moitié est prise par la nourriture (cette consommation hebdomadaire de 20 shillings correspond à 15 kilos de pain et farine, 7 kilos de pommes de terre, 4 kilos de viande et bacon — un chiffre assez élevé —, 1 kilo de beurre et margarine, 2,5 kilos de sucre, une douzaine d'œufs, 5 litres de lait, 250 grammes de thé, pratiquement pas de fruits ni de légumes, fort peu de poisson, de café, de chocolat). Les dépenses de logement (loyer, chauffage, éclairage) se montent à 7 ou 8 shillings. Il reste 17 shillings pour l'habillement, l'entretien, la bière et le tabac, les transports, les cotisations d'assurance, les sorties et loisirs de toute la famille. Autant dire que chacun frôle quotidiennement le seuil de la misère (la *poverty line*), à la merci du moindre accident. Rien d'étonnant, dès lors, que ce soit l'âge d'or du cabaret : la boisson n'est-elle pas le moyen le plus simple, et à la portée de tous, pour oublier, pour tenter de s'affranchir de la pauvreté lancinante, des rues tristes, des logements sordides (« *the shortest way out of Manchester* », a-t-on dit) ? La consommation de bière (en progression depuis le début de l'ère victorienne) atteint son record dans les dernières années du siècle : environ 1 litre et demi par homme adulte et par jour vers 1900.

Sans doute, le fossé qui sépare le monde des petits du grand monde n'est-il point chose nouvelle. Mais ce qui est nouveau, c'est la conscience de plus en plus vive de ses dimensions et de son injustice. Et c'est ce qui donne aux conflits sociaux du *labour unrest* une allure si âpre de part et d'autre de la barrière des classes.

Éducation et hiérarchie

A considérer le développement de l'enseignement en Angleterre et la manière dont il s'intègre dans l'édifice social, trois approches différentes s'offrent à l'historien. On peut tout d'abord, en s'appuyant sur l'évolution à long terme, montrer comment le pays est passé d'un régime d'initiative privée (celle-ci a régné souveraine et exclusive jusqu'en 1870) à un régime de service public (la notion, apparue au tournant du siècle, est devenue la norme depuis la Seconde Guerre mondiale). Mais entre les deux pôles antithétiques, privé-public, institutions locales-État central, spontanéité-planification, il n'y a jamais eu de conflit à mort. Au contraire, c'est la conciliation qui a prévalu. Aussi le dualisme fait-il l'originalité du système britannique. Il s'exprime par la coexistence entre les fondations privées, volontaires, d'origine le plus souvent religieuse, dont le foisonnement anarchique (« *administrative muddle* », selon le mot d'Adamson) a atteint son point culminant à la fin du XIXe siècle, rendant par là même indispensable une réforme par en haut, et d'autre part des institutions communes, ouvertes à tous, résultant de la prise en charge croissante de l'éducation par les pouvoirs publics. Cette marche en avant de l'État (que souligne la création d'un ministère de l'Instruction publique en 1899, le *Board of Education*) est jalonnée par trois chartes fondamentales, les trois grands *Education Acts* : la loi Forster sur l'enseignement primaire de 1870, la loi Balfour de 1902, la loi Butler de 1944. Comme l'a écrit un historien de l'éducation, la progression s'effectue en trois stades : de l'assistance par l'État (1870-1902) à la supervision par l'État (1902-1944), et de là au contrôle par l'État (depuis 1944). Pourtant, le secteur privé, loin d'être balayé par les réformes successives, a réussi à survivre, même s'il a dû accepter d'être partiellement intégré. C'est ce qui explique à la fois l'extrême complication et l'infinie souplesse du système, ainsi que sa relative autonomie à l'égard du pouvoir.

Dans une deuxième perspective, l'école a été le terrain favori des grandes batailles religieuses qui ont secoué l'Angleterre depuis le milieu du XIXe siècle. *Dissent* contre Église établie, « laïques » contre partisans de l'enseignement religieux, catholiques contre protestants, « latitudinaires » contre « intégristes », tous les camps, toutes les causes ont été représentés dans les controverses scolaires où se sont affrontés en joutes mi-théologiques mi-politiques les Églises, les sectes, les groupes de pression, les partis.

Enfin, on peut considérer le système éducatif sous un troisième angle : dans ses relations avec le système social tout entier et avec l'élaboration des valeurs dominantes de la société. C'est sur ce dernier aspect que nous avons choisi de porter l'éclairage. Car non seulement l'organisation scolaire renforce la structure de la société et en accuse les traits, mais en Angleterre plus qu'ailleurs elle a été — et elle est partiellement restée — un facteur décisif d'inégalité.

Le fait fondamental, en effet, c'est qu'il n'y a pas *un* enseignement : il y en a *deux*. C'est-à-dire deux réseaux scolaires fonctionnant côte à côte, sans communication interne. L'un pour l'« élite », l'autre pour la « masse ». Le premier, élaboré, coûteux, richement doté, s'adresse aux enfants des classes dirigeantes ; il les accueille dès leur plus jeune âge dans des écoles élémentaires *(preparatory schools)* ; surtout il les façonne dans l'institution clef, les *public schools* ; et le cas échéant les mène à l'université (avant tout les deux vieilles universités : « Oxbridge »). Destiné aux enfants du peuple, le second réseau, rudimentaire, court, gratuit, a pour axe l'école primaire — privée ou publique — que les élèves quittent à l'échéance de leurs treize ans pour se mettre au travail ; à ce réseau il faut rattacher également les *Sunday schools* et quelques écoles techniques ou primaires supérieures. Ainsi existent parallèlement deux systèmes éducatifs entièrement indépendants l'un de l'autre et séparés par des barrières étanches : ségrégation scolaire qui traduit et aggrave la ségrégation sociale. Les « deux nations » de Disraeli sont toujours là, plus que jamais cloisonnées par l'éducation (au fur et à mesure même que celle-ci progresse) et divisées par l'infranchissable fossé de la culture. Finalement, la très légère démocratisation entraînée par la diffusion de l'enseignement populaire dans le dernier tiers du XIXe siècle a été amplement compensée, et au-delà, par la consolidation de la hiérarchie qui découle de l'architecture même de l'édifice pédagogique. Avec une telle ordonnance des étages scolaires, le corps de bâtiment a eu beau s'agrandir, les pièces nobles restent réservées aux mêmes privilégiés, les communs et les sous-sols au vulgaire. C'est pourquoi, en dépit d'une certaine diversification due à la croissance des besoins en instruction, le système éducatif garde au tournant du siècle les lignes fondamentales de la construction échafaudée entre 1840 et 1870. Et le plan de base en subsistera même largement dans l'entre-deux-guerres.

Au centre de l'enseignement destiné à l'élite se trouvent les *public schools**. Leur prestige, leur séduction sont alors énormes. Dans la trilogie classique — primaire *(prep school)*, secondaire *(public school)*, supérieur *(université)* —, ce n'est

* Rappelons que le terme de *public schools* est aussi trompeur que possible, puisqu'il désigne à la fois les écoles les plus privées et les plus « select ».

pas ce dernier stade qui est déterminant, c'est le secondaire, car les *public schools* sont l'instrument fondamental de formation des cadres du pays. L'université, quant à elle, ne sert que de complément, et encore pour une fraction de la classe dirigeante, car seule s'y dirige la minorité de ceux qui se destinent aux carrières de la politique, de l'Église, du droit, de la science... Mais si l'on veut soit maintenir, soit atteindre une situation irréprochable dans la société, il faut — c'est la condition à la fois nécessaire et suffisante — avoir passé par l'une de ces écoles réputées. Grâce à elles on fait partie du cercle magique de l'élite. Comme un badge, conférant un ascendant spécial, on en porte le signe de reconnaissance. C'est donc à bon droit que l'on peut comparer ces pièces maîtresses de l'édifice social à des séminaires : là, les futurs leaders se préparent à leur mission. C'est aussi ce qui fait leur originalité pédagogique : on vise à y former le caractère autant que le cerveau, le corps aussi bien que l'esprit, le sens du groupe tout comme les aptitudes individuelles. En termes inoubliables de fierté, le *Clarendon Report* en 1864 a célébré les mérites de ces établissements où l'on cultive les qualités anglaises par excellence (cinquante ans plus tard on ne parle guère un autre langage), « la capacité à gouverner les autres et à se contrôler soi-même, l'aptitude à allier la liberté avec l'ordre, le sens public, la force d'un caractère viril, le respect profond, mais sans servilité pour l'opinion générale, l'amour salutaire du sport et des exercices physiques. Ces écoles ont été les pépinières principales d'où sont sortis nos hommes d'État. C'est là [...] que des hommes venus de tous les secteurs de la bonne société anglaise et se destinant à toutes sortes de professions et de carrières ont été élevés sur un pied d'égalité ; c'est là qu'ils ont fondé leurs plus durables amitiés ; c'est là qu'ils ont acquis certaines de leurs plus importantes règles de vie. Ce sont sans doute ces écoles qui, plus que tout autre facteur, ont contribué à modeler le caractère du *gentleman* anglais[15] ».

Mais le système des *public schools* comporte lui-même sa propre hiérarchie. En fait, il s'agit d'un système à deux degrés. Au degré supérieur, les écoles destinées à la *upper class* (haute aristocratie, *gentry, upper middle class*) forment les futurs chefs de l'armée, de la marine, de l'Église, le haut personnel politique, la fine fleur des professions libérales. La plupart des jeunes gens promis à ces hautes destinées sortent des neuf grandes *public schools* anciennes — les plus huppées de toutes. Ces «*sacred nine*» — réformées par la *Clarendon Commission* (1861-1864) et définies par le *Public Schools Act* de 1868 — comprennent sept internats : Winchester (fondé en 1382 et dont la devise est «*Manners makyth Man*»), Eton (1440), Westminster (1560), Charterhouse (1611), Harrow (1571), Rugby (1567), Shrewsbury (1552), et deux externats : St. Paul's (1509) et Merchant Taylors (1561).

Au degré au-dessous se situent la majorité des *public schools* : en général de fondation récente, elles sont destinées aux jeunes gens de la *middle class*. C'est d'elles que sortent les cadres supérieurs et moyens du pays dans les affaires, l'administration, les professions libérales, etc. Techniquement, ces *public schools* recouvrent trois catégories : 1. des *grammar schools* (ou *endowed schools*) résultant de fondations anciennes et rénovées au XIXe siècle ; 2. les *proprietary schools* (écoles privées, mais ne fonctionnant pas sur une base commerciale de profit — la propriété en est généralement collective) créées à partir de 1840 pour les besoins de la classe moyenne et à son initiative, en riposte aux vieilles institutions aristocratiques ; 3. certaines *private schools* (écoles privées appartenant à un propriétaire individuel qui en retire un bénéfice). Parmi les plus célèbres de ces *public schools* pour jeunes bourgeois (elles ont été définies par la Taunton Commission de 1864 à 1867), citons Cheltenham (1841), Marlborough (1842), Rossall (1844), Radley (1847), Lancing (1848), Epsom (1853), Clifton (1862), Haileybury (1862), Malvern (1865). Certaines sont d'origine non conformiste, d'autres spécifiquement anglicanes (par exemple Lancing, tandis que Marlborough se fait une spécialité de recevoir les fils de *clergymen*). Les collèges catholiques dirigés par les jésuites (Stonyhurst) ou les bénédictins (Ampleforth, Downside) ont acquis eux aussi une forte réputation. De vieilles *grammar schools* se rénovent comme Tonbridge et Uppingham, dans ce dernier cas sous l'impulsion du grand pédagogue que fut Thring, *headmaster* de 1853 à 1887. Les deux autres influences pédagogiques majeures dont l'action s'est fait sentir sur tout le système ont été originellement celle de Thomas Arnold à Rugby (c'est lui qui prescrivait de cultiver chez les élèves par ordre : « 1. les principes religieux et moraux ; 2. un comportement de *gentleman* ; 3. les dons intellectuels »)[16] et par la suite celle de Sanderson à Oundle de 1892 à 1922. Ainsi se forme un esprit commun à l'ensemble des *public schools* (la liste de celles-ci étant définie depuis 1869 par la participation du directeur à la *Headmasters' Conference* : au total, en 1914, on en compte environ deux cents).

En effet, s'il y a lieu de distinguer entre établissements en fonction soit du niveau social des élèves, soit du statut juridique de l'institution, le type de formation dispensé est à peu près identique. Les principes pédagogiques y sont les mêmes. Leur propre, c'est d'inculquer à toute la classe dirigeante des valeurs communes, grâce au mariage qui s'est opéré au sein des *public schools* entre valeurs aristocratiques et valeurs bourgeoises. L'influence aristocratique se mesure à l'« élitisme », au sens aigu de la supériorité et de la responsabilité par rapport aux autres mortels, à la conviction — soigneusement cultivée — d'une aptitude naturelle à gouverner *(« a natural ruler »)*, sans compter les traces d'esprit chevaleresque et l'empreinte religieuse. Le modèle n'est-il pas le *gentleman* chrétien et anglais — dans la mesure du moins où les deux adjectifs ne font pas pléonasme ? *Godliness and Manliness*, crainte de Dieu et caractère viril, voilà bien les deux vertus fondamentales à cultiver. Mais l'esprit bourgeois se manifeste aussi avec force. Car il s'agit en même temps de préparer les jeunes gens au monde de la concurrence et de l'entreprise. D'où, comme l'a bien noté H. Perkin, l'accent mis non seulement sur l'affermissement du caractère et de la discipline, mais également sur l'esprit d'initiative et de compétition : on prône tout ce qui favorise l'émulation et le classement, sur le plan de l'intelligence (examens, prix, *debating societies*) comme dans le domaine corporel (athlétisme, matchs et jeux — avec au premier rang le cricket et l'aviron). De même, si les études classiques, le latin et le grec (qui reflètent une conception aristocratique et désintéressée de la culture) gardent la primauté (à Rugby, vers 1870, elles comptent pour dix-sept heures sur un total de vingt-deux !), des matières plus modernes, répondant à des exigences utilitaires et bourgeoises, sont peu à peu introduites : mathématiques, sciences, langues modernes. La morale, telle qu'elle est développée à travers le système des « préfets », de l'autodiscipline par groupe, du *fagging*, correspond à la fois au culte de la valeur personnelle — maîtrise de soi, courage, impassibilité : « *the stiff upper lip* » — et à une éthique de sociabilité et de *fair play*. Il s'y combine une influence *evangelical* exaltant le sens — religieux aussi bien qu'humain — du sacrifice et du *self-restraint* et renforçant l'esprit hautement individualiste de l'institution. Comme il importe de former des hommes forts, on répète sans cesse que la vie est un combat — reflet de l'antique esprit batailleur des nobles autant que de l'impitoyable concurrence bourgeoise. Telle est la leçon que Hughes a apprise de la bouche même de Thomas Arnold et qu'il popularise auprès de la jeunesse avec *Tom Brown's Schooldays* (le livre, publié en 1857, est un *best-seller* qui diffuse partout l'idéal en vogue à Rugby). C'est aussi l'atmosphère que Kipling évoque dans son roman *Stalky and Co* (1899), avant que son célèbre poème *If* ne célèbre le courage viril tel qu'il est enseigné (non d'ailleurs sans brutalités ni étouffement conformiste) dans toutes les *public schools* du royaume.

A l'opposé de ce monde éduqué pour commander, l'enseignement organisé pour les enfants du peuple s'insère dans un contexte d'obéissance et de résignation. Le but ici est de former des manuels. L'action pédagogique, cantonnée à l'école élémentaire, vise à fournir les rudiments nécessaires aux tâches d'exécution de la société industrielle. Non que fasse défaut tout projet d'émancipation par l'instruction. A coup sûr même, l'effort considérable fourni après 1870 permet d'offrir une place à l'école à chaque enfant, à quelque milieu qu'il appartienne (sous-prolétariat des *street arabs* ou *respectable working class*), d'imposer l'obligation à tous, de garantir la gratuité, de faire reculer l'absentéisme (encore que persiste le *half-time system*, fréquent dans les régions industrielles du Nord et des Midlands où il ne sera aboli qu'en 1918). Au nombre des résultats encourageants qui sont enregistrés, il faut citer le recul du nombre des illettrés. Sans doute l'Angleterre était-elle un pays où l'alphabétisation s'était développée fort tôt : dès la première moitié du XIXe siècle, deux tiers des hommes adultes savaient lire et signer leur nom. En 1871, selon l'état civil, on comptait 80 % d'hommes et 73 % de femmes alphabétisés. En 1897, les illettrés ont pratiquement disparu puisque leur proportion est tombée à 3 % pour les deux sexes[17].

Cependant, on ne constate guère de changement dans la mission dévolue à l'enseignement populaire. Depuis l'époque où l'on a mis en chantier la réforme scolaire de 1870 — l'école pour tous — jusqu'aux débuts du nouveau siècle, la finalité proclamée reste la même : préparer le futur travailleur à l'existence en lui assurant le (léger) bagage nécessaire. Ainsi, les thèmes développés en 1861 par la Newcastle Commission sur l'enseignement primaire, lorsqu'elle se réfère aux « demandes péremptoires du marché du travail »[18], ou bien l'année suivante par Robert Lowe, l'un des pères de la réforme, qui proclame : « Il ne s'agit pas de donner à ces enfants une éducation qui les élève au-dessus de leur condition et de leur travail *(their station and business in life)* [...] mais qui les adapte à ce travail »[19], on les retrouve à peu près identiques un demi-siècle plus tard dans des déclarations du syndicat des instituteurs, puisqu'en pleine ère édouardienne celui-ci constate comme un fait allant de soi à propos de la scolarité primaire de 6 millions d'enfants : « Enfants de travailleurs, ils sont eux-mêmes appelés à devenir d'ici à quelques années les travailleurs du pays[20]. » N'est-ce pas là reconnaître — et admettre — sans la moindre équivoque que tout le système d'enseignement est ordonné vers la reproduction — la reproduction de la hiérarchie, la reproduction des inégalités ?

Il en va de même avec les écoles du dimanche, recrutées elles aussi exclusivement dans les milieux populaires (en 1851, elles comptaient 2,4 millions d'inscrits, dont 1,8 million de présents ; en 1887, trois enfants sur quatre y sont inscrits, soit un total de 5,2 millions, et la proportion des présents est de deux tiers)[21] : ici, d'ailleurs, les préoccupations religieuses, récréatives et éducatives prévalent de plus en plus, prenant le pas sur l'instruction, dont les besoins sont maintenant couverts. Dans un sens plus positif, certains signes avant-coureurs de changement apparaissent après 1900 : percées ici ou là vers le primaire supérieur, développement indiscutable de l'enseignement secondaire (auquel accède maintenant la petite bourgeoisie), naissance d'un enseignement postscolaire pour adultes grâce à la triple alliance entre les syndicats, le mouvement coopérateur et les *University Extensions* (ce qui aboutit en 1903 à la création de la *Workers' Educational Association*). Néanmoins, aucune de ces fragiles innovations ne suffit à faire sérieusement reculer le monopole culturel des classes dirigeantes.

L'idée de faire de l'éducation un instrument délibéré de mobilité sociale est encore dans les limbes. L'image de l'école comme « échelle » servant à escalader les strates de la hiérarchie, la notion de « passerelles » permettant de passer d'un type d'enseignement à un autre, toutes ces hardiesses devront attendre l'entre-deux-guerres pour commencer à entrer pour de bon dans les faits.

Le sexe et la mort

Rien n'est plus révélateur sur les ressorts profonds d'une société que la dialectique du sexe et de la mort. L'âge victorien, affronté après tant d'autres aux deux grandes forces mystérieuses, Eros et Thanatos, a opté sans ambages : délibérément, il a caché le sexe et exalté la mort. D'un côté la répression, de l'autre la célébration. Choix dicté, comme toujours, par la peur opposée des puissances obscures de création et de destruction. Attitude, remarquera-t-on, exactement inverse de celle de l'Angleterre d'aujourd'hui, qui de concert avec tout l'Occident camoufle la mort et exhibe le sexe — autre option panique.

Il est vrai qu'il était difficile, il y a un siècle, d'échapper à l'omniprésence de la mort. Avec un taux de mortalité plus que double du taux actuel, non seulement les décès pullulent, mais surtout ils frappent les jeunes comme les vieux. Orphelins innombrables, hommes et femmes fauchés dans la force de l'âge, mères mourant en couches, enfants emportés dès le berceau, multitude des veufs et veuves, tout rappelle la rôdeuse à qui d'aventure prétendrait l'oublier. Dans les quartiers pauvres, le dicton a raison : quelqu'un au moins est toujours prospère, c'est l'entrepreneur des pompes funèbres. A travers la Grande-Bretagne, la mortalité infantile est telle qu'au cours du dernier quart du siècle c'est chaque année 150 000 bébés environ qui disparaissent avant d'avoir atteint leur première année. Autre statistique instructive : celle du veuvage. Alors que depuis un siècle la proportion globale des personnes veuves n'a guère changé (environ 6 % de la population), la répartition par âge traduit un changement saisissant en moins de cent ans (encore notera-t-on qu'en 1871 le chiffre serait sensiblement plus élevé entre quinze et quarante-quatre ans, si n'intervenaient les remariages, alors si nombreux).

8. Répartition des veufs et veuves par tranche d'âge[22]

Catégorie d'âge (veufs et veuves)	1871	1931	1951	1966
15-44 ans	19	10	5	3
45-64 ans	42	40	33	27
Plus de 65 ans	39	50	62	70
	100	100	100	100

Mais la mort n'est pas simplement acceptée comme une composante inévitable du paysage quotidien. Rite fondamental de la vie collective, elle est partout célébrée et même glorifiée. De là le rôle tenu par les scènes de lit de mort, telles que nous les restituent la littérature ou les chromos, agonies interminables, cérémonies édifiantes qui rassemblent la famille entière, y compris les petits enfants et même la domesticité. De là aussi le nombre d'heures dans l'existence de chacun passées en veillées mortuaires, en services d'enterrement à l'église, en visites au cimetière. Et que dire des longs deuils qui se succèdent indéfiniment. A coup sûr, à côté des teintes favorites des Victoriens — les mauves, les ocres, les vert pastel —, le noir occupe une place de choix. Là où il triomphe, c'est lors des funérailles, liturgie solennelle, parfois festival extravagant, avec énormes corbillards à la décoration baroque, attelages caparaçonnés, immenses tentures, défilés voilés de crêpe. Une telle prodigalité dans le faste, notons-le, n'est nullement l'apanage des riches. Naturellement, quand le défunt est un grand de ce monde, la famille se surpasse en fait de luxe funéraire. Mais même chez les ouvriers, où les enterrements sont une occasion pour la communauté de travail et celle de quartier de se rassembler sous le double signe de l'hommage au mort et de l'affirmation collective des vivants, les funérailles coûtent très cher, souvent l'équivalent de plusieurs mois de travail. C'est là ce qui explique l'attrait des mutuelles : les *funeral benefits* constituent le premier des avantages escomptés, tant est vive chez les pauvres la hantise de ne pouvoir se payer un enterrement décent. On trouverait un autre signe de la présence perpétuelle de la mort dans les grandes batailles théologiques qui se déroulent tout au long du siècle à propos de l'au-delà. Les fins dernières alimentent d'innombrables controverses intellectuelles (en 1853, F.D. Maurice, le socialiste chrétien, avait été destitué de sa chaire de littérature et d'histoire à l'université de Londres pour avoir exprimé des doutes sur la doctrine du châtiment des damnés). A force de dépeindre Dieu sous les traits d'un justicier impitoyable, la crainte de la damnation éternelle s'est partout répandue. Jusque dans les consciences les plus humbles, les flammes de l'enfer hantent l'imagination.

Sur la relation même entre le sexe et la mort, une curieuse coutume des prostituées londoniennes jette la lumière sur des traditions sacrales qui se perpétuent plus ou moins sous-jacentes en pleine ère industrielle. Ainsi, lorsque l'une d'entre elles mourait, ses compagnes de trottoir organisaient en son honneur des funérailles analogues à celles d'une jeune fiancée frappée par la mort : corbillard garni de plumes blanches, procession de pleureuses — prostituées revêtues d'un capuchon et de voiles noirs agrémentés de rubans blancs —, tout le cortège étant protégé par un service d'ordre de souteneurs afin d'empêcher les honnêtes matrones du quartier de siffler ou de jeter des pierres[23] ! Car dans l'Angleterre victorienne et édouardienne, où les normes bourgeoises ont gagné une large adhésion des classes populaires, l'attitude en face de la sexualité se résume en deux points : silence et « double morale ».

Le silence tout d'abord. Le sexe est un sujet tabou. C'est

le domaine de toutes les inhibitions et de toutes les censures. Objet de tentation, sujet de honte, mieux vaut taire tout ce qui y touche. *Charnel* est devenu synonyme d'*animal*. Dans *Middlemarch*, George Eliot décrit comment l'éducation du docteur Lydgate a développé chez lui un « sens général de secret et d'obscénité en ce qui concerne sa constitution interne[24] ». Le corps est pourchassé, la nudité proscrite. La bienséance veut que l'on ne parle point de telles choses. C'est l'époque où l'on dit *limbs* (membres) au lieu de *legs* (jambes), et au moment d'aller se coucher, pour ne pas prononcer le mot *lit*, on parle de « se reposer » *(to retire to rest)*. Aussi la pruderie atteint-elle des sommets inégalés. Et avec elle l'hypocrisie. Le personnage de Mrs. Grundy triomphe au nom de la respectabilité. Sans doute constate-t-on un certain assouplissement vers la fin du siècle, mais dans la vie de la société comme au théâtre le code de la moralité est appliqué de manière toujours aussi stricte. Un procès en adultère suffit à briser la carrière d'un politicien, si brillant soit-il : témoin Dilke ou Parnell. En 1895, c'est Oscar Wilde qui est jeté en prison pour avoir osé défier les conventions. Et la pièce de Bernard Shaw, *La Profession de Mrs. Warren* (1893), au sujet d'autant plus scabreux qu'il dénonce directement le *cant*, est interdite sur la scène et le demeurera jusqu'en 1925.

Le conformisme pudibond impose d'autant plus sa règle qu'il prétend prendre sa source dans de hautes préoccupations spirituelles. On exalte l'ascèse, la vertu. Autour de la vie sexuelle, en effet, s'est opéré un gigantesque transfert. Sous l'influence d'une religion protestante étriquée jusqu'à se réduire à une morale puritaine, la sexualité, refoulée dans le domaine privé, secret et honteux, n'obtient sa justification publique que dans la reproduction, légalisée dans le cadre de la famille. Du coup, cette dernière est célébrée à l'infini sur tous les tons. Toutefois, par rapport à ce code de la licéité, certaines exceptions méritent d'être signalées. Comme l'ont montré des enquêtes d'histoire orale, il existe dans certains milieux ouvriers ou paysans une franchise plus grande, un langage plus cru, bref des vues plus naturelles et aussi plus « permissives » sur les rapports entre les sexes et les fonctions biologiques.

Sur le plan théorique, rigorisme et hypocrisie se sont alliés pour échafauder le principe de la « double morale » *(double standard)*. Ce qu'on entend par là, c'est la séparation entre deux sphères : d'un côté celle de la famille et de la vertu, de l'autre celle du plaisir et de l'instinct. A la première se rattachent le patrimoine, le mariage, la reproduction légitime. La seconde sert d'exutoire et de défoulement aux pulsions sexuelles. De là découle une morale pour chaque sexe. A la femme est imposé un impératif rigoureux de pureté, à l'abri des laideurs et des souillures, d'autant que la chasteté est considérée comme naturelle pour elle (d'où l'insurmontable mépris pour la fille qui a « fauté », pour la « femme tombée »). A l'homme, au contraire, il est loisible de combiner la recherche de l'épanouissement dans le cadre de la famille et du home avec la chasse aux plaisirs, en recourant dans ce dernier cas à des partenaires issues d'une autre classe sociale. Ce qui fait la force de la théorie du *double standard*, ce n'est pas seulement qu'elle offre toute commodité à la liberté du mâle, c'est qu'elle reflète les postulats de base d'une société patriarcale et bourgeoise, où la vertu féminine est érigée en règle absolue, tandis que peuvent se dérouler librement des aventures masculines qui ne mettent pas en danger la descendance légitime et que favorise de surcroît l'âge tardif du mariage dans les classes dirigeantes. Par voie de conséquence, la morale collective, au moment où elle établit de la manière la plus nette la séparation entre le mariage et la prostitution, proclame leur complémentarité nécessaire.

C'est pourquoi l'envers de la société victorienne et édouardienne (resté longtemps dissimulé mais aujourd'hui projeté en pleine lumière), au lieu de résulter, comme on a eu tendance à le faire croire, de quelques défaillances d'individus vicieux et hypocrites, était gouverné par une logique profonde. Ainsi s'expliquent à Londres les milliers de maisons de rendez-vous ou de tolérance qui valent à la capitale le surnom d'« atelier de plaisir du monde » *(whoreshop of the world)* et dont on peut aisément dessiner la carte : la géographie du « vice » s'étend des villas cossues et discrètes de St. John's Wood au nord-ouest (elles abritent demi-mondaines et femmes entretenues, mais c'est également le haut lieu des perversions, en particulier la flagellation, « le vice anglais ») jusqu'aux bouges qui parsèment les bas-quartiers du port, en passant par tout le *West End*. Là, les essaims de prostituées hantent Piccadilly, Mayfair, Soho (c'est elles que Gladstone haranguait régulièrement en sortant le soir de la Chambre des Communes afin de les ramener sur le sentier de la vertu). Et que dire de la pornographie, soigneusement cachée mais dont les études récentes ont révélé la diffusion ; de la traite des blanches qui donne lieu en 1885 à un scandale retentissant... Vraiment, Londres rivalise avec Paris pour le titre de « Babylone moderne ».

Chez beaucoup, le principe du *double standard* est revendiqué sans la moindre gêne. « Une maîtresse française et une femme anglaise, voilà l'idéal de la vie », n'hésitait pas à déclarer à Hector Malot un adepte de la théorie[25]... Et l'historien Lecky, dans son *Histoire de la morale européenne*, parue en 1869, mais rééditée à plusieurs reprises, entonne avec une franchise confinant au cynisme les louanges de la prostituée : « Elle a beau être l'exemple suprême du vice, elle est finalement la gardienne la plus efficace de la vertu. Sans elle, la pureté sans tache d'innombrables foyers heureux serait ternie[26]. » C'est « l'éternelle prêtresse de l'humanité, sacrifiée pour les péchés du peuple ». Cependant, à côté de la prostitution (baptisée « la grande plaie sociale »), bien d'autres voies sont ouvertes aux appétits de jouissance. Il n'est que de voir le nombre des filles séduites, domestiques surtout, mais aussi ouvrières ou filles de ferme. Signe révélateur d'une morale sexuelle différente selon les classes : le taux des naissances illégitimes du *West End* l'emporte nettement sur celui de l'*East End* (chez les ouvriers, la coutume pour le jeune homme est d'épouser la fille enceinte de ses œuvres).

Dans la société aristocratique, la tradition de libertinage n'a jamais été entièrement étouffée par le puritanisme bourgeois, mais la liberté des mœurs a dû se faire plus discrète. Au contraire, dans la classe moyenne triomphe le modèle de la « rougissante jeune fille ». La femme est transformée en être asexué, et l'on a pu à bon droit railler les héroïnes de Dickens, « anges dépourvus de jambes ». D'ailleurs, l'ignorance des réalités physiologiques est partout. Les préjugés ambiants occultent le discours scientifique lui-même : depuis les affirmations, en 1857, du docteur Acton, dont les travaux font pourtant autorité (« Les femmes dans leur majorité —

heureusement pour elles — ne sont guère gênées par le désir sexuel : les meilleures mères, épouses et maîtresses de maison connaissent peu ou point les plaisirs des sens ; l'amour du foyer, des enfants et les devoirs domestiques sont leurs vraies passions[27] »), jusqu'à ce médecin qui, peu avant 1914, devant des étudiants d'Oxford, énonce doctement à propos des relations sexuelles : « En tant que docteur, je peux vous dire que neuf femmes sur dix n'éprouvent rien ou n'aiment pas ça ; quant à la dixième, qui ressent une jouissance, ce sera toujours une putain[28]. »

Concluons brièvement. Si, pour exorciser la mort, la société anglaise a choisi de l'afficher en lui assurant un cérémonial aussi élaboré qu'elle a pu en concevoir, c'est au procédé inverse qu'elle a recouru pour apaiser les démons de la sexualité : ici règne la répression. Tandis que le mystère de la mort se résout en perpétuel discours sur la survie — assurance sur l'au-delà et garantie de rétribution éternelle —, le mystère du sexe plonge dans le silence et dans le non-discours. Décidément, le contraste éclate entre l'Angleterre du XIXe siècle et l'Angleterre actuelle. L'obscénité a changé de contenu : hier le sexe, aujourd'hui la mort. Et la publicité de sens : hier la mort, aujourd'hui le sexe.

L'évolution jusqu'à 1914 demeure toutefois fort lente. Sans doute observe-t-on ici et là un début de laïcisation du trépas dans la mesure même où recule la croyance. N'est-ce point le temps des premières incinérations, le début des crématoriums ? Mais dans l'ensemble les rites de la mort ne diffèrent guère des rites passés. Bientôt, d'ailleurs, les hécatombes de 1914-1918 vont leur donner une occasion inattendue de se déployer avec pompe dans d'innombrables cérémonies où la fièvre patriotique viendra s'unir au recueillement sacré devant les disparus. En revanche, sur le plan de la sexualité, on assiste à une évolution plus prononcée dont les causes tiennent moins à la propagation de théories novatrices comme celles de Havelock Ellis, le pionnier de la sexologie, qu'à la pression des mœurs et à la lutte des femmes pour leur liberté.

La fin de la **Pax Britannica**

Protégée par sa position insulaire, se sachant à l'abri de toute incursion, la société anglaise a vécu une paix centenaire de 1815 à 1914. Sans doute cette longue période ne peut-elle être totalement qualifiée de pacifique, puisque l'on y enregistre une bonne série de guerres coloniales (on les a surnommées «*Queen Victoria's little wars*»). Mais à dire vrai la plupart d'entre elles furent des expéditions plutôt que des guerres. Deux épisodes seulement ont atteint la dimension de conflits véritables, menés contre des adversaires de taille en engageant réellement la nation : la guerre de Crimée, puis, à un demi-siècle d'intervalle, la guerre des Boers. Toutefois, même alors et en dépit des pertes (pertes dues surtout en fait à la maladie), personne ne voit dans les batailles qui y sont livrées autre chose que des affrontements classiques, conduits en terre lointaine et destinés à mettre à la raison un partenaire momentanément récalcitrant. Ainsi l'insouciance continue-t-elle de régner dans l'opinion quand bien même l'horizon européen ne cesse de s'assombrir à partir de 1905. Encore au lendemain de Sarajevo, le lundi 29 juin 1914, le *Daily Mail* titre *The best week-end of the year*, et le journal, après avoir cité ce «verdict unanime des vacanciers» retour des plages ou de la campagne, évoque sur un ton euphorique le soleil et la douceur «élastique» de l'air de ce beau dimanche... Comment imaginer en effet un conflit européen dans lequel les Britanniques se trouveraient entraînés?

Pourtant voilà déjà une dizaine d'années que l'Angleterre a commencé de perdre sa position, aussi avantageuse que confortable, de non-engagement *(non-commitment)*. Car pendant un siècle sa politique européenne avait reposé essentiellement sur deux facteurs dont elle avait su jouer avec une habileté consommée : la situation insulaire du pays et le système pluripolaire en vigueur sur le continent. Tout l'art du Foreign Office avait consisté à entretenir ce système en équilibre. Cela demandait un soin vigilant et une application incessante pour parer à tout déséquilibre virtuel, mais du même coup la Grande-Bretagne restait maîtresse du jeu sans jamais avoir à se lier. Géopolitique fondée sur l'idée que « la clef du succès en diplomatie est la liberté d'action, et non pas un système de relations formelles » (selon les termes que Henry Kissinger emploie à propos de Metternich[29]) : en effet, cette liberté, ainsi que « la conscience d'avoir des choix plus nombreux que tout adversaire potentiel », protègent mieux qu'une alliance, car ainsi toutes les options restent ouvertes pour le jour du besoin. De là chez les Anglais le sentiment persistant d'une sécurité profonde, sentiment qui a duré au moins jusqu'à la guerre, et souvent au-delà. D'abord parce que la perpétuelle toile de Pénélope sur laquelle avaient travaillé les ministres des Affaires étrangères successifs, Palmerston, Salisbury, Lansdowne, Grey, paraissait tout compte fait assez efficace. En gros, les fissures dans l'édifice européen n'étaient-elles pas colmatées au fur et à mesure qu'elles se dessinaient ? D'autre part, la durée engendrait la confiance dans la pérennité de la *Pax Britannica* auprès d'une opinion enorgueillie par les multiples succès remportés au cours d'une période centenaire. Le « splendide isolement », il est vrai, avait dû être abandonné depuis le début du siècle. Devant l'impérialisme allemand dont le dynamisme menaçait les positions économiques et navales de l'Angleterre dans le monde, l'impérialisme britannique en était venu à une « entente » avec la France — et même à des conversations d'état-major — ainsi qu'à un rapprochement avec la Russie au sein de la Triple Entente. Néanmoins, si sur le plan diplomatique l'Angleterre avait opéré une conversion décisive en amorçant — si prudemment que ce fût — un engagement militaire en Europe, la nation, sur le plan psychologique, demeurait une île, tournée vers le large. Au total, bien rares étaient les esprits prêts à imaginer que leur pays serait un jour prochain emporté *volens nolens* dans une grande guerre continentale.

Autrement dit, les Britanniques continuaient de se sentir un peuple à part. D'ailleurs, se considérer ainsi ne répondait nullement de leur part à une volonté fanfaronne, pas même au désir de se rengorger dans un insularisme protecteur, volontiers teinté de condescendance à l'égard des autres nations. Le fond de leur attitude, c'est que dans la psychologie collective de la nation la *Pax Britannica* reposait sur trois bases apparemment indestructibles : la mer, la flotte et l'Empire. La première avait pour elle la force de la nature, les deux autres la force des choses. C'est bien pourquoi les nouvelles prétentions exprimées par l'Allemagne en matière maritime avaient non seulement alarmé un peuple bien persuadé que «l'océan ne comporte qu'un maître», elles l'avaient profondément choqué dans ses certitudes et son désir de stabilité. Comme le disait Churchill dans un discours de 1912, pour l'Angleterre la marine est «une nécessité» tandis que pour l'Allemagne elle apparaît plutôt comme «un luxe». Et le Premier Lord de l'Amirauté poursuivait, comme pour bien mettre les points sur les *i* : «C'est la marine britannique qui fait de la Grande-Bretagne une grande puissance», alors que l'Allemagne était déjà une grande puissance respectée et honorée bien avant d'avoir construit un seul navire de guerre[30]... Ainsi s'expliquent les sentiments de fierté, mêlée d'affection, qui entourent la *Royal Navy* dans la conscience publique. Et c'est aussi pourquoi l'opinion approuve à une très large majorité (qui réunit conservateurs, libéraux et même travaillistes) la politique d'armements navals destinée à conserver à l'Angleterre sa suprématie sur mer. Encore en juillet 1914, quelques jours à peine avant le déclenchement du conflit mondial, les foules, à l'occasion de la revue annuelle de la flotte à Spithead, ne laissent pas de s'extasier devant l'immense procession des navires de «la Royale», étirés en une file de 70 kilomètres de long — la plus formidable concentration navale jamais réalisée.

Quant à l'Empire, il apparaissait à la fois comme le gage et le symbole de la puissance britannique à travers le monde. Par sa diversité en hommes et en ressources autant que par son unité morale. En sa force, en sa durée, les Britanniques plaçaient une confiance à toute épreuve. Et c'est bien de cette assurance hautaine que témoigne le message adressé par George V au moment de la déclaration de guerre : «Dans l'accomplissement de la lourde responsabilité qui repose sur mes épaules, je serai affermi par la conviction absolue qu'en ce temps d'épreuve je trouverai mon empire uni, calme, résolu, et mettant en Dieu son espérance[31].»

Mais, à côté des assertions grandiloquentes ou des incantations belliqueuses («*Down with Germany*», crient de petits groupes exaltés dans les rues de Londres), l'angoisse a commencé de saisir les familles. Fin de la *Pax Britannica*, fin aussi de la *Pax Europaea*. Au soir du 4 août 1914, lorsque expire l'ultimatum anglais à l'Allemagne, la stupeur a soudain pris la place de l'insouciance d'un bout à l'autre du royaume. Derrière les espèces quasi oubliées du monstre guerrier, nombreux sont ceux qui sentent l'inconnu fondre sur eux. Cet après-midi-là, dans un paisible village des Midlands, une fermière avait, comme les jours précédents, attelé le poney pour aller au bourg voisin lire les derniers télégrammes affichés à la fenêtre du bureau de poste. Lorsque, au crépuscule, elle revint à la ferme et rapporta la teneur des télégrammes, il y eut un long silence, et son mari — parfaite incarnation de vieux campagnard, un *self-made man* à l'humeur indépendante et pacifique — laissa tomber ces paroles prophétiques : « Désormais, plus rien ne sera comme avant[32]. »

TROISIÈME PARTIE

Crises, secousses, stabilisation 1914-1955

7. En quête de sécurité et d'équilibre

And England over
Advanced the lofty shade...

Les traumatismes du XXᵉ siècle

L'ombre qu'A.E. Housman voyait ainsi se profiler sur l'Angleterre n'est pas seulement l'ombre de la guerre. Et bien d'autres ombres devaient suivre dans le ciel d'Albion. Car à partir de 1914 la société anglaise entre dans une longue ère troublée. Pendant près de quarante ans, secousses et commotions se succèdent, et ce n'est qu'au début des années 1950 que le pays parvient à retrouver tant bien que mal un système viable d'existence collective au point de vue social, économique et international. De là la périodisation — peu habituelle — adoptée ici. Il existe en effet, selon nous, une unité réelle dans cet ensemble d'une quarantaine d'années. A travers les guerres, les dépressions, les reconstructions, on assiste alors au difficile enfantement d'une nouvelle société — une société à la recherche du mieux-être mais aussi une société dominée d'un côté par la lutte contre la pénurie, de l'autre par l'ajustement à une position mondiale altérée. Emportés dans la tourmente, les insulaires s'efforcent d'abord de résister aux contraintes du changement, puis, lorsqu'ils commencent à s'adapter aux conditions du jour, leurs tentatives rencontrent sans cesse d'autres crises en train de surgir. Jusqu'au jour où, la paix étant rétablie (même sous le nom de « guerre froide») et la prospérité revenue (c'est l'aube de la «société d'abondance»), un certain équilibre peut être restauré, si précaire soit-il, et un accord se faire entre les classes et dans les esprits sur un modèle remanié de distribution de la richesse et du pouvoir. En même temps, malgré tous les chocs subis, la société anglaise s'est trouvée protégée tout au long de ces années par la persistance de valeurs et de traditions communes en qui se reconnaissait la communauté nationale : remparts solides contre lesquels viennent se briser les forces de désagrégation. Ainsi ces quatre décennies s'encadrent entre d'un côté la période faste et abritée d'avant 1914, de l'autre la phase qui débute au milieu des années 1950 et qui voit la rupture de ce consensus.

L'Angleterre avait vécu en effet jusqu'à la Première Guerre mondiale sur des bases singulièrement favorisées. Du XVIIIe siècle à 1914, la géographie et l'histoire s'étaient unies pour lui assurer tant de privilèges que les sujets du royaume en étaient venus à se considérer comme un peuple à part et prédestiné. Grâce à la rencontre entre l'insularité et la primauté industrielle et technologique, la nation avait bénéficié de ces avantages incomparables qui s'appellent la sécurité — un territoire à l'abri de la guerre et des invasions —, la paix civile, la continuité constitutionnelle et monarchique, la richesse (au moins relative : si l'on compare le revenu national par tête, il atteignait vers 1900 43 livres pour un Britannique, 35 livres pour un Français, 30 livres pour un Allemand, 17 livres pour un Italien)[1]. Or maintenant l'Angleterre doit en quelque sorte rentrer dans le rang. Les crises du XXe siècle, c'est d'abord pour elle la fin des privilèges. Mais il y a plus. Sous la poussée de la guerre, «locomotive de l'histoire», selon l'expression de Trotski, le mouvement l'emporte sur la stabilité. La société victorienne (et à bien des égards la société édouardienne) constituait une société ordonnée, reposant sur une division fixe du travail, des classes, des sexes. Or cet état de choses (qui en fait commençait déjà à être remis en question aux alentours de 1900) se trouve subitement bousculé sous le choc des affrontements internes ou externes consécutifs à la guerre. L'ère du «désordre établi» commence. Le navire Albion aborde la mer des tempêtes. Il faudra d'immenses efforts de l'équipage pour regagner des eaux plus calmes de façon à opérer un retour au moins partiel à l'ordre et à l'équilibre.

Tout d'abord, en ce pays qui apparaissait comme un modèle de tolérance et d'esprit policé, l'atmosphère a considérablement changé. Le conflit international exacerbe les conflits intérieurs. Les tensions se multiplient. Devant l'instabilité ambiante, le scepticisme gagne. Poursuivant sa description des générations successives de Forsyte, Galsworthy peut bien ironiser en 1929 : « Tout étant maintenant relatif, il n'y a plus à dépendre de manière absolue ni de Dieu, ni du Libre-Échange, ni du Mariage, ni du Trois pour cent, ni du Charbon, ni des Castes[2]. » Socialement, politiquement, si des reclassements s'opèrent, c'est à travers des luttes brutales, fiévreuses, vindicatives. La peur des « rouges » ou du « pouvoir ouvrier » a pris la place de l'antique crainte de la « populace ». Sous la pression des revendications politiques du *Labour*, on voit craquer le système traditionnel des partis, fondé sur le gouvernement alternatif de l'aile droite et de l'aile gauche de la bourgeoisie. Deux décennies seront nécessaires pour qu'un bipartisme rénové rétablisse le jeu classique, après élimination du parti libéral. En fait, le libéralisme se trouve en pleine débâcle, non seulement en tant que parti mais comme idéologie et comme mentalité. Déconsidéré, il ne paraît plus adapté aux besoins du temps. L'heure est à l'organisation, à la réglementation, à l'interventionnisme. Dans tous les domaines, se développe l'emprise de l'État, nouveau Léviathan, devant les empiétements duquel les tenants de l'individualisme se lamentent en vain. Sans doute l'opinion répugne-t-elle à tout ce qui sent le système. Comme à l'habitude, on fait confiance à l'instinct, à l'esprit amateur. On navigue à vue : « *muddling through* » (c'est-à-dire la méthode de l'improvisation et du tâtonnement) devient un sport national, élevé au rang de l'un des beaux-arts. Néanmoins, les choses se modifient quelque peu à partir de 1940 : l'idée de planification gagne du terrain, et la rationalisation passe à l'ordre du jour, que ce soit dans les ministères, les administrations, les grandes affaires. La technocratie se profile déjà à l'horizon. Ainsi l'Angleterre, peu à peu, ajuste ses comportements aux contraintes de l'univers contemporain. Surtout, elle parvient dans le second après-guerre à élargir dans une certaine mesure l'assise sociale du pouvoir et des revenus. Du coup, en réduisant ses conflits internes, elles s'achemine en douceur vers une nouvelle formule de société : une société aux tensions atténuées, une société viable — comparable *mutatis mutandis* à la société de la seconde moitié du XIXe siècle — parce que conciliatrice et intégrée.

Malgré tout, quelque dramatiques qu'aient pu être les crises traversées par l'Angleterre au XXe siècle — les tranchées et le *blitz*, les marches de la faim et le réarmement, la bombe atomique et la décolonisation (et parallèlement aussi il faudrait mentionner les innovations culturelles, telle l'invasion du cinéma, de l'auto, de la psychanalyse...) —, ce qui œuvre dans un sens de continuité, ou si l'on préfère ce qui amortit les chocs, c'est la solidité d'une texture interne capable de résister aux plus graves déchirements. Cette force exceptionnelle de cohésion, c'est le système commun de valeurs qui historiquement rassemble la communauté des Britanniques, en dépit des oppositions de classe ou des divergences politiques, religieuses, intellectuelles. Aussi, face aux bouleversements, l'Angleterre dispose-t-elle d'un moyen original de protection : le consensus de la nation. Il y a là un contraste éclatant avec les autres grands pays européens, qui passent tous à la même époque par des convulsions domestiques et même des affrontements sanglants. Une fois de plus l'Angleterre quant à elle procède pacifiquement, par la voie de l'évolution, sans violence interne. Une fois de plus, même dans cette période troublée, il n'y a pas de cassure mais seulement des césures.

Le consensus britannique relève de trois ordres : il est à la fois politique, national, moral. Politiquement, quel que soit le déclin du libéralisme, les Anglais demeurent aussi attachés que par le passé à la liberté individuelle et à la démocratie parlementaire. A l'endroit des totalitarismes, ils manifestent une totale imperméabilité, au point que même en temps de guerre les contraintes d'une lutte sans merci ne serviront point d'occasion pour amoindrir les libertés fondamentales des citoyens. Continuant de faire obstinément confiance au système représentatif, ils éprouvent toujours pour la constitution britannique les sentiments de respect et de fierté qu'avaient exprimés à l'époque victorienne — en des langages différents — Bagehot et Mr. Podsnap. Sur le plan national, le consensus n'est pas moins évident, et il n'est pas besoin d'en appeler aux phases guerrières de la période pour faire surgir un patriotisme universel, spontané, volontiers condescendant pour les non-insulaires. Ce consensus s'inscrit dans une histoire nationale en qui tous se reconnaissent et qui est devenue en quelque sorte officielle à force d'être enseignée et répercutée de manière identique dans les livres les plus sérieux, les manuels scolaires, les journaux. De façon plus générale, les institutions — école, *civil service*, administration locale — perpétuent ce sentiment d'une communauté civique gouvernée par la tradition et le bien commun. De là un sentiment très fort d'intégration dans un ensemble structuré auquel chacun adhère dévotement, tout en s'y estimant parfaitement libre. Enfin, le consensus moral tire sa force du vieux fond chrétien et « évangélique ». Malgré le recul de l'influence des Églises, le message moral et moralisateur des *revivals* passés perdure, soit sous sa forme anglicane, soit comme résurgence de la conscience non conformiste.

Dès lors, on peut se poser la question : l'Angleterre de 1950 est-elle si différente de l'Angleterre de 1920 ? En d'autres termes, en ce temps de stabilisation difficile, et à travers tous les craquements, qu'est-ce qui dans la société a été fondamentalement altéré ? De fait, en face d'une telle question, il convient d'abord de ne pas être dupe des faux-semblants. Avec humour, mais de façon pénétrante, D.W. Brogan a dit un jour : « Changer tout ce qu'on veut sauf les *apparences*, voilà la méthode politique favorite des Anglais. » On pourrait appliquer l'aphorisme tout aussi valablement à l'évolution de la société. D'autre part, il est évident que pour trancher dans un sens ou dans l'autre — mobilité ou stabilité, vitesse ou lenteur, rupture ou continuité — tout dépend de l'angle de vision adopté, c'est-à-dire en fin de compte du sujet qui juge. A la fin de la période, une réplique de la pièce de John Osborne, *Look Back in Anger* (1956), éclaire à merveille cette dialectique de la permanence et du changement. S'adressant à son père — un officier en retraite — Alison, la femme de Jimmy Porter, le héros en pleine révolte, a cette formule : « Ce qui te choque, toi, c'est que tout a changé ; ce qui choque Jimmy, c'est que tout est pareil ».

For King and Country : *de la boue des tranchées aux désillusions de la paix*

Lorsque l'Angleterre entre en guerre le 4 août 1914, c'est pour elle — beaucoup plus que pour les autres belligérants — une rupture profonde avec le passé. Habitudes libérales, comportement insulaire, façon de vivre pacifique, tout est remis en question. A cette expérience nouvelle — celle de la guerre totale — le pays n'est préparé ni militairement, ni économiquement, ni psychologiquement. Au moment de la déclaration de guerre, l'ensemble des forces armées britanniques s'élève seulement à 250 000 hommes. Encore ces forces sont-elles dispersées à travers le monde, et le corps expéditionnaire envoyé en France n'atteint pas 100 000 hommes. Au bout de quelques mois, l'immense machine guerrière est en route. La mobilisation industrielle a mué l'économie de paix en économie de guerre. A la place des mécanismes spontanés du laissez-faire, l'État impose ses contrôles. La conscription est décrétée en 1916. Au total, en quatre années, 9 millions d'hommes seront appelés sous les drapeaux (6 millions en Grande-Bretagne, 3 millions dans l'Empire). L'idée s'impose que l'enjeu du combat n'est autre que l'anéantissement de l'adversaire : dès lors la bataille ne sera gagnée qu'au prix d'un effort gigantesque, surhumain même, de la nation tout entière. Mais ce qui plus que tout frappe les esprits, c'est le caractère apocalyptique du conflit. Quelques années plus tard, Churchill, dans *The World Crisis*, en évoquera la violence sauvage. La « Grande Guerre », écrit-il, ne peut se comparer à aucune autre : elle ne ressemble ni aux guerres anciennes, à cause de la puissance des moyens de destruction mis en œuvre, ni aux guerres modernes, à cause de la brutalité extrême avec laquelle elle a été conduite. On n'y a respecté ni civils ni neutres. Navires marchands, monuments, hôpitaux sont devenus des objectifs parmi d'autres. Avec les gaz asphyxiants, les bombardements, le blocus, n'importe quelle arme a été jugée bonne et utilisée. Bref, conclut-il, « toutes les horreurs de l'époque s'y sont trouvées rassemblées[3] ».

C'est bien sûr d'abord parmi les combattants que se répand, lancinante, l'impression d'une immense régression de civilisation. Pour eux, la guerre n'a plus rien de ce « sport des rois » qu'elle avait pu être jadis selon le mot de Toynbee[4]. A toute une génération l'expérience du front va laisser un souvenir d'affreux cauchemar — un cauchemar qui ne cessera de la poursuivre des années durant, du moins jusqu'au jour où éclatera le second conflit mondial. Mais tout le pays également est secoué par les innombrables images — récits ou photographies — qui relaient vers l'arrière l'horreur des premières lignes. Comment dès lors oublier l'existence menée pendant plus de quatre ans par des centaines de milliers d'hommes — se terrant au fond des tranchées, vivant comme des bêtes, dans la boue, la vermine, en proie aux intempéries, exposés quotidiennement à la mort ? Au milieu des angoisses et de la peur, dans cette guerre de fantassin (« homme quelconque vêtu en soldat », dit Valéry)[5], il faut se cramponner au terrain, monter la garde, subir bombardements d'artillerie et pilonnages au mortier, ramper à travers les barbelés, se lancer à l'attaque à découvert face aux mitrailleuses ennemies... Pour les *Tommies* et pour leurs familles, les noms d'obscures localités françaises ou belges acquièrent soudain une célébrité sinistre. Ces hauts lieux de la souffrance et du sacrifice, qui s'appellent Ypres et Loos, la Somme et Passchendaele, Vimy et le Chemin des Dames, voient se dérouler de terribles hécatombes. Le premier jour de la bataille de la Somme (1er juillet 1916), les pertes britanniques s'élèvent à 57 000 soldats, dont un tiers de tués. A Passchendaele, en 1917, 250 000 hommes tombent pour un gain de terrain de 8 kilomètres[6].

> *England mourns for her dead across the sea...*
> *Fallen for the cause of the free,*

comme chante Binyon dans son célèbre poème *For the Fallen*, souvent reproduit sur la pierre des monuments aux morts érigés après la guerre dans chaque ville et chaque village[7]. Et combien de cimetières pieusement entretenus par l'*Imperial War Graves Commission* illustrent les vers de Rupert

Brooke, mort lui-même victime de l'expédition des Dardanelles :

> *If I should die, think only this of me :*
> *That there's some corner of a foreign field*
> *That is for ever England.*

Chaque année, pendant vingt ans, le 11 novembre à 11 heures du matin, on commémorera à travers tout le pays le souvenir des disparus : au cours de deux minutes de silence, la nation, interrompant toute activité, se recueillera en mémoire des 723 000 jeunes hommes fauchés dans la force de l'âge entre 1914 et 1918[8].

Car la guerre a renforcé la cohésion nationale. Elle commence même dans une atmosphère d'enthousiasme patriotique. Face à l'ennemi, chacun fait front, oubliant les divisions passées, convaincu du bon droit de la cause alliée. L'union sacrée rassemble toutes les opinions, toutes les classes. Les révolutionnaires d'hier, marxistes comme Hyndman, syndicalistes comme Ben Tillett, y adhèrent sans hésitation. De partout affluent les volontaires venus s'engager dans les rangs de l'armée. Les bureaux de recrutement les voient arriver des plaines de Tipperary et des corons gallois aussi bien que des collèges d'Oxford et des *slums* de l'*East End*. La petite phalange des pacifistes, débordée par l'élan patriotique, se retrouve isolée. Elle est tenue en quarantaine, parfois vilipendée. Pourtant le pacifisme s'alimente à trois sources distinctes : le vieux radicalisme à la Cobden, la conscience non conformiste, le *Labour Movement*. Mais en dépit de la confluence de ces courants il n'a que très peu d'audience dans l'opinion. Tout au long du conflit, la solidarité nationale l'emportera sans mal sur les appels à la solidarité de classe ou à la solidarité chrétienne. Il est vrai que la fibre patriotique n'est pas seule en question. Dès le premier jour, la morale est venue soutenir le moral. Car tous communient en une certitude : celle que l'Angleterre se bat pour une juste cause. Entrée en guerre pour venir au secours de la petite Belgique, elle défend le droit, la justice, la civilisation. Du front, un jeune officier, peu avant d'être tué, explique à ses parents qu'il ne saurait y avoir de fin plus belle et termine sa lettre par ces mots : « Vous saurez que je suis mort en accomplissant mon devoir envers mon Dieu, ma Patrie et mon Roi[9]. » Toutefois, l'intensité du carnage ébranle peu à peu ces certitudes. Dans l'enfer des tranchées, les *Tommies* tiennent bon — ils tiendront jusqu'au dernier quart d'heure —, mais le scepticisme s'est installé, et avec lui le sentiment d'une lutte absurde, véritable retour à la barbarie. Une immense lassitude, mêlée d'écœurement, gagne le lieutenant Siegfried Sassoon, tandis que Wilfred Owen chante mélancoliquement :

The pity of war, the pity war distilled[10].

Un autre combattant avoue : « Toute la foi religieuse que je pouvais avoir a été affreusement secouée par le spectacle de ce que j'ai vu[11]. » Quant aux soldats, une expression en vogue — « y en a marre » *(« fed up »)* — résume leur état d'âme.

Or, devant cette clameur générale, devant ce « assez ! », et malgré les immenses espoirs mis dans la paix, l'après-guerre n'apporte que des déceptions. Pour les anciens combattants, le retour à la vie civile se solde par de multiples difficultés de réinsertion dans la routine quotidienne de l'existence. Les frustrations s'ajoutent aux frustrations. Les uns se retrouvent condamnés au chômage, d'autres à des emplois médiocres. On les avait traités de héros, leur promettant avec Lloyd George des « foyers dignes de leur héroïsme » ; maintenant les voilà maltraités, s'estimant réduits à l'état de zéros. Les aspirations à la fraternité et au bien-être qui les faisaient vibrer au temps des tranchées avaient été aussi anarchiques que généreuses — détachées des réalités les plus élémentaires du monde politique et diplomatique. Aussi les désillusions sont-elles à la mesure des illusions. D'abord sur le plan international, alors que tous rêvaient de sécurité et de concorde, c'est la paix incertaine et acariâtre des années vingt, suivie dans les années trente de l'ère des agressions, puis de la guerre des nerfs. Quelle distance par rapport aux slogans auxquels on s'accrochait entre 1914 et 1920 et qui maintenant prennent un air de cruelle dérision : « *the war to end war* » (« la der des der ») ; « *this must never happen again* » (« plus jamais ça ») ! Les vers attristés de Herbert Read (*A un conscrit de 1940*), écrits au moment où éclate le nouveau conflit européen, traduisent ce désenchantement tragique des anciens combattants :

Nous donnâmes ce que vous allez donner — notre cerveau, notre sang,
Mais nous le donnâmes en vain : le monde n'a point été renouvelé.
C'est au contraire le vieux monde qui fut restauré et nous retournâmes
Au morne labeur du champ et de l'atelier, et à la guerre immémoriale
Des riches et des pauvres. Notre victoire fut notre défaite[12]*...*

Tandis qu'au-dehors le sacrifice des combattants de 14-18 paraît totalement vain puisqu'il n'a amené ni la paix ni la sécurité, au-dedans les déboires et les mécomptes de l'après-guerre se révèlent plus graves encore. Non seulement on ne voit poindre à l'horizon ni la justice ni le bien-être tant espérés, mais un sentiment de morosité profonde atteint les consciences du haut en bas de l'échelle sociale. Comme l'a bien dit Lewis Namier : « Ce n'est pas une génération qui a péri dans la dernière guerre, c'est une atmosphère, une inspiration, un élan vital[13]. » D'abord parce que beaucoup s'imaginaient que tout allait reprendre comme avant et même mieux. A cet égard, pourtant, dès 1919, Keynes avait prodigué à ses compatriotes des avertissements aussi lucides que hautains : au lieu de nous rendre compte « qu'une époque est morte, écrivait-il, nous nous pressons de reprendre le fil de notre vie au point où nous l'avions laissé, avec cette seule différence que beaucoup d'entre nous semblent bien plus riches qu'auparavant... Nous ne cherchons pas seulement à revenir aux aises de 1914, mais à les développer et à les intensifier énormément. Toutes les classes tracent également leur ligne de conduite : les riches veulent dépenser davantage et moins épargner; les pauvres dépenser davantage et moins travailler[14] ». D'autre part, à contempler la fragilité des conquêtes de la civilisation, le chaos économique, l'aigreur, sinon la haine dans les relations industrielles, on sent fondre la confiance naguère si assurée dans les beautés du progrès et de la science. De même la croyance innée dans la primauté britannique vacille. Sans doute, l'arrogance de John Bull n'est-elle pas morte, mais l'on sent révolus les beaux jours d'*England über alles*. Un peu partout le doute s'installe. L'œuvre de T.S. Eliot, *The Waste Land*, qui paraît en 1922 et qui exprime l'angoisse d'une terre menacée de perdition, est symbolique, par son titre même, de l'époque et du pays.

Mais, en même temps, à l'angoisse se mêle un besoin de jouissance. A peine délivré de l'étreinte de la mort, on se jette dans le plaisir, comme pour affirmer le besoin de vivre. Après les privations et les sacrifices, on veut à tout prix profiter de l'existence. Certes, il faut se garder des images colportées par une littérature aussi superficielle que trompeuse sur les « années folles » (*the roaring twenties*), avec leurs personnages snobs et légers — les *bright young things* à la Noel Coward. Mais en profondeur et de manière moins spectaculaire, dans toutes les classes de la société, les règles de la moralité évoluent, le corset du puritanisme se distend, les édits religieux ne rencontrent plus la même audience et la note grave qu'apportent les conflits du travail et du capital ainsi que le marasme économique se combine avec une volonté toute neuve, mais tenace, d'hédonisme.

Les avatars de l'économie

Économiquement, le bilan de la période paraît à première vue plus négatif que positif. D'ailleurs, c'est sous des couleurs fort sombres qu'en général les contemporains ont dépeint l'Angleterre au cours de ces années. De fait, qu'il s'agisse du bien-être individuel ou de la position internationale du pays, comment deux guerres totales à vingt ans d'intervalle — l'une préludant à une reconversion malaisée, l'autre à une dure reconstruction — n'auraient-elles pas abouti, par-delà les destructions et les gaspillages, à de profonds déséquilibres structurels, même dans la nation qui naguère était la plus riche du monde?

Mais il y a plus grave. Tout un chœur de voix s'est élevé pour dénoncer la fatale langueur de l'économie britannique. On a systématiquement mis en cause son manque de dynamisme, voire sa dégénérescence. Critiques insulaires, critiques européennes : le flot des arguments converge. Au rang des plus sévères censeurs, André Siegfried, dans son célèbre ouvrage : *La Crise britannique au XXe siècle*. Portant sur le « déclin » de l'Angleterre un diagnostic semi-économique semi-psychologique, Siegfried considère que le pays, à force de s'accoutumer aux facilités de la prééminence, a fini par s'endormir dans le succès et par perdre le sens de l'effort. Du coup, la Grande-Bretagne se trouve rejetée parmi les puissances du passé. Et de s'adonner à un « optimisme béat » ne peut que lui créer à l'avenir des mécomptes plus graves encore. Sans doute Siegfried reconnaît-il l'excellence de la technique et du savoir-faire britanniques. Mais les salaires, prétend-il, sont trop élevés. Et surtout les habitudes de vie commode et d'argent facile gâtent les qualités traditionnelles — l'énergie, l'esprit d'entreprise. En une vision toute puritaine, Siegfried croit discerner la fin de la frugalité, le début de la paresse. D'où le cri d'alarme qu'il pousse, à la suite de George V, pour appeler les insulaires à se réveiller : *« Wake up, John Bull! »*

A coup sûr l'argumentation de Siegfried a vieilli. Nul ne saurait la reprendre telle quelle aujourd'hui. Pourtant il est bien vrai que les raisons de pessimisme ne manquent pas. En premier lieu, il y a évidemment les effets des deux guerres mondiales — et tout particulièrement de la première. Ici, plutôt que de se livrer à des calculs, forcément aléatoires, sur les coûts directs ou indirects de la guerre de 1914 (n'a-t-on pas été jusqu'à mesurer la « valeur » monétaire de chaque soldat tué — le cadavre britannique étant estimé à 1 414 dollars, le double en moyenne du cadavre russe !), mieux vaut souligner combien vulnérable était l'économie britannique[15], dans la mesure où elle était fondée de manière primordiale sur l'échange, c'est-à-dire sur la liquidité et l'exportation. Dès lors, tout dérèglement consécutif à un grand conflit international ne pouvait qu'être désastreux pour elle. C'est pourquoi T.C. Barker, comparant le cas de la France avec celui de l'Angleterre, a pu soutenir que si bien évidemment la première avait subi sur le plan humain et affectif des pertes infiniment plus lourdes que la seconde, celle-ci en revanche a été beaucoup plus durement atteinte dans les forces vives de son économie, tant était fragile son équilibre[16]. Aussi la secousse de la guerre — secousse aussi brutale qu'inattendue — a-t-elle abouti à désorganiser les marchés, à enrayer les processus lents d'ajustement en cours dans l'économie de paix et à favoriser les concurrents, ceux-ci (les États-Unis, le Japon, « Angleterre de l'Asie ») prenant allègrement la place des exportateurs britanniques.

En même temps s'ajoute, parmi les dirigeants de l'économie et de l'État, l'aveuglement de tous ceux qui après 1918 croient — et c'est la majorité — que le retour à la paix signifie un retour à l'état de choses d'avant 1914. D'où l'idée de restaurer la Grande-Bretagne dans sa fonction traditionnelle de courtier international en rendant au sterling son rôle prééminent de jadis — c'est-à-dire de devise-relais entre les monnaies nationales et l'or. Afin de favoriser l'activité financière et commerciale de la place de Londres, la livre est donc revalorisée en 1925. Mais revenir ainsi à l'étalon de change-or et à la convertibilité, ce n'est pas seulement choisir les bénéfices de l'échange mondial au détriment de la production industrielle nationale, c'est vouloir, avec beaucoup de présomption, faire comme si rien ne s'était passé à travers le monde depuis 1914. Grave erreur de politique qui se heurte à la rigidité des coûts de production, entraîne le piétinement des exportations et généralise au-dedans le marasme et le chômage. Jusqu'au jour où la grande dépression oblige à se rendre à l'évidence : en 1931-1932 il faut à la fois dévaluer de 30% et abandonner le libre-échange. Les certitudes en sont durement ébranlées.

Autre sujet d'anxiété : les bases traditionnelles de la prospérité britannique sont en train de s'effondrer. Ce sont justement les activités qui avaient été les plus florissantes tout au long du XIXe siècle qui sont les plus menacées. Ainsi les trois « géants » de l'industrie victorienne — le charbon, le textile, les chantiers navals — périclitent. La production de houille tombe de 287 millions de tonnes en 1913 à 227 millions en 1938, et à cette date on compte 400 000 mineurs de moins que quinze ans plus tôt*. En 1913, les chantiers navals avaient construit un million de tonnes de navires; en 1938, le chiffre n'est plus que d'un demi-million. Dans le textile,

* Voir figure 13, p. 296.

c'est le coton qui est le plus atteint : en 1913 la production des fils de tissage totalisait un poids de 2 milliards de livres, en 1930 elle n'est plus que de 1 milliard et en 1937 elle se relève tout juste à 1,4 milliard[17]. Les anciens secteurs dynamiques, Lancashire, Nord-Est, Sud-Galles, Écosse centrale, sont devenus des «zones de détresse» (bientôt ces *distressed areas* seront rebaptisées par euphémisme *special areas*). Partout, avec les activités arrêtées, c'est l'oisiveté forcée, le paupérisme. Spectacle de désolation qu'évoque un poème d'Auden :

> *Cheminées sans fumée et canaux embourbés,*
> *Ponts en ruine et embarcadères pourrissants*[18].

Comme une chape de plomb, la misère s'installe sur des régions entières dont les habitants se savent inéluctablement condamnés. Car un chômage massif sur une échelle jusque-là inconnue ravage l'Angleterre. Phénomène monstrueux : de tout l'entre-deux-guerres, le nombre des chômeurs n'est jamais tombé au-dessous de 1 million (soit au minimum un homme en âge de travailler sur 10) et même en 1932 il atteint le chiffre record de 2 700 000 (soit 1 ouvrier sur 5). A cette date, plus du tiers des mineurs sont sans emploi, 43 % des ouvriers du coton, 48 % de ceux de la sidérurgie et 62 % des travailleurs des chantiers navals[19]. Comparant les années 1921-1938 avec la période 1856-1914 (le chômage oscillait alors entre 2 et 10 % de la force de travail), Beveridge conclut que pendant l'entre-deux-guerres le fléau a été «environ deux fois et demie plus sévère qu'avant la guerre[20]»*.

Ainsi l'on assiste, aux alentours de 1930, à la mort de la vieille économie anglaise — celle qui avait prévalu depuis l'essor de la révolution industrielle et du chemin de fer. Fin du laissez-faire et du libre-échange, progrès de l'interventionnisme étatique, responsabilité nouvelle du gouvernement dans la défense de la monnaie et la protection de l'industrie, renaissance de l'agriculture, appel à l'*income-tax* comme instrument de régulation économique et sociale : le victorianisme est bel et bien mort. Mais par là même on distingue maints signes réconfortants d'adaptation et de reconversion. Il ne

* Voir figure 22, p. 358.

faut donc pas pousser au noir le tableau. Et les thèses pessimistes (récemment soumises à une critique « révisionniste » utile malgré ses outrances) doivent faire place à une vue mieux balancée, tenant compte à la fois du déclin et du renouveau.

Déjà, dans son *English Journey*, pénétrant reportage sur l'Angleterre de 1933, Priestley avait mis en lumière ces contrastes, cette pluralité si caractéristique du pays, alors que celui-ci était encore plongé dans les affres de la dépression. En conclusion — une conclusion restée célèbre — l'auteur en vient à distinguer trois Angleterres différentes. Il y a d'abord, dit-il, la vieille Angleterre historique, celle des cathédrales, des manoirs, des abbayes vénérables, des cottages aux toits de chaume : *Old England* verdoyante et paisible, à l'écart du tohu-bohu moderne. Celle-là est bien telle que la décrivent manuels d'histoire et guides touristiques. Sur le devant de la scène s'agitent toujours le *squire* et le *parson*. Et en fin de compte le décor n'a point tant changé depuis Goldsmith ou Shakespeare. La seconde Angleterre, c'est l'Angleterre du XIXe siècle — l'Angleterre de l'industrialisme : celle de la houille, du fer, du coton, des machines, des chemins de fer, des entrepôts. Une Angleterre noircie par la poussière du charbon, où s'alignent par milliers les petites maisons grisâtres, où se succèdent chapelles en faux gothique et hôtels de ville Renaissance, *Mechanics' Institutes* et boutiques de *fish and chips*, gares et *grill-rooms*, gazomètres et cheminées d'usine. Ses rues sont ternes et tristes. On y entend mugir les sirènes des fabriques et gronder les trams sur les pavés. On est ici au pays des *slums*. Pourtant, malgré la suie, malgré la laideur, le cadre a fini par s'imposer : il a créé lui aussi sa propre tradition. Enfin le périple de Priestley l'amène à définir une troisième Angleterre — l'Angleterre du XXe siècle. Cette dernière surgit de partout, sans plan ni forme. On y rencontre des usines toutes blanches et transparentes comme des halls d'exposition, des stations d'essence clinquantes au bord des nouveaux *by-pass*, des cinémas géants, d'énormes dancings, des milliers de *semi-detached bungalows*, et partout des réclames, car la publicité est reine. Le symbole de cette Angleterre américanisée, ce sont les magasins Woolworth, qui y pullulent. Symbole plus encore du commercialisme à bon marché, de la banalité de pacotille d'une civilisation où domine l'individualisme standardisé et dépersonnalisateur. Cependant, Priestley, après avoir ainsi décrit ces trois visages du pays, discerne les traits d'une quatrième Angleterre : « l'Angleterre de la *dole* ». Là sévit le fléau du chômage. On n'y rencontre que des visages mornes et abattus, et la tristesse s'y fait d'autant plus poignante que c'était là jadis les districts les plus actifs. Bref, on est là au cœur de la « tragédie nationale »[21].

Mais le paradoxe de l'entre-deux-guerres, c'est qu'à côté des secteurs paléo-industriels condamnés à la décrépitude, il existe des secteurs neufs en pleine expansion. Depuis la guerre, l'ancien atelier du monde « toutes catégories » s'est diversifié et spécialisé. Ainsi coexistent simultanément zones en détresse et secteurs de prospérité. Et le comble c'est que le chômage de masse va de pair avec une élévation rapide du niveau de vie moyen, car parmi les ouvriers qui sont au travail et dans la classe moyenne les revenus progressent au rythme de la croissance de l'économie et de la productivité (le revenu national croît entre 1920 et 1938 de 2,1 % par an — croissance sensiblement analogue à celle des années 1870-1913, qui était de 2,3 % — et le produit intérieur brut de 2,3 % de 1924 à 1937, contre 2 % de 1856 à 1899; quant à la production par ouvrier, elle augmente d'un tiers entre 1924 et 1935, c'est-à-dire plus vite qu'à la belle époque victorienne)[22].

Fait capital : une redistribution géographique des activités et de la population s'opère à travers la Grande-Bretagne. On assiste à l'inversion des pôles de développement du Nord au Sud. Tandis que l'ancienne Angleterre noire est en pleine dégénérescence, naît une nouvelle Angleterre industrielle. En 1924, dans les régions industrielles traditionnelles (Lancashire, West Yorkshire, Northumberland-Durham, Sud-Galles, Lowlands), était concentrée la moitié de la production nationale; en 1935, ces régions ne produisent plus que 37 % du total, à peine plus que le groupe londonien et les Midlands réunis. En 1937, 41 % des ouvriers gallois et 35 % des travailleurs du Nord-Est appartiennent à des industries en déclin, mais dans les Midlands la proportion n'est que de 7 % et à Londres de 1 %[23]. La Barlow Commission, chargée d'enquêter sur ce vaste déplacement de la richesse et des habitants, relève que, de 1921 à 1937, pour un accroissement moyen de la population de 7,5 %, les Lowlands ont augmenté seulement de 4 %, le Lancashire de moins de 1 %, le Northumberland-Durham a perdu 1 % de ses habitants, le Sud-Galles a perdu 9 % ; par contre, les Midlands ont progressé de 11 % et la région de Londres de 18 %[24].

Ainsi, alors que depuis le XVIIIe siècle c'était le Nord qui entraînait la Grande-Bretagne sur la voie du dynamisme économique, de l'avance technologique, de l'urbanisation, de l'expansion outre-mer face à un Sud resté rural, passé au conservatisme et souffrant de se sentir en perte de vitesse, on en revient après 1918 à l'équilibre régional qui prévalait avant la révolution industrielle — du Moyen Age à l'époque des Stuarts, lorsque le Sud formait le secteur le plus peuplé et le plus prospère du pays et se caractérisait par son esprit de progrès et sa volonté de relations avec l'extérieur (le Nord était alors une région pauvre, féodale, conservatrice). Maintenant, la balance politique n'a pas changé : le Sud, plus bourgeois, reste une forteresse du conservatisme, le Nord ouvrier vote en grande majorité *Labour*. Mais sur le plan économique le Nord, frappé par des conditions adverses, doit laisser à son rival des activités de pointe, la concentration scientifique, le contrôle des pôles de développement. En particulier, le « triangle d'or » du Sud-Est tend de plus en plus à accaparer population, pouvoir et décision. Sans doute la Seconde Guerre mondiale freine-t-elle momentanément ce mouvement de *drift to the South*, car les régions méridionales sont trop exposées aux bombardements. Mais le courant reprend irrésistiblement dès 1945-1950. Plus que jamais, une ligne allant de la Severn (Bristol) au Humber (Hull) divise l'Angleterre, économiquement, socialement, politiquement (il faut mettre à part le cas du pays de Galles, de même que l'Écosse). On peut parler dans ces conditions d'une résurgence, cette fois plus géographique que sociale, des « deux nations » de Disraeli. Au Nord-Ouest obsolescent et paléotechnique, massivement populaire, travailleur et puritain, dont le paysage est tout imprégné de vestiges victoriens, s'oppose un Sud expansionniste et cossu, région active, propre, verdoyante, où prévalent bourgeois et cols blancs et où domine l'individualisme conservateur.

Écartons par conséquent les visions schématiques et unilatérales. Réduire l'économie britannique d'après 1918 à un organisme malade inexorablement voué à une lente décrépitude, c'est s'abuser gravement. Il est bien certain que la Grande-Bretagne a perdu la position privilégiée qui était jadis la sienne. Par exemple, sa production industrielle en 1938 constitue seulement 9 % du total mondial au lieu de 14 % en 1913 et 19 % en 1900. Et les deux dévaluations de la livre, en 1931 et en 1949 — chacune de 30 % —, portent un coup sévère au prestige monétaire du sterling. Pourtant la part du Royaume-Uni dans le commerce mondial des produits manufacturés reste plus qu'honorable : 19 % en 1938 (en 1913, le chiffre était de 25 %). Vers 1950, les exportations représentent plus du quart de la production du pays. Quant au revenu national, son évolution au cours de la période 1913-1938 (que l'on assimile habituellement à une ère de dépression et de semi-stagnation) dénote une progression plus rapide qu'avant 1914, puisque le total (en prix constants) passe de 2 milliards à 2,7 milliards de livres, soit une avance de 44 à 57 livres par habitant[25].

Sans vouloir minimiser les points noirs du tableau, force est donc de mettre aussi en lumière les aspects positifs. Trois signes en particulier témoignent des capacités d'adaptation de l'économie britannique : l'élan des industries nouvelles (dont l'essor fait largement appel à la technologie de pointe), la renaissance de l'agriculture, le relèvement économique lors du second après-guerre. Devant l'incontestable et vigoureuse reprise des années trente (il est à noter que la crise de 1929 a été moins ressentie et surtout moins longue en Angleterre qu'ailleurs : sur la base 100 pour 1925-1929, la production, tombée à 92 en 1931, s'est relevée dès 1933 et a atteint 147 en 1937), les contemporains ont été surtout attentifs aux changements de la politique économique officielle — abandon de l'étalon-or et du libre-échange, législation favorable à la rationalisation, embargo sur l'exportation de capitaux. Mais en fait on doit davantage attribuer ce nouveau départ à la croissance de la demande de biens de consommation et au *boom* des nouvelles industries légères. Ces nouvelles industries, ce sont les fabrications électriques et électroniques (145 000 salariés en 1923, 340 000 en 1938), la construction automobile

9. La croissance de la population du Royaume-Uni par région (1901-1971)

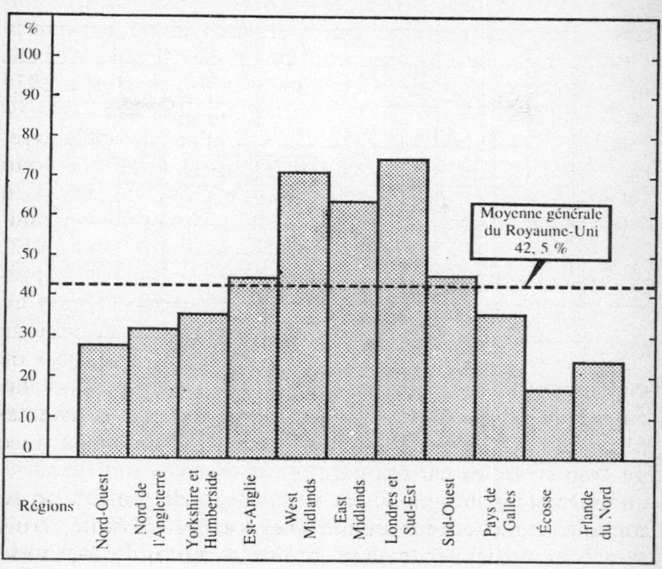

et aéronautique (200 000 salariés en 1923, 400 000 en 1938, effectif alors équivalent à celui de l'industrie du coton, qui pourtant en 1923 employait 560 000 personnes); les industries pharmaceutiques, photographiques, plastiques; le caoutchouc; les textiles artificiels[26]... Parmi les secteurs au développement le plus rapide, on peut citer les appareils ménagers : la production annuelle d'aspirateurs passe de 38 000 en 1930 à 410 000 en 1935. Au total, c'est un véritable pôle de développement qui se forme dans ces industries nouvelles, sophistiquées, destinées à la consommation de masse, où l'avance scientifique et technique des Britanniques trouve largement à s'employer — une avance renforcée de surcroît après 1933 par l'afflux de savants réfugiés d'Allemagne. Qu'il suffise de mentionner des inventions comme le radar ou le moteur à réaction aux immenses conséquences stratégiques et industrielles ou bien les progrès spectaculaires réalisés en

10. Évolution de la production industrielle et de la production agricole du Royaume-Uni

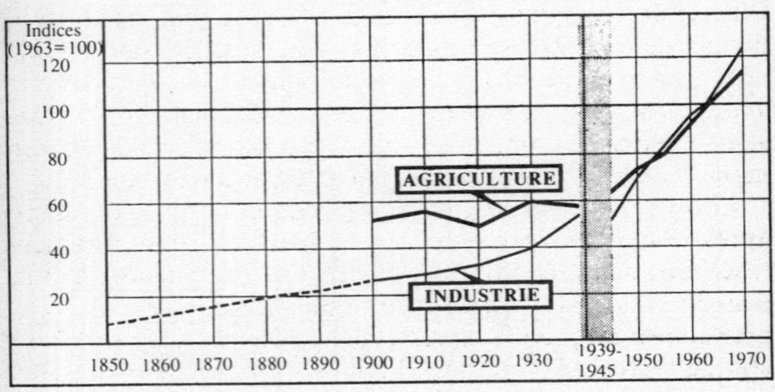

matière de physique nucléaire, de cerveaux électroniques, de biochimie, tous progrès qui fourniront une solide base de départ à l'expansion industrielle après 1945.

De son côté, l'agriculture trouve un nouveau souffle. Déjà durement frappée à la fin du XIXe siècle, elle avait lutté de son mieux au cours des années vingt contre l'adversité : concurrence internationale accrue, doublement des charges salariales (la seule innovation favorable avait été l'introduction pendant la guerre de la betterave à sucre). Puis la dépression de 1929-1932 avait entraîné de nouveaux désastres — engorgement des marchés et chute des prix. Mais c'est aussi le point de départ de la renaissance des campagnes. En effet, avec le retour au protectionnisme et bientôt l'approche du danger de guerre, la politique gouvernementale se met à favoriser systématiquement la production nationale. La méthode adoptée consiste à organiser les marchés en garantissant les prix. Des *marketing boards* sont établis pour les principaux produits : viande, blé, lait... Ainsi encouragée, l'agriculture se diversifie. Elle retrouve élan et dynamisme. Grâce à ce retour des choses, les fermiers reprennent cœur. Pendant la guerre, ils prospèrent même sans vergogne : leur revenu est multiplié par deux et demi. Les journaliers profitent également de la conjoncture. En même temps, la mécanisation progresse à pas de géants. On ne comptait en 1939 que 150 moissonneuses-batteuses pour tout le pays, mais en revanche 650 000 chevaux de travail. Quinze ans plus tard, les chevaux ont disparu, remplacés partout par les tracteurs. L'agriculture anglaise est devenue l'une des plus mécanisées du monde. En 1951, sa production, standardisée, subventionnée, garantie (elle est fondée sur le double principe *stability and efficiency*), est supérieure de moitié à celle de l'avant-guerre. Pour les campagnes, après un demi-siècle de vaches maigres, c'est une ère de bien-être qui a commencé.

Enfin le relèvement économique de la Grande-Bretagne après 1945 — malgré les énormes difficultés dues aux destructions, au déséquilibre de la balance des paiements, à la pénurie en dollars — contraste singulièrement avec les sombres années du premier après-guerre. Sans doute faut-il faire état de facteurs favorables : l'élimination des deux des plus dangereux concurrents, l'Allemagne et le Japon; le plan Marshall, qui intervient en 1947 au moment le plus critique. Mais la politique gouvernementale (qui cette fois a su s'inspirer des leçons de Keynes) met l'accent en priorité sur le plein-emploi, l'accroissement de la productivité, le développement des exportations, tout en favorisant les industries nouvelles appuyées sur une technologie avancée. Sans atteindre de résultats spectaculaires (la productivité s'est tout de même accrue de 25 % entre 1938 et 1950), l'économie britannique se redresse. En 1951, pour commémorer le centenaire de l'Exposition universelle, est organisé à Londres le *Festival of Britain* : même si l'on est loin des fastes d'antan, on assiste à un retour indiscutable à l'équilibre et à la confiance.

Les batailles du **Labour**

Avant la guerre, le problème du Travail avait déjà *volens nolens* imposé sa présence à l'opinion. Maintenant il devient omniprésent, au point d'en paraître obsédant. Donnée majeure de la décennie 1914-1924, la montée de la puissance du *Labour* se poursuit à travers avances et reflux jusqu'à 1945. Cependant, malgré l'ampleur nouvellement acquise, l'action ouvrière au cours de l'entre-deux-guerres a essuyé plus d'échecs qu'elle n'a remporté de victoires dans les batailles qu'elle a successivement livrées. Pour elle, la période se solde finalement par une suite de déceptions. Il faudra attendre 1945 pour que le *Labour*, fort d'une majorité électorale indiscutable, soit en mesure et de contrôler l'État et de réaliser les réformes sociales inscrites à son programme.

Le premier point à noter dans les affrontements de ce quart de siècle, c'est la renaissance révolutionnaire, puis son échec. Il se produit en effet vers la fin de la guerre un réveil des forces anticapitalistes qui se coalisent en vue de l'instauration d'un véritable pouvoir ouvrier. Prenant la suite du *labour unrest* des années 1910-1914, cette phase de l'histoire ouvrière — qui va de 1914 à 1926 — est donc marquée par un retour à l'extrémisme, par une âpreté dans la lutte des classes, par une violence dans la révolte contre l'injustice, comme on n'en avait plus vu depuis les temps lointains du chartisme. C'est une contestation radicale qui s'élève. Chez les uns, elle s'inscrit dans une stratégie industrielle — l'action directe —, chez les autres dans une ligne politique — la constitution d'un parti ouvrier révolutionnaire.

Sitôt absorbé le choc consécutif à l'entrée en guerre, on avait constaté dès 1915 un regain d'esprit militant. Parti de la base, animé et coordonné par les délégués d'atelier (les *shop stewards*), le mouvement, dont l'épicentre est Glasgow — *red Clydeside* —, unit dans un même combat revendications de travail et lutte contre la guerre. Un souffle révolutionnaire est dans l'air. Mais ce sont les événements de Russie qui donnent à l'impatience des travailleurs une dimension irrépressible. En effet, la révolution russe soulève immédiatement un écho puissant à travers toute la Grande-Bretagne. Non point tant par sympathie pour l'idéologie bolchevik. Mais par solidarité avec la nouvelle société prolétarienne en gestation. Aux yeux des ouvriers britanniques, le renversement du régime tsariste et l'instauration d'un État révolutionnaire viennent administrer la preuve que le système capitaliste n'est ni inéluctable ni indéracinable. C'est là à la fois une leçon et un stimulant. Un mot d'ordre circule : former partout des *soviets* sous la forme de conseils ouvriers. De fait, l'offensive ouvrière se dépioie de 1918 à 1921 sur un vaste

11. *Trade unions* et trade-unionistes depuis le milieu du XIXe siècle

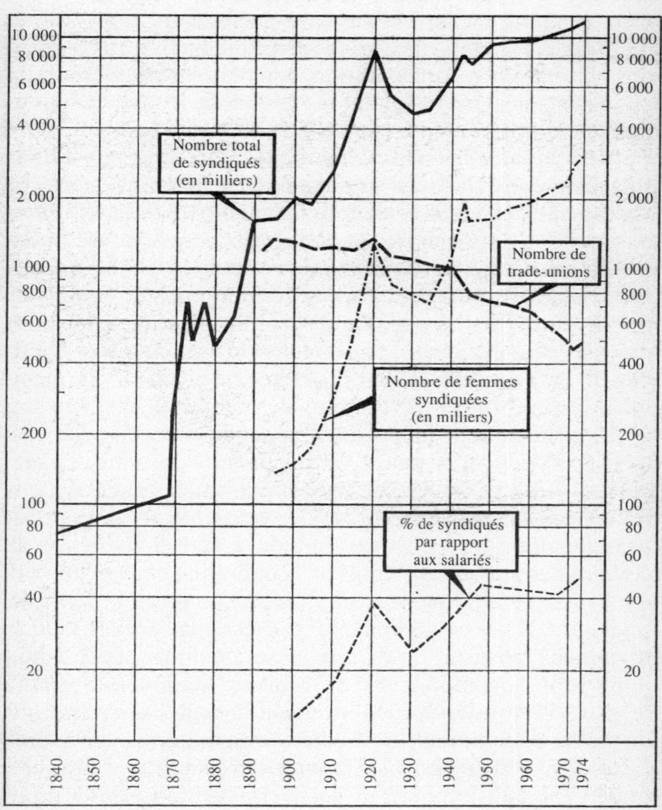

front tantôt suivant la tactique des petites minorités agissantes, tantôt s'appuyant sur l'action de grands syndicats de masse organisés et disciplinés (en particulier la Triple Alliance des mineurs, des cheminots et des ouvriers des transports). La peur des « rouges » est alors à son comble.

Mais dans l'aile industrielle du mouvement révolutionnaire comme dans son aile politique, l'année 1921 marque un premier coup d'arrêt. Sur le plan syndical, la reculade du « vendredi noir » (*Black Friday*) révèle la cassure entre d'une part la minorité intransigeante des partisans de l'action militante, bien décidés à mener une lutte de classes sans rémission, et d'autre part la majorité plus modérée qui incline au compromis plutôt qu'à la confrontation, à la paix sociale plutôt qu'à la guerre sociale. Sur le plan politique, le jeune parti communiste britannique, formé en 1920-1921, ne parvient guère à attirer à lui les éléments dynamiques soit des organisations socialistes, soit du trade-unionisme : prisonnier des directives cassantes et des interventions intempestives de la IIIe Internationale, rejeté par le *Labour Party*, qui refuse toute affiliation d'origine communiste, versant au surplus dans le sectarisme propre aux chapelles, le communisme anglais ne parviendra jamais à s'implanter massivement dans la classe ouvrière ni à influencer pour de bon la vie sociale et politique du pays (en 1938, le parti totalise seulement 18 000 membres)[27]. On aurait tort toutefois de minimiser par trop son rôle, comme c'est l'habitude. Son action dans les syndicats a été profonde, persistante, fréquemment couronnée de succès ; sur le plan intellectuel, le communisme a bénéficié dans les années trente d'un courant de sympathie — on pourrait presque dire d'un snobisme — qui lui a amené l'adhésion de certains des plus grands noms de la littérature et de nombreux étudiants ; parallèlement, l'antifascisme, la tactique du Front populaire, la guerre d'Espagne, et pendant la Seconde Guerre mondiale l'héroïsme de l'armée soviétique, lui ont attiré bon nombre de « compagnons de route ». Malgré tout, faute d'assise électorale, faute d'insertion dans des organisations de masse, le communisme anglais, resté indigent, voire souffreteux, n'a pas réussi à surmonter son handicap d'origine : celui d'apparaître comme un corps étranger tant dans le mouvement ouvrier que dans la nation.

Après ce double échec — industriel et politique — de l'extrême gauche révolutionnaire, un recul du trade-unionisme — beaucoup plus grave celui-là — se produit en 1926 en même temps que s'aggrave dans le mouvement ouvrier le schisme entre révolutionnaires et modérés : c'est la débâcle de la grève générale, épisode capital dans l'histoire du *Labour*. Lancé par solidarité avec les mineurs, le mot d'ordre — celui même qui avait fasciné une génération de syndicalistes — aboutit en une semaine à un fiasco total. Le résultat de cette confrontation maladroite entre le monde du travail et l'État allié au patronat (coalition derrière laquelle s'est rangé tout le parti de l'ordre) c'est une capitulation pure et simple des *trade unions*, obligés de passer sous les fourches caudines du gouvernement conservateur. Pour le mouvement ouvrier, le bilan est lourd. Non seulement ses adversaires s'empressent de prendre leur revanche par une législation de combat (le *Trade Disputes and Trade Union Act* de 1927 proscrit toute grève générale, interdit les grèves de solidarité de nature à menacer le gouvernement, impose des restrictions sévères aux piquets de grève, interdit aux fonctionnaires de s'affilier au TUC, entrave le financement du parti travailliste), mais en outre les effectifs syndicaux fléchissent d'un cinquième, le déclin se poursuivant jusqu'à 1934 (cette perte de plus d'un million d'adhérents ne sera compensée qu'en 1938, date à laquelle les *trade unions* retrouvent et dépassent le niveau de 1926)[28]. De surcroît, l'élan de la militance ouvrière est brisé. Le découragement consécutif à l'échec, puis l'arrivée de la dépression mondiale stoppent pour des années les grandes luttes dans la plupart des industries. Alors qu'entre 1919 et 1926 les conflits industriels avaient fait perdre en moyenne 45 millions de journées de travail par an, entre 1927 et 1939 le nombre des journées de travail perdues pour fait de grève s'élève en moyenne annuelle à un peu plus de 3 millions seulement[29]. Surtout le fiasco de 1926 porte un coup fatal au syndicalisme révolutionnaire. La grande victime, c'est la stratégie de l'action directe et du « contrôle ouvrier ». En ce sens, Beatrice Webb avait raison de prophétiser dans ses carnets que mai 1926 représenterait « un tournant crucial dans l'histoire de la classe ouvrière britannique[30] ». Derrière cet épisode spectaculaire de la lutte entre le Capital et le Travail, il convient en effet de voir la dernière grande tentative révolutionnaire qui se soit produite en Angleterre — tentative d'ailleurs anachronique en raison de son caractère tardif, dans la mesure où l'élan révolutionnaire, porté à son maximum en 1919-1920, était déjà retombé depuis un lustre. Dorénavant, la révolution, après avoir été projet exaltant et point de ralliement des espérances de l'ultra-gauche, est réduite à l'état de mythe.

La voie étant ainsi définitivement déblayée devant le réformisme, le mouvement syndical se relève peu à peu et repart au prix de beaucoup d'efforts. Mais la direction suivie après 1926 par les leaders du trade-unionisme diffère considérablement de celle qui avait prévalu jusque-là. A la phraséologie révolutionnaire, on préfère une tactique réaliste, orientée vers la négociation, en particulier vers les accords à long terme destinés à procurer des avantages tangibles aux travailleurs. L'idée de coopération prend le pas sur celle de conflit. En même temps, du fait du reflux de la stratégie maximaliste et libertaire mettant l'accent sur l'initiative ouvrière et l'autogestion, le syndicalisme opte sans ambiguïté pour l'« économisme », c'est-à-dire la primauté des objectifs économiques à court et à moyen terme. Option décisive et lourde de conséquences pour l'avenir : pendant près d'un demi-siècle l'action syndicale va être tournée par priorité vers les conquêtes quantitatives. Et il faudra attendre les années 1970 pour que se produise une redécouverte du qualitatif. Par ailleurs, la nouvelle attitude conciliatrice du TUC est à mettre en parallèle avec la vogue du côté patronal, au cours des années vingt, de l'organisation scientifique du travail et dans les années trente des « relations humaines » dans l'industrie. Mais, de la part des *trade unions*, faire retour à la collaboration de classes en renonçant à la guerre sociale, ce n'est nullement reconnaître une identité d'intérêts entre patrons et ouvriers, c'est seulement éviter les confrontations coûteuses et assurer à leurs adhérents des améliorations concrètes en s'appuyant sur la vraie force des salariés — source de leur *bargaining power* : le nombre, la discipline, l'organisation. Toutefois, si sur cette voie la loyauté ouvrière envers ses organisations traditionnelles reste entière, à la base la méfiance antipatronale est toujours aussi vive. Et même parmi les ouvriers les moins engagés ou les moins politisés affleure le sentiment qu'il y a bien un « mouvement » ouvrier, immense effort collectif, patiente défense des humbles et des petits contre les privilèges des gros.

Sur le plan politique, le réformisme l'emporte pareillement. Mais ici le tournant avait été pris, on l'a vu, dès les premières années du siècle, lorsque avait été choisie la voie de la social-démocratie parlementaire. Il est vrai que de l'avant-guerre à l'après-guerre l'essor temporaire du *guild socialism* avait représenté une tentative pour échapper à la fois aux pièges de l'électoralisme et aux dangers d'oppression de l'État collectiviste, en faisant appel à un socialisme à base d'autogestion libertaire. Mais les gros bataillons électoraux préfèrent à cette aventure la ligne officielle, prudente, modérée, du *Labour Party*. Sans doute celui-ci a-t-il maintenant défini sa doctrine en termes ouvertement socialistes puisque le programme travailliste, *Labour and the New Social Order*, élaboré en 1918 par Sidney Webb — l'homme de « l'inévitabilité du gradualisme » —, promet l'abolition du capitalisme et l'instauration d'un « ordre social nouveau » de type collectiviste, égalitaire et fraternel, le passage de l'un à l'autre devant s'effectuer par la voie démocratique et parlementaire, grâce à la conquête de l'État par le suffrage universel. Ainsi, fidèle à son inspiration fabienne, mais reprenant également pour une part l'héritage libéral (intellectuellement aussi bien qu'électoralement), le travaillisme vise une transformation de la société en douceur, progressive, légale, sans violence, obtenue avec le concours du plus grand nombre. Sans se laisser décourager par la médiocrité des deux expériences de gouvernement *Labour* en 1924 et en 1929-1931, les militants travaillistes poursuivront à travers les conditions adverses des années trente le combat pour un socialisme de type humaniste et libéral.

« Leur plus belle heure » : de Harmagedon à la nouvelle Jérusalem

En 1939, pour la seconde fois en l'espace d'une génération, l'Angleterre entre en guerre. Mais cette fois, bien qu'il s'agisse derechef d'une guerre totale, et même d'une guerre plus longue, plus destructrice que la première, dans laquelle de surcroît le sol national se trouve sur la ligne de combat, le conflit ne provoque dans l'opinion ni le même choc ni le même ébranlement qu'en 1914-1918. De plus, s'il a laissé des marques aussi profondes, il n'a point engendré autant d'amertume dans les cœurs. L'explication tient bien sûr pour une part aux dissemblances entre les deux après-guerres, mais elle tient d'abord aux différences dans les conditions morales et stratégiques de la lutte. A.J.P. Taylor a soutenu que « pendant la Seconde Guerre mondiale, le peuple anglais a atteint sa majorité ». Car, explique-t-il, ce fut une guerre populaire, une guerre citoyenne : même si les historiens veulent y voir un nouvel épisode des affrontements pour l'équilibre européen ou bien une bataille menée pour la défense de l'Empire, les Britanniques quant à eux l'ont vécue de manière tout autre. Pas un instant ils n'ont douté que ce fût une « croisade » contre Hitler et l'asservissement nazi[31]. C'est pourquoi, pour tous ceux à qui Churchill avait promis « du sang, du labeur, de la sueur et des larmes », ce fut vraiment « l'heure la plus belle de leur histoire ».

Du reste, lorsque le gouvernement déclare la guerre le 3 septembre 1939, il est suivi par l'opinion tout entière, unie dans le calme et la résolution. Peu de voix discordantes : ici ou là, des minorités infimes, communistes, fascistes ou pacifistes. Rien de comparable en tout cas avec 1914, encore moins avec 1917-1918. Au contraire, au fur et à mesure que le conflit avance, l'unanimité nationale s'élargit encore, puisque les communistes adhèrent à partir de 1941 au combat commun. Signe d'un changement de mentalité : les Anglais « prennent la parole ». Dès le début des hostilités, en effet, les observateurs notent qu'un peu partout dans les lieux publics, les autobus, les trains, les gens, y compris les plus respectables, se mettent à parler entre eux sans même se connaître[32]. C'est que chez tous domine la conscience d'une communauté de destin.

De 1939 à 1945, bien plus que lors du premier conflit mondial, le déchaînement guerrier atteint chaque individu, chaque foyer. Les civils, mobilisés pour l'effort de guerre, ne s'éprouvent pas moins indispensables que les soldats. Souvent il leur arrive d'être aussi exposés (c'est ainsi qu'il a fallu attendre 1942 pour que le nombre des militaires tués dépassât le chiffre des victimes civiles)[33]. Et davantage qu'en 1914 c'est une lutte mondiale. Une lutte qui se déroule simultanément sur trois continents, à travers les airs, sur toutes les mers.

Une lutte qui fait rage de la Norvège à l'Erythrée, des plaines de Belgique au désert de Cyrénaïque, du bocage normand à la jungle birmane, du ciel du Kent à celui de Hambourg et de Berlin. Une lutte dont les hauts lieux s'appellent Dunkerque et Tobrouk, El Alamein et la bataille de l'Atlantique, Caen et Arnhem. Mais surtout, pour la première fois depuis des siècles, une bataille — décisive pour l'issue de la guerre — porte le nom de «bataille d'Angleterre». L'île elle-même (« *this Fortress built by Nature for herself* ») n'est plus à l'abri. Les combats se déroulent au-dessus d'Albion. Et à peine la menace d'invasion écartée à l'automne 1940, les bombardements meurtriers et destructeurs de l'aviation ennemie s'acharnent mois après mois, de septembre 1940 à mai 1941, sur les villes anglaises (ce qui faisait dire à un Français libre : « Londres, c'est le front »[34]).

Dans l'attitude des Britanniques au cours de ces années, deux points sont à mettre en évidence, car ils ont laissé un souvenir durable dans la mémoire collective. D'abord un sens patriotique nouveau, fait à la fois de sentiment national et d'esprit universaliste. Le patriotisme d'un peuple qui avec courage et résolution défend l'homme et la civilisation en même temps que son propre sol et sa propre liberté. Le patriotisme d'une nation qui se veut fidèle à elle-même selon l'exhortation de Shakespeare : « *If England to itself do rest but true.* » Le peuple anglais, rassemblé derrière Churchill, symbole de la résistance, galvanisé par «l'esprit de Dunkerque», n'est-il pas en train de réaliser sa mission de peuple prédestiné — *this happy breed of men ?* Aussi chaque citoyen a-t-il conscience qu'une impérissable gloire rejaillit sur l'Angleterre de 1940, cette Angleterre qui, restée seule, tient en échec un adversaire réputé invincible, avec sang-froid, détermination, ténacité : *mens aequa rebus in arduis*. Bientôt, vers l'île-forteresse où résiste la nation unanime, vers Londres point de rassemblement du combat antinazi, les peuples de l'Europe enchaînée feront monter, avec Robert Desnos, l'écho de leurs espoirs :

Je vous salue sur les bords de la Tamise,
Camarades de toutes les nations présents au rendez-vous,
Dans la vieille capitale anglaise,
Dans le vieux Londres et la vieille Bretagne[35]...

Jamais assurément les sentiments anglophiles n'ont atteint pareille intensité, pareille pureté.

D'autre part, après trente années d'âpres affrontements sociaux, de querelles intestines dans un climat de suspicion et d'hostilité, l'atmosphère a radicalement changé. La solidarité nationale prend le dessus. Mais le phénomène va beaucoup plus loin qu'une simple résurgence nationaliste. Derrière ce rassemblement des cœurs, derrière cet esprit d'unité, il y a la certitude de mener une guerre d'un type nouveau. A la différence de la guerre anonyme de masse comme en 1914, à la différence également de la guerre volontaire d'une chevalerie comme dans le passé (ou même comme dans la bataille d'Angleterre : « jamais un si grand nombre d'hommes n'a été autant redevable à un si petit nombre »), c'est, selon le terme de Priestley, une « guerre de citoyens ». Une « guerre du peuple » ont renchéri A.J.P. Taylor et A. Calder. Churchill, quant à lui, l'a appelée la « guerre des soldats inconnus ».

Dans l'armée, la *Home Guard*, la *Civil Defence*, dans les bureaux et les ateliers, dans les cantines ou dans les abris antiaériens, un sens communautaire neuf est né — le sens d'une communauté « dos au mur » (*backs-to-the-wall*), partageant les mêmes sacrifices, les mêmes restrictions, les mêmes dangers. Chez les riches, on doit renoncer au luxe et même aux aises d'avant-guerre. Les domestiques disparaissent, absorbés par les usines de guerre. La taxation s'alourdit : l'*income-tax* atteint le taux de 50 %. Dans ses carnets, l'élégant diplomate Harold Nicolson confesse le choc qu'il ressent à l'idée qu'après la guerre il lui faudra aller à pied et faire ses achats chez Woolworth[36] ! A beaucoup il semble que les distinctions sociales subissent une érosion rapide, que la lutte des classes est sinon oubliée, du moins laissée au vestiaire, remise à des jours meilleurs. Un journaliste américain écrit en 1940 dans le *New York Herald Tribune* : « Hitler est en train d'accomplir ce que des siècles d'histoire anglaise n'avaient pas réussi à faire : il est en train de briser la structure de classe de l'Angleterre[37]. » Illusion, bien sûr : l'exagération abonde dans ces impressions éphémères. Les écarts sociaux auront la vie plus dure que les *Panzers*. Et les conflits d'intérêts ne cessent pas comme par enchantement. Dans les usines, les *shop stewards* défendent opiniâtrement les revendications de leurs camarades (en 1943 on comptera 1 800 000 journées de travail perdues pour fait de grève — 40 % de plus qu'en 1938)[38]. Au bout du compte, les ouvriers sauront mieux saisir leurs chances qu'en 1914-1918 : grâce au plein-emploi, grâce au besoin pressant de leurs bras pour l'effort de guerre, ils récolteront les dividendes de ce dernier en termes bien plus avantageux que leurs devanciers.

Il n'en reste pas moins que psychologiquement un élan commun entraîne tout le monde vers le même but. Civils et militaires, jeunes et vieux, hommes et femmes, privilégiés et *underdogs*, tous participent de la même volonté de vaincre et partagent le même civisme — ce civisme qui fait l'admiration des Français libres et autres Européens réfugiés en Angleterre. Ainsi s'explique la soumission disciplinée à un rationnement sévère, la faible extension du marché noir, l'acceptation de multiples restrictions, par exemple ces *British Restaurants* imaginés par Churchill, sortes de *self-service* populaires à plat unique où l'on ne peut dépenser plus de 5 shillings... Une initiative comme celle des vêtements à bon marché « *Utility* » administre la preuve que l'objectif du gouvernement est bien de partager entre tous le minimum nécessaire. Les autorités spirituelles, de leur côté, ne cessent de relier le sens de la lutte aux traditions chrétiennes du pays. En définitive, chacun sait pourquoi il se bat et où il se situe (on remarque par exemple que le taux de suicide diminue d'un tiers par rapport à l'avant-guerre)[39]. Ainsi la somme des sacrifices consentis en commun aura-t-elle des effets inattendus. Après coup, l'époque apparaîtra à bien des égards comme une époque privilégiée dans l'histoire de la nation, un interlude faste dans les relations sociales — comme l'a écrit A.J.P. Taylor, « la brève période pendant laquelle le peuple anglais eut le sentiment de former une communauté véritablement démocratique[40] ».

Sur d'autres plans, en revanche, la guerre a eu des conséquences redoutables pour l'avenir national. Assurément elle a marqué un tournant capital dans l'histoire de l'Angleterre, même si sur le moment peu d'Anglais l'ont perçu clairement. D'abord parce qu'en suscitant l'essor des deux « super-grands » elle a opéré une dramatique réduction de la puissance mondiale de la Grande-Bretagne ; en second lieu parce qu'elle a mis virtuellement un point final au destin impérial du pays.

Dès 1943, Churchill, en avance sur ses compatriotes, avait pris conscience de ce changement de taille et de poids : « C'est à Téhéran, a-t-il raconté, que pour la première fois je me suis rendu compte combien petit était mon pays. J'étais là assis avec le grand ours russe à ma gauche, ses pattes tout étirées, et à ma droite le gros buffle américain. Entre les deux se tenait le pauvre petit bourricot anglais, qui était le seul — le seul des trois — à connaître le bon chemin[41]. » Et la même année un autre observateur, le général Smuts, prophétisait : l'Angleterre d'après-guerre bénéficiera « d'un prestige énorme et du respect de tous », mais il ajoutait : « seulement elle sera pauvre »[42].

Cependant, avant même que la victoire ne soit en vue, on se met chez les combattants comme parmi les civils à imaginer l'après-guerre, à rêver d'un monde nouveau, absolument différent de l'ancien. Précisément parce que la guerre est une guerre totale, elle fait naître d'immenses espoirs, à la mesure même de l'horreur du conflit. Aux aspirations généreuses et confuses, se mêle par moments un véritable messianisme. Dans les ténèbres de la lutte qui n'en finit pas, ne verra-t-on pas pointer l'aube d'une nouvelle Jérusalem ? Un grand bouillonnement d'idées traverse tout le pays. Mille projets sont en gestation. De l'effervescence des esprits, de la volonté de construire un ordre plus juste témoignent des initiatives aussi variées que les plans de réforme sociale de l'*Army Bureau of Current Affairs*, le rapport Beveridge (plus de 600 000 exemplaires vendus) ou la soudaine floraison d'un parti nouveau, le *Common Wealth Party*, formé d'intellectuels socialistes et radicaux. Dans l'opinion, deux points font l'unanimité. D'abord on ne veut plus revivre le cauchemar de l'avant-guerre, avec son « régime des petits hommes » égoïstes et capitulards, selon l'expression d'un best-seller de gauche, édité par Gollancz, *Guilty Men*. Ensuite, et comme par antidote, on met en avant quelques exigences très simples : du travail pour tous, la sécurité, le droit à la santé, un niveau de vie décent et une réelle coopération internationale. Fait paradoxal : au moins autant que le *Labour*, ce sont les milieux de la bourgeoisie libérale ou même *tory* que touche cette volonté de changement et de réformes de structure. Ainsi l'inventeur du terme *Welfare State* en 1942 n'est autre que le chef de l'*Establishment*, William Temple, archevêque de Cantorbéry[43] ! Inversement, l'expression *revolution by consent* — la révolution par la loi — est due au théoricien du socialisme avancé, Harold Laski... Un célèbre éditorial du *Times* avait défini dès l'été 1940 les principes socialisants qui devaient régir la société d'après-guerre : « Quand nous parlons de démocratie, nous ne voulons pas dire la démocratie qui assure le droit de voter en oubliant le droit de travailler et le droit de vivre. Quand nous parlons de liberté, nous ne voulons pas dire l'âpre individualisme qui refuse de planifier l'économie et d'organiser la société. Quand nous parlons d'égalité, nous ne voulons pas dire l'égalité politique que rendent illusoire les privilèges économiques et sociaux. Quand nous parlons de reconstruction économique, nous pensons moins à porter la production au maximum (même si cela aussi s'avère nécessaire dans l'avenir) qu'à instituer une juste distribution [...]. Le nouvel ordre ne pourra être fondé sur la conservation des privilèges, que ces privilèges soient ceux d'un pays, d'une classe ou d'un individu[44]. »

Certes, il faut se garder du piège des mots. On a usé et abusé du qualificatif de « révolution sociale » à propos des années 1940-1945. L'évolution à plus long terme a bien montré à quel point l'expression était excessive. Mais ne peut-on soutenir qu'il s'est alors produit un grand bond en avant de la démocratie, même si les réalisations n'ont pas été à la mesure des ambitions, même si ultérieurement les blocages des intérêts et des habitudes sont venus stopper le mouvement et amenuiser les conquêtes égalitaires ? En effet, en premier lieu, le vaste processus de discussion démocratique, tel qu'il s'est engagé et poursuivi, a contribué à une démocratisation des esprits. Nul n'a pu renier par la suite cette volonté généreuse de transformation pour le bien commun, ces projets de construction d'un monde nouveau d'où soient exclus la faim et la peur, le chômage et la misère, l'insécurité et la haine (« *warfare has necessitated welfare* », a écrit A. Briggs). D'autre part, la guerre a provoqué une poussée à gauche avec la montée du *Labour* en même temps qu'elle respectabilisait les idées de socialisation et de planification. Il serait sans doute exagéré de parler de procès fait à la civilisation capitaliste, mais à partir de 1942 tous les sondages démontrent le glissement de l'électorat vers le travaillisme.

On a invoqué, à la suite du sociologue Andrzejewski, une loi de transformation des sociétés sous l'effet des guerres, proportionnellement au degré de participation des masses populaires (*military participation ratio*). Avec plus de subtilité et une optique un peu différente, Titmuss a repris cette idée à son tour. Sans doute ne saurait-on contester avec Marwick que la guerre exerce une double action de rupture et d'accélération. Néanmoins, à notre point de vue, le problème ne se pose pas exactement en ces termes. La vraie question, celle qui n'est point résolue, qui reste posée aux historiens, est la suivante : dans la transformation, limitée mais réelle, de l'Angleterre au cours de la décennie 1940-1950, l'impulsion décisive est-elle venue du phénomène de guerre (auquel cas le tournant de la démocratisation se situerait lors des années 1940-1944) ou bien cette guerre citoyenne n'a-t-elle fait qu'amorcer une évolution, les changements effectifs s'effectuant entre 1945 et 1950 sous la pression du *Labour* et par le canal du gouvernement travailliste ?

Le **Welfare State**

« Nous sommes les maîtres, à présent » : cette parole, proférée par un député travailliste au cours d'un débat à la Chambre des communes en 1946, illustre bien l'assurance tranquille et la volonté d'action du *Labour* après son succès triomphal aux élections de juillet 1945[45]. Une majorité énorme (393 députés — dont 168 d'origine ouvrière — contre 213 aux conservateurs), l'élimination définitive du concurrent libéral, un mandat du peuple sans équivoque pour la construction d'un monde différent — juste, égalitaire et pacifique —, tel est le point de départ de ce quinquennat de réformes de structure (« *those Five Shining Years* ») appelé « révolution pacifique ».

Car c'est dans l'euphorie que se fait l'arrivée des travaillistes au pouvoir. John Freeman est allé jusqu'à parler de « *D-Day* » dans la bataille de la nouvelle Angleterre ! Et Hugh

Dalton, évoquant dans ses souvenirs l'état d'esprit des vainqueurs, relate : « Dans notre allégresse, il y avait de la joie et de l'espérance, de la résolution et de la confiance. Nous nous sentions exaltés, consacrés [...] nous marchions de pair avec le destin[46]. » Et il ajoute : nous étions remplis de la sensation d'avoir « une nouvelle société à édifier, avec le pouvoir de l'édifier ». Quel éblouissement en effet pour les militants qui avaient connu les durs revers de l'entre-deux-guerres, et encore davantage pour ceux qui se souvenaient des temps héroïques d'avant 1914 ! Après des années d'efforts et d'épreuves, de labeurs et de dévouements sans nombre, après la longue marche dans le désert, voilà que s'ouvrait devant ces hommes et ces femmes la Terre promise. Mais en 1945 le pays de Canaan, loin de regorger de lait et de miel, allait seulement offrir, au lieu de fruits savoureux à partager immédiatement entre tous, les fruits plus arides du travail, des privations et de la reconstruction. Dans ces conditions, la lumière exaltante des lendemains qui chantent s'obscurcit rapidement. Et l'expérience travailliste se déroule dans une atmosphère d'austérité teintée de grisaille. Pour l'équipe au pouvoir — au demeurant de tendances fort modérées —, le mot d'ordre est à l'efficacité prudente plutôt qu'au spectaculaire et au tapageur.

Pourtant, les ambitions au départ étaient immenses. Elles ne visaient à rien de moins qu'à une transformation totale de la société. En fait, seule une fraction du programme a pu être réalisée. Celle que très tôt on a concrétisée sous le vocable de *Welfare State* (qu'on traduit généralement en français « État-Providence »). C'est-à-dire une nouvelle organisation sociale offrant un minimum de sécurité et de bien-être à tous. Néologisme qui acquiert rapidement droit de cité (le mot fait son entrée dès 1955 dans l'*Oxford English Dictionary*, avec la mention « système d'organisation qui assure à chaque membre de la communauté la protection qui lui est due en même temps qu'il procure à tous les conditions le plus avantageuses possible »), l'expression de *Welfare State* est susceptible de deux définitions différentes. Au sens étroit, on peut reprendre la définition en cinq points donnée par M. Bruce en conclusion de son ouvrage *The Coming of the Welfare State*. C'est ainsi que, selon Bruce, les cinq objectifs essentiels consistent : 1) à garantir à tous et en toute circonstance un niveau de vie décent, sans que ce revenu minimal soit obligatoirement le produit d'un travail (cela grâce à la double notion d'assurance et d'assistance); 2) à protéger chaque citoyen contre les accidents de l'existence (maladie, chômage...); 3) à offrir aux familles les moyens de leur développement et de leur épanouissement (d'où les allocations familiales); 4) à considérer comme des services publics la santé et l'enseignement, afin d'élever le niveau matériel et intellectuel de tous; 5) à développer les équipements collectifs susceptibles d'améliorer les conditions de vie personnelles (logement, environnement, loisirs...)[47]. De ce point de vue, le *Welfare State* se révèle le produit d'une longue histoire et ses origines remontent fort loin dans le passé — ce qui du même coup réduit assez largement l'originalité des initiatives travaillistes de 1945-1950. En effet, toute la politique sociale de l'entre-deux-guerres et plus encore celle du gouvernement libéral entre 1906 et 1914 avaient œuvré pas à pas dans cette direction. On peut même, à la suite de certains auteurs, faire remonter à l'époque victorienne, sinon à la *Poor Law* élisabéthaine, les interventions de la puissance publique aux fins de venir en aide aux faibles et aux déshérités. Toutefois, à côté de cette définition étroite, presque technique, du *Welfare State* (c'est celle que donne le *Concise Oxford Dictionary of Current English* dans son édition de 1964 : un système qui se confond avec la généralisation des services sociaux), on peut prendre le terme en un sens plus large. Il devient alors le symbole de la nouvelle structure de la société telle qu'elle est issue de la Seconde Guerre mondiale : à savoir un régime d'économie mixte où règne le plein-emploi, où l'individualisme est tempéré par l'intervention protectrice de la collectivité, où le droit au travail et au bien-être est garanti par la solidarité nationale, tandis que s'opère une redistribution du pouvoir et des chances et que le mouvement ouvrier obtient sa place au soleil en échange de son intégration dans l'édifice commun.

De son propre aveu, la « révolution » travailliste s'inscrit dans une optique d'« évolution » : son maître mot, c'est la « justice sociale ». Sans qu'elle renie le moins du monde les principes collectivistes inscrits dans les statuts du *Labour*, elle puise son inspiration avant tout auprès de deux libéraux :

Beveridge d'abord, Keynes ensuite. Ce sont là les deux maîtres à penser dont il s'agit de mettre les idées en pratique. Sir Roy Harrod a donc tout à fait raison d'observer : « Le *Welfare State* dérive d'une philosophie socialiste, mais il est associé à la tradition libérale[48]. » On ne soulignera jamais assez en effet l'influence énorme du rapport Beveridge de 1942 (*Report on Social Insurance and Allied Services*) qui expose, en un langage clair, intelligible, accessible à tous, les postulats de base d'où découleront les réalisations sociales de l'après-guerre. Tels que Beveridge les énonce, trois principes directeurs doivent gouverner la société : 1) le refus des privilèges et des intérêts catégoriels ; 2) comme le progrès social forme un tout, il faut, dit Beveridge, abattre sur la route de la reconstruction les cinq géants du mal : la Misère, la Maladie, l'Ignorance, la Saleté et l'Oisiveté ; 3) la sécurité sociale repose sur la coopération entre l'État et l'individu : à l'État de fournir les services sociaux nécessaires, mais sans empiéter ni sur l'initiative volontaire ni sur la responsabilité personnelle. Au temps du gouvernement travailliste, le chancelier de l'Échiquier, Sir Stafford Cripps, incarnation rigide de l'austérité égalitaire et du civisme calviniste, définira des normes très voisines : le problème, explique-t-il, est d'« allier une démocratie libre et une économie planifiée » et de « créer un pays heureux dans lequel existera l'égalité des chances et une disparité modérée des revenus[49] ». Mais on peut évidemment, à partir de là, se poser une question : en quoi une telle philosophie diffère-t-elle de celle qui animait les poussées démocratiques radicales du passé ? Et n'y reconnaît-on pas, actualisés et mis au goût du jour, les vieux mots d'ordre des niveleurs, des jacobins, des chartistes ?

Il faut néanmoins faire ressortir en même temps à quel point l'idéologie du *Welfare State* a été déterminée par les conditions qui ont présidé à sa naissance. Des grands-parents libéraux, certes, mais des parents travaillistes. Une volonté massive de « nouvelle donne » — un *new deal* — afin que la victoire prenne toute sa signification. Des années de guerre qui ont développé un sens nouveau de l'unité nationale, une croyance réelle au bien commun : mettre fin aux « *two nations* » en réalisant « *one nation* ». Une atténuation des conflits et des divisions du fait de l'effort commun accompagné d'une meilleure répartition des charges et des sacrifices. La lutte des classes a reculé, et l'animosité persistante de l'entre-deux-guerres a fait place à un esprit de conciliation et d'entente. D'ailleurs, on peut observer qu'à l'inverse du premier après-guerre où l'on ne laissait pas d'exagérer le « bon vieux temps » — les charmes de la Belle Époque —, la tendance cette fois est de noircir l'avant-guerre — les sombres années trente, *the devil's decade*, lorsque, selon l'expression de George Orwell, l'Angleterre était la « terre du snobisme et des privilèges, gouvernée par des vieillards et des idiots ». Mais ce qui contribue peut-être le plus à faire la popularité en même temps que la célébrité du *Welfare State*, c'est le principe d'universalité sur lequel il est fondé. Égalitaire, destiné à tous, orienté vers le bonheur du plus grand nombre, il s'applique à chacun sans discrimination. Quelle différence, à cet égard, avec la politique sociale paternaliste de jadis, d'essence dissuasive et condescendante, où les pauvres étaient traités en pauvres, comme dans la *Poor Law* et le *Means test* abhorrés ! Effectivement, l'avènement du *Welfare State* se traduit par une amélioration du niveau de vie des masses : celui-ci, en dix ans, de 1938 à 1948, progresse de 25 % pour les salariés (c'est-à-dire les cinq sixièmes de la population) et de 50 % pour les retraités.

Les réalisations, quant à elles, se situent dans deux domaines principaux. Le premier est celui des nationalisations. Répondant au principe du contrôle public des grandes activités et services essentiels à la vie de la nation, les mesures se succèdent à bon rythme : en 1946, la Banque d'Angleterre et les mines; en 1947, les transports (chemins de fer et canaux); en 1948, l'électricité et le gaz; en 1949, la sidérurgie. Pour toutes ces nationalisations la formule choisie prétend éviter les dangers de l'étatisme : au lieu d'être administrées de Whitehall, les entreprises nationalisées sont dirigées par des *boards*, des *councils* ou des *corporations*. Les autres mesures — de beaucoup les plus populaires — concernent les services sociaux en instaurant un régime très complet de sécurité sociale. C'est le *National Insurance Act* de 1946 (allocations maladie, vieillesse, chômage, maternité), le *National Health Service Act*, également de 1946, qui crée, malgré l'opposition forcenée du corps médical, un service national de santé entièrement gratuit payé par le budget de l'État (donc sans versement de cotisations) et le *National Assistance Act* de 1948, qui porte le coup de grâce à la vieille loi des pauvres en réorganisant l'assistance publique (un million de personnes en bénéficient). Mais il ne s'agit pas seulement de « faire du social ». Toutes les activités favorables à l'épanouissement humain sont prises en compte : l'urbanisme et l'environnement (*New Towns Act* de 1946, *National Parks* et *Nature Conservancy* en 1949), le logement, la culture (l'*Arts Council* est créé en 1946), l'éducation et la famille (ici, le mérite des deux mesures principales, l'*Education Act* de 1944 et le *Family Allowances Act* de 1945, revient au gouvernement de coalition). Point capital : dans la pensée de ses créateurs, le *Welfare State* est inséparable du plein-emploi, règle d'or du *Labour*. Parallèlement, d'autres idées de Keynes, en particulier la fiscalité comme moyen de régulation de l'économie et comme instrument de redistribution sociale, trouvent une large application. Au total, c'est donc un ensemble très complet de mesures. Et la société britannique dans son ensemble en est remodelée pour des années. A signaler cependant deux lacunes majeures, qui montrent bien les timidités inhibitrices du mouvement travailliste : il n'est touché ni aux *public schools* ni à la Cité. Ainsi deux clefs de voûte de la vieille société capitaliste et bourgeoise — le *big business* et la ségrégation éducative — sortent intactes des transformations.

Si maintenant on cherche à dégager la signification, à court et à moyen terme, du *Welfare State*, trois points méritent d'être mis en évidence. Tout d'abord, on a galvaudé le terme de « révolution ». Que l'on parle de « révolution tranquille », de « révolution prudente » ou même avec Beveridge de « révolution à l'anglaise » (c'est-à-dire issue d'un développement historique naturel, comme par germination), toutes ces formulations sont bien évidemment abusives[50]. Certes, la phraséologie du *Labour* en 1945 pouvait aisément prêter à confusion. Le manifeste du parti, *Let us face the future*, n'allait-il pas jusqu'à promettre l'établissement d'un « *Socialist Commonwealth of Great Britain* » qui serait « libre, démocratique, efficient, progressiste » et dont les ressources seraient placées « au service du peuple » ? Comme toujours — en particulier à gauche — il est bon de se méfier des logomachies... A vrai dire, l'expression la plus acceptable serait celle de démocratie sociale. A la rigueur, on peut aller jusqu'à social-démocratie. Mais on ne saurait aller plus loin. Woodrow Wyatt, alors jeune député travailliste, ne manquait pas de perspicacité lorsque, dès septembre 1945, il posait la question : « A quoi bon parler de révolution dans l'ordre, si finalement c'est pour ne pas faire de révolution du tout[51] ? »

En deuxième lieu, l'avènement du *Welfare State* se situe dans la grande perspective historique d'émancipation démocratique, celle qui en Angleterre relie les pionniers de la *London Corresponding Society* aux militants de l'ILP, les benthamiens aux fabiens, la « conscience non conformiste » au socialisme chrétien. Sans aller jusqu'à dire avec Anthony Howard que la victoire travailliste de 1945 a provoqué « la plus grande restauration de valeurs traditionnelles que l'Angleterre ait connue depuis 1660[52] », il est certain que le *Labour Movement*, en raison à la fois de son substrat évangélique et de son idéologie radicale, a véhiculé une morale sociale qui en appelle d'une manière et dans un style tout à fait classiques aux grands idéaux traditionnels de justice, de fraternité et d'harmonie. En outre, la politique de réformes sociales de 1945-1950 clôt une période davantage qu'elle n'en inaugure une autre. A l'exemple des états-majors qui préparent la guerre d'hier, le *Welfare State* combat surtout les maux de la société passée. Le constater, ce n'est en rien diminuer ses mérites, qui demeurent immenses. Car il serait tout à fait injuste de minimiser des réalisations que leurs bénéficiaires ont été les premiers à apprécier immédiatement à leur juste valeur ; au surplus, ce serait commettre un grave anachronisme que de reprocher aux gouvernements d'un monde en ruine de n'avoir pas su prévoir la société d'abondance.

Enfin, si le *Welfare State* est le petit-fils de Beveridge et de Keynes, il n'en est pas moins fils des Fabiens. C'est-à-dire que priorité y a été donnée à la méthode législative, administrative, centralisatrice. La thèse étatique y a triomphé au détriment du « contrôle ouvrier ». Mais du même coup, en rejetant les chétives aspirations à une organisation libertaire de la société, le *Labour* s'est exposé à un reproche qui pèsera lourd sur l'avenir : celui de vouloir imposer un socialisme de type bureaucratique.

Quant à la signification à long terme du *Welfare State*, il faut voir, selon nous, dans son instauration un épisode décisif de l'évolution de la Grande-Bretagne contemporaine. En effet, dans l'histoire des rapports socio-politiques, un tournant est alors pris, qui conditionne le destin du pays pour tout le troisième quart (et vraisemblablement pour le dernier quart) du XXe siècle. De la même manière que Peel avait voulu, par l'introduction du libre-échange en 1846, opérer la réconciliation et l'alliance de la classe dirigeante d'hier et de la classe montante du jour — entente qui avait été la clef de l'équilibre social victorien, en mettant un terme définitif aux risques de bouleversements révolutionnaires et en laissant à la classe ouvrière, comme seule option, de s'intégrer dans le consensus imposé par les « classes supérieures » — de même en 1945, à travers l'avènement du *Welfare State*, une conciliation se réalise et un *modus vivendi* s'établit entre le pouvoir du *Labour* (dont la puissance vient d'être manifestée par le suffrage universel) et le pouvoir de la classe dirigeante (contrainte de partager l'héritage qu'elle détenait jusque-là de manière quasi exclusive), cependant qu'un consensus national s'édifie autour des notions de plein-emploi, de minimum vital et de sécurité pour tous. En accédant au gouvernement avec une majorité confortable, le *Labour* impose son influence. Considéré désormais comme un associé à part entière, il inaugure un nouvel équilibre, tout en acceptant simultanément de faire la part du feu et de se ranger.

Ainsi, après les affrontements — exceptionnellement violents pour la société anglaise — de la période 1910-1939, la réconciliation qui intervient pendant et après la Seconde Guerre mondiale aboutit à une entente sur une nouvelle répartition des rôles et du gâteau : au monde du travail les avantages sociaux de l'État-Providence et le droit d'être consulté sur tous les grands problèmes d'intérêt national ; à la *middle class* l'assurance de pouvoir continuer à diriger les affaires privées et une bonne partie des affaires publiques. Grâce à cet accord implicite, réalisé dans un esprit de réalisme pragmatique, les conflits se trouvent à nouveau canalisés à travers des procédures classiques. Ce qui signifie l'avènement d'une société viable et pacifique parce que équilibrée. Au lieu d'un édifice fondé sur le sable de la discorde — base jugée malsaine et peu solide —, la nouvelle société préfère une construction robuste établie sur le roc du consensus. Le résultat, c'est qu'un siècle exactement après le « compromis historique » imaginé par Peel entre l'aristocratie et la *middle class*, un second « compromis historique » est élaboré sous le nom de *Welfare State*, cette fois sous l'égide travailliste, entre la bourgeoisie dirigeante et le monde du travail organisé au sein du *Labour Party* et du TUC. Dans ces conditions, les réformes de l'État-Providence figurent le prix payé par la bourgeoisie — comme jadis l'abolition des *corn-laws* par l'aristocratie — afin de perpétuer son influence et de maintenir l'essentiel de son pouvoir grâce à des accommodements avec le *Labour*. Ce qui du même coup garantit une société stable, sans chaos ni troubles internes comme de 1918 à 1939.

En d'autres termes, les dominants et les dominés, l'*Establishment* et les masses, s'entendent sur ce *modus vivendi* imposé par l'évolution historique du pays, chacun des deux espérant bien faire tourner l'accord à son avantage propre (les contestations ultérieures viendront précisément de cette rivalité autour du partage du pouvoir et de la répartition des fruits de l'abondance). D'ailleurs, des membres de l'*upper class* n'ont pas hésité à se prononcer sans ambages et avec la plus extrême franchise sur ce processus. Ainsi, Robert Boothby, représentant éminent du torysme de gauche, après avoir soutenu que « l'Angleterre vient de passer par l'une des plus grandes révolutions sociales de son histoire », affirme : « Ce qui fait la force du parti conservateur britannique, ce qui lui permet de continuer à jouer un rôle politique de premier plan, c'est son empirisme dans la façon de traiter les problèmes, c'est sa capacité à accepter les faits non tels qu'il les voudrait, mais tels qu'ils sont. Nous avons accepté la révolution de 1832, et cela ne nous a pas empêchés de gouverner l'Angleterre pendant une bonne partie du XIXe siècle. Aujourd'hui, je le dis sans hésitation, nous avons accepté la révolution de 1945 et nous ne nous en préparons pas moins à gouverner de nouveau l'Angleterre pendant une bonne partie du demi-siècle qui nous sépare de l'an 2000[53]. »

En effet, les injustices et les abus les plus criants ayant été éliminés, la route est dégagée, dans le cadre de la *mixed economy*, pour ce qu'on a appelé dans les années cinquante le « *butskellism* » (contraction des noms de Butler et de Gaitskell, respectivement chancelier de l'Échiquier du gouvernement conservateur et du *shadow cabinet* travailliste), c'est-à-dire une attitude *middle-of-the-road* qui se réclame du bon sens et de la raison : politique de *via media* rejetant les extrémismes des deux bords, jugés tout à la fois dangereux, aberrants et en fin de compte *un-British*. Quant à l'économie mixte elle-même — en 1950, 20 % seulement de l'économie nationale appartient au secteur privé —, elle n'a aboli, comme l'observe avec pertinence Richard Crossman, ni la libre entreprise ni la concurrence, mais elle les a « adaptées aux besoins économiques et sociaux du Travail organisé ». Au fond, poursuit Crossman, les réalisations du gouvernement travailliste en 1945-1950 se placent au « point culminant d'un long processus par lequel le capitalisme a été civilisé et dans une large mesure réconcilié avec les principes de la démocratie[54] ». Ainsi, en rejetant le marxisme, la lutte des classes et toutes les théories sur le caractère fondamentalement conflictuel de la société néo-capitaliste, les Britanniques s'enorgueillissent de définir un modèle de société original et équilibré, capable de concilier le Travail et le Capital, la Justice et la Démocratie — ce qu'on appellera par la suite le « modèle suédois ».

C'est pourquoi, si les bases idéologiques du *Welfare State* sont loin d'être acceptées par tous dans leur intégralité (parmi les nostalgiques de l'individualisme, les critiques fusent dans toutes les directions : on incrimine la perpétuelle ingérence de l'État étouffant toute initiative, le caractère dégradant d'un régime d'irresponsabilité toujours prêt à encourager l'imprévoyance, la négation des droits de l'individu à qui est refusé tout libre choix et l'on prétend opposer les vertus de l'*Opportunity State* aux vices du *Welfare State*) ; dans la pratique, en revanche, jamais les grandes lignes du système n'ont été remises en question. C'est ainsi que, dès leur retour au pouvoir en 1951, les conservateurs ont fait savoir qu'ils se garderaient bien de porter atteinte aux nationalisations et encore moins aux services sociaux (auxquels du reste les masses étaient très attachées). Sans doute par la suite y a-t-il eu à diverses reprises des pressions pour revenir sur l'acquis de la part des *die-hards* et de certains intellectuels *tories* comme Enoch Powell. Ces derniers ont soutenu que le capitalisme, à un certain stade de son développement, avait dû consentir aux accommodements et aux concessions nécessités par les circonstances, mais qu'une fois l'ère de l'abondance advenue, de telles pratiques étaient devenues anachroniques et qu'il fallait par conséquent revenir sur de larges pans de la législation des années 1945-1950. (On notera sur la première partie du raisonnement un curieux accord avec les théoriciens de la gauche travailliste, tel Crossman, affirmant dans les *Nouveaux Essais fabiens* que « le *Welfare State* est en réalité l'adaptation du capitalisme aux exigences du trade-unionisme moderne[55] ».)

Néanmoins, aucun politicien conservateur responsable n'a cédé à ces pressions. Bien au contraire, toutes les initiatives venues des rangs *tories*, qui risquaient de mettre en danger l'équilibre du « compromis historique », ont été stoppées. Les affaires — le *business* — sont restées entre les mêmes mains. Et le *Welfare State* s'est montré parfaitement compatible avec le maintien de l'oligarchie. Dès lors, la mobilité sociale tant vantée et la démocratisation proclamée bien haut, se révélant assez rapidement illusoires, on comprend la fureur, la passion de destruction même, des *angry young men* se mettant après 1955 à cogner de la tête contre les murs de la « société bloquée ».

8. Solidité des hiérarchies

*L'*Establishment

Bien que le terme ait été employé pour la première fois, semble-t-il, par Ford Madox Ford autour de 1920, le mot *Establishment* n'a commencé à devenir d'usage courant que vers la fin de la période considérée ici, c'est-à-dire vers 1954-1955 (il s'est trouvé popularisé d'un coup par une série d'articles du *Spectator*). Depuis lors, on s'en est servi à tort et à travers et cette utilisation abusive — souvent du reste polémique — en a obscurci le sens. En fait, l'expression, qui, par son origine historique, ne désignait que le pouvoir ecclésiastique — celui de l'Église d'Angleterre, l'Église officiellement «établie» —, s'est sécularisée et en s'élargissant elle en est arrivée à s'appliquer à l'ensemble des milieux dirigeants traditionnels retranchés dans la citadelle de leurs institutions et de leurs privilèges quasi héréditaires. On y recense donc la couronne, la cour, l'aristocratie, l'Église, la haute magistrature et la haute administration, Oxbridge, l'État-major, la Cité, les magnats de la banque, de l'industrie, des grandes corporations publiques...

Toutefois, si une telle appellation apparaît commode et même évocatrice (on sent s'y profiler permanences, enracinements, poids des traditions...), elle manque de rigueur. Il en va de même d'une autre expression consacrée qui lui est parfois préférée — celle d'«élite de pouvoir» ou *power elite*. Aussi ne saurait-on renoncer à la notion traditionnelle, plus précise et toujours valide, de classe dirigeante *(ruling class)*, pas plus qu'au terme de *upper class*. Ce dernier vocable ayant d'ailleurs trouvé dans les années cinquante un regain de faveur à la suite de la célèbre distinction popularisée par Alan Ross et Nancy Mitford *(Noblesse oblige)*, distinction selon laquelle les Britanniques se répartiraient en deux catégories : *U* (les êtres « supérieurs », ceux qui appartiennent à la *upper class*) et *non-U* (tous les autres).

Il convient cependant de dépasser les snobismes de langage, de vocabulaire, d'accent — quelle que soit leur importance, très réelle, pour traduire ou souligner les différences sociales. Si donc on cherche à analyser la structure de la classe dirigeante au XXᵉ siècle, on doit y distinguer plusieurs composantes. Car depuis 1914 elle est allée se diversifiant. Dans cette structure ternaire, trois éléments principaux se trouvent en effet historiquement superposés, non du reste sans que des interpénétrations multiples viennent introduire dans ce monde fermé mille entrelacs subtils.

A la base, se situent toujours les familles de la vieille aristocratie, à la richesse et au pouvoir traditionnellement fondés sur la terre, bien que leur influence — mais non leur prestige — soit en net déclin. Le second élément est formé des dirigeants de l'industrie, du négoce et de la finance dont on a noté l'irrésistible essor tout au long de la période victorienne et édouardienne. Cette ploutocratie a su depuis longtemps trouver le chemin des alliances — matrimoniales, financières et politiques — avec l'antique noblesse, et c'est elle qui, par le canal du parti conservateur, a tenu la barre presque constamment entre 1918 et 1939. Enfin, on a vu se développer depuis la Première Guerre mondiale, et plus encore depuis la Seconde, une nouvelle catégorie dirigeante. Oligarchique elle aussi, mais née des besoins de la rationalisation et de la concentration, favorisée par l'intervention croissante des pouvoirs publics dans tous les secteurs de la vie du pays, elle est faite de bureaucrates et d'administrateurs professionnels (en attendant les technocrates) qui tirent leur puissance du rôle clef désormais dévolu au savoir. Compétence, efficacité, organisation scientifique, voilà leurs atouts majeurs. Et leur mode de recrutement particulier — diplômes et sélection — leur a valu le nom de méritocrates. Dans l'évolution de la Grande-Bretagne au XXᵉ siècle, ce qui fait donc l'originalité en même temps que la force de la *ruling class*, c'est la confluence entre les trois courants. Aristocratie, ploutocratie et méritocratie ont réussi à opérer une symbiose. Aussi l'*Establishment* a-t-il pu surmonter menaces et coups durs, tout en sauvegardant jalousement son *leadership* à la tête de l'État et de la société.

Depuis 1918, pourtant, l'aristocratie a subi un recul sensible dans ses deux assises traditionnelles : la seigneurie terrienne et le patronage. D'abord parce que beaucoup de domaines nobles ont été disloqués. Dès les derniers mois de la guerre, par suite de l'augmentation des charges fiscales et surtout de l'envolée des prix des terres, nombre de grandes propriétés sont mises en vente. Entre 1919 et 1921 le mouvement s'accélère au point qu'à cette date le quart du sol de l'Angleterre a changé de mains, les acheteurs étant principalement constitués par les fermiers qui cultivaient ces terres et qui accèdent ainsi au statut de propriétaires-exploitants. « Révolution de la propriété » *(revolution in landowning)* qui tend à ramener les campagnes à la situation d'avant les enclosures, lorsque prédominait la classe des *yeomen* (en 1914 les propriétaires-exploitants occupaient 16 % des terres cultivées de l'Angleterre, en 1927 le chiffre a passé à 36 %). Pour trouver un transfert de la propriété de cette ampleur et de cette rapidité, il faut remonter, a fait remarquer F.M.L. Thompson, aux confiscations du XVIIe siècle au temps de la guerre civile ou mieux à la dissolution des monastères au XVIe siècle, sinon plus probablement à la conquête normande[1] ! Opération bénéfique pour les anciens propriétaires et menée par eux au bon moment, car ils ont adroitement profité de la phase de hausse des valeurs foncières avant que n'intervienne la longue chute des cours agricoles et des fermages (c'est en 1936 que la rente atteint son niveau le plus bas depuis 1870). La fortune noble n'est donc point atteinte. Elle va s'investir soit dans l'industrie et le commerce, soit dans l'achat de domaines outre-mer. Du moins est-ce le cas pour la haute aristocratie qui a su défendre au mieux ses intérêts. Il n'en va pas de même pour la *gentry*, davantage touchée par la baisse des revenus fonciers et les difficultés multiples — raréfaction des domestiques, coûts d'entretien croissants — qu'elle éprouve pour maintenir un train de vie honorable dans ses manoirs.

Il faut dire aussi que c'est dans ces familles, pépinières traditionnelles d'officiers, imbues d'esprit patriotique et du sens de l'exemple, que la guerre a prélevé le plus lourd tribut : ici les hécatombes des tranchées ont été spécialement cruelles. Il serait très exagéré de parler de décadence, mais il se glisse un certain désenchantement à la suite du bouleversement apporté par la guerre dans l'ordre ancestral des valeurs. Face au clinquant des nouveaux riches, la déontologie aristocratique se tient sur la défensive. Politiquement, l'affaiblissement au profit de la ploutocratie est indéniable. En 1923, le choix de Baldwin, un industriel de province (même si on le qualifie de «*countrified businessman*») comme leader du parti conservateur de préférence à lord Curzon, le hautain représentant tout désigné de l'aristocratie, prend une signification symbolique. Il apparaît désormais impossible à un lord d'occuper Downing Street. Socialement, le mode de vie a perdu beaucoup de son faste. Les grandes *country-houses* éteignent peu à peu leurs lumières. A Londres, Devonshire House, la prestigieuse demeure des Cavendish dans Piccadilly, est transformée en hall d'exposition pour voitures. Dans Park Lane, Grosvenor House, la résidence des Westminster, est démolie pour être convertie en hôtel. Quant aux châteaux de famille, certains cessent tout simplement d'être habités et ce ne sera que moindre mal lorsque, après 1945, leurs propriétaires les uns après les autres prendront le parti de les ouvrir à la visite des foules plébéiennes afin de subvenir aux frais d'entretien. Dans les années cinquante c'est chose courante pour les titres les plus en vue que d'être associés avec des activités qui à première vue pourraient sembler déchoir : on voit un lord Tennyson diriger une firme de publicité, un duc d'Argyll prêter son nom à une marque de bas et de chaussettes, un lord Montagu of Beaulieu, spécialisé dans les autos et le jazz, monter une entreprise de spectacles... Plus que jamais, et en toute honorabilité, les pairs, les baronets, les chevaliers, les *squires* sont recherchés pour siéger dans les conseils d'administration de la Cité, des banques, des grandes sociétés et jusque dans les *boards* du secteur nationalisé.

Mais si la commercialisation a raison des antiques lignages et des noms les plus glorieux, c'est bien la preuve que le prix attaché à la naissance ne s'est point dévalué. On reconnaît toujours une vertu innée au représentant d'une vieille famille, à l'héritage d'une tradition. Malgré les bouleversements et les crises, le *gentleman* conserve son prestige. Parallèlement, se perpétue le préjugé en faveur de l'amateur : *la* qualité ne confère-t-elle pas *les* qualités ? Mode de pensée hautement traditionnel, absurde dans son fétichisme biologique mais répandu dans tous les milieux. Le goût des Anglais pour les lords reste viscéral. En ce sens, la Grande-Bretagne a beau être un pays où la fortune terrienne ne compte plus guère par rapport à la fortune mobilière, où les villes dominent les campagnes, c'est une société qui garde de manière indélébile la marque aristocratique. Un peu à la façon dont Osbert Sitwell, dans son roman *England Reclaimed* (1927), peint un village dominé par son manoir : sur les murs de chaque cottage se profile l'ombre imposante de la « *Great House* ». Encore à la veille de la Seconde Guerre mondiale, Hilaire Belloc, pour caractériser l'Angleterre, disait qu'elle se résumait en une triple formule : un pays aristocratique, mercantile et protestant. Et à propos de cet État aristocratique — le seul qui subsiste dans la civilisation blanche —, où le principe oligarchique n'est pas seulement toléré mais vénéré, Belloc employait cette formule paradoxale : « L'aristocratie vient d'en bas[2]. » Car elle procède « du goût des gouvernés ». Sa force, s'est de reposer sur un « élément mystique et sacramentel » (qui ne ferait ici le rapprochement avec la monarchie telle que Bagehot la décrivait ?). Aussi l'aristocratie — c'est-à-dire la petite minorité des familles titrées (vers 1950, on compte en tout 950 pairs) et les quelques dizaines de milliers de descendants de la *gentry* — a-t-elle traversé sans trop de dégâts les années de la guerre, puis celles du gouvernement travailliste. Même ceux qui se lamentaient à l'idée de sa proche disparition, comme Evelyn Waugh dans *Brideshead Revisited* (1945), ont dû réviser leur jugement : dans une nouvelle préface, écrite en 1960, Waugh reconnaissait que, non contente d'échapper à la décadence et aux spoliations, « l'aristocratie anglaise a su maintenir son identité à un point qui semblait alors impossible ». Et, de Versailles où elle résidait, Nancy Mitford, en 1955, se félicitait pareillement de ce don de survie : « L'aristocratie anglaise peut sembler au bord du déclin, mais c'est la seule vraie aristocratie qui subsiste dans le monde actuel[3]. » C'est pourquoi les observateurs étrangers continuent d'être frappés par la permanence de ce trait distinctif de la société anglaise : après les Français et les Américains comme Taine et Emerson aux alentours de 1860 ou bien Halévy et Lowell à l'époque édouardienne, c'est le Hollandais Huizinga qui, au milieu du XXe siècle, qualifie le système britannique d'« aristo-démocratie[4] ».

Seulement, ce qui empêche de ranger l'aristocratie parmi les pièces de musée, ce qui donne à l'oligarchie une force remarquable de renouvellement et d'adaptation à la variété des conjonctures, c'est sa capacité d'absorption et d'assimilation. Elle sait intégrer en son sein des individualités extérieures en leur conférant l'aura même dont elle est entourée et qui trouve ainsi à se perpétuer. Elle sait inculquer ses normes et ses valeurs à ceux qu'elle prend sous son aile, convertit et assimile. Ces derniers, bénéficiant à leur tour du prestige ainsi communiqué, entrent alors dans le processus héréditaire. Organisé à l'opposé d'une caste, l'*Establishment* ne se définit en fin de compte ni par son ouverture ni par sa fermeture. Il se définit comme une oligarchie entrouverte. Un isolat qui saurait jeter des passerelles autour de lui. Une combinaison étrange et subtile d'hérédité stricte, d'hérédité souple et d'adoption. De là une classe dirigeante relativement unie et cohérente, formant un milieu principalement endogène, mais aussi exogène par certains aspects, un monde complexe où se sont tissés de multiples liens personnels — ceux de la naissance, de l'éducation, des relations sociales. Hérédité et alliances matrimoniales, camaraderies scolaires et appartenance aux mêmes clubs, participation à la même vie sociale et aux mêmes *parties*... Voilà qui permet au *magic circle* de se perpétuer à travers les changements de l'économie et de la politique, des Églises et de la culture.

Car, depuis la Première Guerre mondiale, à côté de l'aristocratie héréditaire, deux éléments, venus de la *upper middle class*, tiennent une place de plus en plus importante dans la classe dirigeante : le milieu des grandes affaires et les cadres supérieurs de l'État. Il ne s'agit pas seulement du *big business* d'un côté et des hauts fonctionnaires de l'autre. Si les premiers représentent bien le secteur privé et les seconds le secteur public, la séparation, qui était encore aisée à discerner en 1914, est allée se brouillant et les deux mondes avec leurs multiples franges politiques et économiques tendent à se rapprocher. D'autant qu'ils se recrutent pour la plus grande part dans le même milieu : monde étroit où l'hérédité est forte et où la mobilité se mesure chichement. On y succède bien davantage qu'on y accède.

Si la gent aristocratique, pour perpétuer son « patronage », peut compter sur deux atouts — le prestige du titre nobiliaire et la solidité de ses titres financiers —, la ploutocratie quant à elle ne peut faire appel qu'à sa richesse. Mais l'argent suffit à lui procurer pouvoir, bien-être et révérence. Deux traits caractérisent l'évolution du *big business*. D'abord, la concentration. A la tête d'entreprises géantes (I.C.I., Unilever, Shell, B.P., Imperial Tobacco, Bowater, Courtaulds, Vickers, Dunlop, etc.) trônent des géants des affaires. Le *tycoon* prend la place du capitaine d'industrie. Et la création d'une puissante confédération patronale en 1916, la *Federation of British Industries*, renforce les liens entre industriels. En second lieu, dès l'entre-deux-guerres une séparation s'établit entre la propriété et la direction des grosses sociétés. C'est l'« ère des managers » qui commence. Et le mouvement s'amplifie rapidement après 1950. Désormais, les hommes qui détiennent les postes clefs, grands financiers, grands directeurs et administrateurs, sont des gestionnaires : à eux le pouvoir de décision.

Le nombre des administrateurs de société composant la *business élite* avoisine trente mille. Mais, en fait, la concentration est beaucoup plus poussée, puisqu'en 1955, selon Sargant Florence, mille sept cents entreprises, formant 1 % des sociétés, monopolisent les trois cinquièmes du revenu de toutes les sociétés[5]. De surcroît, ce sont les mêmes noms que l'on retrouve dans les conseils d'administration ou les *boards* des principales banques et compagnies d'assurances, des grandes compagnies et trusts industriels, et même des sociétés nationalisées. Au total, c'est donc un réseau étroit, entrelacé de mille liens de famille, de fortune, d'éducation, de relations sociales, qui contrôle l'économie et les centres de décision : oligopole d'argent et de pouvoir qui a fort bien résisté aux tentatives d'érosion démocratique.

Enfin, le monde des cadres supérieurs de l'administration prend une importance grandissante avec la croissance de l'emprise étatique. Il s'agit là d'un nouveau secteur de pouvoir en plein essor : celui de la bureaucratie d'État. Mais il constitue lui aussi un univers restreint. Le *higher civil service*, c'est-à-dire l'ensemble des hauts fonctionnaires, totalise seulement trois mille personnes en 1956 (le nombre en est d'ailleurs assez stable, l'expansion numérique se situant surtout au niveau moyen et inférieur de la fonction publique). Quant au recrutement social, il s'apparente, malgré une certaine pénétration de la « méritocratie », au recrutement des autres secteurs de l'*Establishment*, avec qui du reste les échanges sont fréquents. Malgré tout, la nouveauté, c'est que dorénavant, à côté du pouvoir de la *City*, il faut également compter avec le pouvoir du *Treasury*.

Bourgeois et petits-bourgeois

Phénomène commun à toutes les sociétés industrielles, le poids numérique des classes moyennes va croissant. Alors qu'au milieu du XIXe siècle leur proportion se situait entre 15 et 20 % de la population, Bowley l'estimait à 23 % en 1921, à 26 % en 1931 et, à la lumière des recensements professionnels, il constatait que les effectifs des professions bourgeoises augmentaient plus vite que ceux des métiers manuels (encore ne prenait-il en compte que le travail masculin ; or le processus est encore plus net dans les professions féminines)[6]. Vers 1950, on peut fixer à environ 30 % la part des *middle classes*, et certains auteurs vont jusqu'à avancer le chiffre de 35 %.

L'évolution est évidemment liée à celle du secteur tertiaire. En effet, l'essor de la distribution et des services favorise le développement des classes moyennes dans trois directions. D'abord, par suite de l'amélioration du niveau de vie et de la complexité grandissante des rouages de la vie sociale, il est nécessaire de faire de plus en plus fréquemment appel aux compétences de professionnels et de spécialistes. De là une démultiplication des professions libérales : au niveau supérieur traditionnel (médecins, avocats...), qui est lui-même en

12. Répartition de la population active de la Grande-Bretagne par secteurs d'activité (1851-1971)

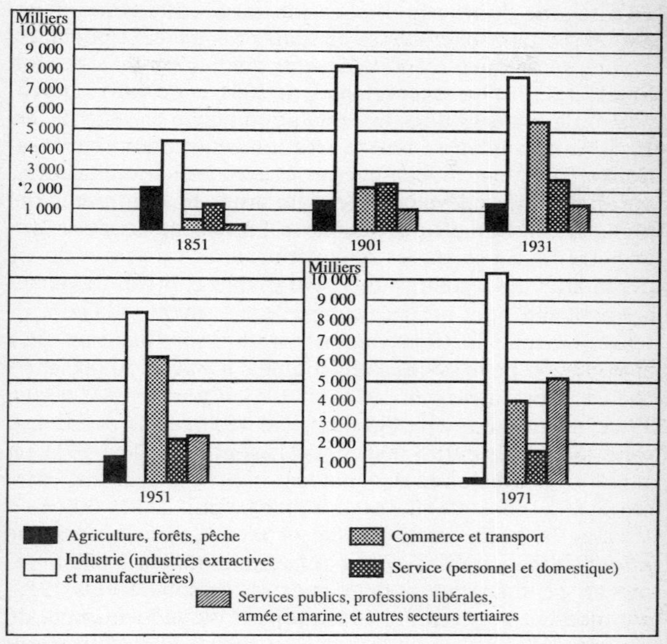

progrès, s'ajoute un niveau subalterne — celui de tous leurs auxiliaires. Du même coup, le contrôle et l'emprise de la *middle class* sur la vie quotidienne des citoyens tendent à s'amplifier. D'autre part, comme le champ des responsabilités du gouvernement central ainsi que des autorités locales s'étend sans cesse, le nombre des fonctionnaires croît rapidement. Ainsi le *Civil Service*, qui employait 42 000 personnes au moment de sa création, en 1854, et 100 000 vers 1900, atteint un effectif de 387 000 en 1939 (dont un quart de femmes) et de 666 000 en 1953 (dont la moitié de femmes)[7]. Enfin, dans le secteur privé tout comme dans le secteur public, le travail de bureau progresse de jour en jour, ce qui entraîne des reclassements professionnels au détriment du travail manuel. Il y a ainsi inflation de « cols blancs ». Les uns sont des cadres administratifs, des techniciens. Les autres (ce sont les plus nombreux) appartiennent à la catégorie des employés — catégorie dont la multiplication faisait dire aux auteurs d'un important *social survey* au milieu des années cinquante : « Nous sommes en train de devenir une nation de *clerks*[8]. » En effet, entre les recensements de 1931 et de 1951, la proportion des *clerks* dans la population active a passé de 7 à 10,5 %. Par ailleurs, avec la création de grandes « corporations » dans l'entre-deux-guerres et avec les nationalisations après 1945, il se développe tout un domaine parapublic qui prend vite de l'ampleur. Aussi des rapprochements s'opèrent-ils entre les carrières, les rémunérations et les genres de vie des salariés des secteurs public, parapublic et privé. Des chances nouvelles sont offertes au mérite, au savoir, à la compétence. Certains métiers connaissent un essor fulgurant. Par exemple, les professions scientifiques : il y avait 50 000 chercheurs et ingénieurs en 1921, en 1951 il y en a 190 000 (en 1966, on en comptera 480 000). Les techniciens de laboratoire, au nombre de 5 000 en 1921, sont 70 000 en 1951 (et 115 000 en 1966). Les dessinateurs industriels passent entre ces mêmes dates de 40 000 à 130 000, puis à 171 000[9].

Dans la bonne bourgeoisie — c'est-à-dire la véritable *middle class* — des revenus confortables (500 à 2 000 livres par an pendant l'entre-deux-guerres, le double vers 1950) garantissent la pérennité des privilèges de l'éducation et du bien-être. Sans doute constate-t-on certaines modifications du style de vie : moins de domestiques après 1918, et plus du tout après 1945 (sinon dans les familles avec enfants une *au pair girl*). Mais le confort progresse grâce à l'équipement ménager. Il va de concert avec l'habitude des voyages, des sorties (la vie sociale est bien moins stricte qu'autrefois). Critère d'appartenance bourgeoise, le tennis règne en maître (par rapport aux sports traditionnels d'équipe, c'est un sport qui présente l'avantage d'être bisexué). Mais la grande innovation, c'est la voiture : en 1939, presque chaque foyer dispose d'une auto. Plusieurs romans contemporains, tels ceux de Richard Aldington *(La Fille du colonel)* ou de Christopher Isherwood *(All the Conspirators, The Memorial)*, ont représenté sous des couleurs peu flatteuses cette bourgeoisie, dont ils dénoncent à l'envi la pruderie, l'esprit à la fois snob et philistin, l'orgueil de caste. Il est bien sûr que la *middle class* se complaît dans la conviction de détenir, outre la fortune, le talent et les compétences. Se flattant de posséder le meilleur des ressources intellectuelles du pays, elle s'érige en propriétaire des valeurs de *leadership* et d'entreprise. Et elle identifie à son être historique les vertus morales et religieuses qui ont fait la grandeur de la nation. En fait, il y a là beaucoup de préjugés et de suffisance.

Du reste, la bourgeoisie se perpétue bien plus qu'elle ne se renouvelle. Le mouvement d'ascension sociale est lent. Et il est plus juste de parler de dynasties bourgeoises que de mobilité. Même après la Seconde Guerre mondiale, les enquêtes dirigées vers 1950 par D.V. Glass sur l'origine sociale des cadres supérieurs (*businessmen, managers,* fonctionnaires, membres des professions libérales) montrent que moins d'un quart d'entre eux sont fils d'ouvriers ou d'employés et qu'au contraire plus de la moitié sont nés dans des familles de bonne bourgeoisie[10].

Au sein de la nation, dans les rapports sociaux, la *middle class* passe par des attitudes variées à l'égard du monde ouvrier. En gros, on peut distinguer trois phases. Au lendemain de la Première Guerre mondiale et tout au long des années vingt, par une sorte de réaction de défense contre un *Labour* militant et en pleine croissance dont les exigences sont jugées aussi insolentes qu'exorbitantes, règne un esprit de fermeture, de peur, de répression. L'ordre bourgeois, s'estimant menacé, trouve refuge dans un conservatisme hargneux. On ne parle que de mettre au pas les ouvriers, voire de casser les syndicats. En revanche, avec la crise et dans les années trente, d'autres sentiments se font jour — sans toutefois faire disparaître la méfiance. Beaucoup éprouvent un profond malaise devant les souffrances des chômeurs. La conscience libérale et humanitaire se révolte au spectacle de tant de misère et d'injustice. Une volonté de réformes de structures apparaît, qui va acquérir pendant la guerre une force grandissante : c'est elle qui contribue à partir de 1943-1944 à mettre en chantier une politique sociale à l'inspiration généreuse. Puis en 1945 s'ouvre une nouvelle phase. A la suite de la victoire travailliste et des mesures égalitaires prises par le gouvernement du *Labour*, la bourgeoisie tombe dans la morosité. S'estimant victime des « doctrinaires » du socialisme, elle proteste qu'elle fait les frais de la paix et de la reconstruction du pays. Lorsque deux intellectuels conservateurs, R. Lewis et A. Maude, publient en 1949 un livre sur elle, ils songent d'abord à l'intituler *Déclin et chute des classes moyennes*. Les sondages révèlent ce repli anxieux d'une classe sur la défensive qui cherche de plus en plus refuge dans le giron conservateur. Alors qu'en 1945 il n'y avait pas eu plus de 76 % des électeurs fortunés à voter conservateur, en 1951 la proportion est montée à 90 %. Dans la catégorie des revenus moyennement aisés, le nombre des électeurs conservateurs s'élève de 61 % en 1945 à 73 % en 1951[11]. Cependant, ce reclassement en faveur des conservateurs s'opère cette fois sans agressivité, dans une atmosphère d'harmonie sociale retrouvée.

Au-dessous de la bourgeoisie proprement dite s'étend le monde difficile à cerner, tant les contours en sont indécis, de la *lower middle class*. Monde hybride et multiple, aux effectifs croissants grâce à la multiplication des employés, des fonctionnaires et des techniciens, tandis que par ailleurs ses bases traditionnelles (commerçants, petits entrepreneurs, chefs de rayon, voyageurs de commerce, etc.) se maintiennent solidement. Bien que ce soit là sans doute la catégorie sociale qui a le mieux tiré parti des progrès de l'instruction, les mentalités n'ont guère changé depuis le temps où, au tournant du siècle, les frères Grossmith, dans leur immortelle satire intitulée *Journal d'un zéro*, dépeignaient la médiocrité de ces existences vides, conventionnelles, orientées tout entières vers la vanité du paraître. Maintenant, toutefois, cet univers de gagne-petit a vu son niveau de vie se hausser d'un cran. Si la domestique, rituelle avant 1914, a disparu, le *home*, objet de toutes les attentions, s'agrémente d'appareils ménagers (aspirateur, réfrigérateur), de la radio, d'un gramophone, de disques, parfois d'une auto. Chaque année, la famille part en vacances. Mais la vie reste étriquée. Codes et préjugés régissent impérieusement les conduites, les sentiments, le langage (on en trouvera un exemple, poussé sans le vouloir jusqu'à la caricature, dans les ouvrages de la méthode *Assimil*). En fait, il s'agit la plupart du temps de résidus de l'idéologie dominante, rabâchés et banalisés par la conscience petite-bourgeoise.

Car ce qui caractérise avant tout la psychologie collective des classes moyennes, c'est qu'elles ressentent profondément leur différence : soit qu'elles l'interprètent comme facteur de supériorité par rapport au prolétariat, soit qu'elles y trouvent la source de leur infériorité à l'égard de la bonne bourgeoisie. En dépit de leur position charnière dans l'échelle sociale, les membres de la *lower middle class* se rendent parfaitement compte qu'ils n'ont accès à aucun des leviers de commande de l'organisation politique, de la vie mondaine, de la presse, etc., puisque ce sont les notables de la classe moyenne ou les notabilités de la *upper class* qui accaparent tous ces leviers. En même temps, ils éprouvent le sentiment de leur fragilité, et même de leur impuissance, devant un pouvoir économique qui les dépasse infiniment (c'est cette insécurité qu'exprime par exemple le personnage du vieil employé dans l'*Angel Pavement* de Priestley). Il s'ensuit d'incessantes frustrations que la masse des petits-bourgeois essaie de surmonter en multipliant les tentatives d'intégration par le conformisme politique (d'où l'appui sans défaillance au parti conservateur pendant tout l'entre-deux-guerres), le conformisme social (le culte de la respectabilité est poussé jusqu'au fétiche), moral (on se cramponne au puritanisme le plus strict) et même le conformisme religieux (c'est dans les rangs de la petite-bourgeoisie que se recrute le gros des fidèles des paroisses anglicanes comme des chapelles dissidentes). Plus encore qu'avant 1914, on assiste à un effort, aussi désespéré que dérisoire, pour singer la *middle class* — par l'habitat, l'ameublement, le costume, les lectures, le style de vie — afin de se faire reconnaître d'elle, bien sûr sans jamais y parvenir. Finalement, le discours petit-bourgeois, sous couleur de nier la marginalité de cette catégorie sociale, apparaît prisonnier d'une complète contradiction. D'une part, il ne cesse de refuser la notion de classe, en mettant l'accent sur la collectivité, en particulier sur la nation, où, prétend-il, tout le corps social doit se fondre et s'harmoniser. Mais d'autre part et en même temps il ne perd pas une occasion pour souligner la distance qui sépare la respectabilité petite-bourgeoisie des rangs du populaire entachés par le stigmate de l'étiquette *working class.*

Les ouvriers

Le monde des travailleurs manuels a beau former la grande majorité de la population, il constitue comme par le passé un monde à part, défini par l'isolement social et soumis à deux lois fondamentales — l'insécurité et la dépendance. Là on subit et on obéit. Là sont rassemblés tous ceux que la société industrielle délègue aux tâches matérielles de production ou de distribution. Enfermés dans le rapport avec la matière inerte, ils participent à un monde clos. D'où un sentiment de séparation d'avec les autres catégories sociales jugées au-dessus et privilégiées (« cols blancs » aussi bien que « *gentlemen* »). D'où également un horizon restreint à la monotonie quotidienne, celle des tâches répétitives, de la discipline d'usine. Dans cet univers où les perspectives de changement sont à peu près nulles, la conscience de classe, c'est-à-dire la conscience d'appartenir à une même communauté de travail et peut-être plus encore à une même communauté de destin, atteint une extrême acuité et elle témoigne d'une remarquable pérennité. On la retrouve, aussi profondément implantée, du Nottinghamshire de D.H. Lawrence (*Amants et Fils*, 1913) aux vallées minières du pays de Galles (*Qu'elle était verte ma vallée*, 1940) ou au West Yorkshire (analysé dans les années cinquante par Richard Hoggart : *The Uses of Literacy*; en traduction française, *La Culture du pauvre*). Ce n'est pourtant pas que la diversité régionale fasse défaut. Bien au contraire, elle éclate aux regards même les plus superficiels. Tout particulièrement au cours de l'entre-deux-guerres, lorsqu'aux traditionnels particularismes locaux et sectoriels viennent s'ajouter les contrastes entre régions en déclin et zones en expansion. Comme l'a justement remarqué P. Mathias le jugement porté sur la situation sociale de l'Angleterre à cette époque dépend singulièrement de l'endroit où l'on porte les yeux[12] : quelle différence, par exemple, entre les chantiers de construction navale de Jarrow, à l'embouchure de la Tyne (*The town that was murdered*, selon l'expression vengeresse d'Ellen Wilkinson, député travailliste de la ville), et d'autre part un centre d'industries légères comme Slough dans la banlieue londonienne ! De même, si l'on compare les ouvriers de Merthyr-Tydfil ou de Greenock et ceux d'Oxford ou de Coventry, les décalages de niveau de vie et de comportement abondent. Et pourtant, malgré les diversités, la conscience prolétarienne — conscience de déréliction autant que de vie malaisée — demeure un bloc qui ne se laisse guère entamer jusqu'aux années cinquante.

Au cours de ce tiers de siècle, il convient de distinguer deux périodes dans la vie ouvrière. La première, qui s'étale sur une vingtaine d'années (très exactement de 1921 à 1940), est dominée par le spectre du chômage. Certes, les aléas de l'emploi n'étaient point chose nouvelle, puisqu'ils avaient accompagné la condition prolétarienne depuis les débuts de l'industrialisation. Mais maintenant le chômage (on en a exposé le mécanisme à propos de l'économie) revêt une dimension massive — absolument hors de proportion avec ce que le monde du travail a expérimenté jusque-là. Épisode capital, donc, et d'une immense portée que celui de ces deux décennies. Non seulement le fléau prend l'allure d'une fatalité à laquelle nul ne sait comment échapper, et le sentiment se répand d'un scandale absolu au spectacle de ces millions d'êtres condamnés à la pire détresse. Mais surtout l'expérience historique vécue par la classe ouvrière va laisser des traces durables, dépassant largement la génération qui en a été la victime. Longtemps, en effet, persistera, consciemment ou inconsciemment, la hantise de se retrouver sans travail, même une fois que le plein-emploi se sera installé durablement. Encore aujourd'hui bien des pratiques ouvrières, bien des conduites syndicales ne s'expliquent que parce que le souvenir des années noires est resté profondément gravé dans la mémoire collective.

Car ce qui a donné au chômage de l'entre-deux-guerres son caractère intolérable, c'est qu'il combine l'étendue avec la durée. Des régions entières sont dévastées : les vallées minières du pays de Galles, le Lancashire (à Wigan un homme sur trois est *on the dole*, c'est-à-dire vit de son allocation de chômeur),

13. Charbon et mineurs en Grande-Bretagne (1850-1974)

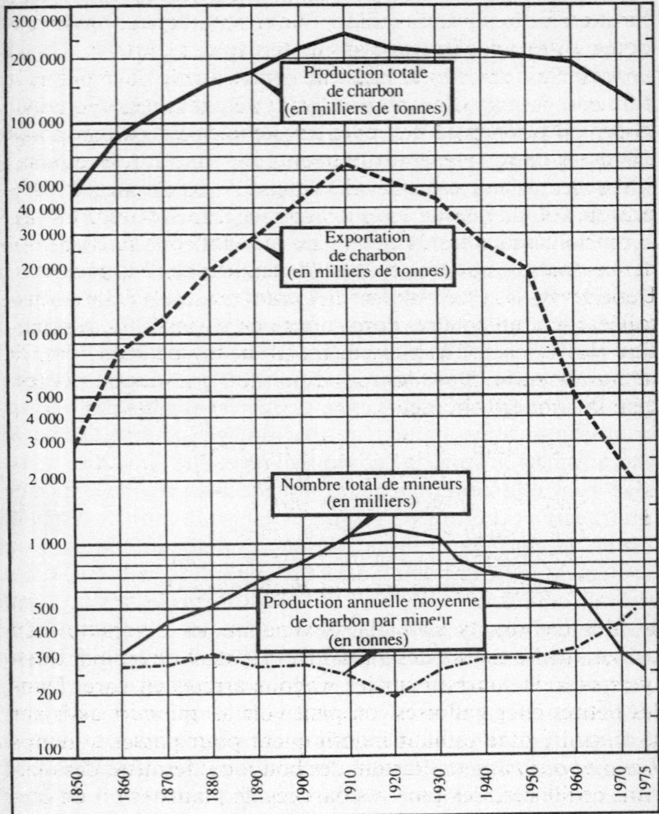

les aciéries et les chantiers navals de la Tyne et de la Tees, l'Écosse industrielle (à Glasgow, près de la moitié de la population est touchée par le chômage). Dans les mines de charbon de Durham, à Bishop Auckland, sur 33 puits employant 28 000 mineurs, 13 seulement sont en activité, et encore de manière irrégulière, donnant du travail à moins de 7 000 ouvriers. Parmi les chômeurs, à côté de ceux qui se trouvent sans travail pour une période courte (ce sont les moins mal lotis), deux catégories n'ont point d'espoir d'en sortir. Il y a d'une part les jeunes : soit qu'ils n'aient jamais travaillé parce qu'il n'y a pas d'emploi pour eux; soit que, après avoir trouvé entre quinze et vingt ans un travail de manœuvre rémunéré au tarif des adolescents, ils restent sur le pavé une fois parvenus à l'âge d'homme et ayant acquis quelque qualification. D'autre part une partie des chômeurs est composée d'*unemployed* quasi permanents : en 1932, on compte 300 000 ouvriers sans travail depuis plus d'un an, en 1933 près de 500 000, et en 1936 il y en a encore 340 000, soit un chômeur sur quatre (à cette date, 53 000 sont sans emploi depuis plus de cinq ans et 205 000 depuis deux à cinq ans)[13]. Dans toutes les régions déprimées *(distressed areas)* s'est installée une atmosphère morne, faite de tristesse, de résignation lasse, de désespoir. L'inaction forcée engendre la démoralisation. Dans les rues des villes, grandes ou petites, déambulent les chômeurs :

They lounge at corners of the street
And greet friends with a shrug of the shoulder
And they empty pockets out,
The cynical gestures of the poor...
They sleep long nights and rise at ten
To watch the hours that drain away[14].

Ici des mendiants en haillons vendent des allumettes, du cirage, des lacets. Là des maraudeurs tentent de remplir quelques sacs de charbon sur les wagons arrêtés en gare. Dans les petites cités galloises, on peut voir les mineurs assis sur le trottoir, psalmodiant indéfiniment pour passer le temps *Land of our Fathers*. Partout des boutiques fermées, des maisons écailléees, des fenêtres bardées de planches ou de carton. De longues queues assiègent tour à tour les bureaux de placement et les cinémas. Seuls métiers prospères : ceux de prêteur sur gages et de *bookmaker*. Car dans cette existence sans but, où l'oisiveté le dispute à l'absurdité et où domine le sentiment de l'inutilité, on recourt désespérément au pari — espoir dérisoire de fortune, attente toujours déçue de l'inattendu... Mais, à la place du miracle qui ne vient pas, c'est la dégradation qui s'installe, et avec elle le sentiment d'impuissance, comme en témoignent *Love on the Dole* (1933) de

Walter Greenwood — authentique roman prolétarien dont l'action se déroule près de Manchester — et *The Road to Wigan Pier* (1937), enquête menée par George Orwell sur le Lancashire et sur la région de Sheffield. Certes, l'expérience ouvrière ne se limite pas au chômage, et il existe des secteurs abrités et prospères. Par exemple, les ouvriers au travail dans les industries en expansion du Sud-Est voient leur niveau de vie s'élever rapidement. Mais c'est l'image du chômage qui restera gravée dans les esprits.

C'est pourquoi l'ère du plein-emploi qui s'ouvre en 1940 représente bien une altération fondamentale dans la vie ouvrière. Et l'après-guerre renforce la tendance. Désormais, chacun sait qu'il est assuré de conserver son travail ou, s'il décide d'en changer, de trouver de l'embauche. Du même coup, le progrès du niveau de vie est général et l'on peut parler d'un recul décisif, presque d'une extinction, de la « pauvreté primaire » (on a pris l'habitude de désigner sous le nom de *primary poverty* la misère due à l'absence de ressources nécessaires pour satisfaire les besoins élémentaires de l'existence). C'est ainsi que Rowntree, poursuivant ses *social surveys* sur York, constate que la proportion de la population ouvrière vivant au-dessous du minimum vital est tombée de 31 % en 1936 à 3 % en 1950. En 1936, c'était le chômage qui était responsable de la misère dans le tiers des cas ; en 1950, il n'y a plus un seul cas de ce genre, et sept sur dix des enquêtés attribuent leur pauvreté à la vieillesse[15].

A cette transformation de la condition ouvrière dans les années quarante il faut assigner trois causes : en premier lieu, certes le plein-emploi, dont on vient de souligner le rôle capital, mais il y a lieu de tenir compte aussi du mouvement du salaire et de l'extension des services sociaux. Dans le cadre du *Welfare State*, la protection contre les grands risques de l'existence devient réellement effective. Quant à la rémunération du travail manuel, non seulement les salaires réels font des progrès, mais surtout les travailleurs qui étaient les plus défavorisés, c'est-à-dire ceux du bas de la hiérarchie, voient leur niveau de vie s'améliorer proportionnellement davantage que les autres. En effet, l'écart de rémunération, jusque-là considérable, entre métiers qualifiés et métiers non qualifiés, se trouve sensiblement réduit. Tout d'abord parce que au lieu de la dichotomie stricte qui séparait avant 1914 *skilled* et *unskilled*, l'évolution technologique, en multipliant le travail à la chaîne (d'abord mécanisé, puis automatisé), a développé la catégorie intermédiaire des *semi-skilled* : il n'y a donc plus une ligne aussi définie entre professionnels et non-professionnels. Surtout, sous la pression des grands syndicats et de l'opinion, l'éventail des salaires tend à se restreindre, au moins dans les taux nominaux (car les professionnels se protègent au moyen d'un système de primes ou *bonus*). Parallèlement, si la discrimination reste forte entre salaires masculins et féminins (vers 1930-1935, les salaires des femmes représentent en moyenne 50 à 60 % des salaires des hommes), le mouvement des salaires féminins évolue de la même manière que celui des *unskilled* par rapport aux *skilled*. En règle général, donc, les bas salaires s'élèvent plus vite que les salaires moyens et élevés.

En matière de durée de travail, la date charnière est celle de 1919. Une réduction majeure est alors opérée : de la journée de neuf heures — semaine de cinquante-quatre heures — à la journée de huit heures — semaine tantôt de quarante-six heures et demie, tantôt de quarante-huit heures (c'est le moment où dans la sidérurgie on adopte les trois huit au lieu des deux douze !). Mais il faudra trente ans pour passer à l'étape suivante. Un long palier maintient les horaires de travail au même niveau jusque après la Seconde Guerre mondiale. Vers 1950, la semaine officielle de travail est en général descendue à quarante-quatre heures et demie — quoique la moyenne effective soit de quarante-six heures (vers 1968, la durée officielle du travail s'est abaissée à quarante heures et demie). En sens inverse, dès l'entre-deux-guerres on constate un progrès considérable des loisirs. Les congés payés se répandent, et après 1945 ils deviennent pratique courante (deux semaines en moyenne). Les loisirs gardent cependant leurs caractéristiques traditionnelles, jusqu'au jour où la télévision fera une invasion massive dans les foyers ouvriers au cours des années cinquante. La trilogie sacrée est toujours la même : le *pub*, le sport, les paris. Chacune de ces institutions constituant à elle seule une forme de religion. Les habitudes professionnelles ne changent guère non plus : les mineurs continuent d'élever leurs lévriers, les cheminots de cultiver leurs petits jardins *(allotments)*. Un peu partout fleurissent courses de pigeons, matches de football, excursions aux plages de Southend et de Blackpool...

Le second après-guerre est ainsi caractérisé par un double processus. D'un côté, par contraste avec les âpres conflits de l'entre-deux-guerres, il s'effectue une certaine intégration des travailleurs manuels à la communauté nationale et aux valeurs dominantes. La misère prolétarienne tend à apparaître comme une chose du passé, puisque désormais chacun a du travail et du pain, dispose d'un niveau de vie décent et d'une sécurité sociale réelle, bénéficie d'un minimum de considération. Mais, d'un autre côté, les modes de pensée et de culture, le style de la vie familiale, le langage, les institutions collectives — syndicats et associations — n'évoluent guère. C'est ce que montrent bien les études de Zweig et de Hoggart. Au sein du monde ouvrier, la culture de classe reste profondément enracinée, et avec elle le sentiment d'appartenir à une communauté spécifique, absolument distincte de l'univers bourgeois. Bref, avant tout, une façon de se situer, bien plus qu'une idéologie — celle même qui faisait dire à un ouvrier, en réponse à un enquêteur : « *I am not a socialist, I am Labour*[16]. »

Riches et pauvres : île des milords ou pays de Mr. Smith ?

Dans une société aussi hiérarchisée que la société anglaise, il est capital, pour juger de la dynamique à long terme, d'analyser la manière dont les écarts entre les classes ont évolué. Autrement dit, quels enseignements peut-on tirer de l'étude de la répartition de la richesse et de sa mesure selon les groupes sociaux à différentes époques ? Personne ne nie en effet que la Grande-Bretagne d'avant 1914, aux contrastes si tranchés, ne méritât son surnom de « paradis des riches » : les « deux nations » de Disraeli continuaient à s'y côtoyer, séparées par un fossé presque infranchissable. En revanche, sous l'influence conjuguée des deux guerres, des transformations économiques et de la pression démocratique, on a cru discerner, après 1918, et surtout après 1945, un rétrécissement des écarts sociaux et une atténuation de la hiérarchie. Problème clef de la société contemporaine : assiste-t-on à une réduction des inégalités ou bien celles-ci ont-elles réussi à perdurer, quitte à se dissimuler sous d'habiles camouflages ? Car sur le plan psychologique, du milieu du XIXe au milieu du XXe siècle, l'évolution est indéniable : à une société révérant les hiérarchies, s'est substituée une société aux penchants plus égalitaires. Seulement, l'égalitarisme a-t-il conduit à l'égalisation ? Tout le problème est là. C'est donc ce qu'il s'agit d'élucider ici en faisant appel aux deux indicateurs à notre disposition : la répartition des revenus et la distribution de la fortune.

Commençons par l'analyse des revenus, puisque ceux-ci sont directement liés à la définition des classes et du niveau de vie. Pour cela, nous avons dressé deux tableaux, l'un en chiffres, l'autre en pourcentage (figures 14 et 15), retraçant l'évolution de la hiérarchie des revenus depuis la fin du XVIIe siècle jusqu'à nos jours*. C'est seulement en effet dans la longue durée que l'on peut déterminer le sens du mouvement social. Les deux premières colonnes exposent la structure de l'Angleterre pré-industrielle, d'abord en 1688 sur la base des calculs du grand statisticien Gregory King dans ses *Observations naturelles et politiques sur l'état de l'Angleterre*, puis à l'aube de l'industrialisation, en 1803, d'après Patrick Colquhoun, auteur du *Traité sur la richesse et les ressources de l'Empire britannique* (nous avons repris, en la simplifiant, la présentation statistique donnée par H. Perkin). Trois faits ressortent avec netteté : la concentration des hauts revenus en un petit nombre de familles aristocratiques ; l'importance des *middling ranks* (il est à noter que dans cette classe moyenne la proportion élevée, au début, des agriculteurs — francs-tenanciers et fermiers — décline ensuite au profit de la catégorie montante des négociants, manufacturiers, commerçants, etc., noyau avec les professions libérales de la vraie

* Soulignons d'emblée la difficulté de tels calculs et leur caractère d'approximation. Mais, si imparfaits qu'ils soient, ils ont le mérite de donner au moins des ordres de grandeur.

14. Hiérarchie sociale et hiérarchie des revenus : 1688-1867 : Angleterre-Galles. 1908-1970 :

CLASSE SOCIALE	1688			1803		
	Revenu moyen par famille (£)	Nombre de familles (en milliers)	Revenu total (£ millions)	Revenu moyen par famille (£)	Nombre de familles (en milliers)	Revenu total (£ millions)
1. Aristocratie	370	17	6	1 220	27	33
2. Classe moyenne	60	435	26	195	640	125
Agriculture	*52*	*330*	*17*	*119*	*320*	*38*
Commerce-Industrie	*80*	*50*	*4*	*279*	*240*	*67*
Professions libérales	*91*	*55*	*5*	*250*	*80*	*20*
3. Classes « inférieures »	13	920	12	39	1 350	52
Total	—	1 372	44	—	2 017	210

CLASSE SOCIALE	1929			1938		
	Tranche de revenus (£)	Nombre de revenus (milliers)	Revenu total (£ millions)	Tranche de revenus (£)	Nombre de revenus (milliers)	Revenu total (£ millions)
Aristocratie et haute bourgeoisie	10 000 +	10	221	10 000 +	8	163
	2 000-10 000	100	378	2 000-10 000	97	361
Classe moyenne	1 000-2 000	199	237	1 000-2 000	183	247
	500-1 000	508	312	500-1 000	539	361
Petite bourgeoisie	250-500	1 527	404	250-500	1 890	631
Petite bourgeoisie, ouvriers qualifiés	125-250	4 925	980			
				250 —	20 300	2 613
Ouvriers semi-spécialisés, manœuvres, chômeurs	125 —	11 600	1 170			
Total	—	18 869	3 702	—	23 017	4 376

* Revenu moyen par famille ou ménage : 1000 + : plus de £ 1000; 500 – : moins de £ 500.

XVIIe-XXe siècle (en chiffres)
Royaume-Uni[17]

CLASSE SOCIALE	1867			1908		
	Niveau de revenu (£)	Nombre de familles (en milliers)	Revenu total (£ millions)	Niveau de revenu (£)	Nombre de ménages (en milliers	Revenu total (£ millions)
1. Aristocratie et haute bourgeoisie	1 000 +	30	181	1 000 +	200	566
Haute noblesse	*5 000 +*	*5*	*111*			
Gentry et grande bourgeoisie	*1 000-5 000*	*25*	*70*			
2. Classe moyenne						
Moyenne bourgeoisie	300-1 000	90	73	400-1 000	220	138
Petite bourgeoisie	100-300	510	94	160-400	680	205
	100	950	71	160 —	1 300	232
3. Travailleurs manuels	58*	4 600	268	108*	6 500	703
Ouvriers qualifiés	*86**	*840*	*72*			
Ouvriers semi-spécialisés	*70**	*1 600*	*112*			
Manœuvres, journaliers	*47**	*1 500*	*71*			
Pauvres secourus	*22**	*600*	*13*			
Total	—	6 180	687	—	8 900	1 844

CLASSE SOCIALE	1949			1969-1970		
	Tranche de revenus (£)	Nombre de revenus (milliers)	Revenu total (£ millions)	Tranche de revenus (£)	Nombre de revenus (milliers)	Revenu total (£ millions)
Très hauts revenus	20 000 +	2	70			
	4 000-20 000	76	454	8 000 +	114	1 167
Revenus élevés	2 000-4 000	152	397	4 000-8 000	322	1 500
Revenus confortables	1 000-2 000	550	735	2 000-4 000	1 522	3 868
Revenus modestes	500-1 000	2 690	1 740	1 000-2 000	10 058	14 114
Bas revenus	500 —	22 030	5 432	1 000 —	10 172	6 572
Total	—	25 500	8 827	—	22 188	27 221

15. Hiérarchie sociale et hiérarchie des revenus : 1688-1867 : Angleterre-Galles. 1908-1970 :

CLASSE SOCIALE	1688			1803		
	Revenu moyen par famille (£)	Familles (%)	Revenu total (%)	Revenu moyen par famille (£)	Familles (%)	Revenu total (%)
1. Aristocratie	370	1,2	14,1	1 220	1,4	15,7
2. Classe moyenne	60	31,7	59,0	195	31,7	59,4
Agriculture	*52*	*24,0*	*38,6*	*119*	*15,8*	*18,0*
Commerce-Industrie	*80*	*3,7*	*9,0*	*279*	*11,9*	*31,9*
Professions libérales	*91*	*4,0*	*11,4*	*250*	*4,0*	*9,5*
3. Classes « inférieures »	13	67,1	26,9	39	66,9	24,9
Total	—	100,0	100,0	—	100,0	100,0

CLASSE SOCIALE	1929			1938		
	Tranche de revenus (£)	Nombre de revenus (%)	Revenu total (%)	Tranche de revenus (£)	Nombre de revenus (%)	Revenu total (%)
Aristocratie et haute bourgeoisie	10 000 +	0,05	6,0	10 000 +	0,04	3,7
	2 000-10 000	0,5	10,2	2 000-10 000	0,4	8,2
Classe moyenne	1 000-2 000	1,0	6,4	1 000-2 000	0,8	5,7
	500-1 000	2,7	8,4	500-1 000	2,3	8,3
Petite bourgeoisie	250-500	8,1	10,9	250-500	8,2	14,4
Petite bourgeoisie, ouvriers qualifiés	125-250	26,1	26,5	250 —	88,3	59,7
Ouvriers semi-spécialisés, manœuvres, chômeurs	125 —	61,5	31,6			
Total	—	100,0	100,0	—	100,0	100,0

* Revenu moyen par famille ou ménage : 1000+ : plus de £ 1000; 500– : moins de £ 500.

XVIIe-XXe siècle (en pourcentage)
Royaume-Uni[17]

CLASSE SOCIALE	1867			1908		
	Niveau de revenu (£)	Familles (%)	Revenu total (%)	Niveau de revenu (£)	Ménages (%)	Revenu total (%)
1. Aristocratie et haute bourgeoisie	1 000 +	0,5	26,3	1 000 +	2,2	30,7
Haute noblesse	*5 000 +*	*0,1*	*16,2*			
Gentry et grande bourgeoisie	*1 000-5 000*	*0,4*	*10,1*			
2. Classe moyenne						
Moyenne bourgeoisie	300-1 000	1,5	10,6	400-1 000	2,5	7,5
Petite bourgeoisie	100-300	8,3	13,7	160-400	7,7	11,1
	100	15,3	10,3	160 —	14,6	12,6
3. Travailleurs manuels	58*	74,4	39,1	108*	73,0	38,1
Ouvriers qualifiés	*86**	*13,8*	*10,5*			
Ouvriers semi-spécialisés	*70**	*26,1*	*16,3*			
Manœuvres, journaliers	*47**	*24,6*	*10,3*			
Pauvres secourus	*22**	*9,9*	*2,0*			
Total	—	100,0	100,0	—	100,0	100,0

CLASSE SOCIALE	1949			1969-1970		
	Tranche de revenus (£)	Nombre de revenus (%)	Revenu total (%)	Tranche de revenus (£)	Nombre de revenus (%)	Revenu total (%)
Très hauts revenus	20 000 +	0,01	0,8	8 000 +	0,5	4,3
	4 000-20 000	0,3	5,1			
Revenus élevés	2 000-4 000	0,6	4,5	4 000-8 000	1,5	5,5
Revenus confortables	1 000-2 000	2,1	8,3	2 000-4 000	6,9	14,2
Revenus modestes	500-1 000	10,6	19,7	1 000-2 000	45,3	51,9
Bas revenus	500 —	86,4	61,6	1 000 —	45,8	24,1
Total	—	100,0	100,0	—	100,0	100,0

bourgeoisie) ; enfin la masse des travailleurs et des pauvres, rassemblés dans les classes inférieures *(lower orders)*, qui forment les deux tiers de l'effectif de la nation, mais reçoivent seulement le quart du total des revenus.

Or, ce qui apparaît à la lecture des deux colonnes suivantes qui correspondent à la phase d'épanouissement du capitalisme libéral (l'une en 1867 est fondée sur les calculs de Dudley Baxter, l'autre pour 1908 a été élaborée par nous à partir de l'enquête de Chiozza Money dans son livre *Riches and Poverty*), c'est à quel point l'échelle sociale s'est étirée et la concentration des revenus accentuée. C'est la période des distanciations maximales. Par exemple, alors que l'écart moyen des revenus entre le niveau inférieur (travailleurs manuels) et la strate supérieure (aristocratie) était jadis de 1 à 30, il va en 1867 de 1 à 100. Surtout, la pyramide sociale s'est effilée : la part des revenus intermédiaires a diminué, celle de la frange supérieure a enflé, quelques dizaines de milliers de personnes monopolisant entre le quart et le tiers des revenus. Et les trois quarts des familles doivent se partager moins de deux cinquièmes des ressources disponibles. On comprend dans ces conditions la « version moderne » des Béatitudes proposée ironiquement par Ruskin :

Bienheureux les Riches, car le Royaume de la Terre leur appartient,
Bienheureux les Orgueilleux, car ils auront la Terre en héritage,
Bienheureux les Cœurs sans Amour, car l'Argent sera leur[18] *!*

Pour la période qui précède 1914, les chiffres de Chiozza Money sont confirmés par les résultats auxquels aboutissent Bowley et Mallet pour les années 1910-1913 : le million de familles qui composent la *upper class* et la *middle class* (11 % des familles) se partagent les deux cinquièmes des revenus, soit à peu près autant que les 8 millions de familles des classes populaires (80 % de la population), le reste revenant à la petite bourgeoisie[19].

Quand on arrive à l'entre-deux-guerres, on est d'abord frappé par la faiblesse de la césure avec la Belle Époque. Quoiqu'un peu moins inégale, la structure des revenus de 1929 (dont la mesure chiffrée est empruntée à Colin Clark) n'a pas connu d'altération fondamentale par rapport à 1908. A cette date, 2 % des Britanniques recueillaient près du tiers des revenus, tandis que les trois quarts de la population se partageaient un peu plus d'un tiers. En 1929, aristocratie et bonne bourgeoisie (4 % de la population totale) reçoivent à peu près le tiers des revenus, tandis que trois cinquièmes de la population recueillent un peu moins du tiers. Un chiffre résume la concentration toujours considérable de la richesse : un sixième du total des revenus va à 0,5 % des habitants du Royaume-Uni. D'autres statistiques, publiées peu après par Harrison et Mitchell, démontrent un même degré d'inégalité dans le partage du gâteau national : alors que 8,6 millions de familles (73,5 % du total) gagnent moins de 4 livres par semaine et 2,5 millions (21,3 %) entre 4 et 10 livres, il n'y a que 600 000 familles (5,3 %) à avoir un revenu hebdomadaire supérieur à 10 livres[20]. L'ampleur des écarts au cours de cette période continue d'être telle que Keynes, dans sa *Théorie générale*, malgré sa croyance en la nécessité d'une certaine égalité, critiquera avec sévérité ce système qu'il estime injuste et socialement inacceptable[21].

Si maintenant l'on cherche à mesurer pour l'entre-deux-guerres la part des revenus du travail et celle des revenus de la propriété *(unearned income)*, on constate avec Bowley qu'entre 1913 et 1924 la proportion n'a pas changé : respectivement 65 % et 35 % environ[22]. On assiste ensuite à une baisse lente des revenus sans travail, due en particulier à la chute de moitié des revenus des investissements étrangers et à la diminution de la rente foncière. En revanche, les profits tirés du capital mobilier intérieur résistent mieux qu'on ne le croit généralement. Au total, en 1938, les revenus de la propriété sont descendus à 22 %[23]. La Seconde Guerre mondiale leur portera un coup sensible, puisqu'ils tombent à 12 % en 1948 et qu'en 1956 ils représentent seulement 11 % du total des revenus, soit la moitié du chiffre de 1938[24]. Inversement, dans les revenus du travail, la part des salaires et traitements ne cesse de progresser : moins de 50 % en 1914, 60 % en 1938, 72 % en 1956.

Jusqu'ici, cependant, l'interprétation de nos tableaux n'a guère posé de problème. Et tout le monde s'accorde sur les grandes lignes de l'évolution. Il n'en va plus du tout de même lorsqu'on aborde la période qui commence avec la guerre de 1939-1945. D'autant que les statistiques des tranches de revenus pour 1938, 1949 et 1969 prêtent elles-mêmes à discussion*. Autour de leur interprétation s'est élevé un grand débat — un débat à vrai dire capital pour déterminer le sens du mouvement social de l'Angleterre contemporaine.

Selon la thèse courante, les effets égalitaires de la guerre d'abord, puis de la politique menée par le gouvernement travailliste après 1945 — et plus ou moins maintenue par les conservateurs dans les années cinquante —, ont introduit dans la société britannique une mutation de première grandeur, écrasant la hiérarchie de l'argent et provoquant en quelques années une redistribution des revenus sans commune mesure avec les lents glissements du passé. Développée avec complaisance (quoique pour des motifs opposés) par la gauche et par la droite, cette thèse a trouvé une large audience, d'autant qu'elle s'appuie sur des arguments non négligeables. Comment nier en effet que la multiplication des services sociaux dans le cadre du *Welfare State* ait amélioré le pouvoir d'achat des catégories situées au bas de l'échelle en opérant à leur profit une série de transferts sociaux ? Comment nier surtout que le plein-emploi, en supprimant les méfaits du chômage, ait fait disparaître les causes de la misère ouvrière chronique du XIXe siècle et de l'entre-deux-guerres en assurant à tous du travail et un niveau décent de salaire ? Sans compter que dans le même temps une pression sans relâche des *trade unions* obtenait pour les bas salaires des relèvements qui réduisaient dans une mesure considérable les écarts dans la hiérarchie des rémunérations.

Mais d'autres sont allés beaucoup plus loin que l'« éthique de la redistribution » avancée par B. de Jouvenel[25]. On

* Pour les colonnes concernant les revenus de 1938, 1949 et 1969-1970, nous avons utilisé, malgré leur caractère insatisfaisant, les chiffres publiés par le *Board of Inland Revenue*. Ces trois années ont été choisies à la fois pour leur intérêt propre et parce qu'elles permettent une utile comparaison des revenus réels à trente ans d'intervalle. En effet, les prix ont exactement doublé de 1938 à 1949 et à nouveau doublé de 1949 à 1969-1970. Aussi a-t-on fait figurer sur la même ligne des tranches équivalentes de revenus, les valeurs monétaires étant doublées en 1949 et quadruplées en 1969-1970 par rapport à 1938.

a allégué par exemple que les gains des classes bourgeoises — entrepreneurs, professions libérales, rentiers — auraient connu une dramatique contraction du fait de la politique socialisante de la décennie 1940-1950 et de l'inflation des années suivantes, du moins par comparaison avec les revenus des travailleurs manuels, contraction aggravée par la lourdeur d'une taxation — *income-tax* et droits de succession — qui ampute inexorablement le pouvoir d'achat et la fortune des privilégiés d'autrefois, devenus ainsi les « nouveaux pauvres » d'aujourd'hui. Et que dire des affirmations des théoriciens du néo-libéralisme comme L. Robbins, pour qui le système fiscal instauré depuis la guerre « pousse implacablement, année par année, au collectivisme et à l'uniformité des sans-propriété[26] », ou comme Enoch Powell croyant discerner un processus de nivellement à l'œuvre sans relâche depuis la guerre[27]. De là l'idée fort répandue que les riches constitueraient une espèce en voie d'extinction. Et une vision optimiste de l'Angleterre comme d'un pays s'acheminant, doucement mais sûrement — aux applaudissements de beaucoup, qui y voient le couronnement de la libre démocratie —, vers un type de société indifférenciée, où l'égalisation progressive des revenus deviendrait un trait permanent et surtout où la prédominance des classes moyennes reléguerait à l'état de vestiges ou d'exceptions les vrais riches comme les vrais pauvres. Bref, les mécanismes semi-spontanés semi-volontaires de l'évolution économique, de l'organisation du travail, de la socialisation, et bien entendu de l'affluence à partir des années cinquante, combineraient leur action pour orienter en quelque sorte l'Angleterre vers une société sans classes.

A nos yeux, une telle vision, tout à fait trompeuse, repose sur plusieurs illusions. Dissipons d'abord la plus fréquente, qui concerne la fiscalité : ce serait l'impôt sur le revenu qui, par sa progressivité, agirait comme correctif majeur, puisque les tranches de revenus les plus élevées subissent des ponctions allant de la moitié aux neuf dixièmes de leur montant ! En fait, tous les auteurs qui ont étudié de près ce problème (même les plus optimistes, qui défendent l'idée de la réduction croissante des inégalités) estiment que les conséquences de la taxation ont été relativement peu importantes (c'est pourquoi tous les travaux comparatifs portent sur les revenus *avant* le prélèvement fiscal)[28]. D'abord parce que, outre la fraude (qui n'est pas aussi négligeable qu'ont le croit communément), l'évasion fiscale, sous la forme d'exemptions diverses tout à fait légales, à commencer par les frais professionnels et autres indemnités non imposables dans le monde des affaires *(expense allowances)*, permet de dissimuler des revenus considérables : plus on s'élève vers les catégories supérieures de contribuables, plus l'écart s'accroît entre le revenu déclaré et le pouvoir d'achat effectif (ce n'est pas un hasard si l'une des professions les plus florissantes depuis 1945 est celle des conseillers fiscaux : ces *tax consultants* ont même inventé une nouvelle science : le *tax planning*!).

L'argent est donc bien là, mais il ne figure pas sur les statistiques de l'*Inland Revenue*... Pour preuve, il n'est que de comparer le nombre des contribuables inscrits dans la tranche imposable la plus élevée en 1938 et en 1958. Compte tenu du triplement des prix entre ces deux dates, le calcul s'applique aux revenus de plus de 6 000 livres en 1938 et aux revenus de plus de 18 000 livres en 1958 : dans le premier cas, on arrive à un total de dix-neuf mille contribuables, dans le deuxième cas de quatre mille seulement[29]... Étant donné l'enrichissement global et la conjoncture de prospérité, comment imaginer que cette catégorie ait pareillement fondu, sinon parce que ces titulaires de revenus savent utiliser toutes les ressources de la législation fiscale afin de ne pas se trouver dans des tranches aussi exposées à la hache du percepteur ? C'est pourquoi on ne saurait accorder une validité à toute épreuve aux statistiques de l'*Inland Revenue*, puisque les catégories privilégiées y pèchent par défaut. Non seulement leur absence fausse toutes les proportions mais elle réduit considérablement l'idée de l'égalisation, en particulier dans la mesure où l'égalisation apparente est due essentiellement à la baisse des catégories supérieures (le 1 % au sommet de l'échelle des revenus ne reçoit plus que 8 % du total des revenus au lieu de 16 % avant la guerre, ce qui relève automatiquement la base de 8 %). De surcroît, si spectaculaires qu'aient été les augmentations de l'*income-tax*, puisque le taux en a quintuplé de 1938 à 1954, on ne doit pas oublier qu'en même temps les impôts indirects (qui portent sur la consommation, donc sur le plus grand nombre, donc sur les bas revenus) se sont accrus dans des proportions au moins aussi fortes : entre 1938 et 1954, les taxes sur la bière et les alcools ont été multipliées par 3,5, les taxes sur les tabacs et cigarettes par 6,5[30] !

Autre défaut de la présentation officielle des données fiscales : l'unité choisie, c'est-à-dire le contribuable (ou ménage fiscal) soumis à l'impôt. En réalité, comme l'a fait observer avec raison R. Titmuss, la seule unité réelle du point de vue du pouvoir d'achat, c'est la famille[31]. Car un processus de décroissance de l'inégalité entre les personnes physiques titulaires de revenus peut fort bien dissimuler un accroissement de l'inégalité entre les familles. En outre, il faudrait tenir compte des données démographiques (nuptialité, divorce, structure d'âge, etc.), des transferts de revenus en capital non taxable, des gains en capital, etc. Et l'on verrait alors que le phénomène de nivellement n'est qu'un mythe. Il y a eu certes réduction du nombre des très pauvres — la suppression du chômage, puis la société d'abondance ayant élevé de façon importante le niveau de base — et entrée de ces couches dans les catégories moyennes inférieures. Mais cela ne veut point dire que le sommet de la pyramide sociale ait disparu. La « révolution des revenus » n'a point eu lieu. L'inégalité demeure.

C'est bien ce que montre, parallèlement, l'évolution de la distribution des fortunes depuis 1914. On a déjà souligné l'extrême inégalité qui régnait dans la période précédant la Première Guerre mondiale. Trente ans plus tard, la situation n'a pratiquement point changé. Les calculs menés de façon rigoureuse par Barna pour l'année 1937 démontrent qu'à cette date les douze millions de familles britanniques se répartissaient en trois catégories numériquement équivalentes. Le premier tiers — quatre millions — ne dispose d'aucun capital. Les quatre millions suivants ne possèdent en tout que 4 % de la fortune particulière. Ce sont donc les quatre millions restants qui se partagent la quasi-totalité de la richesse de la nation. Bien loin que la démocratisation tant vantée de la société à la faveur de la guerre et de l'après-guerre ait abouti à une redistribution, au contraire la démultiplication du capital se révèle un mythe. La concentration est toujours la règle,

16. Concentration de la fortune privée et des revenus dans le Royaume-Uni (1937)[32]

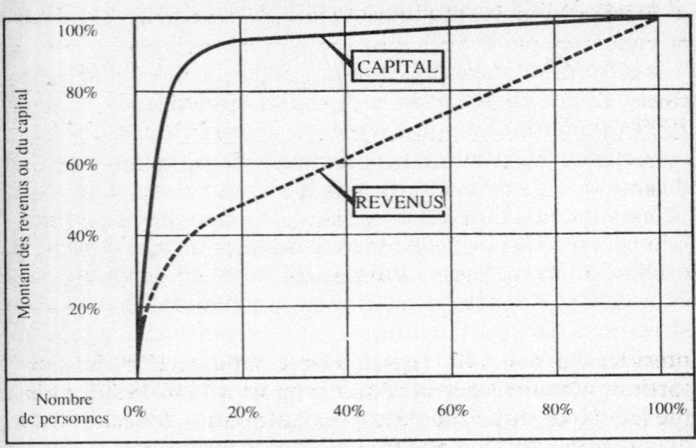

comme avant 1914[33]. Sans doute observe-t-on une très légère réduction des inégalités, mais cette réduction s'opère sur le mode mineur, sans modifier sérieusement l'équilibre d'ensemble. Le fossé entre possédants et non-possédants a même si peu diminué que la comparaison avec la Belle Époque reste valide. En 1908, d'après les estimations de Chiozza Money, 66 % de la fortune était entre les mains de 1,4 % des familles. En 1938, les fortunes de 5 000 livres et au-dessus, qui représentent 66 % du total, appartiennent à 2 % de la population (et en 1950, la catégorie équivalente — fortunes de 10 000 livres et au-dessus —, totalisant 54 % de la valeur totale, est la propriété de 1,5 % de la population).

Cependant, là encore, la vraie contestation se situe autour des années récentes, c'est-à-dire depuis 1939. La répartition de la richesse s'est-elle trouvée sérieusement altérée sous l'effet de la poussée égalitariste ? Force est bien de répondre que non. Le tableau de la page 313 le prouve éloquemment.

Quant à l'évolution plus récente, on peut la mesurer grâce aux informations données en 1974 dans un *Green Paper* du gouvernement travailliste en prélude à un projet d'impôt sur la richesse. Il s'avérerait qu'une certaine déconcentration est

17. Répartition de la fortune privée en Angleterre-Galles avant et après la Seconde Guerre mondiale[34].

(Les prix de 1938 représentent environ le double de ceux de 1950.)

1936-1938		Montant de la fortune	1946-1950	
Nombre de possédants	Valeur		Nombre de possédants	Valeur
75 %	5 %	Moins de 100 livres	62 %	3 %
18 %	12 %	100 - 1 000 livres	27 %	12 %
6 %	27 %	1 000 - 10 000 livres	9 %	31 %
1 %	34 %	10 000 - 100 000 livres	1,5 %	39 %
0,1 %	22 %	Plus de 100 000 livres	0,06 %	15 %

intervenue depuis 1960 (jusqu'à cette date, en effet, les proportions n'avaient pas varié par rapport à 1946-1950), puisque le 1 % le plus riche de la population, qui détenait 38 % de la fortune totale en 1960, n'en posséderait plus que 30 % en 1970 et 25 % en 1974 (soit, à ces dates, une fortune de 44 000 livres et plus) tandis que les 5 % les plus riches auraient reculé dans une moindre mesure : 64 % en 1960, 56 % en 1970, et probablement 53 % en 1974. Mais tous ces chiffres sont à interpréter avec prudence, et l'on ne saurait en conclure à un avènement proche de l'égalité. En effet, il faut d'abord rappeler qu'encore en 1970 pour la moitié des successions le capital transmis est égal à zéro. D'autre part, le changement qui s'est produit depuis 1960 est dû principalement à l'élévation du poids des catégories moyennes (fortunes entre 5 000 et 20 000 livres). Surtout, de même que la progressivité de l'*income-tax* entraîne une dissimulation légale des revenus dans les tranches les plus favorisées, de même la lourdeur des droits de succession provoque une efflorescence de combinaisons, toutes plus ingénieuses les unes que les autres (donations, *joint property, settlements, trusts*, etc.), de façon à éviter la taxation — cela tout particulièrement, bien sûr, parmi les fortunes les plus considérables. Du coup, disparaissent des statistiques officielles une bonne partie des fortunes réelles. Un bon exemple de ces transferts est fourni par l'étude suivante menée dans les années cinquante : si l'on calcule la fortune moyenne par tranche d'âge parmi les gens riches, on s'aperçoit que le montant en est beaucoup plus élevé parmi les jeunes adultes de vingt et un à vingt-cinq ans (en moyenne 10 000 livres par personne), ce qui est anormal puisque habituellement la fortune croît avec l'âge. C'est bien la preuve que, sitôt la majorité acquise, les parents s'empressent de faire passer sur la tête de leurs enfants une part importante de leurs propres biens. Se montrant en cela plus puissants que tous les chanceliers successifs de l'Échiquier, les héritiers des grandes fortunes ont su faire leur le principe énoncé par Burke : « Le pouvoir de perpétuer notre propriété est un des pouvoirs les plus précieux [...] et celui qui tend le plus à la perpétuation de la société elle-même[35]. »

Concluons donc : non seulement la structure de classe de la société s'est maintenue sous des formes beaucoup plus rigides qu'on a bien voulu le dire, mais la capacité de défense des privilèges et leur force de résistance au changement ont triomphé de tous les obstacles législatifs dressés contre eux. Dans l'économie, dans la société, des forces profondes ont œuvré à long terme pour contrer les processus égalitaires et perpétuer les inégalités anciennes. La seule différence notable, c'est qu'au cours des années récentes elles ont réussi à inventer des formules plus subtiles et moins voyantes qu'auparavant.

Cependant, on doit distinguer deux étapes dans le mouvement social. Jusqu'à la Seconde Guerre mondiale, les « deux nations » de Disraeli ont survécu sans grande modification. C'est-à-dire que la société ancienne a gardé à peu près identiques ses caractéristiques majeures — masse de pauvres, poignée de riches —, l'extrême inégalité s'inscrivant dans une hiérarchie sociale très stricte en forme de pyramide aiguë. Après 1945, le fait nouveau, c'est le recul de la pauvreté : alors que jusque-là on comptait au-dessous du seuil de pauvreté au moins le quart de la population, dorénavant, selon les estimations les plus exigeantes, on n'en compte plus que 10 % (c'est la nouvelle version du *submerged tenth*). Sous les effets conjugués de la socialisation, puis de l'abondance, ceux qui jadis étaient démunis ont accédé à un niveau de vie décent, parfois même confortable. Donc, la catégorie inférieure de l'échelle sociale enregistre un important relèvement. Mais la phalange des riches est toujours là. Car la société néo-

18. Structure sociale 1931-1961 (Angleterre-pays de Galles)[36]
(D'après la classification du *Registrar-General*)

Classe		1931	1961
Classe I	cadres supérieurs, patrons, haute bourgeoisie	2 %	4 %
Classe II	cadres moyens, petits patrons, moyenne bourgeoisie	13 %	15 %
Classe III	employés, ouvriers qualifiés	49 %	51 %
Classe IV	ouvriers semi-spécialisés	18 %	21 %
Classe V	manœuvres	18 %	9 %

libérale reste fondée, dans la pratique comme dans la théorie, sur les deux notions jumelles de hiérarchie et d'inégalités. A cet égard, il n'est que de comparer la structure sociale de l'Angleterre en 1931 et en 1961 (la structure de 1931 étant elle-même assez peu différente au sommet de celle de 1867, époque où la *upper class* comptait 2 % de la population et la classe II 16 %, tandis que, au contraire, au bas de l'échelle, les classes IV et V — 60 % de la population en 1867 — ont été sensiblement réduites dès 1931 et plus encore en 1961).

Le tableau — calculé d'après la répartition de la population masculine active en catégories socioprofessionnelles — fait clairement apparaître la transformation de la base de la pyramide sociale. Ce qui correspond bien à l'entrée des plus pauvres dans des tranches décentes de revenus (et du même coup dans un « statut » décent). Mais le sommet, tout en s'étoffant quelque peu, n'a pas connu de modification radicale. Dès lors, on peut seulement conclure à un faible desserrement des barreaux de l'échelle hiérarchique — desserrement qui traduit lui-même les lentes mutations du paysage social.

9. Les lentes mutations du paysage social

Fluctuations néo-malthusiennes

Il peut sembler paradoxal de soutenir que les pertes des deux guerres mondiales (qui ensemble dépassent largement le million de morts) n'ont entraîné que des conséquences limitées sur l'évolution démographique de la Grande-Bretagne. La disparition de tant d'hommes jeunes fauchés dans la force de l'âge n'a-t-elle pas provoqué de sérieux déséquilibres, à commencer par un « manque à naître » ? De 1914 à 1918, en effet, c'est 9 % de la population masculine entre vingt et quarante-cinq ans (soit 5 % de la population active) qui est restée sur le champ de bataille. Et si, au cours du second conflit mondial, les pertes ont été inférieures de moitié à celles de la Grande Guerre (avec de surcroît une répartition différente par sexe et par âge : sur les 60 000 civils tués par les bombardements, 25 000 étaient des femmes et 8 000 des enfants), néanmoins la perte de 300 000 combattants ne venait-elle pas frapper une population en pleine rétraction depuis les années 1930 ? Et pourtant les faits sont là. La Commission royale sur la population, au terme d'une investigation monumentale sur tous les aspects de la démographie britannique depuis un demi-siècle, pouvait en 1949 conclure que même les pertes très élevées de la Première Guerre mondiale n'avaient eu qu'une incidence faible sur la baisse de la fécondité (de leur côté, les cyniques ont fait remarquer qu'au rythme des départs d'émigrants avant 1914 le nombre des tués représentait un chiffre inférieur aux pertes par émigration définitive). D'autre part, la Commission soulignait que les craintes exprimées dans les années trente sur le danger de dépopulation du pays étaient sans fondement (une démographe réputée n'avait-elle pas prédit en 1933 que, par suite du déclin de la natalité, la population anglaise allait reculer à 36 millions en 1965 et tomber à 5 millions en 2035 — au niveau du Danemark !). Autant il serait dangereux de sous-estimer les conséquences des deux guerres sur la société, l'économie, la culture ou les modes de vie, autant on doit marquer que les effets psychologiques l'ont incommensurablement emporté sur les effets démographiques. Si lancinant qu'ait été après 1918, auprès des survivants des tranchées, le sentiment d'une « génération perdue » — celle du feu —, sa réalité statistique doit être sérieusement mise en doute.

19. Pertes de guerre du Royaume-Uni au cours des deux guerres mondiales[1].

	1914-1918	1939-1945
Pertes militaires		
Total des morts (tués en combat, morts de blessures)	745 000	270 000
Armée de terre	(714 000)	(149 000)
Royal Navy	(27 000)	(51 000)
Royal Air Force	(4 000)	(70 000)
Pertes civiles		
Civils tués par bombardement	1 000	60 000
Marine marchande	15 000	35 000
Total des pertes de guerre	761 000	365 000
Pourcentage par rapport à la population totale du Royaume-Uni	1,7 %	0,8 %

Désormais, le fait essentiel, c'est que l'Angleterre, poursuivant et accentuant l'évolution en cours depuis une trentaine d'années, s'est installée de manière durable dans une fécondité à la fois moyenne et volontaire. A partir de 1920, le néo-malthusianisme l'emporte massivement dans les comportements et dans les esprits. Moins d'enfants, des familles de taille restreinte, une planification de la fécondité, voilà ce qui caractérise le mouvement démographique.

La population a cessé d'augmenter à un rythme rapide. Si on laisse de côté l'Irlande, dont le cas est trop particulier, le nombre des habitants de la Grande-Bretagne passe de 40,8 millions en 1911 à 44,8 millions en 1931 et à 48,9 millions en 1951 (en 1971, il atteindra 53,8 millions). Quelle différence avec le XIXe siècle, au temps où l'on observait presque un doublement par demi-siècle ! Le taux annuel d'accroissement, qui était en Angleterre-Galles de 1,5 % en 1831-1851, est tombé à 0,8 % en 1901-1921 et entre 1931 et 1951 à 0,5 %. Et encore à cette date des balances migratoires positives viennent-elles soutenir un croît naturel en affaissement régulier. A l'origine, en effet, il y a la chute de la natalité. Celle-ci, qui était de 22 ‰ de 1910 à 1920, est tombée à 18 ‰ dans les années vingt, à 15 ‰ dans les années trente pour se relever un peu pendant la guerre et se stabiliser jusque vers 1955 autour de 16 ‰. C'est le triomphe des petites familles. Parmi les couples mariés en 1925, 16 % n'ont pas eu d'enfant, 25 % n'ont eu qu'un enfant, 25 % deux enfants, 14 % trois enfants, 8 % quatre enfants, 5 % cinq enfants et seulement 7 % six enfants et plus[2]. Le résultat, c'est qu'en 1934 le chiffre des enfants âgés de moins de cinq ans est inférieur à ce qu'il était en 1871, alors que la population totale est de vingt millions supérieure. Parallèlement, le taux de reproduction net chute de manière alarmante au-dessous de l'unité au cours de l'entre-deux-guerres : il passe de 1,1 en 1911-1921 à 0,97 en 1923 et à 0,80 en 1938. C'est seulement à partir de 1950 qu'il dépasse 1 à nouveau (1,01 en 1950-1954 et 1,25 en 1960), grâce à la remontée modérée de la natalité après la guerre. Le nombre moyen d'enfants par famille suit la même courbe : 2,82 pour les cohortes de mariages 1910-1914 ; 2,31 pour 1920-1924 ; 2,07 pour 1930-1934 ; 2,08 pour 1940-1944 ; 2,31 pour 1950-1954[3]. Car, comme il arrive fréquemment en matière démographique, le mouvement, au lieu d'être linéaire, est jalonné de discordances mineures qui compliquent l'allure d'ensemble.

Deux discordances surtout sont à signaler ici. D'abord les fluctuations et les dents de scie de la courbe de la natalité : elles sont dues moins aux *baby booms* consécutifs aux deux conflits mondiaux (ce sont en effet des phénomènes brefs, en 1919-1920 et en 1945-1948, correspondant surtout à des naissances « différées ») qu'à l'alternance entre des plateaux de dénatalité (1921-1939 et 1949-1955) et des périodes de reprise (1941-1945 et surtout 1956-1964)*. L'autre discordance tient au taux différentiel de fécondité selon les classes sociales. Alors que les pratiques restrictives avaient, comme on sait, débuté dans les milieux aisés, le mouvement a gagné après 1900 la petite bourgeoisie, puis les classes populaires. En fait, c'est dans le monde du travail que la chute de la natalité a été le plus sensible pendant l'entre-deux-guerres. Néanmoins, à la veille de la Seconde Guerre mondiale, bien que les écarts se soient réduits par rapport à 1914, il continue d'exister une corrélation négative extrêmement nette entre taux de reproduction et niveau social (ou niveau de revenu). Ainsi les familles de mineurs, de journaliers agricoles, de manœuvres ont un nombre d'enfants supérieur de 25 à 30 % aux familles des autres catégories sociales. Or, depuis la guerre de 1939-1945, le profil social de la fécondité s'est modifié. Au lieu d'avoir, comme auparavant, un taux décroissant avec le milieu socio-économique, on constate désormais un relèvement de la natalité du côté des échelons supérieurs (patrons, professions libérales, etc.). Ce qui fait que là où la taille des familles est le plus élevée, c'est aux deux extrémités de l'échelle sociale. Inversement, c'est au centre, parmi les catégories intermédiaires — des classes moyennes aux ouvriers qualifiés — que l'on enregistre les taux de fécondité les plus faibles.

A travers ce mouvement d'ensemble et ces fluctuations de détail, on doit donc conclure à une diffusion massive de la contraception. Alors qu'au milieu du XIXe siècle on estime qu'au maximum une femme mariée sur six utilisait des techniques restrictives, entre 1920 et 1940 c'est le cas de trois femmes sur quatre. Dans tous les milieux (sauf chez les catholiques), les idées néo-malthusiennes ont fait leur entrée en force, bousculant barrières morales et religieuses. L'opinion — aidée en cela par les guerres, les dépressions, le chômage — s'est convaincue des dangers de la surpopulation au plan

* Voir figure 5, p. 161.

collectif, tandis qu'au niveau individuel on se rallie à la planification volontaire, au lieu de s'en remettre passivement au hasard ou de voir dans l'arrivée d'un nouvel enfant un signe de la volonté divine à accepter comme tel. Maintenant ce serait plutôt le tour des familles nombreuses d'être regardées avec commisération. Tandis que l'enfant se fait rare, les animaux domestiques — chiens ou chats — trônent dans les foyers. L'ubiquité des *pet animals* devient un trait de civilisation.

A une transformation aussi profonde des mentalités contribuent bien des facteurs : l'association fréquemment établie entre pauvreté et nombre d'enfants; les exigences de l'émancipation féminine (la première condition pour être libérée, n'est-ce pas d'échapper à l'esclavage des maternités successives?) et la volonté d'épanouissement physique personnel (le livre de la doctoresse Marie Stopes, *Married Love*, exerce une énorme influence); le souci de promotion et d'éducation pour l'enfant; la volonté de bien-être et le goût du confort (c'est là-dessus qu'insistent le plus les contemporains : la petite auto, l'« *Austin baby* », chassant, dit-on, le *baby* tout court); une conception de l'existence plus individualiste dans une société à la fois plus cloisonnée et plus mobile (P. Laslett a montré que l'effectif moyen des ménages, resté parfaitement stable depuis le XVIIIe siècle — autour de 4,5 personnes par ménage —, a commencé à décliner vers la première guerre : descendu à 4,1 en 1921, il atteint 3,7 en 1931 et 3,2 en 1951 — preuve que la famille nucléaire se réduit[4]).

Cependant, malgré les efforts d'éducation des *birth-control clinics* qui se multiplient un peu partout, les techniques ne progressent pas au rythme de la généralisation de la contraception. Elles restent le plus souvent fort rudimentaires. Seule une minorité dans les milieux privilégiés emploie préservatifs, diaphragmes et spermicides. Pour l'immense majorité, c'est le recours au très primitif coït interrompu. A.J.P. Taylor a pu observer avec raison qu'entre la fin du XIXe siècle — début des pratiques restrictives — et la Seconde Guerre mondiale — date à laquelle se répandent des méthodes plus satisfaisantes — Anglais et Anglaises constituent un peuple massivement frustré[5]. Ce qui ne manque pas de retentir sur leur comportement soit national, soit personnel. A quoi l'on peut ajouter, sur le plan moral cette fois, une autre source de frustration : la mauvaise conscience, surgie de l'inconscient collectif, dans la mesure où la sexualité continue d'être entourée de censures puritaines *(« No sex, please, we are British »)* et où le silence des interdits identifie les termes « indécent » et « *un-British* » (est-ce par exemple pur hasard de vocabulaire si la « capote anglaise » est appelée *French letter* et le diaphragme *Dutch cap* ?).

Deux autres aspects de l'évolution démographique méritent également d'être soulignés, car ils différencient profondément l'Angleterre du milieu du XXe siècle de l'Angleterre victorienne. D'abord le vieillissement de plus en plus accentué de la population — trait commun à toutes les sociétés européennes avancées*. C'est ce qui explique que le taux de mortalité n'ait, en fin de compte, guère bougé : une fois descendu en 1921 à 12,4 ‰, il se maintient sans grand changement aux alentours de ce chiffre et ne descend que par phases brèves au-dessous de 12 ‰. En revanche, la mortalité infantile a amorcé une chute spectaculaire. Tombée de 140-160 ‰ dans les dernières années du XIXe siècle à 110 ‰ à la veille de la Première Guerre, elle descend à 66 ‰ en 1931, en 1951 à 30 ‰ — soit une réduction de moitié entre 1901 et 1931 — et à nouveau de moitié entre 1931 et 1951**. Inversement, l'espérance de vie s'est élevée rapidement depuis le début du siècle. Alors qu'en 1910 elle était de cinquante-deux ans pour les hommes et de cinquante-quatre ans pour les femmes, elle grimpe en 1960 à soixante-huit et soixante-quatorze ans respectivement.

Quant à l'émigration, si le courant séculaire du départ vers l'outre-mer se maintient avec vigueur, avec des pointes après chacune des deux guerres (entre 1911 et 1931 la Grande-Bretagne perd 1 million et demi de ressortissants du fait des courants migratoires), il se tarit au cours des années trente, la dépression ôtant alors aux eldorados lointains beaucoup de leur attrait. De 1952 à 1957, il retrouve des niveaux élevés : 200 000 par an. Désormais, l'émigration est tournée surtout vers le Commonwealth : les États-Unis n'attirent plus

* Voir figure 1, p. 31 et figure 20, p. 325.

** Voir figure 5, p. 161.

qu'un émigrant sur dix. Ce sont l'Australie et la Nouvelle-Zélande qui drainent les gros contingents, le Canada captant de son côté une part appréciable du flot. Mais le phénomène majeur, c'est qu'à partir des années trente l'Angleterre commence à devenir un pays d'immigration autant que d'émigration. C'est là un courant tout nouveau, comme on n'en avait pas vu depuis des siècles. Pour la première fois, entre 1931 et 1951 le solde migratoire est positif. Si les Écossais continuent de s'expatrier (y compris vers l'Angleterre), l'ensemble Angleterre-Galles gagne alors trois quarts de million d'habitants : s'y mêlent réfugiés du nazisme et autres régimes totalitaires, émigrants retour du Commonwealth, Irlandais appelés par les besoins des industries de guerre et de la reconstruction, anciens combattants polonais... A nouveau, dans la décennie 1951-1961, la Grande-Bretagne enregistre un solde légèrement positif. En effet, jusqu'à 1957, l'émigration l'emporte encore sur l'immigration, mais à partir de cette date c'est cette dernière qui prédomine : seulement il s'agit d'une immigration bien différente, faite d'immigrants de couleur venus du Commonwealth — ce qui va poser à l'Angleterre contemporaine des problèmes d'une ampleur et d'une nature toutes nouvelles.

Urbanisation, suburbanisation, planification

Dans ses *Anticipations*, Wells avait prophétisé qu'un jour arriverait où toute la Grande-Bretagne, du Sud des Highlands d'Écosse à la Manche, ne formerait plus qu'une vaste région urbaine, une sorte de nébuleuse, où le citadin transformé en *commuter* pourrait choisir son lieu de résidence dans un rayon de 100 *miles* autour de la ville où il travaille[6]. De fait, sans s'être réalisée à proprement parler, la prophétie a pris au milieu du XXe siècle une allure rien moins que futuriste. Depuis déjà des décennies l'urbanisation dominait l'existence des Britanniques. Maintenant, c'est leur horizon quotidien : quatre habitants sur cinq sont des citadins. A la campagne même, parmi ce qui reste de population rurale, il n'y en a plus qu'une moitié qui cultive la terre : au recensement de 1951, on relève moins d'un million d'agriculteurs, soit 5 % de la population active.

Dans la répartition des habitants sur la surface du pays, l'emprise urbaine a abouti à une extraordinaire concentration. En 1951, alors que le tiers de la Grande-Bretagne — celui qui correspond aux zones montagneuses — contenait seulement 2 % de la population, les deux cinquièmes de la population anglaise se trouvaient agglomérés dans les six conurbations les plus importantes (Grand Londres, West Midlands autour de Birmingham, Merseyside autour de Liverpool, S.E. Lancashire autour de Manchester, West Yorkshire autour de Leeds, Tyneside autour de Newcastle), et en Écosse la conurbation de Glasgow à elle seule rassemblait plus du tiers de la population écossaise*. En France, certains ont prétendu opposer Paris au « désert français », mais en Angleterre le géant londonien dispose d'un poids nettement supérieur : un dixième de la population totale en 1801, un huitième en 1851, plus d'un sixième depuis le début du XXe siècle (en échange, la part relative de Paris n'est que de un huitième). Sans doute est-ce en 1939 que le Grand Londres a atteint statistiquement son point culminant (8 700 000 habitants), mais depuis lors s'est développée une région urbaine qui s'étend sur toute l'Angleterre du Sud-Est. Entre 1914 et 1951, si le cœur de l'agglomération — le comté de Londres — a perdu un million de personnes, la périphérie n'a cessé d'en gagner et depuis 1951 les départs au-delà des limites de l'agglomération — au rythme d'une trentaine de milliers par an — ont conduit les Londoniens à s'installer en masse dans la très grande couronne.

Deux traits se dégagent de cette évolution. D'abord un nouveau mode d'urbanisation : la « région urbaine », ensemble composite et diversifié. Après avoir passé de la petite ville à la grande ville, de la grande ville à l'agglomération, de l'agglomération à la conurbation, on en est arrivé à la *megalopolis*. L'originalité de cette dernière, c'est d'englober sans les absorber ni les réduire des petites villes anciennes, des villes moyennes — traditionnelles ou nouvelles — et même des

* Voir carte II, p. 143.

20. Pyramide des âges : Angleterre-Galles (1851-1901-1931-1971)

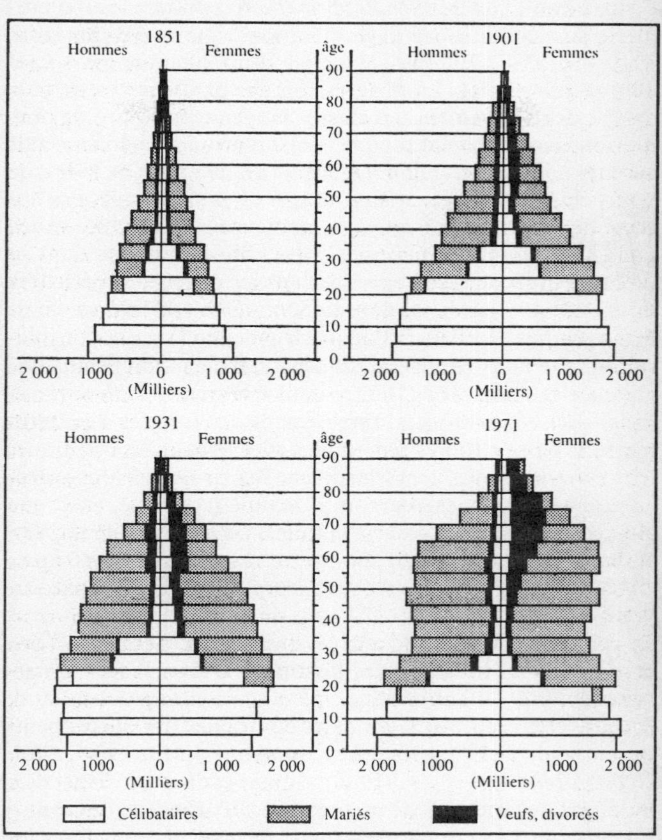

zones semi-rurales (secteur que l'on commence à appeler *rurban*). D'autre part, tandis que les centres exercent un effet répulsif, on assiste à une croissance prodigieuse des banlieues. Le règne tout neuf de *megalopolis* s'appuie sur celui, plus ancien, de *suburbia*.

Dès la fin du XIXe siècle, en effet, la suburbanisation avait pris une grande ampleur. Mais c'est à partir de la Première Guerre mondiale qu'elle devient le facteur dominant de l'expansion urbaine *(urban sprawl)*. A Londres, par exemple, la surface bâtie de l'agglomération triple en étendue entre 1919 et 1939[7]. En fait, il s'agit d'un phénomène social autant que spatial. La progression des banlieues va de pair avec le développement des classes moyennes. Moyen de promotion dans l'échelle sociale, l'installation en banlieue fait accéder à la respectabilité. De même qu'aux yeux de la bonne bourgeoisie le modèle aristocratique de la *country-house* n'a cessé de valoriser l'image de la demeure confortable, située dans la verdure à la périphérie des villes, de même dans la petite bourgeoisie, et à sa suite dans les couches supérieures du monde ouvrier, la vie dans un *semi-detached cottage* paraît le moyen par excellence d'acquérir indépendance et considération. De là la prolifération des quartiers suburbains qui caractérise l'habitat de l'entre-deux-guerres : «*ribbon development*» alignant interminablement des rangées de petites maisons basses, toutes semblables avec leurs murs de brique, leur *bow-windows*, leurs jardinets fleuris aux pelouses soigneusement tondues, leurs toits de tuile (l'ardoise, en vogue avant 1914, a cédé la place à la tuile). De là aussi une impression de monotonie. Un monde terne, ennuyeux, étriqué, dépeint d'une plume cruelle par George Orwell («Connaissez-vous la rue où j'habite... ? Si vous ne la connaissez pas, vous en connaissez cinquante autres, exactement pareilles. Vous connaissez ces longues rues pustulant à travers les *"inner-outer suburbs"*. Toujours les mêmes... Les façades de stuc, les barrières créosotées, les haies de troènes, les portes peintes en vert : *Les Lauriers, Les Aubépines, Mon Abri, Mon Repos, Belle Vue...* »)[8]. Il faut ajouter qu'à cette dispersion indéfinie des cottages de banlieue, la diffusion de l'automobile, d'abord au cours de l'entre-deux-guerres, puis dans les années cinquante, a apporté un élan décisif. Comme l'a fait remarquer Asa Briggs, «le chemin de fer a créé les villes (tout au moins celles du XIXe siècle), l'automobile les fait exploser. Après l'Urbain, elle suscite le Suburbain, le Conurbain, l'Exurbain».

Toutefois, les déboires de la suburbanisation ont provoqué un choc en retour. Non seulement en effet la banlieue n'a pas réalisé les espoirs que l'on avait placés en elle, en particulier la synthèse entre la campagne — domaine de la nature et de la verdure, du bon air et de la tranquillité — et la ville — lieu des services, des emplois, des échanges, des loisirs. Mais elle a multiplié et allongé les migrations alternantes, coûteuses, fatigantes, mangeuses de temps. Surtout la vie suburbaine a abouti sur le plan psychologique à deux sortes de frustrations. L'une découle du processus de privatisation inhérent à la civilisation pavillonnaire : bien plus qu'un frigide et médiocre repli sur soi *(« we keep ourselves to ourselves »)*, c'est chez beaucoup une source de solitude et d'ennui. L'autre frustration tient à la standardisation du *home* et du mode de vie : à travers la similitude de conditions d'existence banalisées à force d'être reproduites à l'infini, se crée un anonymat, différent de celui des grandes cités, mais non moins pernicieux dans ses effets dépersonnalisants.

C'est donc en réaction d'une part contre les tares des villes anciennes — avec leurs *slums*, leurs logements insalubres, leur surpeuplement — et d'autre part contre les déceptions consécutives à la prolifération des *suburbs* qu'est née et que s'est développée la planification. En raison de l'étendue du phénomène urbain, la préoccupation en est apparue très tôt, et l'on a pu qualifier l'Angleterre de « berceau de l'urbanisme ». Du point de vue législatif, c'est dès le début du siècle qu'est prise la première mesure réglementant, de façon encore timide du reste, le développement des villes (*Town Planning Act* de 1909). De son côté, le mot « urbanisme » *(town planning)* avait fait son entrée dans l'*Oxford English Dictionary* en 1906. Entre les deux guerres, une série de dispositions interviennent pour régir la construction de logements et introduire un début d'aménagement planifié. C'est une époque à laquelle on construit beaucoup et où le logement social prend une ampleur considérable : sur les 4 millions de maisons bâties de 1919 à 1939, 2 millions et demi sont produites par le secteur privé, mais 1,5 million sont dues à l'action municipale : ce sont les *council houses*.

Cependant l'étape décisive est franchie avec la Seconde Guerre mondiale. En 1943, est créé un ministère pour l'Aménagement du Territoire *(Ministry of Town and Country Planning)*. En 1947, le grand *Town and Country Planning Act* passé par le gouvernement travailliste constitue le premier schéma d'ensemble qui rend la planification effective dans tout le pays. De surcroît, les destructions de la guerre ont rendu urgente une reconstruction de type volontariste et concerté, notamment à Londres, Birmingham, Coventry, Bristol, Plymouth. En même temps, l'imagination des architectes et des urbanistes, soutenue par un vaste courant dans l'opinion, lance une formule novatrice, où la planification s'allie à la création : ce sont les *new towns*. En 1946, est voté le *New Town Act*, vaste projet de décongestion des zones urbaines anciennes grâce au développement de nouvelles communautés urbaines équilibrées, unissant travail et résidence. Programme ambitieux qui aboutit à la naissance de vingt-neuf « villes nouvelles* » : la première génération, concentrée surtout autour de Londres, date de 1947-1950 (elle comprend une douzaine de villes) ; une seconde génération, tirant les leçons de l'expérience, verra le jour entre 1961 et 1971. Au total, de 1947 à 1970, les villes nouvelles ont attiré 700 000 habitants. D'autre part, dans l'ensemble du pays, le rôle des pouvoirs publics en matière d'habitat prend le pas sur l'initiative privée : c'est ainsi que 57 % des logements neufs construits de 1945 à 1970 sont dus à l'action des collectivités locales et de l'État.

Deux principes ont dominé tout l'urbanisme d'après-guerre. D'abord la constitution d'« unités de voisinage » *(neighbourhood units)*, afin de réaliser des quartiers à l'échelle humaine. En second lieu, la formation de « communautés équilibrées » *(balanced communities)*, la ville devant associer, comme dans le village traditionnel, le foyer, le travail et le loisir, et susciter, comme dans les cités médiévales, un sentiment « civique ». Il faut voir là une tentative de construction d'une microsociété où chacun pourrait s'épanouir dans la diversité, tout en échappant aux servitudes de la macrosociété, et où la volonté planificatrice prétend se concilier avec la spontanéité et l'individualisme. C'est donc un urbanisme qui a au plus haut point le souci de l'environnement et du cadre naturel, en particulier végétal (le nombre des parcs et l'attention portée

* En l'espace de trente ans, 23 voient le jour en Angleterre-Galles et 6 en Écosse (on en compte en outre 4 en Irlande du Nord).

III. Villes nouvelles et aménagement du territoire

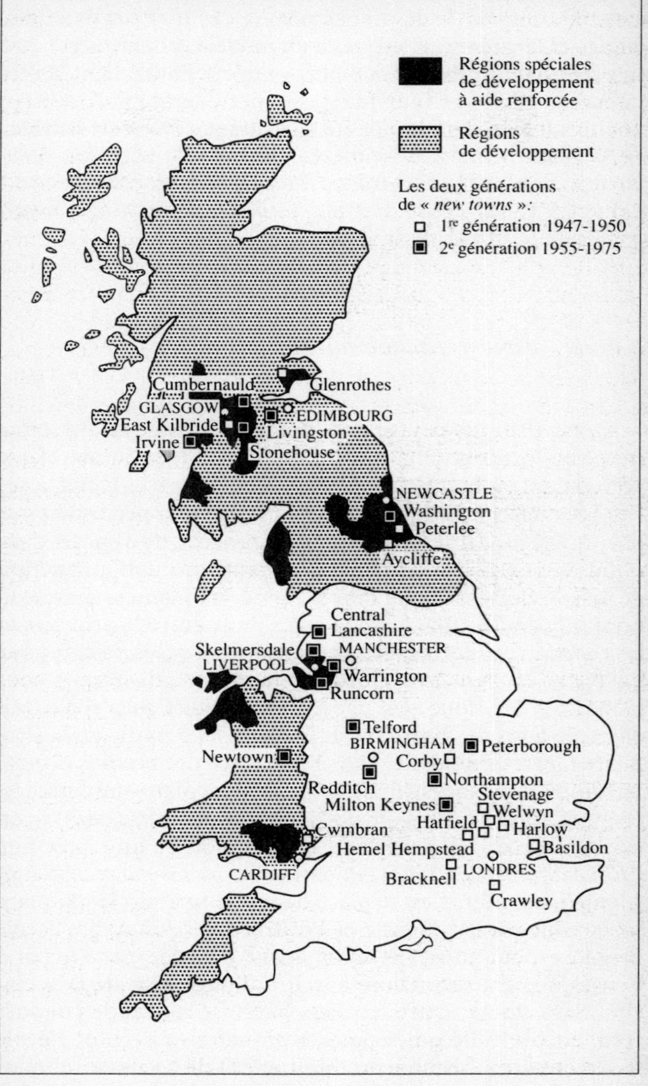

aux *green belts* en sont la preuve), ainsi qu'une volonté très nette de contrôler le développement et de lutter contre le gaspillage et la laideur. C'est aussi un modèle urbanistique, qui, en perpétuant l'urbanisation horizontale et en donnant la préférence à l'habitat individuel, est dominé par la tradition « culturaliste », dans la fidélité aux enseignements de Ruskin, de William Morris, d'Ebenezer Howard (le père des cités-jardins, dont le livre, *Garden Cities for To-Morrow*, a eu un immense écho) et de Patrick Geddes, apôtre de l'esprit communautaire et de la qualité de la vie.

L'école : démocratisation ou élitisme

Avant 1914, deux postulats de base régissaient le système d'enseignement britannique : d'une part, l'idée qu'une classe gouvernante a besoin d'une éducation à part, adaptée à ses futures tâches de *leadership*; d'autre part, la nécessité pour une société moderne, orientée vers le progrès, de disposer d'un nombre croissant de travailleurs ayant reçu une instruction de niveau élémentaire ou moyen. D'où, à l'intérieur du réseau éducatif, une double ségrégation : l'une entre le primaire et le secondaire, l'autre entre l'enseignement privé payant pour l'élite et l'enseignement gratuit — public ou religieux — pour la masse. C'est donc avec une extrême rigidité que l'école était enserrée dans des barrières de classe. Or, à partir de la Première Guerre mondiale, sous l'influence des besoins de scolarisation de la société et de la demande scolaire des familles, et aussi sous la pression des idées de démocratisation, on assiste à un élargissement du monde scolaire (que précipite l'*Education Act* de 1944), en particulier au niveau secondaire. L'enjeu, en effet, s'est déplacé depuis le XIXe siècle : la place jadis tenue par la conquête de l'instruction (c'est-à-dire l'école primaire pour tous) est maintenant occupée par l'accès à l'enseignement secondaire et par l'allongement de la scolarité. Sans doute, entre les deux guerres, la grande coupure reste encore celle qui sépare le primaire (ou plutôt l'école « élémentaire », comme on disait alors) du secondaire, mais à partir de 1944 c'est à l'intérieur des différentes filières de l'enseignement secondaire que s'opère la césure sociale. Pour l'Angleterre-Galles, celui-ci comptait approximativement 300 000 élèves en 1914 (dont 200 000 dans les écoles secondaires publiques) ; il atteint 600 000 en 1935 (les écoles « privées » et les *public schools* représentant alors le quart du total) et près de 2 millions en 1955 (dont 500 000 dans les *grammar schools* ou lycées, 1 250 000 dans les *secondary modern schools* ou collèges d'enseignement général, le reste dans les *public schools* et autres écoles privées)[9].

Aussi en a-t-on déduit hâtivement que grâce à l'école s'était effectuée une « révolution sociale silencieuse ». Avec complaisance et jusqu'à satiété, on a développé le thème selon lequel l'accès généralisé à l'enseignement long avait transformé la société anglaise en faisant sauter l'un des verrous les plus solides du régime des classes. A savoir le verrou éducatif, puisque jusque-là chacun gardait attachés à lui pour la vie entière — tantôt boulet à traîner, tantôt chance et moyen de prestige — le nom de l'école qu'il avait fréquentée et le type d'enseignement reçu. Mais en fait on ne doit pas se leurrer. Les intentions libérales et généreuses des réformes successives — *Fisher Act* de 1918 et surtout *Butler Act* de 1944, ainsi que les innombrables rapports de commissions ou d'experts —, quel qu'ait été chez leurs auteurs le désir de contribuer à l'égalisation des chances et à la mobilité sociale, sont venues buter, dans les institutions comme dans les esprits, sur les dures réalités d'une ségrégation qui s'est poursuivie, à peine modifiée, au profit des privilégiés de l'argent et de la culture. Le mot que Tawney appliquait à la sociodicée britannique de 1939 reste encore vrai aujourd'hui : « une attitude non dénuée de sympathie pour les individus alliée à un puissant sentiment de classe et à une profonde révérence pour les riches[10] ». En fin de compte, l'évolution, si importante qu'elle ait été, a davantage perpétué un système d'enseignement élitiste qu'abouti à une démocratisation de la société. Le seul changement irréversible qui s'est produit par rapport au XIXe siècle, c'est l'atténuation des querelles religieuses, jadis si vives, autour de l'école. Les rivalités d'Églises et de sectes ont été en déclinant sans cesse. Encore que l'*Education Act* de 1944 ait étendu à toutes les écoles publiques le principe de l'enseignement religieux obligatoire (à condition que ce dernier soit *undenominational*) : belle victoire pour l'Église anglicane qui, alliée sur ce point avec l'Église catholique, continue de constituer un puissant *lobby* scolaire.

Ce n'est évidemment pas un hasard si les grandes réformes scolaires — en 1902, en 1918, en 1944 — ont vu le jour alors que se terminaient de grandes guerres, qui imposaient au pays comme une priorité la formation de la génération suivante. D'où un souci de meilleure scolarisation (que traduit l'allongement de la scolarité obligatoire, portée en 1918 à quatorze ans, en 1944 à quinze ans immédiatement et à seize ans par la suite — cette dernière mesure n'étant entrée en vigueur qu'en 1972). S'y ajoutaient en 1918 les aspirations égalitaires nées du conflit, les pressions des féministes qui, voyant dans l'enseignement des jeunes filles la meilleure garantie d'émancipation, faisaient tout pour le développer, enfin le programme du *Labour* (le mot d'ordre : « l'éducation secondaire pour tous » sera repris officiellement par le rapport Hadow en 1926). Ces aspirations rencontraient une audience d'autant plus grande parmi les esprits éclairés qu'en matière d'éducation l'opinion libérale était imprégnée de la philosophie réformatrice de théoriciens comme Stuart Mill et Matthew Arnold pour qui l'école représentait une contribution décisive au progrès social, encore plus qu'au progrès économique. Chez certains, se profilait même l'espoir de renverser les barrières de classes grâce à l'égalité des chances. Précisément, pour favoriser l'accès égal à toutes les formes d'éducation, l'effort porte alors sur les lycées : ouverture des *grammar schools* aux enfants de familles modestes par des places réservées au mérite (« *free places* », baptisées plus tard *special places* : on en compte 250 000, complètes ou partielles, en 1935)[11] et création de bourses ; modernisation des programmes (l'anglais remplace le latin comme matière de base des études) ; progression des effectifs ; élargissement des objectifs poursuivis par l'école (le rapport Spens en 1938 proclame que celle-ci n'est pas seulement « un endroit pour apprendre », mais aussi « une unité sociale » ouverte vers la société globale[12]). Cependant, c'est en 1944 qu'est franchi le pas décisif avec la loi Butler. Cette fois-ci, le principe d'un système à deux étages *(educational ladder)* entre dans les faits.

Tous les enfants doivent passer par chacun de ces niveaux, déterminés par l'âge : au-dessous de onze ans, c'est l'enseignement primaire ; pour les plus de onze ans, l'enseignement secondaire, chacun se dirigeant selon ses aptitudes vers l'enseignement classique long *(grammar schools)*, moderne court *(secondary modern schools)* ou technique. Le sentiment qui prévaut alors, c'est celui d'une contribution capitale à la mobilité sociale grâce à cette rupture avec les blocages antérieurs.

Malheureusement, il a fallu assez vite déchanter. Et admettre qu'à travers le nouveau régime scolaire les hiérarchies traditionnelles parvenaient à se maintenir sans trop de mal. Et cela pour trois raisons : d'abord la prééminence indiscutée des *public schools* ; ensuite le système de valeurs inculqué dans les *grammar schools* ; enfin les critères de sélection.

Commençons par les *public schools*. Toutes les réformes les ont laissées intactes. Et le gouvernement travailliste de 1945 à 1951 n'a pas osé toucher à leur pouvoir — grave erreur, s'il en est. Pépinières de l'élite comme par le passé, elles continuent de fonctionner à part, fidèles à leurs traditions. Les principes éducatifs n'ont pas changé : là se forment les *gentlemen* qui demain gouverneront le pays et dirigeront les affaires. Elles ont beau être en butte aux critiques les plus cinglantes (on en sort, disait E.M. Forster, « avec le corps bien développé, l'esprit raisonnablement développé, le cœur non développé »), elles n'en continuent pas moins à trôner, imperturbables, au sommet du système éducatif. Car ce sont elles qui détiennent toujours la part du lion dans l'*Establishment*. A un point tout à fait extraordinaire de stabilité et de permanence, en dépit de tous les ébranlements traversés par le pays et quelles que soient par ailleurs les apparences de démocratisation. Ainsi, en 1937, le cabinet Chamberlain comprenait dix-neuf ministres (sur vingt et un) qui étaient sortis d'une *public school* ; en 1961, le cabinet Macmillan en contient dix-sept sur vingt et un (Baldwin a raconté qu'une fois appelé comme Premier ministre, « une de mes premières pensées fut que je devais former un ministère digne de Harrow » : et en effet son cabinet n'inclut pas moins de six anciens élèves de Harrow !)[13]. Les *public schools* continuent d'être sans rivales pour peupler, comme il est de tradition, la diplomatie, le barreau, l'armée, la marine, mais elles fournissent aussi bien les milieux d'affaires : ainsi la Cité, les relations publiques... En 1944, le rapport de la Commission Fleming relevait que sur huit cent trente hauts fonctionnaires, évêques, juges, administrateurs des Indes, gouverneurs des Dominions, directeurs de banque ou de compagnie de chemins de fer, les trois quarts sortaient des *public schools* (dont la moitié des *sacred nine*). Une dizaine d'années plus tard, la situation n'a pratiquement pas évolué. Au Parlement, on constate qu'au cours de la période 1950-1970 la proportion des députés conservateurs issus de *public schools* est exactement la même — c'est-à-dire les trois quarts — que pendant l'entre-deux-guerres. Même si l'on ajoute les travaillistes aux conservateurs, les anciens élèves des *public schools*, en 1970 comme en 1951, constituent encore près de la moitié des députés élus aux Communes*[14].

La puissances des *public schools* survit donc, intacte. Et avec elle les privilèges d'une caste : une éducation à part, comme il convient à l'élite; un langage propre — les anciens élèves, écrivait un jour le *Times*, « se reconnaissent à certaines intonations indéfinissables ». Si l'insistance demeure toujours aussi marquée sur la formation du caractère, on s'est adapté à l'esprit du temps. Par exemple, au lieu de cultiver ouvertement le sentiment de supériorité chez ces « *natural leaders* », la notion de hiérarchie, pourtant inhérente à l'institution, tend à se camoufler, comme l'a détecté de manière perspicace Raymond Williams, sous le couvert de la notion de « service ». Ce qui donne peut-être aux *public schools* une force indéracinable, c'est que même les parents les plus dénués de préjugés, qui, parce qu'ils sont adversaires du système, voudraient y échapper, se trouvent néanmoins contraints d'y envoyer leurs enfants s'ils veulent leur offrir les meilleures chances dans l'existence. L'inégalité se perpétue donc de génération en génération. (On a calculé qu'en 1963 90 % des titulaires de revenus supérieurs à 1 000 livres par an donnent à leurs enfants une éducation privée et payante[15].) Grâce à leur indéniable supériorité, les *public schools*, apanage d'une minorité privilégiée (en 1939, Tawney l'estimait à 3 % des

* Voir figure 28, p. 396.

familles[16]), maintiennent une emprise fondée à la fois sur l'argent, la culture, le prestige et le pouvoir. Tout compte fait, aucune des réformes successives n'a réellement porté atteinte au monopole éducatif que constitue ce réseau efficace d'écoles privées réservées (à part quelques boursiers) aux classes supérieures.

D'autant que dans le même temps les *grammar schools*, malgré un recrutement à base de classes moyennes, ont subi largement l'influence des *public schools*. Dans la mesure où ce sont ces dernières qui apparaissent comme le modèle par excellence de l'institution scolaire (de la même manière qu'Oxford et Cambridge ont servi de modèles aux autres universités), les *grammar schools*, par effet de mimétisme, se sont trouvées peu à peu imprégnées des traditions et des habitudes cultivées dans les *public schools*. Ainsi, le rôle des services religieux (la *school assembly* quotidienne), l'insistance sur la communauté scolaire et le sens du groupe, le système de discipline et de responsabilité des grands élèves *(headboys* et *headgirls)*, les jeux collectifs, les sports, l'esprit de compétition (tout est fait pour développer l'émulation entre *houses*). Mimétisme renforcé encore par le fait que le corps enseignant, originaire pour la plus grande part de la moyenne et petite bourgeoisie, était tout disposé à s'inspirer de l'exemple venu de plus haut. Quitte à ce que certains établissements, à force de singer « *their betters* », en arrivent à une caricature : une sorte de « *public school* du pauvre ».

D'autre part, l'action pédagogique aboutit à inculquer l'esprit *middle class*, le langage *middle class*, les codes *middle class* : pour réussir, la voie la plus sûre n'est-elle pas dans la conformité au modèle social ambiant (on a même parlé de *snob power*) ? Par conséquent, l'école, même quand elle recrute des éléments populaires, agit comme un instrument d'intégration, répercutant chez les sujets scolaires les valeurs maîtresses de la classe moyenne. Au point que le *Labour*, qui, pendant tout l'entre-deux-guerres, avait placé ses espoirs dans l'accession aux *grammar schools* considérées comme le moyen d'éduquer démocratiquement les enfants d'ouvriers (et aussi ses futurs militants), fait peu à peu machine arrière et leur devient plutôt hostile lorsqu'il s'aperçoit que le processus débouche en réalité sur la promotion individuelle et l'absorption dans la *middle class*. C'est pourquoi à ce stade la démocratisation s'opère au profit surtout de la petite bourgeoisie.

Enfin l'édifice scolaire, tel que les pouvoirs publics et les éducateurs ont voulu le développer après 1918, repose tout entier sur un système de sélection visant à donner à chacun sa chance selon ses aptitudes. Mais tout dépend alors des critères retenus en vue du tri et de l'orientation des enfants. Beaucoup ont cru que, grâce aux progrès de la psychopédagogie, les critères retenus pouvaient être « scientifiques », donc neutres. Ce que l'expérience a montré, au contraire, c'est qu'au lieu de traduire des données pédagogiques, la sélection a involontairement reflété le milieu socio-culturel de l'élève. On peut à cet égard distinguer trois stades successifs. Au cours de l'entre-deux-guerres, la politique officielle s'est assigné pour tâche primordiale de déceler quels étaient les enfants du peuple les mieux doués afin de leur offrir des places dans les lycées — les *grammar schools* —, tandis que les autres se contenteraient d'un enseignement « post-élémentaire » (équivalent du primaire supérieur). Il s'agissait là d'un système scolaire à deux niveaux — celui de l'élite, celui de la masse - ne différant guère dans son principe du système victorien, sinon par le fait que le secondaire s'ouvrait plus largement aux boursiers. De là des tests d'intelligence et divers exercices sélectifs destinés à découvrir les talents cachés. A partir de 1944, s'ouvre une nouvelle période : après que tous les enfants ont passé jusqu'à l'âge de onze ans à l'école primaire, la séparation se fait à partir de là suivant les aptitudes entre trois filières : classique, moderne et technique. Très vite, les deux défauts majeurs de ces nouvelles dispositions sautent aux yeux : d'une part, une nouvelle hiérarchie réapparaît entre les filières, car en dépit des promesses d'égalité de niveau et de standing *(parity of esteem)* les *grammar schools* acquièrent immédiatement un statut de supériorité, tandis que les *secondary modern schools* font figure de parents pauvres. D'autre part, l'inégalité se trouve renforcée par le recrutement des élèves (enfants des classes moyennes dans les lycées, enfants des classes populaires dans les collèges modernes), ainsi que par celui des professeurs. Inexorablement, le stigmate d'un double échec — scolaire et social — s'attache aux *secondary modern schools*. Aussi, au début des années cinquante, une nouvelle formule commence-t-elle à naître. A la base, se trouve l'idée de l'école unique, rassemblant tous les élèves dans un même établissement offrant les diverses options. Ce sont les *comprehensive schools* (équivalent des collèges d'enseignement secondaire créés en France quelques années plus tard). L'unification paraît la seule voie vers la démocratisation — encore qu'il faille noter bien entendu que l'enseignement privé des *public schools* demeure en dehors du processus, supérieurement à part... Ainsi, malgré un progrès certain, l'élitisme demeure dans les structures, tandis que les méthodes pédagogiques et le système de sélection continuent de défavoriser les plus démunis sur le plan socio-culturel en favorisant par contre la nouvelle méritocratie issue des classes moyennes.

Quant à l'enseignement supérieur, il a connu, comme on pouvait s'y attendre, une progression parallèle à celle du secondaire. Les universités comptaient, en 1900, 20 000 étudiants ; en 1938, leur nombre est de 50 000 ; en 1955, il atteint 82 000 et en 1962 il bondit à 118 000*[17]. Mais la démocratisation du recrutement social des étudiants se fait en direction de la petite bourgeoisie et non vers les classes populaires. C'est ainsi que la proportion de ceux dont le père est travailleur manuel est seulement de 25 % (alors que les manuels constituent les trois quarts de la population), proportion restée parfaitement stable de 1928 à 1960. Comparativement, les enfants des classes favorisées ont davantage profité de l'essor des universités que ceux des classes populaires.

Pour finir, il faut cependant mentionner deux secteurs où il y a eu indiscutablement expansion de la culture et démocratisation du savoir. D'abord le domaine de l'enseignement post-scolaire *(adult education)*. Du fait de la puissance de l'organisation ouvrière, et aussi sans doute en réaction contre l'« élitisme » avoué du système éducatif, l'Angleterre a été une pionnière en matière de culture populaire (ou, si l'on préfère un terme plus moderne, de formation permanente). Les deux principales institutions en ont été les *Extra-Mural Studies* des universités et la *Workers' Educational Association*, celle-ci comptant au milieu des années trente 60 000 « étu-

* Voir figure 24, p. 371.

diants » et en 1948 100 000. L'« éducation des adultes » dans son ensemble a connu un énorme essor pendant et après la guerre de 1939-1945. Au point qu'au début des années cinquante deux millions de personnes participaient soit à des cours du soir, soit à des séances de formation technique, etc.

Sur un autre terrain, celui du livre, l'Angleterre enregistre une grande avance. Déjà le chiffre des titres publiés annuellement avait doublé au début du siècle : 12 400 en 1914 contre 6 000 en 1901. En 1937, il atteint 17 000, et l'on enregistrera un nouveau doublement après la guerre (35 000 en 1973)[18]. L'activité des bibliothèques publiques se multiplie : en 1949, le nombre des livres prêtés à travers toute la Grande-Bretagne approche 300 millions[19]. Pour prendre un exemple local, à Plymouth le chiffre est passé de 365 000 en 1942 à 1 100 000 en 1948. Les premiers livres de poche ont fait leur apparition en 1935 lorsque Allen Lane lance la collection « Penguin », suivie deux ans plus tard par les « Pelican Books », livres à bon marché et de grande diffusion : en quinze ans, 250 millions d'exemplaires sont vendus[20]. D'autre part, à la radio (1 million de postes en 1925, 9 millions en 1939, 12 millions en 1950)[21], la BBC anime des programmes culturels. Et le début des années cinquante voit l'essor de la télévision : quelques dizaines de milliers de récepteurs en 1950, 4 millions en 1955, 10 millions en 1960 (en 1970, le chiffre atteindra 16 millions)*[22]. Désormais, l'école n'est plus le seul instrument, ni même l'instrument privilégié, de diffusion de la culture. L'ère des *mass media* a commencé.

Montée de la sécularisation

Dès la fin du XIXe siècle, on l'a vu, des pans entiers de l'édifice de chrétienté avaient commencé à se lézarder ou à s'effriter, parfois même à crouler. Mais à partir de 1914 la situation des Églises prend un tour nettement plus alarmant.

* Voir figure 24, p. 371.

En schématisant quelque peu, on a pu dire que la religion — sauf parmi la minorité catholique — tend alors à être progressivement reléguée au rang d'affaire de femmes, de gens âgés, de petits-bourgeois. On constate en effet une désaffection généralisée. Désaffection qui atteint non seulement les pratiques cultuelles et sacramentelles, mais aussi bien les croyances ou l'enseignement moral traditionnellement dispensé par les diverses confessions. Pour les esprits les plus lucides, les signes angoissants ne manquent pas. A commencer par le fait que les Églises vivent davantage sur le passé qu'elles ne peuvent compter sur l'avenir. Ainsi les secteurs de résistance à l'érosion de l'indifférence, c'est-à-dire là où la fidélité se maintient moins mal qu'ailleurs, ce sont les campagnes plutôt que les villes, les femmes plutôt que les hommes, les vieux plutôt que les jeunes. Faut-il dès lors parler de dépérissement du christianisme? Ce serait sans doute excessif dans la mesure où les assises religieuses séculaires continuent d'imprégner une partie des mentalités profondes.

Néanmoins, la laïcisation atteint tous les comportements, qu'ils soient collectifs ou individuels. Peu à peu, les consciences s'habituent à vivre dans un monde profane, d'où le surnaturel est exclu — un monde «désenchanté» (Max Weber), d'où la religion garde tout au plus un rôle, au demeurant assez imprécis, d'encadrement moral et social (ce qui achève de la vider de contenu), sauf pour la minorité des croyants qui cherchent dans le christianisme une réponse à l'interrogation sur le sens de la destinée et le salut. A vrai dire, l'évolution opère placidement et sans heurt : ni conflit brutal ni anticléricalisme virulent. Dans la mesure où les préoccupations religieuses tiennent moins de place qu'avant, les passions naguère si vigoureuses ont semblablement diminué. Certes, la sécularisation n'est pas univoque. Elle passe par un processus multidimensionnel. Mais, en dépit de l'existence d'une minorité active d'athées (les *humanists*, regroupés en diverses associations), elle tend à se séparer de ses aspects militants de jadis, au temps des *secularists*, de Holyoake et de Bradlaugh. Là où l'on observerait, à l'occasion, des phénomènes de rejet violent, ce serait plutôt dans les réactions contre l'hypocrisie et les conventions, dont à maintes reprises on dénonce le caractère odieux et tyrannique.

Au fond, la grande nappe religieuse *(« sea of faith »)* qui recouvrait le pays s'est retirée, au point de ne plus former que de petits lacs isolés au milieu tantôt de terrains desséchés (où règne l'indifférence), tantôt de marais (ce sont les zones où la religion ne survit plus que sous la forme de religiosité). Ce lent et inexorable recul des formes traditionnelles de la religion est caractérisé par trois phénomènes distincts. D'abord une chute accélérée de la pratique, aggravée par le déclin des croyances dans les dogmes de base du christianisme. En deuxième lieu la réduction de la foi à une morale sociale plus ou moins édulcorée. Enfin la dichotomie qui s'établit entre les institutions — Églises ou sectes — et les aspirations concrètes du plus grand nombre.

21. Pratique religieuse à York 1901-1948[23].

L'enquête porte uniquement sur la population adulte, c'est-à-dire âgée de plus de dix-sept ans.

Dénomination	Nombre de pratiquants			Pourcentage de chaque dénomination religieuse		
	1901	1935	1948	1901	1935	1948
Anglicans	7 453	5 395	3 384	43,7	42,2	33,1
Non-conformistes	6 447	3 883	3 514	37,8	30,4	34,4
Catholiques	2 360	2 989	3 073	13,8	23,4	30,1
Armée du Salut	800	503	249	4,7	4.0	2,4
Total	17 060	12 770	10 200	100	100	100
Population totale de York	48 000	72 000	78 500			
Pourcentage des pratiquants	35,5	17,7	13,0			

Sur le premier point, on dispose, grâce à une série d'enquêtes, de données qui, quelle que soit leur marge d'approximation, vont toutes dans le même sens : celui d'une baisse massive de la pratique religieuse (pourtant celle-ci, on le sait, était déjà faible depuis la révolution industrielle parmi les classes populaires urbaines). C'est ainsi que trois *surveys* successivement conduits à York par Rowntree en 1901, 1935 et 1948

— selon des méthodes similaires — permettent de mesurer l'évolution sur un demi-siècle dans une ville moyenne typique.

On notera qu'en 1948 la pratique est tombée au tiers environ de ce qu'elle était en 1901. Ce sont des chiffres comparables auxquels aboutit l'enquête menée par G. Gorer en 1955. Celui-ci conclut pour l'Angleterre à une proportion de 16 % seulement de pratiquants réguliers et de 40 % de pratiquants intermittents (c'est-à-dire qui assistent au moins à un ou deux services par an); quant au reste (dont la moitié des hommes adultes), jamais ils n'entrent dans un lieu de culte, sinon à l'occasion des rites de passage[24]. Une autre enquête contemporaine menée par le *News Chronicle* (1957) sur l'observance dominicale aboutit à un taux moyen de 14 %, dont 9 % d'observants chez les anglicans, 20 % chez les non-conformistes et dans l'Église d'Écosse, 44 % chez les catholiques[25].

Plus troublant encore pour la vitalité de la foi, apparaît le confusionnisme qui règne dans les esprits en matière de croyances. Au lendemain de la Seconde Guerre mondiale, *Mass Observation* a procédé à un sondage approfondi dans un quartier moyen de Londres. Les résultats, publiés sous le titre approprié de *Puzzled People* (1948), révèlent que si deux tiers des hommes et quatre cinquièmes des femmes croient plus ou moins en Dieu (il n'y a que 5 % d'athées déclarés — proportion confirmée par la plupart des enquêtes), parmi eux un sur trois seulement a pénétré dans une église dans les six mois précédents, un sur cinq ne croit pas à la vie éternelle, un sur quatre ne prie jamais. Bien plus : parmi les agnostiques, un quart prie occasionnellement le Dieu dont l'existence même est mise en doute, un sur douze va à l'église de temps à autre, un sur quatre admet que le Christ était «plus qu'un homme» et la moitié souhaite un enseignement religieux à l'école. En revanche, parmi les pratiquants réguliers ou intermittents de l'Église anglicane, un quart ne croit ni à la vie après la mort ni à la divinité de Jésus-Christ. Pour beaucoup, la religion se résume en formules du genre : «faire tout le bien possible», «s'entraider mutuellement», etc. Ce qui explique le credo le plus fréquemment entendu en milieu ouvrier depuis des décennies : «Il n'est pas besoin d'aller à l'église pour être un bon chrétien[26].»

Sans doute, derrière certains traits de cette évolution, discerne-t-on une tendance à l'intériorisation du phénomène religieux. Désormais, l'accent est mis sur l'adhésion personnelle et le libre choix du sujet plutôt que sur une conformité de façade à un modèle social. Mais un autre signe de la rétraction de l'influence des Églises, c'est la réduction de la foi tantôt à une phraséologie humanitaire, tantôt à une prédication moralisante, tantôt à une action sociale plus ou moins sentimentale. Un néo-moralisme, plus souple quoique assez fade dans son universalisme, succède de la sorte au moralisme austère de l'évangélisme. « La valeur d'une religion dépend des dividendes éthiques qu'elle paie », proclame un grand hygiéniste quaker ! Si, au-delà de cette terminologie mercantile, le discours religieux témoigne souvent de plus de spontanéité auprès du petit nombre des croyants authentiques, dans la plupart des cas il se banalise, sous le double effet du libéralisme qui dissout tout absolu et de la volonté de bien-être et de confort qui dilue les exigences de naguère. C'en est fini de la vision ascétique traditionnelle, cérébralisant le désir. Mais la *libido* n'en est pas libérée pour cela, tant reste forte la pression du puritanisme. D'où une morale hybride, qui n'échappe pas à l'hypocrisie tout en essayant de se frayer un chemin entre le legs de la tradition chrétienne et l'humanisme ambiant. Ce qui explique que les batailles majeures soient livrées sur les points d'achoppement entre les deux forces : divorce, contraception... (au contraire, les grandes prédications sur la tempérance comme voie suprême de salut sont en recul). De l'évangélisme moribond, il ne reste plus qu'un masque : celui de la respectabilité morale — tout au moins chez ceux que n'anime pas une vie intérieure.

Aucun *revival* d'envergure ne vient redresser la situation des Églises : ni du côté de l'Église établie, la plus atteinte par la désaffection des masses malgré quelques tentatives missionnaires, ni du côté des sectes non conformistes, qui toutes sont en plein reflux. Les seules tentatives de *revival* (fait significatif : au lieu de naître sur place, ce sont des importations, venues toutes d'Amérique) n'obtiennent qu'un écho limité, qu'il s'agisse du Réarmement moral, introduit par Frank Buchman dans les années vingt, des *Christian Scientists*, des Témoins de Jéhovah ou, dans les années cinquante, des grands meetings *interdenominational* de Billy Graham.

Enfin s'opère une double dissociation : d'abord entre les institutions ecclésiales (reléguées souvent dans un rôle de cadre extérieur et vide) et les besoins religieux ; ensuite entre les communautés croyantes, en situation de plus en plus minoritaire, et la société globale, qui s'affirme de plus en plus autonome par rapport aux formes organisées de religion. Au spectacle de cette évolution, d'innombrables lamentations se font entendre, en particulier parmi les traditionalistes. Mais les plus lucides des croyants perçoivent l'aspect positif de cette clarification entre foi et religion. Ainsi T.S. Eliot a soutenu que les Églises en Grande-Bretagne n'auraient à l'avenir de fidèles que parmi la minorité de ceux qui, conscients de l'inanité spirituelle de la seule vie au jour le jour, seraient en mesure de conserver une foi et une liturgie propres, auxquelles n'adhère point la masse de la population. Du point de vue catholique, Graham Greene a exprimé des vues analogues sur l'Angleterre de « postchrétienté ».

On remarquera du reste que, tout au long de cette période, seule l'Église catholique échappe au reflux. Au contraire, sa progression continue de s'affirmer. L'effectif des catholiques pour la Grande-Bretagne passe de 2 millions en 1914 à près de 5 millions vers 1955 (sur le long terme, les chiffres sont encore plus significatifs : en 1850, on compte 600 églises ou chapelles catholiques et 840 prêtres ; en 1913, respectivement 1 800 et 3 800 ; en 1940, 2 600 et 5 900 ; en 1955, 3 000 et 7 000). Malgré les stigmates persistants du papisme, l'attraction de Rome se traduit par un taux annuel de conversions de 12 000, taux qui se maintient régulièrement de 1920 à 1955 (avant 1914, on n'en comptait qu'environ 7 500)[27]. En outre, pendant et après la Seconde Guerre mondiale, la reprise de l'immigration irlandaise ainsi que l'installation sur le sol britannique de nombreux Polonais contribuent à la croissance de la communauté catholique. Pourtant, celle-ci n'arrive que très partiellement à briser son isolement : dans le ghetto romain on garde décidément une psychologie de minoritaires.

Cependant, la sécularisation de la société britannique ne doit pas être surestimée, car elle est freinée de deux manières. Un premier frein vient de la pression exercée par les institutions. Il ne s'agit pas seulement du fait que la vie publique continue d'être régie par une Église d'État. Ce qui est beaucoup plus important, c'est que la religion forme toujours la coque protectrice au-dedans de laquelle se déroule l'existence nationale. Même s'il est devenu de plus en plus difficile de définir l'orthodoxie — ne serait-ce qu'en raison de la diversité des courants au sein de l'Église officielle (encore que jusqu'à 1947 les émissions religieuses de la BBC restent soumises à un critère d'orthodoxie et c'est seulement à cette date que peuvent se faire entendre des voix hétérodoxes ou non chrétiennes), les cadres religieux de la vie sociale — prières publiques, services religieux officiels, enseignement religieux pour tous à l'école — conservent leur force de pression, consciente ou inconsciente, au profit d'un univers sacral teinté par la tradition chrétienne. C'est pourquoi le temple fournit plus que jamais la double garantie qu'on attend de lui, à savoir le sceau de la respectabilité et la marque du bon citoyen.

L'autre frein sur la voie du dépérissement de la religion (mais est-ce vraiment un frein ?), c'est l'existence d'une religiosité surabondante, mi-cérébrale mi-sentimentale, que l'on trouve profondément enracinée dans tous les milieux. Faut-il y voir une composante structurale, qui transcende l'univers des mythes primitifs aussi bien que l'héritage chrétien — ce que Corbon appelait « la faculté de religiosité impérissable en la nature de l'homme » ? Ou plutôt une dégradation de la religion, dans la mesure où cette religiosité apporte tout en même temps une réponse, fût-elle élémentaire, aux besoins de sacré (visibles dans tous les rites de la vie collective, depuis l'annuelle célébration en famille de *Christmas* jusqu'aux couronnements royaux de 1937 et 1953) et une séparation d'avec les religions organisées et institutionnelles ? De là découlent de nouvelles attitudes mentales, où l'humanisme se mâtine de tonalités religieuses : sorte de spiritualisme jugé acceptable par tous, fait de croyances atténuées, polies, iréniques, et aboutissant à un consensus raisonnable, moral, bienveillant. Par ailleurs, ce recul généralisé de la foi et de la pratique chrétiennes va de pair avec une persistance tenace des superstitions et des mentalités magiques. Sur l'emprise de ces forces obscures, l'enquête déjà citée de G. Gorer, en 1955, révèle des faits étonnants : on découvre par exemple qu'un adulte sur six croit aux fantômes, un sur dix à la réincarnation ! Parmi les anciens combattants interrogés, un sur trois explique que pendant la guerre de 1939-1945 il portait un fétiche en guise de protection... Preuve qu'après quinze siècles de christianisation et un siècle de laïcisation les influences antagonistes du legs chrétien et du rationalisme libre-penseur ne laissent pas d'être battues en brèche par les résurgences primitives.

QUATRIÈME PARTIE

Fin de la vieille Angleterre ? 1955-1975

Une ère de fractures

Autour de 1955-1956, brusquement, une cohorte de mutations surviennent dans la société anglaise et lui impriment un nouveau cours qui, en peu d'années, va métamorphoser l'atmosphère du pays. Rien pourtant ne laissait prévoir un tel changement. 1955, c'est le moment où s'achève la reconstruction de l'après-guerre, où la nation a fait retour à l'équilibre grâce à la conjonction du plein-emploi, du *Welfare State* et de l'expansion, où le consensus restauré après les grandes secousses (1917-1920, 1931, 1945) paraît solidement assuré, où l'affrontement traditionnel *Labour*-conservateurs s'enlise dans les marécages du «centrisme», où les leaders historiques, Churchill et Attlee, quittent la scène leur mission accomplie, bref où tout semble présager calme et stabilité. Or voilà que des lignes de clivage inédites surgissent, remettant en question les valeurs communes à la nation. Sous la poussée de secousses venues qui du dehors qui du dedans, des forces de désagrégation se mettent à ébranler le conformisme enraciné depuis des décennies, la jeunesse entre en dissidence, les arts et la littérature vibrent de mille impulsions créatrices. Au milieu de la tranquillité générale, le pays explose soudain de partout.

A l'extérieur, l'échec de Suez déclenche une crise de la conscience nationale tout en sonnant le glas des illusions de la puissance. A l'intérieur, c'est l'irruption des *angry young men*, l'avènement de la télévision commerciale, la vague du *rock 'n' roll*, les interrogations blasphématoires adressées à un ciel vide par les personnages d'*En attendant Godot*. La vieille Angleterre guindée change radicalement de visage. Nouvelles générations, nouvelles mœurs, nouvelle morale : au lieu du rigorisme collet monté de naguère, les délices du bien-être offrent à profusion *panem et circenses*. Tandis que s'installe la « société permissive », le consensus éclate, entraînant dans la déroute valeurs et points de référence. Et cependant tant de cadres anciens subsistent — classes, structures oligarchiques, distribution du pouvoir et de l'argent — qu'on peut à bon droit se demander ce qui dans cette société en miettes a été réellement altéré. D'ailleurs le changement n'a-t-il pas été indûment majoré par les *mass media* qui, après s'en être avidement emparés, l'ont commercialisé et banalisé, non sans contribuer nonobstant à l'orchestrer à l'aide de leurs voix sonores ?

A nos yeux, trois facteurs clefs expliquent l'évolution. D'abord l'entrée du pays dans l'ère de l'abondance. Les années 1954-1955 marquent ici un tournant de civilisation capital. C'est le point de départ de l'escalade vers la prospérité et le bien-être. Or passer de la sorte, en quelques années, du stade ancestral des sociétés de pénurie — la seule expérience de l'humanité jusque-là — aux possibilités à première vue illimitées de la croissance constitue une véritable révolution mentale. Dans ces parfums de l'opulence n'y a-t-il pas de quoi griser même le peuple le plus flegmatique de l'Occident ? Il faudra du temps pour que l'on découvre derrière la logique productiviste les maladies de la richesse et de la surpuissance. Et pour que derrière la fiction du consommateur-roi se démasque la réalité du consommateur-esclave.

Non moins crucial est sur le plan éthique le renversement des principes qui commandaient les mentalités collectives. On assiste en effet à l'affrontement dans les consciences de deux systèmes de valeurs : d'un côté le vieux code de moralité, héritage du XIXe siècle, tout empreint de règles puritaines, de l'autre une soif éperdue de liberté, avide de se débarrasser des conventions comme d'un oripeau défraîchi. Sans doute cette rupture entre deux mondes se préparait-elle déjà depuis quelque temps. Dès 1914, et même avant, comme on l'a vu, les forces dissolvantes de l'ordre ancien étaient à l'œuvre. De surcroît, on ne saurait être dupe des apparences du passé : ni la façade d'hypocrisie n'empêchait la liberté des mœurs, ni le civisme tant proclamé ne parvenait à cacher le caractère monstrueux des intérêts égoïstes. Mais le fait essentiel, aux alentours de 1955-1960, ce n'est pas tellement le changement des conduites, c'est la modification des normes. En effet, ce qui caractérisait l'Angleterre d'autrefois, c'était la rigidité des cadres, des traditions, du conformisme. Tout cet édifice patiemment élaboré avec le temps maintenait vivant le consensus social et national en l'enserrant comme dans un étroit corset. Or c'est ce monde qui craque parce qu'il n'est plus accepté. Souvent même il se voit rejeté avec violence. D'où la force de la césure. Désormais, au lieu de la société intégrée à laquelle ils étaient accoutumés, les Britanniques ont à se mouvoir dans une société cassée, éclatée, dépourvue de points de repère. Malcolm Muggeridge a décrit en termes imagés l'impression de chaos, voire de cacophonie, qui en résulte : « On a aujourd'hui le sentiment, écrit-il, qu'il n'y a d'accord nulle part, le chef d'orchestre et les musiciens lisent dans des partitions différentes, le résultat étant une confusion totale. Les acteurs n'ont pas appris leur rôle dans la même pièce, ils font de fausses entrées et sorties, trébuchent sur leur texte et se retournent en vain vers le souffleur. Aucune concordance entre la parole et l'acte, entre les buts formulés avec ostentation et ce qui se passe dans la réalité, entre ce que — selon la distinction de Blake — l'on regarde avec les yeux et ce qui est vu par les yeux[1]. »

On peut même aller plus loin. L'écroulement des valeurs qui se produit entre 1955 et 1965 tient, selon nous, à la désagrégation du catéchisme social élaboré et imposé par l'évangélisme au cours de la première moitié du XIXe siècle : celui même qui, après avoir façonné l'Angleterre pendant plus d'un siècle, avait réussi à tenir bon jusqu'au lendemain de la Seconde Guerre mondiale. Dans ce système d'inspiration semi-religieuse semi-éthique, étaient placées, au centre de la vie, les notions de devoir, de probité, de respectabilité et davantage encore de respect de soi-même. De là découlait une discipline volontaire parce que intériorisée *(voluntary social discipline)*. C'est du dedans que chacun adhérait aux lois — que ce fussent les lois explicites de l'État ou les lois implicites de la communauté. En somme, dans ce code austère et puritain de la moralité évangélique, on retrouvait indissolublement liés l'altruisme et la répression, l'ordre et l'hypocrisie, la soumission à l'autorité et le dévouement à la collectivité. C'est également dans cette morale sociale qu'il faut chercher l'origine de toutes ces formes de sociabilité dont les Anglais étaient si fiers et que des générations d'étrangers avaient notées avec étonnement chez eux : la fibre civique, le respect des institutions, l'honnêteté individuelle, la confiance spontanée..., le tout étant véhiculé par la médiation de l'école, du sermon, des traditions, bref par tous les instruments de la pression sociale. C'est enfin ce qui expliquait cette cohésion nationale et sociale qui avait tant frappé Elie Halévy et où il avait perçu avec raison l'influence du protestantisme libéral et évangélique générateur d'esprit d'indépendance autant que de libre discipline.

Or la réaction antivictorienne balaie cet acquis séculaire. Sous la poussée d'une multitude de Samson désacralisateurs, les colonnes du temple croulent. Conformisme et idéalisme sont emportés par la tourmente — tout au moins dans leur version traditionaliste. Toute la texture morale de la nation est atteinte. Dans la mesure où, avec la montée de l'indifférence et le déclin des Églises, le soubassement religieux de l'édifice a disparu, les survivances du moralisme n'apparaissent plus que comme un fatras d'obligations abstraites et de contrôles pesants, dépourvus de signification intérieure. C'est devenu la règle qui tue, faute de l'esprit qui vivifie. Dès lors, la volonté de libération se donne libre cours. On voit jaillir les appels à la spontanéité, à l'authenticité. L'accent est mis sur la libre expression, sur le droit au plaisir. Quoi d'étonnant d'ailleurs si l'on détecte dans ces exigences nouvelles un reflet de la société d'abondance — qui tend à exacerber les besoins et la consommation —, alors qu'au contraire jadis la société de pénurie valorisait ascétisme et privations ? Parallèlement, on constate le reflux des institutions « volontaires », dont la floraison avait traduit le souci évangélique des « œuvres » en même temps que le besoin de se donner bonne conscience.

L'individualisme socialisé d'antan fait place à une nouvelle forme d'individualisme, caractérisée par l'atomisation générale du corps social. Chacun tend à se cantonner dans l'univers étroit de la famille, du groupe, de la bande, sans prétendre ni donner aux autres de leçons ni leur imposer la moindre norme : à chacun de définir sa ligne de conduite et d'inventer son propre code de valeurs.

Enfin, les mutations opèrent dans un troisième secteur : elles atteignent le sens national et l'esprit patriotique. Là aussi la rupture avec le passé est évidente. Sans qu'il soit nécessaire de remonter à une époque lointaine, l'orgueilleux sentiment de supériorité qu'éprouvaient les Anglais depuis des générations (ce que Jules Romains a appelé dans *Les Hommes de bonne volonté* leur « mégalomanie calme et durable »[2]) avait persisté jusqu'en plein milieu du XXe siècle. En un sens même, John Bull était sorti du second conflit mondial avec le sentiment renforcé d'appartenir à une race à part. Seule grande nation de l'Europe à avoir échappé à l'invasion et aux convulsions internes, la Grande-Bretagne n'avait-elle pas toutes raisons de continuer à se considérer à la fois comme une forteresse imprenable et comme la tête d'un empire mondial ? Même quand les Britanniques devaient par la nécessité des choses prendre la mesure de leur appauvrissement, ils se consolaient soit en se remémorant leur grandeur héroïque de 1940, soit en évoquant complaisamment leur action d'après-guerre, pacifique dans la coopération internationale, libérale dans la décolonisation. Mais bien vite cette assurance subit une érosion redoutable. Au fur et à mesure, en effet, que s'estompe le souvenir du conflit, que changent les données des problèmes mondiaux, et que parvient à l'âge d'homme une nouvelle génération peu sensibilisée à ce passé glorieux, le capital accumulé de confiance en soi commence à se volatiliser en laissant place au doute. Toutefois, c'est la crise de Suez, en 1956, qui marque le tournant. Brutalement, sans rémission, elle agit comme un révélateur. Et d'un coup il faut se rendre à l'évidence : non seulement l'Angleterre n'est plus une puissance de premier rang, mais le fiasco subi trahit une faiblesse fatale. Incontinent, le « plus petit des grands » doit se muer en « plus grand des petits ». Mais pourquoi dès lors croire au destin d'une petite île surpeuplée à la croissance asthénique, méfiante et jalouse de ses voisins européens, toujours prête à vivre dans le sillage de la puissante Amérique et de toute façon condamnée à un repli inévitable? En d'autres termes et au bout du compte, la nation n'a-t-elle pénétré dans le royaume de l'abondance que pour suivre la route de l'abandon ?

10. Les fruits de l'affluence

La corne d'abondance du néo-capitalisme

En 1954, l'un des porte-parole du « conservatisme éclairé », R.A. Butler, émit, en sa qualité de chancelier de l'Échiquier, une proposition qui sur le moment parut plus chimérique que mirifique : « Pourquoi, disait-il, ne pas nous fixer comme objectif de doubler notre niveau de vie dans l'espace des prochains vingt-cinq ans ? » On sortait alors à peine de l'austérité (c'est tout juste cette même année 1954 que le rationnement introduit en 1940 est aboli), et beaucoup ne virent là que galéjade de politicien. Et pourtant, à peine trois ans s'étaient écoulés que Macmillan lançait son slogan fameux — et que tout le monde prit au sérieux — affirmant que l'Angleterre n'avait jamais connu pareil bien-être *(« never had it so good*[1] *»)*. Deux ans plus tard, en 1959, les conservateurs remportaient aux élections une victoire retentissante, et un caricaturiste pouvait représenter le même Macmillan, Premier ministre victorieux, conversant au soir de la bataille avec quatre de ses agents électoraux, personnifiés respectivement par un réfrigérateur, un poste de télévision, une machine à laver et une auto, et les remerciant en ces termes : « Eh bien, messieurs, ensemble nous avons mené le bon combat. »

Effectivement, la société anglaise, entrée dans l'ère de l'abondance, en recueille les fruits avec passion. Une nouvelle civilisation a bien commencé aux alentours de 1953-1954 : celle de l'*affluent society*. Croissance et prospérité marchent de pair. Même s'il y a de bonnes raisons de critiquer le manque de dynamisme de l'économie britannique par comparaison avec les autres pays européens, la croissance est une réalité incontestable : en 1970, la production industrielle dépasse de 30 % celle de 1960 et de 80 % celle de 1950; par rapport à 1938 elle a été multipliée par près de 2,5 et par rapport à 1900 par près de 5[2]. Le taux d'accroissement annuel du produit national (en moyenne 2,6 % de 1953 à 1973) laisse derrière lui les belles années victoriennes. A la base de cette prospérité néo-capitaliste, un principe directeur : la mobilisation de la société globale en vue de la production et de l'acquisition. C'est ce projet mi-collectif mi-individuel qui conditionne les esprits et les fait coopérer en stimulant la fascination de la croissance et de l'appropriation.

Ici, on objectera peut-être qu'il n'y a en cela rien de très neuf. Que le néo-libéralisme des années 1950 à 1860 ne diffère point par nature du libéralisme orthodoxe des années 1850 et 1860. Après tout, cette époque n'avait-elle pas été saisie par le vertige de la production et du progrès? A la vérité, les mécanismes psychologiques ne se ressemblent guère. Dans la société du XIXe siècle l'emprise du productivisme se heurtait à tout un ensemble de freins — héritages culturels ou contraintes économiques — tels que la force de résistance des particularismes et des archaïsmes, le goût du loisir et la pratique de la rente dans les classes dirigeantes, et parmi les classes populaires une étendue du besoin si massive qu'elle mettait de toute façon hors de la portée de la plupart les fruits de l'enrichissement. A un niveau plus profond encore, le monde d'avant 1914 obéissait à une loi suprême : la loi de l'épargne. Une épargne qui, loin d'être pur mécanisme économique, s'intégrait dans tout un contexte moral et religieux prodiguant soit les récompenses soit les compensations nécessaires. Au contraire, au sein du monde laïcisé du XXe siècle, où de surcroît l'inflation a érodé l'esprit d'épargne, et où la volonté de jouissance immédiate, fouettée par les *mass media* et la publicité, l'emporte haut la main, tandis que privation et malheur sont devenus synonymes, l'acquisition se fait sans réticence, mais aussi sans référence. Le seul objectif avoué, et qui fait en principe l'unanimité, c'est le mot de bonheur. Notion exaltante sans doute, mais qui risque d'apparaître vite fallacieuse, tant le modèle proposé par la civilisation de la consommation se restreint à une *Weltanschauung* privatisée et matérialiste. De là nombre de déceptions, de détresses et de révoltes — comme on le verra plus loin.

D'autant que les inégalités demeurent fortes — puisqu'elles constituent le ressort même du système. Seulement, le propre de la mystique de croissance du néo-capitalisme, c'est de les faire accepter en les subordonnant à la promesse d'un avenir meilleur. Car, comme l'a fait observer Galbraith, l'objectif traditionnel de réduction des écarts sociaux décline dans le mesure où les progrès de la production ont éliminé les tensions les plus aiguës résultant de l'inégalité. Par là l'augmentation de la productivité est devenue une alternative à la redistribution, sinon à la justice sociale[3].

Cependant, autant qu'aux gains de productivité, l'aisance généralisée est due au plein-emploi. En 1944, Beveridge, dans son livre *Full Employment in a Free Society*, avait défini la limite supérieure de chômage à ne dépasser en aucune circonstance : 3 % au maximum. Or non seulement cette règle d'or a été respectée, mais pendant plus de vingt ans après la guerre le taux est pratiquement resté inférieur à 2 %, le nombre des chômeurs oscillant entre le seuil incompressible de 300 000 et un effectif de 500 000 à 600 000. Au total, de 1945 à 1974, le chômage est demeuré au-dessous de la barre fixée par Beveridge à part deux années (1971 et 1972). C'est que les pouvoirs publics ont cette fois bien retenu les leçons de Keynes, et ils ont tout mis en œuvre pour que le niveau de la demande effective dans l'économie soit suffisant pour fournir du travail à toute la main-d'œuvre. La prospérité est donc fille de la révolution keynésienne.

Dans ces conditions, la course au bien-être est conduite au galop. Ou plus exactement la course aux biens de consommation. Côté nourriture, la diététique s'améliore, se diversifie : le pain, la farine reculent au profit des légumes, du fromage, des œufs (240 œufs consommés en moyenne par habitant et par an en 1964 au lieu de 150 trente ans plus tôt et de 100 environ cinquante ans auparavant)[4] ainsi que des aliments rares importés du continent. C'est l'alimentation qui continue cependant de représenter le poste numéro un dans les budgets familiaux. Mais son importance relative décroît peu à peu. De même celle de l'habillement. Priorité est donnée au logement, à l'auto, aux loisirs. En l'espace de vingt

22. L'évolution du chômage dans le Royaume-Uni (1851-1974)

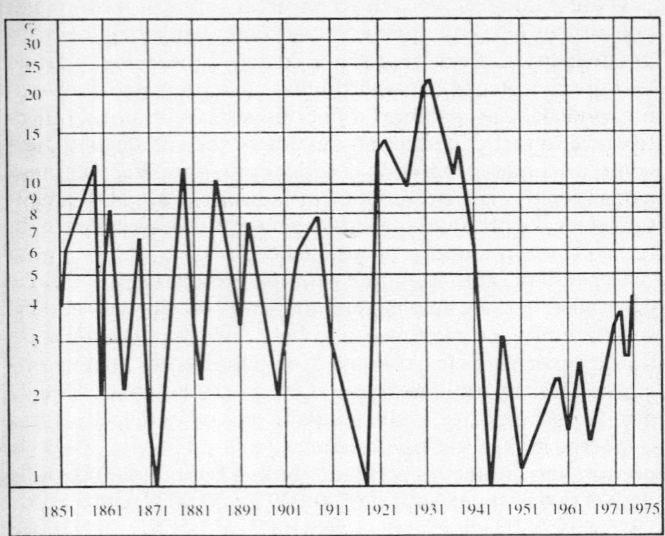

ans, de 1953 à 1972, 7 millions de maisons sont construites dans le Royaume-Uni[5]. Simultanément la qualité de l'habitat fait des progrès considérables. Le *General Household Survey* de 1971 fait apparaître que 88 % des logements disposent d'une salle de bains ou d'une douche (en 1951, il n'y en avait que 62 %), 96 % ont un water-closet particulier (80 % en 1951); 34 % sont chauffés au chauffage central — une révolution en Angleterre par rapport à l'*open fire* et aux courants d'air (l'innovation s'est répandue seulement depuis la fin des années cinquante). Le nombre des Britanniques propriétaires de leur maison *(owner-occupiers)* a exactement doublé de 1951 à 1972. A cette dernière date, les logements se répartissent de la manière suivante : une moitié occupée par les propriétaires-résidents; un tiers en location mais appartenant à une collectivité publique (en général les municipalités), un sixième loué à des propriétaires privés. A l'intérieur, le confort se généralise : en 1975, neuf foyers sur dix possèdent un aspirateur, plus de deux sur trois une machine à laver, trois sur quatre un réfrigérateur. En revanche, il n'y a plus que 0,5 % des familles à avoir un ou des domestiques.

Autres signes de prospérité : les vacances (de 1951 à 1970, le nombre des Anglais prenant leurs vacances à l'étranger a quadruplé); la généralisation du téléphone (il y avait 3 250 000 abonnés en 1939, en 1962 leur nombre est monté à 8,5 millions, en 1975 il atteint 20 millions); l'abondance des animaux domestiques : on dénombrait en 1971 5 200 000 chiens, 3 600 000 chats, 3 200 000 canaris[6], et la dépense totale de nourriture pour ces *pet animals* s'est élevée à un total de 150 millions de livres — soit une somme équivalant aux deux tiers de l'aide britannique aux pays sous-développés! Plus significatif encore, l'essor de la télévision a été foudroyant : alors qu'en 1951 à peine un ménage sur quinze disposait d'un récepteur, en 1955 il y en avait déjà un sur quatre; la proportion est passée à deux sur trois en 1960, et en 1975 à neuf sur dix. En 1969, le quart du temps de loisir moyen était consacré à regarder un écran de télévision[7] : véritable révolution des habitudes qui a transformé l'*homo britannicus*, adepte du sport et du plein air, en *homo televidens* à l'intérieur du *home*. (En revanche, et en raison inverse, on assiste à une chute fantastique du cinéma, depuis la pointe atteinte au lendemain de la guerre*.)

Mais plus que tout c'est l'auto qui s'est imposée comme symbole de la société de consommation. Loin d'être seulement moyen utilitaire de transport ou même instrument d'évasion, elle confère statut et prestige, tout en servant en outre d'extension — géographique et psychologique — du *home*. On pourra aisément se rendre compte par le tableau ci-après de la rapidité de progression du parc automobile à partir de 1955.

Certains ont voulu chicaner sur les termes : « société de consommation », « ère de l'opulence »... A notre avis, il est parfaitement vain de nier les succès du néo-libéralisme. Celui-ci est incontestablement parvenu à réaliser en une vingtaine d'années une mutation décisive : l'avènement d'une société cossue, qui a pris la place de l'antique pénurie. On ne peut

* Voir figure 24, p. 371.

23. Progression du nombre des autos en Grande-Bretagne[8]

Date	Nombre d'autos en circulation	Nombre d'habitants par auto
1904	8 000	4 750
1910	53 000	770
1913	106 000	390
1920	187 000	220
1930	1 050 000	43
1938	1 950 000	24
1945	1 500 000	32
1950	2 250 000	21
1955	3 500 000	14
1960	5 500 000	9,3
1965	8 900 000	5,9
1970	11 500 000	4,7
1973	13 500 000	4,0

qu'être d'accord avec Andrew Shonfield lorsqu'il parle dans son livre, *Modern Capitalism*, d'un « nouvel ordre économique » grâce auquel le capitalisme a dépouillé sa réputation « d'échec apocalyptique » des années trente pour devenir « le grand moteur de prospérité » de l'après-guerre[9]. Mais au même moment il importe de souligner que ce monde néo-capitaliste, fondé sur la maximalisation du profit individuel, baigne dans une idéologie diffuse de la marchandise qui contamine l'ensemble des valeurs sociales et morales. Les relations de voisinage, la vie de famille, et de manière plus générale tous les instruments de sociabilité et de communication en sont imprégnés au point de ne pouvoir jamais s'y soustraire. Car cette idéologie — qui trouve dans la publicité son incarnation par excellence — repose fondamentalement sur une philosophie de l'avoir. De ce point de vue, l'Angleterre est revenue intégralement — si jamais elle l'a quittée — à l'*acquisitive society* que Tawney dénonçait avec autant de véhémence que de pertinence un demi-siècle plus tôt.

Cependant l'euphorie de la croissance n'a pas empêché qu'au cours des années soixante commencent à se manifester et les limites de l'opulence et les menaces de la logique productiviste. C'est ainsi que la pauvreté, que l'on croyait définitivement éliminée, a réapparu, « redécouverte » par les études d'économistes et de sociologues (Abel-Smith et Townsend, Atkinson, Ken Coates et Silburn, etc.). Ceux-ci ont fait surgir de l'ombre d'énormes « taches de pauvreté » — monde ignoré subsistant en silence au-dessous de la *« poverty line »*. Certes toute définition de la pauvreté est relative et les critères du besoin (ainsi que des besoins) évoluent sans cesse avec l'état de la société. Néanmoins, ce qui ressort de manière aveuglante de ces travaux, c'est qu'en pleine ère d'abondance et de *Welfare State* au moins 5 millions de Britanniques, soit environ 10 % de la population, ne disposent pas des ressources nécessaires à une existence décente minimale. Sérieuse atteinte à l'image de marque de l'*affluent society* que celle de ces « oubliés de la croissance »... Dans une autre direction, il est apparu assez vite que les exploits technologiques risquaient de porter une atteinte catastrophique à l'environnement et que par suite une réaction vigoureuse s'imposait si l'on voulait mettre fin à un laissez-faire générateur de gaspillage et de pollution.

Vents de révolte et quêtes spirituelles

Que l'homme ne vive pas seulement de pain, qu'il ne se contente pas non plus d'une dérisoire alliance du pain et des jeux, voilà bien ce que les années 1955-1975 ont démontré de façon éclatante. Au moment même où les Britanniques commençaient à pénétrer dans le jardin des Hespérides pour en savourer les fruits tant vantés, ces derniers se révèlent soudain porteurs d'une amertume inattendue. Car ni l'amélioration indéniable du niveau de vie ni l'élévation en flèche du nombre des biens ne résolvent le problème central de la collectivité comme des individus : celui du bonheur, dont chacun éprouve toujours autant le caractère insaisissable. Bien plus, la société d'abondance développe sa propre pathologie. Et les malaises du bien-être engendrent sans cesse de nouvelles protestations de la conscience contre les dangers obvies d'étouffement par le matérialisme ambiant. Devant les plates célébrations d'un ubiquiste embourgeoisement qui sue l'ennui, devant la médiocrité des satisfactions repues *(« I'm all right Jack ! »)*, se lève un vent de dénégation qui fréquemment tourne à la révolte. Dans ce refus du monde de la marchandise et de la jouissance sans but, il faut voir le signe d'un idéalisme perpétuellement renaissant. Loin d'abdiquer, le besoin d'absolu réaffirme son empire, transmuant les vieilles exigences éthiques d'origine chrétienne ou d'inspiration humaniste. Au moins autant qu'elle se complaît dans l'abondance matérielle, et derrière le trompeur paravent d'une frénésie de plaisir, l'Angleterre contemporaine est toute frémissante de quêtes spirituelles.

C'est au milieu des années cinquante que prennent naissance les premières vagues de protestation. Faites d'insatisfaction et de dégoût, en rébellion contre les cadres traditionnels de la société, elles s'en prennent à tout le système en place, c'est-à-dire pêle-mêle à l'*Establishment*, aux politiciens, à l'autorité — celle qu'incarnent les traditions autant que les institutions. La révolte, souvent confuse dans ses aspirations, presque toujours coupante et brutale dans ses modes d'expression, revêt trois formes principales : une forme littéraire, une forme sociale, une forme politique. Sous sa forme littéraire, c'est le mouvement des « jeunes gens en colère » (1955-1959). Ces *angry young men* se reconnaissent en des chefs de file à la célébrité foudroyante : John Osborne *(Look Back in Anger)*, Kingsley Amis *(Lucky Jim)*, John Wain *(Hurry on Down)*, John Braine *(Room at the Top)*. Roman, théâtre, cinéma véhiculent leurs idées. La plupart du temps, il s'agit d'hommes de gauche déçus par la platitude morne et le conservatisme déférent de l'*acquisitive society* mâtinée de *Welfare State* qui caractérise l'Angleterre des années cinquante. Tous ont le sentiment que le pouvoir n'a finalement pas changé de mains *(« the old gang are back »)*. Il ne s'agit nullement là d'une explosion d'adolescents comme ce sera le cas pour la jeunesse des années soixante. C'est plutôt une dissidence interne d'hommes jeunes (ils ont en général de vingt-cinq à trente ans) : comme l'explique Kenneth Tynan, l'un d'entre eux, « ce sont ceux dont l'enfance et l'adolescence restent marquées des cicatrices de la crise économique et de la guerre, ceux qui ont atteint leur majorité sous un gouvernement socialiste pour s'apercevoir que mystérieusement le système des classes sociales demeurait intact».

Bien différent est le phénomène *teddy boys* (1953-1957), forme de révolte sociale confuse, ambiguë, qui s'inscrit dans un cadre tribal, celui de la «bande». Ici, c'est un phénomène d'adolescents — il marque même l'entrée dans l'histoire sociale d'une nouvelle entité, les *teenagers* — mais c'est également un phénomène populaire. Il est né dans les quartiers périphériques du sud de Londres parmi des jeunes de famille pauvre. Avec leur costume édouardien (d'où leur nom) — pantalons étroits en tuyau de poêle, longues vestes-manteaux, gilets colorés —, les *teddy boys* cultivent leur marginalité, à la fois ressentie et voulue, autour de *juke boxes* dans les *snack bars*, non sans des bouffées occasionnelles de violence. Surtout, ils tiennent en suspicion profonde le monde extérieur — qui d'ailleurs le leur rend bien.

La troisième forme de révolte, organisée et réfléchie celle-là, adopte une démarche de type politique : c'est la campagne pour le désarmement nucléaire (CND), qui fleurit entre 1958 et 1962. Issue d'un sursaut de conscience contre la menace d'extermination atomique, elle se situe dans la tradition éthique des grandes protestations radicales du XIXe et du début du XXe siècle. C'est en effet une véritable croisade morale, portant en elle tout le souffle d'un *revival* religieux et dotée, avec la marche d'Aldermaston, de sa liturgie pascale (l'un des leaders, le chanoine Collins, n'a pas hésité à dire que cette marche lui paraissait «plus recueillie et plus religieuse» que bien des services dans les églises)[10]. Bien que le mouvement ait atteint surtout la jeunesse bourgeoise (en général proche du *Labour Party*), c'est pour toute une génération une expérience collective qu'on peut comparer à celle de la guerre d'Espagne et qui va laisser une empreinte profonde. La marche tient simultanément du pèlerinage de Chartres — conduite dans une ambiance d'amitié, elle en a le caractère à la fois mystique, communautaire et bon enfant — et du festival *pop'* — par son aspect de rupture avec les conventions bourgeoises, par sa fantaisie vestimentaire, par son jaillissement spontané de fraternité libertaire. Parallèlement, s'exprime un autre courant politique, la *New Left*

(1957-1961), qui, parti d'une exigence de renouveau de la culture et de la réflexion, canalise les énergies de la jeunesse intellectuelle de gauche autour d'un socialisme à préoccupations éthiques et esthétiques autant que sociales.

C'est le point de départ du retour en force de l'idéologie si caractéristique des années soixante. Au cours de cette période, en effet, la révolte contre la société prend deux directions tout à fait distinctes. L'une, d'ordre purement individuel, prolonge le mouvement des *teddy boys* : même marginalité, même organisation en bandes, même goût de la musique et de la parure, même rejet du monde des adultes. Ce sont entre 1960 et 1965 les *Mods*, puis les *Rockers* (chez ces derniers il s'y ajoute le goût de la bagarre et de la violence), à qui succèdent, à la fin de la décennie, les *Skinheads* (eux-mêmes en réaction contre les *hippies* chevelus, fleuris et pacifistes apparus vers 1965-1966).

L'autre courant est circonscrit à la jeunesse intellectuelle. Se plaçant délibérément dans une optique révolutionnaire, il trouve son terrain d'élection dans les universités alors en plein essor (228 000 étudiants dans les universités de Grande-Bretagne en 1971 contre 113 000 en 1961, 82 000 en 1955 et 50 000 en 1939)[11]. On y clame à grand renfort de manifestations et de *sit-ins* le refus de la société néo-capitaliste et l'on y réclame l'introduction d'une culture vivante, voire militante. En opposition au socialisme froid et rationalisateur des bureaucrates et plus encore par antithèse avec le pseudo-socialisme du gouvernement Wilson, on y exalte un socialisme pur et dur, novateur et rénovateur, bref un socialisme parousique, symbole de la joie de vivre (« le socialisme ne consiste pas en bavardage ; le socialisme, c'est vivre, chanter, danser ; c'est s'intéresser à tout ce qui se passe autour de vous ; c'est vibrer avec les êtres, avec le monde », avait proclamé Arnold Wesker dans *Racines*)[12]. Mais si l'agitation étudiante, qui atteint son apogée entre 1967 et 1970, trouve un réel écho, elle ne débouche sur aucune perspective politique concrète. En fin de compte, le cri révolutionnaire n'a guère été, dans la pratique, qu'un murmure. Par contre, sur le plan théorique, après les années cinquante où les faux-semblants du consensus avaient fait proclamer « la fin de l'idéologie », les années soixante en sonnent l'éclatant réveil. Car, sous la pression des multiples conflits, domestiques ou mondiaux, dont la réalité s'impose à tous, les belles certitudes à la Talcott Parsons sur la stabilité et l'harmonie sociales tombent brusquement en miettes. En même temps, l'essor des sciences humaines contribue à restaurer le pouvoir des idéologies — vers qui l'on se tourne volontiers, pour tenter de déchiffrer les secrets d'un monde cassé et de comprendre les déroutants comportements d'une société déboussolée.

Enfin l'agitation universitaire n'était pas encore apaisée que déjà apparaissaient d'autres mouvements de contestation de l'ordre imposé par la société technocratique. D'abord au sein du monde ouvrier. On y a observé depuis la fin des années soixante une renaissance, parfois explosive, du militantisme. Dues à un malaise grandissant quoique confusément ressenti, des initiatives parties de la base se sont multipliées, le plus souvent en rébellion contre les appareils syndicaux. Grèves sauvages, occupations d'entreprises, *work-ins*, regain inopiné de l'action directe et de l'idée de contrôle ouvrier : ce sont là des symptômes qui, même s'ils restent très minoritaires, expriment une revendication inédite, d'inspiration libertaire, contre l'écrasement de l'individualité par la toute-puissance de la technostructure. D'autre part, à peine né entre 1965 et 1970, le mouvement pour la défense de la nature contre la pollution destructrice et multiforme de la société industrielle a très vite pris une ampleur considérable conduisant à une véritable croisade écologique. Finalement, une autre révolte s'est développée autour de 1970 : le néoféminisme militant et radical du *Women's Lib*, qui combat sous un autre angle l'ordre social régnant (accusé d'être un simple reflet du « chauvinisme mâle ») et dont l'ambition de transformer à la base le rapport entre les sexes traduit l'absolu d'une exigence de liberté et d'égalité.

Malgré tout, si significative que soit cette contestation alternante — et sans cesse renaissante —, on doit en souligner simultanément les limites. Des mouvements protestataires, les uns en effet sont restés assez isolés, parfois victimes d'ailleurs de leur propre allure fantaisiste ou excentrique ; d'autres se sont trouvés récupérés par les *mass media* et les snobismes de la mode. Tous ont gardé un caractère fortement minoritaire. C'est pourquoi non seulement aucun n'est parvenu

IV. Les universités britanniques : leur croissance historique

à menacer la société en place, mais en outre le cours de cette dernière n'en a été que peu dévié. Une fois de plus, l'Angleterre a démontré sa capacité à absorber les non-conformismes.

En revanche, d'autres évolutions, majoritaires celles-là, se sont traduites par une transformation profonde des mœurs, des valeurs, des comportements. Fort délicates à analyser, car on a généralisé à leur endroit de façon aussi hâtive qu'abusive, elles concernent toutes de près ou de loin la fameuse *permissive society*. N'a-t-on pas en effet affirmé que la nouvelle « société de tolérance » avait conquis sans partage la Grande-Bretagne ? Comme si d'un coup les valeurs traditionnelles avaient explosé, laissant place à une licence débridée... Mary Quant et Vanessa Redgrave, le *swinging London* et la minijupe, le *youth cult* et les *androgynous sixties*, les dénonciations furibondes par Malcolm Muggeridge d'une génération happée par la drogue et le sexe *(« pot and pills », « dope and bed »)*[13], la montée en flèche de la délinquance (283 000 délits en 1939, 1 489 000 en 1969), tous ces arguments ont été servis *ad libitum* pour démontrer qu'une « révolution des mœurs » avait pris place en Angleterre, tant et si bien qu'en une décennie — de la fin des années cinquante à la fin des années soixante — le pays aurait davantage changé qu'au cours du demi-siècle antérieur. Dans la même ligne, on a placé ces années sous le patronage symbolique tantôt de Baal, tantôt d'Aphrodite, tantôt de Dionysos, quoique d'autres aient suggéré de préférence les figures de Savonarole ou de Joanna Southcott[14]. C'est que constamment, tout au long de cette période, des souffles d'un messianisme libérateur se mêlent à l'esprit de jouissance. Et les aspirations, à la communion se combinent inextricablement avec un besoin frénétique d'affirmer sa liberté. Prenons donc garde de ne pas nous laisser abuser par les apparences. A travers les soubresauts de la jeunesse, à travers les dissidences du sacré et la négation des Églises traditionnelles au profit des sectes et des syncrétismes, à travers les nouveaux rapports qui tentent de s'établir entre les sexes, il convient de lire d'avides quêtes spirituelles qui le plus souvent ne trouvent ni réponse ni répondant. Bref, il faut voir là des démarches tâtonnantes et confuses à la recherche d'un humanisme capable d'affronter le *challenge* de la surpuissance de la civilisation technicienne.

Jeunesse, famille, religion

Derrière le fatras des clichés sur le « culte de la jeunesse », l'« invasion » du sexe, la libération des femmes ou la dissolution de la morale et de la religion, il importe de faire le point avec lucidité. Et en particulier (puisque le spectaculaire a bénéficié d'un éclairage *a giorno*) de dégager ce qui est demeuré dans la pénombre. On est conduit ainsi à mettre en lumière le caractère contrasté d'une évolution où les apparences sont bien souvent trompeuses. Parmi les points que nous considérerons brièvement tour à tour — la jeunesse, la sexualité, l'enfant et la natalité, le rôle des Églises, la famille, les aspirations sacrales, la place des femmes dans la société —, si certaines tendances vont sans nul doute dans un sens de crise et de rupture (c'est le cas pour les premiers secteurs par exemple), d'autres à l'inverse véhiculent des forces de permanence (ainsi pour la famille et les néo-religions). Toutes sont teintées d'ambivalence : partout le poids des traditions le dispute aux explosions novatrices.

Premier point défini : une coupure de générations extrêmement tranchée est intervenue au cours des années cinquante (on la trouve fort bien décrite dans le roman de C. MacInnes, *Absolute Beginners*). Et par la suite elle n'a fait que s'accentuer. En même temps, la tranche d'âge des quinze-vingt-cinq ans s'emparait d'une place privilégiée dans la société, et une fois à cette place elle s'est mise à affirmer avec vigueur, et parfois agressivité, son autonomie. A une telle mutation de la jeunesse ont contribué des facteurs aussi variés que la maturité plus précoce des *teenagers*, la redistribution massive des revenus opérée par la société de consommation en faveur des jeunes et l'accroissement prodigieux de la mobilité grâce aux moyens de transport individuels. De là découle la constitution d'un univers culturel propre aux jeunes. On peut avec F. Musgrove définir cette *youth culture* (qui a pris par moments l'allure d'une contre-culture) par l'ensemble des caractères suivants : absence d'intérêt pour le pouvoir et de déférence pour l'autorité, refus des frontières et des étiquettes, désir absolu d'authenticité, volonté d'une sexualité libre et non possessive, goût de l'art, de la musique, des états extatiques, sens de la communauté et du partage, passion de loisir et de liberté, rejet de toute forme d'appropriation — « la seule possession essentielle étant celle d'un sac de couchage »[15]. L'ambition est donc claire : mêlant le rêve romantique et la vision paradisiaque, il ne s'agit de rien de moins que d'opérer une révolution. Non point une révolution violente, ni une révolution institutionnelle. Car l'une comme l'autre ne changerait rien. Mais une révolution dans les rapports entre les hommes. Une révolution qui serait à la fois une révolution des cœurs, des corps et des consciences. Une révolution qui abolirait les barrières, établirait la communication, réaliserait l'échange et l'harmonie, chaque être pouvant dès lors accéder à la plénitude humaine.

En second lieu, sur le plan de la sexualité, la déroute des pesants canons victoriens a laissé le champ libre à une volonté éperdue de liberté, sans que soit dorénavant admise aucune limitation. A coup sûr, c'en est bien fini de la pudibonderie, du légalisme, des tabous. A la place des orthodoxies imposées, prévaut une exigence pratiquement absolue de libre choix, brouillant en un écheveau confus le besoin de jouissance, les accès de fantaisie et une recherche authentique visant à inventer et à définir de nouvelles normes. De sorte que l'on doit parler de crise morale bien plutôt que de crise de la morale. Non d'ailleurs que les conformismes aient disparu : seulement là où jadis ils suivaient des règles inculquées, ils s'expriment maintenant par les voies de la spontanéité. Au demeurant, on ne saurait affirmer non plus, bien loin de là, que la prétendue « libération » ait fait disparaître les aspirations traditionnelles à l'épanouissement et même à la stabilité du couple.

Précisément, sur le plan du couple et de l'enfant — et c'est là une troisième caractéristique —, la « révolution des mœurs » a précipité l'évolution démographique à long terme davantage qu'elle ne l'a fait dévier. Ce que révèlent les données statistiques, c'est (à l'image des autres sociétés occidentales) un effondrement de la natalité depuis le début des années soixante-dix*. Le taux de natalité, en effet, après avoir atteint

* Voir figure 5, p. 161.

24. Trois aspects de la société contemporaine : études, loisirs, délinquance

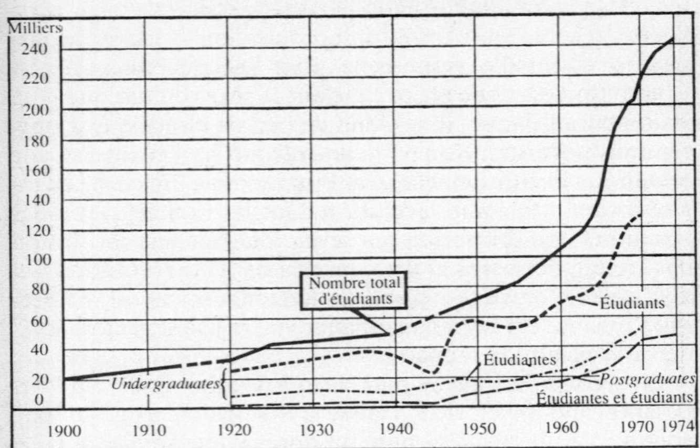

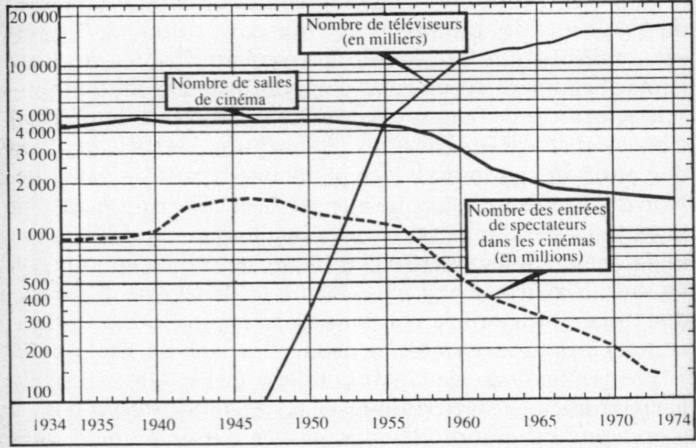

un niveau élevé au cours de la période 1960-1965 (18 ‰), a baissé régulièrement jusqu'en 1970-1971 (16 ‰) ; puis, à partir de là, il chute brutalement, descendant en 1974 à 13 ‰ (en 1974, il n'y a eu en Angleterre-Galles que 74 000 naissances, ce qui représente une diminution d'un quart en dix

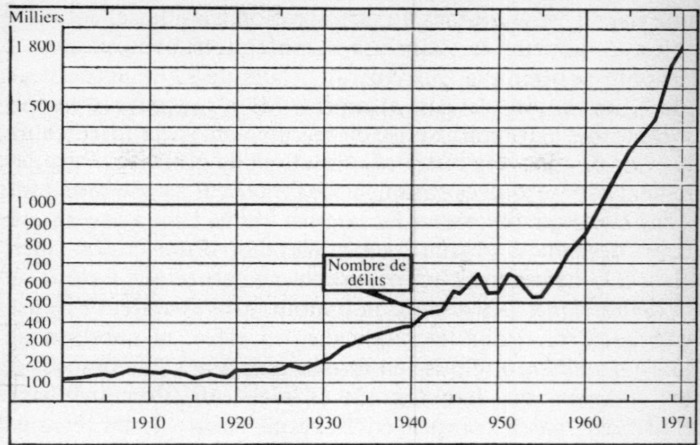

ans). Quant au taux de fécondité, il est tombé en 1974 à 2,04, c'est-à-dire au-dessous du seuil nécessaire pour assurer le remplacement (2,1). En 1975, l'excédent des naissances sur les décès s'est trouvé réduit à un chiffre dérisoire (la mortalité, elle, se maintient stationnaire depuis 1920 aux alentours de 12 ‰). Comme par ailleurs l'émigration a recommencé depuis 1964 à l'emporter sur l'immigration, on risque de s'acheminer, par un renversement de la tendance séculaire, vers un recul de la population britannique. Pour expliquer un tel processus, s'il faut naturellement faire appel aux facteurs démographiques (généralisation de l'usage de la pilule, facilités apportées à l'avortement, rôle croissant du travail des femmes mariées), ces raisons « techniques » ne sauraient à elles seules rendre compte du phénomène. Il est bien évident qu'est en question une nouvelle conception de l'enfant, elle-même consécutive aux bouleversements éthiques et psychologiques de la société.

Sur le plan religieux, la transformation des mentalités n'a pas laissé d'avoir des retentissements profonds sur la vie des Églises et sur les croyances. Déjà notable depuis près d'un demi-siècle, la désaffection à l'égard des formes institutionnalisées de la religion s'est accentuée au cours des années 1960. Signe des temps : à son tour, l'Église catholique est atteinte. Elle, dont jusqu'ici la progression numérique (pour une part il est vrai grâce à l'immigration irlandaise) contrastait avec la peau de chagrin des confessions protestantes, a dû pour la première fois, aux alentours de 1970, enregistrer une diminution de son troupeau. Il s'y ajoute d'autres symptômes alarmants : crise du recrutement sacerdotal, chute brutale des conversions, baisse du taux de pratique. Parallèlement, des secousses ébranlent de l'intérieur sa cohésion tant dans le clergé que parmi les laïques. Ainsi l'on a assisté, au cours des années soixante, sous l'aiguillon d'une critique incisive, à la naissance d'un progressisme catholique autour de la revue *Slant*. Des remous non moins graves agitent l'Église d'Angleterre. Pour les anglicans, en effet, la question de l'*aggiornamento* se pose en termes plus aigus que jamais, et les progrès, au demeurant très réels, de l'œcuménisme n'arrivent pas à compenser les reculs subis sur les terrains essentiels de la foi et des œuvres. D'où les tentatives de renouvellement pastoral et surtout théologique, comme celle qui vise à présenter une autre « image de Dieu » (c'est le célèbre débat *Honest to God*, lancé en 1963 par l'évêque de Woolwich, John Robinson). D'où également les multiples initiatives d'action concrète face aux problèmes du monde (*Oxfam* pour l'aide au tiers monde, *Shelter* en faveur des sans-logis, *Christian Action* contre l'*apartheid*). Du côté des non-conformistes, la situation n'est guère brillante non plus. En vingt ans, de 1950 à 1970, baptistes et congrégationalistes perdent chacun le sixième de leurs effectifs[16]. Depuis le début du siècle, la chute est impressionnante, comme le montre le tableau 25.

Faisant le point de la situation des Églises en 1966, Bryan Wilson pouvait conclure : au mieux, il n'y a pas plus du quart des adultes en Angleterre-Galles qui peut être considéré comme appartenant *(« in membership »)* à une confession religieuse, et le dimanche il n'y a qu'un pratiquant sur dix[17].

Dans le domaine des croyances religieuses, toutes les enquêtes dénotent un affaiblissement dramatique de la foi (quelque réserve que l'on puisse faire sur ce genre de source, en raison de la formulation des questions posées). Ainsi, selon un sondage de 1974, 29 % seulement de la population croient en un Dieu personnel, au lieu de 38 % en 1963, et il n'y a

25. Membres des confessions religieuses par rapport à la population âgée de plus de quinze ans (en pourcentage)[18]

Date	Anglicans (pratiquants)	Méthodistes (adhérents)	Baptistes (adhérents)	Congréga-tionalistes (adhérents)	Calvinistes-méthodistes (Église presbyté-rienne du pays de Galles) (adhérents)
	Angleterre	Grande-Bretagne	Angleterre-Galles	Angleterre-Galles	Pays de Galles
1916	9,9	3,1	1,6	1,8	10,7
1966	5,4	1,6	0,7	0,5	5,4

plus que deux personnes sur cinq à croire en une vie future (en 1963 il y en avait plus d'une sur deux). Il est vrai qu'en revanche l'athéisme proprement dit reste stationnaire, au niveau assez bas de 6 %. Ce qu'il faut donc surtout retenir, c'est d'une part une indifférence généralisée, dont ne peut tirer réconfort aucune organisation militante — pas plus les athées que les diverses Églises — et d'autre part la prédominance de croyances vagues et incertaines (plus du tiers des Britanniques affirment leur conviction qu'il existe quelque part un « Esprit » ou une « force de vie »)[19].

En ce qui concerne la famille, les prédictions pessimistes sont allées bon train, venues qui de l'horizon traditionaliste (où s'est élevé un concert de lamentations devant la licence des mœurs), qui des milieux avancés (où l'on a multiplié les attaques contre la famille, institution « bourgeoise », étouffante « mystification domestique »). Or, en dépit de ce flot de sombres pronostics, tout démontre que la famille se porte bien et que son substrat, le mariage, est plus populaire que jamais. On se marie plus qu'avant ; on se marie plus jeune ; la plupart des divorcés se remarient. Sur la hausse de la nuptialité, très marquée depuis la Première Guerre mondiale et qui s'est poursuivie au cours des années soixante, les statistiques sont éloquentes : sur 100 femmes âgées de vingt à quarante ans, il y en avait 55 de mariées en 1911, 57 en 1931 ; en 1961 et en 1971 le chiffre est passé à 80. Au total, alors que 52 % de la population britannique était (ou avait été) mariée en 1939, en 1973 la proportion est montée à 59 %. Sur l'abaissement de l'âge au mariage, les données ne sont pas moins frappantes : par rapport au total des femmes de vingt à vingt-quatre ans, la proportion des femmes mariées était de 24 % en 1911, de 50 % en 1951 et en 1971 elle a atteint 60 %[20]. Pour les deux sexes réunis, parmi les quinze-vingt-quatre ans, la proportion des individus mariés a doublé de 1931 à 1965. Sans la moindre ambiguïté, toutes les études, que ce soit celles de Young et Willmott sur Londres, de Rosser et Harris sur Swansea, ou plus récemment de Gorer *(Sex and Marriage in England)*, témoignent non seulement de la solidité du mariage et de la famille « nucléaire », considérée comme la cellule de base de la société — une cellule dont la popularité ne fait aucun doute —, mais également elles soulignent à quel point se sont accrues les exigences des couples. La conception qui l'emporte désormais correspond à un idéal plus élevé : c'est celle du mariage *partnership*, association dans l'égalité en vue de l'épanouissement personnel. On pourrait évidemment être tenté d'objecter à cette argumentation optimiste la montée spectaculaire du divorce, phénomène qui à première vue accrédite l'idée d'une instabilité croissante des ménages (le chiffre annuel des divorces est passé de 4 800 en 1931-1935 à 27 000 en 1955-1960, puis il a bondi à 57 000 en 1966-1970, à 122 000 en 1971-1972 et à 177 000 en 1981-1985[21]). Mais en réalité il faut observer : *primo* que bon nombre de divorces, autrefois impossibles ou impensables, s'expliquent aujourd'hui par l'évolution de la législation (notamment le *Legal Aid Act* de 1960 et le *Divorce Reform Act* de 1969) autant que par celle des mœurs; *secundo* que les divorcés se remarient dans la proportion des deux tiers aux trois quarts; *tertio* que la multiplication du divorce offre une preuve supplémentaire que l'accent est mis sur le bonheur individuel — c'est parce qu'on attend beaucoup du mariage qu'on divorce si facilement — et non sur l'institution — le légalisme agonise. (Au surplus, on notera que dans les années soixante-dix, dans deux cas sur trois, le divorce est demandé par l'épouse, alors que, vingt ans plus tôt, dans les années cinquante, l'initiative émanait presque aussi souvent du mari que de la femme.)

V. Évolution de la géographie religieuse de l'Angleterre de 1851 à 1961-1962[22]

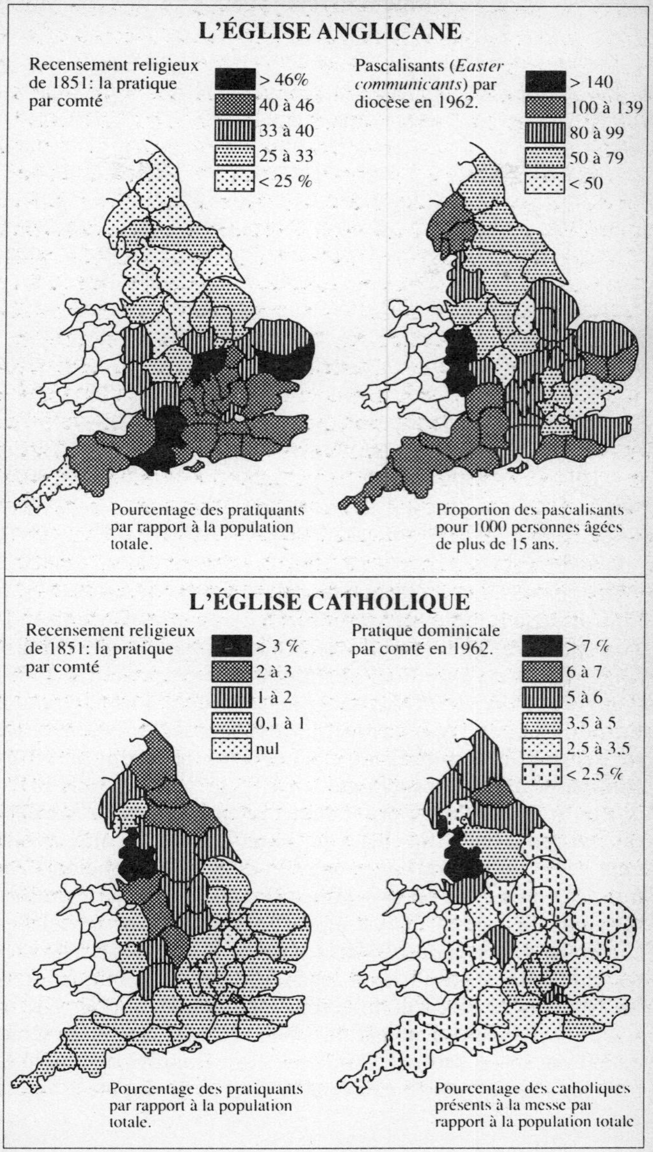

L'ÉGLISE ANGLICANE
Recensement religieux de 1851: la pratique par comté
> 46%
40 à 46
33 à 40
25 à 33
< 25 %
Pourcentage des pratiquants par rapport à la population totale.
Pascalisants (*Easter communicants*) par diocèse en 1962.
> 140
100 à 139
80 à 99
50 à 79
< 50
Proportion des pascalisants pour 1000 personnes âgées de plus de 15 ans.
L'ÉGLISE CATHOLIQUE
Recensement religieux de 1851: la pratique par comté
> 3 %
2 à 3
1 à 2
0,1 à 1
nul
Pourcentage des pratiquants par rapport à la population totale.
Pratique dominicale par comté en 1962.
> 7 %
6 à 7
5 à 6
3.5 à 5
2.5 à 3.5
< 2.5 %
Pourcentage des catholiques présents à la messe par rapport à la population totale

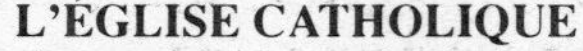

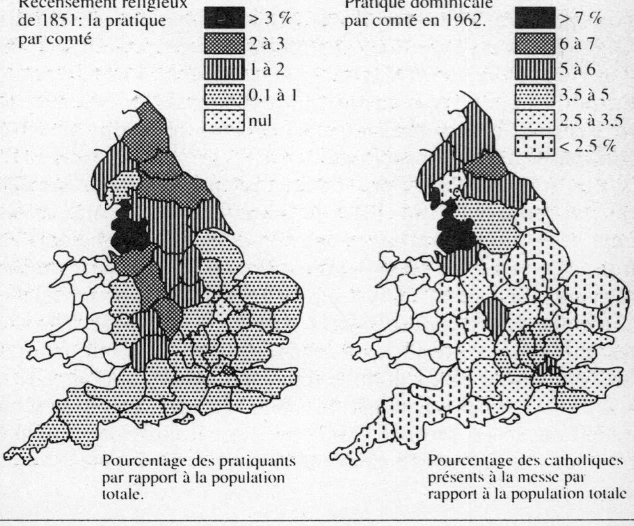

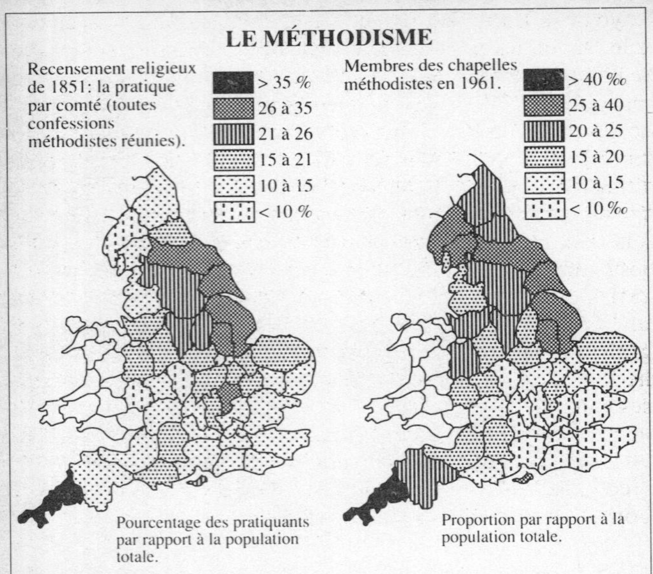

Autre domaine de résilience : l'aspiration au sacré. Là, à l'instar de la famille, survit au fond des cœurs une vieille pulsion séculaire. Métamorphosée, travestie, parfois méconnaissable, elle n'en maintient pas moins son emprise. En 1968, inaugurant les *Reith Lectures* à la BBC, l'anthropologue Edmund Leach reconnaissait à quels obstacles continue de se heurter le rationalisme : « Les hommes sont devenus comme des dieux, proclamait-il, [...] la science nous offre une maîtrise totale sur notre environnement et sur notre destin, et pourtant, au lieu de nous réjouir, nous avons peur...[23] » Comment parler en effet de fin de la religion ? Au moment même où est proclamée la mort de Dieu, les millénarismes fleurissent. C'est un fait que les Églises officielles se vident. Mais jamais les sectes n'ont tant prospéré — sectes chrétiennes brandissant leurs injonctions bibliques, tels les Témoins de Jéhovah, les Saints du Dernier Jour, les *Exclusive Brethren*, les adventistes, les pentecôtistes, ou sectes semi-orientales dans lesquelles toutes les spiritualités de l'Asie et tous les syncrétismes se donnent libre cours, depuis le zen et le yoga jusqu'au soufisme et à la méditation transcendantale. A voir les fidèles adhérer en foule à ces néo-mysticismes (à commencer par les étudiants des universités), quelle revanche pour le phénomène religieux en cet âge que l'on prétend sceptique ! N'est-ce point signe que le besoin de sacré, ignorant désormais les temples et les autels, se réfugie dans les foyers des particuliers et dans les rassemblements de groupes en se cherchant désespérément de nouvelles incarnations, à la seule condition que celles-ci se situent en dehors des Églises ? Encore ne faudrait-il pas minimiser le poids du conservatisme, sinon du conformisme, dans les mentalités. Ainsi, une enquête de *Mass Observation* en 1965 relevait que la grande majorité de la population souhaitait sans la moindre hésitation que l'Église établie continuât à assurer *pour tous* ses fonctions officielles, sacrements, liturgie, prières publiques, couronnement du souverain... Et Alasdaire MacIntyre est assez près de la vérité quand il dit humoristiquement : « Le credo des Anglais, c'est que Dieu n'existe pas, mais qu'il est bon de le prier de temps en temps[24]. »

L'émancipation des femmes : progression ou piétinement ?

Si maintenant on en arrive à l'évolution de la condition féminine, force est de convenir que la position des femmes dans la société anglaise contemporaine illustre à la perfection les contradictions qui viennent d'être relevées entre les forces de novation (ou de rupture) et le poids des traditions. Certes, bien du chemin a été parcouru depuis le temps où les suffragettes menaient avec vaillance leur combat. Mais en fin de compte moins qu'on a coutume de le dire. En dépit d'apparences ostentatoires, et au fond peu significatives (la légende a commencé avec la *flapper* « émancipée » des années vingt...), la longue marche des femmes au cours de la quarantaine d'années qui suit 1914 n'a remporté que des succès partiels. Et, au vu de résultats aussi inégaux, on comprend et les frustrations et les impatiences du « radical-féminisme » contemporain.

26. Le travail féminin en Grande-Bretagne (1851-1971)

(en pourcentage)

	Femmes dans la population active	Femmes actives par rapport à la population féminine totale*	Femmes actives par rapport à la population féminine âgée de 15 à 64 ans	Femmes mariées dans la population active féminine	Femmes mariées au travail par rapport à l'ensemble des femmes mariées
1851	30,1	35,2	—	—	—
1881	30,5	33,9	—	—	—
1901	29,1	31,6	—	—	—
1911	29,3	31,9	34,9	13,6	9,6
1921	29,4	32,2	32,6	12,9	8,7
1931	31,2	34,2	33,9	15,2	10,0
1951	30,8	34,7	41,3	38,2	21,7
1961	32,5	37,5	46,0	50,2	29,4
1971	34,6	41,7	52,4	62,6	40,8

* Population féminine totale de plus de dix ans pour 1851-1911, de plus de douze ans pour 1921, de plus de quinze ans depuis 1951.

Cependant, pour être juste, le bilan comporte nombre d'aspects positifs. D'abord, il faut bien sûr mentionner la série des progrès législatifs concernant soit les droits politiques (le suffrage accordé partiellement en 1918, puis dans sa totalité en 1928; la première femme élue à la Chambre des Communes, Lady Astor, en 1919; la première femme ministre en 1929, la travailliste Margaret Bondfield; les premières femmes accédant à la Chambre des Lords en 1958 avec le titre de pairesses à vie), soit les droits civils (les lois sur la propriété de 1926 et 1935 reconnaissent l'égalité complète à la femme mariée comme à la célibataire pour la gestion et l'usage de ses biens; dans la famille, les droits de la femme sont peu à peu égalisés avec ceux de l'homme; le *Sex Disqualification Act* de 1919 a mis fin aux barrières à l'entrée dans les professions libérales et les universités; surtout, l'*Equal Pay Act* de 1970 a aboli toute discrimination concernant l'emploi et le salaire et en 1975 le *Sex Discrimination Act* a supprimé ce qui subsistait d'empêchements ou de distinctions théoriquement fondés sur le sexe). Également positive a été l'évolution des mœurs grâce à l'indépendance lentement reconnue aux femmes — indépendance que traduisent de manière symbolique les changements dans le costume et les manières. De même, il convient de souligner l'avance considérable de l'enseignement féminin, en particulier au niveau secondaire.

Plus importante encore a été, dans le domaine du travail, l'entrée massive des femmes dans des secteurs professionnels qui leur étaient auparavant demeurés étrangers. Ici toutefois gardons-nous des confusions coutumières. Le tableau ci-contre, où nous avons rassemblé les pourcentages clefs sur l'évolution à long terme de la population active féminine, montre sans la moindre ambiguïté (et à l'encontre de ce qu'on affirme si souvent) *primo* que le travail féminin correspond à une réalité économique extrêmement ancienne (à vrai dire, il est aussi ancien que le travail lui-même), *secundo* que la guerre de 1914 n'a nullement fait faire un bond décisif à l'effectif des femmes au travail. Ce qui ressort en effet de manière patente de la première colonne, c'est d'une part la stabilité tout à fait remarquable du milieu du XIXe au milieu du XXe siècle; d'autre part le fait que les choses n'ont commencé à changer que très récemment, puisque la progression se situe entièrement dans le troisième quart du XXe siècle (entre 1951 et 1975 les proportions ont passé de 30,8 % à 36 %). Ce serait cependant une grave erreur de minimiser les mutations intervenues, tant les conséquences en ont été décisives. Encore faut-il les dégager correctement. En fait, les innovations qui ont pris place depuis 1914 ont été de trois ordres : 1) il y a eu diversification considérable de l'emploi féminin par suite de l'accession des femmes à des fonctions et à des postes de responsabilité jusque-là détenus exclusivement par des hommes; 2) le travail s'est généralisé peu à peu parmi les femmes de la classe bourgeoise; 3) il s'est produit à partir de la Seconde Guerre mondiale une entrée en masse des femmes mariées dans la vie professionnelle. Sur le premier point, on notera que les deux secteurs qui, au XIXe siècle, concentraient la majorité de la main-d'œuvre féminine se sont trouvés après 1918 en plein reflux : d'un côté le textile et le vêtement (eux qui employaient en 1851 deux travailleuses sur cinq n'en comptent plus qu'une sur quatre en 1921 et une sur huit en 1951), de l'autre côté le service domestique (45 % des travailleuses à la fin du XIXe siècle, 32 % en 1921, la proportion s'effondrant vite avec la raréfaction, puis la disparition des domestiques). A l'inverse, les femmes pénètrent en foule dans les bureaux (21 % des employés en 1911, 45 % en 1921, 60 % en 1951, 69 % en 1966), dans l'enseignement, et en nombre plus limité dans les professions libérales, l'administration, les universités, le monde des cadres. D'autre part, du fait que le travail féminin n'est plus l'apanage des seules classes populaires, des clivages psychologiques différents apparaissent : les hiérarchies professionnelles se modifient et l'arrivée en force de bourgeoises dans certains métiers confère aux tâches dont elles s'emparent des lettres de noblesse inédites. Enfin, la croissance en flèche du travail des femmes mariées représente la grande nouveauté des années cinquante et soixante, puisque jusqu'à 1939, parmi la main-d'œuvre féminine, les célibataires et les veuves détenaient une majorité écrasante. C'est en 1961 que la balance s'est renversée. Cette année-là, pour la première fois, le nombre des femmes mariées actives a dépassé celui des célibataires et des veuves. Depuis lors, le mouvement s'est poursuivi sans désemparer, puisqu'en 1980 les femmes mariées constituent plus des deux tiers des femmes au travail.

Sur un autre plan, en l'espace de deux générations, la condition féminine a été métamorphosée sous l'effet de la démographie. Et là, il faut le souligner, la transformation atteint autant, sinon davantage, les femmes des milieux populaires que les femmes de la bourgeoisie et de la petite bourgeoisie (alors que ce sont ces dernières qui dans les autres domaines — légaux, éducatifs ou professionnels — avaient été les principales bénéficiaires des progrès accomplis). Comme l'a noté Titmuss, la baisse de la natalité et l'introduction de la maternité volontaire, combinées avec l'allongement de la durée moyenne de l'existence, ont entraîné des répercussions multiples et d'une immense portée pour la vie familiale et personnelle. Tandis qu'en moyenne, à la fin du XIXe siècle, dans une famille ouvrière, la femme, mariée généralement entre dix-huit et vingt-deux ou vingt-trois ans, passait au moins quinze années de sa vie accaparée par les grossesses, l'allaitement et le soin des enfants en bas âge (soit un tiers de son espérance de vie totale), au milieu du XXe siècle la moyenne est tombée à quatre ans (c'est-à-dire 6 % de l'espérance de vie totale)[25]. Désormais, la mère de famille a terminé le cycle de la maternité alors qu'elle a encore trente-cinq à quarante années de vie devant elle. Ajoutons à cela, par une série d'effets induits, l'amélioration du niveau de vie familial consécutif à la réduction du nombre d'enfants, les progrès d'ensemble de la santé des femmes mariées, l'incitation généralisée à travailler à l'extérieur — toutes ces données nouvelles aboutissent à bouleverser en profondeur l'économie familiale, la vie domestique, la conception du *home*, le rôle et les fonctions de la femme.

Et pourtant l'ancestrale infériorité féminine est loin d'avoir disparu. A tous les niveaux et dans toutes les institutions de la société elle demeure solidement ancrée. C'est là le côté incontestablement négatif du bilan. En effet, en une époque que l'on a prétendue d'émancipation intégrale, les signes de discrimination et d'inégalité surabondent... Qu'il suffise de citer ici quelques faits significatifs de la vie publique, de l'éducation, du travail. Au point de vue politique, tout d'abord, la participation des femmes — que ce soit au gouvernement, au Parlement ou à l'activité municipale — est faible. De 1945 à 1970, la Chambre des Communes n'a compté en moyenne que vingt-quatre femmes par législature, soit 4 % des députés (il est vrai qu'il y a un progrès par rapport à la décennie d'avant guerre, où la proportion était de 2 % !). Si le Parlement reste ainsi avant tout un « club de *gentlemen* », la situation dans les assemblées locales n'est guère différente : en 1972, sur les cent quarante et un conseils des comtés et des *county boroughs* (c'est-à-dire les grandes villes), il y en avait seulement quatorze qui étaient dirigés par une femme (en tant que maire ou *chairman*) et le rapport des sexes dans ces assemblées était de une conseillère pour sept conseillers. (En sens contraire, on doit toutefois noter la novation qu'a représentée en 1975 l'élection de Margaret Thatcher comme *leader* du parti conservateur.) Dans un autre domaine, celui de l'enseignement supérieur, la prédominance masculine s'est maintenue avec une constance parfaite sur l'espace d'un demi-siècle. C'est ainsi qu'en 1919-1920 les universités comptaient 27 % d'étudiantes contre 73 % d'étudiants ; en 1967-1968, malgré la progression des nombres, la situation était exactement la même et en 1971-1972 il n'y avait toujours que 29 % d'étudiantes[26]. Enfin, sur le plan professionnel, la hiérarchie du travail est systématiquement défavorable aux femmes. La plupart du temps elles se trouvent cantonnées dans certains secteurs d'emploi, et généralement les postes qu'elles occupent sont les postes subalternes. Entre 1911 et 1966, par exemple, la proportion des femmes patrons n'a pas varié (un dixième des patrons environ). Dans les professions libérales, les gains réalisés sont beaucoup plus faibles qu'on ne le croit généralement : de 1921 à 1966, les femmes sont simplement passées de 5 % à 9 % du total. Inversement, le nombre des ouvrières reste élevé : un tiers de la main-d'œuvre de l'industrie. Sur le plan de la rémunération, le principe « à travail égal salaire égal » est longtemps apparu aussi inaccessible en fait que désirable en soi, tant étaient fortes les disparités, y compris dans des secteurs tels que l'enseignement et la fonction publique. Il est vrai qu'en 1970 une réforme théoriquement décisive est intervenue avec l'*Equal Pay Act*, entré en vigueur en 1975. Néanmoins, on doit observer qu'au cours de la décennie 1965-1975 les salaires féminins ont augmenté moins vite dans l'ensemble que les salaires masculins. En conclusion, un chiffre suffira à exprimer l'éclatante inégalité qui subsiste entre les sexes dans le domaine du travail : en 1975, les gains moyens des femmes se sont élevés à un peu plus de la moitié des gains moyens masculins.

11. Décadence ou sapience?

Sic transit gloria Britanniae...

Quand, en 1963, la revue *Encounter* choisit de consacrer un numéro spécial à l'Angleterre « face à son destin », elle lui donna le titre provocant, mais significatif, de *Suicide d'une nation?*[1] La mode était alors à l'introspection nationale. Dans certains quartiers, soufflait même un véritable vent de masochisme. De tous côtés surgissaient les interrogations anxieuses. John Bull était-il réellement devenu semblable à ce personnage de *L'Amuseur* d'Osborne, dont les plaisanteries ne font plus rire personne, dont les opinions n'intéressent plus personne? Même parmi ceux qui ne voulaient pas céder à la nostalgie du passé régnait une inquiétude sourde à l'égard du futur. En 1965, lorsque Churchill mourut, l'événement prit d'un coup une portée symbolique. Il fit brutalement prendre conscience aux insulaires qu'une page de l'histoire nationale et impériale était définitivement tournée, dont la gloire ne reviendrait plus. Devant l'immense et grandiose cortège funèbre qui traversait Londres, tandis que résonnait le glas de la cathédrale Saint-Paul, un pays entier se recueillait dans la piété et la tristesse avec le sentiment qu'une part de lui-même venait de disparaître à jamais.

C'est que, depuis l'échec lamentable de l'affaire de Suez en 1956, les Britanniques n'ont cessé d'être secoués par une longue et douloureuse crise d'identité. Quelle suite de déceptions, en effet, depuis l'euphorie trompeuse de la victoire de 1945 ! Et quelle distance par rapport à ce « nouvel âge élisabéthain » dont, à l'avènement de la reine, l'espoir avait bercé tout un peuple ! Maintenant, le grand mot de « décadence » est lâché. On cite Matthew Arnold, déjà hanté en pleine grandeur victorienne par l'idée que l'Angleterre pourrait un jour être réduite au rôle d'une nouvelle Hollande, simplement de dimensions un peu plus grandes. Et Sir Geoffrey Crowther exprime tout haut la crainte que « l'Angleterre soit au XXIe siècle ce que l'Espagne fut au XVIIIe siècle ». N'est-ce point d'ailleurs vers cette époque que les Allemands inventent la formule méprisante « *Die englische Krankheit* » ? « L'homme malade de l'Europe » : que le terme utilisé jadis pour désigner l'Empire ottoman, client et protégé du Royaume-Uni, soit appliqué maintenant à ce dernier, c'est bien là le comble de l'humiliation !

Le désarroi ne tient pas seulement à l'infériorité de l'Angleterre en une époque où le rang se définit par la puissance nucléaire, ni non plus aux faiblesses pourtant de plus en plus patentes de l'économie. Il vient surtout de l'impression que ce qui a été détruit n'a point été remplacé. En somme, les Anglais ont le sentiment d'avoir liquidé le passé sans avoir en même temps réussi à définir ni à préparer un nouvel avenir.

A la source de ce désenchantement, on peut discerner trois composantes. En premier lieu, bien sûr, la perte de l'empire. Mais qu'on ne voie pas là simple contemplation morose *(« the fag-end of Empire »...)*. Pour un pays dont la prospérité et la grandeur reposaient à tel point sur l'expansion impériale, il n'était assurément pas facile de se reconvertir psychologiquement en se cantonnant à ses 230 000 kilomètres carrés. Même si la décolonisation n'a pas entraîné les mêmes soubresauts ni les mêmes drames qu'en France, comment ne pas être frappé par le contraste avec les temps glorieux où, comme l'a rappelé I. Macleod, « on voyait en classe le quart de la carte du monde colorié en rouge et où l'on se sentait réconforté d'appartenir à cette gentille, à cette jolie petite île que célébraient nos refrains d'écoliers *(« bright little, tight little island »)*, à cause justement de l'immensité de notre empire, que la Grande-Bretagne non seulement dirigeait, mais *possédait* vraiment[2] ».

Deuxième facteur : la croyance insulariste, voire isolationniste, à la nation « élue », « pas comme les autres », perd peu à peu tout contenu. Pendant des années, on s'était donné le change avec de belles formules, *our world leadership, our special position*, toutes mieux faites les unes que les autres pour perpétuer l'idée que l'Angleterre constituait un pays à part. On vantait à l'envi les «liens privilégiés» avec le Commonwealth, la «*special relationship*» avec les États-Unis. Sans que l'on ressente du reste — et c'est là un paradoxe qui confond l'observateur étranger — l'humiliation de la dépendance continuelle à l'égard des États-Unis. Déjà dans l'entre-deux-guerres, Siegfried s'étonnait de la docilité de l'Angleterre acquiesçant en toute circonstance aux exigences américaines, au point, disait-il, qu'elle «paraît décidée à céder toujours[3]». Après la Seconde Guerre mondiale, cette dépendance s'est encore accentuée, la fidèle alliée britannique s'acheminant de façon plus ou moins avouée vers une position de satellite des États-Unis. Or, aux alentours de 1960, l'illusion de la «relation spéciale» avec les États-Unis s'écroule. Et tous les efforts ultérieurs pour lui redonner artificiellement vie n'aboutissent qu'à des gestes inutilement serviles. Voilà donc désormais l'Angleterre réduite au sort commun! Quel choc de se retrouver comme tout le monde! Du coup, on ne sait plus très bien où se situer dans la hiérarchie des nations. Les belles certitudes de jadis font place à l'incertitude. Une incertitude d'autant plus lancinante que «la nature, la structure, la conjoncture qui sont propres à la Grande-Bretagne», selon la formule du général de Gaulle[4], lui rendent malaisé et de définir sa nouvelle vocation et de découvrir les ressources cachées de la similitude. Il semble que, d'année en année, le mot cruel de Dean Acheson sur «ce pays qui a perdu un empire sans retrouver un rôle» prenne davantage de signification. C'est pourquoi, à travers la lente érosion des mythes, l'Angleterre doit péniblement apprendre la résignation. Non d'ailleurs sans continuer de lorgner du côté du «grand large». Car entre l'Europe et l'Amérique, le cœur et la raison ne suivent pas les mêmes cheminements : comme l'écrit fort bien C. Le Saché, si «la xénophobie britannique dresse une de ses barrières le long de la Manche, il n'y en a pas du côté de l'Atlantique Nord[5]».

Et pourtant il faut céder à la raison. Toutes les analyses, tous les calculs montrent que le seul futur possible est du côté de l'Europe. C'est là la troisième source de désarroi :

comment opérer la difficile reconversion en direction de la Communauté européenne? A part quelques petits cercles acquis depuis longtemps à l'idée, le ralliement ne se fait pas sans résistance. D'autant que s'y ajoute la kyrielle des avanies et des humiliations subies par suite des positions abruptes de la diplomatie française. Malgré tout, les faits commandent. Au cours de l'année 1962 s'est produit un tournant décisif dans l'histoire du commerce extérieur britannique : pour la première fois, les exportations vers l'Europe occidentale ont dépassé les exportations vers la zone sterling, c'est-à-dire *grosso modo* avec le Commonwealth (les proportions respectives étaient en 1950 de 26 % et 50 %, en 1958 de 27 % et 37 % ; elles sont passées en 1970 à 41 % et 21 %, en 1974 à 50 % et 18 %). Petit à petit, les Anglais se sentent donc condamnés à devenir européens. D'où une évolution progressive qui conduit d'abord aux concessions nécessaires dans les négociations avec la Communauté économique européenne (ce sont les accords Heath-Pompidou de 1971 et l'entrée officielle dans le Marché commun le 1er janvier 1973), puis, au référendum de juin 1975, vote franc et massif en faveur de l'adhésion définitive à l'Europe.

Les dangers de la stagnation et de la désagrégation

Parmi les arguments qui ont contribué au ralliement à l'Europe, il en est un qui tient aux nuages économiques qui se sont accumulés de façon menaçante sur le ciel britannique. Beaucoup d'esprits ont alors vu dans l'adhésion au Marché commun une sorte d'arche de salut. A leurs yeux, c'était là un moyen inespéré de donner le coup de fouet indispensable à une économie anémiée. En effet, depuis la fin des années cinquante, la position économique de l'Angleterre n'a cessé de se dégrader. Le *stop-go* et la « stagflation », les incertitudes de la monnaie (fragile et dépendant étroitement du dollar, la livre a été dévaluée à deux reprises, officiellement en 1967 et *de facto* en 1974), une balance des paiements désastreuse en raison du déficit du commerce extérieur et des sorties de capitaux, d'où un endettement extérieur croissant, toutes ces données adverses étaient bien de nature à nourrir le pessimisme et à sonner l'alarme. De fait, les avertissements succèdent aux avertissements. Aux nuées de Cassandres qui prédisent l'imminente catastrophe, Toynbee ajoute sa voix, fulminant contre ses compatriotes : « La maladie typique du Britannique, c'est son habitude d'attendre jusqu'à la treizième heure. » Tout cela du reste sans émouvoir outre mesure l'opinion. A moins qu'il ne faille en croire ce mot d'Arthur Murphy qui, avec sa causticité irlandaise, remarquait déjà au XVIIIe siècle : « Les gens en Angleterre ne sont jamais aussi heureux que quand on leur annonce qu'ils sont ruinés... »

Effectivement, quels que soient les critères adoptés dans les comparaisons économiques internationales, tous se révèlent défavorables à la Grande-Bretagne. Ainsi, de 1950 à 1970, le taux de croissance ne représente que les trois cinquièmes du taux moyen des autres pays industrialisés[6]. Pour le taux de productivité, la proportion est exactement la même. Pis : le retard s'accentue depuis 1960 par rapport à la décennie antérieure. Par exemple, de 1960 à 1974, la productivité s'élève en Grande-Bretagne de 30 % seulement, alors qu'en Allemagne elle augmente de 90 % et qu'elle double en France. Si l'on considère le produit national brut, en 1961 il atteignait 26 % du total de ce qui deviendra par la suite la Communauté des Neuf; en 1973, lorsque l'Angleterre entre dans le Marché commun, il est descendu à 19 %, en 1975 il n'est plus qu'à 16 % et en 1980 la proportion tombe à 14 %. Autre comparaison : en 1950 le produit intérieur brut par tête était deux fois plus élevé en Grande-Bretagne que dans les pays de la future Communauté des Six; en 1958, quand cette dernière se constitue, il était encore supérieur d'un tiers. En 1974 il est tombé à 27 % au-dessous du produit moyen par tête des Six.

Faut-il, au vu de ces performances déprimantes, désespérer de l'avenir de l'Angleterre, devenue le « mouton noir » de l'Europe? Quelques-uns placent leur espoir dans un sursaut national qui arracherait le pays à sa léthargie. Mais, malgré tous les appels à « l'esprit de Dunkerque », celui-ci ne semble guère revivre. D'autres, plus réalistes, comptent sur

VI. La répartition géographique de la richesse: inégalités régionales de niveau de vie.

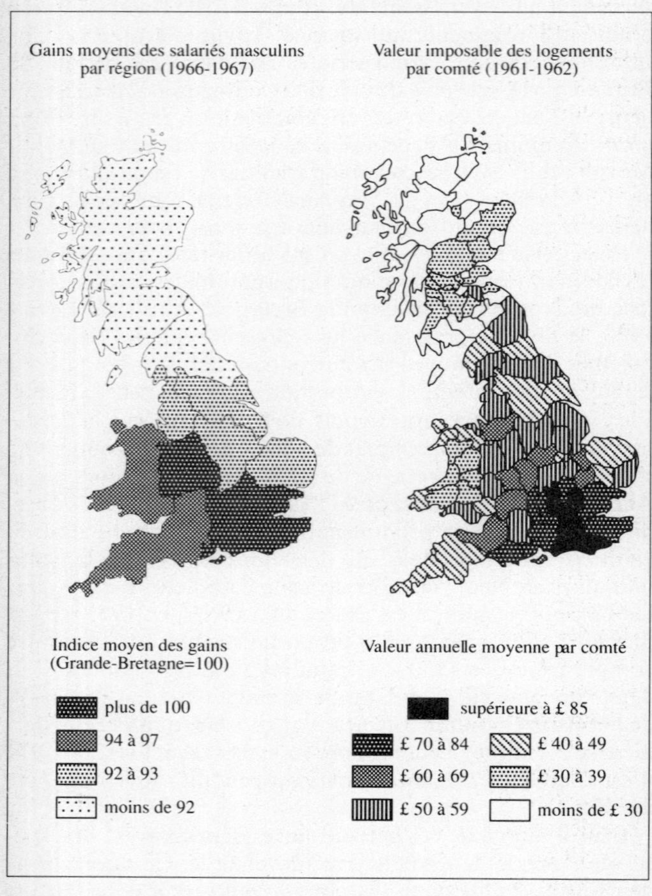

les ressources énergétiques considérables découvertes en mer du Nord. C'est un fait que la nature a fait là un splendide présent aux Britanniques. Découvert seulement en 1965, le gaz naturel fournissait déjà en 1970 57 % des besoins du pays et en 1975 le chiffre s'est élevé à 90 %. Quant aux gisements de pétrole repérés à partir de 1970, ils étaient plus prometteurs encore. Les premières livraisons d'« or noir » ont commencé en 1975 et la production en 1980 a atteint 120 millions de tonnes, soit un niveau nettement supérieur à la consommation domestique. Mais ce pactole sera-t-il suffisant pour secouer l'obsolescence de la «*stagnant society*»? Et pour lui faire retrouver les chemins du dynamisme? On doit, hélas, émettre quelques doutes à ce sujet.

Sur un autre front — très calme jusque-là —, celui de l'unité nationale, deux problèmes sont venus dans les années récentes secouer la quiétude intérieure des Britanniques et menacer le pays de divisions graves. En premier lieu, l'immigration de couleur — qui depuis des années a été la source de tensions raciales assez vives. En effet, à partir de 1953-1955, la société anglaise a dû faire face à un afflux d'immigrants pauvres, venus d'abord des Antilles, puis de l'Inde et du Pakistan (les Antillais sont principalement des Jamaïquains, les Indiens pour 80 % des Sikhs, les Pakistanais sont venus soit du Pakistan proprement dit soit du Bengale). Bientôt les nombres ont pris une telle ampleur que les gouvernements successifs (conservateurs, puis travaillistes), poussés par l'opinion, ont dressé une série de barrages à l'entrée. Finalement, la législation restrictive (lois de 1962, 1968 et 1971) a eu pour résultat de stopper l'immigration. En vérité, c'était là un problème absolument nouveau pour l'Angleterre qui, en quelques années, a vu certaines villes se transformer en véritables communautés multiraciales. Alors que la population de couleur était insignifiante jusqu'à la guerre (en 1931, elle totalisait 100 000 personnes), dès 1961, elle dépassait le chiffre de 400 000; en 1971 elle a atteint un effectif de 1,5 million, soit 2,5 % des habitants de la Grande-Bretagne. Sans doute, la qualité de sujet britannique de ces immigrants leur permet-elle de disposer de tous les droits civils et politiques. En outre, depuis les *Race Relations Acts* de 1965 et surtout de 1968, toute discrimination raciale est interdite

27. Concentration des immigrants dans les grandes agglomérations (1971)[8]

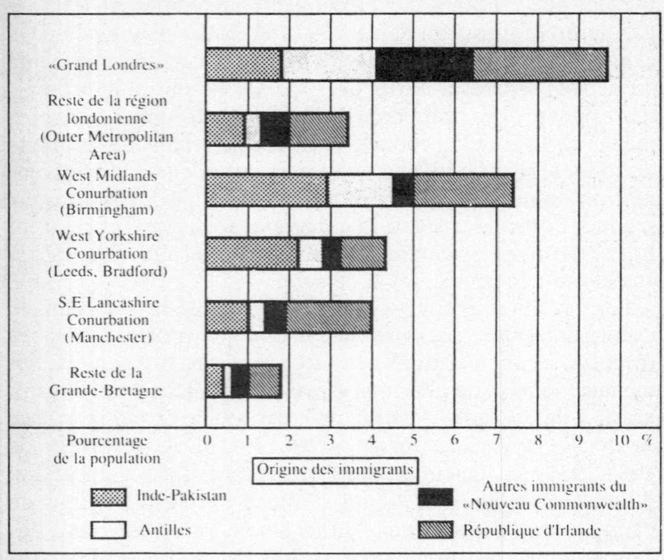

en matière d'emploi, de logement, de services, d'enseignement. Mais les dimensions du flux, les disparités de niveau de vie et de culture, les problèmes de santé, de travail, de famille ont suscité entre les arrivants et la population autochtone d'innombrables frictions et même des poussées spontanées de racisme. Ce qui rend la question encore plus aiguë, c'est l'inégalité de distribution géographique des immigrants. Ceux-ci, en effet, se trouvent surtout concentrés dans les six grandes conurbations, en particulier à Londres et à Birmingham. Il faut cependant reconnaître que des efforts méritoires ont été consentis, sous la triple influence des autorités, des organisations volontaires et de l'opinion, afin d'intégrer de manière plus humaine les immigrés et leurs familles.

Mais à peine le danger des tensions raciales paraissait-il reculer qu'une autre menace, beaucoup plus grave pour l'unité nationale, s'est profilée à l'horizon. Il s'agit de la renaissance impétueuse et bruyante des nationalismes celtiques. En réalité, le phénomène avait débuté dès les années soixante, mais à partir de 1970 il a subitement pris une ampleur inattendue. Sans doute est-il vrai que, dans le passé, la résistance calédonienne ou cambrienne à la domination anglaise n'avait jamais réellement cessé. Pendant des siècles, Écossais et Gallois avaient entretenu vivace dans leur « nation » la flamme de l'autonomie, tout en apportant du reste à la vie économique, sociale, intellectuelle du royaume une contribution irremplaçable. Sans ces immigrants de l'intérieur venus de leurs pauvres montagnes, jamais la Grande-Bretagne n'aurait tant brillé d'inventeurs, de savants, d'ingénieurs, de capitaines d'industrie, d'explorateurs, de coloniaux, de missionnaires, de poètes, de soldats... Mais les nations de la « frange celtique » acceptaient alors de s'intégrer bon gré mal gré dans l'ensemble britannique dans la mesure où, en échange des ressources humaines et stratégiques qu'elles procuraient à l'Angleterre, celle-ci leur offrait les avantages économiques et les possibilités de promotion d'une grande nation dynamique à l'intérieur, d'un vaste empire à l'extérieur. Or voici que la situation a connu une profonde altération depuis les années cinquante. Ayant déjà conscience d'être des parents pauvres, défavorisés de surcroît par leur position géographique, les « franges celtiques » ont ressenti tout particulièrement les échecs de l'Angleterre sur le plan économique, puisque les dangers de stagnation aggravent encore les carences dont elles s'estiment victimes. Comme s'ajoute chez elles un sentiment très vif de frustration culturelle, les mouvements nationalistes y ont enregistré des progrès foudroyants, notamment parmi les jeunes générations, progrès bien vite traduits sur le plan électoral : le premier nationaliste gallois a été élu au Parlement en 1966, le premier nationaliste écossais en 1967. Et en 1974 le double score des élections législatives est venu apporter à l'un et à l'autre parti encouragements et espérances. Certes, ni le séparatisme gallois ni le séparatisme écossais ne paraissent en mesure d'aller jusqu'au bout de leur programme. Mais ne leur est-il pas possible d'ores et déjà de transformer le royaume en « royaume désuni »?

Les classes, l'État et le pouvoir

Dans l'euphorie de l'expansion des années cinquante, on avait entendu un concert de voix autorisées proclamer que les conflits traditionnels de jadis, qu'ils fussent de classe ou d'idéologie, étaient désormais chose dépassée. N'était-on pas entré dans l'ère « postcapitaliste », une ère dynamique et « fluide » qui annonçait l'avènement d'une société « ouverte », mobile, gouvernée par le consensus et tendant à l'égalisation des chances et des conditions autour d'une bonne moyenne, sinon autour des classes moyennes? En même temps, prétendait-on, l'homogénéité grandissante du corps social — résultat elle-même de la consommation de masse et du pouvoir unificateur de la technostructure et des *mass media* — aboutissait à réduire les écarts sociaux grâce à la standardisation des comportements et des loisirs et à la participation de tous les citoyens à des valeurs culturelles communes. Bref, on s'engageait sur la voie de la paix sociale — essentielle, selon Galbraith, à la poursuite de la croissance. Cependant que le processus d'intégration se combinait avec l'acceptation passive de la structure économique et avec la « démocratisation culturelle » due aux progrès de la scolarisation et des loisirs de masse.

Ces vues courtes, au demeurant controuvées déjà au moment même où elles étaient formulées, n'ont pas résisté à l'épreuve des faits. Dès le début des années soixante, il a fallu revenir à des notions plus solides. Et l'évolution ultérieure a confirmé qu'il était naïf d'identifier la croissance avec le bouleversement des structures sociales et l'affluence avec la passivité. Ce qui est vrai, c'est que dans la société anglaise les frontières entre les groupes sociaux sont devenues plus subtiles, voire plus brumeuses. Brouillées par de multiples interférences, elles n'ont plus la netteté ni la simplicité (relatives d'ailleurs comme on l'a vu) des temps victoriens. C'en est fini en effet de la dichotomie traditionnelle entre d'une part une classe ouvrière hantée par le paupérisme parce que vivant au sein d'une économie de subsistance (et souvent au-dessous des besoins minimaux) et d'autre part une classe supérieure, bourgeoise ou aristocratique, gérant les surplus et monopolisant le bien-être et le loisir. Mais, par exemple, les deux excellentes études sociologiques de Margaret Stacey sur Banbury (conduites à près de vingt ans d'intervalle en 1948-1951 et 1966-1968, elles ont été publiées en 1960 et 1975) montrent bien dans cette petite ville moyenne (et en expansion) des Midlands la persistance caractérisée non seulement des écarts de revenu et de pouvoir, mais surtout des réseaux socio-culturels, qui perdurent à travers l'arrivée de couches de population successives. En particulier, l'enquête fait très clairement apparaître l'hétérogénéité de deux univers, chacun doté de son entrelacs de relations sociales et d'institutions : d'un côté, le monde de la *middle class*, les organisations et clubs conservateurs, les anglicans, le Rotary et l'*Arts Council*; de l'autre le monde populaire, les organisations travaillistes, le *Trades and Labour Club*, la WEA et les *Friends of Banbury Hospitals*[9]. De manière voisine, quoique sur un mode mineur, A. Marwick a fait observer qu'au bar de la Chambre des Communes on continue encore aujourd'hui de voir côte à côte les députés conservateurs déguster leurs *gin and tonic* et les élus du *Labour* leurs tasses de thé[10]!

Ainsi toute cette hiérarchie, sophistiquée jusque dans les moindres détails, se maintient allègrement, appuyée sur un système minutieux de stratification aussi élaboré que jadis. Simplement, depuis la fin de la guerre, elle s'est modernisée, en s'adaptant aux besoins d'une économie technicienne et soumise à la loi du rendement. A la base, il y a toujours la même alliance — maintenant séculaire : c'est-à-dire la synthèse du prestige de la naissance et de la force de l'argent et du pouvoir. Autrement dit, le facteur psychologique — le statut — continue de s'unir au facteur économique — propriété, revenu, niveau de vie. Triomphe ultime du principe aristocratique, la distinction qu'apportent le nom et la famille reste très vivante. Il y a un siècle, Disraeli disait déjà avec raison que l'Angleterre n'est point gouvernée par une aristocratie mais par le principe aristocratique. Effectivement, celui-ci, profondément implanté dans les esprits, et quasi universellement reconnu, se perpétue par un nœud puissant de forces, d'institutions et d'usages qui s'appellent la monarchie, la Chambre des Lords, la liste des honneurs, les titres. Mais la puissance du système réside plus encore dans sa capacité d'extension indéfinie. Du haut en bas de l'échelle, règne une très vive « conscience de statut ». Seulement, la caractéristique de l'Angleterre, c'est que le critère de différenciation ne réside pas dans la seule possession de l'argent, comme par exemple aux États-Unis, il relève tout autant du prestige de la famille ou de la profession, du mode de vie, de l'éducation reçue. En somme, le statut est symbolisé par la manière d'être, le comportement, les gestes et surtout l'accent. Il suffit en effet à quiconque d'ouvrir la bouche pour être immédiatement classé. *« Them » and « us »* : l'origine sociale est trahie par le premier mot prononcé. En aucun autre pays le langage, la prononciation, les intonations ne jouent un tel rôle. Autour de l'*Oxford accent* (relayé par le *B.B.C. accent*) s'est construit un modèle de respectabilité et de bonnes manières, que vient conforter, en s'y conformant, l'ensemble du système d'enseignement.

Cependant, à côté de ces critères subjectifs d'appartenance de classe, il y a les inégalités objectives : inégalités de fortune et de revenu, inégalités de sécurité et de culture. Elles aussi ont la vie dure. Elles continuent même de fleurir en dépit des progrès réalisés sous la forme de l'élévation du niveau de vie, du *Welfare State*, de la réduction des extrêmes (en nombre et en poids) aux deux bouts de la hiérarchie. Comme l'écrit John Westergaard, « quoique l'on puisse énumérer nombre de déplacements individuels sur les barreaux de l'échelle socio-économique, les uns vers le haut, les autres vers le bas — la plupart d'ailleurs sur une courte distance, mais avec une fraction plus large qu'avant empruntant la voie de l'école —, l'inégalité considérable des chances qui découle de l'origine sociale n'a guère changé depuis des décennies[11] ». Ne vaudrait-il pas mieux, dans de telles conditions, parler de société *opaque* plutôt que de société *ouverte* ?

Au sein de cette société, deux catégories méritent une attention spéciale, car c'est de leur rapport de forces que résultent pour une large part les variations du pouvoir réel : en haut, la bourgeoisie dirigeante, et tout particulièrement le milieu des technocrates ; en bas, les travailleurs manuels, appuyés sur leurs organisations syndicales. Chacun des deux groupes dispose d'un réseau ramifié (quoique de poids fort inégal) d'institutions et d'influence, le jeu des poussées et contre-poussées entre les uns et les autres ayant pour résultante un équilibre précaire. Bref, au pouvoir de la technostructure et de l'État tente de s'opposer un contre-pouvoir de type classique — celui du travail.

Du côté de la classe dirigeante, un changement interne a pris place. Sa puissance dépend désormais moins des bases traditionnelles — propriété, héritage, vie de loisir, consommation ostentatoire — que de la possession du savoir, de l'information et de la décision. Ce sont là en effet les atouts qui lui assurent la capacité de gestion globale des structures clefs, en même temps d'ailleurs que l'accès aux avantages et aux jouissances accompagnant l'argent et le pouvoir. Un nouveau type d'homme s'est mis à pulluler : le méritocrate. Ce qui entraîne des reclassements d'importance à l'intérieur du «cercle magique». Débat à vrai dire capital : des deux conceptions de l'élite qui s'affrontent, l'une est en train de prendre l'avantage. D'un côté, l'idéal ancien, aristocratique, celui de l'amateur disposant d'un don inné pour diriger — la «supériorité sans effort» de l'*Oxford man* — tient encore bon. De l'autre côté, l'idéal moderne est en pleine ascension : idéal du professionnel compétent, appliqué, efficace, parvenu par le mérite et dont la valeur est garantie par le diplôme obtenu à l'issue d'une sévère compétition. Dans un livre écrit sur le mode futuriste et qui naguère fit grand bruit, *The Rise of the Meritocracy*, Michael Young a, en 1958, préfiguré cet avenir redoutable où triompheraient au nom du rendement les seuls bons élèves sélectionnés au moyen d'une impitoyable ségrégation. Assiste-t-on dès lors à la fin du règne des amateurs, au recul sans phrases du snobisme, notamment de cette forme spécifiquement insulaire — *snobbery* — qu'on a surnommée *the pox britannica*? Est-on vraiment sur la voie du triomphe du parchemin? Certes, le changement de mentalité dû aux besoins de la gestion technicienne, la croissance des universités et la multiplication des diplômés (le nombre annuel des diplômes décernés a doublé entre 1960 et 1970) laissent augurer de beaux jours pour la méritocratie. Néanmoins on doit constater que la nouvelle élite fondée sur le

28. Origine sociale et scolaire des cadres supérieurs vers 1967[12]

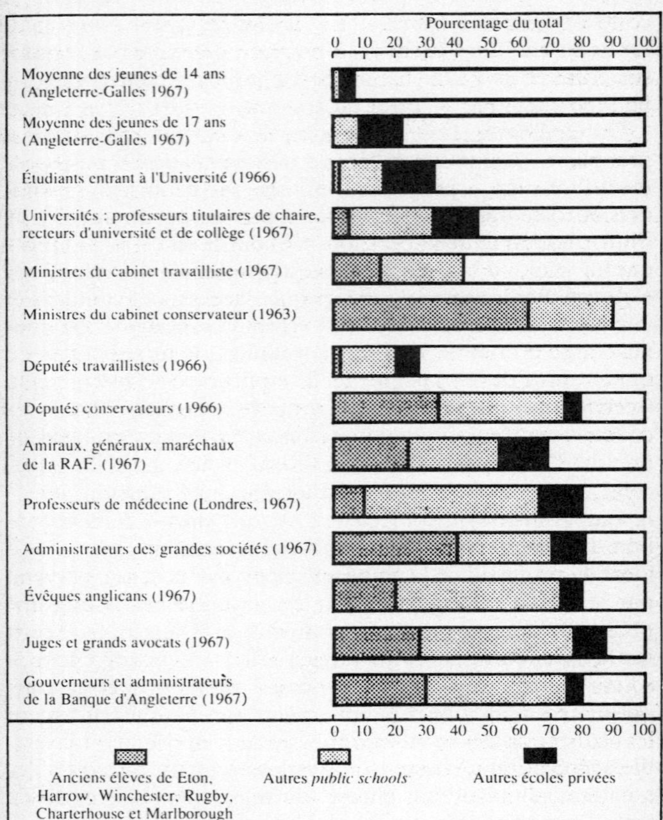

mérite continue d'être formée par des universités et même des lycées qui subissent toujours l'empreinte aristocratique par la vertu soit du sceau originel, soit du mimétisme. Comme le démontrent les enquêtes les plus approfondies (telle celle de la Nuffield Foundation en 1973) sur l'origine familiale et le *curriculum* des hauts fonctionnaires *(the top Civil Service)*, même là où la méritocratie progresse le plus, elle continue d'être éminemment sensible aux fragrances aristocratiques des *public schools* et d'Oxbridge[13].

Quant au monde ouvrier, il se voit par là confronté non seulement à la puissance jumelle de l'État et du capital (incarné par l'énorme ensemble des *corporate institutions* — banques, compagnies d'assurances, *investment trusts*, mastodontes industriels —, sans compter la masse des liens personnels résultant des réseaux d'*interlocking directorships*), mais encore aux privilèges du savoir, désormais en mesure de contrôler le devenir de la société et eux-mêmes générateurs d'une nouvelle division du travail : la division entre « les forts en thème et les serfs », selon l'expression de Sir John Newsom[14]. Aussi, face à cette alliance de la Cité et du *Treasury*, la classe ouvrière recourt-elle à ses armes traditionnelles : le pouvoir syndical de revendication et de pression. C'est particulièrement le cas de la nouvelle aristocratie ouvrière, qui tire sa force soit de secteurs technologiques de pointe, soit de positions professionnelles privilégiées dans la hiérarchie des postes de travail.

Mais, pour bien saisir les attitudes profondes qui commandent la stratégie ouvrière, il faut d'abord dissiper deux préjugés communément répandus : celui de l'« embourgeoisement » et celui de l'« intégration » des travailleurs. Sur le premier point, les travaux de Goldthorpe et Lockwood ont fait justice d'une notion qu'on avait hâtivement déduite de l'amélioration indéniable des conditions de vie et même de ce qu'il convient d'appeler la prospérité ouvrière. Affirmons-le donc sans ambages : pas plus qu'il n'y a eu prolétarisation des cols blancs, il n'y a eu embourgeoisement des travailleurs manuels. A propos de l'« intégration », on a allégué à la fois un ralliement à la philosophie de la consommation et une manipulation culturelle par les *media* de nature à entraîner, par-delà l'uniformisation des mentalités, une psychologie de participation dépendante et à écarter toute contestation créatrice. En réalité, les cloisonnements sociaux, culturels et même matériels demeurent solidement définis. Et l'opposition *« them » and « us »* n'est pas près d'être effacée. En outre, comme l'a montré F. Parkin, la participation à un système dominant de valeurs est loin d'empêcher le maintien de systèmes culturels particuliers et surbordonnés, ce pluralisme des *sub-cultures* étant lié à la diversité des milieux sociaux et professionnels, des traditions régionales, des idéologies, etc. D'autant que dans l'évolution récente s'ajoutent deux autres caractéristiques : un degré faible de satisfaction au travail chez la plupart des travailleurs manuels; une privatisation généralisée de l'existence (c'est la *home-centred society*). Toutefois, au sein de ce monde populaire partiellement atomisé, subsiste, sous-jacent, un sentiment très fort de l'exploitation et de l'inégalité. N'est-ce point d'ailleurs lui qui explique la violence tranquille des soulèvements ouvriers périodiques, tels qu'ils se sont exprimés en particulier depuis la fin des années soixante, avec les batailles contre l'*Industrial Relations Act*, avec les deux grèves mémorables des mineurs, de même qu'à travers toute la poussière des actions de détail?

Évidemment, pour se défendre dans le permanent conflit — tantôt déclaré, tantôt dormant — qui l'oppose à l'État technocratique, le monde du travail doit tenir compte de l'évolution (et éventuellement des défaillances) des deux organisations, le *Labour Party* et le T.U.C., normalement chargées de ses intérêts et investies en principe de la tâche de constituer un contre-pouvoir. Or, dans le cas de la première, l'évolution est très nette : tout au long du troisième quart du siècle, la social-démocratie a cheminé vers un compromis plus ou moins avoué avec l'oligarchie productiviste en place. En un sens, on peut même soutenir que depuis les années cinquante le fonctionnement du système biparti repose sur l'existence de deux *Establishments* alternant régulièrement au pouvoir — l'un (de centre gauche) et l'autre (de centre droit) n'étant en réalité que les deux branches du même *Establishment*, comme autrefois quand les libéraux alternaient avec les conservateurs. Toute l'orientation du travaillisme wilsonien est allée en effet dans le sens d'une simple gestion éclairée de la société technocratique : sa tactique, fondée sur la traditionnelle alliance entre une rhétorique socialiste et des mesures ultra-prudentes et pragmatiques dans les faits; son ralliement empressé à la hiérarchie méritocratique; la substitution aux vieilles ambitions égalitaires du modeste mot d'ordre de l'« égalité des chances »; la combinaison de l'économie mixte avec le parlementarisme le plus classique; la disparition progressive de l'ouvriérisme qui avait caractérisé si longtemps l'histoire du parti — c'est aux cerveaux qu'on en appelle dorénavant et non plus aux mains calleuses. L'évolution au sommet est en elle-même significative : en 1945, dans le cabinet Attlee, la moitié des ministres environ étaient d'origine ouvrière; en 1964, le cabinet Wilson n'en compte plus qu'un quart; en 1969, après divers remaniements, le chiffre est tombé à zéro : belle façon de donner rétrospectivement raison à Bevan qui avait un jour exprimé sa terreur de voir «les hommes de loi, les économistes et les professeurs d'université» monopoliser le *leadership*[15]! Ainsi, dans la mesure où le *Labour* s'enlise dans un évident opportunisme, à peine masqué par les slogans en vogue («planning», «justice sociale», «expansion»), les aspirations authentiquement ouvrières trouvent de moins en moins d'écho au sein du travaillisme officiel. Comment le pourraient-elles du reste quand l'une des têtes pensantes du parti, Anthony Crosland, assigne comme objectif prioritaire à ses concitoyens de se fondre dans la classe moyenne *(« we must now all learn to be middle class»)*?

Quant au trade-unionisme, s'il continue de représenter le principal môle de résistance à l'État, sa bureaucratie ne laisse pas de participer elle aussi de la technostructure. L'extrême complication des rouages de la machine favorise l'apathie spontanée des ouvriers. Au demeurant, cette apathie, qui atteint des dimensions massives, ne doit pas être sous-estimée. C'est incontestablement une donnée majeure de la situation sociale de l'Angleterre contemporaine. Aux divers niveaux, la participation aux décisions est minime, la plupart des syndiqués se contentant juste de prendre leur carte et de payer leur cotisation. Il ne faut pas oublier d'autre part que, depuis 1945, 30 % environ des travailleurs manuels votent régulièrement conservateur, et que même parmi les adhérents des *trade unions* la proportion des bulletins de vote conservateurs ou libéraux est de l'ordre de 20 à 25 %. Malgré tout, et quelles que soient les multiples scléroses des syndicats, c'est encore leur action revendicative qui, dans l'état actuel des forces sociales, constitue le principal contre-pouvoir. Elle relève, il est vrai, d'une démarche ambiguë, simultanément progressiste et conservatrice. Son côté routinier s'incarne dans l'aspect traditionaliste, voire obtus, de mouvements à objectifs avant tout quantitatifs, souvent catégoriels, presque toujours orientés sur le seul salaire. Mais, à l'inverse, grâce à une technique éprouvée de la grève, qui permet de désorganiser aussi systématiquement que possible la production sans qu'il en coûte trop cher aux ouvriers, la contestation ouvrière exprime fondamentalement une révolte contre l'aliénation et l'injustice. C'est ce qui lui permet de tenir en respect l'*Establishment*, puisque celui-ci est prévenu qu'il ne saurait, sans qu'il lui en cuise, abuser de son pouvoir : et que dès lors mieux vaut composer avec le monde du travail.

Cependant, à côté de ce contre-pouvoir ouvrier, au caractère classique, puissant, mais lourd de routine mentale, on a vu se développer, au cours des années 1965-1975, d'autres tentatives, destinées à contrebalancer le poids de l'oligarchie dirigeante. Conduites en francs-tireurs par des minorités agissantes, ces tentatives, inventives, décidées, tournées vers l'avenir, opèrent généralement de flanc plutôt que de front et au moyen d'actions ponctuelles. On y rencontre des éléments très hétérogènes : ouvriers retrouvant les voies de l'action directe, jeunes et femmes en révolte, intellectuels et étudiants, techniciens en rupture de ban... Bien que ce type d'action (qui rejoint les vents de révolte dont on a parlé plus haut) coure toujours le risque d'être récupéré tant par l'*Establishment* (auquel beaucoup appartiennent) que par le commercialisme des *mass media*, les forces qu'il a su mettre en branle ont réussi à planter quantité de banderilles dans le corps de l'État technocratique et par là à tenir partiellement en échec le pouvoir du néo-capitalisme, mais sans jamais parvenir à secouer la passivité ni le conformisme des masses.

Un art de vivre?

« Il faut cultiver notre jardin » : nul aujourd'hui ne semble avoir entendu Candide autant que les Anglais. En renonçant aux ambitions de la croissance à tout prix, en refusant le rythme haletant d'un productivisme sans frein, en décidant de moins travailler afin de davantage vivre, les insulaires ont-ils découvert, en avance sur d'autres peuples, un chemin de sagesse, sentier ombragé et tranquille, à l'écart de l'infernal tohu-bohu des radiales et des *motorways*? A bien des égards, l'état de l'Angleterre contemporaine, collectivité calme, cossue, à l'aise, semble donner raison à la prophétie de Stuart Mill annonçant que le ralentissement de la croissance au stade avancé de la société industrielle conduirait immanquablement à la stabilisation : dans le cadre du « *Stationary State* », chacun accepterait alors sa place dans l'ordre économique, parce qu'il préfère se consacrer à des tâches plus séduisantes, telles que la culture et les arts[16]. D'ailleurs, il suffit de relire Keynes lui-même pour s'apercevoir qu'il a le premier proclamé que la vie doit passer avant l'économie : « Le jour n'est pas loin, écrivait-il en 1946, où les problèmes économiques seront relégués à leur vraie place, qui est secondaire et où nos cœurs et nos esprits seront occupés, ou réoccupés, par nos véritables problèmes : les problèmes de la vie, des relations entre les hommes, de la conduite personnelle, de la religion[17]. »

A coup sûr, on observe un recul de l'« économisme », de la griserie technologique, de la volonté d'acquisition quantitative pure et simple. A la passion de la marchandise, on préfère tantôt le repli individualiste d'une civilisation de jardiniers, tantôt la préoccupation esthétique et culturelle, mais dans l'un et l'autre cas on se montre également soucieux de bien-être, de calme, de sagesse. En d'autres termes, après avoir présenté au XIXe siècle le modèle de l'industrialisation et de l'urbanisation à outrance, les Anglais paraissent s'acheminer vers un modèle de société paisible, bon enfant, intimiste, tout à l'opposé du visage dur et conquérant d'autrefois. Plus que jamais l'accent est mis sur le bonheur. Mais pas n'importe quel bonheur. La variété qui prime, c'est cette forme spécifique qu'on pourrait appeler le bonheur à l'anglaise : un style décontracté, de longs temps de loisir, un univers à l'abri, une existence bénéficiant en proportions égales de sécurité et de liberté. Il est vrai qu'il est difficile de mesurer ce bonheur. Et donc de savoir à quel point les Britanniques s'estiment comblés. Mais le contentement qu'ils affichent envers leur mode de vie ne fait aucun doute, comme en témoigne une enquête internationale de 1974 où ce sont eux qui arrivent en tête des pays européens pour le degré de satisfaction (au total 85 % se déclarent satisfaits, dont un tiers « très satisfaits »).

Il est même possible d'aller plus loin. A insister avec tant d'ardeur sur la « qualité de la vie », les Anglais ont retrouvé un motif de fierté nationale. Curieusement, on peut y discerner une véritable résurgence du vieux complexe de supériorité. S'estimant plus avancés sur cette voie que les autres peuples, les insulaires se sont empressés d'y trouver de nouvelles raisons d'espérer. Et de donner consistance à la formule orgueilleuse de Milton : « Que l'Angleterre n'oublie pas sa préséance parmi les nations quand il s'agit d'enseigner à vivre[18] ! » De fait, dans ce *revival* des valeurs culturelles et spirituelles, dans cette redécouverte de la beauté, de la simplicité, des relations humaines de base, il n'y a pas seulement l'idée de faire pièce à l'obsession de l'argent, en refusant de devenir l'esclave des machines à sous et du *cash nexus*. C'est plus profondément l'affirmation d'un nouvel idéal — valable pour la collectivité comme pour l'individu. Ce que le *Times*, en 1971, dans une série d'articles consacrés à l'avenir de l'Angleterre, exprimait en ces termes : à l'ère « post-impériale » il est possible de définir un nouvel objectif — « l'idéal d'un pays qui a élevé plus haut que tout autre le niveau de vie *réel*, de préférence au niveau de vie *statistique* ». Car s'il est vrai que « certaines nations font de la civilisation un produit dérivé de la richesse, il revient à la Grande-Bretagne de prouver que la richesse est simplement le dérivé d'une civilisation digne de ce nom[19] ». Ainsi, peu à peu, renaît un optimisme modéré qui se veut lucide à travers les échecs. C'est un peu ce qu'en un langage différent a voulu dire le cinéaste John Boorman lorsqu'à la fin de son film *Leo the Last* (où le héros, un prince qui a pris la défense des opprimés, va d'insuccès en insuccès) l'un des personnages a ce mot magnifique : « Il n'a pas transformé le monde, mais il a transformé sa rue. »

Ainsi, la nouvelle Angleterre des années soixante-dix s'est mise sur bien des points à tourner le dos à son propre passé. Faut-il dès lors proclamer la fin de Prométhée ? Et la renaissance d'Orphée ? Il est sûr que le nouvel art de vivre en gestation contient une préoccupation esthétique très marquée. Culture et Beauté sont devenues des préoccupations majeures des nouvelles générations. Et l'éclatant renouveau de créativité qu'a connu le pays depuis les années cinquante, dans le domaine du théâtre et de la musique, du cinéma et de la chanson, de l'art et de la mode, témoigne d'une liberté d'expression et d'une spontanéité inusitées jusque-là, significatives elles-mêmes d'une recherche hors des sentiers battus.

D'autre part, les Anglais s'enorgueillissent plus que jamais de la tolérance et de la liberté qui règnent chez eux, car elles forment l'une des composantes essentielles de leur cadre d'existence. Qu'il suffise ici de citer un fait symbolique. Dans son édition de 1887, le guide Baedeker pouvait écrire à la rubrique « Passeports » : « Ces documents ne sont pas nécessaires en Angleterre, sinon pour retirer une lettre en poste restante. » Un siècle plus tard, la carte d'identité demeure chose inconnue parmi les Britanniques. Une société pluraliste, refusant les abus de pouvoir, toujours prête à se protéger contre les empiétements faits aux droits de l'individu, voilà bien des valeurs clefs de l'art de vivre britannique. En somme, un univers à la fois poli et policé, qui se veut — selon un terme en vogue mais qui traduit bien l'ambition d'une société — «*civilized*». Finalement, il demeure vrai que si la société anglaise contemporaine n'a rien d'un paradis, il y fait quand même bon vivre.

Conclusion

Le livre s'achève. Nous avons tenté scrupuleusement, honnêtement, d'y faire revivre dans son foisonnement multiple le mouvement d'une société au cours d'un siècle et quart, tout en dessinant à grands traits le contour d'ensemble : l'évolution de l'Angleterre elle-même au cours de ces cent vingt-cinq années chargées d'histoire. Période assurément riche en mutations de toute sorte, voire en retournements de fortune. Parvenu au terme visible de ce devenir, que conclure ? A première vue, certes, les Britanniques des années 70 paraissent bien différents des insulaires de 1851. Mais après tout est-ce si sûr que le changement l'emporte autant sur la permanence, le neuf sur le vieux, l'innovation sur la tradition ? Notre propos consistera donc, en conclusion, à dégager, par-delà les péripéties des phases successives, quelques-unes des lignes de force majeures qui ont commandé dans son déroulement historique la marche de la société anglaise — non sans être conscient, bien sûr, du caractère raccourci et schématique d'une telle approche d'ensemble.

1. D'un bout à l'autre de la période, du victorianisme triomphant à la Belle Époque, de l'entre-deux-guerres à la société d'abondance, la conscience de la stratification sociale est restée, à travers toutes les vicissitudes, aussi vigoureusement et aussi solidement implantée. *Classe* et *hiérarchie* : deux notions jumelles en qui il convient de chercher deux clefs fondamentales de la société anglaise. Sans elles, impossible d'en pénétrer les mécanismes. « *Them* » *and* « *us* » : la division subsiste intégralement. A toute occasion, affleure la conscience de classe. Pour preuve, il suffit de glaner au hasard parmi les témoignages surabondants qui se succèdent du milieu du XIXe siècle à aujourd'hui. En 1852, le directeur

général des prisons, déposant devant une commission parlementaire, proclame : « Chez nous, la distinction des classes est une caractéristique nationale[1]. » Impression corroborée par Cobden, qui, à la même époque, fait entendre ses lamentations : « L'amour insatiable pour les différences de caste, qui en Angleterre comme aux Indes dévore tous les cœurs, n'est pas confiné à telle couche de la vie sociale, mais s'étend à tous les degrés, depuis le plus élevé jusqu'au plus bas » (et Cobden de citer le cas de ce ramoneur qui refusait que sa fille épousât un marchand de frites sous prétexte que celui-ci était d'origine trop modeste !)[2]. En 1941, George Orwell vitupère, dans *Le Lion et la Licorne*, ce même attachement à la hiérarchie si profondément enraciné parmi ses compatriotes : « Il n'y a pas sous le soleil, écrit-il, de pays plus esclave de l'esprit de classe que l'Angleterre[3]. » Plus récemment, c'est l'un des tenants du « révisionnisme » au sein du *Labour*, Anthony Crosland, qui se voit obligé de reconnaître : « Jamais les divisions de classes n'ont été si aiguës ni si brûlantes que depuis qu'elles sont en principe effacées[4]. » Une attitude fort bien traduite par Betjeman en ce distique narquois :

That topic all-absorbing, as it was,
Is now and ever shall be, to us — CLASS.

2. L'un des paradoxes de l'évolution sociale britannique, c'est que la marche de la démocratie est allée de pair avec le maintien en place de l'oligarchie dirigeante. Il serait vain, en effet, de nier la réalité de la démocratisation. Celle-ci a progressé dans toutes les directions : fonctionnement du système politique, prise en considération des besoins du Travail, évolution des esprits et des idées. Mais en même temps la concentration de la richesse et du pouvoir est restée, comme on l'a vu, extrêmement forte, parfois entre les mains des mêmes dynasties héréditaires de privilégiés. Extraordinaire résilience donc que celle de ce secteur clos, aristocratique, « élitiste », qui a résisté, imperturbable, à tous les assauts ! Car on a bien le sentiment que l'*Establishment* contemporain prolonge très directement ce petit monde de privilégiés qu'abominait Cobbett et qu'il dénonçait sous le nom de « la Chose » (*the Thing*). Et d'ailleurs qu'il perpétue tout autant

ce qu'un demi-siècle plus tard Thackeray appelait *the Great World*. Aujourd'hui, certes, l'«élite» est beaucoup moins aristocratique par son recrutement, et davantage mâtinée de méritocrates. Mais c'est toujours un même univers fort restreint qui détient l'argent et le pouvoir, l'éducation et le savoir, et par là les instruments principaux de la décision.

Aussi la vie sociale de l'Angleterre n'a-t-elle cessé de se répartir en deux circuits dont les points d'interférence ne sont qu'épisodiques. D'un côté, le circuit du nombre et des apparences — celui de la démocratie représentative, du Parlement, des élections, du suffrage, bref de la majorité. De l'autre côté, le «cercle magique», discret et efficace, où se poursuit le pouvoir de commandement d'une petite minorité. Dans une déclaration d'une rare franchise, Eden, au début de sa carrière politique, avait décrit ce double processus : «Nous n'avons pas de gouvernement démocratique à présent, convenait-il, et nous n'en avons jamais eu [...] Tous les progrès que nous avons accomplis en matière de réformes et d'évolution ont seulement consisté à élargir la base de l'oligarchie[5].»

3. A partir de là, on peut aller plus loin encore. Si l'Angleterre a connu une telle stabilité sociale, une telle continuité politique, une telle persistance de l'ordre établi, et cela en dépit de toutes les menaces des révolutions, des guerres, des totalitarismes, il faut en chercher les causes dans deux directions.

D'abord, l'existence pendant plus d'un siècle d'un consensus à la fois national et social. Un consensus qui a réussi à rassembler l'immense majorité du pays autour de quelques principes et valeurs simples. Et dont l'une des bases tient au fait que les classes dirigeantes ont très tôt compris que mieux valait gouverner par la persuasion que par la force, ou, selon la formule de Collingwood, que «la dialectique qui préside à toute politique consiste à convertir la classe gouvernée en collaborateurs dans l'art de gouverner». Grâce à cette coopération librement exprimée et librement consentie, le *statu quo* se trouve donc garanti mieux que par tout autre artifice, puisque du coup le peuple confère à l'oligarchie une légitimité que nul ne saurait récuser. A ce stade, non seulement la médiation électorale devient sans danger, mais elle exerce une fonction irremplaçable en exprimant l'adhésion de la majorité à l'ordre en place.

Qu'on ne croie pas qu'il s'agit là d'une reconstruction *a posteriori* d'historien. Les dirigeants de l'Angleterre victorienne en étaient les premiers conscients. Et qui mieux est, ils s'en sont expliqué très ouvertement. Écoutons par exemple Cairns, lord-chancelier du cabinet conservateur en 1868 : « Il est hautement impossible pour le pays d'être gouverné autrement qu'en accord avec l'opinion de la majorité des chefs de famille[6]. » Et Gladstone, porte-parole du parti libéral : « Nous avons à gouverner des millions de mains calleuses; or on ne peut le faire que par la force, la fraude ou le bon vouloir : c'est cette dernière solution que nous avons essayée et dont on peut voir les fruits[7]. » Ou encore le positiviste Frederic Harrison, tenant du radicalisme avancé : le système britannique de gouvernement, explique-t-il, repose sur la libre expression des individus, donc sur la capacité des classes dirigeantes à se maintenir par le consentement du peuple[8]. Ainsi, en s'élargissant quelque peu, l'oligarchie ne fait que renforcer son pouvoir, puisque, au lieu de faire appel à la contrainte, elle intériorise les conduites d'adhésion (la « déférence ») par le canal des idéologies et valeurs dominantes, elles-mêmes propagées par tous les instruments de communication et de sociabilité.

D'autre part, l'*Establishment* a fait preuve d'une tactique extraordinairement habile pour perpétuer son influence et même son existence. Une tactique à la fois avisée et flexible : maîtresse dans l'art des partages judicieux (ici on retrouverait, mais intégré et expliqué, le fameux « compromis » britannique, vieille habitude d'une nation marchande pour qui, au niveau collectif comme sur le plan individuel, la transaction reste toujours plus avantageuse que la bataille). Une tactique maîtresse également dans l'art de désamorcer les problèmes, quitte à les banaliser, voire à les aseptiser, sans attendre qu'ils aient pris une tournure par trop dramatique, et de toute façon bien avant qu'ils aient atteint un stade incontrôlable (« les Anglais ont un pouvoir miraculeux de changer le vin en eau », plaisantait Oscar Wilde) : dès lors, il n'est plus nécessaire de recourir à la répression, puisque le caractère explosif des problèmes se trouve escamoté. Une tactique enfin qui sait utiliser tour à tour les prestiges du snobisme et des conventions pour intégrer, assimiler, « récupérer ». Sans compter au surplus tout l'attirail des traditions, toutes les ressources de ce décor grandiose et immuable dont dispose la vieille Angleterre — monarchique, aristocratique, parlementaire, municipale, universitaire... — avec ses rites, son cérémonial et sa *pageantry*.

4. Chateaubriand a prétendu un jour que les Français ont moins soif de liberté que d'égalité. A l'inverse, l'histoire de l'Angleterre depuis le XIXe siècle montre bien que les Anglais — et Stuart Mill s'en plaignait amèrement — font passer l'égalité après la liberté. A coup sûr, c'est bien un trait distinctif de la société anglaise que sa passion pour la liberté. On a eu l'occasion d'en relever la trace à maintes reprises. Et, aujourd'hui comme hier, la phrase d'Emerson reste vraie : « *The English stand for liberty* ». Il y a là une sorte d'exigence innée chez le *free-born Englishman*, avide de liberté personnelle sous toutes ses formes autant que de liberté politique. Exigence d'ailleurs si bien enracinée que pour ainsi dire personne ne la remarque plus, sinon les étrangers auprès de qui elle continue de susciter étonnement, voire admiration. Une admiration qu'on retrouve tout naturellement dans les écrits de Boutmy ou de Jacques Bardoux, mais qu'on relève aussi bien sous la plume de Louise Michel ou de Jules Vallès, émerveillés de trouver un pays sans argousin ni police secrète. (Avant de quitter Londres après y avoir passé neuf ans d'exil, Jules Vallès salue la capitale anglaise : « J'ôtai mon chapeau devant la ville noire, pour remercier ce peuple [...] de m'avoir appris à moi, d'un pays républicain, ce que c'était que la liberté[9]. ») Et de fait l'Angleterre libérale accueille tous ceux qui cherchent refuge : Esterhazy tout comme Zola, Lénine comme Kropotkine, ou de nos jours Kolakowski aussi bien que Koestler.

Liberté et *individualisme* : ce sont donc là deux caractéristiques permanentes de la société anglaise. Un couple aussi essentiel que le couple *classe* et *hiérarchie*. Mais ce qui fait l'originalité pratique de l'individualisme, c'est qu'il combine la liberté quasi illimitée reconnue à l'individu avec la capacité d'insertion dans de multiples groupes et associations —

myriade de micro-communautés où l'individu se trouve intégré au lieu de se sentir isolé et abandonné.

5. Dans les rapports des Anglais avec le monde extérieur, il a fallu à la société tout entière une conversion radicale pour passer des blandices de la suprématie — du temps où régnaient la prospérité et l'optimisme victoriens — aux déconvenues et au repli du XXe siècle. Or c'est justement ce processus qui a contraint l'Angleterre à devenir européenne, ce que jusque-là elle avait obstinément refusé. Au lendemain de la Première Guerre mondiale, Keynes, soulignant le contraste alors si évident entre la position des insulaires et le « bloc compact » des Européens, énonçait avec son tranchant coutumier : « L'Angleterre est toujours restée hors de l'Europe... L'Europe est à côté d'elle, et l'Angleterre n'est pas un morceau de sa chair, un membre de son corps[10]... » C'est bien à la même conclusion que parvenait peu après André Siegfried lorsqu'il comparait, en une formule célèbre, l'Angleterre à un « navire ancré dans les eaux européennes, mais toujours prêt à prendre le large[11] ».

Cependant, à regarder aujourd'hui la société anglaise rejoindre le « bloc » européen, on s'interroge. Ne faut-il pas voir là un symbole de décadence de la part d'une nation obsolescente, vivant d'une rente de situation, incapable de retrouver le dynamisme impétueux, agressif — et isolationniste — qui avait fait sa croissance, son expansion, sa grandeur ? Indiscutablement, plusieurs signes vont dans ce sens. Comment par exemple nier le changement de climat ? L'absence de projet collectif ? Désabusé, le général de Gaulle confiait à Malraux en 1970 : « Même les Anglais n'ont plus d'ambition nationale[12]. »

Alors, faut-il désespérer ? Et annoncer : « Fin de partie », en décrétant irrémédiable le déclin d'une nation dont l'éclat appartiendrait désormais au passé ? Tout compte fait, il nous semble qu'on aurait tort d'accorder trop de crédit aux innombrables prophéties qui annoncent périodiquement la catastrophe imminente. N'oublions pas que si à ce jeu de Cassandre les précurseurs illustres ne manquent pas, ils se sont régulièrement trompés. A commencer par Ledru-Rollin qui, dès 1850, crut bon de consacrer deux volumes à *La Décadence de l'Angleterre* ! En 1850, c'est-à-dire à la date même où commence cette histoire, en pleine ère de succès et de gloire... La survie de la société anglaise incite donc à la prudence. Ce qui bien sûr n'empêche pas d'observer, et même de souligner, à quel point, à partir du milieu du XXe siècle, la situation des Britanniques par rapport à l'extérieur s'est dégradée et amoindrie. Les voilà maintenant réduits au sort commun, au niveau d'une honnête moyenne européenne. En revanche, on doit aussi convenir qu'entre les mains des insulaires subsistent des atouts non négligeables. L'acquis d'une civilisation multiséculaire ne saurait passer de façon aussi fugace. Et l'inventivité dont les années 50 et 60 ont témoigné dans le domaine de la culture et de l'art de vivre laisse augurer de multiples ressources inédites. Assurément, dans le monde actuel, l'Angleterre a définitivement cessé d'être une grande puissance paradant orgueilleusement au premier rang des nations. Mais il appartient aux Anglais de continuer d'être un grand peuple.

Postface : Une société floue 1975-1990

En l'espace de quinze ans, du milieu des années 70 à la fin des années 80, le paysage social de l'Angleterre a connu des mutations si considérables qu'on a pu parler de « révolution culturelle ». C'est sans conteste une nouvelle page qui s'est ouverte dans l'histoire britannique. Durant ces années de crise, mêlant fractures de la société traditionnelle et rudes tentatives pour réveiller les énergies nationales, le destin de la Grande-Bretagne s'est articulé autour de trois enjeux clefs. D'abord revitaliser l'économie : à la place d'une anémie chronique, aggravée depuis 1973 par la dépression mondiale frappant un pays en plein recul, la priorité des priorités était d'insuffler une dynamique capable de restaurer les bases de la croissance et de la prospérité et par là de rendre confiance à une opinion désabusée en lui proposant un avenir productif et prometteur.

En deuxième lieu, il fallait préserver la cohésion sociale, base de la réussite britannique dans le passé et gage d'une démocratie ouverte. Or ce tissu social hérité de l'histoire et caractérisé par un vouloir vivre commun et un esprit communautaire puissant apparaissait, sous le double effet de la société d'abondance et de la permissivité, menacé par une crise généralisée des vertus civiques, de la discipline volontaire et du sens de la solidarité — ces atouts majeurs de la société anglaise depuis des décennies. Après les années optimistes d'agitation et les soubresauts de la fin des années 60 et du début des années 70, tandis que se dessinait le reflux des contestations radicales, il devenait urgent de maîtriser des conflits multiformes tout en assurant le maintien de la paix civile, de l'autorité de l'État et de l'unité de la nation. Ici l'échec des stratégies néo-corporatistes mises en œuvre dans les années 70 (et dont le « contrat social » a constitué le fleuron en même temps que le chant du cygne) a amené par contrecoup le triomphe de la régulation par le marché qui a dominé tout au long des années 80.

Troisième défi et troisième exigence : l'impératif de rationalisation et de modernisation. L'opération, entamée d'abord avec timidité, a pris son essor à partir de 1979. Conduite à grand rythme et au souffle des vents du large, elle a visé à balayer les archaïsmes et à briser les vieux cadres de l'*Establishment*, en faisant appel à de nouvelles élites méritocratiques et « entrepreneuriales ». Le tout sur la base d'une philosophie individualiste de l'avoir, substituée aux axiomes sociaux-démocrates considérés comme synonymes de compromis débilitants et générateurs d'une mentalité d'assistés attendant tout de l'État. A l'élan de cette stratégie ont contribué aussi bien le sentiment d'engluement mortel du pays dans des thérapeutiques keynésiennes incapables de chasser les routines et les pesanteurs de la « stagflation » que les dysfonctionnements d'un État-Providence alourdi par ses succès mêmes et prisonnier de ses mécanismes bureaucratiques, ou encore la réaction morale contre une délinquance et des violences de type anarchique, signes des dérèglements attribués à la permissivité ambiante.

De cette société en pleine mutation, avec sa philosophie néo-libérale et ses nouvelles élites, quel meilleur symbole que Margaret Thatcher ? Elle qui en dépit de tous les handicaps accumulés sur sa personne — son sexe, son origine boutiquière, son éducation sans relief dans une *grammar school*, son statut de parvenue à la tête du parti conservateur et du gouvernement — non seulement régente d'une main de fer l'appareil d'État, mais tient tête victorieusement à tout ce que l'Angleterre compte de représentants de la *upper class* traditionnelle et de personnages vénérables de l'*Establishment*, de la cour à la Chambre des Lords, de la hiérarchie de l'Église anglicane à l'élite de la culture et de l'université, en s'appuyant — avec la consécration à trois reprises du suffrage populaire — sur les nouveaux cadres de la classe moyenne avides d'efficacité, de compétence et de réussite.

Car c'est bien à une « révolution » au nom du salut public qu'elle a voulu en appeler : « Si nous ne changeons pas nos façons d'être et notre route, avait-elle averti à la veille d'arriver au pouvoir, notre grandeur en tant que nation ne sera bientôt plus qu'une note en bas de page dans les livres d'histoire, le souvenir lointain d'une île isolée, perdue dans la brume du temps[1]. » Conjurer la catastrophe, arrêter la décadence, sonner le réveil national, rendre au pays un avenir, lui redonner l'espoir, telle est donc la mission solennellement proclamée, avec la ferveur d'un *revival* semi-religieux semi-patriotique prophétisant l'entrée prochaine dans une nouvelle ère, dure et austère, mais riche de promesses.

Arrêter le déclin

Devant le spectre de la décadence, d'année en année se sont multipliés les interrogations, les anxiétés, les cris d'épouvante — jusqu'à satiété. Sans se lasser, Narcisse, inquiet et grimaçant, se contemple dans le miroir. On se met à disserter avec abondance, et souvent avec complaisance, du « mal anglais ». Pour désigner cette maladie apparemment incurable, Peter Jay invente le terme d'*Englanditis*[2].

Au fur et à mesure que s'aggrave la décrépitude du vieux lion britannique, les mises en garde se font plus pressantes, plus dramatiques. « Aucun pays n'a encore parcouru l'itinéraire du développement au sous-développement », avertit Peter Jenkins dans le *Guardian* en 1978, « la Grande-Bretagne pourrait être la première à prendre cette route ». Peu après un historien économiste réputé précise la menace en mesurant la largeur du fossé séparant désormais les insulaires du reste de l'Europe industrialisée : « En ce qui concerne le produit national par tête, la différence entre l'Allemagne et la Grande-Bretagne est aujourd'hui aussi considérable que la différence entre la Grande-Bretagne et le continent africain[3]. » Le mal paraissait même si avancé que pour certains le patient n'était plus qu'un cadavre vivant. Ainsi en France François David publie en 1976 une *Autopsie de l'Angleterre* et en Amérique un symposium sur la « crise britannique » s'interroge tout crûment : « l'Angleterre va-t-elle mourir[4] ? ». Comble de l'humiliation : l'annonce en 1987 que l'Italie aurait supplanté la Grande-Bretagne au rang de 5e puissance économique occidentale avec un produit intérieur brut supérieur de 3 % (toutefois les statistiques avancées à l'appui de ce dépassement — « *il sorpasso* » — ont été vivement contestées par les experts britanniques pour qui les chiffres du revenu effectif par tête et du pouvoir d'achat restent favorables aux Britanniques).

A ce sentiment de lent et inexorable abaissement contribue en priorité le poids des échecs économiques (« l'Angleterre queue de classe »). Encore qu'il convienne de distinguer entre déclin relatif et déclin absolu. Le premier est bien sûr incontestable, et d'ailleurs était inévitable. A la fin du XIXe siècle, l'Angleterre se classait comme le pays le plus riche du monde, arrivant au premier rang pour le revenu par tête, largement devant la France et les États-Unis (qui n'atteignaient que les deux tiers de la richesse britannique) et l'Allemagne (moins de la moitié). Un siècle plus tard, l'Angleterre se retrouve dépassée par l'Allemagne (avec un revenu double du sien) ainsi que par les États-Unis et la France (dont le revenu est supérieur respectivement des trois quarts et deux tiers). En d'autres termes, tandis qu'en l'espace de quatre-vingt-dix ans le revenu des Anglais a été multiplié par 8, celui des Français l'a été par 17, des Américains par 21, des Allemands par 34.

Mais ce qui a véritablement sonné l'alarme à la fin des années 70, c'est le sentiment d'un déclin absolu. Aux difficultés chroniques depuis un quart de siècle — une croissance du produit intérieur brut inférieure de moitié à celle des autres pays européens, la perte régulière de marchés à l'exportation, la stagflation persistante et les fluctuations récurrentes de politiques économiques dépourvues d'efficacité et de crédibilité — est venue s'ajouter la perception d'un tournant décisif dans le destin national. A l'heure où l'entrée dans la Communauté économique européenne renforçait la concurrence étrangère et où la crise mondiale avivait les problèmes structurels de compétitivité et de productivité, l'Angleterre, traditionnellement soumise plus que ses partenaires à la puissance des contraintes extérieures, se trouvait face à un déséquilibre fatal entre sa capacité de production industrielle et son commerce extérieur (seul le flot providentiel, mais fortuit, du pétrole de la mer du Nord masquait encore le danger mortel). D'où le choc dans les esprits : l'impression de la fin d'une époque. Fait symbolique : la décadence de la production automobile, naguère orgueil de la technologie et des exportations britanniques, puisque dès 1977 les ventes de voitures étrangères ont dépassé sur le marché intérieur les ventes de voitures fabriquées en Angleterre.

A ce moment, s'empare du pays la conscience d'une société en miettes : une société dont les rouages économiques, sociaux, politiques, peu à peu grippés, ne répondent plus aux commandes. Années de crise aiguë : crises économiques à répétition et crises politiques multiples, crise de l'État et crise du monde du travail, et peut-être plus encore crise de confiance généralisée. Car tout paraît se désagréger. Sans qu'aucun des remèdes tentés — et ils sont à peu près tous expérimentés — apporte au malade l'ombre d'un soulagement. Au fur et à mesure qu'on approche de la fin des années 70, l'impression de bateau ivre va s'accentuant. Et la décennie s'achève dans une atmosphère catastrophique au milieu du *« winter of discontent »* de 1979. Désormais tout paraît préférable au marasme anarchique et incontrôlable. A partir de là, l'« expérience Thatcher » peut démarrer. Aussi les années 80 inaugurent-elles un nouveau flot de publications, de diagnostics, de prescriptions en vue d'arrêter la décrépitude. D'autant que le thème occupe maintenant le centre de la vie publique dans la mesure où Margaret Thatcher a fait de sa volonté de renverser le courant et de remonter la pente l'enjeu dominant de sa stratégie politique et de son projet de société.

Toutefois, la nouveauté du thatchérisme consiste à proposer une vision unifiée du déclin de la nation, en liant recul économique, abaissement politique et dégénérescence morale et civique. « Il y a longtemps qu'il est temps de passer à la contre-attaque, déclare la "Dame de Fer". Nous récoltons aujourd'hui ce qui a été semé dans les années soixante. Les théories en vogue et les boniments de la permissivité ont préparé l'avènement d'une société dénigrant les anciennes vertus de sobriété et de discipline[5]. » Sus donc à la licence et au dérèglement des mœurs, synonymes d'abandon et de déchéance ! La voie du relèvement passe par l'ordre, le travail et le sacrifice. Bref, il faut en revenir au credo victorien et à son archétype, le *self-help* de Samuel Smiles, qui ont si bien inspiré ces temps glorieux où l'Angleterre était forte et grande.

Malgré tout, dans la mesure où la plupart des experts voient dans l'anémie de l'économie britannique la racine du mal, c'est sur ce sujet que la littérature est la plus abondante. Des économistes aux journalistes, des politiciens aux politologues, innombrables ont donc été les médecins qui se sont penchés au chevet du malade. Comment guérir cette langueur persistante : tel a été le grand défi.

Pour les uns, les causes sont d'abord d'ordre structurel, soit qu'on les fasse remonter suivant un long processus jusqu'aux années 1870, soit qu'on adopte une chronologie courte limitée à l'après-Seconde Guerre mondiale. Par voie de conséquence, la réponse est alors à chercher dans des remèdes techniques. En d'autres termes, les facteurs du déclin du Royaume-Uni sont des facteurs d'abord économiques. Ici plusieurs thèses ont été avancées.

Selon une première ligne d'explication, ce serait avant tout la faute du patronat, c'est-à-dire des industriels et des *managers*. A la différence de leurs aînés au temps de la révolution industrielle, ce seraient de mauvais « entrepreneurs », sans hardiesse, sans initiative, sans esprit d'innovation. De faux leaders, policés, mais amollis, à qui feraient défaut et la maîtrise technique et le sens de la gestion et l'esprit commercial conquérant *(entrepreneurial failure)*. A l'inverse de cette mise en cause des capitalistes, d'autres ont fait porter le blâme sur les *trade unions*. Pour ceux-là l'industrie britannique serait malade de ses relations industrielles détestables, de ses grèves incessantes, de ses salaires trop élevés, de ses sureffectifs, de ses pratiques syndicales restrictives aboutissant à refuser toute innovation technique et tout effort de productivité. A vrai dire, même s'il y a des données à glaner dans l'une et l'autre thèse, aucune n'est vraiment convaincante.

On a invoqué aussi les rigidités dues aux interventions fréquentes de l'État, source de perturbation de l'ordre du marché. De là des pesanteurs dues à des protections excessives et tatillonnes, au lieu de laisser opérer les mécanismes naturels. Le remède serait alors, à l'encontre d'une pratique macro-économique keynésienne dominante et d'une social-démocratie rampante, de recourir à un libéralisme sain, intelligent, roboratif. Car on ne peut ramener la croissance, faire reculer l'inflation, abaisser le chômage, restaurer la confiance que s'il y a retour aux principes du marché. L'urgence est donc de substituer à l'économie mixte *(mixed economy)* une économie du marché social *(social market economy)*.

Non sans raison, d'autres experts ont préféré insister par priorité sur l'insuffisance de l'investissement, sur la faiblesse consécutive de la productivité, sur les carences de la recherche et du développement, le tout aggravé par une stratégie économique sacrifiant depuis des années la production industrielle aux intérêts des banquiers de la Cité et aux dépenses de défense. De surcroît, il convient de souligner le caractère cumulatif et l'enchaînement des facteurs, dont l'interaction entraîne une circularité fatale. A quoi l'on peut encore ajouter les rigidités propres à un pays par trop tributaire de son passé et mal équipé pour le changement. Comme Keynes le notait avec lucidité après les traumatismes de la Première Guerre mondiale, « en Angleterre l'aspect extérieur de l'existence ne nous permet pas le moins du monde de nous rendre compte ou de sentir qu'une époque est morte[6] ».

Mais derrière cet argument pointe une autre approche du déclin économique : une approche défendue par un nombre grandissant de bons esprits. Pour ceux-là la clef de la croissance est moins d'ordre structurel que d'ordre culturel. Au lieu de causes objectives et techniques, le mal de langueur britannique a des causes avant tout subjectives et psychologiques. Ce sont les mentalités qui expliquent la stagnation. Déjà, alors que s'amorçait la descente sur la pente fatale, Ian Nairn soutenait que « c'est par le cerveau que nous sommes en train de mourir, c'est donc à notre cerveau de vouloir le changement[7]. »

La thèse a été récemment soutenue avec éclat par Martin Wiener dans son livre *English Culture and the Decline of the Industrial Spirit 1850-1980*. Selon Wiener (dont l'argumentation, hâtons-nous de le dire, est loin d'emporter la conviction), la culture anglaise, telle qu'elle a été élaborée et diffusée depuis le XIXe siècle tant par les intellectuels que par les élites politiques et sociales, a toujours été hostile à l'industrie et à l'esprit d'entreprise, ce qui expliquerait l'allergie nationale à la production et aux techniques modernes. D'autres auteurs ont insisté à plus juste titre sur la priorité constamment accordée en Angleterre, à travers le système d'éducation et les mentalités collectives, à la culture classique, humaniste et désintéressée — celle des *gentlemen and amateurs* — de préférence à la culture pratique, technicienne et professionnelle.

Au demeurant le volontarisme thatchérien pousse dans un sens analogue, en prêchant une conversion des esprits par un retour aux vertus victoriennes — initiative individuelle et liberté d'entreprendre — sans craindre la dure loi de la concurrence. Mais dans cette optique le choix moral doit être accompagné d'un choix politique. Pour renverser la vapeur, il est indispensable en effet d'adopter une stratégie globale qui, appliquée avec conviction et fermeté, est seule capable de changer le cours des choses. Écoutons par exemple l'un des porte-parole du néo-conservatisme, Nigel Lawson, l'expliquer sans ambages : « Il n'y a pas de doute que la voie que nous avons choisie représente une rupture nette et consciente par rapport aux postulats sociaux-démocrates dominants qui ont sous-tendu la politique britannique depuis la guerre[8]. »

On arrive par là à un deuxième grand sujet de débat : le déclin est-il d'abord économique ou bien politique ? Jusqu'au début des années 70, nul en Angleterre n'avait songé à remettre en cause le fonctionnement des institutions. Bien au contraire, qu'il s'agisse de la démocratie parlementaire, du bipartisme ou du *local government*, tout paraissait fonctionner à la satisfaction générale, quitte à opérer de temps à autre quelques ajustements de détail. Ici la crise a donc frappé brutalement à partir du milieu des années 1970 et elle n'a cessé de s'aggraver depuis. D'une formule lapidaire un des avocats du point de vue « Politique d'abord » a résumé l'enjeu : « Pour arrêter notre déclin économique il nous faut d'abord arrêter notre déclin politique[9]. » Ainsi, après avoir été un parangon d'harmonie politique, l'Angleterre serait devenue à proprement parler « ingouvernable » (sur cette vague de pessimisme, qu'on se réfère par exemple à une série d'émissions de la BBC, en 1976, publiée par la suite : A. King ed., *Why is Britain Becoming Harder to Govern?*). Quelle déchéance depuis le temps où les Anglais s'enorgueillissaient de leur capacité sans rivale dans l'art de gouverner et où leur système politique, entouré de l'admiration universelle, servait de référence et de modèle !

C'est sur cet arrière-fond que sont venues se greffer les controverses entre adversaires et partisans du consensus. Dans le premier camp, on trouve rangés aussi bien la gauche radicale derrière Tony Benn (pour qui les maux économiques du pays dérivent tout droit de la ligne politique continue suivie « de mai 1940 à mai 1979[10] ») que Margaret Thatcher et ses partisans. Ainsi à des critiques de son propre parti lui reprochant de choisir le *dissensus*, la « Dame de Fer » a répondu naguère avec la plus grande franchise : « Pour moi le consensus semble le moyen d'abandonner toute conviction, tout principe, toute valeur, toute option politique[11]. »

Travail, emploi, consommation : des modes de vie en mutation

Vers le milieu des années 1970, pour l'économie britannique en proie à une double crise — structurelle et conjoncturelle —, les priorités s'imposaient d'elles-mêmes. Devant l'hydre à trois têtes de la stagflation, du sous-investissement et du chômage, il fallait tout à la fois réanimer la croissance, insuffler la confiance, juguler l'inflation, restaurer l'emploi. Tâche herculéenne, dont les résultats ont été pour le moins inégaux, d'abord jusqu'à 1979 dans le cadre de l'économie mixte chère au *Labour* (« *mixed* » ou « *managed economy* »), puis depuis cette date sous la bannière de l'« économie du marché social » brandie par le thatchérisme triomphant.

Si après les médiocres performances de la période 1975-1979 (on a appelé l'ensemble de la décennie « les années Jekyll et Hyde »), suivies de la très sévère dépression soufflant en tempête de 1980 à 1982, on a enregistré à partir de

1983 une vive reprise de la croissance (au rythme moyen de près de 4 % par an), un redressement marqué de la productivité (avec des gains annuels moyens de 5 % de 1982 à 1988 au lieu de 1 % de 1974 à 1979), un retour à l'investissement, une amélioration du *management*, une remontée de la capacité concurrentielle des produits *made in England* ; malgré tout, la santé de l'économie britannique reste fragile et la guérison rien moins qu'assurée, comme en témoignent le déséquilibre chronique de la balance des paiements, la tenue précaire de la livre sterling, la menace toujours renaissante de l'inflation. D'où des oscillations fréquentes dans l'opinion entre le pessimisme et l'optimisme. Encore que, chose curieuse, les sondages fassent ressortir une dose plus grande d'optimisme de la part du grand public que chez les spécialistes.

Dans la restructuration en cours de l'économie et le remodelage consécutif du paysage social, on peut distinguer cinq traits majeurs. La première caractéristique, c'est le recul accéléré du secteur secondaire et la poussée irrésistible du tertiaire, seul créateur net d'emplois. L'économie britannique s'achemine de plus en plus vers une économie de services. On reconnaît certes là un *trend* séculaire, déjà apparent à la fin de l'ère victorienne, mais le voici singulièrement accentué aujourd'hui. Contraste symbolique des chiffres : tandis que de 1979 à 1986 le secteur manufacturier perdait 1,7 million d'emplois, c'est exactement le même nombre d'emplois (1,7 million) qui ont été créés dans les services de 1983 à 1987. En 1970, les services représentaient un peu plus de la moitié de la population active (52 %) ; à la fin des années 80, la proportion dépasse les deux tiers, répartis à parts égales entre le secteur public et le secteur privé. Dans le même temps, l'industrie a reculé de 45 % à moins de 30 %, l'agriculture se maintenant à peu près au même niveau, à savoir 3 %.

Aussi a-t-on beaucoup agité le spectre de la « désindustrialisation » : réalité indiscutable, mais concept flou et à utiliser avec précaution. Le terme, apparu au milieu des années 70 (Tony Benn, *Trade and Industry*, 4 avril 1975), s'est pourtant vite popularisé. Il est sûr qu'au moment où la Cité de Londres poursuivait son ascension et bientôt connaissait une prospérité inouïe, des pans complets de la production manufacturière britannique s'effondraient tandis que des régions entières se retrouvaient sinistrées. Déjà l'alarme avait retenti lorsqu'en septembre 1977, un des fleurons de l'industrie britannique, l'automobile, avait dû baisser pavillon devant la concurrence étrangère : c'est à cette date, en effet, que le nombre des voitures importées a commencé de l'emporter sur celui des voitures produites en Angleterre, un mouvement qui n'a fait que s'aggraver depuis, entraînant la débâcle d'une branche industrielle naguère prospère et prestigieuse. Cependant on doit noter que, malgré les suppressions d'emplois et à travers la recomposition de l'appareil productif et sa modernisation, la production industrielle s'est maintenue grâce à plusieurs facteurs : appel à des techniques nouvelles, meilleure utilisation de la main-d'œuvre (en particulier flexibilité plus grande), gains divers de productivité. Là où le déclin frappe inexorablement, c'est dans les industries traditionnelles employant une main-d'œuvre abondante; en revanche, fleurissent les entreprises nouvelles à fort taux de capitalisation et productrices de marchandises à haute valeur ajoutée.

En deuxième lieu, et corrélativement, les travailleurs en col blanc *(white collars)* l'emportent désormais sur les ouvriers en bleu de travail *(blue collars)*. Alors qu'en 1911 dans la population active britannique on comptait seulement 20 % de salariés non manuels contre 73 % de salariés manuels (patrons et travailleurs indépendants constituant les 7 % restants) et qu'en 1951 les proportions étaient encore respectivement de 30 %, 65 % et 5 %, c'est vers la fin des années 1970 qu'est intervenu ce renversement capital : le nombre des travailleurs non manuels a alors dépassé celui des travailleurs manuels. Au recensement de 1981, il y avait 13 300 000 salariés non manuels et 12 200 000 salariés manuels, le chiffre des patrons et employeurs s'élevant à 800 000 et celui des travailleurs indépendants à 1 200 000[12].

Troisième trait : le développement continu du travail à temps partiel, principalement parmi les femmes. De 1974 à 1984, tandis que sur le marché du travail le nombre des salariés à temps complet ne cessait de reculer, le nombre des femmes travaillant à temps partiel augmentait de 22 %. S'il est vrai que le phénomène affecte surtout l'emploi féminin puisque celui-ci représente quatre cinquièmes du total, l'emploi masculin à temps partiel (aujourd'hui 1 salarié sur 20) est lui aussi en progression notable. D'une telle évolution il est facile de mesurer l'impact et la signification : s'y combinent pêle-mêle le besoin croissant de main-d'œuvre dans les services, la préférence des patrons comme des salariés pour des formes d'emploi souples offrant davantage d'indépendance et de liberté, la facilité pour les employeurs de recruter une main-d'œuvre à meilleur marché sans organisation ni tradition syndicale, sans parler des effets indirects tels que la consolidation de la conception traditionnelle du travail féminin comme activité d'appoint. Conséquence de la vogue du travail temporaire, des contrats à durée déterminée et de la multiplication de la sous-traitance : le recul des vieilles pratiques professionnelles — sans qu'on doive parler nécessairement de déqualification — et la perte du sentiment d'identité collective au travail, au bénéfice de la sphère privée.

Autre mutation du marché du travail : la croissance du nombre des travailleurs indépendants, puisque leur part dans la population active, stable dans les années 1970, a passé entre 1979 et 1988 de 8 % à 12 % (en chiffres absolus leur effectif a progressé de moins de 2 millions à 3 millions). Entre 1983 et 1987, les emplois indépendants ont représenté le tiers des emplois créés. Que la désindustrialisation s'accompagne d'une pareille « désalarisation », voilà le signe non seulement d'un *revival* de l'esprit d'entreprise, mais plus encore d'une volonté d'autonomie dans le travail et d'un individualisme obstiné, en réaction contre l'« ère des masses ». Au temps du fordisme triomphant a succédé l'attrait pour les PME : « *small is beautiful* ».

Cinquième et dernière caractéristique de l'évolution récente : les modifications de la géographie économique de la Grande-Bretagne. Ici, plutôt que de s'enfermer dans une brutale et simpliste opposition Nord/Sud, il convient de mettre en évidence le contraste entre, d'une part, le double déclin des districts industriels du XIXe siècle (Lancashire, Galles du Sud, Clydeside) et de l'entre-deux-guerres (West Midlands) ; d'autre part, l'essor des régions où fleurissent les nouvelles industries de pointe, dites *high-tech* (aérospatiale, informatique, télécommunications, produits pharmaceutiques), à savoir le Sud-Est, en particulier la « *micro-chip belt* » ou « *sun-*

rise strip » (étirée de Londres à Bristol) ou bien « *Silicon Fen* » (en Est-Anglie), mais aussi en Écosse « *Silicon Glen* » dans les Lowlands, de même que, ici ou là, les implantations neuves et décentralisées d'entreprises de services associées aux PME (dans les East Midlands ou au pays de Galles par exemple). Il en résulte une rénovation sophistiquée du tissu économique, mais dont l'effet est d'accroître l'écart entre zones de prospérité et zones défavorisées.

A la racine de cette coupure entre deux univers, une cause première : le chômage. D'un côté les détenteurs d'un emploi, de l'autre ceux qui en sont dépourvus — et qui par là se trouvent condamnés à la marginalisation et à l'exclusion. Car, au cours des années 70, l'Angleterre a vu reparaître le spectre du chômage de masse, que pourtant elle croyait avoir conjuré depuis le deuxième conflit mondial grâce aux vertus du *Welfare State* (dans les vingt années postérieures à la guerre, le plein emploi en effet avait dominé au point de ne laisser qu'un chômage résiduel : 1,7 % en moyenne). Or, à partir de 1966, la situation a commencé à se dégrader. Mais l'anxiété ne se manifeste que peu à peu. Bientôt cependant la vague enfle de manière inexorable. En 1975, la barre du million de sans-travail est franchie, en 1980 celle des 2 millions, puis au début de 1983 c'est le cap des 3 millions qui est atteint et même dépassé, le chiffre se maintenant obstinément jusqu'au milieu de 1986 (plus de 12 % de la population active vit alors de la *dole*). Heureusement, à partir de là, se produit une décrue rapide grâce à la reprise économique. En 1988, le chiffre des sans-travail retombe au-dessous de 2 millions, soit un taux entre 6 et 7 %.

Là où le recul est le plus marqué, c'est dans les régions jusque-là les plus durement touchées. Car, tout au long de cette noire période, le fléau a frappé inégalement avec des disparités géographiques très accentuées. Ainsi on relève dans les vieilles régions industrielles du Nord-Est, du Nord-Ouest, de la Clyde et de la Galles du Sud des taux doubles de ceux de la région londonienne. Phénomène particulièrement alarmant : la montée du chômage de longue durée (40 % du total). Tandis qu'en sens inverse le taux de chômage féminin s'établit à un niveau nettement inférieur à la moyenne européenne. Autre trait caractéristique : plus est élevé le niveau de qualification, moins le chômage exerce de ravages. Aussi pèse-t-il durement sur les *unskilled* que l'on retrouve précisément en forte proportion dans les zones industrielles sinistrées.

Ce qui a surtout frappé les observateurs, c'est la différence d'attitude avec les années 20 et les années 30 : le moindre sentiment de scandale, l'accoutumance plus ou moins résignée. Ni sursaut ni révolte. Nulle mobilisation. D'autant que les chômeurs eux-mêmes forment une masse hétérogène, disparate et dispersée, sans moyens de coordination possible. Chez eux, à la misère physique, qui dans l'entre-deux-guerres s'étalait sans fard sous les espèces du paupérisme, s'est substituée une misère moins voyante, plus secrète, plus intériorisée, une misère avant tout psychologique au sein d'une société certes capable de nourrir tant bien que mal ses chômeurs — sans les soupes populaires de la Belle Époque, sans les marches de la faim de jadis —, mais en fin de compte indifférente et passive. Car l'aisance généralisée ne laisse pas d'occulter les détresses morales et de désagréger les liens de solidarité.

Toutefois ces données sombres ne doivent pas masquer les progrès considérables accomplis dans le domaine du niveau de vie. Ici se poursuit le mouvement ascendant d'une société passionnément éprise de bien-être et de culture. « Toujours plus » : voilà qui reste le mot d'ordre. Malgré la crise, le revenu par tête a continué de monter, passant (en prix constants) de £ 3 500 en 1971 à £ 3 900 en 1976, à £ 4 500 en 1985, à £ 5 200 en 1989. Très marqués sont les progrès en matière de consommation et de confort. Ainsi, pour ce qui est des biens durables, la proportion des ménages possédant un réfrigérateur s'est accrue entre 1973 et 1985 de 78 % à 95 %, une machine à laver de 67 % à 81 %, le téléphone de 45 % à 81 %, le chauffage central de 39 % à 69 %. Encore plus rapide a été la multiplication des congélateurs : 40 % des ménages en 1979, 72 % en 1986. Si pour la télévision les chiffres sont restés à peu près stables, le maximum étant déjà atteint (97 %), désormais neuf dixièmes des postes sont en couleurs. Autre signe d'amélioration : l'allongement des congés payés : alors qu'en 1971 4 % seulement des travailleurs manuels disposaient de 4 semaines, en 1976 ils étaient 80 %, et depuis 1985 100 %. Quant aux vacances à l'étranger, elles ont connu une progression foudroyante : 16 millions en 1985 contre 7 millions en 1971.

Le mouvement ascendant se manifeste pareillement dans le domaine de l'éducation. Une société mieux instruite, où la formation et la qualification sont de plus en plus prisées, voilà ce que montrent l'allongement volontaire de la durée des études (qui vient s'ajouter à la prolongation de 15 à 16 ans depuis 1972 de l'obligation scolaire) et l'accroissement général de la qualification (en 1985, dans la cohorte d'âge 25-29 ans, 72 % de la population possédait un diplôme contre 40 % seulement dans la cohorte 50-59 ans). A cet appétit de scolarisation et de culture concourent deux autres phénomènes, l'un en amont, l'autre en aval : l'essor rapide du nombre des enfants dans les maternelles (20 % des moins de 5 ans en 1971, 50 % en 1987) ; la progression de la formation continue, que celle-ci soit professionnelle ou désintéressée. De là un sentiment très répandu de satisfaction en constatant le progrès d'une génération à l'autre. Ainsi, en 1984, trois adultes sur dix estimaient s'être élevés dans l'échelle sociale par rapport à leurs parents, tandis qu'un sur dix seulement jugeait être redescendu. Mieux encore : un sondage de 1988 montrait les trois quarts des personnes interrogées satisfaites de leur niveau de vie et seulement un sixième mécontentes[13].

Cependant, sur cette route du bien-être et de la promotion sociale, deux projets de société se sont toujours affrontés en Angleterre. Le premier, d'inspiration socialiste, a prôné avec persévérance les voies de la promotion collective et de la solidarité au nom d'un idéal de justice et d'égalité. La seconde stratégie au contraire, qui puise sa source dans la pensée individualiste et libérale, appartient à la tradition conservatrice, mais, abruptement radicalisée dans le néo-torysme thatchérien, elle a sacralisé depuis le milieu des années 70 deux valeurs de base : la propriété et l'esprit d'entreprise. Selon Margaret Thatcher en effet, pour qui intérêt personnel et intérêt collectif sont en parfaite harmonie, « l'entreprise privée constitue de loin le meilleur moyen de canaliser l'énergie et l'ambition de l'individu pour accroître la richesse de la nation[14] ». Quant à la propriété, si l'on en croit les thèses de la nouvelle droite au pouvoir, ce n'est pas seulement une protection contre les interférences et les tentacules de l'État, c'est aussi un espace d'autonomie et de *privacy* permettant à chaque individu de développer au maximum les capacités et les potentialités qu'il porte en lui.

Vue sous cet angle, l'ambitieuse politique de privatisation conduite depuis 1981, et qui repose sur une nouvelle philosophie de l'existence en société ainsi que des rapports entre sphère publique et sphère privée, vise un double but : sur le plan économique réduire l'emprise de l'État au profit de l'entreprise privée, sur le plan social multiplier la propriété et le nombre des propriétaires. Dans la première optique, il s'agit, en brisant les monopoles et en stimulant la concurrence, d'accroître l'efficience et par là d'améliorer les services offerts aux clients-consommateurs. Dans la seconde direction, l'objectif est de déplacer de l'État vers les citoyens une part importante de la richesse nationale au moyen d'un énorme transfert de propriété (que l'on a pu comparer en ampleur à la sécularisation des biens monastiques au temps d'Henri VIII).

Encouragement à l'actionnariat, encouragement à la propriété du logement, ce sont là deux idées maîtresses du thatchérisme, qui entend ainsi faire de tous les Anglais des capitalistes : actionnaires au lieu de fonctionnaires, propriétaires au lieu de locataires. Il en découle une double politique : d'une part privatiser les entreprises nationalisées, d'autre part vendre à leurs occupants les logements sociaux construits et gérés par les collectivités locales.

De fait, les dénationalisations en chaîne de grandes sociétés à partir de 1981 (British Aerospace, Britoil, British Telecom, British Airways, Rolls-Royce, Jaguar, Sealink, British Gas, etc.), cependant que leurs actions trouvaient facilement preneur (2 millions d'acheteurs par exemple pour British Telecom, dont trois quarts sont de petits actionnaires et 1/10e sont des salariés de l'entreprise), ont abouti à réduire de moitié la taille du secteur industriel nationalisé, qui ne représente plus que 5 % du produit intérieur brut et 800 000 emplois. Par voie de conséquence, la proportion des Britanniques actionnaires s'est élevée de 5 % en 1980 à près de 20 % en 1986 — un pourcentage équivalent à celui de l'Allemagne ou de la France.

Du côté de la propriété immobilière, l'achat des logements sociaux par leurs occupants s'est avéré plus populaire encore, puisqu'en 1986 on a enregistré la vente de la millionième *council house* depuis 1979. L'idéal *tory* d'une démocratie de petits propriétaires, déjà proclamé par Eden au début des années 50, et formulé sans ambiguïté par le chancelier de l'Échiquier, Nigel Lawson, lors de la présentation du budget de 1986 (« De même que nous avons fait de la Grande-Bretagne une nation de citoyens propriétaires de leur logement, notre ambition à long terme est de faire aussi des Britanniques une nation d'actionnaires et de créer un capitalisme populaire[15] »), cet idéal serait-il en passe de devenir réalité ? Rien n'est moins sûr, mais ce qui est acquis, c'est la mutation sociale de première grandeur que constitue l'accession généralisée à la propriété du logement, comme le montre le tableau de l'évolution du parc immobilier britannique depuis le début du siècle.

29. Le logement des ménages 1914-1987 : propriétaires et locataires[16]

	Propriétaires	Locataires	
Date	*Owner-occupiers* (logements occupés par leurs propriétaires)	Logements sociaux (appartenant à une collectivité locale)	Logements loués par un propriétaire privé
1914	10 %	—	90 %
1938	25 %	10 %	65 %
1960	42 %	26 %	32 %
1981	56 %	32 %	12 %
1987	64 %	25 %	11 %

L'État et les citoyens

Faut-il parler, comme on l'a répété à satiété, d'une crise de l'État dans l'Angleterre contemporaine ? A vrai dire, le paradoxe tient au heurt entre deux revendications contradictoires. Car on réclame simultanément moins d'État et plus d'État. Ou plus exactement la rhétorique anti-étatique s'accompagne d'une pratique autoritaire aboutissant au renforcement du pouvoir de l'État.

On exige moins d'État, parce qu'en réaction contre le néo-corporatisme prédominant jusqu'à la fin des années 70, système fonctionnel et prudent qui s'efforçait d'associer au pouvoir de manière coordonnée la trilogie gouvernement/dirigeants des affaires/syndicats, en vue de gérer la société avec le maximum de rationalité et d'efficacité — non sans un penchant marqué pour la technocratie —, le néo-libéralisme militant est venu balayer ce processus protégé et protecteur de concertation, ouvrir toutes grandes portes et fenêtres afin de faire pénétrer les libres souffles de la concurrence, réduire l'intervention de l'État et les dépenses publiques, étendre aussi loin que possible le champ de l'initiative individuelle et de l'esprit d'entreprise, c'est-à-dire aussi bien dans le domaine de l'éducation, de la santé ou des services que dans celui de l'économie. Approche à la fois utilitariste et instrumentale, qui vise à renverser l'équilibre de naguère entre le secteur public et le secteur privé, en abaissant systématiquement le premier, en encourageant partout et par tous les moyens le second.

Alors que paraissait indestructible la légitimité de l'État et du contrat social, base du « compromis historique » intervenu en 1945, voici que tout a été remis en cause par le néo-conservatisme thatchérien, dont la stratégie consiste à refouler l'emprise de l'État sur l'économie et la société, à réduire les charges et les interventions étatiques, à laisser opérer l'autorégulation du marché du travail, à accroître la liberté de choix individuelle des citoyens pour investir, épargner ou dépenser.

Mais en même temps se dessine un double mouvement en faveur d'un accroissement du rôle et du pouvoir de l'État. D'une part, si la philosophie officielle depuis 1979 consiste bien à faire reculer l'État et à déréguler au maximum en vue d'assurer une optimisation par le marché, en fait les pratiques quotidiennes ont régulièrement alourdi le poids du gouvernement central au détriment de l'autonomie régionale ou locale. Car la lutte est apparue par trop inégale entre le puissant centralisme bureaucratique de Westminster et les corps élus symboles des libertés locales et de la volonté des citoyens, au point que les empiétements continuels de l'État, doublés d'un style autoritaire, ont fait redouter jusque dans les rangs conservateurs de voir rôder l'ombre toujours menaçante de Léviathan.

D'autre part, devant la montée des conflits et des violences — des émeutes raciales aux bagarres de hooligans — on a observé plus qu'un raidissement : une réaction de défense de l'État. Mais du fait de la priorité accordée à l'impératif *law and order* («la loi et l'ordre»), le danger ne pointe-t-il pas de glisser vers un État plus répressif ? Et la ligne de démarcation n'est-elle pas difficile à tracer, même dans une vieille démocratie, entre la légitime défense et les abus de pouvoir ? De tout cela résulte un appareil d'État plus élaboré et plus cohérent que par le passé, mais aussi plus envahissant et plus prompt à employer la coercition, contre lequel s'élèvent avec vigueur les défenseurs des libertés traditionnelles et des droits de la personne.

Nulle part les affrontements sur la mission propre de l'État n'ont été plus vifs qu'au sujet du *Welfare State*, clef de voûte de la reconstruction d'après-guerre. C'est que l'enjeu s'avérait crucial en raison du rôle emblématique tenu par la protection sociale dans la vie collective outre-Manche. Crise de l'État, crise de l'État-Providence, les deux crises ont été étroitement associées dans l'opinion.

En fait, le *Welfare State* réunit en lui trois éléments : une philosophie politique, une pratique sociale, une fonction symbolique. A la base, un postulat : la responsabilité des pouvoirs publics à l'égard des membres du corps social, autrement dit la prise en charge — au moins partielle — par l'État du bien-être commun, soit en couvrant des besoins qui ne sont pas assurés par le marché, soit en remédiant aux carences et aux injustices du libre jeu des lois économiques, tout particulièrement en faveur des plus pauvres et des plus démunis. Mais c'est là précisément ce qui est contesté par l'idéologie de reconquête anti-étatique des années 70 et 80, puisqu'elle dénie à la puissance publique la capacité et même le droit de résoudre les problèmes posés. D'autant qu'une telle intervention fausse bien évidemment les mécanismes du marché. Or dans une perspective libérale, la régulation sociale doit venir du marché, non de l'État.

Sur le plan des pratiques, dans la mesure où la protection sociale a été conçue et mise en œuvre de manière aussi extensive et aussi complète que possible, ce qui est en question, c'est le principe d'universalisme des services sociaux. Au régime général, offrant un seul niveau de services — le même pour tous — sans considération de revenu, de catégorie sociale ou de race, on a voulu opposer un régime à deux étages : la liberté pour les plus riches, la protection et l'assistance pour les plus pauvres, mais avec des prestations de second ordre, qu'il s'agisse des hôpitaux, des écoles ou des retraites. En même temps on accuse le *Welfare State* d'être devenu de plus en plus sclérosé, coûteux et inefficace. Et de là on conclut allègrement à sa faillite, en réclamant l'abolition des contraintes, le rétablissement de la capacité d'initiative personnelle et, bien entendu, la réduction des dépenses publiques.

Enfin le *Welfare State* appartient aussi à l'ordre du symbolique. Instrument de la solidarité nationale et pierre de touche de la justice sociale pour les uns, il a été attaqué par les autres comme le signe même du caractère oppressif de l'État : en imposant un ordre arbitraire et uniforme, en bridant ou brisant le pouvoir créateur des individus, n'étouffe-t-il pas l'être humain sous un régime d'anonymat et de dépersonnalisation ? Ainsi l'État-Providence, incarnation de l'État tentaculaire et irresponsable, aboutirait à infantiliser les citoyens, transformés en administrés passifs habitués à tout recevoir en comptant sur la collectivité au lieu de compter d'abord sur eux-mêmes.

Or la réponse à cette critique radicale, on la trouve dans tous les sondages et toutes les enquêtes sociologiques qui démontrent avec constance l'attachement des Britanniques au *Welfare State*, en particulier à la trilogie santé/enseignement/retraites. C'est là un phénomène massif et incontournable. Des deux pères fondateurs de l'équilibre social de l'Angleterre d'après-guerre, Keynes et Beveridge, le premier a peut-être vu ternir son image, mais le second a gardé tout son prestige. Autour des services sociaux — en gros considérés comme une réussite — règne un remarquable consensus, non seulement chez les travaillistes, comme on pouvait s'y attendre, mais aussi chez les conservateurs auprès de qui la popularité de ces services est allée croissant au cours des années 1980.

Besoin de sécurité d'une société inquiète de l'avenir ? Sens de la solidarité et de la justice ? Satisfaction à l'égard du fonctionnement du système ? Toujours est-il que l'État-Providence bénéficie d'une popularité solidement enracinée dans les profondeurs de la conscience collective. Ainsi en 1986, en réponse à un questionnaire, quatre personnes sur cinq déclarent qu'assurer un niveau de vie décent aux personnes âgées et garantir des soins aux malades relèvent « définitivement » de la sphère de responsabilité de l'État, tandis qu'une majorité se déclare prête à payer le prix nécessaire, sous forme de prélèvements obligatoires, pour des prestations améliorées[17]. Aussi le gouvernement conservateur a-t-il été contraint, derrière une rhétorique belliqueuse, d'agir avec prudence. Loin de procéder, comme on l'a trop dit, au démantèlement du *Welfare State*, il a dû se contenter de le rogner par une législation restrictive, tendant à circonscrire l'aire de la protection sociale tout en encourageant le développement du secteur privé par tous les moyens, notamment en matière de santé et d'éducation.

Troisième volet dans l'évolution contemporaine de l'État : les relations avec les partenaires sociaux, au premier rang les syndicats. Ici d'une décennie à l'autre le retournement est total. Alors qu'au cours des années 70 la puissance des *trade unions* leur conférait un rôle clef dans l'État, puisque de leur comportement dépendait pour une large part l'équilibre de l'économie et du système politique (c'était l'époque où le *Times* n'hésitait pas à voir en eux « le plus important des problèmes de la nation[18] »), le reflux de la décennie 80 les a relégués au statut humiliant de seconds rôles.

Année-charnière, 1979 marque l'apogée du « pouvoir syndical ». Car les grèves du fameux *winter of discontent* n'ont pas seulement traumatisé l'opinion de manière durable tandis que le nombre des journées de travail perdues enflait jusqu'à un niveau que l'on n'avait plus connu depuis la période 1919-1926, mais c'est cette année-là que les effectifs des *trade unions* ont atteint leur point culminant avec

13,3 millions de syndiqués, dont 12,2 millions de membres du TUC (soit les 9/10e).

Au contraire, à partir de 1980, la chute commence. Chiffre éloquent : de 1969 à 1979, le nombre des syndiqués s'était accru de 28 % ; de 1979 à 1989, il a reculé de 26 %. Au total, en 1989, on compte moins de 9 millions de trade-unionistes affiliés au TUC. De même, au cours de la décennie 1980, si l'on met à part l'exception de l'année 1984 en raison de la grève des mineurs, le chiffre des journées perdues pour fait de grève est tombé au tiers de ce qu'il était durant la décennie 70. La raison, il faut la chercher dans la crise sans précédent qui frappe de plein fouet le mouvement trade-unioniste, une crise où se combinent récession, désindustrialisation, restructuration de l'économie, sclérose des appareils, démoralisation des militants, agitation vaine de minorités extrémistes. Secteurs les plus touchés : les grands bastions syndicaux, acier, charbon, automobile, textile, là où les pertes d'emplois ont été les plus nombreuses. L'hémorragie n'épargne aucune des organisations de travailleurs manuels, ni les syndicats géants tel le syndicat des transports (le TGWU, qui avait 1,4 million d'adhérents en 1966 et 2 millions en 1977, perd le quart de ses adhérents et avec 1,4 million en 1985 revient au niveau où il était vingt ans auparavant) ni les syndicats les plus militants comme celui des mineurs (le NUM passe de 615 000 membres en 1961 à 255 000 en 1978 et à 91 000 en 1988).

Néanmoins, il ne faudrait pas en conclure trop vite à une désyndicalisation généralisée. D'abord, si au lieu de se borner à des calculs en chiffres absolus on examine le taux de syndicalisation, on constate que celui-ci se maintient à un niveau élevé en Angleterre en comparaison de la plupart des autres pays industriels. Surtout il convient de mettre en valeur l'accélération de deux phénomènes importants et étroitement corrélés, à l'œuvre déjà depuis les années 60, et qui dénotent un renouvellement en profondeur du trade-unionisme. C'est d'une part la place croissante des cols blancs dans le *labour movement*. Entrés jadis au TUC par la petite porte, ils égalent maintenant en nombre les ouvriers, puisqu'ils fournissent près de la moitié du total des syndiqués, et ils se montrent souvent plus radicaux dans l'action. Fonctionnaires et employés des services publics dans leur majorité, ils se recrutent aussi parmi les cadres et techniciens du privé. Ce sont eux qui peuplent les organisations formant le peloton de tête des *trade unions* par le nombre, avec des effectifs oscillant pour chacun entre 600 000 et 800 000 adhérents : NUGMW *(National Union of General and Municipal Workers)*, devenu GMBATU *(General, Municipal, Boilermakers and Allied Trades Union)*, NALGO *(National and Local Government Officers Association)*, NUPE *(National Union of Public Employees)*, ASTMS *(Association of Scientific, Technical and Managerial Staffs)* devenu MSF *(Manufacturing, Science, Finance)*.

D'autre part on note une syndicalisation croissante des femmes et une féminisation croissante du syndicalisme. Cette entrée massive dans les *trade unions*, conséquence elle aussi de l'essor du tertiaire, est toute récente, puisque vers 1960 les femmes ne représentaient que 15 % des syndiqués. La proportion, passée à 25 % en 1970, a atteint 35 % à la fin des années 80. Bien plus : le taux de syndicalisation des femmes actives à plein temps tend à rejoindre celui des hommes : 50 % contre 57 %

Cependant le problème majeur demeure le problème du syndicalisme comme pouvoir, ou plutôt comme contre-pouvoir, dans l'État. On avait naguère posé la question *Who governs Britain ?* en accusant les *trade unions* de former un État dans l'État et même de vouloir régenter ce dernier à la place du Parlement. Pareille accusation, imaginable dans le contexte des années 70, a bien sûr perdu tout sens avec la crise du *labour movement* dans les années 80. Mais il est vrai qu'au temps de l'apogée syndical on avait vu fleurir mythes et fantasmes. Par exemple, Anthony Burgess, dans un roman grinçant d'anticipation à la Orwell, intitulé précisément *1985*, décrivait la tyrannie monstrueuse régnant dans une Angleterre rebaptisée « *TUC land* », où « *Big Brother* » était remplacé par les syndicats devenus les maîtres tout-puissants : un pays dans lequel tous les services étaient en grève et où les ouvriers se prélassaient à longueur de journée tandis que trimaient les immigrés asiatiques et africains ! C'était aussi l'époque où l'on agitait le spectre du « cinquième pouvoir » *(fifth estate)* en dénonçant la féodalité des « nouveaux barons » —

les chefs syndicaux — coupables de mettre en coupe réglée le malheureux royaume comme au temps des Normands ou des Angevins...

Tout a changé le jour où le gouvernement Thatcher a déclenché une offensive de grand style en vue de casser la puissance des *trade unions* selon un plan de bataille soigneusement calculé et divisé en trois volets : législation, modernisation, confrontation. Par une série de mesures législatives (lois de 1980, 1982, 1984 et 1988) l'action syndicale a été sévèrement circonscrite et les droits syndicaux habilement rognés (restriction des piquets de grève et de la *closed shop*, pénalités financières dans certains conflits du travail, suppression d'immunités syndicales, obligation d'un vote à bulletins secrets pour décider d'une grève, etc.). Par ailleurs, la restructuration industrielle a profondément altéré, comme on l'a vu, l'assise et le recrutement des *trade unions*. Enfin une confrontation décisive — et symbolique — s'est produite avec la grève des mineurs de 1984-85 : 358 jours d'un âpre conflit aboutissant à la défaite complète des grévistes. Fer de lance du mouvement ouvrier depuis 1920, le syndicat des mineurs a dû mordre la poussière.

Le pouvoir syndical brisé, les militants démoralisés, le front du TUC en plein recul : quel renversement spectaculaire dans le rapport des forces en l'espace d'un lustre ! Et pour les *trade unions*, l'expérience a été amère d'apprendre à leurs dépens à quel point la Roche Tarpéienne était proche du Capitole ! Toutefois une telle série d'échecs a fait office d'électrochoc. Au désarroi a succédé une prise de conscience. Chez nombre de leaders syndicalistes, devant l'évolution irréversible du monde du travail, on a compris que le salut était dans une révision déchirante des modes de pensée anciens, en s'adaptant au nouveau paysage professionnel et géographique de la Grande-Bretagne. D'où un début d'*aggiornamento*.

Car le *labour movement* s'était trouvé en un sens victime de sa propre réussite passée et peut-être plus encore de son extraordinaire continuité depuis la révolution industrielle. En Angleterre en effet, les syndicats, à la différence de leurs homologues en Europe continentale, n'ont jamais connu ni rupture ni guerre ni révolution ni occupation étrangère, toutes occasions qui auraient pu leur donner un nouveau souffle ou un nouveau départ. Il leur a suffi de persévérer dans l'être au milieu de l'environnement qui avait présidé à leur naissance et à leur essor, sans jamais mettre en question leurs objectifs ni leurs méthodes d'action.

Or ce sont ces archaïsmes qu'il leur faut à tout prix briser s'ils veulent survivre. En faisant preuve de réalisme. En acceptant le *new deal* social et culturel de l'Angleterre de la fin du XXe siècle. Sans doute la vieille garde, obstinément attachée aux pratiques d'antan, demeure-t-elle puissante. Mais aujourd'hui où un trade-unioniste sur quatre possède des actions et plus de trois sur quatre sont propriétaires de leur logement, où la classe ouvrière traditionnelle s'est segmentée, la conscience de classe émoussée et les vieilles solidarités émiettées, il ne manque pas de responsables dans les nouvelles générations qui ne soient bien décidés à immoler les vaches sacrées du *labour movement*, sans abandonner pour autant la flamme de l'idéalisme qui avait fait les beaux jours du temps des pionniers. Déjà l'on perçoit ici ou là des signes de renaissance du syndicalisme cependant que dans l'opinion les *trade unions* connaissent un retour de popularité. Lentement paraît émerger ainsi un nouveau mode potentiel de relation entre l'État et son principal partenaire dans la société : les syndicats.

Un tissu social déchiré

Entre deux vecteurs extrêmes — d'un côté un libéralisme radical postulant une illusoire indépendance des agents économiques, de l'autre une rhétorique socialiste revendiquant une rupture abstraite avec le capitalisme — on a assisté depuis les années 70 au triomphe d'un néo-individualisme qui imprègne de plus en plus l'ensemble de la société civile. Cette dynamique centrifuge s'inscrit de deux manières dans le mouvement social. A la place des anciennes solidarités communautaires, ce qui tend à prévaloir, c'est d'abord la conscience d'appartenir à un micro-groupe social, restreint et électif, qui détermine les comportements, la culture et les modes de vie de ses membres. C'est ensuite la participation à des réseaux associatifs à la fois multiples et hétérogènes : médiations de toute nature qui envahissent et complexifient le champ social, assurant par là une forte autonomie à chacun, que ce soit dans le cadre de la cellule familiale, de la profession, du loisir ou de la communication. Il s'ensuit un remodelage du tissu social et une restructuration des relations interpersonnelles sous le signe d'une aspiration sans frein à l'indépendance, au bien-être et à l'épanouissement personnels.

Mais du même coup, l'Angleterre, jadis si fière de sa société ordonnée et de sa sociabilité paisible, n'est-elle pas entrée sur la voie de l'affaissement, de la dégénérescence, voire de la désintégration ? De fait, sous la poussée de cet individualisme nouveau style, qu'il soit doctrinaire ou spontané, la cohésion sociale est en plein recul. Dans cette société éclatée on contemple avec effroi le retour aux turbulences pré-victoriennes, aux accès de violence causés par des jeunes gens qui ne sont ni pauvres ni chômeurs ni de couleur, mais dont les comportements laissent médusés et impuissants les insulaires. Sans doute, note avec un humour attristé Sir Ralf Dahrendorf, « il est toujours possible d'appeler la police, [...] mais appeler la police n'est pas une réponse britannique[19] ». Aussi tout cela apparaît singulièrement *un-English* : ne va-t-on pas tout droit à la perte de l'identité nationale ? Chez un peuple qui s'enorgueillissait plus que tout de mériter l'épithète de *decent*, quelle désillusion ! Ce qu'il s'agit d'expliquer, c'est l'avènement généralisé de l'anomie, c'est l'effervescence incontrôlée de millions d'individus atomisés, se sentant séparés les uns des autres, sans se connaître, sans partager avec leurs semblables. Au siècle dernier, en pleine expansion victorienne, ce n'est pas un partisan de l'étatisme, c'est au contraire le héraut par excellence du libéralisme, Stuart Mill, qui avouait ne trouver aucun charme « à l'idéal d'existence défendu par ceux qui pensent que l'état normal des êtres humains est de se battre pour avancer et que la vie sociale actuelle consistant à bousculer, écraser, jouer des coudes et marcher les uns sur les autres constitue le destin le plus souhaitable pour l'espèce humaine[20] ».

C'est pourquoi, ce qui aujourd'hui menace la personne en Angleterre — comme dans les autres pays de l'Occident —, ce ne sont ni les abus du collectivisme ni les méfaits de la bureaucratie ni la toute-puissance de l'État-moloch, c'est l'érosion du sentiment de l'identité et la perte du sens communautaire. Devant la marée montante d'un individualisme dévoyé, face à l'irrésistible ascension du «*yuppie*» au sein d'une société duale, la clef de l'avenir n'est-elle point dans l'affirmation de l'être social de l'homme et dans la restauration de communautés plurielles, conçues et façonnées à l'échelle humaine ?

Or, à côté des déviances et des comportements proprement asociaux dont la courbe continue de monter — criminalité et délinquance, vandalisme et violence primitive —, à côté de la démoralisation liée au matérialisme régnant et à son cortège de commercialisme et de vulgarité *(«the age of the commonest man»)*, à côté de la désespérance d'un monde désenchanté *(«no future»* proclame le nihilisme *punk),* il convient de souligner deux phénomènes majeurs qui menacent directement l'équilibre, la stabilité et les valeurs de la société anglaise, à savoir l'accroissement des inégalités et les tensions raciales.

Alors que durant la guerre et l'après-guerre et jusqu'en 1975, comme on l'a vu au chapitre 8 et comme les travaux de la Commission royale présidée par Lord Diamond de 1974 à 1979 *(Royal Commission on Distribution of Income and Wealth)* l'ont démontré, le *trend* allait sans conteste dans le sens d'une réduction lente et limitée, mais réelle, des écarts de revenus et de fortune, en revanche à partir de 1976 le courant s'est inversé et les années 1980 ont vu un renforcement marqué des inégalités, au bénéfice des catégories les plus favorisées et au détriment des plus pauvres, tant en ce qui concerne les revenus que le capital. La tendance est particulièrement nette pour les premiers, puisqu'entre 1976 et 1986 le quintile composé des ménages aux revenus les plus élevés a augmenté sensiblement sa part du total, passant de 44 % à 51 % des revenus bruts et de 38 % à 42 % des revenus nets après impôt[21].

De même entre 1984 et 1989, le nombre des milliardaires (c'est-à-dire des possesseurs d'une fortune de plus d'un million de livres sterling) a quadruplé, passant de 5 000 à 20 000. A présent 8 % de la fortune britannique est entre les mains de 200 personnes[22]. Parmi ces 200 personnes les plus riches du royaume (faut-il dire les 200 familles?), on compte 11 ducs, 6 marquis, 14 comtes, 9 vicomtes. Autrement dit, le cinquième vient de la haute aristocratie. A côté d'eux, un quart a bâti son empire sur le commerce de détail, ce qui semblerait donner rétrospectivement raison à Napoléon quand il parlait d'une « nation de boutiquiers » ! Quant à la mobilité sociale, à ce niveau elle demeure restreinte, même si la proportion des *self-made men* est en hausse, même si la vieille Angleterre, celle de l'aristocratie de la terre, d'Eton et d'Oxbridge, des régiments de la Garde et des clubs, fait bon ménage avec les « nouveaux entrepreneurs » de l'ère thatchérienne. Le trait qui au demeurant s'avère le plus significatif des valeurs et des comportements de la société britannique, c'est que dans ce Gotha de la richesse, la terre, la finance et le commerce l'emportent haut la main sur l'industrie qui n'est que médiocrement représentée.

Au même moment, à l'autre extrémité de l'échelle sociale, toutes les données concordent pour enregistrer une augmentation dramatique de la pauvreté. Ceux que frappe en priorité ce processus de paupérisation, ce sont tous les laissés-pour-compte de la modernité, ceux qui souffrent de handicaps professionnels ou culturels, du chômage, des préjugés raciaux, de la maladie ou encore des conditions lamentables d'existence des centres villes livrés à l'abandon et au désespoir. Résurgence de l'*underclass* de l'ère victorienne — ce qu'on appelait alors le *submerged tenth* —, cette fraction de la population, qui glisse peu à peu au quart monde dans l'indifférence quasi générale, a déjà dépassé largement le dixième de la population. Certes il est très difficile d'en mesurer avec exactitude le nombre. Pour définir la « ligne de pauvreté » *(poverty line)*, un premier mode de calcul se base sur les statistiques de l'assistance *(supplementary benefits)* : l'effectif, resté stable jusqu'à 1977, s'est brusquement enflé, passant de 2,5 millions à plus de 4 millions en 1984. En fait, mieux vaut établir le calcul sur un autre critère en déterminant, à la suite des travaux de Peter Townsend, le niveau du minimum vital et en comptant le nombre de ceux qui vivent au-dessous (c'est la *bread line*). On aboutit alors à un chiffre supérieur à 6 millions, que certains portent jusqu'à 10 millions. Selon une autre estimation concernant les familles vivant dans la pauvreté, en dix ans, de 1979 à 1989, leur effectif a doublé, passant de 4,4 millions à 8,2 millions de personnes. Mais quelles que soient les incertitudes statistiques, ce qui est sûr, c'est le retour du paupérisme dans une fraction restreinte, mais croissante, de la société anglaise.

Autre trait notable : l'acceptation générale de l'inégalité, à commencer par les milieux populaires. Même ressentie comme injuste, elle se trouve admise avec facilité et résignations. Par exemple un sondage Gallup de 1985, portant sur l'attitude des Anglais à l'égard des riches, démontre une grande indifférence (46 %) ou même des sentiments de respect, d'admiration ou de sympathie (39 %), tandis que seulement 29 % manifestent de l'hostilité ou de la jalousie[23].

A cette inégalité dans la hiérarchie il convient encore d'ajouter un autre facteur de déséquilibre, de frustration et de désintégration : les écarts de plus en plus marqués de la géographie sociale de la Grande-Bretagne. Certes le phénomène est loin d'être nouveau, mais dans les régions en déshérence du Nord de l'Angleterre (Lancashire, Yorkshire, Northumberland-Durham), d'Écosse et du pays de Galles où le vieux tissu industriel craque de toutes parts et où disparaissent peu à peu les traditionnelles solidarités communautaires de la famille et du voisinage, les habitants éprouvent un profond sentiment de déréliction et d'impuissance, en contraste total avec la population du Sud, privilégiée par le *boom* des affaires, le cadre de vie, les chances de promotion et de bien-être. Tous les indicateurs sociaux, des indices de consommation au taux de scolarisation ou à celui de mortalité, démontrent les disparités dans le niveau de vie ainsi que les handicaps économiques et culturels dont souffre la partie septentrionale du pays. Pour s'en tenir à un seul exemple, celui du marché immobilier, la même maison qui vaut £ 50 000 dans le Sud-Ouest ou en Est-Anglie coûte £ 75 000 à £ 85 000 dans la région londonienne, mais dans le Nord son prix tombe à £ 35 000. Ainsi, au lieu d'une communauté de destin, le danger est grand de voir s'élargir le fossé social et mental entre deux Angleterre que sépare une ligne étirée de la Severn au Wash.

Autre menace pour la cohésion du tissu social et national,

autre source de tensions, de divisions et parfois de violence raciste : le problème des minorités de couleur. Car en l'espace d'une génération, des années 60 aux années 80, l'Angleterre jadis pays homogène est devenue une société multiraciale et multiculturelle. Le fait qu'aujourd'hui près d'un Britannique sur vingt soit un citoyen de couleur ne représente-t-il pas, comme l'écrit un observateur particulièrement qualifié, non seulement « le changement social le plus significatif intervenu dans le pays depuis des décennies », mais aussi « le défi le plus important et le plus ardu que la société britannique ait à affronter[24] » ? Ne peut-on voir là, par une sorte de ruse de l'histoire, la revanche de l'Empire, dans la mesure où tous ces immigrés sont originaires du « nouveau Commonwealth » : Antilles, Inde, Pakistan, Bangladesh, Afrique, Hong Kong ?

Trois données sont à prendre en compte pour saisir la complexité du problème et son caractère parfois explosif : la pression du nombre, les inégalités et disparités dans la répartition, les pratiques discriminatoires. Si l'on considère tout d'abord les chiffres globaux, on constate qu'en dépit des mesures édictées par les gouvernements successifs pour freiner, voir endiguer l'immigration de couleur (*Immigration Acts* de 1962 et 1971, *British Nationality Act* de 1981), la courbe n'a cessé de monter : 675 000 en 1961, 1 350 000 en 1971, 2 400 000 en 1985, et l'on prévoit un total de 3 300 000 pour l'an 2000. Le résultat, c'est que les minorités de couleur constituent une proportion croissante de la population, puisqu'en vingt ans le pourcentage a doublé (2,1 % en 1960, 4,4 % en 1985) et l'on calcule qu'en 1991 la barre des 5 % sera franchie. Alors qu'en 1971 les deux tiers de cette population étaient nés à l'étranger, c'est la situation inverse vingt ans plus tard : en 1990 près des deux tiers sont nés en Grande-Bretagne. Désormais, ces minorités de couleur sont devenues une population « indigène ». Ce qui pose l'épineux problème de la seconde génération, d'autant que dans la structure par âge, si les *coloured* ne comptent que pour 1 % parmi les Britanniques de plus de 65 ans, ils représentent 7 % des moins de 15 ans (et la situation est appelée à durer puisque la proportion est la même pour les naissances enregistrées en Grande-Bretagne : 7 %). Chez les jeunes, partagés entre deux pays, deux cultures, deux traditions, règne un malaise tantôt latent, tantôt aigu. En butte à la discrimination et au chômage, tout particulièrement les Noirs, ils ressentent profondément leur condition de citoyens de seconde zone, tout en s'interrogeant sur leur identité et leur statut dans la société.

Mais l'hétérogénéité de l'immigration de couleur ne s'arrête pas là. Entre les diverses composantes de cette population, il existe d'énormes différences selon l'origine ethnique, les croyances, les traditions, la culture, les modes de vie, les aspirations. Quoi de commun entre les 550 000 Antillais, les 690 000 Indiens, les 400 000 Pakistanais, les 100 000 originaires du Bangladesh, les 100 000 Chinois ? Mêmes disparités dans la distribution géographique : concentration dans les grandes villes (14 % de la population à Londres, 13 % à Birmingham), ségrégation de l'habitat, inégalités régionales (deux tiers des Noirs sont fixés à Londres et dans le Sud-Est, tandis que la moitié des Indiens et six septièmes des Pakistanais se sont installés dans le Nord). Parmi les Asiatiques, soit la moitié du total, si 25 % sont de religion sikh (on a comparé les Sikhs aux Juifs pour leurs capacités d'intégration et de réussite) et 30 % hindouistes, 40 % sont musulmans. D'où, par moments, d'inquiétantes tensions religieuses sous la poussée du fondamentalisme islamique. C'est aussi parmi les Asiatiques que la mobilité sociale est la plus forte : plus du quart d'entre eux ont accédé à la classe moyenne, grâce à leur esprit d'entreprise et à l'utilisation des possibilités de promotion par l'école.

Comment dès lors intégrer tous ces nouveaux citoyens, tout en respectant leurs différences, et compte tenu du double handicap pesant sur eux, le handicap de la race et le handicap de la classe ? D'autant que les pratiques discriminatoires affleurent partout : dans la rue (à commencer par la police), dans les médias, à l'école, au travail. Certes, les immigrés disposent de deux atouts : les droits politiques (en particulier le droit de vote) et pour la plupart la langue. Mais les sondages traduisent un ressentiment général à leur encontre, tandis que la classe moyenne cherche surtout à ignorer ces nouveaux concitoyens, et les classes populaires à les écarter. On est loin, Dieu merci, des « rivières de sang » prédites par Enoch Powell, mais il arrive que la xénophobie latente et flegmatique des insulaires cède la place à des formes de racisme nu, voire à des poussées de haine et de violence, dont témoignent les batailles rangées entre *skinheads* et Asiatiques. Et n'est-ce point les préjugés raciaux (l'imaginaire collectif a spontanément assimilé les Noirs aux « classes dangereuses »), les handicaps sociaux et culturels (la misère, l'échec scolaire, le chômage surtout, deux fois plus élevé dans la population de couleur que dans la population blanche), les vexations au quotidien, qui sont à l'origine des émeutes raciales de 1981 et de 1985, flambées de violence et désordres publics tels que l'Angleterre n'en avait jamais connu et qui ont semé l'effroi dans les *homes* décents et confortables du royaume?

Derrière toutes ces menaces pesant sur la cohésion sociale, qu'elles viennent des tensions raciales ou des inégalités de plus en plus criantes, de la détresse des démunis ou de l'arrogance des champions du profit individuel, de la géographie ou de l'idéologie, on voit se profiler l'image d'une société non point en miettes comme on l'a prétendu un peu vite, mais émiettée, fluide et plurielle, faite d'une multiplicité d'identités en fonction de la profession, de la région, du sexe, de l'origine ethnique, de la croyance religieuse. Une société qui s'apparente plus à un assemblage de monades qu'à un ensemble organique à la manière d'autrefois. De là le désenchantement anxieux, perceptible chez beaucoup, devant le recul de l'esprit communautaire et du sens du partage, aggravé par l'empire sans frein de la marchandise :

Our children will not know that it is a different country,
All we can hope to leave them now is money,

chante nostalgiquement Philip Larkin.

A l'arrière-plan on peut discerner un enjeu ultime, objet des plus vives controverses : celui des valeurs communes et de la morale collective. Y a-t-il déclin moral du Royaume-Uni ? Vaste et inépuisable débat, mais en fin de compte assez vain. Ce qui est sûr, c'est que le discours moralisateur au fil des années 80 a connu de beaux jours. On a incriminé pêle-mêle l'État-Providence, le permissivité, la licence des mœurs, l'abandon du sens de la responsabilité. Non seulement parmi les champions de la restauration des principes les plus stricts et les plus rigides, comme Mary Whitehouse fustigeant la

« débâcle morale » *(moral collapse)* de l'Angleterre d'aujourd'hui, mais au sommet de l'État, chez les leaders conservateurs, qui ne se montrent point en reste dans les appels à l'« ordre moral ». Tandis que Norman Tebbit, alors président du parti, dénonçait « les valeurs sans valeur de la société permissive » conduisant tout droit à la violence et à la criminalité[25], Douglas Hurd, ministre de l'Intérieur, déplorait le contraste entre l'effort de retour aux valeurs victoriennes impulsé par le gouvernement Thatcher et « la décadence en matière de religion, de discipline et de respect de la loi ». Et de s'en prendre à la démission de l'école, des Églises, de la police, des parents incapables d'assumer leurs responsabilités[26].

En réalité, toutes les études montrent que si la délinquance et la violence connaissent en effet une courbe ascendante, si d'autre part les divorces ont plus que doublé (80 000 en 1971, 175 000 en 1985, soit un couple sur trois), la famille et le mariage restent plus populaires que jamais. Bien plus, dans une perspective pluriséculaire, on peut même parler d'une extraordinaire stabilité des comportements matrimoniaux, comme l'attestent les travaux de John Gillis, selon lesquels les mariages d'aujourd'hui ressemblent étonnamment à ceux du XVIe et du XVIIe siècle, époque où la cohabitation *(little wedding)* était coutumière avant de convoler en justes noces *(big wedding)*[27].

Il en va de même sur le plan religieux où, à l'instar de la structure familiale, le cadre chrétien garde une emprise marquée sur les consciences et sur la vie quotidienne et demeure un signe de référence, si avancé que soit par ailleurs le processus de sécularisation et de laïcisation. Certes, on peut qualifier la société anglaise de « post-chrétienne », en ce sens que le christianisme n'est plus l'élément moteur qui donne cohésion et sens à la société pour structurer son présent et construire son avenir. Les réalités profanes ont en effet achevé de conquérir leur indépendance par rapport à l'univers religieux, cependant que la foi est considérée avant tout comme un acte personnel et non plus comme un acte social. En outre la baisse de la pratique religieuse s'est encore accentuée dans les années 70 et 80. Par exemple, alors que vers 1960, 55 % des enfants étaient baptisés dans l'Église d'Angleterre, en 1985 la proportion était tombée à moins de 40 %. Et le dimanche il n'y a plus que 2 à 3 % de la population dans les églises anglicanes. Même les catholiques ont été à leur tour atteints sévèrement par la chute.

Néanmoins, là aussi on observe des permanences sur la longue durée. C'est ainsi que se maintiennent dans les mêmes proportions depuis des décennies à la fois le sentiment et la volonté d'appartenance à une croyance et à une Église. Un sondage de 1988 le confirmait, puisque seulement 11 % des personnes interrogées admettaient n'avoir aucune religion ou être agnostiques. Les autres au contraire déclaraient appartenir à l'Église anglicane (55 %) ou à d'autres Églises protestantes (16 %) ou être catholiques (12 %) ou relever d'une religion non chrétienne (3 %)[28]. On voit par là les limites à assigner aux fissures du corps social. Face aux forces centrifuges poussant à la dislocation, aux craquements ou aux ruptures, certains cadres de la société, dont les racines plongent loin dans le passé, demeurent en place et tentent de s'adapter tant bien que mal à la nouvelle donne de la modernité.

Vers l'avenir

Trois interrogations majeures dominent le destin de l'Angleterre de la fin du XXe siècle. *Primo*, jusqu'à quel point la société continue-t-elle d'être encadrée et régie par les structures de classe héritées du passé ? *Secundo*, les inégalités et les disparités internes justifient-elles qu'on en vienne à parler, comme au temps de Disraeli, de « deux nations » ? *Tertio*, quel compromis ou quel *modus vivendi* peut être négocié entre, d'une part, la nouvelle culture socio-politique et ses aspirations fin-de-siècle ; d'autre part, les valeurs collectives traditionnelles qui ont fait la force du pacte social durant des générations et auxquelles de surcroît les Britanniques demeurent très attachés ?

Sur le premier point les choses ont bien changé depuis qu'on est entré dans le dernier quart du siècle, l'évolution s'accélérant même au cours des années 1980. Jusqu'à la Seconde Guerre mondiale, en effet, tout était clair au sein d'une société ordonnée et tranchée : d'un côté, une minorité dirigeante dans l'aisance — la *upper class* et la *middle class*, c'est-à-dire la classe des propriétaires ; de l'autre, une majorité à la vie laborieuse et difficile — la classe des travailleurs sans propriété. Symbole de l'inégalité régnante : un dixième de la population à lui seul recevait la moitié des revenus et possédait les neuf dixièmes de la fortune. Dans cet univers stratifié, classe et statut se trouvaient ainsi délimités et reconnus sans la moindre hésitation, chacun étant conscient de son rang et s'y soumettant. De surcroît tout le tissu culturel venait renforcer l'édifice, car les élites, bien convaincues de leur supériorité, avaient réussi à inculquer aux masses leur propre système de valeurs et de références. Aussi les classes populaires avaient-elles dans l'ensemble assimilé, à travers le filtre de leurs diverses sous-cultures, les postulats fondamentaux de l'ordre social, ce qui garantissait leur intégration dans le subtil réseau pyramidal, hiérarchique et communautaire, si caractéristique de la vie sociale de l'Angleterre depuis l'ère victorienne. D'où une société solidement structurée et dotée à la fois de cohérence et de cohésion, en dépit des divisions de classe et des affrontements parfois sévères qui en découlaient.

Or voilà que sous l'effet des bouleversements technologiques et économiques — en particulier le recul accéléré du travail manuel couplé avec le développement du secteur tertiaire, l'élévation régulière du standard de vie, les progrès de l'éducation au niveau secondaire et supérieur —, on a assisté à une montée généralisée des classes moyennes ainsi qu'à un certain renouvellement des élites. Phénomène capital de l'Angleterre contemporaine : modernité, mobilité et méritocratie ont avancé de pair. Dans la lutte entre une société ouverte, où le mérite individuel et la chance ouvrent la voie de la réussite, et une société bloquée, où le destin de chacun est prédestiné par son milieu d'origine, c'est la première qui est en voie de l'emporter. D'où un corps social en mouvement et même en pleine ascension malgré les viscosités ambiantes. Ne calcule-t-on pas qu'aujourd'hui dans la population active masculine deux hommes sur dix se trouvent, dix ans après leur entrée au travail, dans une catégorie sociale différente de celle de leurs parents ? A cette mobilité intergénérationnelle il convient d'ajouter l'accession massive à la propriété (sous la forme de la propriété du logement), ce qui conduit à oblitérer tant psychologiquement que socialement l'ancienne distinction entre capital et travail ou entre propriétaires et prolétaires.

Même si jusqu'ici l'Angleterre n'est point devenue un pays de classes moyennes, il n'en reste pas moins que celles-ci occupent désormais une place centrale dans le paysage social, cependant que les fondements, les frontières et les références de la société de classe se sont effrités. Combien de clivages et de repères apparaissent aujourd'hui flous, tant la conscience d'appartenance à une catégorie sociale définie, l'identité de classe, la notion même de statut tendent à se brouiller ! Au total, s'il est loin d'y avoir dans l'Angleterre de la fin du siècle une plus grande égalité des conditions, on y observe à coup sûr une moindre inégalité des chances.

Il s'ensuit un mode de sociabilité émietté, quoique gardant en général une note conviviale, en dépit d'accès de violence çà ou là. Certes l'invasion de la modernité a fait éclater la rigidité des cadres anciens, mais à peu près tout le monde en a pris son parti. A chacun dès lors de s'accommoder de son sort, à l'abri de sa « niche », quelles qu'en soient les limitations, les frustrations ou les médiocrités. Une situation en fin de compte fort bien acceptée, et qui contribue elle aussi à tamiser les divisions de classe. Au demeurant, à comparer l'existence quotidienne des Anglais et des Français, celle des premiers apparaît plutôt clémente et rassurante, comme le note avec pertinence Philippe Daudy : « On vit peut-être moins bien en Angleterre qu'en France, mais d'une vie plus douce : moins bien, parce qu'à tous les niveaux sociaux les Français d'aujourd'hui ne peuvent plus se passer de petits luxes quotidiens que les Anglais ignorent ou se refusent ; une vie plus douce parce qu'une sociabilité traditionnelle, faite d'indifférence et de bonne volonté, arrondit les angles du quotidien ; plus douce aussi parce que le contentement et la résignation y tiennent plus de place que les exigences et la hargne[29]. »

Deuxième sujet d'interrogation pour le présent et plus encore pour l'avenir : l'unité et la cohésion du pays. En d'autres termes, l'Angleterre actuelle constitue-t-elle une ou deux nations ? On sait quels flots d'encre a fait couler le problème... A notre sens deux données ressortent avec netteté. D'une part, l'évolution générale des pays d'Europe occidentale et leur commun itinéraire vers des formes de société « duale ». D'autre part, l'accentuation évidente du phénomène en Angleterre sous l'influence du « thatchérisme ». Dans la mesure en effet où la stratégie de Margaret Thatcher s'est assigné comme objectif une restructuration de fond en comble de la société en brisant les archaïsmes et les pesanteurs sur la base du triomphe du marché et en traitant le citoyen comme un entrepreneur dans chaque domaine, public ou privé, de la vie sociale, de façon à faire de la Grande-Bretagne un pays de classes moyennes, il en résulte que les écarts croissent entre les gagnants et les perdants dans la course impitoyable à la croissance retrouvée.

D'autant qu'aux inégalités sociales s'ajoutent les inégalités géographiques. Tandis que les sacrifiés de la modernité se répartissent en majorité dans le Nord et sur les franges celtiques, les bénéficiaires peuplent un Sud prospère et confortable où avance à marches forcées la nouvelle économie tertiaire internationalisée. Ainsi se dessine, sous la bannière de la *struggle for life*, le prototype d'une société individualisée à l'extrême, axée sur la conquête des biens matériels — condition et signe de la réussite — et guidée par la vision moralisatrice d'une sorte de puritanisme rebouilli et érigé en roman nouvelle manière de l'énergie nationale.

Dans cette construction d'inspiration « national-populiste » alliant sphère du privé et sphère du marché, domine un bloc social, formé de la *upper class*, des classes moyennes et d'une partie des ouvriers — salariés qualifiés ou travailleurs indépendants. On reconnaît là les acteurs sociaux bénéficiaires de la restructuration en cours, avec une aile marchante composée des cadres supérieurs et moyens du Sud, éléments travaillant pour la plupart dans le secteur privé et aspirant à la « *gentrification* ». Ce groupe social dominant est en effet soutenu tant par le mouvement de l'économie, puisque c'est lui qui profite le plus de la croissance et des nouvelles sources d'enrichissement en revenu et en capital, que par la pression culturelle ambiante, à travers les médias notamment, qui propagent de lui une image positive et idéalisée en prônant les mérites de la réussite individuelle. Signe de la force de la mutation intervenue dans la société anglaise : la reconnaissance par le *Labour* de cet état de choses comme d'un acquis irréversible et sa conversion, tardive mais effective, aux nouvelles valeurs fin-de-siècle.

Mais, du même coup, dans cet univers à deux vitesses, à côté du groupe des favorisés en pleine progression, on voit s'enfoncer les laissés-pour-compte de l'évolution : travailleurs sans qualification, O.S., minorités ethniques, chômeurs et autres exclus. De là une société qualifiée de « deux tiers-un tiers », c'est-à-dire opposant à une majorité aisée, détentrice d'emploi, de culture et de reconnaissance sociale, une minorité pauvre au statut inférieur et aux moyens décroissants. De là aussi un corps social fragmenté, déstructuré par rapport à ses cadres anciens et en cours de recomposition sous la forme de micro-groupes plus ou moins atomisés, où les coalitions d'intérêts et les affinités associatives ont remplacé les liens communautaires — du travail, du quartier ou de la parentèle — prédominants dans l'Angleterre du premier XXe siècle.

Troisième challenge pour les Britanniques d'aujourd'hui : le dilemme, en matière de morale collective et de projet de société, provoqué par les récentes et profondes mutations des mentalités. En l'espace d'une génération, on a vu en effet substituer à une société relativement stable et homogène, dominée par le travail et la production (une production assurée principalement par une main-d'œuvre manuelle et masculine), une société mobile et émiettée, tournée vers la consommation et le loisir, où la main-d'œuvre féminine tient une place de plus en plus importante et où l'emportent les activités de service. Le résultat, c'est qu'à la place de grandes masses compactes dotées d'une forte identité collective — qu'elle fût de classe, de quartier ou de groupe — on se trouve devant un kaléidoscope en recomposition perpétuelle dans lequel règne l'hétérogénéité et triomphe la différence. Autrement dit, une société caractérisée par la dissolution des repères et l'éclatement des identités. Dans le grand débat historique individualisme/collectivisme, c'est sans conteste l'individualisme qui a gagné. Au point que la gauche, jusque-là habituée à raisonner en termes collectifs (la classe, l'État, etc.), a dû se rallier avec armes et bagages aux valeurs de libre choix de l'individu, d'indépendance du sujet et de bien-être personnel.

Dans ces conditions, la société britannique se trouve prisonnière d'une contradiction apparemment insurmontable — même si elle n'est pas toujours perçue clairement — entre des aspirations opposées. Côté cour, en effet, la logique libérale et individualiste en vogue se traduit par la priorité accordée aux stratégies personnelles (course au profit, à la propriété, à l'élévation du niveau de vie) au sein d'une société verticale où les cadres collectifs de la démocratie sociale (syndicalisme, nationalisations, logements sociaux) apparaissent dévalués et en plein recul au bénéfice de la loi du marché. Ce qui entraîne les déchirures du tissu social que l'on a décrites, la rupture de la cohésion nationale, l'émiettement identitaire.

Côté jardin, en revanche, on observe de manière non moins évidente combien sont puissants l'attachement à la cohésion sociale sous la houlette de l'État et l'aspiration à une organisation de la société basée sur des valeurs communautaires. Bref, les principes de service public et de justice sociale semblent avoir encore de beaux jours devant eux. En témoignent tous les sondages qui, avec une belle régularité, s'accordent pour souligner la fidélité des Britanniques aux postulats fondamentaux ayant régi la vie collective depuis la Seconde Guerre mondiale : nécessité des services sociaux (en particulier attachement au service national de santé et refus de sa privatisation), besoin d'un enseignement public de qualité et bien géré, souhait de voir les pauvres et les défavorisés participer à la prospérité des mieux lotis, volonté de former *une* et non *deux* nations. Preuve, s'il en était besoin, qu'en pleine ère individualiste la conscience sociale ne se porte pas si mal... C'est assurément avec gêne, si l'on en croit un sondage de 1988, que la majorité des personnes interrogées jugeait que les Anglais étaient nettement plus égoïstes que dix ans auparavant. A cet égard Shirley Williams exprime un sentiment fort répandu lorsqu'elle plaide pour une société capable de regagner sa cohésion, à l'opposé de l'aliénation ambiante, grâce à un *revival* des liens de sociabilité et à la reconquête d'une identité collective : une société dans laquelle les êtres humains retrouveraient leur plénitude, dans « la conscience d'une appartenance, d'une attention, d'une demande de la part des autres» et par la «participation à un réseau de relations avec les êtres et aussi avec les choses»[30]. Bref, le contraire de l'anonymat, de la foule solitaire, de la perte d'identité.

Mais alors comment réconcilier deux exigences aussi antagonistes? Pris par l'opposition dialectique entre, d'un côté, les valeurs économiques et culturelles dominantes, de l'autre les valeurs sociales auxquelles ils demeurent attachés, les Anglais peuvent-ils inventer et mettre en pratique, selon leur habitude séculaire, une *via media* qui les protège d'un cheminement en zigzag et quelque peu schizophrénique, ou à tout le moins des dangers d'une société bloquée par le jeu de ses contradictions internes?

Si le primat du marché et de la liberté du sujet est posé en axiome *a priori*, comment échapper au malaise ressenti devant les conséquences inéluctables de cette logique, à savoir une société obsédée par le gain, en proie à des inégalités croissantes et affligée d'un déferlement de comportements antisociaux tels que la délinquance et la violence? Certes la puissance et la persistance de traditions héritées d'un long passé marqué de succès éclatants peuvent servir d'antidote et de source d'inspiration : au premier chef le principe du respect de la personne. Comme l'a écrit fort justement R. Dahrendorf, «il existe en Grande-Bretagne une liberté fondamentale d'existence qu'on ne trouve pas facilement ailleurs[31]». Malgré tout les interrogations demeurent.

En conclusion, nous dirons qu'est en train de s'édifier dans l'Angleterre d'aujourd'hui une démocratie de plus en plus individualiste au sein d'une société de plus en plus fragmentée. Une société massivement orientée vers l'avoir, dans la mesure où celui-ci est considéré comme le principal moyen d'accès à la promotion et au bien-être personnel. Mais, en même temps, une société où la conscience collective continue de s'alimenter à la vieille tradition morale et religieuse d'alliance entre la liberté et la solidarité.

Tableaux chronologiques

ANNÉES	VIE POLITIQUE	RELATIONS INTERNATIONALES ET EMPIRE
1846	Scission du parti conservateur. Prépondérance libérale.	Fin de la première Entente cordiale.
1848	Révolutions européennes, stabilité anglaise.	
1850		Affaire Don Pacifico.
1851		Découverte de l'or en Australie. Livingstone atteint le Zambèze.
1853	Réforme du *Civil Service* (1853-1855).	
1854		Guerre de Crimée (1854-1856).
1855	Palmerston Premier ministre.	
1856		
1857		Révolte de l'Inde (1857-1858).
1858	Suppression du cens d'éligibilité.	Guerre avec la Chine (1858-1860) et traité de Tien-tsin.
1859		
1860		Traité de commerce avec la France. Unité italienne.

ÉCONOMIE ET SOCIÉTÉ	CULTURE ET RELIGION	ANNÉES
Le libre-échange. *Railway Mania.* Grande Famine d'Irlande.		1846
Échec du chartisme.	Mouvement préraphaélite. Le socialisme chrétien. Mrs. Gaskell : *Mary Barton.*	1848
	Rétablissement de la hiérarchie catholique; flambée anti-papiste. Tennyson : *In Memoriam.*	1850
Exposition universelle de Londres. Câble télégraphique Douvres-Calais. Formation du Syndicat unifié de la métallurgie.		1851
	Ouverture d'un collège secondaire de jeunes filles à Cheltenham.	1853
	Dickens : *les Temps difficiles.*	1854
Abolition du droit de timbre sur les journaux.		1855
Invention du convertisseur par Bessemer.	T. Hughes : *Tom Brown's Schooldays.*	1856
Loi sur le divorce.		1857
		1858
	Darwin : *l'Origine des espèces.* Stuart Mill : *la Liberté.* S. Smiles : *Self-Help.*	1859
Fondation de la Bourse du travail de Londres.	*Essays and Reviews.*	1860

ANNÉES	VIE POLITIQUE	RELATIONS INTERNATIONALES ET EMPIRE
1861	Mort du prince Albert.	Guerre de Sécession américaine.
1863		
1864		Guerre des duchés.
1865	Mort de Palmerston et de Cobden.	
1866	Agitation radicale (1866-1867).	
1867	Réforme électorale.	Le Canada devient dominion.
1868	Premier ministère Gladstone (1868-1874).	
1869		Ouverture du canal de Suez.
1870	Recrutement des fonctionnaires par concours.	Guerre franco-allemande.
1871	Abolition de la vénalité des grades dans l'armée.	Unité allemande.
1872	Le vote est rendu secret.	
1873		
1874	Ministère Disraeli (1874-1880).	Annexion de la Côte de l'Or.

ÉCONOMIE ET SOCIÉTÉ	CULTURE ET RELIGION	ANNÉES
Abolition des droits sur le papier.	Commission Newcastle sur l'enseignement primaire.	1861
Inauguration du métropolitain de Londres.		1863
Fondation de la Ire Internationale à Londres.	Newman : *Apologia pro Vita Sua.* Commission Clarendon sur les *public schools.*	1864
	L. Carroll : *Alice au pays des merveilles.* Ford Madox Brown : *Work.*	1865
Dernière épidémie de choléra. Câble télégraphique transatlantique.	George Eliot : *Felix Holt.* Ruskin : *la Couronne d'olivier sauvage.*	1866
	Bagehot : *la Constitution anglaise.* Marx : *le Capital.*	1867
Fondation du Trades Union Congress.		1868
	M. Arnold : *Culture et Anarchie.* Stuart Mill : *De l'assujettissement des femmes.*	1869
	Education Act : loi Forster sur l'enseignement primaire.	1870
Législation élargissant les droits des *trade unions* (1871-1875).	Abolition des tests anglicans à Oxford et Cambridge.	1871
Formation du syndicat des ouvriers agricoles.	S. Butler : *Erewhon.*	1872
	Fondation à Cambridge de Girton College pour les jeunes filles.	1873
		1874

ANNÉES	VIE POLITIQUE	RELATIONS INTERNATIONALES ET EMPIRE
1875	Débuts du parti irlandais.	Achat par l'Angleterre des actions de la Compagnie de Suez.
1876		Victoria impératrice des Indes.
1877	Fédération nationale libérale.	
1878		Crise balkanique. Congrès de Berlin. Jingoïsme.
1879	Agitation de la Ligue agraire en Irlande (1879-1882).	Guerre contre les Zoulous.
1880	Deuxième ministère Gladstone (1880-1885).	
1881	Mort de Disraeli.	
1882		Occupation de l'Égypte.
1883	Fondation de la Ligue de la Primevère.	Seeley : *l'Expansion de l'Angleterre*.
1884	Réforme électorale (1884-1885).	Conférence de Berlin. Partage de l'Afrique.
1885		Mort de Gordon à Khartoum. Fondation du Parti du Congrès en Inde.
1886	Bataille du Home Rule. Scission des libéraux. Victoire unioniste. Premier ministère Salisbury.	

ÉCONOMIE ET SOCIÉTÉ	CULTURE ET RELIGION	ANNÉES
Loi sur les logements ouvriers. Loi sur la santé publique.		1875
	Enseignement primaire obligatoire.	1876
Débuts de l'éclairage électrique à Londres.		1877
	Fondation de l'Armée du Salut. *Le Cuirassé Pinafore* inaugure la vogue des opérettes de Gilbert et Sullivan.	1878
Dépression agricole et industrielle. Sidérurgie : procédé Thomas-Gilchrist.	Henry George : *Pauvreté et Progrès*.	1879
		1880
Hyndman introduit le marxisme en Angleterre. *Married Women's Property Act*.		1881
	R.L. Stevenson : *l'Ile au trésor*.	1882
		1883
Fondation de la Société fabienne. Parsons invente la turbine.	Toynbee Hall et le Settlement Movement.	1884
Bicyclette Rover (*safety bicycle*).		1885
Agitation de rue des chômeurs à Londres (1886-1887).		1886

ANNÉES	VIE POLITIQUE	RELATIONS INTERNATIONALES ET EMPIRE
1887	Jubilé d'or de Victoria.	Première Conférence impériale. «Accord méditerranéen» avec l'Italie et l'Autriche.
1888	Réforme de l'administration régionale (comtés).	
1889	Création du London County Council.	Colonisation de la Rhodésie.
1890	Chute de Parnell.	
1891		
1893		
1894	Retraite de Gladstone. Réforme de l'administration municipale.	Annexion de l'Ouganda.
1895	Cabinet Salisbury-Chamberlain.	Raid Jameson.
1896		
1897	Jubilé de diamant de Victoria.	
1898		Kitchener reconquiert le Soudan. Crise de Fachoda.

ÉCONOMIE ET SOCIÉTÉ	CULTURE ET RELIGION	ANNÉES
	Mouvement des *Arts and Crafts*.	1887
Le docteur Dunlop invente le pneu.		1888
Grève des dockers. « Nouvel unionisme ».	Charles Booth : *Life and Labour*. J.K. Jerome : *Trois Hommes dans un bateau*.	1889
Électrification des tramways (1890-1900).	Stanley : *Dans les ténèbres de l'Afrique*. Général Booth : *Dans les ténèbres de l'Angleterre*.	1890
Gratuité totale de l'enseignement primaire.	William Morris : *Nouvelles de nulle part*. Conan Doyle : *Sherlock Holmes*.	1891
Fondation du Parti indépendant du travail (I.L.P.).		1893
	Kipling : *le Livre de la jungle*. A. Beardsley : *Yellow Book*.	1894
Premier Salon de l'Auto à Londres.	Fondation de la London School of Economics. Procès et condamnation d'Oscar Wilde.	1895
Création du *Daily Mail*.	Ouverture des musées le dimanche.	1896
	La Tate Gallery.	1897
Ebenezer Howard : les cités-jardins.		1898

ANNÉES	VIE POLITIQUE	RELATIONS INTERNATIONALES ET EMPIRE
1899		Guerre des Boers (1899-1902).
1900	« Khaki Election ».	Fédération australienne.
1901	Mort de Victoria. Avènement d'Edouard VII.	
1902		Traité anglo-japonais d'alliance.
1903	Controverses sur le protectionnisme.	Création du Comité de défense impériale (1903-1904).
1904		Entente cordiale.
1905	Fondation du Sinn Féin.	
1906	Grande victoire électorale des libéraux. Progrès du parti ouvrier (*Labour Party*).	Lancement du premier *dreadnought*.
1907		Accord anglo-russe et Triple Entente.
1908	Asquith Premier ministre.	
1909	Lloyd George : le « budget du peuple ».	
1910	Crise constitutionnelle. Avènement de George V.	Formation du dominion de l'Union sud-africaine.

ÉCONOMIE ET SOCIÉTÉ	CULTURE ET RELIGION	ANNÉES
	Fondation de Ruskin College. Havelock Ellis : *Psychology of Sex*.	1899
Fondation du parti travailliste (Labour Representation Committee). Premier métro électrique (*tuppenny tube*).		1900
Jugement de Taff Vale.	B.S. Rowntree : *Poverty*.	1901
	Education Act : loi Balfour.	1902
Fondation de la Workers' Educational Association (W.E.A.).	Mrs. Pankhurst crée l'Union sociale et politique des femmes (W.S.P.U.).	1903
	Bernard Shaw : *Man and Superman*.	1904
Les premiers autobus à Londres. Commission royale sur la loi des pauvres.	Début de l'agitation des suffragettes.	1905
	Galsworthy : premier volume de la *Forsyte Saga*.	1906
Hampstead Garden Suburb.		1907
Loi sur les retraites.	Fondation du scoutisme par Baden-Powell.	1908
Blériot traverse la Manche. Première loi sur le *Town planning*. Législation contre le *sweating system*.	H.G. Wells : *Ann Veronica*.	1909
	B. Russell et A. Whitehead : *Principia Mathematica*. Norman Angell : *la Grande Illusion*.	1910

ANNÉES	VIE POLITIQUE	RELATIONS INTERNATIONALES ET EMPIRE
1911	*Parliament Act* : abaissement des lords.	Crise marocaine.
1912	Vote du Home Rule.	Crise balkanique. Scott au pôle Sud.
1914	Menace de guerre civile en Irlande.	Invasion de la Belgique; entrée en guerre de l'Angleterre.
1915	Gouvernement de coalition.	Échec de l'expédition des Dardanelles.
1916	Cabinet de guerre Lloyd George.	Bataille de la Somme.
1917		Révolution russe. Guerre sous-marine à outrance. Passchendaele.
1918	Suffrage universel masculin, droit de vote des femmes. Élection « coupon » : victoire de Lloyd George et de la coalition.	Victoire alliée et armistice.
1919		Traité de Versailles. Société des nations.
1920		Mandat sur la Palestine.
1921	Indépendance et partition de l'Irlande.	Mandat sur l'Irak.
1922	Démission de Lloyd George. Recul définitif des libéraux.	Crise de Tchanak. Désaccord anglo-français sur les réparations.

ÉCONOMIE ET SOCIÉTÉ	CULTURE ET RELIGION	ANNÉES
Loi sur les assurances sociales.		1911
Grandes grèves. *Labour unrest* (1912-1913). Naufrage du *Titanic*.	Fondation du *Daily Herald*.	1912
Triple Alliance syndicale.	Désétablissement de l'Église anglicane au pays de Galles.	1914
Mouvement des *shop stewards*. Développement du « socialisme de guilde ».	D.H. Lawrence : *The Rainbow*.	1915
La conscription est instaurée.		1916
	Wilfred Owen : poèmes de guerre.	1917
Le Labour Party adopte une constitution socialiste.	*Education Act* : loi Fisher.	1918
Agitation ouvrière et grèves.	Pénétration du jazz en Angleterre.	1919
Fondation du parti communiste.		1920
Crise économique : 2 millions de chômeurs. Echec de la Triple Alliance (le « vendredi noir »).	Naissance du Réarmement moral.	1921
	Création de la B.B.C. T.S. Eliot : *The Waste Land*. J. Joyce : *Ulysses*.	1922

ANNÉES	VIE POLITIQUE	RELATIONS INTERNATIONALES ET EMPIRE
1924	Janvier-octobre : premier gouvernement travailliste. Octobre : les élections ramènent les conservateurs au pouvoir. Baldwin Premier ministre.	
1925		Signature du pacte de Locarno.
1926		Conférence impériale : rapport Balfour.
1927		
1929	Deuxième gouvernement travailliste.	Accord sur les réparations : plan Young.
1931	Crise : MacDonald forme un gouvernement de coalition.	Statut de Westminster.
1932	Mosley crée l'Union des fascistes.	Conférence du désarmement à Genève. Conférence d'Ottawa : la préférence impériale.
1934		Le réarmement commence.
1935	Jubilé de George V. Baldwin Premier ministre à nouveau.	Guerre d'Éthiopie : les sanctions.
1936	Avènement puis abdication d'Édouard VIII. George VI monte sur le trône.	Remilitarisation de la Rhénanie. Guerre d'Espagne.
1937	Neville Chamberlain Premier ministre.	

ÉCONOMIE ET SOCIÉTÉ	CULTURE ET RELIGION	ANNÉES
		1924
Retour à l'étalon de change or.		1925
Grève générale.	T.E. Lawrence : *les Sept Piliers de la Sagesse.*	1926
Loi antisyndicale.	Premier film parlant. Virginia Woolf : *To the Lighthouse.*	1927
	Noel Coward : *Bitter Sweet.*	1929
Chômage massif. Dévaluation de la livre.		1931
Fin du libre-échange (*Import Duties Act*).	Aldous Huxley : *le Meilleur des mondes.* Rutherford, Cockcroft, Chadwick : fission de l'atome. Shakespeare Memorial Theatre, Stratford.	1932
	J.B. Priestley : *English Journey.*	1934
Watson Watt invente le radar.	T.S. Eliot : *Meurtre dans la cathédrale.*	1935
Marche de la faim de Jarrow. Left Book Club.	Keynes : *Théorie générale.* Mort de Kipling et de Chesterton.	1936
	Conférences œcuméniques d'Oxford et d'Édimbourg.	1937

ANNÉES	VIE POLITIQUE	RELATIONS INTERNATIONALES ET EMPIRE
1938		L'*Anschluss*. Munich.
1939		Garantie anglaise à la Pologne (31 mars). Déclaration de guerre à l'Allemagne (3 sept.)
1940	Churchill prend la tête d'un gouvernement d'union nationale (10 mai).	Bataille d'Angleterre.
1941		Entrée en guerre de l'U.R.S.S. et des E.U. Charte de l'Atlantique.
1942		Chute de Singapour. Victoire d'El Alamein.
1943		Bataille de l'Atlantique. Campagne d'Italie.
1944		Débarquement en Normandie.
1945	Victoire travailliste aux élections. Formation du gouvernement Attlee.	Conférence de Yalta. Capitulation de l'Allemagne et du Japon. Création de l'O.N.U.
1946	Nationalisation de la Banque d'Angleterre et des mines.	
1947	Nationalisation des chemins de fer.	Indépendance de l'Inde. Début de la guerre froide.
1948		Le plan Marshall entre en vigueur.
1949		Le pacte Atlantique.
1950	Deuxième ministère Attlee.	Guerre de Corée. Guérilla en Malaisie.

ÉCONOMIE ET SOCIÉTÉ	CULTURE ET RELIGION	ANNÉES
	Rapport Spens sur l'enseignement secondaire. Naissance du *Picture Post*.	1938
Service militaire obligatoire (mai). Évacuation des civils (septembre).	Agatha Christie : *Ten Little Niggers*.	1939
Le plein emploi est réalisé. La pénicilline, découverte par Fleming (1928), mise au point par Florey.	Graham Greene : *la Puissance et la Gloire*.	1940
		1941
Rapport Beveridge.	Temple, nommé archevêque de Cantorbéry, écrit *Christianity and Social Order*.	1942
		1943
	Education Act : loi Butler.	1944
La bombe atomique. Loi sur les allocations familiales.	*Brève Rencontre*, film de David Lean.	1945
La Sécurité sociale (*National Insurance Act*). Création des villes nouvelles.	Création de l'Arts Council.	1946
		1947
Le Système national de santé. Fin de la *Poor Law*.	Formation du Conseil mondial des Églises.	1948
Dévaluation de la livre.	G. Orwell : *1984*.	1949
		1950

ANNÉES	VIE POLITIQUE	RELATIONS INTERNATIONALES ET EMPIRE
1951	Retour des conservateurs au pouvoir.	
1952	Mort de George VI. Développement du bevanisme.	Révolution nationaliste en Égypte. La bombe atomique anglaise.
1953	Couronnement d'Elisabeth II.	
1954		Évacuation de la base de Suez.
1955	Retraite de Churchill. Eden Premier ministre.	
1956		Crise de Suez.
1957	Macmillan Premier ministre.	Indépendance du Ghana.
1958	Campagne pour le désarmement nucléaire.	
1959	Troisième victoire électorale conservatrice consécutive.	Macmillan à Moscou.
1960		Décolonisation en Afrique. Zone européenne de libre-échange.
1961		L'Angleterre décide d'adhérer à la C.E.E. L'Afrique du Sud se retire du Commonwealth.
1962		Crise des fusées de Cuba.

ÉCONOMIE ET SOCIÉTÉ	CULTURE ET RELIGION	ANNÉES
Festival of Britain.	Introduction du General Certificate of Education (G.C.E.).	1951
Disparition du dernier tram à Londres. Le *Comet* : premier avion à réaction (moteur inventé par Whittle, 1936-1941).		1952
Ascension de l'Everest.		1953
Fin du rationnement introduit en 1940.	K. Amis : *Lucky Jim*.	1954
	Avènement de la télévision commerciale.	1955
Première centrale nucléaire à Calder Hall.	J. Osborne : *Look Back in Anger*. A. Sillitoe : *Saturday Night and Sunday Morning*.	1956
Création de l'Association des consommateurs.		1957
	J.K. Galbraith : *The Affluent Society*.	1958
		1959
Ouverture de la M1, première autoroute de liaison.	H. Pinter : *The Caretaker*. Les « nouvelles universités » (1960-1965).	1960
		1961
Loi restreignant l'immigration de couleur (*Commonwealth Immigrants Act*).	Cathédrale de Coventry (Spence, Piper, Sutherland, Epstein). B. Britten : *Requiem*.	1962

ANNÉES	VIE POLITIQUE	RELATIONS INTERNATIONALES ET EMPIRE
1963	Mort de Gaitskell. H. Wilson leader du parti travailliste.	Veto français à l'entrée de l'Angleterre dans le Marché commun.
1964	Les travaillistes au gouvernement. H. Wilson Premier ministre.	
1965	Mort de Churchill.	Déclaration unilatérale d'indépendance de la Rhodésie.
1966	Les élections confirment les travaillistes au gouvernement.	
1967		Décision de retirer les troupes britanniques hors d'Europe (1967-1968).
1968		
1969	Troubles sanglants en Irlande du Nord.	
1970	Élections en faveur des conservateurs. Heath Premier ministre.	
1971	L'Irlande du Nord soumise au gouvernement direct de Londres.	
1972		Adhésion au Marché commun.
1974	Grève des mineurs. Deux élections. H. Wilson redevient Premier ministre.	

ÉCONOMIE ET SOCIÉTÉ	CULTURE ET RELIGION	ANNÉES
	J. Robinson : *Honest to God.* Succès des Beatles.	1963
	Mary Quant lance la minijupe.	1964
Découverte du gaz naturel de la mer du Nord. Abolition de la peine de mort.	Ed. Bond : *Saved* au Royal Court. Décision de transformer les écoles secondaires publiques en *comprehensive schools.* Création du Social Science Research Council.	1965
L'aéroglisseur (Cockerell, 1955) entre en opération. Élection d'un député nationaliste gallois.	Rencontre du pape et de l'archevêque de Cantorbéry.	1966
Dévaluation de la livre. Élection d'un député nationaliste écossais.	L'Arts Lab.	1967
Agitation étudiante : L.S.E., Essex... (1967-1968).	Suppression de la censure au théâtre.	1968
Majorité à 18 ans.	Festival pop' à l'île de Wight.	1969
Découverte du pétrole de la mer du Nord. *Equal Pay Act.*	Essor du mouvement de libération des femmes (Women's Lib).	1970
Décimalisation de la monnaie. *Industrial Relations Act.*		1971
	Stanley Kubrick : *Orange mécanique.*	1972
Crise économique : inflation et chômage.		1974

ANNÉES	VIE POLITIQUE	RELATIONS INTERNATIONALES ET EMPIRE
1975	Margaret Thatcher leader du parti conservateur.	Référendum sur l'Europe.
1976	H. Wilson se retire. J. Callaghan devient Premier ministre.	
1977	Alliance *Lib-Lab*.	
1978		Accords de Camp David.
1979	Référendum sur la dévolution en Écosse et au pays de Galles. Victoire des conservateurs aux élections. Début de l'« expérience Thatcher ».	Crise à la C.E.E. sur la contribution britannique. Accord sur la Rhodésie.
1980	Michael Foot leader du parti travailliste.	Indépendance du Zimbabwe.
1981	Scission travailliste et création du SDP (*Social Democratic Party*).	Grèves de la faim en Irlande du Nord.
1982		Guerre des Malouines.
1983	Victoire de M. Thatcher et sévère défaite travailliste aux élections. N. Kinnock leader du parti travailliste.	
1984		Accord sur la contribution britannique à la C.E.E.

ÉCONOMIE ET SOCIÉTÉ	CULTURE ET RELIGION	ANNÉES
Les gisements de pétrole de la mer du Nord commencent à produire.	*Sex Discrimination Act*.	1975
Appel au Fonds Monétaire International.	Ouverture du National Theatre à Londres.	1976
Jubilé de la reine Elizabeth II		1977
Mise en échec de la politique des revenus.	Arrêt de la publication du *Times* pour 11 mois.	1978
Winter of discontent : grèves dans les services publics.	Entrée en vigueur du nouveau *Prayer Book*.	1979
Loi autorisant les locataires municipaux à acheter leur maison. Première loi contre le « pouvoir syndical ».	Anthony Burgess : *Earthly Powers*. Iris Murdoch : *Nuns and Soldiers*.	1980
Crise économique et chômage (3 millions de sans-emploi). Emeutes raciales à Londres et Liverpool.	*British Nationality Act*.	1981
Employment Act. 4e chaîne de télévision (*Channel Four*).	Le pape Jean-Paul II à Cantorbéry. Ouverture du Barbican Arts Centre.	1982
	Film de R. Attenborough : *Gandhi*.	1983
Trade Union Act. Début de la grève des mineurs.	Célébration de l'« année Orwell ».	1984

ANNÉES	VIE POLITIQUE	RELATIONS INTERNATIONALES ET EMPIRE
1985	*Local Government Act* : abolition du *Greater London Council* et de cinq « super municipalités ».	Accord de coopération avec la République d'Irlande.
1986	*Social Security Act*.	
1987	3e victoire consécutive de Margaret Thatcher aux élections législatives.	Loi sur le tunnel sous la Manche.
1988	Fusion du parti social-démocrate et du parti libéral.	
1989	Recul des conservateurs aux élections européennes	Bicentenaire de la Révolution française. Effondrement des régimes communistes en Europe.

ÉCONOMIE ET SOCIÉTÉ	CULTURE ET RELIGION	ANNÉES
Fin (et échec) de la grève des mineurs.	Geoffrey Hill : *Collected Poems*.	1985
« *Big Bang* » à la Cité de Londres. Les effectifs des *trade unions* tombent au-dessous de 10 millions.		1986
		1987
Employment Act (abolition de la *closed shop*).	*Education Reform Act*.	1988
Introduction de la *poll tax*.	S. Rushdie : *The Satanic Verses*.	1989

Bibliographie

1. Afin de permettre au lecteur de mieux orienter ses choix, nous avons adopté pour cette bibliographie le parti d'un guide critique, comportant de brèves indications, parfois des jugements, sur les divers ouvrages cités. Sans nous dissimuler le caractère inévitablement subjectif d'une telle sélection, nous pensons de la sorte rendre davantage service aux utilisateurs.

2. Par la force des choses, la plupart des livres cités sont des livres anglais. On doit en effet déplorer l'indigence numérique des études en français consacrées à l'Angleterre. Cependant, chaque fois que possible, nous avons mentionné les contributions dans notre langue (en évitant bien sûr certains ouvrages courants, aussi superficiels que conventionnels, du type de l'*Histoire d'Angleterre* de Maurois, *L'Angleterre d'aujourd'hui* de J. Chastenet ou *Aujourd'hui l'Angleterre* de P.O. Lapie : ceux-là ne font que perpétuer clichés et lieux communs). Pour une information sérieuse et approfondie, il est donc presque toujours indispensable de recourir aux travaux publiés outre-Manche. Et l'on ne peut que souhaiter avec force que les études d'histoire anglaise contemporaine retrouvent en France le lustre qui était jadis le leur.

3. A côté de ses bases scientifiques, l'histoire sociale prend vie grâce à ces témoignages de premier ordre que constituent la littérature et l'art. Que le lecteur soit donc encouragé à faire usage de cette source auxiliaire — sans qu'il nous soit possible ici de faire autre chose que de mentionner l'extraordinaire richesse des œuvres littéraires et artistiques produites entre 1850 et aujourd'hui : depuis les romans de Dickens, de Trollope, de George Eliot, jusqu'aux chansons des Beatles en passant par Wells, Galsworthy ou George Orwell...

Instruments de travail

Les GUIDES BIBLIOGRAPHIQUES les plus utiles sont : W.H. CHALONER et R.C. RICHARDSON ed., *British Economic and Social History : a Bibliographical Guide,* Manchester, Manchester University Press, 2e éd., 1984; H.J. HANHAM, *Bibliography of British History 1851-1914*, Oxford, Oxford University Press, 1976; J. ALTHOLZ, *Victorian England 1837-1901,* Cambridge, Cambridge University Press, 1970; D. NICHOLLS, *Nineteenth-Century Britain,* Folkestone, Dawson, 1978; C.L. MOWAT, *Great Britain since 1914,* Londres, Hodder and Stoughton, 1971; H. SMITH, *The British Labour Movement to 1970 : a Bibliography*, Londres, Mansell, 1981; V.F. GILBERT ed., *Labour and Social History Theses in the Field of British and Irish Labour History presented between 1900 and 1978*, Londres, Mansell, 1982; A. MCNULTY et H. TROOP ed., *Directory of British Oral History Collections,* Colchester, Oral History Society, 1982; J. BURNETT, D. VINCENT et D. MAYALL ed., *The Autobiography of the Working Class : an Annotated Critical Bibliography 1790-1945,* 3 vol., Brighton, Harvester Press, 1984-1989; M. BARROW, *Women's Studies 1870-1928 : a Select Guide to Printed and Archival Sources*, Londres, Mansell, 1980; V.F. GILBERT et D.S. TATLA, *Women's Studies : a Bibliography of Dissertations 1870-1982,* Oxford, Blackwell, 1985; ainsi que G.R. ELTON, *Modern Historians on British History 1485-1945 : a Critical Bibliography 1945-1969,* Londres, Methuen, 1970.

A compléter avec l'*Annual Bulletin of Historical Literature*, publié chaque année par l'Historical Association, l'*Annual Bibliography of British and Irish History* rassemblée annuellement depuis 1975 par la Royal Historical Society, et la liste des travaux d'histoire économique et sociale qui paraît annuellement dans l'*Economic History Review*. Dans des domaines plus spécialisés, on consultera les recensements bibliographiques annuels du *Bulletin of the Society for the Study of Labour History,* de *Urban History Yearbook*, de *Victorian Studies*, etc.

Parmi les DICTIONNAIRES HISTORIQUES, en français, R. MARX, *Lexique historique de la Grande-Bretagne* XVI-XXe *siècle,* Paris, A. Colin, 1976; en anglais, J. BRENDON, *A Dictionary of British History*, Londres, Arnold, 1937; S.H. STEINBERG et H.I. EVANS ed., *Steinberg's Dictionary of British History*, Londres Arnold, 2e éd., 1970; J.P. KENYON, *A Dictionary of British History,* Londres, 2e éd., 1987; C. COOK et J. STEVENSON, *The*

Longman Handbook of Modern British History 1714-1987, Londres, Longman, 2e éd. 1988 ; C. HAIG, *The Cambridge Historical Encyclopedia of Great Britain and Ireland,* Cambridge, Cambridge University Press, 1985 ; et bien entendu le *Dictionary of National Biography* ainsi que le *Who was who* (1897-1980), 7 vol., avec *A Cumulated Index 1879-1980,* Londres, Black, 1981. Il s'y ajoute pour le mouvement ouvrier et travailliste J.M. BELLAMY et J. SAVILLE ed., *Dictionary of Labour Biography,* 8 vol. parus, Londres, Macmillan, 1972-1985, éd. française en 2 vol. (traduction de R. Bédarida et adaptation de F. Bédarida) : *Dictionnaire biographique du mouvement ouvrier britannique,* Paris, Éditions Ouvrières, 1981-1986 (collection J. Maitron, *Dictionnaire biographique du mouvement ouvrier international*) ; pour les hommes d'affaires D.J. JEREMY ed., *Dictionary of Business Biography 1860-1970*, 5 vol., Londres, Butterworth, 1984-1986 ; pour les radicaux, J.O. BAYLEN et N.J. GOSSMAN ed., *Biographical Dictionary of Modern British Radicals 1770-1914,* 3 vol., Brighton, Harvester Press, 1979-1983 ; pour les féministes, O. BANKS, *Biographical Dictionary of Feminists*, vol. I : *1800-1930*, Brighton, Wheatsheaf, 1985 ; pour les députés, M. STENTON et S. LEES, *Who's Who of British Members of Parliament 1832-1979*, 4 vol., Brighton, Harvester Press, 1976-1981.

Comme ATLAS HISTORIQUES, on recommandera M. GILBERT, *British History Atlas*, Londres, Weidenfeld and Nicolson, 1968 ; C. COOK et J. STEVENSON, *Longman Atlas of Modern British History, 1700-1970*, Londres, Longman, 1978 ; M. FALKUS et J. GILLINGHAM, *Historical Atlas of Britain,* Londres, Kingfisher, 2e éd., 1988 ; J. LANGTON et R.J. MORRIS, *Atlas of Industrializing Britain 1780-1914*, Londres, Methuen, 1986 ; S. FOTHERGILL et J. VINCENT, *The State of the Nation,* Londres, Pan Books, 1985. A noter aussi E.B. FRYDE, D.E. GREENWAY, S. PORTER et I. ROY ed., *Handbook of British Chronology*, Londres, Royall Historical Society, 3e éd., 1986.

SOURCES STATISTIQUES : si M. MULHALL, *Dictionary of Statistics* (éd. de 1982), est difficilement accessible, on dispose commodément de bonnes références grâce à B.R. MITCHELL et P. DEANE, *Abstract of British Historical Statistics,* Cambridge, Cambridge University Press, 1962 ; par contre pour la période plus récente, le *Second Abstract of British Historical Statistics,* Cambridge, Cambridge University Press, 1971, par B.R. MITCHELL et H.G. JONES, est moins utilisable. Sur le XXe siècle, A.H. HALSEY ed., *Trends in British Society since 1900,* Londres, Macmillan, 1972, nouvelle édition *British Social Trends since 1900*, Londres, Macmillan, 1988, est indispensable. On lui adjoindra London and

Cambridge Economic Service, *The British Economy Key Statistics 1900-1970*, Londres, 1972; A. SILLITOE, *Britain in Figures : A Handbook of Social Statistics*, Londres, Penguin, 2e éd., 1973; J.D. HEY, *Britain in Context*, Oxford, Blackwell, 1979; R. ROSE et I. MCALLISTER, *United Kingdom Facts,* Londres, Macmillan, 1982. Très utiles également sont P. DEANE et W.A. COLE, *British Economic Growth 1688-1959*, Cambridge, Cambridge University Press, 2e éd., 1967; C.H. FEINSTEIN, *National Income, Expenditure and Output of the United Kingdom 1855-1965,* Cambridge, Cambridge University Press, 2e éd., 1977; *British Labour Statistics : Historical Abstract 1886-1968*, Londres, HMSO, 1971; D. BUTLER et G. BUTLER, *British Political Facts 1900-1985,* Londres, Macmillan, 6e éd., 1986, couvre un champ très large, de même que pour le XIXe siècle C. COOK et B. KEITH, *British Historical Facts 1830-1900*, Londres, Macmillan, 1975. E.A. WRIGLEY ed., *Nineteenth-Century Society : Essays in the Use of Quantitative Methods,* Cambridge, Cambridge University Press, 1972, offre des perspectives plus méthodologiques.

Sur l'évolution la plus récente, consulter *Social Trends* (annuel depuis 1970) et l'*Annual Abstract of Statistics*, ainsi que le volume édité annuellement par le Central Office of Information, *Britain : an Official Handbook*, Londres, HMSO.

Témoignages : les Anglais vus de l'extérieur

A noter deux recueils par des observateurs particulièrement attentifs de l'évolution sociale de l'Angleterre : *Marx and Engels on Britain*, et *Lenin on Britain*, Moscou, Foreign Languages Publishing House, 1962 et 1959.

Surtout, on aura garde de négliger la mine précieuse d'information que constituent les témoignages de Français ayant séjourné en Angleterre, les uns à titre de simples voyageurs, d'autres en vue de procéder à des enquêtes approfondies, certains parce que, proscrits, ils ont dû s'y réfugier (ainsi Martin Nadaud, Alfred Esquiros, Jules Vallès...). Bon nombre de ces publications, faites d'observations ou d'impressions prises sur le vif, de reportages ou d'études, ne laissent pas d'être fort instructives sur la société anglaise (malheureusement, depuis la Seconde Guerre mondiale, la veine s'est tarie). Parmi les générations de visiteurs qui se sont ainsi succédé, on citera : au début de l'ère victorienne Flora TRISTAN (*Promenades dans Londres,* 1840-1842; éd. critique par F. Bédarida, Paris, Maspero, 1978), Léon

FAUCHER (*Études sur l'Angleterre,* 1845); GAVARNI; à partir du milieu du siècle Léonce de LAVERGNE (*Essai sur l'économie rurale de l'Angleterre*, 1854), Hector MALOT (*La Vie moderne en Angleterre*, 1862), Martin NADAUD (*Histoire des classes ouvrières en Angleterre*, 1872); Alfred ESQUIROS, (*L'Angleterre et la Vie anglaise*, 1869); H. TAINE (*Notes sur l'Angleterre,* 1872), Gustave DORÉ. Vers 1880, c'est le tour des publications de Jules VALLÈS (*La Rue à Londres*, 1884), Max O'RELL [Paul BLOUET] (*John Bull et son île*, 1883). Au tournant du siècle, on trouve Paul de ROUSIERS (*La Question ouvrière en Angleterre,* 1895; *Le Trade-Unionisme en Angleterre*, 1897); Émile BOUTMY (*Psychologie politique du peuple anglais au XIXe siècle*, 1901); Jacques BARDOUX (*Psychologie de l'Angleterre contemporaine*, 3 vol., 1906-1913; *L'Ouvrier anglais aujourd'hui*, 1921). L'entre-deux-guerres est présent avec André SIEGFRIED, André PHILIP, Pierre BOURDAN : de ce dernier, *Perplexités et Grandeur de l'Angleterre*, paru en 1945 (en anglais, Pierre MAILLAUD, *The English Way*), représente la dernière étude marquante de cette longue série. Toutefois récemment Philippe DAUDY, *Les Anglais,* Paris, Plon, 1989, vient de renouer avec cette tradition. Par ailleurs, deux ouvrages de réflexion sur la Grande-Bretagne contemporaine sont à signaler, l'un d'un Allemand, R. DAHRENDORF, *On Britain*, Londres, BBC, 1982, l'autre d'un Américain, S.H. BEER, *Britain against Itself,* Londres, Faber and Faber, 1982.

Ouvrages généraux : milieu et histoire

Deux synthèses de géographes français s'élèvent au rang de classiques : à l'époque victorienne, E. RECLUS, *L'Europe du Nord-Ouest* (t. IV de sa *Nouvelle Géographie universelle*), Paris, Hachette, 1879; dans l'entre-deux-guerres, A. DEMANGEON, *Les Iles Britanniques*, Paris, A. Colin, 1927 (t. I de la *Géographie universelle* de P. VIDAL DE LA BLACHE et L. GALLOIS). Sur la Grande-Bretagne contemporaine, J. BEAUJEU-GARNIER et A. GUILCHER, *Les Iles Britanniques*, Paris, PUF, 1963; synthèse plus maniable de C. CHALINE, *Le Royaume-Uni*, Paris, PUF, 1966; parmi les ouvrages les plus récents, C. CHALINE, *Géographie des îles Britanniqes*, Paris, PUF, 4e éd., 1983; A. REFFAY, *Le Royaume-Uni et la République d'Irlande*, Paris, Masson, 1979.

Dans le domaine de la géographie historique, on relève P.J. PERRY, *A Geography of Nineteenth-Century Britain*, Londres,

Batsford, 1976; H.C. DARBY ed., *A New Historical Geography of England after 1600*, Cambridge, Cambridge University Press, 1976; R.A. BUTLIN et R.A. DODGSHON ed., *An Historical Geography of England and Wales*, Londres, Academic Press, 2e éd. 1990; G. WHITTINGTON et I.D. WHYTE ed., *An Historical Geography of Scotland,* Londres, Academic Press, 1983; D. TURNOCK, *The Historical Geography of Scotland since 1707*, Cambridge, Cambridge University Press, 1982; R. DENNIS, *English Industrial Cities of the Nineteenth Century : a Social Geography,* Cambridge, Cambridge University Press, 1984. Très utiles également sont les ouvrages de N.J. GRAVES et J.T. WHITE, *Geography of the Britsh Isles,* Londres, Heinemann, 5e éd., 1978; R.J. JOHNSTON et J.C. DOORNKAMP, *The Changing Geography of the United Kingdom*, Londres, Methuen, 1983; K. WARREN, *Geography of British Heavy Industry since 1800*, Oxford, Oxford University Press, 1976; D. MASSEY, *Spatial Divisions of Labour : Social Structures and the Geography of Production*, Londres, Macmillan, 1984. A la découverte concrète du pays — monuments et décor de la vie — F. et R. BÉDARIDA, *La Grande-Bretagne*, Paris, PUF, 1975 (coll. « Nous partons pour… »).

Pour replacer le mouvement de la société dans son contexte, on consultera avec profit les ouvrages d'HISTOIRE GÉNÉRALE de l'Angleterre, que ce soit les élégantes évocations de D. THOMSON, *England in the Nineteenth Century 1815-1914*, Londres, Penguin, 1950, et *England in the Twentieth Century 1914-1979*, 2e éd., mise à jour par G. WARNER, Londres, Penguin, 1981, ou les volumes plus approfondis de la collection « Oxford History of England », R.C.K. ENSOR, *England 1870-1914,* Oxford, Oxford University Press, 1936, et A.J.P. TAYLOR, *English History 1914-1945,* Oxford, Oxford University Press, 1965. A recommander l'excellent livre de C.L. MOWAT, *Britain between the Wars 1918-1940*, Londres, Methuen, 1955, ainsi que A. MARWICK, *Britain in the Century of Total War 1900-1967,* Londres, Penguin, 1968. La meilleure synthèse d'histoire générale en un volume est celle de R.K. WEBB, *Modern England : from the 18th Century to the Present,* Londres, Allen and Unwin, 2e éd., 1980. Dans la série « Longman History of England », A. BRIGGS, *The Age of Improvement,* Londres, Longman, éd. revue 1979; W.N. MEDLICOTT, *Contemporary England 1914-1964,* Londres, Longman, 1967. Dans la « New History of England », trois volumes également : N. GASH, *Aristocracy and People : Britain 1815-1865*, Londres, Arnold, 1979; E.J. FEUCHTWANGER, *Democracy and Empire : Britain 1865-1914,* Londres, Arnold, 1985; M. BELOFF, *Wars and Welfare 1914-1945*, Londres, Arnold, 1984. La « Paladin History of England » compte deux volumes : R.

SHANNON, *The Crisis of Imperialism 1865-1915*, Londres, Granada, 1974; R. BLAKE, *The Decline of Power 1915-1964*, Londres, Granada, 1985. Enfin un volume de la «Fontana History of England» : M. BENTLEY, *Politics without Democracy 1815-1914*, Londres, Fontana, 1984. Bonne synthèse de K. ROBBINS, *The Decline of Power : Modern Britain 1870-1975*, Londres, Longman, 1983, et sur la période contemporaine, D. CHILDS, *Britain since 1945*, Londres, Routledge, 2e éd., 1986, et A. SKED et C. COOK, *Post-War Britain*, Londres, Penguin, 2e éd. 1985. Utile ouvrage de référence : M. KINNEAR, *The British Voter : an Atlas and Survey since 1885,* Londres, Batsford, 2e éd. 1981.

En français, dans la magistrale *Histoire du peuple anglais au XIXe siècle*, d'E. HALÉVY (6 vol., Paris, Hachette, 1913-1946; rééd. 1974-1975), seuls le t. IV (1841-1852) et l'Épilogue (1895-1914) couvrent la période traitée ici. On trouvera des mises au point plus récentes dans F. BÉDARIDA, *L'Angleterre triomphante 1832-1914*, Paris, Hatier, 1974 et *L'Ère victorienne*, Paris, PUF, 3e éd., 1990. Sur le XXe siècle, on dispose de R. MARX, *La Grande-Bretagne contemporaine 1890-1973,* Paris, A. Colin, 1973; rééd. 1980 : *Histoire de la Grande-Bretagne*; J. LERUEZ et J. SUREL, *Les Temps difficiles 1914-1977*, Paris, Hatier, 1978; M. CHARLOT, *L'Angleterre 1945-1980*, Paris, Imprimerie Nationale, 1981, et *L'Angleterre cette inconnue : une société qui change,* Paris, A. Colin, 1980. Un ensemble commode et solide : M. CHARLOT dir., *Encyclopédie de la civilisation britannique*, Paris, Larousse, 1976. Voir aussi C. JOURNÈS, *L'État britannique*, Paris, Publisud, 1985, et J. LERUEZ, *Gouvernement et Société en Grande-Bretagne*, Paris, Presses de la FNSP, 1989. Enfin, on tirera grand profit du livre remarquable de F. CROUZET, *De la supériorité de l'Angleterre sur la France, XVIIe-XXe siècle*, Paris, Perrin, 1985.

Les composantes de la société

Le mouvement social

L'histoire sociale de l'Angleterre s'enrichit continuellement d'excellents travaux. A côté de G.D.H. COLE et R. POSTGATE, *The Common People 1746-1946*, Londres, Methuen, 1re éd., 1938, 4e éd. 1962, qui a vieilli, on fera appel à trois remarquables synthèses qui représentent chacune un essai original d'interprétation : l'une, par E.J. HOBSBAWM, *Industry and Empire*, Londres, Weidenfeld and Nicolson, 1968, tr. fr., *Histoire économique et sociale de la Grande-Bretagne,* t. 2 : *De la révolution industrielle à nos jours*, Paris, Seuil, 1977, couvre toute la période ; les deux autres s'arrêtent à la fin du XIXe siècle : H. PERKIN, *The Origins of Modern English Society 1780-1880*, Londres, Routledge, 1969, à compléter pour le XXe siècle par *The Rise of Professional Society*, Londres, Routledge, 1989 ; S.G. CHECKLAND, *The Rise of Industrial Society in England 1815-1885,* Londres, Longman, 1965. Dans la même ligne, et d'approche plus récente, un ouvrage stimulant : C. MORE, *The Industrial Age : Economy and Society in Britain 1750-1985*, Londres, Longman, 1989 ; et un bel ensemble très neuf, F.M.L. THOMPSON, *The Cambridge Social History of Britain 1750-1950*, 3 vol., Cambridge, C.U.P., 1990. A recommander trois bonnes mises au point : G.E. MINGAY, *The Transformation of Britain 1830-1939*, Londres, Paladin, 1986 ; G. ALDERMAN, *Modern Britain 1700-1983 : A Domestic History*, Londres, Croom Helm, 1986 ; E. ROYLE, *Modern Britain : a Social History*, Londres, Arnold, 1987. A signaler également T. MAY, *An Economic and Social History of Britain 1760-1970*, Londres, Longman, 1987. La « Pelican Social History of Britain » compte deux excellentes mises au point : J. STEVENSON, *British Society 1914-1945*, Londres, Penguin, 1984, et A. MARWICK, *British Society since 1945*, Londres, Penguin, 2e éd. 1990. En un volume, J. RYDER et H. SILVER, *Modern English Society : History and Structure 1850-1985*, Londres, Methuen, 3e éd., 1985, combinent de façon pertinente approche historique et approche sociologique. Quant à G.M. TREVELYAN, *English Social History*, Londres, Longman, 1944, tr. fr. *Histoire sociale de l'Angleterre*, c'est un livre totalement dépassé que l'on doit déconseiller. Un manuel clair et relativement bien informé : P. GREGG, *A Social and Economic History of Britain 1760-1980*, Londres, Harrap, 8e éd., 1982 ; et sur le XXe siècle G.C. PEDEN, *British Economic and Social Policy : Lloyd George to Margaret Thatcher,* Oxford, Philip Allan, 1985. Les vivantes évocations de W. J. READER, *Life in Victorian England*, Londres, Batsford, 1964, R. CECIL, *Life in Edwardian England*, Londres, Batsford, 1969, et L.C.B. SEAMAN, *Life in Britain between the Wars*, Londres, Batsford, 1970, n'ont malheureusement pas de suite au-delà de 1939. En français, R. MARX, *La Société britannique de 1660 à nos jours*, Paris, PUF, 1981.

Par période, la moisson se révèle également abondante. Sur l'ère « mid-victorienne », outre les classiques de G.M. YOUNG ed., *Early Victorian England*, Oxford, Oxford University Press, 2 vol., 1934, et *Portrait of an Age*, Oxford, Oxford University Press, 2e éd., 1953, et d'A. BRIGGS, *Victorian People*, Londres, Odhams Press, 1954, une synthèse magistrale, F.M.L. THOMPSON, *The Rise of*

Respectable Society : a Social History of Victorian Britain 1830-1900, Londres, Fontana, 1988. De son côté, G. BEST a donné une brillante analyse dans *Mid-Victorian Britain 1851-1875*, Londres, Weidenfeld and Nicolson, 1971. Des notations fort riches chez W.L. BURN, *The Age of Equipoise*, Londres, Allen and Unwin, 1964, G. KITSON CLARK, *The Making of Victorian England*, Londres, Allen and Unwin, 1962, et *An Expanding Society : Britain 1830-1900*, Cambridge, Cambridge University Press, 1967. En français, M. CHARLOT et R. MARX, *La Société victorienne*, Paris, A. Colin, 1978.

Sur la période «late-Victorian» et «édouardienne», des vues pénétrantes de H.M. LYND, *England in the Eighteen-Eighties*, New York, Oxford University Press, 1945, et de H. PELLING, *Popular Politics and Society in Late-Victorian Britain*, Londres, Macmillan, 2e éd. 1979. Bonnes analyses dans S. NOWELL-SMITH ed., *Edwardian England*, Oxford, Oxford University Press, 1964; D. READ, *Edwardian England : Society and Politics 1901-1915*, Londres, Harrap, 1972; P. THOMPSON, *The Edwardians*, Londres, Weidenfeld and Nicolson, 1975; A. O'DAY ed., *The Edwardian Age : Conflict and Stability 1900-1914*, Londres, Macmillan, 1979; D. READ ed., *Edwardian England*, Londres, Croom Helm, 1983.

Pour le XXe siècle, utile ensemble de M. ABRAMS, *The Condition of the British People 1911-1945,* Londres, Gollancz, 1946. A. MARWICK s'est spécialisé dans l'étude des transformations de la société consécutives aux deux guerres mondiales : *The Deluge : British Society and the First World War*, Londres, Penguin, 2e éd., 1973; *War and Social Change in the Twentieth Century*, Londres, Macmillan, 1974, et *The Home Front*, Londres, Thames and Hudson, 1976. Sur la période 1914-1918, on peut recommander J.M. WINTER, *The Great War and the British People*, Londres, Macmillan, 1986; T. WILSON, *The Myriad Faces of War*, Oxford, Blackwell, 1986; B. WAITES, *A Class Society at War : England 1914-1918*, Leamington Spa, Berg, 1987. Sur l'entre-deux-guerres, les mosaïques de R. GRAVES et A. HODGE, *The Long Week-End : a Social History of Great Britain 1918-1939,* Londres, Faber and Faber, 1940; et R. Blythe, *The Age of Illusion : England in the Twenties and Thirties 1919-1940*, Londres, Penguin, 1963, traduisent bien l'atmosphère des années folles et des années noires. Bonnes descriptions sociales de J. STEVENSON ed., *Social Conditions in Britain between the Wars*, Londres, Penguin, 1976; S. GLYNN et J. OXBORROW, *Interwar Britain*, Londres, Allen and Unwin, 1976; S. CONSTANTINE, *Social Conditions in Britain 1918-1939,* Londres, Methuen, 1983, et du même, *Unemployment in Britain between the Wars*, Londres, Longman, 1980; N. BRANSON, *Britain in the*

Nineteen Twenties, Londres, Weidenfeld and Nicolson, 1976; J. STEVENSON et C. COOK, *The Slump*, Londres, Cape, 1977, alors que N. BRANSON et M. HEINEMANN, *Britain in the Nineteen Thirties*, Londres, Weidenfeld and Nicolson, 1971, est parfois tendancieux. Pour la Seconde Guerre mondiale, A. CALDER, *The People's War*, Londres, Cape, 1969 (tr. fr. *L'Angleterre en guerre 1939-1945*, Paris, Gallimard, 1972), abondant et évocateur, est à combiner avec l'intelligente mise au point de H. PELLING, *Britain and the Second World War*, Londres, Collins, 1970, ainsi qu'avec les bonnes analyses de P. ADDISON, *The Road to 1945 : British Politics and the Second World War*, Londres, Cape, 1975. Sur la Grande-Bretagne depuis 1945, le livre de P. GREGG, *The Welfare State : an Economic and Social History of Great Britain from 1945 to the Present*, Londres, Harrap, 1967, contient une masse abondante de données présentées de façon peu critique. D'utiles analyses à glaner dans M. SISSONS et P. FRENCH ed., *Age of Austerity 1945-1951*, Londres, Penguin, 1963; P. ADDISON, *Now the War is over*, Londres, Cape, 1985; R. MARX, *La Vie quotidienne en Angleterre au temps de l'expérience socialiste 1945-1951*, Paris, Hachette, 1983; V. BOGDANOR et R. SKIDELSKY ed., *The Age of Affluence 1951-1964*, Londres, Macmillan, 1970; D. MCKIE et C. COOK ed., *The Decade of Disillusion : British Politics in the Sixties,* Londres, Macmillan, 1972. Une sévère mise en garde contre les blocages de la société anglaise : M. SHANKS, *The Stagnant Society*, Londres, Penguin, 2e éd., 1972. A. SAMPSON a disséqué en détail les organes du pouvoir et l'armature de la vie collective dans *Anatomy of Britain*, Londres, Hodder and Stoughton, 1962 (tr. fr. *Anatomie de l'Angleterre*, Paris, Laffont, 1963), puis dans *The New Anatomy of Britain*, Londres, Hodder and Stoughton, 1971 (tr. fr. *Radioscopie de l'Angleterre*, Paris, Seuil, 1973), et dans *The Changing Anatomy of Britain*, Londres, Hodder and Stoughton, 1982. De même les fines analyses de B. HARRISON, *Peaceable Kingdom : Stability and Change in Modern Britain*, Oxford, Oxford University Press, 1983 et de P. CALVOCORESSI, *The British Experience 1945-1975*, Londres, Bodley Head, 1978. Interprétations vigoureuses, quoique fort différentes, de la société industrielle britannique : J. WESTERGAARD et H. RESSLER, *Class in a Capitalist Society*, Londres, Heinemann, 1975; A.H. HALSEY, *Change in British Society,* Oxford, Oxford University Press, 3e éd., 1986; K. MIDDLEMAS, *Politics in Industrial Society*, Londres, A. Deutsch, 1979; R. MILIBAND, *Capitalist Democracy in Britain*, Oxford, Oxford University Press, 1982. Deux recueils stimulants : A. STEWART ed., *Contemporary Britain*, Londres, Routledge, 1983, et G.A. CALDER ed., *Inside British Society*, Brighton et New York, Wheatsheaf, 1987. Enfin une brillante description mi-historique mi-prospective : M. YOUNG, *The Rise of the Meritocracy*, Londres, Thames and Hudson, 1958.

Sur l'évolution de la POLITIQUE SOCIALE — de la *Poor Law* au *Welfare State* —, on consultera les petits livres de M. ROSE, *The Relief of Poverty 1834-1914*, Londres, Macmillan, 2e éd., 1986, et A. DIGBY, *The Poor Law in Nineteenth-Century England and Wales*, Londres, Historical Association, 1982, ainsi que J.H. TREBLE, *Urban Poverty in Britain 1830-1914*, Londres, Methuen, 1979, et M.A. CROWTHER, *The Workhouse System 1834-1929*, Londres, Batsford, 1981. Le développement de l'État-Providence est retracé dans les manuels de M. BRUCE, *The Coming of the Welfare State*, Londres, Batsford, 4e éd., 1968, et D. FRASER, *The Evolution of the British Welfare State*, Londres, Macmillan, 2e éd., 1984, ainsi que par P. THANE, *Foundations of the Welfare State*, Londres, Longman, 1982 ; W.J. MOMMSEN ed., *The Emergence of the Welfare State in Britain and in Germany*, Londres, Croom Helm, 1981. En français, J. LHOMME, *La Politique sociale de l'Angleterre contemporaine*, Paris, PUF, 1953. Sur la période depuis 1945, on ajoutera P. TOWNSEND, *Poverty in the United Kingdom*, Londres, Penguin, 1979 ; R. BERTHOUD, J.C. BROWN et S. COOPER, *Poverty and the Development of Anti-Poverty Policies in the UK*, Londres, Heinemann, 1981 ; W. BECKERMAN et S. CLARK, *Poverty and Social Security in Britain since 1961*, Oxford, Oxford University Press, 1982.

Villes et campagnes

L'évolution de l'agriculture a été bien étudiée par J.D. CHAMBERS et G.E. MINGAY, *The Agricultural Revolution 1750-1880*, Londres, Batsford, 1966 ; C. ORWIN et E.H. WHITHAM, *History of British Agriculture 1846-1914*, Londres, Longman, 1964 ; E.H. WHITHAM, *Agrarian History of England and Wales*, vol. 8 : *1914-1939*, Cambridge, Cambridge University Press, 1978. Utiles révisions critiques par P.J. PERRY ed., *British Agriculture 1875-1914*, Londres, Methuen, 1973, et *British Farming in the Great Depression 1870-1914*, Newton Abbot, David and Charles, 1974. Par contre, on doit considérer comme tout à fait dépassé Lord ERNLE, *English Farming Past and Present*, Londres, Longman (tr. fr. d'après la 5e éd., *Histoire rurale de l'Angleterre*, Paris, Gallimard, 1952). Pour le XXe siècle, utiles descriptions de C. MOINDROT, *Villes et Campagnes britanniques*, Paris, A. Colin, 1967. On continuera de trouver des renseignements valables dans deux ouvrages français anciens : P. BESSE, *La Crise et l'Évolution de l'agriculture en*

Angleterre de 1875 à nos jours, Paris, 1910, et P. FLAVIGNY, *Le Régime agraire de l'Angleterre au XIXe siècle,* Paris, 1932. Sur la vie des campagnards dans la seconde moitié du XIXe siècle, admirable portrait de M.K. ASHBY, *Joseph Ashby of Tysoe : a Study of English Village Life 1859-1919,* Cambridge, Cambridge University Press, 1961. A conseiller également R. SAMUEL ed., *Village Life and Labour*, Londres, Routledge, 1975. Enfin un remarquable ensemble : G.E. MINGAY ed., *The Victorian Countryside*, 2 vol., Londres, Routledge, 1981, auquel on ajoutera la stimulante synthèse de H. NEWBY, *Country Life : a Social History of Rural England*, Londres, Weidenfeld and Nicolson, 1987.

Sur les villes, bien qu'il existe une grande quantité de monographies, il n'y a pas une synthèse d'ensemble sur le développement urbain en Angleterre. Pour la période victorienne, on dispose de deux excellents ouvrages : A. BRIGGS, *Victorian Cities*, Londres, Odhams, 1963; H.J. DYOS et M. WOLFF ed., *The Victorian City*, 2 vol., Londres, Routledge, 1973, auxquels sont venus s'ajouter plus récemment d'autres ouvrages marquants : D. CANNADINE, *Lords and Landlords : the Aristocracy and the Towns 1774-1967*, Leicester, Leicester University Press, 1980; D. CANNADINE ed., *Patricians, Power and Politics in Nineteenth-Century Towns*, Leicester, Leicester University Press, 1982; F.M.L. THOMPSON, *The Rise of Suburbia,* Leicester, Leicester University Press, 1982; P.J. WALLER, *Town, City and Nation : England 1850-1914*, Oxford, Oxford University Press, 1983; J.H. JOHNSON et C.G. POOLEY ed., *The Structure of Nineteenth-Century Cities*, Londres, Croom Helm, 1982; R. DENNIS, *English Industrial Cities of the Nineteenth-Century : a Social Geography,* Cambridge, Cambridge University Press, 1982; P. LAWLESS et F. BROWN, *Urban Growth and Change in Britain*, Londres, Harper and Row, 1986; A. OFFER, *Property and Politics 1870-1914 : Land Ownership, Law, Ideology and Urban Development in England*, Cambridge, Cambridge University Press, 1981. A consulter également D. FRASER, *Urban Politics in Victorian England*, Leicester, Leicester University Press, 1976; du même, *Power and Authority in the Victorian City*, Oxford, Blackwell, 1979; *Municipal Reform and the Industrial City*, edited by D. Fraser, Leicester, Leicester University Press, 1982. Pour le XXe siècle, étude détaillée de C.A. MOSER et W. SCOTT, *British Towns : a Statistical Study of their Social and Economic Differences*, Edimbourg, Oliver and Boyd, 1961. T.W. FREEMAN, *The Conurbations of Great Britain*, Manchester, Manchester University Press, 2e éd., 1966, comporte une large part de géographie historique. R. WILLIAMS, *The Country and the City*, Londres, Chatto and Windus, 1973, traite de l'image de la ville. Sur l'habitat, J. Burnett, *A Social History of Housing 1815-1985*, Londres, Methuen, 2e éd., 1986; M.J. Daunton, *House and Home in the Victorian City : Working-Class Housing 1850-1914*, Londres, Arnold, 1983, et *Property-Owning Democracy : Housing in Britain*, Londres, Faber, 1987; D. Englander, *Landlord and Tenant in Urban England 1838-1918,* Oxford, Oxford University Press, 1983; A. Sutcliffe ed., *Multi-Storey Living*, Londres, Croom Helm, 1974; E. Gauldie, *Cruel Habitations : a History of Working-Class Housing 1780-1918*, Londres, Allen and Unwin, 1974; R. Rodger, *Housing in Urbain Britain 1780-1914*, Londres, Macmillan, 1989.

Sur l'aménagement et l'urbanisme, W. Ashworth, *The Genesis of Modern British Town Planning*, Londres, Routledge, 1954; G.E. Cherry, *Urban Change and Planning*, Henley, Foulis, 1972, et surtout *Cities and Plans : the Shaping of Urban Britain in the XIXth and XXth Century*, Londres, Arnold, 1988; A. Sutcliffe, *Towards the Planned City : Germany, Britain, the United States, France 1780-1914,* Oxford, Blackwell, 1981; A. Sutcliffe ed., *British Town Planning : the Formative Years*, Leicester, Leicester University Press, 1981; et en français le précis, clair et substantiel *Urbanisme en Grande-Bretagne*, Paris, A. Colin, 1972, de C. Chaline.

Population, famille, condition féminine

On trouvera un condensé des principales données démographiques dans les manuels de E.M. Hubback, *The Population of Britain*, Londres, Penguin, 1947, et R.K. Kelsall, *Population,* Londres, Longman, 4e éd., 1979. Plus ambitieux, N. Tranter, *Population since the Industrial Revolution : the Case of England and Wales*, Londres, Croom Helm, 1973, est utile, mais soulève davantage de questions qu'il n'en résout; du même, *Population and Society 1750-1940*, Londres, Longman, 1985. Voir aussi H. Joshi ed., *The Changing Population of Britain*, Oxford, Blackwell, 1989. Une bonne mise au point de R. Mitchinson, *British Population Change since 1860*, Londres, Macmillan, 1977, et un ensemble stimulant : T.C. Barker et M. Drake ed., *Population and Society in Britain 1850-1950*, Londres, Batsford, 1982. A noter E.A. Wrigley et R.S. Schofield, *The Population of England 1541-1871*, Londres, Arnold, 1981, ainsi que M. Flinn ed., *Scottish Population History*, Cambridge, Cambridge University Press, 1978.

Sur la natalité et les débuts du contrôle des naissances, trois contributions intéressantes : J.A. Banks, *Prosperity and Parenthood : a Study of Family Planning among the Victorian*

Middle Classes, Londres, Routledge, 1954; J.A. et O. BANKS, *Feminism and Family Planning in Victorian England*, Liverpool, Liverpool University Press, 1964; J.A. BANKS, *Victorian Values : Secularism and the Size of Families*, Londres, Routledge, 1981. Intéressantes analyses de A. MCLAREN, *Birth Control in Nineteenth-Century England*, Londres, Croom Helm, 1978; D. GITTINS, *Fair Sex : Family Size and Structure 1900-1939*, Londres, Hutchinson, 1982; M.S. TEITELBAUM, *The British Fertility Decline*, Princeton, Princeton University Press, 1984; R.A. SOLOWAY, *Birth Control and the Population Question in England 1877-1930*, Chapel Hill, N. Carolina University Press, 1982. Sur l'émigration, N.H. CARRIER et J.R. JEFFERY, *External Migration 1815-1950*, Londres, HMSO, 1953.

La famille a été étudiée dans les monographies de M. ANDERSON, *Family Structure in Nineteenth-Century Lancashire*, Cambridge, Cambridge University Press, 1971, et de M. YOUNG et P. WILLMOTT, *Family and Kinship in East London*, Londres, Routledge, 1957, et *Family and Class in a London Suburb*, Londres, Routledge, 1960, et de manière plus globale par ces deux auteurs dans *The Symmetrical Family*, Londres, Penguin, 1973, et par R. FLETCHER, *The Family and Marriage in Britain*, Londres, Routledge, 3e éd., 1973. A retenir également O.R. MCGREGOR, *Divorce in England*, Londres, Heinemann, 1957; S. HUMPHRIES, *A Secret World of Sex. Forbidden Fruit : the British Experience 1900-1950*, Londres, Sidgwick and Jackson, 1988; ainsi que l'enquête contemporaine de G. GORER, *Sex and Marriage in England Today*, Londres, Nelson, 1971. L'envers de la société victorienne apparaît dans F. HENRIQUES, *Modern Sexuality : Prostitution and Society*, vol. III, Londres, McGibbon and Kee, 1968; S. MARCUS, *The Other Victorians*, Londres, Weidenfeld and Nicolson, 1966; R. PEARSALL, *The Worm in the Bud : the World of Victorian Sexuality*, Londres, Weidenfeld and Nicolson, 1969; J.R. WALKOWITZ, *Prostitution and Victorian Society : Women, Class and the State*, Cambridge, Cambridge University Press, 1980. Un essai de synthèse : J. WEEKS, *Sex, Politics and Society : the Regulation of Sexuality since 1800*, Londres, Longman, 1981. A noter C. WEBSTER ed., *Biology, Medicine and Society 1840-1940*, Cambridge, Cambridge University Press, 1982.

Sur la place des femmes dans la société, l'essor du féminisme contemporain a entraîné une floraison de publications. Aux ouvrages anciens consacrés à la conquête des droits, tels que R. STRACHEY, *The Cause*, Londres, 1928, rééd., Virago, 1978, et E. REISS, *Rights and Duties of English Women : a Study in Law and Public Opinion*, Londres, Sherratt and Hughes, 1934, sont venues s'ajouter des tentatives — inégales — de synthèse : D.M. STENTON, *The English Woman in History*, Londres, Allen and Unwin, 1957 ; C. ROVER, *Love, Morals and the Feminists*, Londres, Routledge, 1970 ; S. ROWBOTHAM, *Hidden from History*, Londres, Pluto Press, 1973 ; J. LEWIS, *Women in England 1870-1950 : Sexual Divisions and Social Change*, Brighton, Wheatsheaf, 1984, et *Labour and Love : Women's Experience of Home and Family 1850-1940*, Oxford, Blackwell, 1986. On trouvera analyses bibliographiques et données documentaires dans *The Women of England : Interpretative Bibliographical Essays*, edited by B. KANNER, Londres, Mansell, 1980, et L.P. HUME, E. HELLERSTEIN et K. OFFEN, *Victorian Women : a Documentary Account of Women's Lives in Nineteenth-Century England, France and the United States*, Stanford, Cal., Stanford University Press, 1981. Sur la période victorienne, citons P. JALLAND, *Women, Marriage and Politics 1860-1914*, Oxford, Oxford University Press, 1986 ; M. HEWITT, *Women and Mothers in Victorian Industry*, Londres, Rockliff, 1958 ; D. CROW, *The Victorian Woman*, Londres, Allen and Unwin, 1971 ; M. VICINUS ed., *Suffer and Be Still : Woman in the Victorian Age*, Bloomington, Indiana University Press, 1972 ; P. BRANCA, *Silent Sisterhood*, Londres, Croom Helm, 1975 ; J. BURSTYN, *Victorian Education and the Ideal of Womanhood*, New Brunswick, N.J., Rutgers University Press, 1980 ; D. GORHAM, *The Victorian Girl and Feminine Ideal*, Londres, Croom Helm, 1982. Intéressantes contributions de E. ROBERTS, *A Woman's Place : an Oral History of Working-Class Women*, Oxford, Blackwell, 1985, et *Women's Work 1840-1940*, Londres, Macmillan, 1988, ainsi que de D. BEDDOE, *Back to Home and Duty : Women between the Wars 1918-1939*, Londres, Unwin Hyman, 1990. En français, F. BASCH, *Les Femmes victoriennes*, Paris, Payot, 1979 ; M. CHARLOT dir., *Les Femmes dans la société britannique*, Paris, A. Colin, 1979.

Sur les suffragettes, dont la bibliographie s'enrichit sans cesse, on retiendra R. FULFORD, *Votes for Women*, Londres, Faber, 1957 ; C. ROVER, *Women's Suffrage and Party Politics 1866-1914*, Londres, Routledge, 1967 ; A. ROSEN, *Rise up Women*, Londres, Routledge, 1974 ; J. LIDDINGTON et J. NORRIS, *One Hand Tied behind us : the Rise of the Women's Suffrage Movement*, Londres, Virago, 1978 ; S.K. KENT, *Sex and Suffrage in Britain 1860-1914*, Princeton, Princeton University Press, 1987 ; B. HARRISON, *Separate Spheres : the Opposition to Women's Suffrage*, Londres, Croom Helm, 1978. Voir aussi A. MARWICK, *Women at War 1914-1918*, Londres, Croom Helm, 1977. Sur le rôle politique des femmes, M. CURRELL, *Political Woman*, Londres, Croom Helm, 1974. Sur le féminisme contemporain, D. BOUCHIER, *The Feminist*

Challenge, Londres, Macmillan, 1983; A. COOTE et B. CAMPBELL, *Sweet Freedom : the Struggle for Women's Liberation*, Oxford, Blackwell, 1982.

Sur les enfants dans la société, le livre d'I. PINCHBECK et M. HEWITT, *Children in British Society*, vol. 2 : *From the Eighteenth Century to the Children Act 1948*, Londres, Routledge, 1973, est décevant, car il se limite aux aspects législatifs du problème. Voir plutôt J. WALVIN, *A Child's World : a Social History of English Childhood 1800-1914*, Londres, Penguin, 1982, ainsi que J. LEWIS, *The Politics of Motherhood : Child and Maternal Welfare in England 1900-1939*, Londres, Croom Helm, 1980. A ajouter : J. BURNETT ed., *Destiny Obscure : Autobiograhies of Childhood, Education and Family from the 1820s to the 1920s*, Londres, Allen Lane, 1982. Sur l'adolescence, J. SPRINGHALL, *Coming of Age : Adolescence in Britain 1860-1960*, Dublin, Gill and Macmillan, 1986.

Sur la place de la mort, signalons J. MORLEY, *Death, Heaven and the Victorians*, Londres, Studio Vista, 1971; J.S. CURL, *The Victorian Celebration of Death*, Newton Abbot, David and Charles, 1972, et l'étude de G. GORER, *Death, Grief and Mourning in Contemporary Britain*, Londres, Cresset Press, 1965.

Structures et classes sociales

On dispose de nombreuses données sur l'évolution des structures sociales : D.C. MARSH, *The Changing Social Structure of England and Wales 1871-1961*, Londres, Routledge, 2e éd., 1965; G.D.H. COLE, *Studies in Class Structure*, Londres, Routledge, 1955; G.D.H. et M.I. COLE, *The Condition of Britain*, Londres, Gollancz, 1937; G.D.H. COLE, *The Post-War Condition of Britain*, Londres, Routledge, 1956; A.M. CARR-SAUNDERS et D.C. JONES, *A Survey of the Social Structure of England and Wales*, Oxford, Clarendon Press, 1re éd., 1927; 2e éd., 1937; A.M. CARR-SAUNDERS, D.C. JONES et C.A. MOSER, *A Survey of Social Conditions in England and Wales*, Oxford, Clarendon Press, 1958; H.J. PERKIN, *The Structured Crowd*, Hassocks, Harvester Press, 1981; A. MARWICK, *Class : Image and Reality in Britain, France and the USA since 1930*, Londres, Fontana, 1981. La mobilité sociale a fait l'objet d'importantes recherches de la part des sociologues : D.V. GLASS ed., *Social Mobility in Britain*, Londres, Routledge, 1954; C.J. RICHARDSON, *Contemporary Social Mobility*, Londres, F. Pinter, 1977; J. GOLDTHORPE ed., *Social Mobility and Class Structure in Modern Britain*, Oxford, Oxford University Press, 2e éd., 1987.

L'aristocratie foncière a été excellemment étudiée par F.M.L. THOMPSON, *English Landed Society in the Nineteenth Century*, Londres, Routledge, 1963. On y ajoutera J.V. BECKETT, *The Aristocracy in England 1660-1914*, Oxford, Blackwell, 1986; G.E. MINGAY, *The Gentry*, Londres, Longman, 1976; L. STONE et J. FAWTIER STONE, *An Open Elite? England 1540-1880*, Oxford, Oxford University Press, 1983; W.D. RUBINSTEIN, *Men of Property : the Very Wealthy in Britain since the Industrial Revolution*, Londres, Croom Helm, 1981. Sur l'élite de pouvoir, intéressantes analyses de W.L. GUTTSMAN, *The British Political Elite*, Londres, McGibbon and Kee, 2ᵉ éd., 1965, ainsi que de P. STANWORTH et A. GIDDENS ed., *Elites and Power in British Society*, Cambridge, Cambridge University Press, 1974, et de J. SCOTT, *The Upper Classes : Property and Privilege in Britain*, Londres, Macmillan, 1982. En français, un travail approfondi et neuf : F.C. MOUGEL, *Les Élites britanniques 1845-1979* (thèse Paris IV, 1983).

Il n'y a pas d'ouvrage satisfaisant sur la *middle class*. A signaler toutefois W.J. READER, *Professional Men : the Rise of the Professional Classes in the Nineteenth Century*, Londres, Weidenfeld and Nicolson, 1966, et R. LEWIS et A. MAUDE, *The Middle Classes*, Londres, Penguin, 1949. Sur l'armée et les officiers, C. BARNETT, *Britain and her Army 1509-1970*, Londres, Allen Lane, 1970; G. HARRIES-JENKINS, *The Army in Victorian Society*, Londres, Routledge, 1977; B. FARWELL, *For Queen and Country : a Social History of the Victorian and Edwardian Army*, Londres, Allen Lane, 1982, n'ont pas d'équivalent pour la marine. La petite bourgeoisie a commencé à susciter l'intérêt des historiens : G. CROSSICK, *The Lower Middle Class in Britain 1870-1914*, Londres, Croom Helm, 1977; M.J. WINSTANLEY, *The Shopkeeper's World 1830-1914*, Manchester, Manchester University Press, 1983. Le développement des cols blancs a été traité par F.D. KLINGENDER, *The Condition of Clerical Labour in Great Britain*, Londres, Martin Lawrence, 1935; D. LOCKWOOD, *The Blackcoated Worker*, 1958, 2ᵉ éd., Oxford, Clarendon Press, 1989; G.S. BAIN, *The Growth of White-Collar Unionism*, Londres, Clarendon Press, 1970.

Sur les ouvriers, le XIXᵉ siècle a été étudié attentivement : E.H. HUNT, *British Labour History 1815-1914*, Londres, Weidenfeld and Nicolson, 1981; E. HOPKINS, *A Social History of the English Working Class 1815-1914*, Londres, Arnold, 1980; J. BENSON ed., *The Working Class in England 1875-1914*, Londres, Croom Helm, 1985. Bonne mise au point sur un sujet controversé de R.Q. GRAY, *The Aristocracy of Labour in Nineteenth-Century Britain 1850-1914*, Londres, Macmillan, 1981. Trois analyses pénétrantes et originales sur le travail et la culture ouvrière : P. JOYCE, *Work, Society and*

Politics : the Culture of the Factory in Later Victorian England, Hassocks, Harvester Press, 1980; G. Stedman JONES, *Languages of Class : Studies in English Working-Class History 1832-1982*, Cambridge, Cambridge University Press, 1983; P. JOHNSON, *Saving and Spending : the Working-Class Economy in Britain 1870-1939*, Oxford, Clarendon Press, 1986. Enquêtes sociologiques de F. ZWEIG, *The British Worker*, Londres, Penguin, 1952, et *The Worker in an Affluent Society*, Londres, Heinemann, 1961, et surtout de J. GOLDTHORPE et al., *The Affluent Worker : Industrial Attitudes and Behaviour; Political Attitudes and Behaviour; The Affluent Worker in the Class Structure*, Cambridge, Cambridge University Press, 3 vol., 1968-1969, tr. fr., 1 vol., Paris, Seuil, 1972, *L'Ouvrier de l'abondance* (trad. du t. I et de la conclusion du t. III). Sur la crise et le chômage depuis 1973, B. CRICK ed., *Unemployment*, Londres, 1981. Sur les ouvriers agricoles, A. ARMSTRONG, *Farmworkers : a Social and Economic History 1770-1980*, Londres, Batsford, 1988.

La répartition de la richesse et des revenus a fait l'objet de nombreuses études, depuis les pionniers, L.G. CHIOZZA MONEY, *Riches and Poverty*, Londres, Methuen, 1re éd., 1905; Colin CLARK, *National Income 1924-1931*, Londres, Macmillan, 1932, et *National Income and Outlay*, Londres, Macmillan, 1938; et A.L. BOWLEY, *Wages and Income in the United Kingdom since 1860*, Cambridge, Cambridge University Press, 1937, jusqu'aux travaux de R. TITMUSS, *Income Distribution and Social Change*, Londres, Allen and Unwin, 1962; B. ABEL-SMITH et P. TOWNSEND, *The Poor and the Poorest*, Londres, Bell, 1966; T. STARK, *Distribution of Personal Income in the United Kingdom 1949-1963*, Cambridge, Cambridge University Press, 1972; D. WEDDERBURN ed, *Poverty, Inequality and Class Structure*, Cambridge, Cambridge University Press, 1974; A.B. ATKINSON, *The Economics of Inequality*, Oxford, Oxford University Press, 2e éd., 1983; A.B. ATKINSON ed., *Personal Distribution of Incomes*, Londres, Allen and Unwin, 1976; A.B. ATKINSON et A.J. HARRISON, *Distribution of Personal Wealth in Britain*, Cambridge, Cambridge University Press, 1978; W.D. RUBINSTEIN, *Wealth and Inequality in Britain*, Londres, Faber and Faber, 1986.

Le mouvement ouvrier

Ici encore la bibliographie est très fournie. Pour une initiation à l'histoire du syndicalisme, on fera appel à H. PELLING, *A History of British Trade Unionism*, Londres, Macmillan, 4e éd., 1987, tr.

fr., Paris, Seuil, 1966, et à J. SAVILLE, *The Labour Movement in Britain*, Londres, Faber and Faber, 1988. En français, M. CHARLOT, *Le Syndicalisme en Grande-Bretagne*, Paris, A. Colin, 1970. J.-P. RAVIER, *Les Syndicats britanniques sous les gouvernements travaillistes 1945-1970*, Lyon, Presses Universitaires de Lyon, 1981; F. EYRAUD, *Travail et Travailleurs en Grande-Bretagne*, Paris, Maspero, 1985.

A un niveau approfondi — à côté des interprétations traditionnelles, S. et B. WEBB, *The History of Trade Unionism*, Londres, Longman, éd. 1920; G.D.H. COLE, *A Short History of the British Working-Class Movement 1789-1947*, Londres, Allen and Unwin, 1948; A.L. MORTON et G. TATE, *The British Labour Movement 1770-1920*, Londres, Lawrence and Wishart, 1956; tr. fr. *Histoire du mouvement ouvrier anglais*, Paris, Maspero, 1963 — on trouvera des vues neuves et des données nouvelles dans A. BRIGGS et J. SAVILLE ed., *Essays in Labour History*, 3 vol., Londres, Macmillan, 1960-1977; E.J. HOBSBAWM, *Labouring Men*, Londres, Weidenfeld and Nicolson, 1964, et *Worlds of Labour*, Londres, Weidenfeld and Nicolson, 1984; R. HARRISON, *Before the Socialists*, Londres, Routledge, 1965; A.E. MUSSON, *British Trade Unions 1800-1875*, Londres, Macmillan, 1972; J. LOVELL, *Trade Unions 1875-1933*, Londres, Macmillan, 1977; D. KYNASTON, *King Labour 1850-1914*, Londres, Allen and Unwin, 1976; H.A. CLEGG, A. FOX, A.F. THOMPSON, *A History of British Trade Unionism since 1889*, vol. I : *1889-1910*; vol. II : *1911-1933*, Oxford, Oxford University Press, 1964-1985; D.E. MARTIN et D. RUBINSTEIN ed., *Ideology and the Labour Movement*, Londres, Croom Helm, 1979. Parmi les apports les plus récents, on aura recours au livre stimulant de R. MCKIBBIN, *The Ideologies of Class : Social Relations in Britain 1880-1950*, Oxford, Clarendon Press, 1990, ainsi qu'à K.D. BROWN, *The English Labour Movement*, Dublin, Gill and Macmillan, 1982; J. HINTON, *Labour and Socialism : a History of the British Labour Movement 1867-1974*, Brighton, Wheatsheaf, 1983; J.E. CRONIN, *Labour and Society in Britain 1918-1979*, Londres, Batsford, 1984; B. PIMLOTT et C. COOK ed., *Trade Unions in British Politics*, Londres, Longman, 1982; H. BROWNE, *The Rise of British Trade Unions 1825-1914*, Londres, Longman, 1979; K. BURGESS, *The Challenge of Labour : Shaping British Society 1850-1930*, Londres, Croom Helm, 1980. Une tentative ambitieuse : R. PRICE, *Labour in British Society*, Londres, Croom Helm, 1986. Sur le TUC, J. LOVELL et B.C. ROBERTS, *A Short History of the TUC*, Londres, Macmillan, 1968; R.M. MARTIN, *The TUC : the Growth of a Pressure Group 1868-1976*, Oxford, Oxford University Press, 1980; H. Phelps BROWN, *The Origins of*

Trade Union Power, Oxford, Oxford University Press, 1986. A citer également F. HEARN, *Domination, Legitimation and Resistance : the Incorporation of the Nineteenth-Century Working Class*, Londres, Greenwood Press, 1978. La participation des femmes au syndicalisme a été étudiée par S. LEWENHAK, *Women and the Trade Unions*, Londres, Benn, 1976, et N.C. SOLDEN, *Women in British Trade Unions 1874-1976*, Dublin, Gill and Macmillan, 1978. A noter A. CLINTON, *Trade Union Rank and File*, Manchester, Manchester University Press, 1977.

Sur le développement des idées socialistes et du travaillisme, M. BEER, *A History of British Socialism*, Londres, Allen and Unwin, 1940; H. PELLING, *The Origins of the Labour Party*, Oxford, Clarendon Press, 2e éd., 1965, et *A Short History of the Labour Party*, Londres, Macmillan, 8e éd., 1985; P. ADELMAN, *The Rise of the Labour Party 1880-1945*, Londres, Longman, 1972; C. BRAND, *The British Labour Party : a Short History*, Stanford, Stanford University Press, 2e éd., 1974; R. MILIBAND, *Parliamentary Socialism*, Londres, Allen and Unwin, 2e éd., 1973; C. COOK et I. TAYLOR ed., *The Labour Party*, Londres, Longman, 1980; S. PIERSON, *British Socialists : the Journey from Fantasy to Politics*, Cambridge, Mass., Harvard University Press, 1979; H. DRUCKER, *Doctrine and Ethos in the Labour Party*, Londres, Allen and Unwin, 1980. Sur l'évolution récente du travaillisme, J. SEABROOK, *What went Wrong? Working People and the Ideas of the Labour Movement*, Londres, Gollancz, 1978; L. PANITCH, *Social Democracy and Industrial Militancy*, Cambridge, Cambridge University Press, 1976; D. KAVANAGH ed., *The Politics of the Labour Party*, Londres, Allen and Unwin, 1982; A. WARDE, *Consensus and Beyond : the Development of Labour Party Strategy since the Second World War*, Manchester, Manchester University Press, 1982. Sur les mouvements révolutionnaires et le communisme, W. KENDALL, *The Revolutionary Movement in Britain 1900-1921*, Londres, Weidenfeld and Nicolson, 1969; H. PELLING, *The British Communist Party*, Londres, Black, 2e éd., 1976; en français, R. SALLES, *Structure, Implantation et Influence du Parti communiste de Grande-Bretagne*, Lille, Presses Universitaires de Lille, 1981.

Pour une vision d'ensemble en français du *Labour* et du mouvement ouvrier, F. BÉDARIDA, « Le socialisme en Angleterre de la fin du XVIIIe siècle à 1945 », in J. DROZ et al., *Histoire générale du socialisme*, 3 vol., Paris, PUF, 1972-1976.

La bibliographie sur les relations industrielles continue elle aussi à s'enrichir. Les meilleures synthèses sont celles de A. FOX, *History and Heritage : the Social Origins of the British Industrial System*, Londres, Allen and Unwin, 1985; C.J. WRIGLEY ed., *A History of*

British Industrial Relations 1875-1939, Brighton, Harvester Press, 2 vol., 1982-1986 ; H.A. CLEGG, *The Changing System of Industrial Relations in Great Britain*, Oxford, Blackwell, 1979 ; C. CROUCH, *The Politics of Industrial Relations*, Londres, Collins, 2e éd., 1982. En français, F. BÉDARIDA, E. GIUILY et G. RAMEIX, *Syndicats et Patrons en Grande-Bretagne*, Paris, Éditions Ouvrières, 1980.

Aspects divers de la vie collective

Sur la vie matérielle, les pratiques sociales, les modes de vie, les loisirs, la criminalité, etc., on trouvera des éclairages variés dans : J.C. DRUMMOND et A. WILBRAHAM, *The Englishman's Food : a History of Five Centuries of English Diet*, Londres, Cape, 2e éd., 1958 ; J. BURNETT, *Plenty and Want : a Social History of Food in England from 1815 to the Present Day*, Londres, Routledge, 3e éd., 1989, et *A History of the Cost of Living*, Londres, Penguin, 1969 ; M. et C.H.B. QUENNELL, *A History of Everyday Things in England*, vol. IV : *1851-1914*, Londres, Batsford, 5e éd., 1950 ; vol. V : *1914-1968*, par S.E. ELLACOTT, Londres, Batsford, 1968, et surtout A. BRIGGS, *Victorian Things*, Londres, Batsford, 1988, ainsi que B. HARRISON, *Drink and the Victorians*, Londres, Faber, 1971. Sur l'hygiène, A.S. WOHL, *Endangered Lives : Public Health in Victorian Britain*, Londres, Dent, 1983. Sur la déviance et la délinquance, J.J. TOBIAS, *Crime and Industrial Society in the XIXth Century*, Londres, Batsford, 1967, et *Crime and Police in England 1700-1900*, Dublin, Gill and Macmillan, 1979 ; D.J.V. JONES, *Crime, Protest, Community and Police in Nineteenth-Century Britain*, Londres, Routledge, 1982 ; V. BAILEY, *Policing and Punishment in Nineteenth-Century Britain*, Londres, Croom Helm, 1981 ; O. ANDERSON, *Suicide in Victorian and Edwardian England*, Oxford, Clarendon Press, 1987 ; D.C. RICHTER, *Riotous Victorians*, Athens, Ohio University Press, 1981. Sur les loisirs, J.A.R. PIMLOTT, *The Englishman's Holiday*, Londres, Faber and Faber, 1947 ; H. CUNNINGHAM, *Leisure in the Industrial Revolution*, Londres, Croom Helm, 1980 ; J. WALVIN, *Leisure and Society 1830-1950*, Londres, Longman, 1978 ; J. CLARKE et C. CRITCHER, *The Devil Makes Work : Leisure in Capitalist Britain*, Londres, Macmillan, 1985 ; J.K. WALTON, *The Blackpool Landlady*, Manchester, Manchester University Press, 1978. Également J. WIGLEY, *The Rise and Fall of the Victorian Sunday*, Manchester, Manchester University Press, 1980. Sur le sport, J. WALVIN, *The People's Game : a Social History of British Football*, Londres, Allen Lane, 1975 ; T. MASON, *Association Football and*

English Society, 1863-1915, Hassocks, Harvester Press, 1979, et surtout *Sport in Britain : a Social History*, Cambridge, Cambridge University Press, 1989, ainsi que R. HOLT, *Sport and the British : a Modern History*, Oxford, Clarendon Press, 1989.

Sur la jeunesse, J. SPRINGHALL, *Youth, Empire and Society : British Youth Movements 1883-1940*, Londres, Croom Helm, 1977; S. HUMPHRIES, *Hooligans or Rebels? An Oral History of Working-Class Childhood and Youth 1889-1939*, Oxford, Blackwell, 1981; Centre for Contemporary Cultural Studies, *Resistance through Rituals : Youth Subcultures in Post-War Britain*, Londres, Hutchinson, 1976; K. ROBERTS, *Youth and Leisure*, Londres, Allen and Unwin, 1983.

Enfin A. BRIGGS, *The BBC : the First Fifty Years*, Oxford, Oxford University Press, 1985, a donné en un volume une excellente synthèse de ses travaux détaillés sur l'histoire de la radio.

Économie

Dans la cohorte des histoires économiques de l'Angleterre, trois ouvrages classiques se détachent. En tête : P. MATHIAS, *The First Industrial Nation*, Londres, Methuen, 2e éd., 1983, qui va du XVIIIe siècle à 1939; W. ASHWORTH, *An Economic History of England 1870-1939*, Londres, Methuen, 1960; S. POLLARD, *The Development of the British Economy 1914-1980*, Londres, Arnold, 3e éd., 1983. J.H. CLAPHAM, *An Economic History of Modern Britain*, 3 vol., Cambridge, Cambridge University Press, 1926-1938 (t. II : *1850-1886*; t. III : *1886-1929*), demeure un classique monumental. Plus ramassé est W.H.B. COURT, *A Concise Economic History of Britain from 1750 to Recent Times*, Cambridge, Cambridge University Press, 1954. A noter également l'utile contribution de D.H. ALDCROFT et H.W. RICHARDSON, *The British Economy 1870-1939*, Londres, Macmillan, 1969. On trouvera des apports de la *New Economic History*, dans D.N. MCCLOSKEY ed., *Essays on a Mature Economy : Britain after 1840*, Londres, Methuen, 1971.

Parmi les contributions les plus récentes, trois se détachent par leur qualité : R. FLOUD et D. MCCLOSKEY, *The Economic History of Britain since 1700*, Cambridge, Cambridge University Press, 2 vol., 1981; R.C.O. MATTHEWS, C.H. FEINSTEIN et J. ODLING-SMEE, *British Economic Growth 1856-1973*, Oxford, Oxford University Press, 1982; S. CHECKLAND, *British Public Policy*

1776-1939 : an Economic, Social and Political Perspective, Cambridge, Cambridge University Press, 1983.

Plusieurs utiles guides de recherche sont à signaler : N.K. BUXTON et D.I. MACKAY, *British Employment Statistics : a Guide to Sources and Methods*, Oxford, Blackwell, 1977 ; C.H. LEE, *British Regional Employment Statistics 1841-1971*, Cambridge, Cambridge University Press, 1979 ; W.R. GARSIDE, *The Measure of Unemployment in Great Britain 1850-1979 : Methods and Sources*, Oxford, Blackwell, 1981 ; F. CAPIE et M. COLLINS, *The Inter-War British Economy : a Statistical Abstract*, Manchester, Manchester University Press, 1983 ; G. ROUTH, *Occupation and Pay in Great Britain 1906-1979*, Londres, Macmillan, 1980.

Sur les causes du « déclin » britannique, à côté de A. SIEGFRIED, *La Crise britannique au XXᵉ siècle*, Paris, A. Colin, 1931, dont les analyses demeurent pénétrantes, on consultera M.W. KIRBY, *The Decline of British Economic Power since 1870*, Londres, Allen and Unwin, 1981 ; M.J. WIENER, *English Culture and the Decline of the Industrial Spirit 1850-1980*, Cambridge, Cambridge University Press, 1981 ; G. RODERICK et M. STEPHENS, *Where did we go wrong ? Industrial Performance, Education and the Economy in Victorian Britain*, Lewes, Falmer Press, 1982 ; R. ADAMS, *Paradoxical Harvest : Energy and Explanation in British History 1870-1914*, Cambridge, Cambridge University Press, 1982. En sens inverse, D. MCCLOSKEY *Enterprise and Trade in Victorian Britain*, Londres, Allen and Unwin, 1981.

Si l'on envisage l'économie période par période, une excellente synthèse en français : F. CROUZET, *L'Économie de la Grande-Bretagne victorienne*, Paris, Sedes, 1978. En anglais, J.D. CHAMBERS, *The Workshop of the World 1820-1880*, Oxford, Oxford University Press, 1961, et R. CHURCH, *The Great Victorian Boom 1851-1873*, Londres, Macmillan, 1975, traitent de la grande expansion du XIXᵉ siècle. A partir de 1870, on consultera S.B. SAUL, *The Myth of the Great Depression 1873-1896*, Londres, Macmillan, 2ᵉ éd., 1985 ; R.S. SAYERS, *A History of Economic Change in England 1880-1939*, Oxford, Oxford University Press, 1967 ; W.H. FRASER, *The Coming of the Mass Market, 1850-914*, Londres, Macmillan, 1981 ; S. POLLARD, *Britain's Prime and Britain's Decline : the British Economy 1870-1914*, Londres, Arnold, 1989 ; ainsi que la contribution de R. MARX, *Le Déclin de l'économie britannique*, Paris, PUF, 1972.

Sur les conséquences des deux guerres, A.S. MILWARD, *The Economic Consequences of the Two World Wars on Britain*, Londres, Macmillan, 2ᵉ éd., 1984. Sur l'entre-deux-guerres, B.W.E. ALFORD, *Depression and Recovery ? British Economic Growth*

1919-1939, Londres, Macmillan, 1972; D.H. ALDCROFT, *The British Economy*, vol. I : *1920-1951*, Brighton, Wheatsheaf, 1986. Sur le second après-guerre, fines analyses de A. CAIRNCROSS, *Years of Recovery : British Economic Policy 1945-1951*, Londres, Methuen, 1985. Sur les problèmes de la croissance au XXe siècle, G.A. PHILLIPS et R.T. MADDOCK, *The Growth of the British Economy 1918-1968*, Londres, Allen and Unwin, 1973; A.J. YOUNGSON, *Britain's Economic Growth 1920-1966*, Londres, Allen and Unwin, 2e éd., 1968; vues très discutables de C. BARNETT, *The Audit of War*, Londres, Macmillan, 1986.

Pour la période postérieure à 1945, on dispose en français de J. et A.M. HACKETT, *La Vie économique en Grande-Bretagne*, Paris, A. Colin, 1969; F. DAVID, *Autopsie de la Grande-Bretagne*, Paris, Hachette, 1976; J. MARZELLIER, *L'Économie de la Grande-Bretagne contemporaine*, Paris, PUF, 1979; Y. BAROU, *Le Royaume-Uni : une économie à contre-courant*, Paris, Hatier, 1981. Plus détaillé, P. HUET, *La Politique économique de la Grande-Bretagne depuis 1945*, Paris, A. Colin, 1969. Une bonne thèse : J. LERUEZ, *Planification et Politique en Grande-Bretagne 1945-1971*, Paris, Presses de la FNSP, 1972.

En anglais, S. POLLARD, *The Wasting of the British Economy : British Economic Policy 1945 to the Present*, Londres, Croom Helm, 2e éd., 1984; B.W.E. ALFORD, *British Economic Performance since 1945*, Londres, Macmillan, 1986; J.F. WRIGHT, *Britain in an Age of Economic Management : an Economic History since 1939*, Oxford, Oxford University Press, 1980; A. GAMBLE, *Britain in Decline*, Londres, Macmillan, 2e éd., 1985; O. NEWMAN, *The Challenge of Corporatism*, Londres, Macmillan, 1981.

Certains secteurs de la vie économique ont fait l'objet d'études particulières. Sur les rôles respectifs de l'entrepreneur et de l'État au XIXe siècle, on consultera avec fruit les petits livres d'A.J. TAYLOR, *Laissez-faire and State Intervention in Nineteenth-Century Britain*, Londres, Macmillan, 1972, et P.L. PAYNE, *British Entrepreneurship in the Nineteenth Century*, Londres, Macmillan, 1974. Sur l'industrie au XXe siècle, G.C. ALLEN, *The Structure of Industry in Britain*, Londres, Longman, 3e éd., 1970. Plusieurs bons ouvrages retracent le développement des transports : T.C. BARKER et C.I. SAVAGE, *An Economic History of Transport in Britain*, Londres, Hutchinson, 3e éd., 1975; H.J. DYOS et D.H. ALDCROFT, *British Transport : an Economic Survey*, Leicester, Leicester University Press, 1969; P.S. BAGWELL, *The Transport Revolution since 1770*, Londres, Batsford, 1974.

Religion

Brève mais pertinente esquisse d'A. Vidler, *The Church in an Age of Revolution*, Londres, Penguin, 1961. Sur le XIXe siècle, L.E. Elliott-Binns, *Religion in the Victorian Era*, Londres, Lutterworth Press, 1936, reste utile, mais O. Chadwick a produit une véritable somme avec *The Victorian Church*, Londres, Black, 2 vol., 1966-1970, à utiliser avec G. Parsons ed., *Religion in Victorian Britain*, 4 vol. (dont le vol. 3 par J.R. Moore), Manchester, Manchester University Press, 1989. Des vues pénétrantes dans les ouvrages de A.D. Gilbert, *Religion and Society in Industrial England 1740-1914*, Londres, Longman, 1976, et E.R. Norman, *Church and Society in England 1770-1970*, Oxford, Clarendon Press, 1976. D'intéressants développements dans H. Davis, *Worship and Theology in England*, vol. IV : *From Newman to Martineau 1850-1900,* et vol. V : *The Ecumenical Century 1900-1965*, Princeton, Princeton University Press, 1962-1965. Voir aussi D.L. Edwards, *Christian England*, vol. 3 : *From the 18th Century to the First World War*, Londres, Collins, 1984. Sur le XXe siècle, un ouvrage utile mais touffu : G.S. Spinks, *Religion in Britain since 1900*, Londres, Dakers, 1952; plus récemment, K. Slack, *The British Churches Today*, Londres, SCM Press, 1970. On utilisera surtout l'excellente synthèse de A. Hastings, *A History of English Christianity 1920-1985*, Londres, Collins, 1986. A recommander deux études originales : l'une sociale, K.S. Inglis, *Churches and the Working Classes in Victorian England*, Londres, Routledge, 1963; l'autre géographique, J.D Gay, *The Geography of Religion in England*, Londres, Duckworth, 1971; et parmi les études plus récentes, un important travail de sociologie religieuse, R. Currie, A.D. Gilbert et L.S. Horsley, *Churches and Churchgoers*, Oxford, Clarendon Press, 1978; une bonne mise au point, H. McLeod, *Religion and the Working Class in Nineteenth-Century Britain*, Londres, Macmillan, 1984; une pénétrante étude de groupe, A. Haig, *The Victorian Clergy*, Londres, Croom Helm, 1984. Sur l'incroyance, S. Budd, *Varieties of Unbelief 1850-1960*, Londres, Heinemann, 1977, et E. Royle, *Radicals, Secularists and Republicans : Popular Free Thought in Britain 1866-1915*, Manchester, Manchester University Press, 1980. En français, R. Marx, *Religion et Société en Angleterre de la Réforme à nos jours*, Paris, PUF, 1978.

Sur l'anglicanisme, trois livres écrits du point de vue anglican : S.C. Carpenter, *Church and People 1789-1889*, Londres, SPCK, 1933; J.W.C. Wand, *Anglicanism in History and Today*, Londres,

Weidenfeld and Nicolson, 1961; R.B. LLOYD, *The Church of England 1900-1965*, Londres, SCM Press, 1966. En français, une bonne initiation : M. SIMON, *L'Anglicanisme*, Paris, A. Colin, 1970. Plus récents : N. YATES, *The Oxford Movement and Anglican Ritualism*, Londres, Historical Association, 1983, et B. COLEMAN, *The Church of England in Mid-Nineteenth-Century : a Social Geography*, Londres, Historical Association, 1980.

Sur les non-conformistes, introduction par H. DAVIES, *The English Free Churches*, Oxford, Oxford University Press, 2e éd., 1963, et E.A. PAYNE, *The Free Church Tradition in the Life of England*, Londres, SCM Press, 1944. Un éclairage critique par S. KOSS, *Nonconformity and Modern British Politics*, Londres, Batsford, 1975. Utiles analyses de I. SELLERS, *Nineteenth-Century Nonconformity*, Londres, Arnold, 1977, et D.W. BEBBINGTON, *The Nonconformist Conscience : Chapel and Politics 1870-1914*, Londres, Allen and Unwin, 1982. Sur le méthodisme, R.E. DAVIES, A.R. GEORGE et E.G. RUPP ed., *History of the Methodist Church in Great Britain*, Londres, Epworth Press, 3 vol., 1965-1983. En français, C.J. BERTRAND, *Le Méthodisme*, Paris, A. Colin, 1971.

Le catholicisme a été traité principalement par des auteurs catholiques : D. MATHEW, *Catholicism in England*, Londres, Eyre and Spottiswoode, 2e éd., 1948; G.A. BECK ed., *The English Catholics 1850-1950*, Londres, Burns and Oates, 1950; et en français, deux présentations d'ensemble, *Catholicisme anglais*, (coll. « Rencontres »), Paris, Cerf, 1958, et S. DAYRAS et C. d'HAUSSY, *Le Catholicisme en Angleterre*, Paris, A. Colin, 1970. Un travail très approfondi : J.A. LESOURD, *Le Catholicisme dans la société anglaise 1765-1865*, Lille, Université de Lille III, 2 vol., 1978. Une analyse stimulante, E.R. NORMAN, *The English Catholic Church in the Nineteenth Century*, Oxford, Oxford University Press, 1983.

Les travaux de sociologie religieuse sont multiples. A signaler deux ouvrages de synthèse : B.R. WILSON, *Religion in Secular Society*, Londres, Watts, 1966, et D. MARTIN, *A Sociology of English Religion*, Londres, Heinemann, 1967; et trois bonnes monographies : sur Sheffield, E.R. WICKHAM, *Church and People in an Industrial City*, Londres, Lutterworth Press, 1957; sur Londres, H. MCLEOD, *Class and Religion in the Late Victorian City*, Londres, Macmillan, 1974; sur Reading, S. YEO, *Religious Organisations in Crisis*, Londres, Croom Helm, 1976. Une vision d'ensemble : A.D. GILBERT, *The Making of Post-Christian Britain*, Londres, Longman, 1980.

Enseignement

Les aspects institutionnels sont traités par J.W. Adamson, *English Education 1789-1902*, Cambridge, Cambridge University Press, 1930, classique et compact, et par S.J. Curtis, *History of Education in England*, Londres, University Tutorial Press, 7e éd., 1967, *Education in Britain since 1900*, Londres, Dakers, 1952, et en collaboration avec M.E.A. Boultwood, *An Introductory History of English Education since 1800*, Londres, University Tutorial Press, 4e éd., 1966. Initiation claire et précise de H.C. Barnard, *History of English Education in England from 1760*, Londres, University of London Press, 2e éd., 1961. Les aspects sociaux sont davantage abordés par J. Lawson et H. Silver, *A Social History of Education*, Londres, Methuen, 1973, et par D. Wardle, *English Popular Education 1780-1970*, Cambridge, Cambridge University Press, 1970, et *The Rise of the Schooled Society*, Londres, Routledge, 1974. Réflexions de H. Silver, *Education as History : Interpreting 19th and 20th Century Education*, Londres, Methuen, 1983. De bonnes analyses de J.S. Hurt, *Elementary Schooling and the Working Classes 1860-1918*, Londres, Routledge, 1979. A noter également W.H.G. Armytage, *Four Centuries of English Education*, Cambridge, Cambridge University Press, 1964, et J. Murphy, *Church, State and Schools in Britain 1800-1970*, Londres, Routledge, 1971 ; P. Horn, *Education in Rural England 1800-1914*, Dublin, Gill and Macmillan, 1978 ; H.C. Dent, *Education in England and Wales*, Londres, Hodder and Stoughton, 1977, et *The Training of Teachers in England and Wales 1800-1975*, Londres, Hodder and Stoughton, 1976 ; A. Digby et P. Searby ed., *Children, School and Society in Nineteenth-Century England*, Londres, Macmillan, 1981.

Sur l'enseignement depuis la Seconde Guerre mondiale, R. Lowe, *Education in the Post-War Years*, Londres, Routledge, 1988 ; I.G. Fenwick, *The Comprehensive School 1944-1970*, Londres, Methuen, 1976 ; Centre for Contemporary Cultural Studies, *Unpopular Education : Schooling and Social Democracy in England since 1944*, Londres, Hutchinson, 1981. La relation entre enseignement et mobilité sociale est bien traitée par A.H. Halsey, A.F. Heath et J.M. Ridge, *Origins and Destinations : Family, Class and Education in Modern Britain*, Oxford, Clarendon Press, 1980, ainsi que par M. Sanderson, *Educational Opportunity and Social Change in England*, Londres, Faber and Faber, 1987.

Sur les *public schools*, T.W. Bamford, *The Rise of the Public*

Schools, Londres, Nelson, 1967 ; D. NEWSOME, *Godliness and Good Learning*, Londres, Murray, 1961 ; J. GATHORNE-HARDY, *The Public School Phenomenon*, Londres, Hodder and Stoughton, 1977.

Sur les professeurs, A. TROPP, *The School Teachers*, Londres, Heinemann, 1957.

Un excellent livre sur l'enseignement postscolaire et la culture populaire : J.F.C. HARRISON, *Learning and Living 1790-1960 : a Study in the History of the English Adult Education Movement*, Londres, Routledge, 1961.

Enfin, un ouvrage de référence : V.F. GILBERT et C. HOLMES, *Theses and Dissertations on the History of Education 1900-1976*, Lancaster, History of Education Society, 1979.

Culture et mouvement des idées

A côté des ouvrages stimulants de R. WILLIAMS, *Culture and Society 1780-1950*, Londres, Penguin, 1958, et *The Long Revolution*, Londres, Penguin, 1961, et de R. SAMUEL ed., *Patriotism : the Making and Unmaking of British National Identity*, 3 vol., Londres, Routledge, 1989, on aura recours aux multiples études de mentalités. En particulier, pour la période victorienne, *Ideas and Beliefs of the Victorians*, Londres, BBC Talks, 1949 ; W.E. HOUGHTON, *The Victorian Frame of Mind*, New Haven, Conn., Yale University Press, 1957 ; R.D. ALTICK, *Victorian People and Ideas*, New York, Norton, 1973. Sur la culture dominante et la littérature populaire, R.D. ALTICK, *The English Common Reader : a Social History of the Mass-Reading Public 1800-1900*, Chicago, Chicago University Press, 1957 ; M. VICINUS, *The Industrial Muse*, Londres, Croom Helm, 1975 ; B. WAITES, T. BENNETT et G. MARTIN ed., *Popular Culture : Past and Present*, Londres, Croom Helm, 1982 ; D. VINCENT, *Literacy and Popular Culture : England 1750-1914*, Cambridge, Cambridge University Press, 1990. Voir aussi T.W. HEYCK, *Transformation of Intellectual Life in Victorian Britain*, Londres, Croom Helm, 1982, et G. JONES, *Social Darwinism and English Thought*, Hassocks, Harvester Press, 1980.

Pour le XXe siècle, intéressante contribution de S. HYNES, *The Edwardian Turn of Mind*, Princeton, Princeton University Press, 1968. Une petite encyclopédie raisonnée : C.B. COX et A.E. DYSON ed., *The Twentieth Century Mind : History, Ideas and Literature in Britain 1900-1965*, Oxford, Oxford University Press, 3 vol., 1972.

Sur le monde ouvrier, une étude de premier ordre, R. HOGGART, *The Uses of Literacy*, Londres, Chatto and Windus, 1957, tr. fr. *La Culture du pauvre*, Paris, Minuit, 1970. A signaler également l'enquête de G. GORER, *Exploring English Character*, Londres, Cresset Press, 1955. Sur la jeunesse et la contre-culture, F. MUSGROVE, *Youth and the Social Order*, Londres, Routledge, 1964, et *Ecstasy and Holiness : Counter Culture and the Open Society*, Londres, Methuen, 1975. Sur un plan plus politique, B. JESSOP, *Traditionalism, Conservatism and British Political Culture*, Londres, Allen and Unwin, 1974.

Sur l'évolution de la littérature, bons repères auprès de S. MONOD, *Histoire de la littérature anglaise de Victoria à Elisabeth II*, Paris, A. Colin, 1970, et de B. FORD ed., *Pelican Guide to English Literature*, vol. 6 : *The Present*, Londres, Penguin, 1982-1983. A signaler A. SINFIELD ed., *Society and Literature 1945-1970*, Londres, Methuen, 1983 ; et, du même, *Literature, Politics and Culture in Post-War Britain*, Oxford, Blackwell, 1989.

Problèmes nationaux, problèmes raciaux

Une synthèse suggestive : K. ROBBINS, *Nineteenth-Century Britain : England, Scotland and Wales, Integration and Diversity*, Oxford, Clarendon Press, 1989. On trouvera des descriptions de la société écossaise dans R.H. CAMPBELL, *Scotland since 1707 : the Rise of an Industrial Society*, Édimbourg, Donald, 2e éd., 1985 ; W. FERGUSON, *Scotland : 1689 to the Present*, Edimbourg, 1968 ; W.H. MARWICK, *Scotland in Modern Times : a Outline of Economic and Social Development since 1707*, Londres, Cass, 1964, et surtout T.C. SMOUT, *A Century of the Scottish People 1830-1950*, Londres, Collins, 1986, ainsi que S. et O. CHECKLAND, *Industry and Ethos 1832-1914*, Londres, Arnold, 1984. La renaissance du nationalisme, tant en Écosse qu'au pays de Galles, a suscité de pénétrantes études historiques : C. HARVIE, *Scotland and Nationalism*, Londres, Allen and Unwin, 1977, et *No Gods and Precious Few Heroes : Scotland 1914-1980*, Londres, Arnold, 1981. A recommander également J. BRAND, *The National Movement in Scotland*, Londres, Routledge, 1978, et en français, J. LERUEZ, *L'Écosse : une nation sans État*, Lille, Presses Universitaires de Lille, 1983.

Sur le pays de Galles, des éléments dans Brinley THOMAS ed., *The Welsh Economy*, Cardiff, University of Wales Press, 1962. Pour l'évolution, récente ou plus ancienne, on utilisera A. BUTT PHILIP,

The Welsh Question : Nationalism in Welsh Politics 1945-1970, Cardiff, University of Wales Press, 1976; D. Williams, *A History of Modern Wales*, Londres, J. Murray, 2e éd., 1977; et surtout le remarquable ouvrage de K.O. Morgan, *Rebirth of a Nation : Wales 1880-1980*, Oxford, Oxford University Press, 1982.

Une tentative de synthèse sociologique : M. Hexter, *Internal Colonialism : the Celtic Fringe in British National Development 1536-1966*, Londres, Routledge, 1975. Sur les tentatives de dévolution, A.H. Birch, *Political Integration and Disintegration in the British Isles*, Londres, Allen and Unwin, 1978; T. Nairn, *The Break-Up of Britain*, Londres, NLB, 1977; V. Bogdanor, *Devolution*, Oxford, Oxford University Press, 1979.

Tandis que l'immigration ancienne a été étudiée : pour les Irlandais, par J.A. Jackson, *The Irish in Britain*, Londres, Routledge, 1963, et L.H. Lees, *Exiles of Erin*, Manchester, Manchester University Press, 1979; pour les Juifs, par L.P. Gartner, *The Jewish Immigrant in England 1870-1914*, Londres, Allen and Unwin, 1960 (à noter aussi le livre pertinent de V.D. Lipman, *Social History of the Jews in England 1850-1950*, Londres, Watts, 1954), par H. Pollins, *Economic History of the Jews in England*, Londres, Associated University Presses, 1984, ainsi que C. Holmes, *Anti-Semitism in Britain 1876-1939*, Londres, Arnold, 1979; et pour l'ensemble des immigrants, par K. Lunn ed., *Hosts, Immigrants and Minorities : Historical Responses to Newcomers in British Society 1870-1914*, Folkestone, Dawson, 1980, l'immigration de couleur à partir des années cinquante a donné naissance à une multitude d'ouvrages. On retiendra la mise au point en français de M. Charlot, *Naissance d'un problème racial : minorités de couleur en Grande-Bretagne*, Paris, A. Colin, 1972; et en anglais l'étude détaillée de E.J.B. Rose ed., *Colour and Citizenship : a Report on British Race Relations*, Oxford, Oxford University Press, 1969; le manuel précis et pratique de C.S. Hill, *Immigration and Integration : a Study of the Settlement of Coloured Minorities in Britain*, Oxford, Pergamon, 1970; l'utile synthèse de E. Krausz, *Ethnic Minorities in Britain*, Londres, McGibbon and Kee, 1971. Parmi les ouvrages plus récents, C. Holmes ed., *Immigrants and Minorities in British Society*, Londres, Allen and Unwin, 1978, et *John Bull's Island : Immigration and British Society 1871-1971*, Londres, Macmillan, 1988; C. Husband ed., *Race in Britain : Continuity and Change*, Londres, Hutchinson, 1982; P. Fryer, *Staying Power : the History of Black People in England*, Londres, Pluto Press, 1984. Un essai d'ensemble : J. Walvin, *Passage to Britain : Immigration in British History and Politics*, Londres, Penguin, 1984.

Périodiques

Dans la mesure où nombre des contributions les plus intéressantes et les plus neuves paraissent sous forme d'articles, cette bibliographie serait incomplète sans une mention des principales revues auxquelles le lecteur devra se référer pour approfondir tel ou tel aspect de la société britannique : *Economic History Review, Population Studies, Bulletin of the Society for the Study of Labour History, Social History, Urban History Newsletter*, puis *Yearbook, Past and Present, History Today, History, English Historical Review, Historical Journal, History Workshop Journal, Victorian Studies, British Journal of Sociology, International Review of Social History*, etc.

Notes

Préface

1. G. Orwell, « The Lion and the Unicorn », in S. Orwell et I. Angus, *Collected Essays, Journalism and Letters of George Orwell*, vol. II : *1940-1943*, Londres, Penguin, 1968, p. 75-76.

2. Cité par Charles de Franqueville, *Les Institutions politiques, judiciaires et administratives de l'Angleterre*, Paris, 1863, p. V.

3. Cf. L. Scheler, Préface à J. Vallès, *La Rue à Londres*, Paris, 1884, rééd. 1951, p. XII.

4. E. Halévy, *Histoire du peuple anglais au XIX*[e] *siècle,* t. I : *L'Angleterre en 1815*, Paris, 1913, p. VI-VII : « Français, j'écris une histoire d'Angleterre. J'aborde l'étude d'un peuple auquel je suis étranger par la naissance et par l'éducation. J'ai beau multiplier les lectures, visiter la capitale et les provinces, fréquenter des milieux sociaux divers : une foule de choses qu'un Anglais, même non cultivé, sait en quelque sorte spontanément, il m'a fallu en acquérir la connaissance à grand-peine, d'une manière qui semble condamnée à demeurer factice. J'ai conscience de tout cela : et cependant les risques que j'ai courus valaient, j'en garde la ferme conviction, la peine d'être courus. » Cf. aussi les notations contemporaines de J. Bardoux, *L'Angleterre radicale. Essai de psychologie sociale (1906-1913)*, Paris, 1913, p. VII.

5. Cf. A.J.P. Taylor, *English History, 1914-1945*, Oxford, 1965, p. V; W.J. Reader, *Life in Victorian England*, Londres, 1964, p. 15; J. Ryder et H. Silver, *Modern English Society*, Londres, 3e éd., 1985, p. XVI-XVII.

6. Daniel Defoe, *A Tour through the Whole Island of Great Britain*, vol. I, Londres, 1724, préface.

1. L'industrialisme conquérant

1. *Letters of Queen Victoria*, Londres, 1907, 1st series, vol. II, p. 383, 3 mai 1851.
2. J. Ruskin, *The Seven Lamps of Architecture*, Londres, 1849.
3. C.H. Gibbs-Smith, Victoria and Albert Museum, *The Great Exhibition of 1851*, Londres, HMSO, 1950, p. 33.
4. B. Texier, *Lettres sur l'Angleterre*, Paris, 1851, p. 54.
5. Elihu Burritt, *Peace Papers for the People*, 1851, p. 125; *Thoughts and Things at Home and Abroad*, 1856.
6. Cité par J.W. Dodds, *The Age of Paradox 1841-1851*, Londres, 1953, p. 443.
7. A. de Valon, « Le Tour du Monde à l'Exposition de Londres », *Revue des Deux Mondes*, III, 1851, p. 222.
8. Lettre du 14 octobre 1851 : G.O. Trevelyan, *The Life and Letters of Lord Macaulay*, Londres, 1876, vol. II, p. 206.
9. *Tallis's History and Description of the Crystal Palace*, Londres, 1851.
10. B.R. Mitchell et P. Deane, *Abstract of British Historical Statistics*, Cambridge, 1962, ch. XIII.
11. *Ibid.*, ch. V, VIII, XI.
12. E.P. Hood, *The Age and its Architects*, Londres, 1850, p. 17.
13. Cité par S.G. Checkland, *The Rise of Industrial Society in England 1815-1885*, Londres, 1965, p. 209.
14. F. Perroux, *L'Europe sans rivages*, Paris, 1954, p. 39.
15. P. Laslett, « The Size and Structure of the Household in England over Three Centuries », *Population Studies*, XXIII, 2, 1969; *Household and Family in Past Time*, Cambridge, 1972.
16. M. Anderson, *Family Structure in Nineteenth-Century Lancashire*, Cambridge, 1971.
17. Registrar-General, *Statistical Review for 1961*, III, 770, table XLII.
18. J. Stuart Mill, *Principles of Political Economy*, Londres, 1848, livre V, ch. XI, § 14.
19. H. Taine, *Notes sur l'Angleterre*, Paris, 1872, p. 75.
20. D'après C.M. Law, « The Growth of Urban Population in England and Wales 1801-1911 », *Transactions of the Institute of British Geographers*, vol. XLI, juin 1967, p. 141-142.
21. Census of 1851, Report of the Registrar-General, *Parliamentary Papers*, 1852-53, vol. 85, p. XXXV-XXXVI.
22. E. Bernstein, *My Years of Exile*, Londres, 1921, p. 155.
23. F. Ozanam, *Œuvres complètes*, t. XI, *Lettres*, II, p. 327 : Lettre à Jean-Jacques Ampère, 24 août 1851.
24. H. Mayhew et J. Binny, *The Criminal Prisons of London*, Londres, 1862, p. 9.

25. B. Scott, *A Statistical Vindication of the City of London*, Londres, 1867; Report by J. Salmon, *Ten Year's Growth of the City of London, 1881-1891*, Londres, 1891.

26. T.C. Barker et M. Robbins, *History of London Transport*, Londres, 1963, vol. I, p. 57-58. Sur ces migrants journaliers, 20 000 utilisent l'omnibus, 15 000 le bateau à vapeur sur la Tamise, 6 000 le train; les autres circulent dans leur voiture particulière avec leur propre équipage.

27. C. Baudelaire, *L'Art romantique*, ch. IV : « Peintres et aquafortistes » (à propos des eaux-fortes de Whistler en 1862).

28. J. Ruskin, *The Crown of Wild Olive*, Londres, 1865.

29. J. Saville, *Rural Depopulation in England and Wales, 1851-1951*, Londres, 1957, p. 53.

30. A.L. Bowley, « Rural Population in England and Wales : A Study of the Changes of Density, Occupations and Ages », *Journal of the Royal Statistical Society*, LXXVII, mai 1914, p. 597-645.

31. F.M.L. Thompson, *English Landed Society in the Nineteenth Century*, Londres, 1963, p. 27-32; J.D. Chambers et G.E. Mingay, *The Agricultural Revolution 1750-1880*, Londres, 1966, p. 162; P. Flavigny, *Le Régime agraire de l'Angleterre au XIXe siècle*, Paris, 1932, p. 172.

32. *Bulletin de statistique et de législation comparée*, I, 1877, p. 164; P. Flavigny, *op. cit.*, p. 172.

33. Cf. J. Clapham, *An Economic History of Modern Britain*, Cambridge, 1926-1938, vol. I, p. 451; vol. II, p. 263-264.

34. Titre d'un opuscule publié par J. Caird en 1848.

35. P. Anderson Graham, *The Rural Exodus*, Londres, 1892, p. 38.

36. A. Rimbaud, « Mouvement », *Les Illuminations*.

37. Mitchell et Deane, *op. cit.*, p. 225-226.

38. *Ibid.*, p. 355-357; p. 251-253.

2. Les vertus de la hiérarchie

1. Lettre au congrès chartiste de Manchester, publiée dans *The People's Paper*, 9 mars 1854. Cf. *Karl Marx and Frederick Engels on Britain*, Moscou, 1962, p. 416.

2. Discours à la South London Industrial Exhibition. Cité d'après *The Illustrated London News*, 8 avril 1865, par G. Best, *Mid-Victorian Britain 1851-1875*, Londres, 1971, p. 234-236.

3. Sur le mot « class », cf. A. Briggs, « The Language of "Class" in Early Nineteenth-Century England », in A. Briggs and J. Saville ed., *Essays in Labour History*, Londres, 1960, vol. I. Cf. aussi G. Stedman Jones, *Languages of Class*, Cambridge, 1983.

4. C. Hall, *The Effects of Civilisation on the People in European States*, Londres, 1803, p. 3.

5. *Political Register*, vol. 39, 14 avril 1821, p. 85.

6. Cf. H. Perkin, *The Origins of Modern English Society, 1780-1880*, Londres, 1969, p. 26-28 et 257.

7. *Monthly Repository*, 1834, VIII, p. 320.

8. A. de Tocqueville, *Voyages en Angleterre, Irlande, Suisse et Algérie* in *Œuvres complètes*, Paris, 1958, t. V, 2, p. 47. On trouve exactement la même notation sous la plume d'un autre visiteur français de marque, Léon Faucher, *Études sur l'Angleterre*, Paris, 1845, vol. I, p. VII : « L'Anglais se console d'avoir des supérieurs auxquels il doit le respect et l'obéissance, pourvu qu'il ait des inférieurs qui le respectent à leur tour et quand il ne voit rien au-dessous de lui dans son propre pays, il s'exalte par comparaison avec l'Europe. »

9. M. Arnold, « Equality », *Mixed Essays*, Londres, 1878, p. 49.

10. H. James, « London at Midsummer », *English Hours*.

11. E. Burke, *Letters to the Duke of Richmond*, Londres, 1772.

12. J. Morley, *Life of Richard Cobden*, Londres, 1903, vol. II, p. 54.

13. Lord Willoughby de Broke, *The Passing Years*, Londres, 1924.

14. *Essays, Political and Miscellaneous*, Londres, 1868, vol. I, p. 100.

15. Cf. F.M.L. Thompson, *English Landed Society in the Nineteenth Century*, Londres, 1963, ch. I et II.

16. Cf. W.L. Burn, *The Age of Equipoise*, Londres, 1964, p. 306-308, et F.M.L. Thompson, *op. cit.* Sur le marquis de Bredalbane, voir Taine, *Notes sur l'Angleterre*, Paris, 1872, p. 243.

17. W. Bagehot, *The English Constitution*, Introduction à la 2e édition (1872).

18. La première partie de la citation est datée de 1849 : cf. J. Morley, *op. cit.*, vol. II, p. 53. La seconde est tirée d'une lettre de Cobden à Caird du 28 mars 1857 : cf. R. Robson ed., *Ideas and Institutions of Victorian Britain*, Londres, 1967, p. 113.

19. Taine, *op. cit.*, p. 203.

20. Léonce de Lavergne, *Essai sur l'économie rurale de l'Angleterre, de l'Écosse et de l'Irlande*, Paris, 1854, p. 135.

21. Lord Brougham and Vaux, *Speeches on Social and Political Subjects*, Londres, 1857, vol. II, p. 373.

22. W. Thackeray, *Letters*, vol. IV, p. 105.

23. J. Morley, *op. cit.*, vol. II, p. 396 : lettre du 7 février 1862.

24. J.A. Froude, « England and her Colonies », *Short Studies on Great Subjects*, Londres, 1878, vol. II, p. 206.

25. Taine, *op. cit.*, ch. VII, p. 294-295.

26. G. Best, *Mid-Victorian Britain…, op. cit.*, p. 81-84 ; J.A. Banks, *Prosperity and Parenthood*, Londres, 1954, p. 104-105 ; H.

Perkin, *The Origins of Modern English Society…*, *op. cit.*, p. 417.

27. J. Jaurès, *L'Armée nouvelle*, Paris, 1911, ch. x.

28. S. Smiles, *Self-Help*, Introduction à la 1re édition, Londres, 1859.

29. B. Webb, *My Apprenticeship*, Londres, 1926, p. 13.

30. C. Kingsley, *Alton Locke*, Londres, 1850, ch. x.

31. A. Barbier, « Les mineurs de Newcastle », *Lazare*, Paris, 1837.

32. H. Mayhew, *London Labour and the London Poor*, Londres, 1861, vol. III, p. 233.

33. Thomas Wright, *Our New Masters*, Londres, 1873, p. 3-6.

34. F. Harrison, *Order and Progress*, Londres, 1875, p. 171 et p. 274 (la première affirmation date de 1868, la seconde de 1874).

35. La phrase est de Sir James Graham, l'*alter ego* de Peel : cf. *Hansard*, 3rd series, vol. C, col. 773-781.

36. A.L. Bowley, « Changes in Average Wages (Nominal and Real) in the United Kingdom between 1860 and 1891 », *Journal of the Royal Statistical Society*, LVIII, 2, juin 1895, table VII, p. 248.

37. G. Best, *op. cit.*, p. 80 et 91 ; cf. aussi S.G. Checkland, *The Rise of Industrial Society in England 1815-1885*, Londres, 1965, p. 225.

38. Sampson Low Jr, *The Charities of London*, Londres, 1862, p. XI et 86

39. L. Levi, *Wages and Earnings of the Working Classes*, Londres, 1885, p. 25.

40. S. Pollard, « Nineteenth-Century Co-operation : From Community Building to Shopkeeping », in A. Briggs et J. Saville ed., *Essays in Labour History*, Londres, 1930, vol. I, p. 100; H. Perkin, *op. cit.*, p. 383-387.

41. Cf. P.H.J.H. Gosden, *The Friendly Societies in England 1815-1875*, Manchester, 1961, p. 7, 16, 22-24.

42. Lettre du 30 novembre 1868, citée par R. Harrison, *Before the Socialists*, Londres, 1965, p. 21.

43. Harrison, *op. cit.*, p. 7.

44. Adresse au Rochdale Co-operative Congress : cf. M. Cole, *Makers of the Labour Movement*, Londres, 1948, p. 131.

45. G. Howell, *The Conflicts of Capital and Labour*, Londres, 1878, p. 372.

3. Pouvoir et consensus

1. R. Dudley Baxter, *National Income*, Londres, 1868, p. 1.

2. Cf. E.J. Hobsbawm, *Industry and Empire*, Londres, 1968, p. 310.

3. Chiffres calculés d'après les données rassemblées par Léonce de Lavergne, *Essai sur l'économie rurale de l'Angleterre*, Paris, 1854.

4. F. Engels, *La Situation de la classe laborieuse en Angleterre*, dernier chapitre : « La situation de la Bourgeoisie vis-à-vis du Prolétariat ».

5. F.E. Mineka et D.N. Lindley ed., *The Later Letters of John Stuart Mill 1849-1873*, Toronto, 1972, vol. II, p. 553 (lettre du 15 avril 1858).

6. Note manuscrite d'E. Halévy citée par P. Vaucher, « 1848 en Angleterre », *Actes du congrès historique du centenaire de la Révolution de 1848*, Paris, 1948, p. 95.

7. J. Morley, *Life of Richard Cobden*, Londres, 1903, vol. II, p. 365 (lettre du 1er mars 1861).

8. Lettre à Marx, 7 octobre 1858, in *Karl Marx and Frederick Engels on Britain*, Moscou, 1962, p. 537.

9. Cf. J.W. Dodds, *The Age of Paradox 1841-1851*, Londres, 1953, p. 487.

10. *Culture and Anarchy*, ed. J. Dover Wilson, Cambridge, 1932, p. 121.

11. Préface à *William Shakespeare*, 1864.

12. A. Briggs, « Robert Applegarth and the Trade Unions », *Victorian People*, Londres, 1954, p. 185.

13. J. Stuart Mill, *The Subjection of Women*, Londres, 1869, ch. I.

14. A.V. Dicey, *Lectures on the Relation between Law and Public Opinion in England during the Nineteenth Century*, Londres, 2e éd., 1914, p. 198.

15. *Law Reports*, 2 Ex., 230, cf. W.L. Burn, *The Age of Equipoise*, Londres, 1964, p. 302-303.

16. G. Kitson Clark, *The Making of Victorian England*, Londres, 1962, p. 193.

17. A. Trollope, *An Autobiography*, éd. de 1950, p. 291-294.

18. A. Watkin, *Extracts from his Journal 1814-1856*, éd. A.E. Watkin, Londres, 1920, p. 275.

19. H. Malot, *La Vie moderne en Angleterre*, Paris, 1862, p. 5-6.

20. T. Carlyle, *Chartism*, Londres, 1839.

21. *Illustrated London News*, 22 juillet 1848 et 13 octobre 1849.

22. C.J. Bartlett ed., *Britain Pre-eminent*, Londres, 1969, p. 186.

23. J. Vallès, *La Rue à Londres*, Paris, 1884 ; éd. L. Scheler, 1951, p. 86-90.

4. La crise des valeurs victoriennes

1. D.H. Aldcroft et H.W. Richardson, *The British Economy 1870-1939*, Londres, 1969, p. 65 ; B.R. Mitchell et P. Deane, *Abstract of British Historical Statistics*, Cambridge, 1962, p. 367-368.

2. Aldcroft et Richardson, *op. cit.*, p. 65-66.

3. D. McCloskey, « Did Victorian Britain Fail? », *Economic History Review*, XXIII, 3, décembre 1970, p. 458 ; « Victorian Growth : A Rejoinder », *ibid.*, XXVII, 2, mai 1974, p. 277.

4. W. Booth, *In Darkest England*, Londres, 1890, p. 78.

5. A. Toynbee, *« Progress and Poverty » : a Criticism of Mr Henry George, being a lecture... delivered at St. Andrew's Hall, London, 18 January 1883.*

6. John Rae, *Contemporary Socialism*, Londres, 1884, p. 61 (livre composé assez largement d'articles parus dans la *Contemporary Review* et la *British Quarterly Review*). L'auteur, économiste, était *Provost* de l'université d'Édimbourg.

7. Matthew Arnold, *Friendship's Garland*, éd. de 1903, p. 141.

8. C.F.G. Masterman, « What the Age Looks Like », *The Nation*, 26 décembre 1908 ; cité par D. Read, *Edwardian England*, Londres, 1972, p. 12.

9. J.A. Hobson, *The Crisis of Liberalism*, Londres, 1909, p. 271.

10. V. Woolf, *Collected Essays*, Londres, 1966, vol. I, p.320-321.

11. S. Webb, *English Progress Towards Social Democracy*, Fabian Tract, n° 15, 1890, p. 1. (La formule est due en réalité à William Whewell qui l'avait imaginée pour caractériser la confrontation entre la religion traditionnelle et les découvertes de la science : cf. Aubrey Moore, *Science and the Faith*, Londres, 1889, p. 83.)

12. D'après H. McLeod, *Class and Religion in the Late Victorian City*, Londres, 1974, p. 323.

13. A.H. Halsey ed., *Trends in British Society since 1900*, Londres, 1972, p. 415-417.

14. A.H. Halsey ed., *British Social Trends since 1900,* Londres, 1988, ch. XIII.

15. *Royal Commission on Population*, vol. VI, part I (A Report on the Family Census of 1946 by D.V. Glass and E. Grebenik), Londres, 1964, p. 110-111.

16. Cf. N. Tranter, *Population since the Industrial Revolution : the Case of England and Wales*, Londres, 1973, p. 100.

17. *Life of Hugh Price Hughes*, par sa fille, p. 254-255.

18. Alfred Lord Tennyson, *The Princess*, part V, p. 437-440.

19. J. Ruskin, *Sesame and Lilies : Of Queen's Gardens*, Londres, 1865.

20. G.K. Chesterton, *Autobiography*, Londres, 1936, p. 20.

21. Cf. J. Laver, *The Age of Optimism*, Londres, 1966, p. 31. Cf. aussi J. Dunbar, *The Early Victorian Woman*, Londres, 1953.

22. J. Stuart Mill, *The Subjection of Women*, Londres, 1869, Everyman ed., p. 247-248.

23. M.G. Fawcett, *Women's Suffrage : a Short History of a Great Movement*, Londres et Édimbourg, 1911, p. 23.

24. E. Halévy, *Histoire du peuple anglais au XIXe siècle*, t. VI : *Vers la démocratie sociale et vers la guerre (1905-1914)*, Paris, 1932, p. 485-489.

5. Démocratie bourgeoise, démocratie sociale

1. Après la mort de la souveraine, dans l'hommage rendu à la Chambre des Lords par Salisbury, celui-ci déclare (25 janvier 1901) : « Elle [Victoria] avait une perception extraordinaire de ce que pensait son peuple — extraordinaire, parce que cela ne pouvait venir en aucune manière d'un contact direct... J'ai toujours eu le sentiment, quand je savais ce que la reine pensait, de connaître avec certitude l'opinion de ses sujets, et plus particulièrement parmi ses sujets l'opinion de la classe moyenne. » G. Cecil, *Life of Robert Marquis of Salisbury*, Londres, 1931, vol. III, p. 186-187.

2. P. Deane et W.A. Cole, *British Economic Growth 1688-1959*, Cambridge, 1962, p. 142.

3. F.M.L. Thompson, *English Landed Society in the Nineteenth Century*, Londres, 1963, p. 315.

4. Cf. R. Lewis et A. Maude. *The English Middle Classes*, Londres, Penguin, 1949, p. 41-42.

5. Sur le processus d'anoblissement au XIXe siècle, cf. S.G. Checkland, *The Rise of Industrial Society in England 1815-1885*, Londres, 1965; F.M.L. Thompson, *op. cit.*; E. Halévy, *Histoire du peuple anglais au XIXe siècle*, Paris, 1932, t. VI, livre II, ch. II.

6. Cf. W.L. Guttsman, *The British Political Elite*, Londres, 2e éd., 1965, p. 41, 78, 104.

7. Discours à Newcastle-on-Tyne, 9 octobre 1909, *The Times*, 10 octobre 1909.

8. G. Kitson Clark, *The Making of Victorian England*, Londres, 1962, p. 251.

9. Duke of Portland, *Men, Women and Things*, Londres, 1937, p. 228-229.

10. J. Morley, *Life of Richard Cobden*, Londres, 1903, vol. II, p. 365.

11. Lettre d'Engels à Marx, 7 octobre 1858; lettre de Marx à Liebknecht, 11 février 1878 : *Karl Marx and Frederick Engels on Britain*, Moscou, 1962, p. 537 et 554.

12. Cf. H.L. Beales, *The Industrial Revolution*, New York, 2e éd., 1967, New Introductory Essay, p. 17.

13. *Hammersmith Social Record*, mai 1892; cité par E.P. Thompson, *William Morris : Romantic to Revolutionary*, Londres, 1955, p. 683.

14. J. Keir Hardie, *The ILP : All about it.*
15. Lord Snell, *Men, Movements and Myself*, Londres, 1936, p. 99.
16. *The Letters of Queen Victoria*, Londres, 1928, 2nd series, vol. III, p. 166 et 130-131 (lettres à W. Forster, 25 décembre 1880, et à Lord Granville, 8 août 1880).
17. S. Pollard, *The Development of the British Economy 1914-1967*, Londres, 2e éd., 1969, p. 13.

6. Splendeurs et misères de la Belle Époque

1. G.N. Curzon, *Problems of the Far East*, Londres, 1894, p. v.
2. Discours au Royal Colonial Institute, 2 mars 1893.
3. H.F. Wyatt, «The Ethics of Empire», *The Nineteenth Century*, XLI, avril 1897, p. 529.
4. Cité par C.H.D. Howard, *Splendid Isolation*, Londres, 1967, p. 17-18.
5. Lettre d'Engels à Kautsky, 12 septembre 1882, in *Marx and Engels on Britain*, Moscou, 1962, p. 560; article de Lénine dans *Proletary*, 20 octobre 1907, in V. I. Lenin, *On Britain*, Moscou, 1959, p. 76.
6. J. Vallès, *La Rue à Londres*, Paris,1884; éd. L. Scheler, 1951, p. 185.
7. J. Maynard Keynes, *The Economic Consequences of the Peace*, Londres, 1919, p. 9-10.
8. C.E. Montague, *Disenchantment*, Londres, 1922.
9. B. Webb, *Our Partnership*, Londres, 1948, p. 347.
10. Lady Dorothy Nevill, *Reminiscences*, Londres, 1906; cité par D. Read, *Edwardian England*, Londres, 1972, p. 46.
11. Randolph Churchill, *Winston Churchill*, vol. I : *Youth 1874-1900*, Londres, 1966, p. 371.
12. E.H. Phelps Brown, *The Growth of British Industrial Relations*, Londres, 1959, p. 37.
13. *74th Annual Report of the Registar-General* (for 1911), *Parliamentary Papers*, 1912-1913, XIII, Cmd 6578, Table 28 B, p. 88.
14. L. Chiozza Money, *Riches and Poverty*, Londres, 2e éd. revue, 1912, p. 45-50, 60, 76, 79.
15. *Clarendon Report on the Public Schools, Parliamentary Papers*, 1864, XX, p. 66.
16. Cf. W.J. Reader, *Life in Victorian England*, Londres, 1964, p. 20.
17. L. Stone, «Literacy and Education in England», *Past and Present*, 42, février 1969; J. Lawson et H. Silver, *A Social History of Education in England*, Londres, 1973, p. 324.

18. *Report of the Commission on the State of Popular Education, Parliamentary Papers*, 1861 (2794), XXI, part I.

19. *Hansard*, 3rd series, CLXV, col. 238, 13 février 1862.

20. Cité par Lawson et Silver, *op. cit.*, p. 318.

21. Pour 1851, cf. Lawson et Silver, *op. cit.*, p. 281 ; pour 1887, cf. O. Chadwick, *The Victorian Church*, Londres, 1970, vol. II, p. 257.

22. Cf. D.C. Marsh, *The Changing Social Structure of England and Wales 1871-1961*, Londres, 1965, p. 34 et 38 ; A.H. Halsey ed., *Trends in British Society since 1900*, Londres, 1972, p. 42.

23. Cf. Frederic Rogers, *Labour, Life and Literature*, Londres, 1913.

24. George Eliot, *Middlemarch*, livre II, ch. XV.

25. H. Malot, *La Vie moderne en Angleterre*, Paris, 1862, p. 207.

26. W.E.H. Lecky, *History of European Morals*, vol. II, Londres, 1869, p. 299-300.

27. W. Acton, *Prostitution Considered in its Moral, Social and Sanitary Aspects*, Londres, 1858.

28. Sir Lawrence E. Jones, *An Edwardian Youth*, Londres, 1956, p. 162-163.

29. H. Kissinger, *A World Restored*, New York, 1964, p. 270-271.

30. Discours à Glasgow, 9 février 1912 : Randolph Churchill, *Winston Churchill*, vol. II : *Young Statesman 1901-1914*, Londres, 1967, p. 63.

31. Cité par E. Grierson, *The Imperial Dream*, Londres, 1972, p. 13.

32. M.K. Ashby, *Joseph Ashby of Tysoe 1859-1919*, Londres, 1961, p. 290.

7. En quête de sécurité et d'équilibre

1. Cf. aussi les chiffres donnés dans la *Cambridge Economic History of Europe*, vol. VI : *The Industrial Revolution and After*, Cambridge, 1965, part I, p. 27.

2. J. Galsworthy, Préface de *A Modern Comedy*, Londres, 1929.

3. W.S. Churchill, *The World Crisis*, Londres, 1923, part I, p. 10-11.

4. A Toynbee, *War and Civilization*, Londres, 1951.

5. *Discours de réception du maréchal Pétain à l'Académie française*, 1929.

6. Cf. A.J.P. Taylor, *English History 1914-1945*, Oxford, 1965, p. 60-61 et 87.

7. L. Binyon, «For the Fallen» (le poème a d'abord paru dans le *Times* du 21 septembre 1914).

8. Le total des pertes de guerre varie considérablement selon les estimations, puisque les chiffres oscillent entre moins de 600 000 et plus de 900 000 morts. Pour une étude critique, cf. J.M. Winter, « Some Aspects of the Demographic Consequences of the First World War in Britain », *Population Studies*, XXX, 3, 1976, p. 541, qui, au terme d'une analyse serrée, conclut à un total de 723 000 morts.

9. J.S. Engall, *A Subaltern's Letters*, Londres, 1918, p. 119-120.

10. Wilfred Owen, « Strange Meeting ».

11. Cf. A. Marwick, *The Deluge*, Londres, Pelican, 1967, p.234.

12. H. Read, *Collected Poems*, Londres, 1966, p. 152.

13. Lewis Namier, « The Missing Generation », *Conflicts*, Londres, 1942, p. 74-75.

14. J.M. Keynes, *The Economic Consequences of the Peace*, Londres, 1919, p. 2.

15. Cf. A.S. Milward, *The Economic Effects of the Two World Wars on Britain*, Londres, 2e éd., 1984, p. 13.

16. T.C. Barker, « L'économie britannique de 1900 à 1914 : déclin ou progrès ? », *Revue d'histoire économique et sociale*, 52, 1974, p. 222.

17. Sur les mines et les chantiers navals, cf. E.J. Hobsbawm, *Industry and Empire*, Londres, 1968, p. 174 ; sur le coton, cf. P. Mathias, *The First Industrial Nation*, Londres, 1969, p. 435.

18. W.H. Auden, *Poems*, Londres, 1930.

19. Hobsbawm, *op. cit.*, p. 175-176.

20. W.H. Beveridge, *Full Employment in a Free Society*, Londres, 1944, p. 72 ; cf. aussi p. 47-72.

21. J.B. Priestley, *English Journey*, Londres, 1934, p. 397-407.

22. D.H. Aldcroft et H.W. Richardson, *The British Economy 1870-1939*, Londres, 1969, p. 4.

23. Hobsbawm, *op. cit.*, p. 189.

24. *Royal Commission on the Distribution of the Industrial Population* (Barlow Report), *Parliamentary Papers*, 1939-1940, IV, Cmd 6153, p. 36-37.

25. Aldcroft et Richardson, *op. cit.*, p. 65 ; B.R. Mitchell et P. Deane, *Abstract of British Historical Statistics*, Cambridge, 1962, p. 367-368.

26. R.S. Sayers, *A History of Economic Change in England 1880-1939*, Londres, 1967, p. 76.

27. H. Pelling, *The British Communist Party : a Historical Profile*, Londres, 2e éd., 1975, p. 192-193.

28. D. Butler et A. Sloman, *British Political Facts 1900-1979*, Londres, 5e éd., 1980, p. 330.

29. *British Labour Statistics : Historical Abstract 1886-1968*, Londres, HMSO, 1971, table 197, p. 396.

30. Margaret I. Cole ed., *Beatrice Webb's Diaries 1924-1932*, Londres, 1956, p. 92.

31. A.J.P. Taylor, *English History 1914-1945*, Oxford, 1965, p. 600.

32. A. Calder, *The People's War*, Londres, Panther, 1969, p. 39.

33. R.M. Titmuss, *Problems of Social Policy*, Londres, HMSO, 1950, p. 335-336 et 559-561.

34. A. Gillois, *Histoire secrète des Français à Londres de 1940 à 1944,* Paris, 1973, p. 197.

35. R. Desnos, « Le veilleur du Pont-au-Change » (le poème a été d'abord publié clandestinement par les Éditions de Minuit dans *Europe*).

36. H. Nicolson, *Diaries and Letters*, vol. II : *The War Years 1939-1945*, Londres, 1967, p. 170 (note du 4 juin 1941).

37. *New York Herald Tribune*, 21 septembre 1940.

38. *British Labour Statistics..., op. cit.,* p. 396.

39. Calder, *op. cit.*, p. 412.

40. A.J.P. Taylor, *op. cit.*, p. 550.

41. Cité par J. Wheeler-Bennett ed., *Action This Day*, Londres, 1968, p. 96.

42. N. Mansergh, *Documents and Speeches on British Commonwealth Affairs 1931-1952*, Londres, 1953, vol. I, p. 570.

43. Le mot a été utilisé pour la première fois en 1941 par William Temple, alors archevêque d'York, dans son livre *Citizen and Churchman*, Londres, p. 35 : « In place of the conception of the Power-State, we are led to that of the Welfare-State. »

44. *The Times*, 1er juillet 1940.

45. En réalité la phrase prononcée par Sir Hartley Shawcross, attorney général du gouvernement Attlee, était : « We are the masters for the moment — and not only for the moment, but for a long time to come. » Cf. M. Sissons et P. French ed., *Age of Austerity 1945-1951*, Londres, Penguin, 1963, p. 29.

46. H. Dalton, *Memoirs*, vol. III : *High Tide and After*, Londres, 1962, p. 3.

47. M. Bruce, *The Coming of the Welfare State,* Londres, 4e éd., 1968, p. 331-332.

48. R.F. Harrod, *The Life of John Maynard Keynes*, Londres, 1951.

49. *Hansard*, vol. 474, col. 39, 18 avril 1950.

50. Cf. Herbert Morrison, *The Peaceful Revolution*, Londres, 1949; E.I. Watkin, *The Cautious Revolution*, Londres, 1951 ; Beveridge Report *(Social Insurance and Allied Services)* § 31 : « The scheme proposed here is in a way a revolution, but in more important ways it is a natural development from the past : it is a British revolution. »

51. Sissons et French, *op. cit.*, p. 25.
52. *Ibid.*, p. 33.
53. Cité par A. Marwick, *Britain in the Century of Total War 1900-1967*, Londres, Penguin, 1969, p. 390.
54. R. Crossman ed., *New Fabian Essays*, Londres, 1952, p. 6.
55. *Ibid.*

8. Solidité des hiérarchies

1. F.M.L. Thompson, *English Landed Society in the Nineteenth Century*, Londres, 1963, p. 333 (voir aussi l'ensemble du ch. XII).
2. H. Belloc, *An Essay on the Nature of Contemporary England*, Londres, 1937, ch. I et II.
3. N. Mitford ed., *Noblesse oblige*, Londres, Penguin, 1956, p. 35.
4. J.H. Huizinga, *Confessions of a European in England*, Londres, 1958, p. 101.
5. P. Sargant Florence, *Ownership, Control and Success of Large Companies*, Londres, 1961, p. 13. Cf. aussi W.L. Guttsman, *The British Political Elite*, Londres, 1965, ch. XI.
6. A.L. Bowley, *Wages and Income since 1860*, Cambridge, 1937, p. 127.
7. Wyn Griffith, *The British Civil Service 1854-1954*, Londres, HMSO, 1955, p. 14-19.
8. A.M. Carr-Saunders, D. Caradog Jones et C.A. Moser, *A Survey of Social Conditions in England and Wales*, Oxford, 1958, p. 106.
9. A.H. Halsey ed., *Trends in British Society since 1900*, Londres, 1972, p. 114.
10. Cf. D.V. Glass ed., *Social Mobility in Britain*, Londres, 1954.
11. R. Lewis et A. Maude, *The English Middle Classes*, Londres, Penguin, 1949, p. 60-61.
12. P. Mathias, *The First Industrial Nation*, Londres, 1969, p. 431.
13. Sur les statistiques du chômage, cf. C.L. Mowat, *Britain between the Wars 1918-1940*, Londres, 1955, p. 481-483; G.D.H. Cole et M.I. Cole, *The Condition of Britain*, Londres, 1937, p. 219-233.
14. S. Spender, *Poems*, Londres, 1933, p. 29.
15. B.S. Rowntree et G.R. Lavers, *Poverty and the Welfare State*, Londres, 1951, p. 30-31 et 34-35.
16. F. Zweig, *The British Worker*, Londres, 1952, p. 189.
17. Sources : pour 1688-1867, H. Perkin, *The Origins of Modern English Society 1780-1880*, Londres, 1969, p. 20-21 et 420; pour 1908, L. Chiozza Money, *Riches and Poverty*, Londres, 1912; pour 1929, Colin Clark, *The National Income 1924-1931*, Londres, 1932,

et « Further Data on the National Income », *Economic Journal*, septembre 1934 ; pour 1938-1949, G.D.H. Cole, *The Post-War Condition of Britain* ; Londres, 1956, et Carr-Saunders, Caradog Jones et Moser, *op. cit.* ; pour 1969-1970, *Annual Abstract of Statistics*, Londres, HMSO, 1972.

18. J. Ruskin, *Usury*, Préface. Publié par la suite dans *On the Old Road*.

19. B. Mallet, *British Budgets 1887-1913*, Londres, 1913, p. 431-437.

20. Colin Clark, *op. cit.* ; G. Harrison et F.C. Mitchell, *The Home Market : a Handbook of Statistics*, Londres, 1936.

21. J.M. Keynes, *The General Theory of Employment, Interest and Money*, Londres, 1936, p. 374.

22. A.L. Bowley, *Wages and Income since 1860*, Cambridge, 1937, p. 96.

23. G.D.H. Cole et M.I. Cole, *op. cit.*, p. 67.

24. G.D.H. Cole, *The Post-War Condition of Britain*, Londres, 1956, p. 224-225 ; Carr-Saunders, Caradog Jones et Moser, *op. cit.*, p. 67.

25. B. de Jouvenel, *The Ethics of Redistribution*, Londres, 1951.

26. *Lloyds Bank Review*, octobre 1955, p. 18.

27. E. Powell, *Saving in a Free Society*, Londres, 1960, p. 126-127.

28. R. Titmuss, *Income Distribution and Social Change*, Londres, 1962, p. 19 et 53.

29. *Ibid.*, p. 186 et 230.

30. G.D.H. Cole, *op. cit.*, p. 296.

31. Titmuss, *op. cit.*, ch. 3 et 9. Cf. aussi J.A. Brittain, « Some Neglected Features of Britain's Income Levelling », *American Economic Review*, 50, 2, mai 1960, et T. Stark, *Distribution of Personal Income in the United Kingdom 1949-1963*, Cambridge, 1972 ; B. Atkinson, *The Economics of Inequality*, Londres, 1975.

32. Cf. Chiozza Money, *op. cit.* ; T. Barna, *Redistribution of Incomes through Public Finance in 1937*, Londres, 1945, tables 16 et 71 ; G.D.H. Cole et M.I. Cole, *op. cit.*, p. 72-80.

33. Source : « Income », *Chambers Encyclopaedia*, éd. 1955.

34. Cf. Carr-Saunders, Jones et Moser, *op. cit.*, p. 176-177.

35. E. Burke, *Reflections on the Revolution in France*, 1790.

36. Sources : D.C. Marsh, *The Changing Social Structure of England and Wales 1871-1961*, Londres, 1965, et J. Ryder et H. Silver, *Modern English Society : History and Structure 1850-1970*, Londres, 1re éd., 1970, p. 198 et 215.

9. Les lentes mutations du paysage social

1. Sources : pour 1914-1918, statistiques officielles données dans *Hansard*, CXLI, col. 1033-34, 4 mai 1921 ; A. Marwick, *The Deluge*, Londres, 1967, p. 313 ; W.N. Medlicott, *Contemporary England 1914-1964*, Londres, 1969, p. 74-75 ; voir surtout le précieux article de J.M. Winter, «Some Aspects of the Demographic Consequences of the First World War in Britain», *Population Studies*, XXX, 3, 1976, p. 539-541. Pour les chiffres de 1939-1945, voir *Strength and Casualties of the Armed Forces 1939-1945*, in *Parliamentary Papers*, 1945-1946, XV, p. 89 s. ; R. Titmuss, *Problems of Social Policy*, Londres, HMSO, 1950, Appendix, p. 559 ; H. Pelling, *Britain and the Second World War*, Londres, 1970, p. 205 et 273.

2. D.C. Marsh, *The Changing Social Structure of England and Wales 1871-1951*, Londres, 1958, p. 43.

3. E.A. Wrigley, *Population and History*, Londres, 1969, table 35.

4. P. Laslett, «Size and Structure of the Household in England over three centuries», *Population Studies*, XXIII, 2, 1969 ; *Household and Family in Past Time*, Cambridge, 1972.

5. A.J.P. Taylor, *English History 1914-1945*, Oxford, 1965, p. 166.

6. H.G. Wells, *Anticipations of the Reaction of Mechanical and Scientific Progress upon Human Life and Thought*, Londres, nouvelle éd. revue, 1901, p. 46 et 61.

7. J. Shepherd, J.W. Westaway et T. Lee, *A Social Atlas of London*, Londres, 1975, p. 13.

8. George Orwell, *Coming up for Air*, Londres, 1939, ch. II.

9. Ces chiffres ne peuvent être qu'approximatifs car les données statistiques sur les *public schools* sont déficientes.

10. Cité par J. Lawson et H. Silver, *A Social History of Education in England*, Londres, 1973, p. 395.

11. D. Wardle, *English Popular Education 1780-1970*, Cambridge, 1970, p. 132-133.

12. Board of Education, *Secondary Education* (Spens Report), Londres, 1938, p. 147.

13. S. Haxey, *Tory M.P.*, Londres, 1939, p. 180.

14. P. Stanworth et A. Giddens ed., *Elites and Power in British Society*, Cambridge, 1974, p. 28 et 35.

15. Cf. J. Vaizey *in* Hugh Thomas ed., *The Establishment*, Londres, 1959, p. 25-26.

16. R.H. Tawney, *The Radical Tradition*, Londres, 1964, p. 65.

17. A.H. Halsey ed., *British Social Trends since 1900*, Londres, 1988, p. 270.

18. S. Nowell-Smith ed., *Edwardian England*, Londres, 1964, p. 309 ; *Times Literary Supplement*, 4 janvier 1974.

19. B.S. Rowntree et G. Lavers, *English Life and Leisure*, Londres, 1951, p. 301.
20. *Ibid.*, p. 310-311.
21. J.A.R. Pimlott, *Recreations*, Londres, 1968, ch. 5.
22. Voir l'*Annual of Statistics*, Londres, HMSO.
23. Source : Rowntree et Lavers, *op. cit.*, p. 342-343.
24. G. Gorer, *Exploring English Character*, Londres, 1955, p. 241-242.
25. *News Chronicle*, 16 avril 1957.
26. Mass Observation, *Puzzled People*, Londres, 1948, p. 18.
27. Calculs d'après le *Catholic Directory*.

Fin de la vieille Angleterre?

1. Arthur Koestler ed., *Suicide of a Nation?*, Londres, 1963, p. 31.
2. Jules Romains, *Les Hommes de bonne volonté*, Paris, 1926, t. XIV.

10. Les fruits de l'affluence

1. R.A. Butler, octobre 1954; H. Macmillan, discours à Bedford, 20 juillet 1957, et à la Chambre des Communes, 25 juillet 1957.
2. Cf. *The British Economy : Key Statistics 1900-1970*, London and Cambridge Economic Service, Cambridge, s.d., table B, p. 5.
3. J.K. Galbraith, *The Affluent Society*, Londres, 1958, p. 76.
4. J. Burnett, *Plenty and Want : a Social History of Food in England from 1815 to the Present Day*, Londres, Penguin, 1966, p. 340.
5. *The British Economy...*, *op. cit.*, table J, p. 13; *Annual Abstract of Statistics.*
6. *Britain 1975 : a Official Handbook*, HMSO, p. 18.
7. A.H. Halsey ed., *Trends in British Society since 1900*, Londres, 1972, p. 553.
8. Cf. B.R. Mitchell et P. Deane, *Abstract of British Historical Statistics*, Cambridge, 1962, p. 230, pour la période 1904-1938; *Annual Abstract of Statistics*, pour la période depuis 1945.
9. A. Shonfield, *Modern Capitalism*, Londres, 2e éd., 1969, p. 3.
10. L.J. Collins, *Faith under Fire*, Londres, 1966, p. 298.
11. Halsey ed., *op. cit.*, p. 206; *Annual Abstract of Statistics.*
12. A. Wesker, *Roots*, 1960, acte II, scène II.
13. Sermon à Édimbourg, *The Times*, 15 janvier 1968.
14. Cf. B. Levin, *The Pendulum Years : Britain and the Sixties*, Londres, 1970, p. 89.

15. F. Musgrove, *Ecstasy and Holiness : Counter Culture and the Open Society*, Londres, 1974.

16. Halsey ed., *op. cit.*, p. 419 et 426.

17. *Ibid.*, p. 444-449.

18. B. Wilson, *Religion in Secular Society*, Londres, Penguin, 1969, p. 22 et 25.

19. *The Times*, 14 octobre 1974.

20. Pour 1911-1961, cf. R.K. Kelsall, *Population*, Londres, 2e éd., 1972, p. 21; pour 1971, *Annual Abstract of Statistics*.

21. A.H. Halsey ed., *British Social Trends since 1900*, Londres, 1988, p. 80.

22. D'après J.D. Gay, *The Geography of Religion in England*, Londres, 1971, p. 271, 273, 282, 284, 310 et 311.

23. E. Leach, *A Runaway World?*, Londres, 1968, p. 1.

24. A. MacIntyre, « God and the Theologians », *Encounter*, XXI, 3, septembre 1963, p. 10.

25. Cf. R. Titmuss, « The Position of Women : Some Vital Statistics », *Essays on the Welfare State*, Londres, 1963, p. 88-103.

26. Pour 1919-1968 d'après A.H. Halsey ed., *Trends in British Society since 1900*, Londres, 1972, p. 217-218; pour 1971-1972, d'après l'*Annual Abstract of Statistics*, 1974, p. 126.

11. Décadence ou sapience?

1. Publié ensuite en un volume : A. Koesler ed., *Suicide of a Nation?*, Londres, 1963; trad. fr. *Suicide d'une nation?*, Paris, 1964.

2. Cité par A. Sampson, *Anatomy of Britain*, Londres, 1962, p. 91.

3. A. Siegfried, *La Crise britannique au XXe siècle*, Paris, 1931, p. 200.

4. Conférence de presse du 14 janvier 1963.

5. C. Le Saché, *La Grande-Bretagne en évolution*, Paris, 1969, p. 120.

6. Cf. G. A. Phillips et R.T. Maddock, *The Growth of the British Economy 1918-1968*, Londres, 1973, p. 23.

7. Carte des gains d'après C. Moindrot, *La Grande-Bretagne en Europe*, Paris, 1972, p. 75.

8. D'après *Social Trends*, n° 4, 1973, p. 83.

9. Margaret Stacey, *Stability and Change : a Study of Banbury*, Londres, 1960; M. Stacey, E. Batstone, C. Bell et A. Murcott, *Power, Persistence and Change : a Second Study of Banbury*, Londres, 1975.

10. Open University, *Popular Politics 1870-1950*, p. 22.

11. J. Westergaard, « The Myth of Classlessness », in R. Blackburn ed., *Ideology in Social Science*, Londres, 1972, p. 158.

12. Nuffield Foundation for Educational Research, *Elites and their Education*, Londres, 1973.

13. Source : *Newson Commission on the Public Schools Report*, Londres, HMSO, 1968.

14. *Ibid.*

15. B. Hindess, *The Decline of Working-Class Politics*, Londres, Paladin, 1970, p. 9 ; M. Foot, *Aneurin Bevan*, vol. II : *1945-1960*, Londres, 1973, p. 498-499.

16. J.S. Mill, *Principles of Political Economy*, Londres, 6e éd., 1865, vol. II, livre IV, ch. 6 (« I am not charmed with the ideal of life held out by those who think the normal state of human beings is that of struggling to get on »).

17. Lord Keynes, *First Annual Report of the Arts Council*, 1945-1946.

18. J. Milton, *Doctrine and Discipline of Divorce*, 1643.

19. « The Prospect of Britain », *The Times*, 28-30 avril et 3-4 mai 1971 (la citation est tirée de l'article du 29 avril).

Conclusion

1. Cf. G. Best, *Mid-Victorian Britain 1851-1875*, Londres, 1971, p. XV.

2. Cité par Jacques Bardoux in *Le Socialisme à l'étranger* (ouvrage collectif), Paris, 1909, p. 40. Cf. aussi pour les années 1930, Viscountess Rhondda, *Notes on the Way*, Londres, 1937, p. 126 : « Caste after all survives in its worst form today only in India and England. »

3. S. Orwell et I. Angus ed., *The Collected Essays, Journalism and Letters of George Orwell*, vol. II : *1940-1943*, Londres, 1968, p. 67.

4. Cf. A. Sampson, *Anatomy of Britain*, Londres, 1962, p. 16.

5. Discours à la Chambre des Communes à propos du Representation of the People (Equal Franchise) Bill, *Hansard,* 5th series, vol. 215, col. 1436, 29 mars 1928.

6. *Hansard*, 3rd series, vol. 188, col. 2077, 23 juillet 1867.

7. Lettre d'avril 1865 à son beau-frère, Lord Lyttelton : J. Morley, *The Life of William Ewart Gladstone*, éd. de 1908, vol. I, p. 574.

8. F. Harrison, « The Transit of Power », *Fortnightly Review*, III, avril 1868. Selon cette règle (« rule by consent and not by force »), il s'agit pour les classes dirigeantes, explique F. Harrison, « to maintain their supremacy by their social power and their skill in working the constitutional machine ».

9. J. Vallès, *La Rue à Londres*, éd. de 1951, p. 250.
10. J.M. Keynes, *The Economic Consequences of the Peace*, Londres, 1919, p. 3.
11. A. Siegfried, *La Crise britannique au XXe siècle*, Paris, 1931, p. 205.
12. A. Malraux, *Les Chênes qu'on abat*, Paris, 1971, p. 23.

Postface

1. Discours du 1er mai 1979. Cité par Hugo Young, *One of us : A Biography of Margaret Thatcher*, Londres, 1989, p. 130.
2. Peter Jay, « Englanditis », in R. Emmett-Tyrrell ed., *The Future That Doesn't Work : Social Democracy's Failures*, New York, 1977, p. 167.
3. Sidney Pollard, *The Wasting of the British Economy*, Londres, 2e éd., 1984, p. 3.
4. Isaac Kramnick ed., *Is Britain Dying ?*, Ithaca et Londres, 1979. Cf. aussi, plus récemment, P. Jay et M. Stewart, *Apocalypse 2000 : Economic Breakdown and the Collapse of Democracy*, Londres, 1987.
5. *Observer*, 28 mars 1982.
6. John Maynard Keynes, *Les Conséquences économiques de la paix*, Paris, 1920, p. 13.
7. Cf. Arthur Koestler ed., *Suicide of a Nation ?*, Londres, 1963, p. 13.
8. Nigel Lawson, *The New Conservatism*, Londres, Centre for Policy Studies, 1980, p. 7.
9. David Owen, *A United Kingdom*, Londres, Penguin, 1986, p. 11.
10. Tony Benn, « The Old Flaws in Coalition », *The Guardian*, 14 février 1986.
11. Cité par D. Kavanagh, *Thatcherism and British Politics : the End of Consensus ?*, Oxford, 1987, p. 7.
12. Cf. A.H. Halsey ed., *British Social Trends since 1900*, Londres, 2e éd., 1988, p. 9 et p. 163.
13. *Sunday Times*, 12 juin 1988 (16 % très satisfaits, 58 % satisfaits, 18 % mécontents ou très mécontents, 8 % sans opinion).
14. Discours à l'Institute of Socio-Economic Studies, New York, 15 septembre 1975, *in* M. Thatcher, *The Revival of Britain, Speeches on Home and European Affairs 1975-1988*, A.B. Cooke ed., Londres, 1989, p. 16.
15. *Parliamentary Debates*, 6th series, vol. 94, House of Commons, 18 mars 1986, col. 177.
16. Cf. W.D. Rubinstein, *Wealth and Inequality in Britain*, Londres, 1986, p. 87 ; *Social Trends*, HMSO, 1989, p. 137-138.

17. Cf. R. Jowell, S. Witherspoon et L. Brook ed., *British Social Attitudes : the 1987 Report*, Aldershot, 1987, p. 2-6.

18. Editorial, 14 septembre 1977.

19. R. Dahrendorf, *On Britain*, Chicago, 1982, p. 159.

20. J. Stuart Mill, *Principles of Political Economy*, Londres, 1848, livre IV, ch. VI.

21. *Social Trends*, HMSO, 1989, p. 97.

22. *Sunday Times Magazine*, 2 avril 1989.

23. Cf. G. Heald et R. Wybrow, *The Gallup Survey of Britain*, Londres, 1989, p. 256.

24. R. Dahrendorf, *op. cit.*, p. 35 et 67.

25. Disraeli Lecture, 13 novembre 1985.

26. Discours prononcé à l'occasion du bi-centenaire de la naissance de Robert Peel : cf. *The Times*, 6 février 1988.

27. Cf. J.R. Gillis, *For Better, For Worse : British Marriages, 1600 to the Present*, Oxford, 1986, ch. 9-11.

28. Sondage MORI, juin 1988, *Sunday Times*, 12 juin 1988.

29. P. Daudy, *Les Anglais*, Paris, 1989, p. 136.

30. S. Williams, *Politics is for the People*, Londres, 1981, p. 45.

31. « Not by Bread Alone », *Financial Times*, 30 décembre 1976.

Index des noms

Index thématique

Table

DEUXIÈME PARTIE

Le vieux monde résiste (1880-1914)

TROISIÈME PARTIE

Crises, secousses, stabilisation (1914-1955)

COMPOSITION : CHARENTE-PHOTOGRAVURE À L'ISLE-D'ESPAGNAC (16340)
IMPRESSION : IMP. BRODARD ET TAUPIN À LA FLÈCHE (72200)
DÉPÔT LÉGAL SEPTEMBRE 1990. Nº 12404-2 (1183D-5)